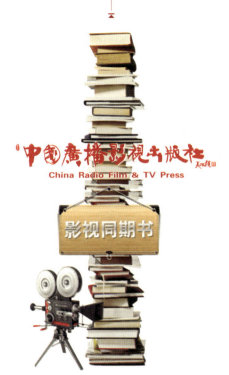

中國廣播影視出版社
China Radio Film & TV Press

影视同期书

出版人　王卫平

梦幻星生园 莫阿也◎著

中国广播影视出版社

图书在版编目（C I P）数据

偏偏喜欢你 / 梦幻星生园，莫阿也著 . —北京：
中国广播影视出版社，2015.7
ISBN 978-7-5043-7448-6

Ⅰ.①偏… Ⅱ.①梦… ②莫… Ⅲ.①长篇小说－中
国－当代 Ⅳ.① I247.5

中国版本图书馆 CIP 数据核字（2015）第 126057 号

偏偏喜欢你

梦幻星生园　莫阿也　著

出 版 人	王卫平
责任编辑	刘郝姣
特约编辑	冯旭梅
装帧设计	视觉传达 010-51264077
版式设计	灵动视线

出版发行	中国广播影视出版社
电　　话	010-86093580　010-86093583
社　　址	北京市西城区真武庙二条9号
邮　　编	100045
网　　址	www.crtp.com.cn
微　　博	http://weibo.com/crtp
电子信箱	crtp8@sina.com

经　　销	全国各地新华书店
印　　刷	三河市祥达印刷包装有限公司

开　　本	710毫米×1000毫米　　1/16
字　　数	325（千）字
印　　张	30.5
版　　次	2015年7月第1版　2015年7月第1次印刷

书　　号	ISBN 978-7-5043-7448-6
定　　价	48.00元

目录
CONTENTS

第一章　惊险初遇

对钱宝宝来说，阳城不是一座友好的城市。

那一天，天气晴好。钱宝宝的大棚马戏团正在演出一幕儿童剧，装扮成蝴蝶仙子的钱宝宝站在大幕后面，她调整好表情，准备迎接今天的演出。

幻彩大幕缓缓落下，蝴蝶仙子出现在观众面前，她惊恐万分。魔王和小鬼们奸笑着，他们张牙舞爪恐吓着可爱的小动物，小动物们四散逃跑。蝴蝶仙子慌不择路，迎面就撞见咧着嘴龇着牙的魔王。蝴蝶仙子呆住了，魔王一步一步逼近她……

场下的小女孩吓得捂住了眼睛，妈妈慢慢地移开孩子的手，小声地安慰她。小孩子从指缝间偷偷地看，眼看着蝴蝶仙子就要落入魔掌，空中却突然垂下一条绸带，蝴蝶仙子三两下就攀上绸带。场下的小女孩脸上露出了笑容。

绸带荡来荡去，魔王蹦跳着抓不到蝴蝶仙子，气得龇牙狂吼。蝴蝶仙子不再害怕了，她在绸带上翩然起舞，哼唱着森林的歌谣。场下的小女孩高兴地鼓掌。蝴蝶仙子舞姿更加曼妙，飘荡得更加轻松自如，观众的掌声更加热烈。

钱宝宝偷偷呼出一口气，脸上笑容更加灿烂，在每一次的飘荡中，她甚至腾出一只手向观众不断送出香吻。这种机械的重复对钱宝宝来说已经习以为常，在她变换着各种动作，不断送吻的空当里，她其实在想能不能再到哪儿借点钱，又该给娘抓药了。

钱宝宝再送出一个香吻的时候，在心里骂自己为什么想到"借钱"两个字。因为她眼睁睁地看着那个放高利贷的头子带着几个混混夺门而入，用鹰一样的眼睛搜索着台上的演员，钱宝宝四下看看，寻找自己可以逃生的路线。

很快，一个小混混就眼尖地发现了钱宝宝，邀功地说："老大，她在绸带上呢！"

混混头子抹了一把鼻涕："娘的，欠了老子这么多钱，还敢躲着我。给我上！"

几个混混冲上台，和小魔鬼们发生了碰撞。魔王见势不对，忙冲上前对着观众

1

打圆场。他故作吃惊状，大叫道："人间魔王来搞局了！"

台下的孩子们瞪大了眼睛，欢呼着，等着接下来的好戏。

钱宝宝看到小混混和自己的团员们扭打在一起，知道自己此刻下来就是羊入虎口，于是她更加卖力地在空中不断打转。

混混头子指挥着手下去抓钱宝宝。钱宝宝动作灵活，在空中荡来荡去，不断地打落扑过来的混混。每打落一个混混她都要展示一下优雅的身姿，每一次漂亮的展示，都能引来观众的鼓掌助威。

钱宝宝利用空中优势把混混们搞得人仰马翻，最后她一个漂亮的翻身站在了空中的花瓣上向观众鞠躬致谢。花瓣合上后突然爆开，无数的彩色纸屑在空中飞舞，观众们起身欢呼。地上的混混痛苦地起身后才发现，钱宝宝不见了。

场内灯光一暗，射灯再次亮起的时候，循着光亮看过去，观众们发现钱宝宝已经稳稳地坐在后面的观众席上挥手，观众鼓掌。

混混头子揉着被撞得生疼的腰，吼道："快给我抓住她！"

钱宝宝向着观众鞠躬致意，优雅地转身出了帐篷。

出了帐篷的钱宝宝一下子就放下优雅的伪装，拼了命地往前跑，身后的混混们一路追。她边跑边回头，大喊："喂，欠你的钱不是早就还清了么？"

混混头子捂着受伤的腰："你还的就够利息，你不知道老子是专业放高利贷的啊！"

钱宝宝一路跑进后台。

马戏团后台乱七八糟地堆放了一些表演道具，还有一些演员正在练习表演。

钱宝宝路过一个正在顶塑料碗的洋人，拱手做出一个"帮帮忙"的动作。洋人摇摇头："Es kommt schon wieder？（又有麻烦了？）"钱宝宝耸耸肩，闪身而过。洋人心领神会地转过身，把头顶上的塑料碗一个一个扔向混混们。

混混们吓得嗷嗷叫。

钱宝宝回头又一拱手："Danke.（谢谢。）"

洋人笑着说："Ein leben ohne freund ist die welt ohne sonne.（没有朋友的世界如同没有阳光一般。）"

钱宝宝笑着点点头，见混混们又追过来，又继续朝前跑，她随手抓起一把表演用的飞镖，对准后面的混混就是几飞镖。

飞镖飞来，混混们东躲西闪。

另一个洋人举起一只筐："Try the chocolate balls！（尝尝巧克力球！）"说着，把一筐表演用的小球全都倒到了地上。

混混们踩上小球纷纷跌倒在地，人仰马翻，高声喊痛。

钱宝宝大笑着冲他竖起大拇指："Well done！（干得漂亮！）"

等混混们爬起来的时候，钱宝宝又一次消失了。

钱宝宝爬上一个帐篷，正得意地以为已经脱险了，回头就看见混混们纷纷从各处向上爬。钱宝宝叹了一口气，她拿起一捆绳子三下两下把两个混混捆成粽子，另一个混混想赶来营救的时候，一脚踩错地方，"轰"的一声掉了下去。

钱宝宝拍拍手，一甩绳子翻身借力翻进了一个帐篷。

混混头子在小混混的簇拥下，进了那个帐篷。帐篷里黑漆漆的，几盏蜡烛光飘忽着，一个形象怪异的占卦师在神神叨叨摆弄着算卦，随着她的叨念声，周围帐篷哗哗响，蜡烛光上下晃动。

钱宝宝装神弄鬼，她变着声线，压着声音问："进门问迷津，你们要问什么？"

混混头子焦急地问："有没有个女的跑进来？"

钱宝宝向后一指："后面！"

混混们赶紧追了出去。

钱宝宝得意地把衣服头套甩开，大声呼出一口气："终于安全了！"没想到一个迷路的小混混才找到这里，抬头看见钱宝宝，大声尖叫起来。钱宝宝一拳挥过去，小混混应声倒地，已经跑出去的混混们又追了过来。钱宝宝边跑边劝："别追了，大哥呀，你们不累吗？"

混混们追到一个大后台，左顾右盼，不见钱宝宝的身影。没等明白怎么回事的时候，眼前飞来一个大沙袋。砰！混混头子已经抱在了沙袋上，另一个运气不好，直接被撞飞了。

钱宝宝哈哈大笑，一个混混偷偷举起一把剑，冲着钱宝宝砍了过来，钱宝宝眼疾手快，捡起一个盾牌挡住了自己。剑穿透了盾牌，剑尖在她眼前三寸处停住，钱宝宝叫了声："呼！好险！"

混混头子晃着晕晕的脑袋看见前面的钱宝宝要跑，抓起一个带滑轮的箱子撞向钱宝宝，不想撞碎了一面镜子，玻璃镜片散落一地，钱宝宝没有路可以逃跑了。混混头子嘿嘿笑着走了过来。

钱宝宝挥手止住他，说："大哥大哥，我服了，我现在就把钱给你。"

混混头子一时高兴起来："真的？"

钱宝宝一点头，甩手变出八把飞镖，混混头子一惊，钱宝宝的飞镖已经飞过来了。飞镖像长了眼睛一样，贴着混混们的脸，穿过混混们的裤裆，最准确的是把混混头子直接钉在了墙上，成了一个耶稣的模样。

混混头子耳朵两边、手腕下面，头顶之上，各有一支飞镖以一厘米的距离告诉他不要轻举妄动。他甚至连张开嘴巴说话都格外小心。

钱宝宝听到他说："你给我等着！"

钱宝宝怎么可能等着，她又不傻！她冲混混头子做了个鬼脸，随即消失在阴暗处。

钱宝宝在后台收拾东西的时候，对自己说："这么被追债，不是个办法！此地不可久留！换地方！"

对项昊来说，阳城也不是一个友好的城市。

他此刻倚靠在一个卖艺人的箱子旁边懒散地嗑着瓜子，他的眼前是一群斧头帮的人正在敲诈小商小贩。

刀疤强狐假虎威地大声喊道："拿钱来！"

可怜的店主逞着能："啊？前几天不是刚收过了么？怎么今天又收？"

"敢跟我刀疤强叫歪？不给就掀摊子！快拿出来！"

店主立刻服软了："交！交！交！马上交！"说着就去衣袋里掏钱。

刀疤强又冲旁边的老太太喊："死老太婆，你的呢！"

"强哥，我……今天还没开过张，没钱……"

"没钱？"刀疤强伸手就去老太太的衣袋里翻钱，没等翻到钱，就觉得头上被人打了一下，"谁！谁打我？谁打我？"

项昊继续嗑着瓜子："土狗走开！我要买这老人家的瓜子，别挡道！"

"敢骂老子是狗！"刀疤强伸手就要打项昊，却被项昊一下子把他的手反剪到背后。

刀疤强喊着："唉！疼、疼！你敢动我？你敢动斧头帮？"他扭头朝着整条街大喊，"有人动斧头帮！"

一个满脸横肉的男人很快赶过来，手里还拎着一块不知道从哪里抢来的猪肉，他颤悠着满脸的横肉，冲着项昊说："谁也不能动斧头帮，哪怕是帮里的一条狗！"

项昊微微一笑："斧头帮？欺压良善，都是狗！"

斧头帮帮主一听不高兴了，向四周大喊："杀了他！都给我上！"

没等斧头帮的人近身，项昊已经蹿到帮主面前，不知从哪里拿来的斧头已经架在了帮主的脖子上。他凑到帮主耳边说："收回我刚才的话。斧头帮，狗都不如！"

一只手压在了项昊的手上："终于找到你了。别闹大了，先离开这里吧！"

项昊看了来人一眼，表情有些无奈。他还是把斧头拿了下来，斧头帮帮主装腔作势地带着众人离开，走出好远才喊了一句："你给我等着！"

"好啊，我坐这里等着！"项昊挑衅地回答。

何副官握住项昊的胳膊："不能等了。现在跟我回去，报名还来得及！项参谋长一直在等你呢！"

"我说过我不回去！你走吧，回去告诉我爸，不用等我，我不报名！我有我自己的打算！"

火车站的月台上，钱宝宝东张西望地观察周围的情况。

钱母脸色苍白，看上去很虚弱，她问："宝宝，咱们没票怎么上车？"

钱宝宝拍拍妈妈的手："别担心，娘，车到山前必有路，一定会有办法。"

火车呼啸着进了站，钱宝宝还是没有想到办法，钱母更加虚弱起来，她硬撑着站在钱宝宝身边，眼中都是绝望。

这时候，一排士兵押着项昊来到了月台上。项昊也东张西望，眼角瞥看周围的环境，寻找逃跑的机会。士兵们威严地吼着等车的乘客："让开！让开！"

钱宝宝心头一动，小声说："娘，快快，跟着他们！"

钱宝宝带着她娘跟着士兵们顺利地上了车，检票员看到这些荷枪实弹的士兵，根本就没理会紧跟其后的母女俩。

上了车的钱宝宝冲着前面的项昊嘟囔了一句："真倒霉！出门就撞上扫把星！这

人一看就不是好东西，不是杀人犯就是采花贼，活该被抓。娘，你没事儿吧？咱们去前面找个地方您坐下歇歇。"钱宝宝她全然忘了，要不是这个"扫把星"，她们母女根本没有上车的机会。

钱母拉着女儿的手，有气无力地说："宝宝，要不是娘这不争气的身子骨连累你借高利贷，你也不会被人逼得要离开阳城。"

"娘，你别胡思乱想！其实我早就想带您去别处看看了，现在正好——娘，你怎么了？"

在钱宝宝的惊叫声中，钱母突然倒地。

"娘！娘你别吓唬我啊……"

听到动静的萧晗从包厢里出来，她蹲下来查看："这位大娘怎么了？"

"我娘可能是突然又发病了。"

"你快扶她进来，我那里有些常用药，也许能暂时缓解下病情。"

"谢谢你，谢谢你……"钱宝宝抹着眼泪把钱母扶进了萧晗的包厢。

萧晗简单地查看了钱母的情况，担心地说："你娘病得不轻，要赶紧治疗，不能再拖了。"

钱宝宝哽咽着："之前也四处看过不少郎中，可都说不出我娘到底得的是什么病。"

萧晗说："从症状上看很像是脑中风。"

钱宝宝很疑惑，担忧地问："脑中风？这是什么病？"

"我在德国时，有一位相熟的老教授得的就是这个病。如果继续恶化下去，很有可能造成视力障碍、失聪、吞咽障碍，最后甚至会……"

"会怎么样？

萧晗小声地说："会活活饿死。"

钱宝宝眼泛泪花："那要怎么样才能治好我娘呢？"

萧晗想了想，说："我们这车是去龙城，我知道龙城军校医院是全龙城最大的医院，那里有很好的医疗条件，应该能治好你娘的病。"

钱宝宝很担心："要很多钱吗？"

萧晗安慰她说："别担心。我刚好要去龙城军校任教，军校教员的家属可以享受免费治疗，虽然你们不能免费，但我可以帮你联系医生，看看能不能帮你尽量减少些治疗费用。"

钱宝宝破涕为笑："那真是太好了！你刚刚说这班车是去龙城的？"

萧晗说："是啊，你都不知道你要去哪儿吗？"

钱宝宝抓了一下头发："我，我一时忘记了。姑娘，你可真是个好人。"

萧晗看了看钱宝宝的衣服，说："你的衣服都破了，先换身衣服吧。"

钱宝宝有点不好意思，说："出来的时候太匆忙了，没带衣服。"

萧晗说："我有衣服，拿给你。"

隔壁的包厢里，项昊故意倒在床上，装成倒头大睡的样子。

何副官站在一旁。

项昊一边打呼噜一边睁开半只眼偷瞄了一下四周环境，寻求出逃的办法。他看到窗户紧紧关闭，门口两个士兵守卫紧紧盯着自己。

何副官察觉项昊是在装睡。他认真地说："别看了，你逃不出去的，我一定会妥妥地把你送回龙城。"

项昊郁闷地坐了起来。

何副官看着窗外，说："时间过得真快，转眼一年了。龙城变化很大，已经不再是项参谋长独大的局面了。大帅怕项家势力做大，一再削减兵权，还愈发扶植沈军长。如今的沈国舜手握重兵，已经跟参谋长平起平坐了。还有李继洲，虽然手里兵不多，但这些年军校校长做下来，军官中很多人都是他的门生学员。大帅布下一个三足鼎立的局，自己好稳坐大帅府。"

项昊很不耐烦："跟我说这些干吗？"

何副官说："其实三个月前我们就知道你在阳城了，之所以现在才抓你回去，就是为了……"

项昊打断了何副官的话："那个！我要上厕所！"

何副官深深地看了一眼项昊，无奈地站起来，拉开门。"我劝你还是不要想着逃跑的好，他们会寸步不离地跟着你。"

项昊冷着脸出门，两个士兵自动跟上项昊。

萧晗的包厢里，钱母安静地睡着，状态已经好了许多。钱宝宝换上了萧晗的衣服，一直在感谢："真是太感谢你了。还不知恩人怎么称呼？"

"我姓萧，单名一个晗字。"

钱宝宝笑着点头："萧晗这个名字真好听。我叫钱宝宝，叫我宝宝就行了，今天你帮了我这么大的忙，我也不知能回报你什么。我看这火车上也挺无聊的，不如我给你看个相？"

"你还会看相？"

钱宝宝得意地扬头："那是当然！我上知天文下晓地理，通阴阳，懂八卦，运筹帷幄之中，决策千里之外啊。"见萧晗听得认真，钱宝宝不好意思地圆谎，"嘿嘿，瞎看的。你就权当是解闷，逗个乐，怎么样？"

萧晗伸过手去，钱宝宝看看手相，又煞有介事地端详着萧晗："你是大户人家小姐；留过洋，喝的是洋墨水；性格温柔，为人善良，喜欢静雅，不喜喧闹；而且，还有一个朝思暮想的男人！不过，你应该跟他很久都没有见面了。怎么样，全中了吧！"

萧晗没回答她，只是接着说："你和你娘衣着朴素，应该自小生活艰苦。刚才看你的身形，应该是练过功夫，以卖艺为生。你不知道这辆车是开往龙城的，说明你没买票。你的行李也不多，应该是仓促出行。所以我推断，你应该是得罪了什么人，匆忙出逃的吧。怎么样，也全中了吧？"

钱宝宝拱拱手，不好意思地说："关公门前耍大刀，今天撞上道行深的同行了。"

萧晗愉快地笑着说："其实我们用的都只是心理学上一些最基本的推理技巧。我刚从德国念完心理学博士回来。"

钱宝宝很惊讶："德国？ Hallo（你好）？"

"你会说德语？"

钱宝宝摇头："跟我的德国朋友学了几句玩玩而已。心理学博士！你是去军校任职？"

萧晗点点头，说："嗯，去做心理学教官。"

钱宝宝敬佩地点点头，说："好厉害！那个，我去下厕所。"

钱宝宝按照萧晗的指引到了火车厕所门口，只见旁边的车门开着，项昊已经准备就绪，要跳出车外，而厕所里面传出"咣咣"的敲击声，有人在里面大喊："开门！开门！"

钱宝宝立刻明白了：罪犯要偷走！可是……

　　钱宝宝一把拉住项昊："喂喂喂，千万别想不开啊！俗话说得好，没心没肺，能活百岁，这世上没什么过不去的坎。"

　　项昊使劲挣脱："走开，放开我！"

　　"我怎么能放开你呢，这地方你掉下去估计都死无全尸啊。我说，车到山前必有路……"

　　"有路我也刹不住，滚开啊……"说完，项昊使劲掰开钱宝宝握着自己胳膊的手，钱宝宝一时吃痛，松了手，转瞬又扑了上来，没想到位置刚刚好，项昊的嘴唇直接捂住了钱宝宝的嘴唇。

　　钱宝宝一下子跳开，回手就给了项昊一巴掌，然后她大声喊："非礼啊，非礼啊！"趁机再次紧紧地抓住项昊的胳膊。

　　项昊使劲地挣脱："你放开我！"

　　钱宝宝更使劲地大喊："非礼啊，救命啊，非礼啊！"

　　何副官闻声赶过来，问钱宝宝："怎么了？"

　　"他非礼我！"

　　项昊见何副官到了，知道自己的逃跑大计失败，狠狠地瞪着钱宝宝，对何副官说："她非礼我！"

　　何副官看下钱宝宝，又看看项昊："到底是谁非礼谁？"

　　两个人异口同声："他（她）非礼我！"

　　钱宝宝不依不饶地对着何副官请求支援："我不想活了，这是我的初吻，我不想活了！"

　　何副官没有理她，而是对从厕所逃出来的两个士兵说："把他带走！"

　　项昊被带走了，钱宝宝在他身后大喊："你赔我初吻，你赔我初吻！"

　　回到包厢里的项昊不咸不淡地对何副官说："你觉得你们能看住我吗？我要是想跑，就算你带我回了龙城我也还是能逃的。"

　　何副官无奈地问："你还记得明天是什么日子吧？"

　　"记得，但是关我什么事，我已经不是军校的学生了。"

　　"一年前，你离开军校，参谋长向大帅求情只为你保留一年的学籍，明天也是这一年的最后一天，是你回到龙城军校的最后机会。"

"我不想回去。"

何副官问了一句："就因为集英战队队长的位置被沈文涛拿到？"

"关他屁事！"项昊继续嘴硬。

"集英战队象征着军人的最高荣誉，是你多年的梦想，明天就是集英战队报名选拔最后的日子了。而且在你离开龙城军校的这一年，沈文涛各项成绩在军校都名列前茅，如果不出意外，他应该就是下一届的集英战队队长。除非薛少华还在……"

提到这个名字，项昊猛一抬头。他的脑子里一下子响起薛少华最后的声音：

"项昊，文涛，你们快走啊，快走啊！"

薛少华的声音在爆炸声中终止。

项昊静静地望向窗外，好半天，他慢慢地说：

"我跟你回去！"

何副官心里高兴："太好了！"刚说完，就见项昊站起来，何副官和两个士兵立刻警觉起来。项昊叹了口气："我只是想去透个气而已，我已经答应你回军校，就不会再跑了。"

项昊走出门，没走多远，凭他多年的观察力，他已经知道，有人在跟踪他。项昊假装无事，继续往前走。车子颠簸了一下，项昊借势回了一下头。一个男人迅速坐了下去，佯装成一名普通乘客。项昊再次起步的时候，另一个坐着的人和坐下的男人交换了一下眼神，站了起来，跟上项昊。

项昊查看了一下周围的情况，实在找不到合适的地方解决这个杀手，就直接进了餐车。他假装排队，没注意站在他前面的就是钱宝宝。

钱宝宝点了三个大饼，低头掏钱，把钱递给服务员的时候，发现自己的大饼没了。

"咦，我的饼呢？"

服务员说："您朋友刚才拿走了？"

"我朋友？"钱宝宝转身看到项昊走远的背影，她喊道："喂！那是我的饼！你给我站住！"

项昊拿着大饼往回走。杀手注意到项昊发现了他，连忙藏在门口，慢慢掏出一把刀来。

项昊离杀手越来越近。两人像知道对方位置一样，一点点小心地试探。项昊小步子向杀手靠近，杀手等项昊靠得再近一些。

钱宝宝此时追了出来，伸手一把从项昊手里抢回一张大饼，由于抽饼的力气太大，饼不小心打在了杀手的脸上。杀手被打得一愣。

"你个混蛋！小偷！竟然偷我大饼！"

项昊转过身，不耐烦地把剩下的两张丢给钱宝宝。

杀手见钱宝宝这么一吼，把刀收了起来，转身快步离开。项昊回身的时候，杀手已经不见了。

项昊见弄丢了杀手，一股火冒上来，怒瞪了钱宝宝一眼。

钱宝宝大声嚷嚷："瞪什么瞪，你偷了我的饼还敢瞪我？"

车厢里所有的人都看着项昊和钱宝宝。

"我恨不得连你一起吃了！"项昊说完要走，却被钱宝宝拉住。

钱宝宝向项昊摊开手心："拿来！"

"不是还你了？"

"还了就完了？都被你捏脏了还怎么吃？赔钱！"

项昊不想和她拉扯，直接说："没有！"

"看你这德行也没钱！晦气。走走走！"

项昊气鼓鼓地朝头等车厢方向走去，钱宝宝跟在后面。

钱宝宝拿着大饼往前走，一个小女孩眼巴巴地瞅着，吞着口水。

"爹，我好饿，这个大饼好香，我好想吃。"

小孩子旁边衣衫褴褛的中年男子无奈地说："乖，我们没有钱，马上就到站了，下车再吃东西吧。"

"爹，我真的好想吃东西。我好饿！"

钱宝宝停下脚步，她蹲下来，把大饼递给小女孩："小妹妹，你很饿，是不是？姐姐这里有张饼，刚刚被坏哥哥咬过了，你要不嫌弃的话就吃吧。"

见钱宝宝把大饼送给小女孩，几个孩子见状都围了上来："姐姐，我好饿。"

钱宝宝把饼分开，见还有几个孩子可怜巴巴地看着自己，于是变起了魔术，她一会儿从孩子的头发里变出一个糖果，一会儿又从火车的窗帘后变出几颗。孩子们簇拥着钱宝宝十分开心。

项昊听到孩子们的声音回过头，看到钱宝宝蹲在地上逗几个小孩子玩。

一个孩子鼓掌叫好："姐姐，好厉害！"

项昊看着钱宝宝满脸爱心的笑容，觉得此时的她甚是可爱，不自禁地看得走了神。

钱宝宝无意间瞥见项昊正靠在车厢连接处看着自己，她挑挑眉毛，用表情鄙视他："看什么看？"

项昊也用眼神回复，他鄙视地眯着眼："切，糊弄小孩子的假把式，我才懒得看！"

钱宝宝更怒，瞪大眼睛，表示："那你还看！还不滚？"

项昊翻了一个白眼，满脸不屑地回身继续走。

项昊路过萧晗的包厢，并没有看到正在翻书的萧晗。

萧晗低头把书翻到夹着照片的一页。照片里，项昊身着军校制服，英气逼人。萧晗看着照片，满脸甜蜜的模样。

她想起八岁那年，她被人从河中救起，惊魂未定地对身边的项昊说："项昊，你救了我的命。等我长大了，一定嫁给你！"萧晗笑着，抚摸着照片，又不舍地合上了书。

项昊回到包厢坐下，想了想，说："我在外面一年都没动手，上了火车就被盯上，我看八成是为了集英战队选拔的事儿。"

何副官有些担心："这集英队长的位置，无论是对你自己还是对项家在龙城的地位，都是举足轻重的。但是没想到会有人做到这一步！"

项昊思考了一下，说："等着吧，今晚没得睡了。他们没得逗，一定会再找机会的。"

火车在旷野外疾驰，呼啸着穿过山洞。进去的时候黄昏微暮，出来时已是夜幕低沉。

乘务员休息室里，一个眼神犀利的男人换上乘务员制服，扣上扣子，对着镜子调整帽檐。他身边的地上躺着另一个男人，只穿着内衣，脖子扭曲变形。男人穿戴整齐，走出乘务员休息室。

深夜，火车上的大多数人已经睡着了。刚才跟踪项昊的两个杀手偷偷潜入头等车厢走廊，慢慢逼近项昊的包厢。

包厢门口空无一人。两个杀手对视了一下，一个抽出刀，打了前进的手势；另一个拿出匕首，慢慢推开项昊包厢的门。

月光透过窗帘缝照在项昊的床铺上，隐约一个人形静卧其上。两人对视一眼，一个人一刀猛刺下去，却发现刺中的是一卷被子。他惊呼："中计了！撤！"

两人刚要转身，床上方一个身影扑下来，一拳打倒一个杀手；另一个杀手拿出匕首刺向项昊，项昊回身躲开。何副官带着两个士兵从隔壁包厢赶来，举枪要射击，却被门侧的杀手打落手枪，枪滑入床底，何副官也被踢出包厢。杀手跟着扑出去，却被门外的两个士兵用枪抵住。

包厢内，项昊左抵右挡，逐渐占了上风。

此时走廊尽头一名"乘务员"赶来，着急地问："出什么事了？"

士兵说："快去通知乘警！"

"乘务员"嘴里说着好，却突然掏出枪连开三枪，杀掉了两个士兵，一枪打伤了何副官，被抓住的杀手趁机踢倒何副官逃跑了，何副官晕了过去。

项昊听到枪声，闪出包厢查看。"乘务员"举枪向他射来，项昊连忙躲闪。子弹打碎了走廊车窗玻璃，项昊翻身抓着车窗上沿翻上车顶。"乘务员"顺着火车顶的脚步声连开数枪，另外两个杀手也翻身上了车顶追赶项昊。

萧晗听到枪声、打斗声，起身开门探查，钱宝宝迷糊中也披上衣服，站了起来。迈出包厢的萧晗撞上正在换弹夹的"乘务员"，刚要惊呼就被对方捂住嘴巴。"乘务员"举枪就要射杀萧晗，钱宝宝从包厢内冲出来，抱住他拿枪的手，手指垫在扳机下让他无法开枪，同时一口咬住对方的手臂。"乘务员"吃痛松手，钱宝宝扳掉他的手枪，踢到一边。

钱宝宝对萧晗大喊："快跑！快去叫人！"

萧晗转身向三等车厢方向跑去，一边跑一边呼救："来人啊！杀人了！"没等萧晗跑几步，"乘务员"已经挣脱钱宝宝抓住了萧晗。钱宝宝在他身后用三脚猫功夫不停攻击他："放开她！你放开她！"

此时的车顶上，项昊一对二与两个杀手厮杀，慢慢略处下风。眼见前方有隧道，项昊猛地趴下，一个杀手眼疾手快也翻身仰天躺倒，另一个慢了一拍，等他回头时，隧道已经扑面而来。

车厢里，钱宝宝骑在"乘务员"肩上乱抓、乱打，对方却搂住萧晗紧紧捂着她的嘴巴，一边应付着钱宝宝的攻击。杀手终于不耐烦地反手将钱宝宝甩在地上，却被萧晗一口咬住了手指，他突然吃痛，一把将萧晗推下了火车。

夜空中传来一声尖叫。

"啊——"

钱宝宝看到萧晗掉下火车，也发出尖叫。

"不！"

等项昊将杀手打落火车，翻下来回到车厢的时候，杀手正准备扭断钱宝宝的脖子。项昊几个重拳击倒杀手，乘警此时才吹着哨子赶来帮忙。

经过激烈打斗，项昊成功抓获化装成乘务员的杀手。

项昊按住杀手的脖子："说！谁派你来的？"

杀手倔强地扭头。

项昊扭住他，押着他往回走："不说？不急，我有的是办法让你开口。"项昊原本打算把杀手带到包厢内审问，可是他眼见杀手嘴角一动，露出一丝奸笑，再想阻拦已经来不及了，杀手咬破嘴里的毒药，服毒自尽。

项昊气得狠砸一下包厢门。

钱宝宝醒来的时候，一个乘警正在叫她萧小姐。

"萧小姐，您醒啦，现在感觉如何？身体可有大碍？有没有丢什么东西？"见钱宝宝摇头，对方又说："那就好。刚才火车上的杀手不是冲你来的，是冲着隔壁的项先生来的。"

钱宝宝瞅了一眼坐她上铺的项昊，用尽刚刚恢复的体力："又是你这个扫把星，是不是不害死别人你就不甘心？"

"深更半夜的，谁让你没事儿出门瞎溜达？"

"外面那么吵，我能不出去吗？遇到你真是倒了八辈子霉了！你抢了我的初吻还抢了我的大饼，刚刚又害……"钱宝宝刚想说又害死了唯一能救她娘命的恩人——善良的好姑娘萧晗，可是没等她说完，钱母又昏了过去。"娘，你怎么样了？"

项昊跳下来，也急着问："她怎么了？头疼啊？那去看病啊！"

钱宝宝一把把项昊扒拉到一边："别过来！扫把星，都是你害的！你给我出去！出去！"

乘警连忙安慰："萧小姐，你先照顾老夫人，我该问的都问完了，想必刚才你们都受惊了，赶快休息吧！"

大家都离开了包厢，项昊临走还回头看了一眼。

钱母好半天才睁开眼睛，她虚弱地说："宝宝，娘能坚持这么久都是因为你，但娘真的坚持不下去了，你就让娘死吧！这样你我都解脱了！"

钱宝宝哽咽着："娘，你说什么？你别再说死不死的。我给你拿药，来快吃药。你别丢下我！我一定会治好你的！别丢下宝宝一个人在世上……"

项昊回到包厢，抱着胳膊，语气沉重，他对何副官说："是我连累了你，还有那两个士兵。等回龙城，麻烦你一定要替我好好补偿他们两个的家人。"

何副官由衷感慨："少爷，你长大了。"

项昊摇了一下头："杀手都死了，线索也断了，到底是谁这样处心积虑地想要我的命？"

"参谋长树敌太多，你是参谋长的独子，自然有很多人想针对你。一时间我也很难确定这事到底是谁做的。不过你放心，杀手的事回到龙城我会亲自报告参谋长，你就不必费心了。"

另一边的包厢里，钱母和钱宝宝在小声争论。

"什么？你要顶替萧小姐的身份给我去治病？不行不行。你听我说，就算没人瞧见萧小姐的死，你也不能这么做！萧小姐是娘的救命恩人，这样会有报应的！"

"娘，我知道这么做对不起萧晗，如果真的有报应就报应在我身上吧！我已经决定了，等在军校医院治好你的病，我就去向萧晗的家人请罪！"

清晨，一列火车呼啸着驶进了龙城的地界。
在外人看来，这列火车昨夜安静祥和，什么都没有发生过。

第二章　冒名顶替

龙城火车站接站口，人声鼎沸。

无数的年轻女孩把接站口围得水泄不通，她们高举着项昊的名字，声音洪亮，动作整齐，训练有素地喊着："项昊项昊，龙城第一！项昊项昊，天下无敌！项昊项昊，吾心所系，器宇轩昂，英姿凌厉！"

站在人群后面的杜枫对身边的顾小白说："虽然项昊在江湖上已经消失了一年——"

顾小白马上接下去："但江湖上却一直流传着他的传说……"

杜枫继续感慨："全龙城的人都恨他。男人们恨自己不如他，姑娘们恨他不爱自己……"

杜枫、顾小白是项昊军校里的铁哥们，听说项昊终于要回来了，昨夜一晚没睡，一大早就来迎接项昊了。

得知项昊归来的消息一晚没睡的还有沈文雨。她昨天就开始梳洗打扮，此刻她盛装站在人群外，几次突围都挤不进去，她向身边的沈文涛求救："大哥！你带我进去吧！"沈文涛却不为所动，像没听见一样。

杜枫见一脸严肃的沈文涛来到身边，没好气地说："不好意思，我感冒了，离我远点。"

顾小白也带着讥讽的口气，问："沈文涛，你来干吗？项昊刚回来你就想来触他霉头？"

高美仁看不下去了，替沈文涛回答了一句："我们接受学校的任务，是来接新教官的，关项昊屁事。"

这时候的项昊已经穿戴整齐，等在包厢外，看到钱宝宝和钱母，他好心地问了一句："老人家好点了吗？"

钱宝宝看着眼前的这个男人，又想起了很多事，比如被夺去的初吻，再比如被夺去的大饼，又比如被夺去的一个善良的姑娘的生命。如果此刻萧晗还活着，她何必铤而走险，穿着萧晗的衣服，准备一场于心不忍的演出。

钱宝宝狠狠地瞪了项昊一眼："不用你关心！穿得人模狗样的，这衣服哪儿偷来的？"

项昊一时气结："你！我告诉你，我不是什么犯人，我是……"

何副官这时候叫了一声："少爷！到了。"

钱宝宝一惊："少爷？！"

项昊连忙笑眯眯地答应："哎。"

钱宝宝知道吃亏，反唇相讥："哎什么哎，谁叫你啦！"

项昊和钱宝宝母女先后下了火车，沈文涛见钱宝宝看向他手里的"萧晗"名牌，于是走过去，问："你一定就是萧教官吧，我是军校派来接你的。"

项昊没注意到沈文涛手里的名牌，却对钱宝宝的职位感兴趣，他侧头问钱宝宝："教官？"钱宝宝假装没听见。

这时候顾小白已经过来给了项昊一个大大的拥抱："项昊！我可想死你了！"

杜枫也笑着点头："你总算回来了！"

沈文涛不咸不淡地问了一句："你回来了？"

项昊有意挑衅："你失望了？"

"怎么会？集英战队选拔有了你才痛快。"

项昊笑了一下："恐怕你感觉到的只会是痛苦。"

沈文涛一笑。转过头，接过钱宝宝的行李。"我们走吧！"钱宝宝跟上沈文涛，见项昊也跟了上来，她回头问道："你跟着我干吗？"

项昊回答说："别自作多情，出站只有这条路。"

沈文涛疑惑地问："你们认识？"

两个人异口同声："不认识！"

接站口的呐喊声依然响亮，人群外有三个男人在密谋着什么。

李天翰发号施令:"周杰,你去找警卫,就说火车站有人聚众斗殴。"

"哪有人斗殴?"

旁边的赵虎敲了一下周杰的脑袋:"你傻啊,一会儿不就有了!"

周杰恍然大悟:"哦!明白了。"

李天翰说:"弄得越乱越好,最好让他们都赶不回去。"

周杰离开去找警察,赵虎混进了人群。

钱宝宝跟着沈文涛出来,见到强大的粉丝团着实吓了一大跳。项昊从钱宝宝的身后走出来,看到粉丝们也愣了一下。站在栅栏外的粉丝举着手里的鲜花和礼物,纷纷向项昊挥手、尖叫。远一点的粉丝们疯了一般地聚拢过来。

顾小白和杜枫跟在项昊后面,高美仁和扶着钱母的韩旭跟在沈文涛和钱宝宝后面,众人一起往出口走。

钱宝宝低声问沈文涛:"这什么情况?"

沈文涛瞥了一眼项昊,对钱宝宝说:"没事,有些人就是喜欢高调,我们走这边。"

项昊也询问身后的顾小白和杜枫:"谁这么高调,把我回龙城的消息放出去?"

顾小白做贼心虚,连忙摇头:"绝对不是我!"

粉丝从四面八方拥过来,把项昊、钱宝宝和沈文涛等人围在中心。

"项昊,给我签个名吧!"

"项昊哥,这是我自己做的糕点。"

"项昊哥,我叫苏小苏!记得哦,我叫苏小苏!"

……

人群中的沈文雨已经被挤到了后面,但仍然拼命垫脚向项昊挥手,叫喊声几乎瞬间被淹没。

沈文涛把钱宝宝保护在身后,他和项昊在前面被挤得撞到了一起。

沈文涛没好气地说:"项昊你离我远点,都是你引来的麻烦!"

项昊很得意:"你以为我想啊,人见人爱有什么办法!"

赵虎偷偷地移动到顾小白身后的粉丝身后,推了粉丝一下,粉丝往前撞在顾小白身上,顾小白踉跄一步,又正好撞在高美仁身上。

高美仁发起火来:"顾小白,你干吗!想打架啊!"

"你吼什么，不就是撞一下嘛。"

两个人争吵的时候，粉丝们也你推我挤，终于有人动起手来。沈文雨也不知道被谁打了两拳。她愤怒地抡起包砸向另一个女粉丝："打死你！打死你！"

台上的乐手看到人群中打架，对望了一眼，交换了个眼神，不由自主地把吉他越弹越快。

项昊连忙劝解："不要打架！喂，不要打架！"

赵虎故伎重施，高美仁又被连累得撞到顾小白身上。

顾小白真生气了："你故意的吧！别以为我怕你啊！"

顾小白去推高美仁，高美仁也不罢手，两人你推我推你，最终打了起来。

杜枫和韩旭本来想去拉架，却被高美仁和顾小白误伤，也加入战斗。

赵虎成功退出人群，看到李天翰，两人露出成功的奸笑，转身离开。

项昊还在大声地喊着："都住手！别打啦。"

沈文涛转身想确保钱宝宝没事："你跟着我，千万别被人冲散！"可是一回头，却发现身后已经没人了。

钱宝宝拉着钱母，在人群中躲避相互攻击着的粉丝。

打斗的路人撞到台子边，乐手赶紧避让，但手中的吉他不停，反而越弹越快。

吉他弹奏俨然一阵战鼓，鼓舞着众人的打斗，于是打斗架势越来越大。

这边，高美仁和顾小白举着黄瓜对打，那边，韩旭的哀号又响起来："美仁救我！"

一时间，所有正在打架的女粉丝停下动作，集体抬头。

一个身材彪悍的肥胖女粉丝，双手叉腰，用震破天的声音高声问道："谁喊我！"

女粉丝愣了三秒，然后集体发出一声"切"，然后继续刚才没完的打斗。

项昊和沈文涛面对面站在混乱的人群中，谁都不动，用锐利的眼神和对方打斗。但是粉丝的推搡最终把他们挤到一起，眼神争斗最后演化成了贴身肉搏。

沈文雨已经打红了眼，她头发被抓乱，脸上的妆也花了，却卷起袖管又一次冲进人群里。

钱宝宝左躲右躲，终于以为躲过去了，这时沈文雨又被人撞过来，正好把钱宝宝推了出去。

钱宝宝"啊"地惊呼，项昊和沈文涛同时回头，却看到钱宝宝正向两人中间飞来。项昊和沈文涛同时伸手扶住钱宝宝，然后再次交手。

钱宝宝发现钱母倒在地上，赶快冲了过去，扶起钱母。

钱母抬头说："娘没事，宝宝你的耳环呢？"

钱宝宝一摸耳朵，发现耳环少了一只，安抚下母亲后去找耳环。她发现耳环在不远处的地上，走过去蹲下身来，却在手离耳环一寸远的地方眼睁睁看着项昊一脚踩在耳环上。项昊的脚在耳环上踩来踩去，钱宝宝忍不住大喊道："喂，挪开你的臭蹄子！"见项昊还在专注于和沈文涛的打斗，于是抬脚对着项昊的脚狠狠地踩了下去。项昊惨叫一声，痛得赶快抬脚，他蹦跳着捂住疼痛的脚，没想到又把耳环踢出去好远。

警察赶过来的时候，钱宝宝正对项昊发起橙子攻击，灵活的项昊一一躲过，不想橙子正好砸到一名警察的脸上。钱宝宝被警察按住，项昊和沈文涛前来营救，也双双被抓。

龙城警局今天非常热闹。

警察局长刚刚接了一个电话。接电话的时候，他立正站好，拿着电话点头哈腰："沈军长，我可是您一手提拔的，这点小事您放心，我保准干得干干净净，滴水不漏。"

放下电话，警察局长喊了一句："来人呐！"

一名高个子警察进来，问："局长，您叫我？"

"火车站那几个打架的学生，你带人分头审问审问，走个形式就放人吧，唯独那个项昊，治他个带头斗殴的罪名，要对他留置审讯，没有我的命令，决不能放他走，明白了吗？"

"是，卑职明白！局长您放心，我会好好审他。"说完，警察转身要走，局长又叫住他："等等，对了，任何人打电话过来，都说我不在，尤其是项家的人，明白了吗？"

高个子警察敬了个礼："是，我明白！"

新抓来的闹事者中，钱宝宝声音最大："他们打架，关我什么事！我是冤枉的，你们抓错人了！"

一个警察大声斥责她："来这儿的人都说自己冤枉。哼，一个姑娘家，在家干点什么不好，学人家打架！喂，两间上房，蹲哪儿，自己挑。"

钱宝宝知道自己说什么也没用了，只好假装镇定："就这间！"

跟在后面被押过来的项昊讥讽地说："行啊，有胆色！"

钱宝宝一看项昊就气不打一处来："混蛋！败类！人渣！连累我坐牢，还把我奶娘弄丢了！"说着就转身向项昊挥了一拳，可惜没打到。

项昊站定后，说："我警告你，不要逼我动手。我一向不和女人动手！"

从局长办公室里出来，高个子警察对被抓来的几个人说："其他人可以走了，项昊，你是首犯，你不能走！"

杜枫非常不满意："什么首犯？我们分明就是群殴，在场的人人有参与，什么首犯不首犯。"

顾小白也帮腔，对高个子警察说："喂，你知不知道，他可是项邵达参谋长的儿子项昊！"

高个子警察敲敲桌子："这是警察局，管你是张邵达还是李邵达的儿子，只要犯了事进了局子，就得我们说了算。"

项昊对大家说："你们先走，去军校等我，我一定会在规定时间内回来的。"见大家还犹豫，又补充说，"去吧，走啦走啦。"

陆续有学员录完口供从办公大厅走出来离开。

两个警察押着一名死囚经过院子。

钱宝宝一边接受警察盘问，一边看着那个死囚，她总觉得有点事儿要发生。被钱宝宝用橙子攻击的警察一边用鸡蛋揉着脸，一边做笔录。钱宝宝的目光却一直在院子里的死囚身上打转。突然死囚趁警察不备，挣脱了束缚，想要逃跑。死囚乱冲乱撞，警察对他围追堵截。

屋内其他人惊讶地看着死囚。突然死囚方向一转，向钱宝宝扑过来，差点扑到钱宝宝身上，一张脏乱的脸正对着钱宝宝的脸，吓得她一声尖叫。死囚挣扎着，往警局门口跑去。

警察掏出枪，枪声响起，死囚被击毙。钱宝宝吓得呆住了。她哆哆嗦嗦地问：

"这什么人啊？犯了什么罪？"

警察轻描淡写地说："哦，他冒充军校的厨子，本来是判了死刑要押赴法场的，结果这家伙偏不老实，这下好了，我们省事了。"

死囚的尸体从钱宝宝面前被拖走。

钱宝宝大惊失色，结结巴巴地说："冒……冒充厨子就是死罪？"

"骗吃骗喝当然罪不至死，但谁叫他点儿背，偏偏冒充的是军校的厨子！军事重地，岂容儿戏！谁知道他是不是间谍特务？"

钱宝宝想到自己冒充的还不是厨子而是老师，不由双腿发软，脊梁骨冒上来一阵寒气。

警察翻开案卷，开始盘问钱宝宝："你，叫什么？干什么的？为什么打架？"

钱宝宝回想起娘犯病时候的痛苦，想起娘要自杀的一幕幕，下定决心，为了救母，必须将冒充萧晗进行到底。她鼓起勇气对警察说："我，我叫萧晗，是龙城军校的老师，我没打架。"

"没打架？我这脸上的伤是谁打的？那项昊说你差点把他打得断子绝孙，还没打架！你说你是龙城军校的老师，我可从没听说军校有女老师啊。你教什么的？"

钱宝宝心虚地说："我……我教算命……不对，心理学……"

警察看出钱宝宝说话吞吞吐吐，而且神色慌张，更加怀疑："那你给我说说，你这心理学具体教什么，我也当过兵，你可别给我瞎忽悠！"

"我……我教……教《三国演义》、《杨家将》、《穆桂英挂帅》……"

警察越听越离谱，"啪"地把笔拍在了桌子上，揉脸的鸡蛋也放了下来："我还教'猪八戒娶媳妇'呢，你当是戏园子唱大戏呢。老实交代，你到底是干什么的？"

钱宝宝心想，糟糕糟糕，出师不利！冷静，人生如戏，全靠演技。

于是她镇定下来，端正坐好："我真是女教员！"

警察从裤腰带上摸出一副手铐，在钱宝宝眼前晃了晃："好啊，如果证明不了，就别怪我不客气！"

钱宝宝拿出警察之前揉脸的鸡蛋，"嘭"的一下敲在了桌子上。

警察一愣："这，这是我的鸡蛋，怎么到你手里去了？"

钱宝宝学着萧晗当初和她讲话的样子："其实本来我是没那么容易拿到的，不过在你刚才对我大发雷霆放松警惕的时候，就顺手拿过来了。如何察言观色，掌握对手的心理状态，找到最佳的作战时机，这就叫心理学！懂吗你？"

警察一时半会儿没反应过来，支吾着说："这……这……"

沈文涛被盘问完，对高美仁和韩旭说："你们俩先去外面等我，我去看一下萧教官。"

沈文涛赶过来，对盘问钱宝宝的警察说："她真是萧晗教官，是大老远特地从海外请回来的。现在距离集英战队报名截止只剩下一个小时，我必须接上萧老师立即回校。我愿意替她担保，麻烦您赶紧放人吧。"

警察立刻眉开眼笑："既然沈公子都亲自出面作证，那肯定是没问题了。喏，萧教官，签字画押吧！"

钱宝宝刚提起笔，却犯了难，她根本不知道萧晗的名字该怎么写。为了蒙混过关，只好硬着头皮朝口供上"鬼画符"了一番。

警察看着钱宝宝画的符咒愣住了，问："这是什么字？"

钱宝宝假装镇定："这是德语，你懂吗你？"

警察自言自语地说："这是德语吗？"

走出警局，钱宝宝一眼看到钱母，激动地跑过去拉着钱母的手，向沈文涛介绍说："哦，这是我奶娘。"

沈文涛点头致意："大娘，您好，让您受惊了。"

来接人的司机提醒沈文涛："少爷，接到教官了我们就回军校吧。"

钱宝宝连忙说："我现在还不能走，我得先找家客栈把我奶娘安顿好了。不是明天一早才正式开学吗？我陪我奶娘一晚，明天一早我会自己去军校的。"

沈文涛想了一下，对司机说："这样吧，你先送萧老师跟她奶娘，我们直接跑回去，应该赶得及。"

司机更加迟疑："这……"

沈文涛对司机说："大娘身体不舒服，她更需要坐车，快去吧。"

沈文涛把钱宝宝母女送上汽车，立即转身离开。钱宝宝在后面喊："谢谢你，你叫什么名字？"

沈文涛边走边转过头来回答："沈文涛！"

钱宝宝把钱母在客栈安顿好，并给钱母倒了一杯茶，说："娘，咱们今天就在这儿住一夜，等明天我去军校报到完就可以送您进大医院治病了。"

钱母接过茶杯，担心地说："宝宝，娘想了想，这个冒名顶替的事儿还是算了吧，咱们现在走还来得及。这可不是在杂技团卖艺，演砸了就演砸了，不会有生命危险。这还没怎么样呢，都弄进局子里去了，娘不让你去冒这个险。"

钱宝宝强颜欢笑："娘，我是谁啊，我可是你女儿钱宝宝，是横扫千军颠倒众生、独步武林唯我独尊的钱宝宝啊！虽然现如今生活落魄，五行缺钱，但以我的实力，给你治个病简直小菜一碟！不就是上军校训练几个毛头小子么，能比我们马戏团训老虎、狮子、狗熊更难吗？"

钱宝宝的话把钱母逗乐了。

项昊看见一起闹事的军校同学们被一一放走了，气得抓住铁栏杆冲着外面大叫："喂，快放我出去！你们放我出去。"

高个子警察面无表情地打开牢门："跟我走！"

项昊被押着来到警察局后院，此时后院后门有一群警察，打头的警察看到项昊，走上前对高个子警察说："人交给我就行了。"

高个子警察忙敬礼："是！长官！"

被称为长官的警察对项昊摆了一个请的姿势："车在门口候着呢，请吧！"

项昊笑了一下："行啊，挺懂事儿的，知道我报名来不及了，还特地给我派了专车！"

载着项昊的车刚走，何副官已经赶到了警察局长的办公室。

警察局长表现出最大程度的热情："这不是何副官吗！什么风把您吹来了？"

何副官也礼貌有加："项参谋长亲自给大帅去了电话了，请你立即放了项昊。"

"哎呀，原来真是项公子啊，这年头被抓进来的犯人都说自己跟什么大帅、将军沾亲带故，我也不敢偏听偏信。哦，我的人刚刚把项公子押着往临江监狱去了，我这就给临江监狱打电话，让车子到了监狱之后，立刻把项公子送回来。"

何副官一听急了："现在距离报名截止还有半小时。车子开到临江监狱之后再折返回来，时间上根本来不及！"

警察局长也装得特别惋惜："哎呀，那可怎么办哪……"

军校主楼前，项邵达急得直搓手，他小声地问："杜枫、小白，项昊还没来吗？"

杜枫也纳闷："是啊，项参谋长，我们被放出来的时候，警察非说他是首犯，不让他走。"

顾小白很义气地说："他没来，我们也不参加！我们陪着他！"

李继洲虚情假意地说："项参谋长，项昊这孩子也真是的，一年不见了，一回龙城就成了个聚众闹事的首犯，还偏偏就在集英战队报名的节骨眼上，真是叫人操心啊。"

沈国舜远远地看见自己儿子来了，心里很得意。

沈文涛一看项昊没在，问了一句："项昊呢？"

沈国舜态度威严："文涛，你还在等什么，快去报名！"

沈文涛四周看看，还是没有项昊踪影，于是说："不着急。"

"怎么能不着急？这次报名设置了限时挑战赛关卡，在规定时间内不能战胜敌人夺得队旗的人，将没有资格报名参加集英战队预选赛。我提醒你，你耽误的时间越多，通过关卡的概率就越小。你明白吗？"

李继洲也走过来，对沈文涛说："文涛，这次项昊不参加集英战队的选拔，你捡了个大便宜，还不快去报名？"

沈文涛还是站着不动："没有好对手的比赛，我没兴趣。"

沈国舜气愤地说："你！"

高美仁也在旁边声援沈文涛："文涛，我们也陪你！"

此刻载着项昊的警车还在龙城街道上行驶。项昊看着窗外变化的景象，提醒道："喂，你走错路了，那不是去龙城军校的路。"

一个警察笑了一下，说："谁说要带你去龙城军校了？你一个犯人，当然是去临江监狱了！"

"你耍我？"项昊大怒。

"耍你又怎么样？"

没有人知道项昊是怎么从警车里逃出来的，只有一个老农看见一个英俊的年轻人翻上他的马，很客气地说了一句："老哥，借你马一用。"然后没等他说同意，年轻人已经骑着他的马绝尘而去。

项邵达手表上的时间一分一秒地过去。他心急地埋怨："这个何副官，怎么还没把项昊带回来。"

沈文涛也左右张望着。

沈国舜看着手表，催促着自己的儿子："文涛，别胡闹了，只有十分钟了！"

沈文涛却很坚决："再等等。"

沈国舜指点着自己的手表，对沈文涛说："你不能为了项昊耽误自己的前途！"

沈国舜话音刚落，远处响起马蹄声，众人回头，只见项昊驾马而来，身姿潇洒地朝空中一跃，跨过了操场前的矮灌木，在最后一秒钟赶到了操场。

沈国舜竭力掩饰心中的不快，对着项邵达说："还好还好，及时赶到。"

项邵达一颗悬着的心终于放下，也虚情假意地说："是是，赶到就好！"

顾小白陶醉地看着项昊，感叹道："太帅了，是匹好马！"

项昊潇洒下马，大笔一挥，在报名本上写下了自己的大名，转身对着大家说："集英战队的争夺要是没有我项昊，那得多了无生趣啊！"

沈文涛也正好写好自己的名字，两人对视一眼，挑衅一笑。接着顾小白等人也纷纷写上名字。

项昊对沈文涛说："我可不会因为你等我就手下留情。"

沈文涛拱了一下手："彼此彼此。"

李继洲大声宣布："截止时间还有十分钟，你们必须在时限内拿到分散在校园内的队旗。路线和武器随你们选，但路上会有各种敌人阻碍你们，你们好自为之吧。"

大家答应一声，都挑了趁手的武器，各自出发了。

夺旗大赛进展顺利。杜枫选择了图书馆。

他穿过草坪潜入教学楼，顺着指示标记慢慢靠近图书馆。随后躲过三个守卫，潜进图书馆，灭了灯，在黑暗之中轻手轻脚地移动，和一个守卫擦肩而过，另外两个守卫慢慢向他的方向靠近。他不小心碰掉了一本书，但及时抬脚接住，拿在手中丢向图书馆中间空地。一守卫听到声音快速摸过去，杜枫闪身移动，不料撞上另一个守卫，守卫以匕首攻击杜枫。昏暗中，寒光闪动后陷入平静。之前的守卫速度过来探查，发现一名同伴已被打晕，立刻向某个书架位置奔去。杜枫翻身趴在一排书架上，眼看守卫跑到某个书架下止步，拉开架势仿佛要保护什么。

杜枫心下了然，他倒吊着身子，一伸手就拿走了一本稍厚的书。他打开书，满意地看到里面夹着一面军旗。杜枫翻身上去消失在黑暗中。

沈文涛选择了校园钟楼。

他来到钟楼附近，看到军旗在此处的标志，于是端着步枪快速靠近门口。没想到二楼三楼突然射来子弹。他敏捷地翻滚到一边，隔着玻璃一枪解决了一楼的枪手。进入钟楼，又一路向上轻松解决了剩下的两个狙击手，顺手从他们身上拿了子弹和帽子，摸上顶层的楼梯口。

沈文涛借着一堆杂物做掩体，用枪顶着帽子假装露出半个头。果然有一枪射来。沈文涛了然一笑，明确了敌人的方位。狙击手盯着箱子后面沈文涛的步枪枪头，只等沈文涛冒头就开枪。没想到，沈文涛的枪头一晃，他还没来得及扣动扳机，自己的背心就已经被枪抵住了。

沈文涛笑呵呵地说："刘教官，承让。"

刘天宇摘了头套，痞痞地一笑："你赢我不等于你能拿到旗。"

"你藏起来了？"沈文涛问。

"我现在可是个死人，没办法开口告诉你情报哦。"

沈文涛盯着刘天宇的衣服前胸深深看了一眼："既然是死人，穿这么好的衣服也是可惜了。"说罢上手扯开刘天宇的外衣。

刘天宇护住衣领："喂！"可惜衣服还是被扯开来，军旗赫然藏在其中。沈文涛一把抽出军旗，笑呵呵地说："刘教官，有时候死尸也会说话的。"

刘天宇愤愤地拉上衣服："算你狠！"

高美仁和韩旭选择了树林。

他们在树林中快速穿梭，突然枪声大作，子弹在两人脚下激起一片尘土，树枝碎屑乱飞。两人反应敏捷，滚到一处遮蔽物后。

韩旭拿出一面镜子，探查情况后，与高美仁并肩背靠掩体商量对策。"两点钟方向，重型机枪一挺。"

高美仁点头："老规矩。"

高美仁用手势告知韩旭自己从右边冲出吸引火力，让韩旭从左边绕路包抄。

韩旭点头，两人伸出拳头对撞。

高美仁深吸一口气，冲出掩体，一边高呼引敌人注意力，一边快速呈Z字形移动。他成功吸引火力后，韩旭灵巧地潜出掩体，从左边向炮火后绕去。

高美仁奋力躲避子弹，瞥到韩旭就快要靠近枪手。突然大喊："右边！"

机枪手下意识向右掉转枪头，韩旭趁机从左侧一跃扑倒机枪手，几下将他制服。两人再次对拳。

韩旭拔下军旗，递给高美仁。高美仁拿着军旗一脚踹在韩旭的后腰，揉揉他的头："走，再去抢他一面！"

顾小白选择了小教堂。

他看到军旗在此处的标识，拎着棍子摸近门口，在门缝里观察里面的状况，发现只有一个人盘腿坐在教堂中间的空地上，身前横着一根棍子，背后插着一根旗。

顾小白自言自语："这是遇上同门了。"他推开门大步走到那人面前。抱拳道："这位师兄！看在大家都是用棍的同门情分，可否将军旗给晚辈啊？"

那人慢慢张开眼睛，看到满脸堆笑的顾小白："先问我手中这根棍吧。"说罢一跃而起，舞了一团棍花杀向顾小白。

顾小白匆忙迎战，落了下风："唉，我还没准备好呢！"他左右抵挡，背上腿上都被打中，对方狠狠一棍从上砸来，顾小白双手举棍抵挡，棍子瞬间被打成两段。

顾小白叫道："切磋而已，你要不要这么狠啊？"他边说边退，闪进两排椅子中间躲开攻击。椅子中间空间狭小不利于长棍施展，顾小白抓住机会利用两短棍快速进击，几下就找准机会用断棍木尖抵住对方的咽喉："老虎不发威，你当我病猫？拿来！"

那人不情愿地递上军旗。

顾小白丢掉手中的断棍，接过旗子，转身就走。走了两步，回来从那人手中夺过棍子，转身大步离开。

项昊选择了训练场。

他面前站着欧阳飞，还有四个集英战队老队员。

项昊一边系鞋带一边摆手，示意大家先不要动手："等等，等等啊！"系好了鞋带，项昊站起来，摆好架势，对对手说："论打架，我项昊从小就没输过！"

欧阳飞也摆好架势："哦？那就跟我试试！"

"欧阳教官！咱们都一年没见了，您带着头套多不亲切。"

"别啰唆，来吧，让我看看你这一年长了多少本事！"

项昊抢先出手，每招都被欧阳飞轻松化解。欧阳飞防守变反攻，几招之下擒住了项昊。

"功夫见长，不过还差点火候。求饶吧，现在投降我就放过你。"

项昊被勒住脖子咬牙挤出一句话："我项昊的字典里就没有'投降'这两个字。"说完一个反击，因偷袭占了上风，乘胜追击的时候又被老练的欧阳飞扳回局面，打翻在地。

"小子，愿望是很美好，现实却是残酷。还不认输？"

项昊摸出手榴弹挑衅地说："那就一起死吧！"

欧阳飞看看手榴弹，松开钳制项昊的双手，做了一个放行的动作。

项昊起身跑到岗亭，拔下军旗，朝着欧阳飞摇了两下。

"欧阳教官，谢了！"

项昊衣着狼狈，最后一个赶到集合地点——学校的水池边。高美仁说了一句："还以为你折在里面了呢！"

"我项昊能折吗？下水吧！"说完，他把身上本已破烂的衣服一把撕开，丢在地上。其他五个人也纷纷脱掉衣服，六个人一起冲下水池。

韩旭看到水池尽头插着一面军旗。眼睛一亮，快速冲过去。可是他没跑几步就绊到水中的一根绳子，整个人摔出去，幸好高美仁和沈文涛从两边扶住他。

杜枫高声提醒大家："有机关！大家小心。"

顾小白嘲笑韩旭："笨蛋才会踩到机关，冲吧！"说罢，他加速移动，水中一根长竹竿弹起横扫过来，一下子把顾小白打翻在水中。

高美仁幸灾乐祸："哈哈，让你得瑟！"话音未落，又弹出三根竹竿，横飞过来。竹竿劈在水中，激起大片水花。几个人左闪右避，韩旭也被压在竹竿下。项昊、沈文涛各自救起顾小白和韩旭。

此时，水池另一边，十根细木管快速移动，从四面八方汇聚而来。六人刚站稳，身边水中突然跃出十个人朝着他们压来，开始了一场六对十的混战。韩旭解决完对手，飞身扑到池边，拔下军旗，丢向高美仁。

"美仁！你的！"

高美仁一把稳稳抓住，憨憨一笑。

其他人也都解决了对手。十个人受伤不轻，趴在水池边大喘气，纷纷摆手表示服了。

场外时间还剩下五秒。

六个人狼狈不堪，彼此对视一眼，同时拔腿冲向终点，也几乎同时将六面旗插下。

李继洲看着手表，说："时间到！报名有效！"

大家都很兴奋。

项昊与沈文涛喘着气，对峙而望。

第三章　初来乍到

军校操场上，通过初选的五十个学员已经换好干净制服，列队站好。军容整齐，神采飞扬。

李继洲站在麦克风前。

"立正！稍息！恭喜你们五十个人通过集英战队的资格选拔，正式成为集英战队后备班的成员！首先，我们有请本次集英战队选拔的督导——大帅特派员王副官代表大帅致辞。大家欢迎！"

王副官巡视全场，说："集英战队，顾名思义就是一支聚集了最精英军人的战斗部队。加入集英战队是龙城军校生的最高荣誉。今年又到了三年一次的选拔年。"他指了指台下一排十人的现役集英队员，他们身穿着初选赛中阻拦学员前进打斗的服装。"三个月之后，你们中最优秀的学员将会从他们手中接过这面旗子，接受大帅亲自授予的高级军衔，并获得统帅天龙山要塞一个精锐师的兵力！"

台下五十个军校生脸上露出惊喜的表情。

项昊挑衅地看着沈文涛，沈文涛也扭头不甘示弱地看着项昊。

王副官继续说："在此，我代表大帅，预祝各位年轻人勇往直前、马到成功！"

大家鼓掌。

李继洲又站在麦克风前："接下来，我来介绍一下本次集英战队选拔的规则。选拔时限为三个月。在这段时间内，军校会对你们进行全方位的严酷训练。记住，集英战队只接受最强成员。因此战队的选拔原则为无底线淘汰制，也就是说，如果你们不够优秀，就有可能被全部淘汰！淘汰考核分文武两大部分。你们每个人初始都有 50 分，加分扣分取决于日常考核与特定淘汰任务，每个人的成绩都会被严格纪录。另外，我要特别说明，集英战队的选拔是有生命危险的，怕死的、后悔的现在还有机会退出。"

场下纹丝不动，一片凛然之气，没有人退出。

李继洲点点头："好！都是热血好男儿。现在，我来介绍一下训练时期的几位教官，你们中的某些人可能之前就见过了：体能教官欧阳飞、射击学教官刘天宇、战地救援教官苏锐、教务主任谢天娇；鄙人负责教授大家军事战术策略课程，还有一位今天还未能到校的新教员，心理学教官萧晗。我宣布，集英战队报名选拔完成。剩下时间自由活动，明天正式开始训练。解散！"

军校门口，李继洲带着李天翰为王副官送行，又礼貌地送走了沈国舜父子和项邵达父子。众人远去后，李继洲脸上热情的表情顿时不见了，取而代之的是冰冷的寒意。

李天翰看着远去的车子，说："爹，项昊这一回来，我们龙城军校又热闹了。"

李继洲安慰他说："一年前的那件事，项昊、沈文涛真是闹了个天翻地覆。原以为那件事已经彻底摧毁了他，真没想到项昊这小子居然还敢回来。不过，区区一个有勇无谋的毛头小子，也成不了气候。只要我在校长的位子上坐一天，这集英战队的队长就非你莫属。"

李天翰分析说："曾文正公手握八千湘军精锐荡平了太平天国；李鸿章靠淮军和北洋水师成为一代贵胄；袁世凯靠着小站练兵好赖也算当了一把皇帝；北洋军又用保定军校的几千毕业生打着统治全中国的如意算盘。这些都证明了一点：拥精兵者可拥天下！"

李继洲点头，说："大帅对这个集英战队如此器重，还不是想依仗这支精锐部队争霸天下。"

李天翰充满信心地说："虽然今天爹坐拥第 22 师的一票人马，但毕竟还势单力薄，倘若集英战队这支军中翘楚的强悍力量也能归我调遣，何愁将来大事不成。所以，坐上集英战队队长之位的那个人，只能是我李天翰！"

回到家里，沈国舜径直回了书房。书房里立刻传来玻璃摔碎的声音。沈国舜正在训斥手下："废物！饭桶！三个人居然杀不了一个毛头小子？"

手下吓得直哆嗦："对不起，军长！是属下办事不力，请您处罚！"

沈国舜阴沉着脸："对不起有个屁用，老子最讨厌听到这三个字，最没用就是这句话了。火车上那么好的机会都除不掉他，还打草惊蛇了。现在人已经安然无恙回到军校，想再动手谈何容易？"

"属下无能。"

沈国舜突然想起，问了一句："没留下什么尾巴吧？"

"军长请放心，一个活口都没留下，干干净净的。项邵达就算怀疑到咱们，也没有任何证据。"

沈国舜点点头。

突然门被推开，沈文涛出现在沈国舜眼前，他质问道："爹，原来都是你做的。难道你不相信儿子，不信我能凭自己的实力当上集英战队队长吗？大丈夫何需做如此小人勾当？"

手下一看气氛不对，连忙退下。

沈国舜很快镇定下来，他语重心长地说："文涛，爹这么做都是为了你考虑，是为你当上集英战队队长扫清障碍。"

沈文涛正色道："我是想当队长没错，但我要赢得光明正大！"

"文涛，爹就你这么一个儿子，爹当然相信你是最优秀的，不过你要明白，这天下总是好人吃亏啊。爹也是求胜心切，一时犯了糊涂，现在想起来爹也很后悔，幸好，项昊他没事。"

沈文涛再一次厉声道："爹，我提醒您，我不希望你把对付敌人的手段用在对付我的兄弟上。靠您的手段得来的队长之位，我也不稀罕。请你以后不要再做这样的事！"

沈文涛说罢离去，沈国舜看着沈文涛离去的背影，脸上的惭愧之色变为严肃阴沉的神情。他喃喃地说："傻儿子，人心不古，世风日下，你不害人，必被人害！爹哪能看着你被人算计呢？"

沈文涛回到房间，很快就发现了沈文雨的狗腿表现。

"说吧，你这又送巧克力，又给我按摩的，打什么鬼主意？"

沈文雨停下来，也就不再客气了，说："我，我想请你看看能不能找些门路让我也进军校谋个职务。"

"你去军校某职务？你除了能围着项昊咋咋呼呼之外，还能干什么？"

"哥，我向你保证，我一定不咋咋呼呼。我，我就是看看项昊。哥，你忍心看你妹妹受相思之苦吗？我是真的喜欢项昊。你答应过妈妈要好好照顾我的，可是你现在连这个都不肯帮我，你……"

沈文涛连忙阻止她："停。行，我试试！我试试啊。"

沈文雨乐得过去使劲抱了沈文涛一下，沈文涛嫌弃地推开她。沈文雨说："哥，记住你答应我的，不然我一定不会放过你。"

项家书房里也没有安宁。项昊正在接受项邵达的训话。

项邵达很严肃地说："一年前，你跟沈文涛大打一场，说走就走了一整年。这一年里，沈文涛勤学苦练成为全军校最优秀的学员，你却过得浑浑噩噩，白白浪费了一年的时间……"

项昊低着头，语气很不满意："谁说我浪费了一年？这一年，我走南闯北，了解民生疾苦，江南的百姓拥戴何大帅，却对江北李宗济的铁腕政权甚为不满。一个军人只知道怎么作战，那是杀人机器，要打开眼界好好看看这个世界，那才有可能成为这个世界的主宰。"

项邵达点点头："算你有心。这次你回来参选集英战队队长，可得万事当心。我怀疑火车上暗杀你的人是沈国舜或是李继洲派的，但杀手已死，何副官派人去查了，但也没有任何线索。"

项昊满不在乎："他们想杀我，这恰恰证明了我项昊有当上集英战队队长的实力。"

项邵达想起一件事，说："对了，萧世伯的女儿萧晗也从德国回来了，我特地在大帅面前推荐了她，让她去你们军校当心理学教员。萧晗自小跟你订了娃娃亲，这次回来就是为了要跟你完婚。另外，有萧晗在军校的支持，相信也会对你当上集英战队队长有所帮助的。"

项昊皱着眉头："爹，我一定会当上集英战队的队长。但我只靠我自己，靠女人，那叫吃软饭！"

寂静的夜晚，钱母被惊醒。钱宝宝在睡梦中大喊："我不想死，我还要救我娘！我不想死！"钱母推醒钱宝宝："宝宝，你怎么了？"

"没什么，我，我就是做了一个梦……"

钱母非常心疼："做噩梦了吧？"

钱宝宝连忙安慰钱母："娘，这梦啊都是反着来的，我越是做噩梦，越说明我钱宝宝一定会否极泰来、柳暗花明、吉星高照、鸿运当头！"

第二天一早，沈文涛开车接了钱宝宝到学校。车子驶进大门口，看到满眼穿着制服的军人，钱宝宝内心紧张起伏，表面却故作镇静。她眼神灵活，到处观察。庄严、肃穆的高等学府氛围让她有被震撼到的感觉。

"萧教官，这边请。我们现在要去的是办公楼，校长室就在那里。"

钱宝宝说声"谢谢"，跟着沈文涛往教学楼走。

办完复学手续的项昊嬉皮笑脸地对谢天娇说"谢谢"。谢天娇却一脸严肃地说："复学手续办好就算正式回到军校了，提醒你谨记校规校纪。"

项昊满脸堆笑："知道啦！我先上课去了。谢谢，谢主任！"项昊转身往外走，抬头就看见沈文涛带着钱宝宝正走过来。

项昊走到二人面前，认出钱宝宝："是你！"

钱宝宝也认出项昊，她无奈地说："又是你！"

沈文涛认真地给项昊介绍："这是学校新来的萧教官。"

项昊上下打量钱宝宝："萧……教官？莫非……过河还偏遇上摆渡的，真有那么巧？"

钱宝宝鄙视地纠正他："这不叫巧，这叫倒霉！每次遇到你准没好事儿！"

项昊深深看了一眼钱宝宝，转向沈文涛说："沈文涛，今天我项昊正式回来了，你在学校舒舒服服独大的好日子结束了。咱们慢慢走着瞧。"

沈文涛大方地接招："我很期待。"

看着项昊嚣张离开的背影，钱宝宝小声嘀咕了一句："扫把星！"

沈文涛把钱宝宝介绍给谢天娇："谢主任，这位是新来的萧教官，可否麻烦您带她去见一下校长。"

谢天娇了然地点头，表示同意。转身往楼里走去。

钱宝宝接过自己的行李，连声感谢。

沈文涛连忙摆手："别客气，有什么事可以直接找我。"

钱宝宝感激地点点头，转身小跑追上谢天娇的步伐。钱宝宝担心这个身姿挺拔的谢主任会不等她直接先走，想想自己初来乍到，于是使劲地套近乎："谢主任，我能叫你谢大哥吗？"

　　谢天娇冷冷地看了钱宝宝一眼，没有说话，继续走。

　　钱宝宝紧追几步，继续笑呵呵地说："谢大哥，我一见到您就特别亲切，我从小就希望自己有一个像你一样玉树临风的大哥。"

　　谢天娇神情严肃，依然没开口。

　　钱宝宝哪是轻易放弃的人啊，她亦步亦趋地跟着，继续说："谢大哥，那个不好意思，我想去一趟卫生间，我衣服脏了，这样去见校长不太好。"

　　谢天娇扭头看看她衣服上的水渍，继续走，转弯，来到卫生间门口，上面写着"女"。

　　钱宝宝感谢地点头："谢谢大哥。"说罢，进了卫生间，回头却发现谢天娇在后面跟着自己进来了。

　　钱宝宝非常疑惑："谢……谢大哥？你进来干吗？这里是女厕所。"

　　谢天娇终于开声了，嗓音沙哑，却不容置疑："女人当然上女厕所！"

　　"女……女人？你是女的？"

　　谢天娇瞪了钱宝宝一眼，越过她进到里面去了。

　　钱宝宝进到小间里，疯狂砸自己的额头："完了、完了，校长还没见到就先把主任给得罪了。我完了。"

　　谢天娇阴沉着脸，把钱宝宝带到了李继洲面前："校长，这是新来的心理学教官萧晗。"

　　钱宝宝拿出聘书递给李继洲："校长好。这是我的聘书。"

　　李继洲拿着聘书象征性地看了一眼，声音和蔼温柔："你就是项参谋长亲自向大帅推荐的萧晗，萧博士！年纪轻轻的，就在海外取得了博士学位，而且还放弃了海外的优越生活，甘愿回国任教，报效祖国，了不起啊！"

　　钱宝宝连忙点头致谢："校长您言重了，我还有很多不足之处，还要向您多多学习呢！校长，是这样的，一路上陪我来的奶娘正好病了，我想带她去军校医院看看病。既然我都来报到了，可不可以请校长把职工亲属免费医疗的证明开给我。"

李继洲眼珠一转，笑眯眯地说："不急不急，萧老师虽然是我龙城军校的受聘教员，但按照军校规矩，所有的新老师都有十五天的试用期，过了试用期考核之后，才能正式入职。到时候才能开具医疗证明。"

钱宝宝害怕了："十五天？还要经过考核？"

"这个嘛，虽然你是大帅引荐的优秀人才，但也不能破例，不过，萧教官你学识渊博，所谓考验对你来说应该很好应对。"

钱宝宝不得不答应："那，校长，劳您费心了……"

李继洲继续一副和蔼可亲的样子："那，萧老师，一会让谢主任带你去领制服，你先随便看看，熟悉熟悉军校的环境。"

钱宝宝苦笑着："应该的。应该的。"

谢天娇带着钱宝宝去了宿舍，上下打量了一下钱宝宝，说："这是你的宿舍，你的制服在里边，去把衣服换了。"

钱宝宝有点没太明白："哦——军校里不许戴耳环？"

谢天娇用一种"你认为呢"的眼神告诉钱宝宝，是的，不行！

换好制服的钱宝宝继续跟着谢天娇参观，路过操场，看见新学员在接受欧阳飞的训练。

欧阳飞声音洪亮，带着不容置疑的威严："一二，一二，快点，快点，我没喊停都继续跑。快点，都没吃饭吗？你们这群废物。快点，快点，你现在不起来，以后都不用起来了。快点起来！沈文涛、韩旭、高美仁再加五圈。"

钱宝宝咬着呀，抖了一下身子："太狠了，马戏团训狗熊还得歇会儿给口吃的呢！"

谢天娇面无表情地说："看够了吗？下一站！"

下一站是射击场，这一次钱宝宝可是大开眼界了。

学员们口号响亮，钱宝宝远远地就听得格外清楚："男儿扛枪响当当，一枪一弹保国强，不惧挺身上战场，人枪合一似金刚。"

刘天宇发出口令："就位！预备！射击！"

大家分别跑到射击位置，趴在地上，瞄准靶子，一顿连发。

一时间射击场上众弹齐发，发出巨大的轰鸣声。

钱宝宝躲在一边的树丛里，捂住耳朵吓得不轻。

一阵硝烟过去，射击完毕。

顾小白把耳朵里的耳塞取出来。

刘天宇挨个儿检查靶子。

"顾小白，78环；杜枫，89环……"

刘天宇走到项昊的靶子前盯着看，质问到："项昊，你打的这是什么？"

项昊十分得意，高声说道："报告，我打的是个'一'！天下第一的'一'！"

项昊的枪靶子上，子弹排成了整整齐齐的一行。确实是天下第一的"一"。

学员们偷笑，还有人起哄鼓掌。

刘天宇严肃地地吼他们："瞎起什么哄，项昊，50环，射击练习，不及格！"

钱宝宝看得清楚，听得明白，感慨地说："这人到哪里都是扫把星。"

谢天娇冷冷地说："这就是你以后要面对的学生，身为军校教官，威严是第一位的！"

钱宝宝挺直腰杆，回答说："我知道了。"

越参观钱宝宝感慨越多，在一个教室外边听讲的时候，钱宝宝更是增添了想要逃跑的心。

教室的黑板上写着"毒气战"，台下是聚精会神听课的学员。

苏锐站在讲台上侃侃而谈："去年四月，德国与英法联军在伊普雷正面交战。当天，德军士兵每人带了一个毒气罐，罐子里装满了氯气。趁着北风，氯气吹到敌军中，吸入氯气的英法联军士兵很快开始咳嗽甚至窒息。从那一天开始，毒气正式登上了战争历史的舞台。今天我们就来讲一下，目前世界上最前沿的战争毒气和应对方法。"

钱宝宝苦着一张脸，心想：这里的教官也太厉害了！我这个冒牌货可怎么办啊。

苏锐接着说："不过，作为一个医生，我个人认为毒气弹太不人道。"

李天翰站起来发表自己的观点："苏教官，战争的本质就是一种暴力行为，是为了达到某些政治、经济目的而存在的。就我个人而言，过程不重要，结果才是最重要的，凡是能快速赢得战争的方法都是好战术。苏教官，如果您是一名军队指挥官，您是愿意让自己的手下冒着生命危险来打仗，还是快速赢得战争的胜利？"

苏锐想了想，没有直接回答："军事战略思想并不是我的授课范围，这个问题不在此做讨论。但是不希望看到我的学生以后成为战争机器。"

钱宝宝小声嘀咕："这学生年纪轻轻想法就这么阴毒，以后当了军官怎么了得。"

谢天娇立刻说："说得好！"

突然被夸奖，钱宝宝一下子娇羞起来，扭捏着说："我只是随口评论一下。"

谢天娇瞪了钱宝宝一眼："我是说苏教官讲得好！"

钱宝宝尴尬地笑了一下。

参观的最后一站是食堂，钱宝宝早就饿得饥肠辘辘了，可是她一碗饭还没吃完，铃声已经响起，谢天娇立刻放下筷子，站了起来，用眼神示意钱宝宝也停止进食。钱宝宝看着盘子里的鸡块，直咽口水，她凑近谢天娇，问："谢主任，你们龙城军校，那么大排场，难道从来也不给口饱饭吃吗？"

"萧老师，午饭时间已经结束，请放下你的饭碗，给同学们以身作则！"

钱宝宝无奈地放下筷子，站了起来。

李继洲拍了一下手，示意大家安静，然后对着大家说："哦，借午休机会，我正式给大家介绍一下，这位是我们龙城军校新来的心理学教员：萧晗。萧教官是留德归来的博士生，日后她将教授战争心理学课程。大家欢迎！"

掌声响来的时候，钱宝宝的眼睛还盯着盘子里的鸡块呢。沈文涛端着盘子走过钱宝宝身边的时候，小声地说："我晚点儿拿点儿点心给你。"

钱宝宝立刻笑了，小声说"谢谢"，然后和大家一起鼓起掌来。

吃过午饭，钱宝宝走进教员室，一进门就撞在一个人身上，抬头一看，是面无表情的欧阳飞。

钱宝宝连忙道歉："不好意思。"

刘天宇探过头来，对欧阳飞说："飞飞，你也笑一下，别吓着我们新来的女教官。"

欧阳飞回头狠狠地瞪了刘天宇一眼："告诉你多少次了，不许这么叫我！"

"每次都这么严肃，一点都不可爱。"说完，他伸手和钱宝宝握手，"你好啊，萧教官，我叫刘天宇，负责爆破和射击。很高兴认识你。听说你是从德国回来的，德国长什么样啊，和我们说说呗。"

钱宝宝哪知道德国什么样啊，她只好胡诌说："嗯，德国嘛……就那样，有人有路有树。"

刘天宇很给面子，说："是嘛！听起来很不错啊！"

欧阳飞鄙视地笑了一下，问刘天宇："你是怎么听出来的？"

刘天宇拍了他肩膀一下："你懂什么，对待女士要有礼貌，特别是长得这么好看的。说起来，我有多久没见过女人了？"

欧阳飞直摇头："别丢脸了，小心我告诉谢主任！"

刘天宇不以为然，他凑到钱宝宝耳边，其实声音很大地说："军校可是男人的世界，在这里你可要小心哟。"

钱宝宝有点尴尬，笑了一下："呵呵，那个，我还有事，我先走了。"

钱宝宝继续跟着谢天娇了解一些其他工作，迎面看到李天翰、周杰、赵虎三个人走过来，他们头发湿漉漉的，明显是刚刚从浴池里出来。周杰走上前来："报告谢主任，里面有人打架！"

钱宝宝确实听到男生打架的声音，她不知该怎么处理，迷茫地看着谢天娇。

谢天娇厉声问："萧教官，你傻站着看什么热闹？里面打架你不管？"

钱宝宝涨红了脸："这是男澡堂哎！我，我一个女的，我要怎么管？"

谢天娇狠狠瞪了钱宝宝一眼，风驰电掣地冲进澡堂。钱宝宝看着谢天娇的背影，惊讶地睁大了眼睛。

赵虎由衷地赞叹："谢主任还是这么威猛！"

钱宝宝指着浴池的方向，结巴着问："她……她进男浴室？她不怕……？"

周杰哈哈大笑："她当然不怕，是男生怕她。闯男浴室、男宿舍，家常便饭。"

钱宝宝瞬间石化，也由衷地赞叹了一句："太彪悍了！"

与此同时，浴室内传来众男一阵尖叫。

说起浴室内男生的打架，不过是一块肥皂引发的"血案"。事情的起因及发展是，项昊的肥皂滑到了地上，韩旭踩上去摔倒了，沈文涛以为项昊是故意的，几句言语不当，两个人就动起了手。用顾小白的话说："一山岂容二虎，除非一公一母。"最终的结局就是，李天翰冲着赵虎、周杰使了个眼色，周杰、赵虎连忙退了出去，在谢天娇面前成功告发了打架事件。

谢天娇在军校里一向以威猛著称，她的字典里，只有"军人"两字，没有"男女有别"四个字。所以谢天娇毫不介意地闯进男浴室，男生们大惊失色，有的慌忙拿浴巾遮体；有的躲在衣柜后面；韩旭拿着脸盆遮掩下体。

顾小白和高美仁扯着同一块浴巾，高美仁猛地一扯，浴巾被扯走。顾小白只好用双手挡住下身，脸上一副快要哭出来的表情。

谢天娇脸上没有表情："打架斗殴，记过一次，高美仁、韩旭本月累计次数已达七次，失去享受周末的权利！还有顾小白，还有你你你，累计超过十次，去，扛上步枪到操场，正步绕圈走两小时！"

项昊这时候想挽回局面，高声道："报告谢主任，我们没有打架，我们只是在浴室里练习格斗动作！"

谢天娇瞪眼厉声道："好，既然你们这么爱练习，我就让你们练个够！"

操场上，钱宝宝半遮着眼睛，她实在没有勇气看着这些仅围着一条浴巾的男学员们在操场上反复练习走步、立定、稍息等列队基本动作。

钱宝宝尴尬地对谢天娇说："谢主任，你让他们穿这样练习……不太好吧。"

谢天娇咬牙切齿却不动声色地："萧晗老师！你负责在这里监督他们！"说罢离开了。

顾小白真不是故意的，可是他实在没办法，老远冲钱宝宝请示："报告，我，我浴巾掉了。"

钱宝宝双手迅速捂住眼睛，满脸通红地跑掉。

学员们哄堂大笑。

远远的一棵树下，李天翰、赵虎、周杰得意地笑着。

李天翰看着操场上那些练习的肉体们，问道："你们说跟他们比，是我白，还是他们白？"

周杰没回答问题，却拍着马屁，说："量你们两头老虎再凶，也压不过我们天翰大哥，我们天翰大哥可是地头蛇！"

见李天翰脸上不悦，赵虎瞪一眼周杰，低声道："不是蛇，是龙！会不会说话！"

李天翰把刚才的一幕汇报给李继洲，李继洲想了想，说："这个萧晗留不得啊。"

李天翰不明白："她不是大帅亲自向教育部力荐的人么？"

"但是向大帅推荐她的人，却是项邵达。萧家和项家的关系不一般呐，听说十几年前就订过娃娃亲，这是项邵达借了引进人才之名，在龙城军校安插自己的人。她是项邵达留在龙城军校的一只眼睛，更是把项昊送上集英战队队长之位的有力推手。"

李天翰也琢磨着："看着年纪轻轻，难道真有这么大本事？不过，明枪易躲、暗箭难防。是眼睛，我们就把眼珠子挖出来，是推手，我们就把这只手给斩断。"

李继洲点头："毕竟是大帅亲荐的人，这事儿也不能做得太露骨，免得落人口实。我向她提出了十五天的试用期，没想到她竟然爽快答应了。接下来，我会找个合适的机会，让她知难而退。"

钱宝宝这边提心吊胆地扮演着萧晗。

在龙城郊外的河边，受重伤昏迷的萧晗被冲到了河岸上，鲜血染红了河滩，欧阳飞几步赶过去，抱起萧晗。

第四章　首战告捷

　　钱宝宝没想到，一个心理学教员还需要十五天的试用期。她原本以为冒名顶替之后拿到家属免费医疗证明，就可以治好娘的病，然后她就可以全身而退。没想到校长不容商量，晚上回到客栈，她只好再次请郎中来给她娘看病。

　　郎中站起身，轻轻地摇了摇头，然后走到桌前开处方。钱宝宝神情紧张地跟了过去："大夫，我娘的病到底怎么样？"

　　郎中摇摇头："姑娘，我对你娘的病实在无能为力，你还是尽快将她送到医疗条件好的大医院吧！"郎中顿了一下，小声地说："晚了就来不及了。"

　　钱宝宝一脸愁容地看着郎中的背影离开。听到钱母叫自己，一转身，脸上已换上轻松的表情。钱宝宝快步走到床前。

　　"娘，渴吗？要喝水吗？"

　　钱大娘摇摇头："宝宝，娘的病自己清楚，你的心娘也都明白。你没上过一天学就要去冒充人家教官，这事儿太不靠谱了……"

　　钱宝宝握住钱母的手，打断她："娘，你不用担心我，我已经在军校入职了，马上就可以送你到军校医院治病。你的病，在那些留过洋的大夫眼中，就是毛毛雨，你放宽心，就等着长命百岁吧！"

　　钱宝宝看娘还是一脸愁容，坐在床前，伸出手，手里空无一物。手收回再伸，手里出现一块糖果，钱宝宝剥开糖纸把糖塞进钱大娘嘴里。

　　钱母虽然痛苦，但还是欣慰地笑了。她知道，她能给孩子的，也只有笑容而已。

　　汇丰酒店大堂内暗流涌动。

　　得知托马斯这批军火的沈国舜带着周副官来到前台。一路上，周副官向沈国舜分析了近况，托马斯是昨晚后半夜入住龙城酒店的，但他没有立刻和军校联系，也没有见其他人。沈国舜当即决定，先下手为强。

沈国舜说:"托马斯从德国带来的这批军火,除了五百支枪械和两万发子弹,甚至还有几架德军最新研制的 105mm 轻型野战榴弹炮。这可是一块大肥肉,估计人人都想咬一口。"

在周副官立刻表示:"我们应该是最早来见他的。"

"那就好,从军校手中抢军火毕竟不是什么能见得光的事,就怕夜长梦多。"

周副官再次表态:"我们和托马斯的联系一向隐秘,李继洲绝对不会察觉的。"

沈国舜冷笑道:"到时候李继洲拿不到事先订好的军火,只怕他一定会暴跳如雷吧。"

可是沈国舜立刻发现他们不是最先到达的,前台那里项邵达已经在和服务员交谈,只是项邵达还没有问出房间号,沈国舜已经大声地过来打招呼了。

"项参谋长? 这么巧。"

项邵达扭头看见了沈国舜,露出吃惊的表情:"啊! 沈老弟! 真巧! "

两人一阵心虚,随即迅速镇定下来。

项邵达故意问:"沈老弟跟我还真是有缘,在这里也能碰上,你这是? "

"今天我本来打算去戏园子看戏,不曾想大帅给我介绍了一个朋友,我不敢不见呀。这不,我特意来酒店会会大帅的朋友。"

项邵达颇有深意地微笑:"既然大帅这么重视,莫非是远道而来的德国朋友? 可是你来见他,大帅真的知道吗? "项邵达最后的问句声音很小。

沈国舜尴尬地笑笑:"项兄,你真会开玩笑。项兄消息一向灵通,比大帅的情报科消息还快,莫非项兄知道了什么消息? 这酒店有德国人入住? 是项兄这次要见的人吗? "

项邵达皮笑肉不笑地说:"沈老弟,你一句玩笑话是想把老哥我送上死路吗? 怎么能把我和大帅放在一起谈论。现在龙城在大帅的统治下,太平无事,我天天在家也就是养花喂鸟,两耳不闻窗处事,哪有沈老弟耳聪目明。"

两个人假惺惺地寒暄的时候,李继洲和李天翰也来到了酒店,李继洲走得飞快,边走边说:"这批军火已经运到龙城了,负责接头的德国佬就住在楼上,这次我特地带你来,就是想让你来见见世面。"

李天翰跟在父亲身边,也小声地说:"爹,你刚才说托马斯昨晚已经到龙城了,却没有第一时间跟我们联系,我怎么觉得,学校的这批军火不会出什么变故吧? "

李继洲面色沉重，叹了口气说："这是我最担心的，但愿是我们想多了。"

项邵达和沈国舜看见李家父子前来，神情更加不自然了。

李继洲也抬头看见项邵达和沈国舜，面部不由地抽动了一下。他低声对李天翰说："看来这件事确实是难办了。惦记这批军火的不光军校一家。"

李继洲笑着向项邵达、沈国舜走过去，主动打招呼："项兄，沈兄，果然跟我有缘呀，在酒店这种地方咱们三个都能碰上。你们来这里，不会和我来这里，为的是同一件事吧？"

项邵达脸上堆笑："李校长真会说笑，我是来会客的，不过恰巧，我的朋友刚好出门去了。"

沈国舜也附和说："我的朋友也爽约了，我军中还有些要事要处理，那二位忙，我先告辞了。"

项邵达也萌生退意："我也是公务缠身啊，听说这家酒店的西餐不错，改天由我做东，一定请二位来此一聚如何？"

李继洲大笑着说："好，项老哥可不许食言啊！"

三人笑着假惺惺地道别。

李继洲狠狠地瞪了一眼两人背影，接着转身带着李天翰向前台走去，询问托马斯的房间。

项邵达挥手和沈国舜道别："再会，沈老弟！"随后钻进车子，立刻对何副官说："派人在这里盯着，姓沈的也想抢这批军火，不能让他占得先机。"

李继洲、李天翰父子如愿进入托马斯房间。托马斯的德国牧羊犬狂吠，托马斯一指，牧羊犬乖乖坐下。

李继洲恭敬地伸出手："我是龙城军校的校长李继洲。"

旁边的翻译认真进行了翻译。

托马斯傲慢地起身和李继洲握了下手。

李继洲首先发言："托马斯先生，你们昨晚刚到，路上辛苦了，我就长话短说吧，咱们什么时候按合同把交易完成了，您也轻松，我们也省心。"

托马斯轻慢地微笑："不，不，不，交易的事儿不着急，我还要考虑。"

李继洲着急了："我们签了合同，付了定金，你还有什么好考虑的？"

"我要考虑，当然是因为出现了更大方的买主，至于定金，我会如数退给你们的。"

李继洲压着怒火，说："不瞒你说，这批先进的枪械炮弹，是大帅为了集英战队训练特意订购的，容不得半点闪失。"

托马斯逗着他的牧羊犬："那是你的事，我不需要服从你的大帅。"

李天翰已经控制不住，他愤怒地站起来，威胁地看着托马斯："你们怎么一点规矩都不守？"

看见李天翰愤怒的动作，牧羊犬扑上来狂叫。托马斯却并不对李天翰的态度生气，用手指了指牧羊犬。牧羊犬领会意思，安静下来。

李继洲也拉了拉李天翰的袖子，让他坐下。

托马斯说："现在你们国家到处在打仗，本来就是一个无规矩的世界，在无规矩的世道里，只有傻瓜才守规矩。"

李继洲不快地说："你是想坐地起价？"

李天翰再一次站起来："你们真是不要脸，出尔反尔！"

翻译约翰没有继续翻译，而是提醒李天翰："小李先生，注意你的措辞，这种带有侮辱性的语言，我不能翻给托马斯先生。"

托马斯看了看翻译为难的表情，对约翰说："他说什么，翻给我听，我不在意。"

翻译把李天翰的话翻给托马斯，托马斯一脸无赖的表情："我是出尔反尔，因为面对的诱惑太大。你们还是去好好打听打听，别人愿意出多少价，再来找我谈吧。"

李继洲和李天翰回到学校，两个人在办公室里商量对策。

"爹，我已经打听过了，项家和沈家愿意出比军校更高的价钱，买下托马斯手上的军火。怪不得那德国佬会目中无人，坐地起价。"

李继洲很为难："军校的每笔支出，都需大帅那边审批，既然合同已经签了，现在我突然要追加那批武器的预算，大帅肯定会觉得我无能，但是完不成这个任务，大帅也会对我们失去信任。项、沈两家都财大气粗，瞧今天这架势，肯定都对这块肥肉馋了好久了，这可怎么办？"

李天翰思索了一下："既然左右都要受到大帅的责难，不如我们找个替罪羊。"

"找谁做这个替罪羊呢？"

李天翰露出一个坏笑："萧晗。趁她根基未稳，我们借刀杀人，将这个项邵达的眼线、项昊的帮手彻底清除。"

李继洲赞许地笑了："好主意。我就派萧晗作为军校代表去跟托马斯谈判。反正是个根本完不成的任务，到时候问她一个办事不力之罪，正好借此将她赶出军校。"

李天翰得到父亲的称赞，十分得意，"如果这批军火当真落在项邵达手里，我们还可以说是因为萧晗和项家的关系，说她损公肥私，暗中帮忙。"

李继洲点头："我儿果然足智多谋，可以为父亲分忧了。"

军校教学楼走廊上，项昊倚靠着墙，有意等着走出来的钱宝宝，并且主动搭讪。

"你是萧晗？"

钱宝宝有点迟疑地说："是啊。怎么了？"

"你怎么和小时候一点都不像？小时候丑，现在……更丑。"

"女大十八变你不知道？"钱宝宝不知道这个项昊和萧晗到底什么关系，不太敢多言。

项昊看着钱宝宝："你早知道我是项昊了吧？你是不是在跟我玩欲擒故纵？"

"什么欲擒故纵？你想多了。"

项昊站直了，直接说："我没时间跟你绕弯子，今天我来就是想直截了当地告诉你，我们的亲事是我家老爷子自作主张定下的，我根本不同意，一句话，我不可能娶你，你给我死了这条心，记住了吗？"

钱宝宝从来没想到萧晗竟然和项昊有这样的渊源，她更加不敢多言，非常顺从地说了一句："记住了。"

项昊得寸进尺："我再补充一条，你要想在军校继续待下去，不要与任何人谈项、萧两家联姻的话题。否则，我保证你在军校待不下去！"

钱宝宝一下子不乐意了，提高了音量："除非我脑袋被门夹了，才会爱上你这个神经病、扫把星！"

项昊冷笑一声，转身离开。钱宝宝气得直跺脚，向相反方向走了。

钱宝宝被谢天娇叫到校长办公室去，一路都在狐疑。她想再找机会和这个李校长提提免费医疗证明的事。

李继洲和钱宝宝隔桌而坐。钱宝宝翻看合同，尽管她看不懂，却装得很认真，看完后把合同放在桌子上。

"校长，要我做什么？"

李继洲指着合同，无奈地说："这是咱们军校从德国军火商那里购置的一批军火，现在已经运到了龙城。由于某些原因，现在那个军火商要坐地起价，不肯交货。这批武器是学校急需的，我们要派代表与德国人谈判，敦促他们执行合同，以约定的 20 万大洋完成交易，并将武器安全无虞地运回学校。"

钱宝宝莫名其妙地看着李继洲："您不会让我去跟德国人商量这事吧？校长，这不是 20 斤猪肉，这是 20 万大洋的军火！我初来乍到，还不了解情况，这么重要的事，我……我怕给您办砸了！"

李继洲脸色一沉，一本正经地说："你是军校的教官，就是军人，军人的天职就是无条件服从命令。现在我命令你去完成这个任务。"

"没得商量吗？"

李继洲故意生气地说："萧教官，这是龙城军校，不是菜市场，容不得你讨价还价！"顿了顿，又转而和蔼，"其实，我做这样的安排是有道理的，你精通德语和谈判心理学，军校还真找不到比你更合适的人选。当然，如果你不是军校的教官，会有其他选择的！军校人才济济，脱颖而出的机会并不多，希望你珍惜！"

钱宝宝只好说："那，那我尽力试试吧。"

李继洲正色道："不是尽力试试，而是要保证完成任务。这是你试用期的第一个任务，如果完不成，就脱下教官制服，卷铺盖走人。军校不接受失败者！"

领了命令的钱宝宝坐在草坪上，有一下没一下地揪着地上的草，自言自语地说："德语只会说两句半，武器一窍不通，跟洋鬼子谈判，就等于跟阎王爷掰腕子。我为肥猪，他为屠夫，任人宰割啊，怎么办呢？"

不远处，高美仁抛出的橄榄球飞向钱宝宝的头，她却浑然不知，沈文涛见状快速启动，一手拍飞橄榄球，护下钱宝宝。钱宝宝呆呆地看着沈文涛，不知道发生了什么。沈文涛看着钱宝宝纯净的眼睛，心中一动。

钱宝宝站起来还是没明白怎么回事，高美仁和韩旭已经在旁边起哄。沈文涛示意让他们闭嘴。

"萧教官这是怎么了，魂不守舍的？"

钱宝宝把合同递给沈文涛，撇着嘴说："校长赏给我一个成名立万的机会，力道有点猛，弄得我六神无主！"

沈文涛环视一圈，拉住钱宝宝："我们到那边去说！"

韩旭看沈文涛严肃的表情，招呼大家别围观了，继续打球。

两人离开草坪，找了个人少的地方，沈文涛给钱宝宝分析："这件事我知道一些。项家和我家为了得到这批军火，根本不计成本。校方合同上的价格没有任何优势，又无法约束德国人，这几乎是一项无法完成的任务。你怎么能接受呢？"

钱宝宝苦着一张脸："如果不接受，除了离职，我别无选择。"

"李继洲是把一个烫手山芋扔给你了。"

钱宝宝无奈地看着沈文涛，问："你也希望你家得到这批武器吧？"

沈文涛摇头："对于父辈无底线、无原则、有家无国的勾心斗角，我早已深恶痛绝。我现在是军校的学员，将来是国家的军人。对我来说，没有军校，就没有我的未来。军校的利益，在我这里，神圣不可侵犯！"

钱宝宝怔怔地看着沈文涛，觉得有一点不可思议，又有一点惊喜。

钱宝宝认真地说："你愿意以大局为重，这么想很不容易。"

沈文涛诚恳地说："我来帮你吧！"

钱宝宝高兴地伸过手去："太好了，谢谢你，你是我在龙城的第一个朋友。"

沈文涛握住钱宝宝的手，附在钱宝宝耳边："你的朋友有个想法，你听听可不可行……"

汇丰酒店今天注定要再一次暗流涌动。

钱宝宝带着约瑟夫，在托马斯入住的酒店前台办入住手续。办完手续后，钱宝宝接过钥匙，示意服务员靠近自己。服务员起身，把身子凑到钱宝宝面前。钱宝宝从包里掏出几个大洋，塞到服务员手里。

她声音低沉："请收下！"

服务员悄声地说："需要什么服务？"

钱宝宝小声说："只要有人来找德国人托马斯，就把我的房间号告诉他们。记住，是所有人！"

服务员面露难色："不太妥吧？"

钱宝宝又掏出一把银圆，在服务员眼前晃了晃："现在妥了吗？"

服务员满面带笑点头："妥了！"

这时候沈文涛也来到酒店大堂，跟钱宝宝他们碰面。

钱宝宝指着约瑟夫："这是我雇的德国翻译。"

沈文涛微微一愣："你不是懂德语的吗？"

钱宝宝心虚，马上说："装装气势嘛，别让那个德国佬觉得我们好糊弄。"

沈文涛，想了想："也对。那咱们就按说好的，兵分两路行事。"

钱宝宝为了打消沈文涛的疑虑，转头用德语对约瑟夫说："这是沈文涛，我的学生。"

约瑟夫跟沈文涛握了握手。

酒店钱宝宝房间里，钱宝宝站在镜子面前，穿着黑色女式西装，高跟筒靴，戴着金色大波浪卷假发套。作为中国通，约瑟夫不时给钱宝宝提出一些举止仪态表现的建议。

"嗯，我觉得你还应该再化点妆。比如这里化上深一些的眼影，德国人都是深眼窝。粉底要白一点，德国是白种人……"

钱宝宝看着镜子里的自己，点头认同："好！"

打扮完自己，钱宝宝对约瑟夫说："再重复一遍你的任务。"

约瑟夫用不太流利的中文："我要扮演德国军火商托马斯，一会有人来找我们谈生意，要看你的眼色行事，总之一个目的，无论谁来买军火，必须找借口说不。如果我演砸了，扣除后面的佣金。"

钱宝宝笑了："很好。"

今天托马斯有点心慌，他疑惑地用德语对约翰说："咱们在德国没启程来中国之前，项家和沈家都几次发电报给我，表示愿意加价得到这批军火。现在军火运到龙城，他们为什么避而不见了？"

"我们不会被他们忽悠了吧？"

这时敲门声传来，约翰去开门。约翰问清来人身份，把沈文涛让进屋里来："老板，沈家少爷求见。"

沈文涛径直坐到沙发上，慢条斯理地说："我是沈文涛。家父沈国舜派我前来洽谈那笔生意。为了不浪费彼此的时间，我就不废话了。18万大洋，你若接受，我留货；你若为难，我走人。"

约翰附在托马斯耳边把沈文涛的话如实翻译。

托马斯脸色骤变，猛拍桌子，用德文不爽地高声说："这是什么意思？老子不吃这一套！别以为这批货到了你们的地盘，一切就由你们做主。立即回去告诉沈国舜，成交的前提是诚意，不是忽悠！"

约翰用中文翻译给沈文涛说："请转告你父亲，这样的报价很没有诚意，托马斯先生很不满意。"

沈文涛出门后，脸上露出得意的笑容。

酒店走廊里，项昊一间一间数着门牌号，嘴里叨咕着："308，308，308……"

顾小白跟在后面，不耐烦地说："老大，咱们这么费劲逃学溜出来，就是来这儿凑热闹？"

"你难道不好奇，萧晗面对一个不可能完成的任务，会有多狼狈？我光想想都觉得开心。"项昊说着继续查看门牌。

顾小白小声嘀咕："关心就说关心得了，嘴硬！"

"你说什么？"

顾小白连忙摇头："没什么。"

项昊刚上楼梯口就看见了沈文涛，连忙转身拉着顾小白往下跑，在下一层停下。顾小白喘着粗气："老大，别一惊一乍的好不好？会死人的！"

项昊想了一下，说："也是，我躲他干什么？"于是站起身来打招呼："沈文涛！你来这里干什么？"

沈文涛看到项昊和顾小白，笑容顿失。

项昊语气讽刺："这不是满口仁义道德，唯军校教官命令是从的模范生沈文涛吗？怎么？这么快就继承老爸的衣钵了？军火抢到手了吗？"

沈文涛厉声说："你胡说什么？托马斯就在这里，他卖我买，公平公开。你不是也来了吗，不需要我引荐吧？"

"谢谢，真不需要！我来呢，就是想看看你来没来，现在已经证实了！"

"我没空和你废话。"说完，沈文涛转身下楼了。

顾小白提议说："老大，我们也走吧？"

项昊站着不动："这个沈文涛，竟然背着军校来抢军火，可恶，不能让他得逞。"

酒店大堂前台，沈国舜问服务员，"请问，德国来的托马斯先生住哪个房间？"

服务员打量着沈国舜，说："308。"

沈国舜带着周副官敲响了 308 的门，开门后，约瑟夫扮演的托马斯和钱宝宝扮演的托马斯翻译已经准备就绪。

钱宝宝对约瑟夫说："这是沈国舜先生。"转头又对沈国舜说："托马斯先生很忙，麻烦您长话短说，拿出一百二十分的诚意。"

沈国舜冲着约瑟夫举起三根手指："我是个爽快的人，托马斯先生，这个价怎么样？"

约瑟夫摇头，举起一个手掌。

沈国舜疑惑地看着钱宝宝："什么意思？ 50 万成交？"

钱宝宝表演得很认真，她声音稳健地说："我老板是提醒你，已有五家竞价。"

"五家？哪五家？除了项邵达，还有谁？"

钱宝宝说："商业机密，恕不奉告。"

沈国舜皱眉，他觉得这个翻译看上去怪怪的，甚至不征求托马斯的意见就能自己做主。于是，指了指约瑟夫，问："我可以跟他直接对话吗？"

钱宝宝说："可以，请说德语！"

沈国舜疑惑地看着钱宝宝："你是德国人吗？"

"祖上五代住在慕尼黑！"

"你说中文为什么会有阳城口音？"

"我的中文是阳城老师教的！"

沈国舜于是清了清嗓门，一字一顿地说："托马斯先生，我们之前的价格已经是我的底线，不可能再增加了。"

约瑟夫摇头。钱宝宝立刻下了逐客令："那我们只能和你说抱歉了。"

沈国舜黑着脸，站起来就走，周副官急忙跟上。

"可恶，这个德国佬，朝秦暮楚，这事看来棘手了。"

周副官问："我们现在该怎么办？"

沈国舜上了车："还能怎么办，走一步算一步！"

沈国舜的汽车刚开走没多久，项邵达的汽车就赶到了。

项邵达和何副官来到三楼，撞到了项昊和顾小白。

项邵达看见项昊，略感惊讶："昊儿？你怎么在这儿？"

项昊看见项邵达，表情严肃："爹，你来得正好，我想问您一件事。"

项昊把项邵达拉到一边。

"爹，我们军校向德国人买的那批军火，您是不是也想要？"

项邵达有些惊讶："你怎么知道？"

"你别管我是怎么知道的！您作为大帅手下的得力干将，不该争这批军火，拆军校的台。"

"身处乱世，什么最可靠？枪杆子！更何况，那批军火到我手里，我可以决定它的用途。落在别人手里，起什么作用，就不好说了！"

项昊强硬地说："可这不是你的枪！"

"谁拿到手那就是谁的枪。现在你给我立刻滚回军校去，听到没有！"

项昊和顾小白只好佯装下楼离开。项邵达看到他们下楼了，才气冲冲离去。

项邵达和何副官来到 308 室。

项邵达微笑着向钱宝宝自我介绍："龙城项邵达。"

钱宝宝有些害怕，低着头，不敢看他。她声音紧张地对约瑟夫介绍："这位是项先生。"

约瑟夫点点头，伸手示意项邵达坐。

项邵达落座，习惯性地掏出大烟斗。

"托马斯先生，我就不和你绕圈子了，我的开价是——"项邵达做出"三"的手势。

约瑟夫摇头，做出"五"的手势。

项昊躲在大堂的沙发后，眼看着项邵达走出酒店才敢露脸："没想到我爹也想抢军校的军火，我得想个办法，让老头子得不了逞。"

顾小白问："什么办法？"

"走，找托马斯谈判去。"

"老大，也没有校长的允许，我们代表军校去谈判，行不行啊？"

项昊说："谁说要代表军校啦，我要代表项家！"

顾小白想了想："好吧，那我跟你一起去，虽说是个与虎谋皮的活儿，但是打虎不离亲兄弟嘛。"

项昊拍了拍顾小白的肩："好。"

项昊来到钱宝宝房间门口，让顾小白去敲门。

钱宝宝应了一声："请进。"

项昊推门而入，开口就说："我是项邵达的儿子项昊，来谈军火生意的。"

钱宝宝惊呼："你怎么来了？"

项昊疑惑地问："你认识我？"

钱宝宝把假发一摘。

项昊仔细辨认："萧晗？你怎么这个样子？这是唱的哪一出？"

"你来这儿又是唱的哪出？"

"我是背着我爹来找托马斯谈判的，搅黄了他们的交易，学校的军火不就保住了吗？"

钱宝宝得意地说："关于保住学校的军火嘛，山人自有妙计！我的计划马上就要成功了，你千万别跟着搅和啊。"

钱宝宝说着推项昊出门。项昊一边被推着走一边不死心地问："妙计？什么妙计？"

"现在没时间跟你说这么多，以后再告诉你。"

钱宝宝将项昊推出去，关上房间门。约瑟夫拿着一套军校教官制服走过来，钱宝宝接过衣服，说："该去见托马斯了。"

顾小白远远看到项昊被推出来，面露惊讶。

顾小白迎上前几步："老大，你怎么被托马斯赶出来了？"

"什么托马斯，是萧晗。她扮成了个洋女人在玩儿花样。"

"萧教官？哦！萧教官是不是想扮成托马斯老乡去套近乎啊？"

项昊敲了顾小白脑袋一下："你猪脑袋啊，偷龙转凤都看不出来。"

"那我们现在？"

项昊想了想："等！看戏。"过了好一阵子，项昊快要睡着了，顾小白盯着动静。钱宝宝的房间门开了，一身教官制服的钱宝宝和约瑟夫一前一后走出来。

顾小白用手肘戳项昊："老大，萧教官出来了。"

项昊对顾小白使了一个眼色："走，看看她搞的什么鬼。"两人悄悄跟上钱宝宝。

钱宝宝趾高气扬地来到托马斯房间，将军校的名片递给托马斯。托马斯接过名片一看，手一扬把名片甩到桌子上，手不小心碰到茶杯。眼看茶杯要摔在地上，钱宝宝眼疾手快，用脚背稳稳接住，然后脚一抬把茶杯高高抛起来，用手捏住杯子边缘旋转着将茶杯放在刚才的位置。一套动作行云流水，看得托马斯目瞪口呆。

托马斯惊奇地看着钱宝宝："这是什么功夫？"

听完约翰的翻译，钱宝宝微笑，示意约翰附耳来听。约翰听完，站直身体，用德语说："萧小姐说，刚才她用的是太极功夫。太极讲究的是个道字。天有天道，商有商道。"

托马斯疑惑地说："中国文化太玄了，我听不懂她在说什么。"

钱宝宝又向约翰嘀咕几句。

约翰翻译说："萧小姐说道就是道理、规则，正所谓有理走遍天下，世界通用。您虽然不懂中文，但现在正身处东方礼仪之邦。希望您能在彼此尊重、互惠互利的原则下，尽快执行合同，按时交货。"

托马斯说："我的道是在商言商，我只求利益最大化！"

约翰翻译完，钱宝宝冲托马斯一笑，站起来，昂首挺胸，头也不回地离去。

看到钱宝宝和约瑟夫从托马斯的房间出来，项昊和顾小白闪身出来，拦住去路。

项昊看看表："五分钟就谈妥了？"

钱宝宝不屑地说："大文章全凭起首，好结局总在后头。我这叫闪电战，知道吗？"

项昊嘴巴一撇:"明明碰了钉子,能不装腔作势吗?"

钱宝宝挑衅地说:"不信是吧?通知李校长,明天这个时间,你带着军校学员在酒店门口等着我,我们一起去运收军火。"

顾小白一脸疑惑:"萧教官,你真搞定了?"

钱宝宝对项昊和顾小白神秘一笑:"真的假的,明天不就知道了。"说完大步走开。项昊对顾小白说:"真不知道她哪儿来的自信!"

顾小白则看着钱宝宝的背影,赞叹道:"萧教官好帅啊!"

项昊重重拍了顾小白脑袋一下表示不满。

钱宝宝走后,托马斯阴着脸,在房间里来回踱步,牧羊犬跟他来回跑。他愤怒地一指,用德语喊了一句"坐下",牧羊犬乖乖地坐下,可怜兮兮地望着托马斯。约翰垂头站在一旁,不敢吭声。

托马斯停下,转身盯着约翰:"半月前,项、沈两家都联系我们说想要买这批军火。现在我们来了龙城,他们却一家不露面,一家毫无诚意,这是为什么?你怎么看?"

"这批军火是龙城军校下的订单,项邵达和沈国舜毕竟是大帅下面的人,估计是碍于这层关系才……老板,要不我们主动联系一下项邵达?"

托马斯愤怒挥手:"算了,中国有句老话,上赶着不是买卖。如果他想来,早就来了。"

晚上,钱宝宝坐在宿舍里,捧着父亲留给她的耳环,闭着眼睛祈祷:"爹,你在天之灵保佑我,无论多难,我都要完成这个任务。只有完成这个任务,成为军校的教官,娘的病才有希望!"

第二天,钱宝宝带着约瑟夫大摇大摆地走进托马斯的房间,大大咧咧地往沙发上一坐,示意约瑟夫讲话。

约瑟夫用德语说:"这是我方代表最后一次来此,只安排五分钟时间,只有两条主张:一、贵方在签订合同收取定金之后,恶意违约,给我方造成很多不必要的损失,本着互利互惠的原则,望贵方尽快履行合同,其他事宜既往不咎;二、乱世龙城,龙蛇混杂,觊觎这批武器的大有人在,至于他们通过何种渠道、何种手段,会给贵方造成何种危险，我方不好推测，但是劝你们一句，迟则生变，托马斯先生要多加注意，确保货物和人身安全。"

托马斯愤怒地说："你敢威胁我？"

等约翰翻译完，钱宝宝表现得异常平静："就事论事而已。"然后起身要告辞。

托马斯连忙拦住她："等一下，让我想想，现在还不到五分钟嘛！"

项昊和沈文涛难得心平气和地等在酒店另一个房间里。项昊看着钱宝宝一脸丧气推门进来，连忙迎上去，明明很担心，却故意毒舌地说："我就知道！谈判肯定完蛋！昨天谁说的好结局在后头？"

沈文涛皱眉："失败了？不会吧？"

钱宝宝突然露出一个灿烂的笑脸，拿出藏在身后的交货单，得意地说："搞定啦！"

项昊上来一把抢过交货单。仔细查看过后，不解地问："你是怎么办到的？"

钱宝宝冲着沈文涛一笑，说："多亏了沈文涛。"

项昊不服气地"哼"一声，多多少少心里有些不舒服。

钱宝宝高兴地说："走，现在我们就去取货！"

钱宝宝谈判成功的消息很快传到李继洲这里。

李继洲焦急地在办公室里踱步的时候，李天翰急匆匆推门进来。李继洲回到办公桌坐下，极力掩饰内心的焦急，故作平静。李天翰双手撑在办公桌上，身子前探，刚想说话，李继洲指了指椅子，示意他坐下。

李天翰坐下，迫不及待地说："钱宝宝已经与托马斯交涉成功，按合同约定如期如数完成交易。"

李继洲一拍桌子："怎么可能！"

李天翰点头："千真万确！"

李继洲沉默不语，死盯着李天翰，最后说："面对项邵达和沈国舜这么强大的两个对手，萧晗那丫头竟然能拿到这批武器，真是走了狗屎运了。"

李天翰脸色阴险地说："我有一个主意，可以一箭双雕。这批武器不光项家和沈家需要，咱家也需要。现在大家都知道军校谈下这批军火了，我带人假扮土匪半路截获，将武器收入咱们李家囊中，到时候就没有我们的责任，只需问萧晗一个押运军火不利之罪，将她赶出军校。"

李继洲不无担心："这么做是不是风险太大了？"

李天翰狠狠地说："爹，成大事者，都是刀尖上行走，为了这块大肥肉，我觉得值。"

第五章　再临风雨

　　两辆卡车驶入库房大院，在院中停下。钱宝宝、沈文涛带领军校学员下车，走向库房。先到一步的项昊、顾小白等人迎上来。项昊示意众人停下，不要靠近库房。他跑到钱宝宝面前，一本正经地说："报告萧教官，在库房大门上发现烈性炸弹，请指示！"

　　钱宝宝心里一惊："炸弹？什么炸弹？"

　　项昊说："密码炸弹。开门的时候，如果对错了密码，炸弹将自动引爆，瞬间能把库房夷为平地。"

　　学员们听到此话，面面相觑，都向后退了几步，把钱宝宝和沈文涛留在前面。

　　沈文涛说："萧教官，我先过去看看情况。"

　　项昊上前一步，拦住沈文涛："要服从教官命令，没有教官的命令，你不能上前。"同时示意顾小白和杜枫拦住沈文涛。

　　顾小白小声对沈文涛说："炸弹假的，逗逗教官。你懂的！"

　　沈文涛看看顾小白，又看看钱宝宝。没再说话。

　　钱宝宝那边有些迟疑："我是教心理学的，哪里懂什么炸弹。"

　　项昊继续表演："我们也没学过拆这种炸弹，您是教官，总不能让学生去冒险吧。"

　　钱宝宝尽管也很害怕，但她竭力使自己平静下来，一个接着一个地做着深呼吸。心里对自己说：冷静冷静，什么大变活人、水中逃生、空中飞人我统统都玩烂了，一个炸弹而已，不怕它！

　　钱宝宝假装强悍："你们在这里等着，我过去看看！"

　　钱宝宝与项昊走到库房门前。项昊示意钱宝宝看门上的密码锁。钱宝宝在炸弹前转悠，装作很专业的样子。心里给自己鼓气："聪明诚可贵，智慧价更高；若要出口气，还得靠损招。德国佬口服心不服啊，临了还摆我一道，够阴的！"

　　项昊还在激钱宝宝："萧教官看过炸弹了，可有破解的办法？"

钱宝宝让项昊闭嘴，嘴上说："别吵！让我想想。"心里却要哭出来了：这玩意，我见都还是头一次见着，破解个鬼。

项昊还在催促："萧教官，校长让咱们尽快把军火运回去，您快点啊，别耽误太久。"

钱宝宝转头对项昊说："再叫就你来，我给你一个立功的机会！"

项昊连忙推脱："军校能保住这批军火，都是萧教官的功劳，我怎么能在最后一步抢功呢。您还是自己来吧。"

项昊一挥手，顾小白拿着剪刀跑过来。项昊接过剪刀，递给钱宝宝。

钱宝宝接过剪刀，顿了顿，冲着学员们喊："全部退到安全地带！"她转身面对项昊，很深沉地说："如果，我说如果，万一我那啥了，应该算是为国捐躯吧，我得到的抚恤金，拜托你用那笔钱把我奶娘的病治好！"

项昊郑重地点点头，转身跑到安全区。远远地还冲钱宝宝喊："萧教官，您还有什么未了心愿吗？抓紧说啊，再不说没机会了！"

钱宝宝入戏般回应："我这辈子的愿望太多了，可惜一个都没有实现！其实最主要的有三个：买座三进三出的大宅子，再买三十亩地，再找个厨子给自己做红烧肉！"

项昊继续喊："萧教官，放心吧。万一你壮烈牺牲了，我找个扎纸活儿的帮你实现全部愿望！"

项昊、顾小白、杜枫憋着偷笑，肩膀一直抖动。

沈文涛小声说："别玩儿得太过了，她毕竟是个女孩子。"

项昊瞪沈文涛一眼："你别老扫兴行不行？"

钱宝宝哆哆嗦嗦地拿着剪刀，犹豫着该剪哪条线。最后，她咬牙、跺脚，闭着眼睛剪断红线。几秒钟后，一切正常。

钱宝宝睁开眼睛，注视炸弹几秒钟，大喊："成功了！成功了！"

项昊带着众人迎上前去，钱宝宝反身跑向众人。她兴奋地抱住项昊："成功了！"

顾小白吹了一声口哨。

沈文涛看着钱宝宝抱住项昊，脸上有一丝落寞。

项昊慌忙推开钱宝宝："男女授受不亲，请萧教官注意形象！"

学员们哄堂大笑。

项昊说："其实，无论你剪哪条线，炸弹都不会爆炸！我只是想试试我们女教官的胆识。"

"假的？你敢骗我？"

项昊指了指头："你过过脑子好不好？一大群老爷们，怎么可能让你一个弱女子拆弹？你还真把自己当盘菜了。德国人在交货单上提供了炸弹的密码，我们已经处理过了！"

顾小白模仿刚刚钱宝宝的姿态和语调，扑到项昊怀里："成功了！成功了！"

钱宝宝窘得不行，脸唰地一下红了。

两辆卡车一前一后行驶在公路上。

项昊和钱宝宝几个人坐在前面卡车的后兜里。项昊连看钱宝宝几眼，钱宝宝生气故意装看不见。

项昊嘲笑地说："生气了？开个小玩笑而已，你可真玩儿不起。"

钱宝宝瞪了项昊一眼，没有说话。

项昊突然大喊："停车，有劫匪！"

钱宝宝吓得一惊："在哪里？"

项昊诡笑："五公里外！"

钱宝宝怒视项昊："你能不开玩笑吗？"

"那就说点儿正经的！一个大财阀家的千金小姐，最大的愿望怎么可能是买座三进三出的大宅子，再买三十亩地，再找个厨子给自己做红烧肉呢？"

钱宝宝一怔，急中生智："我的意思是，我要靠自己的努力，用自己的薪水，在龙城市中心买一座三十亩地的三进三出的大宅子，再养一个自己专用的厨子，法国厨子。这个愿望，小吗？"

项昊摇摇头："真不大，倒是挺实惠！"

突然，枪声雨点般地响起。学员们都是一惊。

车厢的一个角落里，顾小白和杜枫并肩坐在一起。顾小白听见枪声就晕倒在杜枫的肩膀上。杜枫赶紧翻出顾小白的耳塞给他塞到耳朵里。

杜枫向其他人解释："小白就这毛病，累了倒头就睡，天打五雷轰都不带醒的。"

学员们听见枪声立刻高度戒备。

钱宝宝一惊:"怎么回事?"

项昊说:"有劫匪!说什么还真来什么。"

钱宝宝狠狠地瞪他:"乌鸦嘴。"

项昊想了一下,说:"八成是冲着军火来的。"

钱宝宝忙问:"现在怎么办?"

枪声更加密集。

项昊吩咐司机:"别停车,冲过去。停车我们就中计了。"

另一边,杜枫狠狠地掐小白的人中,小白总算醒过来了。

李天翰戴着头套,带着一帮土匪打扮的手下,埋伏在公路两侧,向项昊和沈文涛的两辆装着军火的军车射击。

李天翰吩咐手下:"给我瞄准点,狠狠打,这批军火劫下来,升官发财,重重有赏。"

高美仁问沈文涛:"老大,怎么回事?"

韩旭说:"这还用问吗?碰上打劫的了。"

沈文涛说:"跟紧我们前面那辆车!这可是难得的实战锻炼机会。既然对方送上门来,我们不好好招待一下,也不是我们的风格!我们的枪都不是吃素的。"

学员们纷纷掏枪,借着卡车做掩护还击。

匪徒的子弹打中了项昊的卡车车胎,卡车歪歪斜斜地开了几十米,最后停了下来。

沈文涛的卡车也被迫停了下来。

项昊高声下命令:"大家带上车上的新武器下车,咱们就在这里跟敌人决战。"

沈文涛这边也说:"同学们,这批武器,无论如何也不能落到别人手里。作为军校的一员,我们有责任、有义务捍卫军校的利益不受侵害!同时,也请大家注意安全。"

项昊不耐烦了:"沈文涛,这个时候,你就不要长篇大论浪费时间了。兄弟们,跟我走。"项昊说着跳下车,其他学员也跟着跳下车。钱宝宝在后面跟着项昊。沈文涛也带着人跳下车，大家借着车做掩护跟敌人展开枪战。

沈文涛边打边退，退到项昊附近。

项昊对沈文涛说："我测算了一下，对面大概有20多人。而且敌人在暗，我们在明，这么打下去不是办法。这样，我带几个人从左边冲出去，吸引他们的火力。你带剩下的人从右边掩体后面偷偷绕过去，从后面包抄他们。"

钱宝宝反对："不行，你这样太危险了。"

沈文涛也反对："这根本是送死。"

"敌强我弱，不冒险哪有胜的机会。放心，我命硬得很。小白、杜枫跟我走。其他人跟着沈文涛去包抄。萧教官你就躲在车里，如果我们失败，你就开车冲出去，也许还有一线生机。"

钱宝宝看着项昊，说："那好。不过，你们都小心记住，你们身上的所有零件，一个都不能少的给我带回来！"

项昊点了一下头，对沈文涛说："掩护我们！"说罢，带着顾小白、杜枫从车后冲出去。沈文涛带着其余的人向敌人射击。

李天翰看到有人出击，下了命令："打！"

项昊、小白、杜枫冒着枪林弹雨，分别藏在三棵树后面。项昊对沈文涛打手势，三人朝着李天翰方向射击，吸引了全部火力。

沈文涛带人悄悄绕行，向"土匪"后面靠过去。终于看准机会，对身边的队友说："冲！"

假土匪死伤一片，李天翰惊觉后面被人包抄，边打边撤。两个"土匪"掩护李天翰撤退，被项昊和沈文涛包围。一个"土匪"突然看到钱宝宝在卡车掩护下露出半个脑袋，端着枪，冲到卡车附近抓住了钱宝宝。

钱宝宝大喊："放开我！"

"土匪"大喊道："停止射击，不然就打死她！"

项昊和沈文涛带着各自的手下和劫匪对质，两方相持不下。

"看来她对你们根本没用。那我就打死她！"

项昊连忙说："别别别！咱们有话好好说，我们放下枪就是了。"项昊和沈文涛使了一个眼色，项昊在弯腰放枪的时候，沈文涛从另一边瞄准了劫匪。"砰"的一声，劫匪倒地。其余学员制伏了另一个劫匪。项昊赶忙跑上来扶起钱宝宝，突然一转眼发现地上的劫匪并没有死，而是把枪对准了钱宝宝。千钧一发之际，项昊一下扑倒钱宝宝，沈文涛一枪将劫匪制服。

项昊连忙问："你没事吧？"

钱宝宝看着趴在自己身上的项昊，有一点莫名的心动，赶紧推开他站起来："别以为这样我就会感谢你，不是你的乌鸦嘴，也招不来这些土匪！"

项昊没想到在这生死攸关的时刻，这个女孩还惦记这事儿，他摇了摇头，说："你可真行！"

项昊来到劫匪身边："军校的军火也敢劫，你们什么路上的？"

劫匪别过脸去不说话。

钱宝宝留意到劫匪的手腕上系着红丝带，诱导地说："今年是你本命年吧，你妈怕你犯太岁，给你编了红丝带。你们母子感情一定很好，要是你死了，谁照顾她？白发人送黑发人啊。"

劫匪动容地说："我说了你们保证不杀我？"

沈文涛说："我们是军校的，说话算数。"

劫匪慢慢地说："我是……"

突然一声枪响，劫匪脑袋被打穿，死了。

一边，树后隐蔽处，李天翰收起枪，弯腰逃走。

项昊叹气："这下线索断了。"

钱宝宝想了想，说："可以肯定的是，这事应该不是你们二位的爹做的，再怎么算计也不能算计到自个儿亲儿子头上吧。"

沈文涛、项昊都面有愧色。

沈文涛说："行了，此地不宜久留，回头把这事报告给龙城警局，我们别再耽搁时间了，赶快押送军火回学校才是最要紧的。"

两辆卡车载着那批武器，缓缓驶入军校门口，师生夹道欢迎。钱宝宝领头，项昊、沈文涛跟在后边，大家纷纷从卡车上下来。

李继洲走到钱宝宝跟前："萧教官辛苦了，同学们辛苦了，任务完成得非常好。

我代表学校，向你们提出表扬。"

钱宝宝倒谦虚起来："校长过奖了。这次任务能顺利完成，多亏了沈文涛同学机智、勇敢，配合我演了一出好戏，才能顺利完成交接。所有参加任务的同学，也都表现得非常好，成功地保护了这批武器。"

听到钱宝宝夸沈文涛，项昊的脸色很难看。

谢天娇这边倒算起账来："项昊、顾小白！别以为我没发现你们昨天违规离校！"

顾小白连忙解释："我们逃学就是去为了挽回军校的损失啊！既然这次我们有功，就不追究我们逃学的事儿了吧。"

谢天娇厉声道："顾小白、项昊，上课时间私自逃出军校，俯卧撑 1000 个！"

顾小白沮丧地说："白立功了！"

这时，沈文雨拎着行李来到学校，看到这么多人在场，凑上前来："项昊哥！"

项昊看到沈文雨来了，十分纳闷："你怎么会在这里？"

沈文雨倒不谦虚："凭我的本事，哪里是我去不了的？"

沈文涛也无奈摇头："凭你一哭二闹三上吊的本事？"

"什么呀，别说得这么难听。是爱情的力量把我推到这里的，你懂吗？"

沈文雨看到项昊走在前面，紧走几步黏上去。项昊逃跑不迭，随便指了一个方向："你看！谢天娇来啦！"

沈文雨一脸疑惑："谢天娇是谁？"

谢天娇一脸寒气来到沈文雨面前："你是沈文雨？跟我来。"

谢天娇带着沈文雨走进办公室，指着一张桌子："这是你的座位！以后你就是萧教官的助教。"

沈文雨四下打量房间，脸上露出鄙夷的神色："房间这么小，一点隐私都保证不了，怎么工作啊？"

谢天娇沉着脸："你家房间大，为什么还托人找关系哭着喊着到军校来？"

沈文雨看了一眼谢天娇，小声说："切，男人婆。"

谢天娇瞪着沈文雨："你再说一遍！"

沈文雨不理会谢天娇，坐下，从包里掏出一堆化妆品，逐一打开，摆在桌子上，开始补妆。谢天娇开门欲走，回头看见沈文雨在化妆，转身冲到沈文雨面前。

她手指沈文雨，厉声道："这里只有魔鬼般的教官、奴隶般的学员。高强度的训练消磨了男人所有的欲望。即便你把自己画成一朵花，在他们看来，也没有硬板床亲切。我劝你把心思放在工作上，否则不如换个地方找男人。"

沈文雨根本不把谢天娇放在眼里，撇嘴说："那是对你，对我就不一样了。你我虽然同为女人，差别还是很大的。你到这里工作，是为了生存；我到这里工作，是为了爱情。"

李继洲办公室里，父子俩又在密谋着一件事。

李继洲说："这个萧晗果然不简单，这么大的死局都能让她破了。怪不得我向她提出十五天的试用期，她一口就答应了，看来是有点艺高人胆大的意思。"

李天翰不以为然："爹，你不要长他人志气，灭自己威风。既然知道了她是个劲敌，是项家安插在军校里，帮助项昊当上集英战队队长的重要筹码，我就一定得将她赶出去。"

"是呀。经过了军火这件事，这个留洋博士，果然不能小觑。要尽快将她赶出去，免得夜长梦多。"

李天翰阴险地笑了一下："戏才刚刚开始，好戏在后头，一步步走着瞧吧。"

沈文涛和钱宝宝并肩走在学校后山的小径上。

沈文涛问："萧教官，你找我来，有什么事？"

"我就是想跟你说一声谢谢。军火的任务，多亏你的帮忙，才能顺利完成。"

"我只是尽自己分内职责而已，况且，朋友之间说谢谢就见外了。"

钱宝宝摇头："虽然是分内的职责，但这其实并不容易，因为对手是你爹。"

"我只是做了自己认为正确的事。"

钱宝宝这时候想到了自己的娘："你能这么做，真的很难得。如果是我，面对自己的亲人，不一定能做出和你一样的选择。"

沈文涛盯着钱宝宝，赞赏地说："其实我对你挺好奇的，你这人时常给我带来惊喜，这次略施小计就把龙城的两大军阀骗得团团转，看起来真不像一般的大家闺秀！"

钱宝宝有些紧张，连忙说："是我运气好。"

两人边走边说，转眼就走到秋千架旁边，天空忽然淅淅沥沥地下起小雨。

沈文涛脱下外套，递到钱宝宝面前："萧教官，你穿得少，把这个披上吧。"

钱宝宝忙推辞："不用，我没事。咱们快走几步回去就是了。"

沈文涛强行把外套披在钱宝宝身上。

这时候，草丛中断断续续传出小狗凄惨的叫声。沈文涛和钱宝宝循声走过去，看见一只瑟瑟发抖的白色小狗楚楚可怜地望着他们。钱宝宝弯下腰，蹲在小狗面前。

"小家伙，你为什么自己在这里？迷路了吗？"

小狗"汪汪"叫了两声，用嘴巴轻轻地蹭钱宝宝的手。钱宝宝把小狗抱起来。小狗温顺地依进钱宝宝怀里，舔了舔钱宝宝的手。沈文涛看着钱宝宝怜惜地抱着小狗的样子，眼神温柔。

钱宝宝为难地说："它这么小，这么弱，天又这么冷，把它丢在这里肯定会冻死的。可是，我又不能把它带回军校。怎么办呢？"

沈文涛想了想："咱们给它一个家吧！"

钱宝宝闻言愣了下，目光迎上沈文涛的笑容。

细雨中，沈文涛从附近找来树枝、干草等材料，钱宝宝明白过来，上前帮忙，二人动手给小狗搭狗窝。

钱宝宝还在狗窝上缀上了几朵野花。狗窝搭好，钱宝宝很满意。

她把小狗放进窝里："小家伙，虽然这个窝简陋了一些，可是待在这里，你就不会冷了。"

沈文涛也说："小家伙，今天材料不全，你就将就一下，改天我们再来给你造一个舒适的豪宅。我们既然遇上了，就是缘分。"

小狗在钱宝宝手边蹭着，似乎听懂了沈文涛的话。

钱宝宝望着沈文涛，笑了："真看不出来，你这么严肃的一个人，竟然还有这么温柔的一面。"

沈文涛尴尬地笑了："我很严肃吗？"

"开玩笑呢，看你紧张得。"

沈文涛放松下来，凝视钱宝宝："每个人都有很多面，萧教官有没有兴趣来挖掘一下我身上更多的面？"

钱宝宝在沈文涛的凝视下有些害羞不自在，忙别开脸。

沈文涛提议:"咱们给小狗起个名字吧?"

钱宝宝抬头看看天空:"它跟咱们在雨中相识,就叫小雨吧!"

沈文涛摸了摸小狗的头:"你好,小雨。"

小狗叫了一声,像是接受了这个名字。

周杰和赵虎搀扶着李天翰来到医院,进来找了个座位坐下。李天翰上臂脱臼,痛苦不堪,咬着牙满头是汗。

刚给其他学员打完针的薛少琪听到周杰叫医生,走了过来。

薛少琪检查了一下李天翰的伤势,说:"这不是什么大问题,我可以接。"

周杰却非常怀疑:"你行吗?去找个资历老的医生来。"

薛少琪上前要碰李天翰。李天翰用厌恶的眼神看着薛少琪,用另一只手把她推开:"去把医生叫来。"薛少琪冷冷地盯着李天翰,突然出手上前抓住李天翰的胳膊,迅速"啪啪"摆弄了两下,李天翰大叫一声。

周杰把薛少琪一把推开,紧张地查看李天翰的状况:"老大!"

李天翰缓过劲来,阻止周杰:"好了!我的胳膊已经好了。"李天翰仔细打量了一下薛少琪,对她另眼相看。薛少琪看都不看李天翰一眼,整整衣服走了。

李天翰问旁边的护士:"那个女护士叫什么名字?"

护士瞅了一眼,回答说:"她叫薛少琪。"

周杰连忙说:"那不是薛少华的妹妹吗?"

李天翰眼神复杂地看着薛少琪的背影。

要到很久以后,薛少琪才会知道,她亲手为杀死她哥哥的凶手治疗了脱臼。

周日这天,钱宝宝坐在宿舍里的书桌前埋头看书,还自言自语地说:"临阵磨枪,不快也光!我钱宝宝闯遍大江南北,全凭嘴一张,我就不信我蒙不了那几个小子了!"

有人敲门,钱宝宝打开门看到何副官在门口,看此人眼熟,盯着看了几秒。

钱宝宝问:"你是那个……"

"萧小姐,你好。我是项参谋长的副官,我姓何。参谋长派我来接您去家里吃饭。"

钱宝宝听到是项邵达要见自己，心惊，"哐"的一声关上了门。

门差点撞到何副官的鼻子。何副官愣了一下。

钱宝宝小声地嘀咕："项参谋长就是项昊的爹吧？我这个假儿媳妇去他家做客，肯定凶多吉少。这哪是便饭，明明是鸿门宴啊。"

敲门声再次响起，何副官在门外问："萧小姐，萧小姐，你怎么了？"

钱宝宝一边拍自己的胸口压惊，一边急得团团转："怎么办，怎么办？"

门外的何副官还在追问："萧小姐，萧小姐，是不是出什么事了？我数三二一，再不开门我可要撞门啦！三……二……"

钱宝宝做了几个深呼吸，开门，看着何副官，端起了笑容："何副官，刚才我太激动了，你别见怪。没想到这么久不见，项伯伯还记得我。我们差不多有……有多少年没见来着？"

"约莫十几年了。萧小姐真是女大十八变，先前在火车上我都没认出来。"

钱宝宝笑容更加可掬，异常礼貌地说："可不是！十几年不见，长辈请吃饭我哪能推辞，麻烦你等我一下，我换身衣服。"

军校停车场，何副官站在车门旁打开车门，钱宝宝正欲上车，一个声音从她身后传过来，语气冰冷："我记得有人说过，她和我一样讨厌这桩婚事，好像没有必要去我家吧？"

钱宝宝闻言把腿收了回来，转身对着项昊，心说："你以为我愿意去你家呀，你知道去你家我要冒多大风险吗？为了给我娘治病，我忍，我忍。"

项昊挑衅道："怎么不说话了？没话好说？"

何副官特别懂事地侧身故意看别处。

钱宝宝强忍怒气，尽量温柔地说："我是受项伯父之邀去你家做客。"

"明明尖牙利齿，我家还没到呢，就装起斯文来了？猪鼻子插大葱，装象啊！"

钱宝宝还是不说话，对着项昊挤出了一个违心的笑容，转身上车。心说：你爱说什么说什么吧，反正我就当你是个屁，今天我可不是来跟你吵架的，我要集中精神，过了你爹这一关！

到了项家门口，车子停稳，何副官下车为钱宝宝打开车门。

钱宝宝装作大家闺秀的样子，仪态端庄地说："谢谢。"

项昊看到钱宝宝这副假样子，不屑地冷哼一声，径直走进项家。 客厅里，项邵达坐在太师椅里，何副官陪着钱宝宝和项昊进来。

"参谋长，萧小姐和少爷来了。"

项昊、钱宝宝一前一后走进来。项邵达站起身，面带笑容看着萧晗。项昊找了一把椅子，自顾自坐下。钱宝宝走到项邵达面前，轻轻鞠了一躬。

"项伯伯好。"

钱宝宝小心翼翼绷着端庄的笑容。

项邵达脚步突然一顿："小晗，你来龙城以后我们是不是见过？"

大家都看着钱宝宝。

钱宝宝异常心虚，心想那天自己的妆容十分到位，不能被发现吧。于是她很认真地说："没有啊，这可能就是眼缘吧，项伯伯，十几年不见，您瞧着比从前更年轻了！"

项邵达笑容满面，指着最靠近自己的位置："你啊，还是和小时候一样，嘴甜！来，坐在项伯伯身边。"

钱宝宝坐在项邵达手指着的位置上，略显局促。

项邵达转向钱宝宝："你爹娘在德国都还好吧？"

"谢谢项伯伯记挂，我爹娘都好。他们也让我问候项伯伯呢。"

项邵达很高兴："托你爹娘的福，我也好着呢。就是这岁月不饶人，年纪大了就老想起年轻时候的朋友。"

"我爹他也常常提起您。"

项邵达心情大好："哦？你爹他说什么了？"

钱宝宝愣了一下："我爹他……讲起你们……说起项伯伯和他……"

项邵达饶有兴趣地等待下文。

钱宝宝眼珠一转，计上心来："说你们一文一武，是好兄弟。"

项邵达被钱宝宝说得高兴："对对对，好兄弟。这一文一武到了你们这一代，正好是一对佳偶啊！"

钱宝宝暗暗松了一口气，尴尬赔笑。

项昊听到此处，不耐烦地喊下人来倒茶。

"吴妈！茶呢？渴死了。"

项邵达瞪了一眼项昊："项昊这小子，从小野惯了。他要是欺负你，你告诉项伯伯，我替你教训他。"

吴妈上来送茶。先给项邵达倒茶，又给钱宝宝上茶。

"萧小姐，请喝茶。还记得吴妈吗？"

钱宝宝端详吴妈，假意回想。

吴妈一边笑眯眯地看着萧晗，一边倒茶："你小时候最喜欢缠着我讲故事。"一不小心茶洒了出来，溅到钱宝宝的右手。吴妈连忙帮钱宝宝擦拭，擦着擦着突然抓起钱宝宝的右手。

"萧小姐，我记得你原来这里有个红痣，怎么现在没有了？"

钱宝宝听了吴妈的话，连忙抽回了手，顺嘴胡说："吴妈，呵呵，你记性真好。你见我那会儿我还小，后来我长着长着这手上的痣就自己淡了，后来就没了。"

项昊奇怪地看了钱宝宝一眼。

吴妈似乎还想多问，被项邵达打断："吴妈，饭菜好了吧，准备开饭吧！"

吴妈只好停止探问，说："是，老爷。"转身退了出去。

项邵达显然对刚才的小插曲没太往心里去："吴妈年纪大了，人比较唠叨。不过，吴妈一说，我也想起来你这痣的事了。小时候昊儿还说，嫌你手上这颗痣，不肯娶你呢。"

项昊连忙接了一句："没了痣，我也不想娶。"

项邵达警告地说："项昊！"转而看向钱宝宝，难得的慈爱："走吧，先吃饭去吧，咱们边吃边聊。"

三人在餐桌前坐下。项邵达招呼钱宝宝："不要客气，在这里跟自己家里一样。项昊，别光顾自己吃，照顾小晗。"

项昊冰冷地说："她自己又不是没长手。"

钱宝宝连忙懂事地说："项伯伯，没关系的，我自己来。"

"那好，你自己吃，多吃点。对啦，上次我写信给你爹，提到了龙城的形势。你爹有没有跟你说起过？"

钱宝宝强作镇定："是有一封信。不过，我爹倒是没提起龙城的形势，他只跟我说，项伯伯在龙城势力很大，一定会照顾我的，让我听您的安排。"

项邵达心花怒放："你爹太客气了。我们很快就是一家人了，照顾你是自然的。这次你进龙城军校，也是我向大帅力荐的，这不只是帮你，也是帮我们项昊。"

项昊放下筷子，说："我项昊有的是真刀真枪真本事，不需要别人帮。"

项邵达狠狠瞪了项昊一眼。

钱宝宝又端起笑脸："项伯伯费心了。"

项邵达非常满意："萧兄真是养了一个好女儿。"

"谢谢项伯伯夸奖，我的不足之处也很多，还要多学习。"

项昊拿起餐巾，擦了擦嘴巴，扔下餐巾，指了指胸口，做难受状："恶心！"

钱宝宝明明知道他说的什么意思，假装不懂，立即给项昊倒了一杯水："喝点水！"

项昊把水杯推到一边，恶狠狠地瞪着钱宝宝："骗子，真能演戏。"然后他愤怒地站起身，推开椅子，离开餐厅。

项邵达连忙歉意地对钱宝宝说："小晗，不管他，你多吃点。"

钱宝宝点头说好。

这一顿饭吃得钱宝宝心惊肉跳，回学校的路上，项昊还是冷嘲热讽："今天在我家，表现得不错呀。我问你，你那是拒婚的态度吗？"

"难道我要大闹你们项府，弄得你们项府上上下下全都鸡犬不宁你才满意吗？"

项昊冷笑道："看你现在这个飞扬跋扈的样子，再看看你今天在我家的一副温良恭俭让的嘴脸。你到底什么意思？"

"我尊重一下老人家，能有什么意思？"

项昊大声地说："臭丫头，别以为我不知道你有心机。我告诉你，就算全龙城只有你一个姑娘，我也不会娶你。"

钱宝宝也气愤地回击："就算这世上的男人全都死光光，我也不会看上你。树不要皮必死无疑，人不要脸天下无敌啊！项昊啊，你自我感觉也太好了吧，我怎么踩你也没把你这点让人恶心的自高自大劲儿给踩没了。为了避免你今后再对我产生什么不切实际的联想，我决定跟你彻底划清界限。你别再惹我，别跟我说话，别叫我去你家吃饭，还有，我再强调一遍，我——根——本——不——想——嫁——给——你！"

钱宝宝转身就走。项昊在后面喊她:"你别走,把话说清楚。"

钱宝宝小声地说:"我要准备明天的课,没空陪你在这里发疯。"

回到宿舍的钱宝宝,继续对着堆成小山一样的讲义和书籍。她一边看着手边的讲义一边擦汗:"就算我不吃不喝、不眠不休,通读这些书籍也得花上好几年吧,何况我连字都认不全。萧晗这洋墨水还真不是白喝的,明天上课可怎么办呢?"

第二天上午,天气不错,但是钱宝宝就是觉得喘不上来气。在进入阶梯教室前,她偷偷做了三次深呼吸,用力拍了拍脸,让脸部的肌肉松弛,下了个决心,迈入教室,站在了讲台上。

大家都注视着这个女教官,其中三个男人的眼神更是炙热地聚焦在钱宝宝身上。

项昊看着站在讲台上,一身制服帅气的钱宝宝,眼前一亮。

沈文涛看着钱宝宝,眼中溢满欣赏。

李天翰眼神凌厉,上下打量着钱宝宝。

钱宝宝独自站在讲台中央,中气十足地说:"上课!"

沈文涛喊道:"起立,敬礼!"

全体学员都起立,敬礼。

钱宝宝示意学员坐下:"请坐。在座的一些同学跟我一起执行过军火任务,相信已经对我有个大致的了解了。我姓萧,你们以后可以叫我萧教官,从今天开始,我担任大家的心理学教官。"

钱宝宝打开讲义,她强装镇静,有模有样地说:"心理学是一门涵盖多种专业领域的科学。但就其根本而言,心理学是一种研究行为和心理过程的科学。从某种角度说,每个人都是心理学家。"

项昊突然大声说:"报告!"

钱宝宝愤然看着项昊:"项昊,什么事?"

"萧教官,你说的这些,课本上都白纸黑字、明明白白地写着呢,根本就不需要你复述一遍,这里是为军队培养高级军官的龙城军校,我们是集英战队后备班,可不是私塾,不是普通学堂,我认为照本宣科、死记硬背并不合适。"

一些学生低声嗤笑。

沈文涛制止项昊："项昊！别影响正常上课，有教学建议下课说。"

"我作为学员，给教官建议一下有错吗？"

钱宝宝朝沈文涛做了一个少安毋躁的手势，转向项昊，憋住气平静地点点头："项昊同学说得有几分道理。看来大家也都对按部就班的教学方式不太感兴趣。"钱宝宝合上书本，继续说："那我们现在先来做一个小游戏，让你们直观地体会一下什么是心理学。接下来，我会利用心理学的常识说出你们每个人身上的一件事情，如果我说的全中，你们就要老老实实地配合我上课，怎么样？"

项昊继续问："每人一件事？你要说的不是我们的名字吧？"

全班哄堂大笑。

李天翰斜眼盯着钱宝宝。

赵虎低声对李天翰说："她吹牛的吧。能有这么神？"

李天翰低声对赵虎说："看她玩什么把戏。"

钱宝宝走下讲台，踱步到学员中间，开始"表演"。

她指着韩旭说："你，今天早上迟到了，赶到食堂用餐时间已经结束。"

韩旭惊讶地对大家点了点头。

钱宝宝又指着杜枫说："你家里有很多弟弟妹妹，你最讨厌的事情就是浪费。"

项昊略带惊讶地看着钱宝宝。

顾小白连忙指着自己："萧教官，那我呢，那我呢？"

钱宝宝瞄到顾小白的书桌，说："你啊，你爹根本不同意你从军，只希望你能好好读书，光宗耀祖。"

顾小白转身睁大眼睛看着项昊："神了啊！"

项昊瞪了小白一眼："哼，装神弄鬼。"

李天翰眼睛一直盯着钱宝宝，审视探究。

钱宝宝发现李天翰的目光，对望回去，继续说："那位同学，对，就是坐在项昊左下第二个位置的那位，一看就是一个戒备心很强的人，不容易对别人打开心扉。"

所有人的视线都落在李天翰身上，李天翰努力挤出笑容。

钱宝宝走回讲台上，李天翰看着她的背影，神色阴霾。

钱宝宝说："最后一个是项昊。大家都不知道你……"

项昊也被吊起胃口，等着钱宝宝的下文。

钱宝宝轻咳了一下："大家都不知道你今天裤子没扣好。"

项昊猛地低头检查自己的裤子，脸唰地通红。

全班捧腹大笑。

项昊气愤地说："你耍我！"

顾小白却来了精神头，他问："那萧教官，你到底是根据什么知道我们那么多事儿的？"

钱宝宝对韩旭说："韩旭，你嘴角上沾着一点棒子面渣，今天食堂的早餐里没有棒子面，可见你是开了小灶。你平时挺讲究生活细节的，可今天偏连嘴都没擦干净，应该是吃得很急。"

韩旭很不好意思地掏出手绢来抹抹嘴。

钱宝宝又对杜枫说："你的练习册都是拿些旧课本和书报的边角料订起来的，可见你真是非常节俭。还有，你的衬衣上露出一块补丁，针脚异常匀称，这针线活儿连我这个姑娘家都自叹不如，有这样的功力，应该是家里有一大家子弟弟妹妹，你这个当大哥的从小锻炼出来的吧。"

杜枫赞叹地看着钱宝宝。

顾小白继续追问："那我呢？你是怎么知道我爹不希望我上军校的？"

"顾小白，你上衣衣兜里插着一支名贵钢笔，上面还刻了一行诗。以你的性格，绝对不会把钱花在买钢笔上。所以肯定是长辈所赠，还有寄语，应该是你父亲给你的礼物。不过，他送钢笔给你，应该是希望你从文，而不是入武行。"

顾小白心悦诚服。

钱宝宝看向李天翰："同学，需要我也给你解释一下吗？"

李天翰皮笑肉不笑，边说边鼓掌："不用了，我相信教官的实力。"

学生们都鼓起掌来。

钱宝宝得意地一笑，说："兵者，诡道也！这是军事心理学中最重要的一句金句。今天，我为大家展示的只是雕虫小技而已，希望各位能努力勤学，还有，千万不要轻视了我们的课本！这可是我们全部教学内容的基础，一课之本也！下面我们接着上课。"

学员们露出佩服的神情，乖乖翻开课本，听钱宝宝讲课。只有项昊依旧一脸不屑。

第六章　鬼魂事件

傍晚的练习室里，几个学员光着上半身在做器械练习。项昊一言不发，在一边猛做握力器训练。

顾小白看了看项昊："看你这样子，心里一定堵得慌吧，我猜一定是和那个萧教官有关。"

"废话，那还用猜吗？那个丫头片子，害我在大家面前成了大笑柄，我项昊什么时候这么丢人过！"

项昊嘴上说着，手上更用力地去捏握力器，握力器几乎被项昊握断。

顾小白连忙阻止："行了行了，手下留情啊！小心回头谢天娇又说你损坏公物。"

杜枫故意逗项昊："不过，实话实说，她确实有两把刷子。"

项昊没理杜枫，顾小白贼兮兮地问项昊："说实话，你跟萧晗是不是有什么前仇旧怨？我怎么看都觉得你们的梁子不像是今天才结下的。"

项昊瞪了顾小白一眼："就你小子眼贼。不过呢，我们之间的事，还真不能告诉你这个大喇叭。总之一句话，她待在这个军校里，我心里就不踏实。"

顾小白一副八卦嘴脸："老大，你这就不够意思了，你们之间有什么不开心的事，说出来让哥儿几个开心开心嘛！"

项昊瞪顾小白："顾小白，你可真会聊天！"

此时，沈文雨悄悄从门口探出脑袋，偷看训练中的项昊。

顾小白尴尬地笑："不过，话说回来，你要是跟那个萧教官有什么梁子，我们合起伙来把她赶出去不就得了？"

杜枫提醒道："喂，这是军校！你当是你家后门吗，想来就来想走就走？"

项昊突然觉得顾小白的建议非常好，他眼睛放光："那，要是她自己想走呢？"

顾小白一拍大腿："是啊，我们就想想姑娘家最怕什么，然后对症下药，让她自己死活待不下去不就行了吗？"

项昊、杜枫面面相觑。

项昊绞尽脑汁想:"姑娘家最怕什么呢?我们几个大老爷们儿怎么会知道?"

沈文雨推门就进来了:"你们不知道可以问我呀!"

顾小白说:"原来她一直偷窥我们!"

项昊很自觉地说:"是我,不是我们!"

杜枫问:"喂,沈文雨,你倒说说你最怕什么!"

沈文雨娇羞地说:"我,我最怕项昊哥不理我!"

顾小白倒吸一口凉气:"这萧教官还真不怕。"

杜枫补充道:"不仅是不怕,应该还求之不得。"

项昊问沈文雨:"喂,你还能怕点儿别的吗?"

沈文雨认真地想了想,说:"我还怕蟑螂怕耗子、怕老怕丑、怕黑怕鬼……"

项昊打断她:"等等,怕黑怕鬼?"

入夜,项昊和顾小白鬼鬼祟祟蹿入教工宿舍走廊。顾小白手里还提着一个水桶。

项昊有点担心:"这事儿真靠谱吗?"

"怎么不靠谱?你没听沈文雨说姑娘家都怕黑怕鬼吗?这个办法保准能叫她折了,她要不怕,除非她是谢天娇!"

项昊似乎还是有点犹豫。

"老大,事到临头,你不会是又心软了吧?"

项昊连忙辩解:"我怎么会对她心软?"

项昊和顾小白看周围没人,走到钱宝宝的门前。项昊用手在顾小白拿着的水桶里沾了一下,在钱宝宝的房门上印下一个手印,然后两人快速撤离。

宿舍里,钱宝宝正在看书。门外,敲门声一阵紧似一阵。

钱宝宝问:"谁啊?"

外面无人应门。

钱宝宝有些纳闷地开门向四周察看,无人无物。

钱宝宝刚想转身回去,却见门上有血滴在地上,钱宝宝上前沾了一点血,闻了闻。像是配合好了一样,不远处有蝙蝠的叫声。

钱宝宝恍然大悟："弄点黄鳝血引来蝙蝠，这么点雕虫小技想吓唬我。"

钱宝宝转身回宿舍拿出一条抹布，擦掉了门上的血迹。

项昊和顾小白躲在走廊角落处观察钱宝宝的反应。

顾小白非常失落："她好像挺镇定，没什么事儿似的。"

项昊说："敢来军校当女教官，这点心理素质还是应该有的。"

"看来明天咱们还得给她加点儿料！"

此时，钱宝宝向项昊、顾小白的藏身位置看去。项昊、顾小白连忙往一边墙后一缩。项昊突然踩到顾小白的脚，顾小白刚要叫，项昊一把捂住顾小白的嘴。

项昊小声自言自语："装神弄鬼也不容易啊，侦察和反侦察的招数都用上了。"

顾小白紧张地喘气："纯技术活儿啊！"

两人没注意，身后，两道长长的人影映在地上。

钱宝宝看着地上的两道人影，又好气又好笑。对着他们的方向喊："穿帮啦，两位大哥！就你俩这小智商，还敢装神弄鬼吓唬人，身为你们的教官，真替你们着急啊！"

第二天的课堂上，钱宝宝面色如常。顾小白、项昊两人却顶着两个熊猫眼，哈欠连天地坐在位置上。

高美仁有些惊讶地看看两人："你们俩怎么了，弄得都跟大烟鬼似的？"

顾小白尴尬地解释："哎呀，昨儿晚上，我们挑灯夜读来着，是不是老大？"

钱宝宝扫视一遍教室："今天上课之前，我想跟大家说几句话。你们作为军人，作为男人，就要有军人和男人的样子。如果你们不喜欢我，或者不想上我的课，可以直说，别在背后搞那些小儿科的小把戏！"

顾小白偷偷拿胳膊肘顶了一下项昊："跟我们叫板呢。"

项昊小声说："看来我们要提高难度系数了。"

钱宝宝拿起一个粉笔头，"嗖"的一下掷出，粉笔头朝着项昊的方向飞去。

项昊敏捷地将粉笔头接住，两人视线在空中对峙。

钱宝宝瞪着项昊："上课时间，不许交头接耳。别以为我不知道你们在想什么。我可是心理学博士！"

项昊怒视钱宝宝，充满挑衅。

空荡荡的走廊上，钱宝宝正往自己宿舍走，走廊上昏黄的灯光忽明忽灭。

钱宝宝摇头，大声问道："还没玩够？趁我还没生气，赶快出来！"

却没有人回答钱宝宝。

"那本教官只好再辛苦辛苦，加个夜班，给你们好好补补课顺便再补补脑了！"

钱宝宝从水房抄了一个桶走出来，看着眼前的白色影子追了上去。

钱宝宝一直追到通往后山的路上，一个衣裙飘飘的白色影子在前面猛跑，钱宝宝拎着木桶猛追，二者距离越来越近。

项昊跟着钱宝宝，却见钱宝宝去追白影了。项昊停住脚步纳闷，喃喃自语："装鬼也能被截和？"

钱宝宝终于追上白影，一桶血红的水泼到了白影身上。白影发出一声惨叫。

钱宝宝哈哈大笑："妖孽，浇你一头狗血！还不快快给本姑娘现原形！"

白影根本不敢回头，连忙落荒而逃。

钱宝宝得意地大摇大摆离开。

白影一身"血水"，正好撞上了刚才躲在一处的黑影。

黑影、白影同时吓得尖叫起来。

黑色影子把白色影子抓到偏僻处，各自拉下斗篷、口罩，原来是项昊、沈文雨。

项昊冷着脸问沈文雨："大半夜的你不睡觉，弄成这样吓唬谁呢？"

沈文雨抹了一把脸上的"血水"，委屈地说："人家还不是想帮你嘛，结果那萧晗真把我当成鬼了，还拿狗血淋我！"

项昊沾了点"狗血"闻了闻："哪是狗血，就是红墨水！你省省吧，谁让你掺和我的事？"

"我从一开始就掺和了呀。别忘了装鬼的主意还是我出的呢。"

项昊低声说："你这不是帮忙，是帮倒忙！本来我今天想扮鬼的，现在我的戏叫你给抢了！你还给演砸了。你快点回去，老实在宿舍待着，少惹事儿！幸好萧晗只是给你准备了点红墨水，要是换成一棍子砸在你头上，你想过后果吗？"

沈文雨面露惊喜："你这是在担心我，只是不知道怎么表达对吗？"

项昊无奈地摇头："我是怕你坏了我的事，你想象力可真丰富！"

办公室里，李继洲正在问儿子关于闹鬼的事。

"天翰，听学生们说最近校园里闹鬼，好像这个鬼还专门针对萧晗，这到底怎么回事儿啊？"

"有人看不惯萧晗，装神弄鬼捉弄她呗。"

李继洲想了一下，说："看来这事儿我不用管，有人帮我们的忙，我们正好借借他东风。"

李天翰笑了："还能再帮他煽风点火，推波助澜。"

校园里、教室外、宿舍间，钱宝宝所到之处，学员纷纷避让，以异样的眼神看着她，在背后指指点点，悄声议论。钱宝宝耳朵尖，听得清楚，他们无非都是在议论学校里闹鬼的事情。

钱宝宝从办公室出来的时候，与正要进办公室的沈文涛撞个满怀，差点摔倒，沈文涛将她扶住，关切地问："萧教官，没吓着你吧？"

钱宝宝摇摇头："别再提'吓'这个字了，我没被吓死，都快被烦死了。"

沈文涛笑了："这么说，军校这几天的怪力乱神现象，根本就没吓到你了？"

钱宝宝有点得意忘形："这种小把戏，还想吓唬我，我走江……"一下意识到自己差点说露馅了，钱宝宝赶紧改口，"我很小就出国，也算是见多识广了，昨天夜里，我还捉弄了想吓唬我的白衣女鬼呢！"

沈文涛很好奇："白衣女鬼？"

"嗯，除了白衣女鬼，前天还有两个在我门上涂黄鳝血的家伙，所以这鬼啊，不是一个，是一帮！"

沈文涛想了一下："这种事也能有组织有规模！萧教官，今天晚上，我们就给他们来个钟馗捉鬼！"

入夜，钱宝宝宿舍灯光熄灭。沈文雨头上扎着白色长绫，身披白色长衫，脚穿白色鞋子，摸到钱宝宝的宿舍门前，轻轻地敲了几下，迅速跑到走廊稍远的地方，慢慢站起，忽快忽慢地左右移动身子。

躲在角落里的沈文涛蹑手蹑脚地走向沈文雨，从沈文雨后面猛然一扑，迅速抓住她。沈文雨刚想叫，就被沈文涛捂住了嘴。

钱宝宝宿舍的灯突然亮起。

沈文涛把沈文雨推进钱宝宝房间，揭开沈文雨的斗篷面罩。

看见是沈文雨，沈文涛和钱宝宝都略感惊讶。

沈文雨怒视沈文涛："哥，你在干什么？"

"我正要问你呢！你大半夜的，穿成这样，你又是在干什么？"

沈文雨怒视钱宝宝，转而又怒视沈文涛："哥，大半夜你埋伏在这里，就是为了帮这个女人抓我？"

"我这是在帮你。这是军校，军纪严明！你身为助教，竟敢装神弄鬼，要是被谢天娇逮住了，保准给你来个军法处置！"

钱宝宝淡淡地开口："沈助教，说说吧。咱俩无怨无仇的，你装鬼吓我，到底是为什么？还有，你的同伙是谁？"

沈文雨一脸骄傲："我没有同伙，我就是看你讨厌。"

沈文涛批评妹妹："沈文雨，你怎么说话呢？还不快给萧教官道歉，求她大事化小，小事化了？"

沈文雨轻蔑地笑了："我求她？简直是笑话。我们沈家在龙城，用得着求谁？连校长看见我爹都要礼让三分。"

"沈文雨，你真是太不像话了。"沈文涛连忙对钱宝宝道歉，"萧教官，对不起，小妹都是被家里人宠坏了，你不要跟她一般见识。"

钱宝宝微笑着看沈文雨："沈文雨，你不说我也知道，你那个同伙，估计就是项昊吧？"

沈文雨心虚地说："我不知道，有本事，你自己问他去啊。"

钱宝宝不再追问，她伸手摘下沈文雨身上的白色长绫，扯下她的白色长衫。

沈文雨紧张起来："萧晗，你要干什么？"

"你不是让我去问项昊吗？我现在就去问，顺便给他来个以其人之道还治其人之身！在我们回来之前，你给我乖乖待在这里。"

钱宝宝和沈文涛相视一望，然后出门，将门锁好。

沈文雨说："你们要干什么？放我出去。"

沈文涛说："你好好待在这儿，反省一下自己的错误，等我们回来。"

项昊宿舍外，钱宝宝学沈文雨装鬼的样子，在项昊的门外飘来飘去，还发出凄厉的歌声。

顾小白听见声音坐起来，朝窗外一看，吓了一大跳。"鬼，有鬼！"顾小白两步跳到了隔壁杜枫的床上，钻进了杜枫的被窝。

项昊和杜枫几乎同时坐起，他们看了看窗上飘来飘去的影子，看了看被窝里颤抖成团的顾小白，哑然失笑。

项昊穿好衣服："这个沈文雨，油盐不进，让她不要掺和，还是硬要掺和进来了。"

"难道是迷路了？飘错地方了，怎么还飘到咱们窗外来了？"

顾小白听两人这么说，慢慢地从被窝伸出头来："你们熟啊？"

杜枫说："这是沈文雨！"

顾小白指着项昊："老大，敢情她打扮成这样，是找你来了？"

项昊摇头："估计是脑袋被门夹了，走，出去看看！"

项昊、顾小白和杜枫冲出门外时，白影站在 50 米外的地方。

项昊对着白影说："沈文雨，别闹了！"

杜枫打哈欠："大半夜的，消停消停吧，明天还要训练呢！"

白影不说话，冲他们招手。三人跟过去，白影忽快忽慢，时疾时停，把三人引向后山小树林。

在树林中的一片灌木丛前，白影消失了。

此刻的树林，突然变得异常静谧和诡异。

目标消失，让三人失去前行的方向。他们背对背站立，警觉地盯着自己的前方。

项昊反应过来："这不是沈文雨。"

杜枫附和说："沈文雨没有那么好的身手。"

顾小白惊恐万分："不会真的是鬼吧？"

项昊训斥他："闭嘴！"

杜枫发现了问题："我怎么有点被绕转向了呢？"

项昊警觉起来："中招了！三点钟方向，冲出去！"

三个人没跑几步，一股浓重的像烟非烟、像雾非雾的东西从脚下散开来，弄得他们晕头转向。

一个披头散发的白衣女鬼头戴面具，手脚绑着白绫从天而降，向他们扑过来。

顾小白吓得一声惨叫。

女鬼笑着，在树间飘忽不定，追着三人跑。

钱宝宝心里很高兴：空中飞人！看我这演技，跟你们简直不是一个档次啊！

三个人像无头苍蝇般乱窜，彻底迷失了方向。

顾小白瑟瑟发抖，声音发颤："别跑了！这样下去，不被吓死，也得累死！"

项昊和杜枫坐下，满脸是汗，呼呼喘气。

顾小白向左右看了看，失声道："老大，咱们的腿都跑肿了，咋还在原地打转啊！这不会就是我姥姥说的鬼打墙吧？"

"胡说！这世上哪有鬼！我看她只会飞来飞去这一招，看她还能玩出什么花样！"

杜枫侧耳倾听："别说话，好像有脚步声！"

一阵杂乱的脚步声从远处传来，越来越清晰。白衣女鬼在前面飘忽，紧随其后有三个人，沈文涛、韩旭、高美仁，三人边追边喊。

沈文涛说："在那里！"

高美仁大喊着："站住，有种别跑。"

项昊听出来："是沈文涛、韩旭和高美仁！"

"对，是他们的声音！"

顾小白疑惑："他们也是被女鬼引到这里来了？"

白衣女鬼跑着跑着，突然停下，然后高高飘到树上消失了。沈文涛、韩旭和高美仁在白衣女鬼飘起的地方停下，四下张望。一股浓烟从他们脚下升起、消失，三人不见了。

这一幕都被项昊、杜枫、顾小白看在眼里。

顾小白惊得干咽了一口唾沫。

杜枫大为不解："人呢？"

项昊指示着："过去看看！"

顾小白害怕地站在原地不动："真要过去？"

"男子汉大丈夫，都进军校当兵了，死都不怕还怕个鬼？"项昊说完站起来向前走去，杜枫也随之跟上去。顾小白连忙爬起来紧追其后。

项昊、杜枫和顾小白摸索着前进时，突然顾小白被脚下什么东西绊倒。

顾小白借着隐约的目光，定睛一看，自己正趴在高美仁身上，嘴唇几乎对着高美仁的嘴唇。而高美仁却紧闭眼睛，脸色惨白。一边，沈文涛、韩旭也面如白粉，直挺挺地躺着，三个人完全是一副死尸模样。顾小白看到三人的惨象，身子晃了晃，扑通一声瘫软在地，不省人事。

沈文涛、韩旭、高美仁横在前面，顾小白躺在后面，让项昊、杜枫也有点害怕了。

项昊、杜枫背对背警惕地看着四周。

白衣女鬼从项昊、杜枫头顶飘过，抛下两根绳子。两个人没明白过来的时候，已经被绑了起来，悬在半空中，游来荡去。

一边隐蔽处，两个沈文涛一队的学员正在树下握着绳子的另一端。

沈文雨终于从钱宝宝宿舍逃出来，她焦急地在男生宿舍门口徘徊。遇到正巧要回宿舍的李天翰。沈文雨连忙求助："李天翰，你帮我看看项昊在宿舍吗？萧晗要装鬼吓项昊，我来通知他。"

李天翰答应了过去查看，一会儿回来说："项昊和沈文涛的宿舍一个人都没有啊。"

沈文雨焦急地直跺脚："项昊他们不会着了萧晗的道儿吧？这可怎么办啊？"

李天翰眨了一下眼睛，转身就走。

项昊、杜枫被吊在半空中，扮作白衣女鬼的钱宝宝站在下面，用手一指，他们便开始荡来荡去。

项昊气得大喊："喂，你到底是人还是鬼？"

"我是钟馗，今天的任务就是抓鬼。"

项昊认出钱宝宝的声音："萧晗？"

钱宝宝摘下面具，脱下白衫，扯下白绫，哈哈大笑。沈文涛等人从地上爬起来，走到钱宝宝身边站下。

沈文涛也跟着挑衅："项昊，你服不服，你们装鬼吓唬萧教官，她这就叫以其人之道，还治其人之身。"

项昊怒视沈文涛："小人！"

装死的高美仁上前拍拍晕倒在地上的顾小白："喂，起床了！"

顾小白懵懵地爬起来："高美仁，你没死啊！"

"闭上你的乌鸦嘴，就你这点儿小胆量，上了战场，还不尿裤子啊！"

这边刚消停，沈文雨已经带着李继洲和李天翰等人赶了过来。

李继洲厉声质问："你们这是干吗呢？"

大家站成一排，低头不语。李继洲在队伍前走来走去，狠狠地瞪着他们。

"教官没有教官形，学员没有学员样。你们搞什么名堂？萧教官，你必须给我解释清楚！"

钱宝宝脸上闪过一丝慌乱，但很快镇定下来。她微笑着走到李继洲面前："校长，这是我特别设计的一堂心理课。新兵没有战场经验，很容易被战场氛围影响，产生恐惧、紧张、激动、烦躁等不良战场心理。要想让他们有过硬的心理素质，需要经过反复的训练和摔打。今天我上的这一课，就是为了让他们克服恐惧心理，提高适应能力，将来在战场上也能更好地适应各种突如其来的复杂情况。事实上，经过演练，我们也的确达到了预期的效果。没想到李校长这么关心我们，我们的训练刚开始没多久，您就来观摩了，非常感谢！"

李继洲看着钱宝宝，思索着钱宝宝说的话，显然钱宝宝的一番说辞的确把李继洲唬住了。

钱宝宝把头轻轻扭过去，做了个喘气的表情。

沈文雨指着钱宝宝："她胡说，她分明是恶意恐吓学生。"

钱宝宝微笑着看沈文雨："沈助教，你好像弄错了吧，我记得这件事你也有参与呀，让我对校长讲讲来龙去脉吗？我可是有证人的。"

沈文雨狠狠瞪了钱宝宝一眼，不敢继续说了。

李继洲狐疑地盯着钱宝宝，问其他人："你们确实是在上课吗？"

沈文涛大声回答："是！萧教官的课，新颖别致，生动有趣，我们受益匪浅！"

挨着项昊站的顾小白刚想说话，被项昊狠狠掐了一把。

李继洲无奈，只好说："但是，萧教官，我要提醒你！任何方式的训练，都必须把学员的人身安全放在第一位。你大半夜的装神弄鬼，还把学生拿绳子吊起来，万一有个闪失，你负得起这个责吗？"

钱宝宝笑说："我正准备教授学生们捆绑术和逃生术，您就中止了我们的训练。

您肯定知道，作为军人，在战场上难免被俘，这就需要他们掌握逃生的技巧和技能。这正是出于保护他们的安全考虑。同学们，现在我们学习在被敌人捆绑之后，如何迅速打开绳索的技巧。下面我给同学们做示范。项昊，出列，配合我一下！"

项昊极不情愿地走到钱宝宝面前，他把脸凑到钱宝宝的耳边："如果你敢耍什么花样，我让你好看。"

钱宝宝小声说："那就看你有没有整我的本事了。"然后钱宝宝提高声音说："李校长，同学们，捆绑是一门技术，在没有绳索的情况下，可以用皮带、领带、绷带、毛巾、布条、鞋带、电线等物对敌人进行捆绑。按捆绑部位分类，有腕指、腕颈、肩背、抱背、抱颈、腕背、臂颈和全身八种捆绑法。具体采用哪种合适，要因人因物因地而异。捆绑是要让敌人被捆得动弹不得，而逃生呢，则是在被捆绑的情况下，利用一些特殊技巧解开绳结。下面，我简单为大家演示一下。"

项昊不服："萧教官，我已经掌握要领了，让我绑你一次，看看我领悟得如何。"

沈文涛主动走到项昊面前："在战场上，哪有萧教官这样瘦弱无力的敌人，用她肯定达不到实战效果。来，绑我！"

钱宝宝微微一笑："绑我吧，不然我就不知道他的手法对不对了。捆吧，别客气！"

项昊把沈文涛推到一边，附耳说道："向女人献殷勤，是一个高智商的活儿，光脸皮厚是不行的。要分场合、看对象。"

项昊走到钱宝宝面前，做出请的手势，一脸阴险的坏笑。

钱宝宝一脸轻松，非常配合。

项昊真的没有客气，他报复性地用了最复杂的手法，上下里外捆了好几道。确认捆扎结实后拍拍手，示意钱宝宝解开。钱宝宝冲着项昊笑了一下，只是双手背在身后轻轻一解，顺利脱开绳索。

在场的学员被钱宝宝折服，热烈鼓掌。

然后就是钱宝宝的报复时刻了，她把项昊结结实实地捆住，把他勒得龇牙咧嘴，苦不堪言。捆绑时动作快速而不用力，项昊使出吃奶的劲，最后也没有挣开。

李继洲不得不服，他走到队列前面，干咳几声："萧教官的课，果然新颖别致，让我大开眼界。大家训练一个晚上，一定非常疲惫了，现在都抓紧时间回去休息，不要耽误明天正常上课！萧教官，我希望你下次再上这种非常规课程时，提前向教务处汇报，不要引起大家的误会才好！"

钱宝宝立正站好："是！"

众人往回走，项昊垂头丧气地走在队伍后面。

顾小白小声说："老大，今天咱们三个人算是栽了，还栽在一个丫头片子手里。"

项昊怒气未消："从现场的情况看，这绝对是一次有计划、有组织、有预谋、有配合，设计严谨、准备充分的圈套。我们栽就栽在轻敌上。不过，只要她在军校，就在咱们狙击她的有效射程之内，还怕没有复仇的机会？她欠我们的，我都会加倍讨回来！"

杜枫摇头："我看算了吧。毕竟是我们捉弄萧教官在先，而且今天她的课也让我们收获不小。"

顾小白指着杜枫："老杜啊老杜，你怎么能长他人志气，灭自己威风呢？老大的眼中钉，就是咱们的肉中刺，咱们必须团结一致，有力打击敌人。"

项昊突然往前面一指："你们看，那是什么？"

此时，教学楼某个窗户的窗帘上印出一张脸，时而清晰，时而模糊，几秒钟之后又消失了。

所有人同时停住脚步，睁大眼睛。

顾小白低声惊呼："那不是薛少华吗？"

韩旭也在嘀咕："少华，难道是少华的鬼魂回来了？"

沈文雨大叫起来："什么？又闹鬼了？"

李继洲父子对视，眼中满是疑惑和惊讶。

项昊和沈文涛的脸色都非常难看，他们呆呆地望着天空，可是薛少华的脸已经消失了。

钱宝宝回头，不解地看着众人。

不一会，薛少华的头像再次在众人面前的天空中显现，更加清晰。

在场的人表情各异。钱宝宝惊讶，对着头像，看着身边人各种反应，感到纳闷。

李继洲和李天翰极度惊慌，努力掩饰着。

顾小白、杜枫、韩旭、高美仁先是惊恐，接着是转身看项昊和沈文涛的反应。

项昊和沈文涛脸色铁青，目不转睛地盯着头像。

几秒钟后，薛少华的头像消失。胆小的学员浑身瑟瑟发抖，不由自主地向身边的学员靠拢。

项昊几步走到钱宝宝面前，一把抓住她的衣领："萧晗，这也是你心理学课的一部分吗？"

钱宝宝看着异常愤怒的项昊，不明就里，茫然地摇头。

李继洲走到钱宝宝身边，低声质问："萧教官，这到底是不是你做的？"

钱宝宝看了看项昊的一脸愤怒，李继洲的一脸严肃，知道事关重大。她认真地说："我对天发誓，这事和我一点关系都没有，我刚来军校，根本就不认识他。"

听了钱宝宝的话，项昊慢慢放开钱宝宝。

李继洲听了钱宝宝的话，表情却更加严肃，与一边的李天翰对视一眼。

李继洲厉声喝道："全体都有，集合！"

所有学员迅速在李继洲面前排队站好。

李继洲语气缓和："同学们，你们现在是军校的学员，将来就是保护国家和人民的军人，学校有校规，学员有纪律，你们要时刻遵守。对于刚刚发生的事，校方一定会查个水落石出，你们必须做到，不危言耸听，不以讹传讹。校方一旦发现有人造谣生事，搬弄是非，必严惩不贷！大声听到了没有？"

学员异口同声："听到了！"

"全体都有，目标，军校宿舍，向右转，齐步走！"见校长严肃，学员们不敢多言，排着队向宿舍方向前进。

宿舍里，大家都没睡。顾小白几下爬到项昊床上："老大，今晚我陪你睡吧？"

项昊愣了："陪我睡？你没事儿吧？"

"挤挤嘛，我知道你害怕，我陪着你就不怕了。"

项昊一脚把顾小白踢下床："我怕什么。你给我下去。"

顾小白被项昊挤下床，只好爬到杜枫床上，嘴上说："好吧，我承认我害怕。"随后就自然地钻进杜枫被窝里。

顾小白问："老大，你们说，今天夜里这到底是怎么回事儿？会不会真的是少华现身了？"

杜枫拍了他的脑袋一下："别胡说，这世界上哪来的鬼？军校真是让你白念了。"

项昊声音很难过："我也不信世上有鬼，但如果真是少华回来，就算他是找我算账的，我也高兴。不过，这件事分明是有人在装神弄鬼。敢对死者不敬，让我抓到这个装神弄鬼的人，我一定不会放过他。"

杜枫分析说："如果真是有人捣鬼，那必定是别有用心。"

项昊叹了口气："这件事，我必须查个水落石出！"

沈文涛的宿舍里，高美仁已经打起了呼噜。韩旭听见沈文涛翻来覆去的声音，坐起来问道："睡不着？"

沈文涛回答："嗯。"

高美仁的呼噜不合时宜地响了起来。

韩旭感慨道："真是没心没肺，就知道睡！文涛哥，你是因为薛少华睡不着吗？"

"我现在一闭上眼睛就能看见少华血肉模糊的样子！"

"都是过去的事了，你也不要想太多。"

沈文涛认真地说："我总觉得少华出现得莫名其妙，恐怕有人要拿一年前的事做文章。"

"放心吧，老大，一切阴谋在你的智慧面前都是浮云。"

沈文涛点头，语气坚定地说："无论装神弄鬼的人是谁，总之来者不善。我们静观其变吧！"

第二天的射击场上，刘天宇带着学员们正在进行射击练习，沈文涛 5 号靶位十枪，全部命中心脏！项昊满脸不服。等到他射击的时候，他漫不经心地拿起枪，几枪过后，学员们开始窃笑。刘天宇脸上严肃的表情绷不住了。

杜枫高声报靶："6 号靶位十枪，全部命中靶偶的……靶偶的某些部位。"

学员们哄堂大笑。

顾小白看了看靶偶，贱兮兮地对着韩旭挑衅："沈文涛不过是要了敌人的命。看我们老大，轻描淡写地就能让敌人断子绝孙。这就是差距啊！"

韩旭连连点头："嗯，嗯，项昊是南长街会计司胡同的毕五，是地安门内方砖胡同的小刀刘，皇家御用的净身大师傅！"

韩旭说完，回来看顾小白，突然发现点问题："顾小白？喂，顾小白？！你带耳塞干吗？"韩旭伸手想去摘顾小白的耳罩，刚一碰到，顾小白就反应过来，一把拍开韩旭的手，用手紧紧捂住耳朵。

"怎么回事？"

杜枫马上帮忙解释："也不知道他从哪儿听来的，说排除声音干扰能射得更准。他就是矫情，你别理他。"

韩旭怀疑地看了眼顾小白。

这时，刘天宇吹响集合哨，全体学员迅速站好队形。

刘天宇在方队面前背着手，来回踱步，声音沉缓地训话："这是什么地方？是培养高级军官的学校，不是八旗子弟的游乐场。军人，就要守军人的规矩，就要有军人的态度，明白吗？"

全体学员立正，整齐划一高喊："明白！"

"项昊，出列！"

项昊乖乖出列。

刘天宇命令他："把射击场所有的弹壳给我捡干净，之后再用牙刷把地面刷干净。"

李天翰见项昊受罚，脸上掩饰不住幸灾乐祸的表情。

刘天宇出其不意地喊了一句："学员项昊，准备射击！"

靶偶显现。项昊举枪连击，突然弹起的靶偶上画着布满红色鲜血的恐怖人脸，神似薛少华。项昊迅速抬起枪口，子弹射偏。

大家看着恐怖靶偶，面面相觑，队伍内开始骚动。

李天翰警惕地向靶场四周察看。门外，一道黑影一闪而过。李天翰见状不由心中一紧。

校长室，李继洲父子忧心忡忡。

"从昨天晚上开始，薛少华影像就接连在学校里出现，闹得学生人心惶惶的，我这心里，也是不踏实。"

李天翰连忙安慰父亲："这世上哪有鬼，什么样的鬼，还不都是人扮的。"

"我也相信这是有人故意为之，不过这到底是谁干的？目的又是什么？你说，是不是这一年前的事，又生出了什么变故……"

李天翰打断他说："爹，你别想太多，这事我会去查，不过，我心里已经有了个大概的预判，只等我去验证了。不过这事一出，至少有一点对我们是有利的。"

"哪一点？"

李天翰阴笑着："薛少华的事这么一闹，等于是揭了项昊、沈文涛的旧伤疤，我看最近，这两个人的关系倒有缓和的架势，这是我们最不愿意看到的结果。正好让薛少华去给他们提个醒，别忘了当初他是怎么死的！"

李继洲缓缓点头："对付一个人的办法，一是把他拉近了，二是把局面搞乱了。风平浪静的哪里会有机会呢？你说得对！"

李天翰笑得更加阴险："鹬蚌相争，渔翁才能得利嘛！"

操场一角，赵虎、周杰刚刚做完练习，汗津津地坐在一边聊天。李天翰走了过来。

李天翰面色沉重："薛少华的事，你们都听说了吧？"

两人也面色沉重地点点头。

周杰说："我听说后山树林、靶场，都出现了薛少华的影子，好多人都看得真真切切的！"

赵虎担心地说："听我姥姥说，传说冤死鬼是不能转世托生的，所以，这薛少华是不是回来申冤报仇……"

李天翰狠狠打断他："这世上根本没有鬼神！你他娘的别给我自己吓唬自己！"

周杰问："不过，我也纳闷，这一年多都没事了，怎么最近突然又闹起来？"

赵虎也问："这装神弄鬼的到底是冲谁来的？"

李天翰分析说："你们琢磨琢磨，项昊离开军校一年多，军校风平浪静，什么事没有。怎么他一回来，怪事就接连不断呢？我看薛少华是冲着他来的！"

周杰恍然大悟："还真是这么回事！"

此时，钱宝宝路过，听见几人对话，上前追问。

"你们说什么？薛少华又是谁？为什么薛少华要冲着项昊？这到底是怎么回事呀？"

三人面面相觑，互相交换眼色。

李天翰笑了一下："没什么。我们就是说冤有头，债有主。"

赵虎跟着点头："哥儿几个，以后得离项昊远点，万一那冤鬼抓错了人，你说得多倒霉？"

钱宝宝焦急地问:"李天翰,你来说,这到底是怎么回事儿?别吞吞吐吐,云山雾罩的!"

李天翰不说话,抬眼看钱宝宝身后。钱宝宝顺着李天翰的目光,一转身,正好撞进项昊的怀里。项昊一把抓住钱宝宝的衣领,单手把她顶在墙上,恶狠狠地盯着她。

李天翰等人趁机散去。

钱宝宝双手抓住项昊的手腕:"喂,轻点,光天化日之下,你要干什么?"

项昊愤然说道:"你也有怕的时候?刚才你在打听什么,我都听见了!我再问你一次,薛少华的影子会出现在校园里,到底是不是你干的?"

钱宝宝生气地说:"你还好意思问我?就是因为你总是怀疑我,我才想打听清楚这件事。许你往我身上泼脏水,不许我洗洗泥啊?"

"强词夺理!我把丑话说在前面,如果那件事真的是你干的,你最好给我趁早坦白。如果被我抓到证据,你敢拿逝者开玩笑,我项昊绝对不会放过你。"

钱宝宝愤怒地回答他:"我也再对你说最后一遍。那事和我一点关系都没有,爱信不信。"

"你不用狡辩,是不是你做的,我会调查。"

钱宝宝摇摇头,满脸质疑:"不过我倒是很纳闷,怎么一提这件事,你就这么紧张、这么失态,难道你心里真的有鬼?"

项昊举起拳头,咬着牙在钱宝宝面前挥了挥:"你不要挑战我的忍耐力。话说多了失言,路走多了见鬼。从现在起,堵住自己的嘴,管好自己的腿,明白?"项昊说完,松开手,冷冷地转身离开。

第七章　初见端倪

　　钱宝宝委屈地坐在狗窝边，用手揉着被捏肿的手腕，小狗跑过来，钱宝宝把小狗抱在怀里，小狗温顺地舔着钱宝宝腕上的红肿处。

　　"小雨，你说项昊那么大个人，怎么还没你懂事呢？"

　　沈文涛悄悄从钱宝宝身后走过来，看见钱宝宝委屈的样子，伸手想拍拍钱宝宝的背，给对方以安慰，又觉得不合适，手轻轻抬起，又放下。

　　沈文涛看到了钱宝宝的手腕，立刻抓起问道："这是项昊抓的？"

　　钱宝宝抽回手："没关系，已经不疼了。"

　　"这个项昊！实在可恶。对不起，我来晚了，没保护好你。"

　　钱宝宝摇摇头，逞强地说："真的没关系，我可是教官，他敢这么对我，回头我一定加倍奉还。"

　　"萧教官，你首先是女孩子，然后才是女教官。"

　　钱宝宝鼻子一酸，眼泪差一点掉下来，却极力忍住，低声说："我不想被别人误解。"

　　沈文涛温柔地安慰她："误解是暂时的，会有真相大白的时候。"

　　"你相信我吗？"钱宝宝问。

　　"我一直都信你。"

　　钱宝宝笑了："谢谢你，一直相信我，一直帮我。"

　　熄灯号响起，学员宿舍齐刷刷关灯。

　　大家刚躺下，窗帘上便呈现出薛少华的头像，异常逼真。

　　顾小白惊讶地大叫："少华……少华……来了……他来找我们了！"

　　项昊和杜枫几乎同时坐起来，窗户上的头像消失了，什么都没看见。

顾小白着急地解释："我没开玩笑，我说的是真的，刚才少华的脸就出现在窗户上，我看得清清楚楚的。"

项昊语气感伤地说："少华要是真的回来就好了！不管他是人是鬼，我都想亲口告诉他，我有多想念他，多想跟他把酒言欢，一起再过以前的日子。但是，他再也不会回来了！"

顾小白辩解："可我刚才真的看见少华了，绝对没撒谎！"

"我知道你没撒谎，但那也绝对不是少华现身，而是有人别有用心地装神弄鬼。"项昊说。

杜枫猜测道："这个人会不会是萧教官？你们想想，我们装鬼吓过她，然后她装鬼吓我们，再后来，少华的头像就到处出现。"

项昊也说："还有一点，她对这件事的关心程度有点过头了。其实我也一直把她当成第一嫌疑人，只是还没找到证据。从明天起，咱们就盯紧她，再狡猾的狐狸，早晚也会有露出尾巴的时候。"

项昊确实盯得很上心，以至于钱宝宝在学校档案室里查阅档案的时候，被项昊抓个正着。当时钱宝宝正在翻阅薛少华的档案，还拿着档案问档案员："关于薛少华的死，为什么图书馆的档案上只有一句，死于军事训练中的意外，没有具体说明，为什么呢？"

管理员很不耐烦："萧教官，我的工作是管理档案，不是填写档案。"

项昊从钱宝宝身后闪出，一把夺过她手中的材料，迅速装入档案袋扔到管理员面前，像拎小鸡一样把钱宝宝拎到档案室门口。

钱宝宝挣脱项昊的手："有什么话不能好好说吗，你一定要这么简单粗暴吗？"

"我对你已经够客气了。跟你好说好商量，你听吗？对薛少华的事，你一反常态地上心，还敢说闹鬼的事与你无关？你到底想干什么？"

钱宝宝解释说："学校出了这样的怪事，闹得人心惶惶，鸡犬不宁，作为教官，我有义务协助校方调查。再者说，你不是一直认为是我在装神弄鬼吗？为了撇清我自己，我也有必要弄清楚这件事。"

项昊愤怒地说："你可真会狡辩，看来不按住你的手，你就不会说实话，对不对？你给我记住了，这是我第二次警告你。事不过三，如果再让我抓住一次，我就绝对不会这样客气了。"

学校的教室里，学员们正在上苏锐的卫生课。薛少琪护士站在一旁协助。

苏锐请顾小白和韩旭为大家示范人工呼吸。

顾小白试了几次却都没成功，最后委屈地说："报告苏医生，我，我还没有初吻呢！"惹得学员们哄堂大笑。

高美仁主动请缨："报告，我来！"

高美仁说罢站了起来，径直上前推开顾小白，低头就给韩旭做人工呼吸。

全场鸦雀无声，全都看呆。

赵虎举手报告："苏医生，我有一个问题，百思不得其解。"

"你讲。"

"最近疯传说校园里闹鬼。苏医生，您怎么看？"

苏锐说："我不相信有鬼，神鬼之说是人们蒙昧时期的产物，因为早期时科学还不发达，人们无法解释一些怪异现象。不过用我们现代医学的观点来看，这实在荒唐可笑得很。"

周杰跟着问："可最近学校里的怪现象又要怎么解释呢？"

项昊、沈文涛坐在台下，眼神闪烁。

薛少琪暗暗瞥了项昊和沈文涛一眼。

苏锐淡淡一笑："对一件事情得出什么样的结论，其实取决于我们的心态。比如校园里天空成像这件事，你可以看作是一个人为的怪现象，也可以认定它是闹鬼。不过，我相信，一切怪现象，早晚都会有破解的一天。"

台下，李天翰观察到了薛少琪看沈文涛、项昊的眼神。

盥洗室水池边，韩旭拿着杯子在猛漱口，一抬头，发现镜子里高美仁出现在自己身后。

韩旭吓了一跳："鬼啊！"

"鬼你个头啊，你最近被闹鬼事件吓傻了吧，是我。"

高美仁拿着杯子，去水龙头下接水，韩旭下意识地往旁边躲了躲。

高美仁问："你躲啥？"

韩旭结巴地说："美……美仁，我……我要和你说清楚，虽然我们是兄弟，但我喜欢女生！"

"我也是啊。话说你得好好感谢我，刚才要不是我给你人工呼吸，你恐怕就断气了。"

"那只是练习好不好，你要不要这么认真！"

高美仁拍拍韩旭的肩："台上十分钟，台下十年功，你别小看平时的练习，万一真的在战场上出了意外怎么办！你还是不懂苏医生的良苦用心啊。"

韩旭好像被说服："算你说得有道理……你来这里干吗？"

高美仁接了满满一杯水，开始漱口。他吐出一大口水，斥道："漱口啊！你以为呢？"

两人像比赛一样疯狂漱口。

钱宝宝当然没想到李校长会再一次给她艰难的任务。

李继洲坐在办公桌里，面沉似水，声音冰冷："萧教官，就是因为你在小树林里自作聪明的一堂课，说什么要锻炼学员的胆量，现在弄得学校里怪事不断，闹鬼的传闻满天飞，这龙城军校哪还有半点儿军校的样子？"

钱宝宝想解释："校长，后来发生的事真的与我无关，我觉得……"

"我不想听你解释！你的试用期还没过，这件事既然是由你而起，我限你三日之内必须解决此事，平息谣言，还校园一个清静，否则，就算你是大帅钦点的人，也别怪我秉公办事了。国有国法，家有家规，龙城军校也绝不容忍一个挑战法度、挑战秩序的教官。"

钱宝宝无奈地长长叹了一口气："是，校长。"

钱宝宝走后，李天翰从屏风后走了出来。

"爹，想不到这件事除了能让项昊、沈文涛反目，还能顺便把萧晗赶出军校，真是一箭双雕。"

李继洲冷笑了一下："我们得感谢那个捣鬼的人，那么费尽心思地帮我们。"

钱宝宝琢磨了很久，才来到操场，径直向项昊走过去。

"项昊，你过来一下。"

项昊无奈地跟着她走，两人来到操场一角。

"项昊，我想问你一点事，请你务必正面回答我。"

项昊根本不抬眼看钱宝宝："我没有义务一定要回答你的问题。"

"我想知道，你和薛少华的死到底有什么关系。"钱宝宝语气很严肃。

项昊冷下脸来："对不起，无可奉告。而且我警告过你吧？你再插手这件事，我就对你不客气，你还要主动往枪口上撞？"

项昊说着，调转枪口对准了钱宝宝。

钱宝宝直挺挺地站着，丝毫没有胆怯："你越是避而不谈，就越是证明你跟这件事有关系！你以为你只要闭上嘴巴就能掩盖真相了吗？"

"我闭上嘴巴掩盖不了真相，但能阻止某些讨厌的人继续无事生非。"

无奈的钱宝宝只好来找沈文涛。她觉得如果说有一个人能帮她，也就只有沈文涛了。

钱宝宝单刀直入："沈文涛，我今天来，就是想向你打听一下，薛少华的死，跟项昊到底有什么关系。"

沈文涛脸色骤变，欲言又止。

"你不要有什么心理负担，知道什么就说什么。校长让我三日查清此事，我也想尽快让一切水落石出，还校园一个清静。"

沈文涛真诚地说："我一定会尽全力帮助你调查这件事。但是，薛少华的事，我不想讲。抱歉！"

钱宝宝看着沈文涛的态度，更加好奇，还想问点什么。但沈文涛抱歉地说："每个人的内心深处，都有几处不可示人的伤疤。你有，我也有，项昊也有。伤疤下不一定有什么不可告人的秘密，但揭开了，会很疼。"

钱宝宝愣愣地看着沈文涛，思索着他的话。

钱宝宝终于抓到一个可能开口的家伙，她给顾小白买了很多好吃的。看着顾小白狼吞虎咽，然后她很随意地说："跟你打听点事儿。"

"问吧，我顾小白包打听可不是浪得虚名。"

"项昊和薛少华到底什么关系？"

"这个……项昊不让说。"

钱宝宝怂恿他:"他现在不是不在吗? 你告诉我,我不会告诉他的! "

顾小白把鸡骨头一扔,嘴一抹,拍拍胸脯:"我顾小白……"

钱宝宝点头:"我知道我知道,义薄云天嘛! 接下来你是不是要说你学的第一个字就是'义'字,打死不会出卖兄弟? "

"你怎么都知道? "

钱宝宝不怀好意地说:"我不但知道你要说什么,我还知道如果你不告诉我真话,你接下来的三个月会很惨,非常惨,惨到你生不如死。你会莫名其妙挂科,会无缘无故被罚,还会拿到最差表现评分,还有……"

顾小白吓得不行:"我说! 我说! 不过你千万不能告诉我老大啊。其实是这么回事儿,一年前项昊和薛少华一起去醉仙楼听曲,半夜的时候,李校长带人来捉人。"

钱宝宝听到这里,知道顾小白是在瞎编耍自己,却没点破,看戏一样听他继续胡扯。

"老大怕被处分,就顾着自己翻墙跑了,把薛少华给扔下了。结果,李校长当场就抓了薛少华一个现行,直接开除军校了。你想想,就这事儿我老大死也不想被人知道啊,多丢人哪! "

刚才被丢掉的鸡骨头突然出现在眼前晃荡,项昊的声音冷冷地在背后响起:"一根鸡腿就把你收买了,顾小白你小子可真是有义气啊。"

顾小白扭头一看,项昊和杜枫在身后,他故意表现出夸张的惊恐:"老大,你……你都听见了? "

项昊双手掐住顾小白的脖子:"我也想突然聋了什么都没听到,可是老天有眼,让我看到你顾小白是怎么在美色……呸! 美食面前沦陷,不顾兄弟情义,背信弃义的! 你还有什么可说的。"

顾小白继续演戏:"我是没义气了,难道你就有义气? 有义气你不带我去醉仙楼见小桃红……"

钱宝宝点点头,慢慢鼓掌:"好戏! 好戏! 继续演啊! 接着是《苏三起解》还是《杜十娘》? "

顾小白、项昊停止鬼扯,站起来互相搭着肩膀。

项昊对钱宝宝摆摆手:"不好意思,今天这场演完了,收工! "

钱宝宝气得咬牙："你……"

杜枫突然喊道："项昊，你们看那边！"

一边的树丛再次出现薛少华的头像，晃了几下之后就消失了。所有人都看得清清楚楚，无比震惊。

项昊瞪着钱宝宝，指了指薛少华的影像："萧晗，你安的什么心！"

钱宝宝焦急地说："不，不是我！真正装鬼的人现在应该就在不远处，你们赶紧出去抓他啊！"

项昊挥手示意，三人分开三个方向追出去。

顾小白追进教学楼走廊里，只见一个黑影子滑过。

沈文涛躲在主楼侧面，一条黑影闪过。暗中守候的沈文涛抬手向黑影掷出一团粉末，起身要追时，却被从后面跑过来的顾小白死死抱住。黑影趁机跑掉。

顾小白大喊："快来人，我抓住鬼啦！"

沈文涛挣扎："顾小白，你给我放手，我是沈文涛，真正的鬼已经被你放跑了。"

顾小白顺着沈文涛手指的方向，果然看见一个黑影逃跑了，身上还闪闪发光。

沈文涛怒道："成事不足败事有余！"

薛少琪一路狂奔。黑暗中，荧光粉在背上闪闪发亮，格外显眼。

角落里，李天翰猛然闪出，把薛少琪拦腰抱住，用手捂住她的嘴。薛少琪奋力挣扎。

李天翰低声说："别动，我是李天翰，是来救你的。"

薛少琪不再挣扎。李天翰迅速脱下自己的衣服，披在薛少琪的身上："你的衣服上被人撒了荧光粉，一里地以外都能看得真真切切！"

李天翰拉着薛少琪左拐右拐地跑出一段距离后停下来。

薛少琪没好气地问："你一直在暗中监视我？"

"我是一直在暗中帮助你、保护你！"

"保护我？你现在知道事情的真相了，你又是校长的儿子，你不揭发我？"

李天翰假装真诚："我不会揭发你，因为我知道你为什么这样做。少华死得冤枉。其实，我也和你一样，一直想让真正的罪魁祸首得到应有的惩罚……"

"李天翰，我从你这张脸上看到的和你刚说的可是不一样。你最好离我远一点！"

薛少琪说完甩头就走，李天翰在薛少琪身后看着她，露出一丝不易察觉的微笑。

宿舍院子里，钱宝宝坐在椅子上，项昊和沈文涛面对面站立。

项昊上下打量着他们两个："有人逼供，有人扮鬼，还是团伙作案，分工明确，配合默契呀。只是遗憾啊，你们的对手叫项昊，自认倒霉吧！走吧，去向校长解释吧！"

沈文涛很认真地说："项昊，装神弄鬼，确有其人，但不是我们。刚才若不是顾小白死抱着我不放，我就能抓住他了！"

项昊冷笑道："人赃并获，你们还敢狡辩，真是无药可救了。前几天你们在小树林里就唱过二人转了，怎么？现在想再演一场吗？"

顾小白解释说："老大，我确实看见有一个黑影从门口跑掉了，后背上还闪闪发光。"

"那是我为了捉鬼，特地撒的磷粉。不过，全都叫你们给搅黄了。"

项昊打量着钱宝宝和沈文涛，思考对策。

钱宝宝说："项昊，三天之内我找不出真相，就会离开军校。不管你相不相信，我都不会用自己的前途冒险。"

项昊摆摆手说："我不是相信你们，我是相信我兄弟小白。你们走吧。反正还有两天时间，我看你们还能耍出什么花样。"

就在钱宝宝百思不得其解的时候，沈文雨的一番话突然惊醒了梦中人。那天在办公室里，沈文雨在看画报，谢天娇指责沈文雨不干正经事儿的时候，沈文雨辩解说："谁说我不是在干正经事儿了？校长特地请我帮忙出出主意，看能不能组织点业余活动，给学生丰富丰富课余生活。我是在寻找灵感好不好。"沈文雨说着翻出一张电影海报，"喏，我决定过几天给大家放这个电影。"

谢天娇疑惑地问："放电影？"

"是啊，这可是最时髦的玩意儿，像你这么老土古板的女人，估计都没进过电影院吧。当然啦，也没人请你去。"

钱宝宝坐在一边也听到了沈文雨的话，突然想通了一件事："电影？对了，就是电影！"

钱宝宝想到了电影，就想到了从前自己在马戏团时的魔术了，于是急忙往城里一个有魔术道具的地方赶。她发现身后有人跟踪，突然转身，沈文涛躲闪不及，只好现身。

钱宝宝很吃惊："沈文涛，你跟踪我？"

"你别误会，我只是想跟来看看，有没有什么地方我能帮上忙的。"

钱宝宝感激地说："谢谢你。"

"你这是要去哪里？"

钱宝宝说："去龙城做魔术道具最有名的地方。其实，薛少华的影像能凭空出现，应该只是利用了一个简单的魔术技巧，我记得我以前也看过什么请神下凡，口吐莲花之类的表演，这跟电影投影是同一个原理。如果能有人把电影放映机做得很小，甚至可以藏在身上，那就完全可以让薛少华的影像随时随地出现。我想，能做出这样复杂道具的，应该只有做魔术道具的铺子了，所以我打算去查查看。"

"可是你怎么会懂魔术？"

钱宝宝敷衍道："因为变魔术很多时候都是在用观众的心理做文章，所以我自己略微研究过一点魔术原理。"

沈文涛很惊讶："跟你接触多了，真是每天都有惊喜。萧教官，你可真是个万花筒，你到底还会多少东西。"

钱宝宝心虚地说："先别着急惊喜，等查到那个背后捣鬼的人再说。"

两个人在前面走，后面项昊和顾小白两个人穿着便装，用礼帽遮面，悄悄跟上。

顾小白悄声说："真没想到，沈文涛这样的好学生居然也偷溜出学校。老大，你说他们这么亲密，又这么神秘，到底是去干什么呢？"

项昊冷哼一声："反正好事不背人，背人没好事。看紧了，跟住了，我倒是要看看，今天他们又是唱的哪一出？"

沈文涛和钱宝宝走进胡同里一间简陋的小屋内。

屋里堆着各种完成和未完成的魔术道具，一个老师傅正埋头在做魔术道具。

老师傅头都没有抬:"来了?"

钱宝宝和沈文涛对视一眼,均感到意外。

钱宝宝把薛少华的照片放到老师傅的桌子上:"老师傅,打扰您了。我们来是想打听一件事儿,最近有没有人拿着这个人的照片,让您做投影的魔术道具?"

薛少琪和李天翰藏身胡同深处,看见项昊和顾小白站在老师傅家门外向里面张望,立即闪到旁边的小巷子里。

薛少琪感激地看着李天翰:"天翰,多亏你提醒我买通老师傅,不然真就露馅了。"

"我说过我会帮你的。你哥哥是军校里难得的优秀学员,如果他还活着,一定是集英战队队长的不二人选,哪有项昊、沈文涛什么事儿。可惜啊,他才25岁,风华正茂的年纪,却这么不明不白地去了,有时候我在想,也许你哥哥就是因为太优秀了,这才遭人妒忌了……唉……想起来就让人心痛!"

听了李天翰的话,薛少琪眼圈红了。李天翰顺势揽过薛少琪,继续添油加醋:"别难过,我最见不得小人得志,我会帮少华完成他所有未了的心愿的,还有,如果你愿意,我还会像你哥哥那样,一辈子照顾你……"

薛少琪被李天翰的豪情感动,对其投以感激的一笑,笑中饱含着少女的娇羞。

魔术道具店里,老师傅摘下花镜看了看照片,又戴上花镜看了看钱宝宝,一脸纳闷:"姑娘,这不是你之前委托我做魔术道具用的照片吗?"

钱宝宝愕然,沈文涛惊讶,两个人相互看了看,丈二和尚摸不着头脑。

老师傅话音刚落,躲在门外的项昊、顾小白飞身闯入屋内。

项昊逼视钱宝宝:"萧晗,你的戏该收场了吧?现在你还有什么话说?"

钱宝宝看了看愤怒的项昊,又看了看脸上明显写着害怕,都不敢看钱宝宝的老师傅。

钱宝宝生气了:"师傅,我们无冤无仇,你为什么要陷害我?"

项昊冷笑了一下,愤怒地说:"事到如今你还要演戏,真是死不悔改。老师傅,你不要害怕,把知道的都说出来。"

沈文涛赶忙解释:"项昊,你真的是误会了。"

钱宝宝慢慢镇定下来,冲老师傅微微一笑:"老师傅,这么特别的魔术道具,应该很少有人定制吧？既然你说是我找你做的，你应该还记得我是什么时候交的定金，什么时候取走道具的吧？"

老师傅手一抖，手里的工具"啪"地一下落在地上。他哆哆嗦嗦地捡起工具，不敢正视钱宝宝："交定金的日子嘛，我想想……想想，对了，大概是半个月前。取道具的时间……是……是五天前，对，对，五天前。"

钱宝宝会心一笑，走到项昊跟前："半个月前，我还没来军校报道；五天前，我正好在执行军火任务，你也在场的。"

沈文涛语气很和善："师傅，我们不想为难你，但是也没时间听你胡说八道，我再问你一次，你好好想一想，到底是谁拿这张照片做了道具？"

项昊看了看淡定的钱宝宝，又看了看一脸害怕的老师傅，明白过来。他逼近老师傅："如果你执意不肯说，那我只好请你跟我们一起去警局走一趟了。"

老师傅颤抖地从抽屉里拿出几块大洋和一颗子弹："虽然被你们识破了，但是我还是不能说。就算是你们把我送去警察局，我也不能说。这是那个定做魔术道具的人留下的，让我自己选择。钱我不要，你们可以拿走，可是我不想没命。我还有一家老小要养活。"

钱宝宝听到老师傅是被威胁的，表情缓和了一些："老师傅，既然你是受人胁迫，我就不逼你了。但我推断，她应该是个年轻漂亮的姑娘，而且她刚刚来过，对吗？"

老师傅表情尴尬，张了张嘴，却什么都没说出口。

钱宝宝笑了："我已经知道了。谢谢您。"

路上，顾小白不解地问："萧教官，你到底知道了些什么？"

钱宝宝淡淡一笑，缓缓解释："老师傅家门口，有一串鞋跟印，应该是女人的高跟鞋留下的，穿这种鞋子的，一定是年轻时髦的姑娘。"

项昊也问："那你又是怎么知道她刚刚来过？"

"因为老师傅家里，有一股淡淡的西式消毒水的味道。老师傅没有受伤，一般来定制道具的人，也都是些表演艺人，身上不会带那个味道。"

沈文涛表情沉重，说："萧教官，你果然是观察入微、心思细腻。"

"有这些线索，很快就可以知道那个装鬼之人到底是谁。身上有消毒水的味道，又是年轻的姑娘，我想，我们应该把目标锁定在军校医院的那些小护士身上。"

项昊忽然开口，声音冷冷地说："这件事，就到此为止吧。"

第八章　想方设法

钱宝宝不解地看着项昊："我费尽九牛二虎之力，好不容易才抓住作祟之人的尾巴，为什么要到此为止？"

项昊尴尬地看了看钱宝宝，真诚地开口："之前闹鬼的事，是我误会你了，我郑重向你道歉。不过，这件事你就不要再追查下去了。"

钱宝宝有点不习惯项昊的改变："项昊，你给我道歉？是不是太阳打西边出来了？之前你一直诬陷我，现在我好不容易查到了些线索，你又突然不让我查了，这事也太古怪了！想让我住手，除非给我一个合理的解释。"

项昊说得很诚恳："我没办法给你合理的解释，这是我对你的一个请求，算是我项昊欠你一个人情，希望你成全。"

"你项昊一直心高气傲、目中无人，也会低声下气地求我？"钱宝宝非常不解地问。

沈文涛这时候也开口说："如果项昊一个人的面子不够，再加上我的薄面，我也请求你，不要再追查此事了好吗？"

钱宝宝看了看沈文涛，又看了看项昊，更加觉得奇怪："你们俩的态度，让我觉得这事儿更诡异了。"

沈文涛真诚地说："萧教官，你还记得我跟你说过吗？每个人的内心深处，都有几处不可示人的伤疤。你有，我也有，项昊也有。伤疤下不一定有什么不可告人的秘密，但揭开会很疼的。"

钱宝宝看向沈文涛的眼睛，他的眼睛真诚、清澈，钱宝宝也被打动了。

沈文涛不等钱宝宝说话，就说："你不说话，我就当你答应了。"

项昊和沈文涛知道基本说动了钱宝宝，互相看了一眼，就各自避开目光。

阶梯教室，钱宝宝拉上教室外的窗帘："下面，请各位欣赏魔术表演。"

钱宝宝取出两个手电筒，对准墙壁，墙壁上立即出现项昊和沈文涛的照片影像，钱宝宝替换手电筒前的照片，出现了众学生训练中的影像，接着是几张搞笑的学员生活照。

学员们哈哈大笑。

赵虎举手说："萧教官，你这哪里是什么魔术，这是放电影嘛！"

钱宝宝调转光源方向，突然，薛少华的身影出现在教室门口。

顾小白大喊一声："薛……薛少华！"

周杰连忙安慰自己："别怕别怕，这还是放电影嘛！"

钱宝宝点点头："没错啊，在我手中的这个手电筒前，有一个可以插照片的插槽，只要处理一下照片，就能投出不同的影像，所以这根本就不是什么鬼神现象。"

钱宝宝拉开窗帘："只不过是利用了电影投影的原理，借用了魔术的小技巧，最后再加上一点大家心理上的弱点，就自然而然地造出了恐怖的效果，让你们大家误认为是灵异闹鬼事件。现在，真相大白了吧，曾经让你们惊恐万分的现象，不是冤鬼讨债，不是灵魂再现，而是有人利用了这个简单的工具暗中捣鬼！"

所有人恍然大悟。

高美仁十分佩服："原来是这样！萧教官真厉害，简直是包龙图转世啊！"

顾小白连忙拍马屁："萧教官长得这么美，怎么能跟包龙图联系在一起？你会夸人吗？"

李天翰阴沉着脸，站起身，悄悄离去。

表演结束，学员们退场。钱宝宝走到李继洲面前。

李继洲笑着说："萧教官，你的魔术很有说服力，足以证明闹鬼的事是有人在搞恶作剧，你的任务完成得很好。"

"谢谢校长。只是搞恶作剧的人，我还没找出来。"

李继洲打断她："我看这件事就到此为止吧，校园好不容易恢复了平静，不要再生事端。既然真相大白，料想那人也不敢再怎么样。为了这点事，耗费大量时间和精力，不值得。你就把精力都放在教学上，不要再查下去了。"

钱宝宝略感奇怪，点点头，"好吧，我听校长的。"

回到校长室，李继洲问儿子："你的意思是说，萧晗已经知道这件事是薛少琪做的，只是没有当众揭发她？"

李天翰点点头："应该是这样。据我调查，这两天，项昊、沈文涛一直跟萧晗在一起，萧晗之所以没有供出薛少琪，我推测应该是项昊和沈文涛的意思。"

"看来项昊和沈文涛对这个薛少琪，还是念及旧情的。"

李天翰说："这个薛少琪一直藏在暗处也有好处，她是一个头脑简单的姑娘，又与项昊、沈文涛有不共戴天之仇。项昊和沈文涛对她的这份旧情，倒是可以成为我们手中的一柄利剑。就看我们怎么能好好地用这柄剑了。"

李继洲若有所思地点点头。

宿舍里，钱宝宝在倒计时牌上划掉了一天，算上刚才的叉叉，已经有七个叉。

钱宝宝信心满满地对自己说："加油，钱宝宝！已经过去一半了！再坚持一下，娘就可以名正言顺地住院治病了。"

射击场上，项昊、杜枫检查枪械，顾小白往耳朵里塞好耳塞，接着往枪里塞子弹。项昊冲顾小白说了好几句话，顾小白一点反应都没有。项昊好奇，杜枫冲着项昊指了指小白的耳朵，用手肘捅了项昊一下，做噤声手势。

不远处，李天翰眼神偷瞄向项昊三人。放下枪，假意跟别的同学搭讪，挪到靠近三人位置的同学身边。

杜枫靠近项昊，压低声音说："小白怕枪声，戴着耳塞听不到。"

项昊惊讶："怕枪声？什么时候的事儿？"

杜枫叹了口气说："你走之后的事儿，自从少华死了之后，他就添了这个怪毛病。不仅怕枪声，什么炮声、爆炸声，只要是特别大的声音，他听了都会晕。平时上射击课，他就戴着耳塞应付过去。"

项昊担心地看着顾小白："这也不是长久之计啊，得想个法子。"

杜枫无可奈何地说："之前我也陪小白去医院看过，但一直找不到治愈的办法。"

不远处，李天翰假装擦枪，侧耳偷听项昊和杜枫的谈话，他把这一切都听在耳朵里，脸上露出狡猾的微笑。

李天翰在治疗训练擦伤时，把这个秘密透露给了薛天琪。

"对了，闹鬼的事，学校已经不再查了，你可以放心了。"

薛少琪冷冰冰地说："知道了。"

"只是你冒了这么大的险，最终还是没能为你哥讨回公道。或许在这件事上，我可以再想想办法。我最近发现了一个秘密：关于你哥。"

"我哥？"

李天翰点头："顾小白怕枪声。自从你哥死后顾小白就得了这个毛病。而他周围的人却一直替他隐瞒。你想想，你哥死的时候，顾小白也在现场，要是没做对不起你哥的亏心事儿，他瞒什么？又怕什么？"

薛少琪愤愤地说："除此之外，还真找不出更合理的解释。上次的事，他们虽然侥幸过关，但我绝不会就此罢休。我一定要查出真相，为我哥哥讨回公道。"

李天翰连忙说："这也正是我想做的事！"

薛少琪怀疑地说："谢谢你，但这是我的事，不需要你插手。"

李天翰想了一下，说："我有一个好点子，你不妨先听一听，再考虑要不要接受。眼前顾小白的事正好可以成为一个催化剂。我帮你把事情的真相逼出来。"

李天翰附在薛少琪耳边耳语。

射击馆储物柜边，薛少琪伸头向房内察看后，迅速闪身进入房间，拉开贴着顾小白名字的柜子，从包里取出耳塞、耳罩，拿针在上面戳了几个孔后又放回去，然后迅速溜出门去。

不一会儿，顾小白他们进门取装备。项昊忧心地看了顾小白一眼，担忧地问："小白，这东西真的靠谱吗？"

顾小白讪笑着："也没别的招儿了。幸亏有杜枫他们帮我打掩护，要不准穿帮。"

项昊叹了口气，顾小白故作乐天："嗨，哥们儿别担心。我这一年多都熬过来了，再挺几个月就毕业了。我对自己很有信心！"

项昊假意给顾小白肚子一拳："你是个军人！以后是要上战场的！听过当兵怕枪声的吗？放心，我一定想办法治好你。"

射击场上，刘天宇正在上课。

"75 毫米、29 倍径野炮，1913 年汉阳造，初速 510 米／秒，最大射程 6000 米。

这种炮跟我们熟悉的法制山炮相比，威力显然要大很多。下面，我就给大家展示一下克式野炮的威力，为了安全起见，我们今天演示使用的是教练弹。"

两个学员配合着刘天宇开炮。

顾小白偷偷拿出耳塞戴上。李天翰阴阴地看了顾小白一眼，嘴角都是阴森的笑。

"砰"的一声巨响，顾小白痛苦地捂着耳朵，抽搐着晕倒。

李天翰和其他学员上前围观。

李天翰看到杜枫想偷偷拿掉顾小白的耳塞。凑过去，挡开杜枫的手："别晃动他，把他放平。"

刘天宇发现这里骚动，赶紧跑过来，蹲下问杜枫："怎么回事儿？"

杜枫连忙解释："顾小白这几天着凉了，可能是身体发虚。"

刘天宇检查顾小白的情况，看到他耳朵里露出一半的耳塞，伸手拿了出来。

"这是什么东西？"刘天宇问。

李天翰朝赵虎、周杰使了眼色。两个人带头议论起来："耳塞？顾小白戴耳塞干吗？"

赵虎更是站起身，对着其他学员假装问："射击课戴耳塞，顾小白是不是怕听枪炮响啊？这毛病我记得苏医生上课讲过，叫什么来着？"

周杰立刻回答："枪炮恐惧症！"

"对对对，就是枪炮恐惧症。说是只有战场上的逃兵才得这种病呢！"

一个学员惊讶，"枪声恐惧症？不会吧。他摸枪也不是一天两天了，怎么会有你说的这种毛病呢？"

赵虎说："戴着耳塞上射击课，想想也只能是怕听枪响啊。"

周杰附和着："可他今天也戴耳塞了，为什么就晕倒了？"

赵虎坏坏地笑了："为什么？因为耳塞坏了呗。哈哈哈哈！"

学员们对顾小白指指点点。

杜枫背起顾小白，跟刘天宇一起快步离开射击场。

李天翰看着顾小白的身影，在人群中得意地阴笑。

赵虎继续煽风点火："当兵的怕枪响，这不就是老虎闻肉味就吐吗？你见过这样的兵吗？"

周杰也说:"这简直是龙城军校最大的笑话!换了是我啊,我可丢不起这脸,早卷铺盖走人了。趁年轻还可以另谋出路。还在军校赖下去,早晚得滚蛋!"

项昊忽地一下站起来,伸手抓住周杰的衣领,瞪着眼睛:"你再说一遍,让谁滚蛋?"

李天翰假装好人,劝阻项昊:"项昊,顾小白得了这种怪病,难道周杰说得不对吗?"

赵虎也起哄:"孬种就要滚出军校。"

李天翰得意地看着项昊,项昊狠狠地瞪着李天翰:"李天翰,你给我闭嘴。小白的事用不着你操心!"

"我不操心,军校自然有人会操心,你项昊耍横也没用。"

项昊愤怒至极,双手抓住李天翰的肩头往怀里一带,抬膝连撞李天翰的腹部。李天翰猫腰护腹时,脸部又挨了项昊一记重拳,摔出去倒地。

沈文涛试图劝架:"项昊,你别冲动!"

项昊根本不搭理沈文涛,冲过去继续打时,几个学员忙把他抱住。李天翰爬起来,跑过来趁乱打了项昊一拳。项昊挣脱学员的阻拦,又与李天翰扭打在一起。

钱宝宝也发现了,这个李校长,只要有什么棘手的事情一定会找她。钱宝宝看着李校长煞有介事地说明情况,心里都想:他是不是爱上我了,怎么什么事情都找我呢?这是有多爱我,才能这么器重我呢?

"今天项昊和李天翰打架的事,你听说了吧?"

钱宝宝点点头。

"事情的起因是顾小白的枪声恐惧症。小白呢,是你们班上的学员,这枪声恐惧症呢,又属于心理上的疾病,我找你来,就是让你治好顾小白的病。"

钱宝宝发愁:"校长,我是心理学老师,不是心理医生……我……"

李继洲又是一副不容置疑的表情:"我找你来不是跟你商量,这是命令,你只能完成,我不需要你跟我讨价还价。这也是你试用期的考核任务之一。"

钱宝宝只好低声说:"校长,我会尽力而为!"为了娘的病,再棘手的任务她也得接啊!

李继洲又说:"不是尽力而为,而是必须完成,我不允许我的军校里有害怕枪声的士兵，我只能给你三天时间！治不好顾小白，你和他一起离开学校。"

钱宝宝低声答应着："是，校长！"但她在心里说：您老人家除了这招，还会什么啊？要不是为了我娘，我真想告诉你，本姑娘没空搭理你！

接受了重要使命的钱宝宝站在顾小白的病房门口向里边张望。

薛少琪走过来，态度非常和善地问："请问你找谁？"

"我是学校的心理学教官，也是顾小白的班主任，我过来是想了解一下他的病情。"

薛少琪说："我们这边聊吧，不要打扰病人休息。"

薛少琪把钱宝宝领到走廊的另一端，介绍起顾小白的病情："顾小白这种病，是受到某种严重刺激产生的心理疾病。准确地说，是心理障碍，也就是我们常说的心病。这俗话说得好，心病需要心药医。要想彻底解除他的心理障碍，你得先查出他到底受了什么刺激。"

"那我应该从哪里着手找出病因呢？"

薛少琪故意说："这个嘛，我可以告诉你。一年前，顾小白的同学薛少华死后，他就患上了巨大声音恐惧症。从那以后上射击课的时候，他一直都是戴着耳塞的。今天就是因为耳塞出了问题，他才发病的。"

"谢谢你。你怎么知道得这么详细？"钱宝宝很疑惑。

薛少琪很淡漠地说："我是薛少华的妹妹薛少琪。"

钱宝宝心里一怔，忙说："对不起，那你能告诉我，你哥哥是怎么去世的吗？我不是想打听你的隐私，我只是想治好顾小白的病。"

薛少琪眼圈发红："我也想知道我哥哥到底是怎么死的，可是一年来，这一直是个谜。一年前，高年级学生进行实战排雷演习，本来没有我哥哥他们什么事。项昊是我哥哥最好的朋友，硬拉着我哥哥去参加。结果，我哥哥死于非命，学校只说是一场意外。"

"当时，除了项昊在场，还有顾小白在场？那关于你哥哥的死，他们怎么说呢？"

薛少琪难过地说："当时在场的有项昊、顾小白，还有沈文涛。我哥哥出事之后，项昊就离开了军校。他出走的事儿当时还惊动了大帅，但后来就莫名其妙被压了下来。学校里的人都说项昊离开是出去避风头了。至于小白他们，跟项昊是死党，当然认同我哥哥是死于意外的说法。"

听了薛少琪的话，钱宝宝脸上露出疑惑。

薛少琪继续说："我是护士，帮助病人也是我分内的事，你只有查清楚这件事，才能治好小白。"

　　顾小白躺在床上看着窗外，神情落寞。钱宝宝走进来，一声不响地站在床边。顾小白看到钱宝宝，故作轻松地拿起床头柜上的苹果，用力啃了一大口。

钱宝宝盯着顾小白的眼睛："顾小白同学，我是奉命来给你治病的。"

"治病？给谁治？给我？我有什么病？看见没，能吃能睡，一身好肉，绝对符合军校体检标准。这苹果真甜啊，萧教官来一个？"

钱宝宝接过苹果放回果盘："顾小白，你不要跟我装傻充愣。现在全校都知道你有枪声恐惧症，你还想逃避吗？对于军人来说，这个病就是死亡宣判书。治不好你，我和你到时候都要卷铺盖走人。"

顾小白放下手中的苹果，沉默地咀嚼着。

顾小白说："原来你是担心你的饭碗。"

"是！我不否认，我很在乎这份工作。可是，小白，我也是真心想帮你。你在军校念了这么久，付出那么多努力，难道就不期待扛枪上战场保家卫国吗？"

顾小白说："我是不甘心，但那又能怎么样。一年了，一直是这副样子。"

"我帮你，咱们一起找出病因，克服心魔。小白，你告诉我你的枪声恐惧症什么时候得的？到底是因为受了什么刺激？"

顾小白支支吾吾："我，我……"

钱宝宝提示说："是薛少华的死吗？薛少华是怎么死的，你当时看到什么了？"

项昊拎着暖水瓶推门进来，正好听见钱宝宝的话。他把暖水瓶放到桌子上："萧晗，我好像警告过你，关于薛少华的死，不许你多事。你能不能给我闭嘴。"

"谁有工夫管闲事啊，我是为了治好顾小白的病。"

项昊愤怒地说："你也知道顾小白是病人？你这是在审问他吗？他是病人，不是囚犯！"

钱宝宝直视着项昊："为什么我问顾小白问题，你比他还激动？为什么一提到薛少华的死，你就这么愤怒？你是在用愤怒掩饰着什么吗？"

项昊怒视钱宝宝："萧晗，你别逼人太甚！"

钱宝宝毫不退缩："谁逼你了，我只要一个真相。"

"我这里没有你想要的真相，你盯着别人的伤疤不放，不就是为了通过试用期，成为正式的教官吗？"

"我帮助我的学生治疗心病，我努力成为一名正式的教官，这两件事矛盾吗？"

项昊指着大门口："可顾小白不欢迎你给他治病，麻烦你，向右转，向前走！"

钱宝宝只好悻悻出门。

顾小白自暴自弃地用被子盖住自己的头。

项昊扯被子，小白不放手。项昊叹口气，坐在床边的凳子上。

项昊愧疚地说："小白，对不起。我也是刚刚才知道你得病的事儿。"

顾小白慢慢从被子里探出头："昊哥，你别怪我没出息，我不是孬种，我这人从小就没什么梦想，我最大的心愿就是咱们几个好哥们儿能一直在一起。咱们一块儿打架、一块儿念书，以后还能一块儿上战场，不求能一块儿生，但求能一块儿死。现在看来我这个梦应该实现不了了。一年前少华死了，你走了，我一夜一夜地做噩梦，梦见少华的脸，梦见那声爆炸。然后，就这样了。"

项昊眼圈泛红："小白，我不会让你退学的。是兄弟就做一辈子兄弟，少华走了，我更不能让你离开我，我会拉着你、拖着你、扛着你，直到咱们两个都走不动了。就算到黄泉下，喝酒吃肉，咱们都在一起。好兄弟，我一定治好你的病。"

沈文涛正独自一人反复机械地拆枪装枪，寂静的射击室内，只听到枪支零件的碰撞声。"叮当"一声，驳壳枪的撞针掉在地上，沈文涛停下了手。

钱宝宝捡起部件，轻轻放在沈文涛手上。

沈文涛自嘲地笑笑："我竟然掉了撞针。"

"撞针掉了，可以捡起来，没什么大不了，何必对自己如此苛责呢？"

沈文涛继续快速装枪，装好后又快速拆散。

钱宝宝说："我不希望看到你这个样子。"

沈文涛不说话，继续反复装枪。

钱宝宝把沈文涛手中的枪按在桌子上。

沈文涛看着枪，说："我对这支枪很熟悉了，但是我却总怕它打不准，每次开枪的时候，我都会担心无法击中靶心。如同我对我自己，我应该很熟悉自己，但是很多时候又好像完全不认识，甚至，我还会对自己产生深深的失望。"

"别这么说，你已经很优秀了。"

沈文涛感叹道："有时候我很羡慕项昊可以率性而为。"

钱宝宝说："我记得刘教官说过，你是一支狙击步枪，准确，严谨；而项昊他是一支机关枪，猛烈，持久。你们各有所长。"

沈文涛叹口气："真希望如你所说。"

"能直面自己的，才是真的强者。"钱宝宝安慰说。

沈文涛沉思片刻："萧教官，我知道你的来意。但对不起，我现在还没有撕开伤疤的勇气。"

沈文涛说完，继续闷头拆枪装枪。

钱宝宝在一边轻轻叹气。

这几天钱宝宝一直埋在书里了，萧晗留下的心理学方面的书，钱宝宝在一本一本地低头查阅，却不得要领。

这几天项昊也一直埋在书里，查阅各种医书，抄药方。甚至把煎好的中药一人一碗与顾小白分别喝下，喝得顾小白跑肚拉稀，看见项昊就想哭。

顾小白抓起一团纸，呻吟着跑去厕所的时候，钱宝宝瞪着项昊："你就别再瞎折腾了，没病都能给你折腾出病来！"

项昊还不服："男子汉大丈夫，流血牺牲都不怕，拉泡稀的能叫事儿吗？怕什么，睡一觉明天一早就好了！"

钱宝宝若有所思："睡一觉？我突然想到一个办法，也许能治好他的病。"

项昊将信将疑："什么办法？"

钱宝宝着急地跑了出去，边跑边说："我得回去查查，说不定就能管用。你放心，肯定不是偏方，用不着吃药。"

钱宝宝跑回宿舍，翻箱倒柜地找，把包裹里的东西全部胡乱地扔到床上、地上。终于找到两本书，一本印刷粗糙装订简陋的书，书名为《江湖数术》，另一本印刷精美的书，名为《催眠术与心理治疗》。

钱宝宝举着书自言自语："咱们老祖宗的书和西洋人的书，都提到了睡觉治病这个方法，哦，不是睡觉，是催眠！看来这心病用这个催眠大法治肯定能治好！我也照猫画虎，学上几招，没准真能管用呢！"

顾小白斜靠在床上，打着哈欠："昊哥，苏医生还没批准我出院呢，你大清早的把我弄回来，神神秘秘、鬼鬼祟祟的，这是要唱哪一出啊？"

项昊做出噤声的手势："你这种病，属于疑难杂症，正规的治疗手段不一定管用。我找了那么多偏方都没用，我也是没辙了。萧晗说，她有一个治疗你的办法，不打针不吃药，应该没什么危险。她是留洋回来的，也许有点真本事呢？你看之前的几件那么难办的事，她都解决得挺干净利落的。咱们让她试一试，万一瞎猫撞上死耗子呢？"

顾小白想了想："既然你都这么说了，试试就试试吧。免得你天天用泻药祸害我。"

项昊走到顾小白床前："不过咱们还是要防着她点。一会儿她过来，让她先拿我实验，你在旁边观察。如果她只是好心治病，咱们就积极配合。一旦她别有用心，老办法，以其人之道还治其人之身。"

顾小白点头："明白！轻车熟路！"

项昊把顾小白带到练习室里，钱宝宝点燃熏香，香烟弥漫。项昊闭着眼面朝外盘腿坐在床上。钱宝宝站在他的面前。顾小白躺在床上，盯着钱宝宝的举动。

钱宝宝声音轻柔缓慢地说："深呼吸——全身放松——想象——你来到一个鸟语花香的山谷，天上白云飘飘，身边溪水潺潺，春风习习，阳光照在你的身上，暖暖的，一朵白云将你托起——"

项昊闭着眼睛直挺挺地倒下。钱宝宝起身，附在项昊耳边。

"你叫什么？"

项昊有气无力地说："项昊！"

"你家在哪里？"

"龙城！"

钱宝宝脸上露出一丝得意的笑容，转身面对顾小白。

顾小白惊恐地说："萧教官，你把他怎么了？怎么你问什么他就答什么？"

钱宝宝微笑说:"这是江湖上的……这是心理学上的催眠术,能帮助有心理障碍的人祛除障碍,保持内心至纯至净。你的心理恐惧症,就是因为心里有一道沉重的阴影作祟。一旦枪声响起,它就迷乱你的心智。经过催眠之后,那道阴影便会自动消失,枪声恐惧症不治而愈。"

顾小白狐疑:"被你催眠之后,是不是你想把我怎样就怎样,醒来时我什么都不知道?不行,这我也太吃亏了。"

项昊打了一声鼾,微微睁开眼睛,偷偷冲顾小白轻轻地摇摇手指。

顾小白见状,无奈地看了看钱宝宝,脱去上衣:"好吧,我接受你的治疗。但咱们约法三章,万一我有个好歹,你可得对我负责!"

钱宝宝声音轻柔缓慢:"深呼吸——全身放松——想象——"

顾小白猛地睁开眼睛:"萧教官,我只能听见呼噜声,特别刺耳!"

钱宝宝回头看了看项昊:"难道催过头了?他的鼾声怎么这么响?听说香灰能治打呼噜,试试。"

钱宝宝蹲在地上的熏香前,把香灰放在掌心,托到项昊面前,准备往项昊鼻子下面抹时,项昊翻身,咳嗽一声,香灰全部喷到钱宝宝脸上。钱宝宝用托香灰的手一抹脸,脸当时就花了。项昊翻身,鼾声停止。

钱宝宝看了看项昊,满意地说:"这个偏方倒是好使,果然不打了!顾小白,来,咱重新来!"

顾小白看着钱宝宝的大花脸,强忍不笑,摆好姿势接受催眠。

钱宝宝继续说:"深呼吸——全身放松——想象——你来到一个鸟语花香的山谷,天上白云飘飘,身边溪水潺潺,春风习习,阳光照在你的身上,暖暖的,一朵白云将你托起——"

顾小白闭着眼睛直挺挺地倒下。钱宝宝起身,附在顾小白耳边。

"你叫什么?"

"顾小白!"

"你家在哪里?"

"龙城!"

"薛少华遇难时,你看到了什么?"

项昊连打三声鼾。顾小白貌似回应一般,也打了三声鼾。此后,两个人的鼾声你长我短，你重我轻，如麦田里的青蛙发情一般，相互呼应。

钱宝宝站起来，看了看两个人，转身取香灰，发现香灰没有了，便抓起一把土，要抹到顾小白的鼻子下。

顾小白猛然翻身坐起，呵呵傻笑，然后跳到地上，又蹦又跳，又哭又笑，如中魔一般。

钱宝宝惊恐地看着几近疯狂的顾小白，不知所措。

顾小白拉开门，笑着跑了出去。

钱宝宝意识到事态严重，随后追出去。

项昊坐起来，拿起毛巾擦净身上的香灰，对着镜子穿衣服，得意地说："告诉你吧，装傻这件事儿，干得好，那叫大智若愚。就你这点小智商还想算计小爷我，哼，搬起石头砸自己的脚了吧！"

顾小白在前面，钱宝宝在后面狂追。顾小白跑回宿舍，倒头睡去。

此时李继洲和谢天娇也走入宿舍。

李继洲训斥钱宝宝："萧晗！我叫你给顾小白治病！你怎么把他治疯了？"

钱宝宝怯怯地说："校长，谢主任，都是我的责任。我觉得有一个心理疗法可能对治疗顾小白的病有效，便把他接回来尝试，没想到……"

"没想到一个军校教员，两个军校学生，弄得满屋子乌烟瘴气，像个神棍一样发癫。真是瞎胡闹！谢主任，他们这种情况，按照校规怎么惩处？"

谢天娇说："按照军校规定，应该罚一万米障碍跑。"

李继洲说："好！萧教官，烦请你现在就去操场领罚，好好清醒一下头脑。谢主任监督！"

钱宝宝转身出门，李继洲和谢天娇跟着出去。

项昊在门口目送他们离去，转身对顾小白竖起大拇指："小白，你不去演戏，真可惜你的表演天赋了！"

顾小白不接话茬，捂着胸口："良心隐隐作痛啊！萧教官煞费苦心地为我治病，我还这样捉弄她，是不是有点过啊？"

项昊说："我只是想断了她的念想，不让她一直挖少华的事。谁想到你的戏演得这么过。"

顾小白说:"本来咱们两个也该罚,萧教官真是仗义,甘愿自己一个人受罚,把责任全揽过去了。李继洲也够狠的。"

项昊琢磨着:"被你这么一说,我觉得她好像也没有那么讨厌了!咱们去看看萧教官。"

在谢天娇的监督下,钱宝宝准备障碍跑。很多学员围观,项昊和沈文涛也在围观的人群中。钱宝宝开始冲刺、跨栏、跑过平衡木……在障碍墙前,她助跑、翻墙,失败。重新试,又失败……钱宝宝吃力地爬上障碍墙,跳下,爬过铁丝网,艰难奔向终点。

大家自发地为钱宝宝鼓掌。

沈文涛在旁边鼓劲:"萧教官,已经完成了 1000 米,加油!"

钱宝宝开始跑第二圈,摔倒、站起来又继续跑。一次、两次、三次!

沈文涛心疼地摇头,走到谢天娇面前:"谢主任,萧教官只是好心办了错事,而且也没有给顾小白带来什么真正的伤害,是不是罚得太重了?何况她是个女孩子,平时我们男学员跑一万米都很吃力。"

钱宝宝再次跌跌撞撞地跑到终点。

谢天娇语气冰冷:"还差 1000 米。"

沈文涛把打开盖子的水壶递给钱宝宝。钱宝宝大口地喝水,呛水,猫腰剧烈咳嗽。沈文涛轻轻地拍打钱宝宝的后背。

项昊凝视着满身泥水、疲惫不堪却一脸坚毅的钱宝宝,表情复杂。

沈文涛自告奋勇:"最后 1000 米我陪你!加油!你一定可以的。"沈文涛陪着钱宝宝一起出发,一边跑,一边告诉钱宝宝一些过关技巧,在每一个关键环节如何处理动作。

"萧教官,保持平衡,注意脚步的节奏。好,很好。加油!"

"在这里开始助跑,用上全部的力量,争取一次成功。加油!"

"萧教官,我在你前边爬,注意我的肘部、胯部和膝部的动作,跟着我的节奏。好样儿的!"

……

杜枫看着有气无力还在坚持的钱宝宝,不忍心地说:"项昊,你跟小白这次,真是有点玩过头了。"

项昊面露愧色："我知道，可是，现在都已经这样了，我也没办法啊，大不了，事后我跟她道个歉呗！"

钱宝宝踉跄着跑向终点。她体力透支，身体左右摇摆，眼前一阵阵模糊，一幕幕伤心的往事不断闪现：

娘吃饭时剧烈呕吐……

郎中的叮嘱……

押运武器与劫匪激战……

宿舍内的倒计时牌……

李继洲阴冷的面孔……

钱宝宝眼前发黑，已经看不见周围的一切，她在心里说："娘，我一定能闯过这一关，一定能救你！"

钱宝宝终于到达了终点，围观的学员欢呼鼓掌。

项昊看着钱宝宝，露出敬佩的神情。

钱宝宝脸上喜悦的笑容渐渐消失，身体软软倒下。

项昊和沈文涛同时伸手去扶。沈文涛离钱宝宝更近，一个公主抱，将钱宝宝抱起，快步往前跑……

第九章　任务完成

医院病房里，钱宝宝挂着吊瓶，额头蒙着毛巾，脸色潮红，嘴唇皲裂。沈文涛用棉签蘸水轻轻擦拭她的嘴唇。

沈文涛心疼地小声说："对不起，真的对不起。应该受到惩罚的人是我。"

项昊站在钱宝宝病房门口的玻璃窗前向内看。几次鼓起勇气抬手敲门，又都泄气地放下。

沈文涛端着水盆从钱宝宝的病房走出来，看见项昊靠墙站立，他冷哼一声："拜你所赐，人虚脱了。"

项昊瞪眼："你有什么资格指责我？"

"别以为我不知道，萧教官受罚是你和顾小白搞的鬼！她做了什么，凭什么要她承受这些？"

项昊冷冷地说："沈文涛，你知道你最让人讨厌的是什么吗？就是这副假仁假义、道德标兵的嘴脸。想为她打抱不平是吧？行啊，看看你有没有这个本事！"

项昊挑衅地凑到沈文涛身边，一副要动手的样子。

沈文涛按住项昊的手："出去打，别影响她休息！"

项昊甩开沈文涛的手，"哼"了一声，朝大门方向走去。

两人走到草地中央，面对面对峙。

沈文涛说："你不是要打架吗？我让你先出手。"

项昊抡起拳头就砸过去："揍的就是你！"沈文涛也迎拳而上。

项昊一记右勾拳打得沈文涛一个趔趄："一年前，如果不是你那么冷酷，那么绝情，那么自私，少华也许还有救，小白也不会因此得病，更不会有今天萧晗的无辜受罚。沈文涛，你这心里就一点也不受煎熬吗！"

"我确实夜夜难眠，受尽煎熬，但是我从未后悔当初的选择，因为那是唯一正确的选择！"说完，沈文涛又给了项昊一拳。

两个人拳来脚往，倒下爬起，一直打到筋疲力尽，双双倒地不起。

浴室里。
项昊闭着眼睛站在花洒下面，任又直又猛的水柱冲击头顶。
沈文涛走进浴池，看到项昊也在，故意绕到与项昊一墙之隔的花洒下面站着。

在哗哗的流水声中，项昊陷入回忆。

那是一年前的一天。风平浪静，天气晴好，是一个让人愉快的好日子。他兴致勃勃地去找薛少华，提议说："少华，集英战队下午进行实战排雷训练，我们也去参加吧！"
薛少华那时候是有点犹豫的："我们不是集英战队队员，偷偷溜去不太妥吧？"
是他硬拉着薛少华："我们四兄弟可以通过行动证明，我们不比集英战队的成员差！走吧！"他记得很清楚，他们的身后，薛少琪喊了一句："哥，早点回来！"

项昊痛苦地靠在墙壁上，捂着嘴巴，喉结上下移动，眼泪滚落，肩膀不停地抽搐。
沈文涛扬着头，一动不动任水柱冲着脸，他回忆起那个野外，那个山坡，薛少华推开项昊，大喊他："文涛！快把项昊拉走！"
他拼命拉起项昊，刚走一步，地雷爆炸。
沈文涛一拳打在墙壁上，把拳收回，注视着拳头上的鲜血不断渗出，不断被水冲走，但是痛苦的回忆是冲不走的。

天阴沉沉，窗外传来凛冽的北风呼啸的声音。钱宝宝来到男生宿舍楼前面，迎着项昊走过去，项昊几次绕行，没有成功。
项昊站住不动，盯着钱宝宝："你怎么不在医院休息？还没有被校长体罚够吗？"
"项昊，你和顾小白整我，我不跟你计较。我只想知道薛少华的死因，我一定要治好小白的病。"
项昊无奈地告饶："姑奶奶，算我求你，你能不能不再缠着我问这件事。我惹不起你，躲着你总行吧！"

钱宝宝抓住项昊的胳膊："今天除非你告诉我答案，不然我就一直站在这里等。"

项昊狠心甩开钱宝宝的手："随便你吧！就算你在这里站到死，我依然只有四个字：无可奉告！"

钱宝宝很坚决："我会在这里一直等你！"

夜深风急，钱宝宝直直地站在项昊宿舍楼下，身体在雨中瑟瑟发抖。沈文涛站在窗前，注视着雨中的钱宝宝，拿起一件大衣，跑出宿舍。

项昊站在窗前，目不转睛地注视着钱宝宝。终于也不忍心，冲出了宿舍。

雨中的钱宝宝脸色青紫，身子抖动得很厉害。她艰难地控制着左右摇摆的身体。沈文涛冲过来，把大衣披到钱宝宝身上。他站在钱宝宝面前，深深鞠躬："对不起，我们不该让你为了我们的事受苦受罪，我愿意把我知道的一切都告诉你。"

项昊也跑到钱宝宝面前，大声说："萧晗，你赢了！"

第二天，项昊和沈文涛带着钱宝宝来到一年前薛少华出事的山坡。

项昊声音很难过地讲述："一年前，军校里集英战队的一次实战排雷演习，我们是不可以参加的，是我硬拉着沈文涛、薛少华、顾小白一起参加的……"

一年前，演习区里。四个人一起走着，项昊特别兴奋。

"咱们有言在先，今天谁排雷最少，谁就请吃饭，太和楼！小白，千万别说没带钱啊！"

顾小白尴尬地说："我就那一次没带钱，让你说一辈子了！还能不能好好做兄弟了？"

几个人一起哄笑。

项昊笑着拍了一下顾小白的脑袋："你还敢说就一次，有多少次都是少华替你掏腰包的。你说是不是啊，少华？"

无人回应，三人一起回头，只见薛少华正低头看着自己的脚。

沈文涛问："少华，你怎么停下了？"

"我踩到了……"

项昊大笑:"又一个!我来拆,我来拆。今天太和楼我吃定你们了。"

项昊朝着薛少华的方向走,还有几步的距离,也定住不动了。"我也踩着了一个……"

四人大笑。

两个人蹲下把脚下的泥土慢慢拂开。沈文涛和顾小白站在几步远的地方看着他们。

薛少华说:"我的是松发雷。"

项昊很得瑟的样子:"哈哈,我的厉害了,跳雷。不但自己死,旁边人全活不成。要是真的那就死定了。"

薛少华说:"我这个松脚就死,你那个也许还有的救。"

"怎么救?"

薛少华说:"我推开你,让文涛拉你一把。若是雷要炸,我把炸弹压在身子下面。你们应该就没事。"

沈文涛说:"要是我也会学少华。能多救一个是一个。"

项昊不同意,"兄弟替我死,活着比死了更难受。我告诉你文涛,你可千万别救我!"

顾小白着急了:"三位大哥,咱们能先拆了雷,你们再找个好地方慢慢聊不?"

三人笑起来,一起伸手打了顾小白的头。就在这时,不远处传来地雷爆炸声。紧接着,地雷一个一个被引爆,向着几人方向快速炸过来。

薛少华迅速反应过来:"这片是真雷!你们快走!文涛!快把项昊拉走!"

项昊大喊:"不,我不走!要死一起死!"

薛少华用力推开项昊,沈文涛拉着顾小白将项昊扑向旁边。项昊脚下的跳弹直直地飞了起来,薛少华扑过去将炸弹紧紧搂在怀里,倒地压在身下,脚同时也离开了自己踩到的松发雷。

两个炸弹同时爆炸了,两声巨响。

沈文涛、项昊同时大喊:"不要!"

顾小白已经呆如木鸡,目光呆滞。

剧烈的爆炸声过后,硝烟散去,眼前不见薛少华的身影。天空下起倾盆大雨,项昊号啕大哭,抓起沈文涛的领子揍他:"你为什么要拉走我!谁让你拉的!"

顾小白抱着头，身子蜷缩成团，瑟瑟发抖。

沈文涛任凭项昊拳头落下，一动不动，满脸泪水。

回忆到此的时候，三个人已经难掩悲伤，泪流满面。

钱宝宝抽咽着面对项昊："对不起，我错怪你了！"

项昊擦了一把泪水："不，你没有错怪我，确实是我害了他！我把他带出来，却没有把他带回去。"

钱宝宝拍了拍项昊的肩膀："这是个意外，不是你的错。"说完又慢慢走到沈文涛面前蹲下："这件事，对任何人来说，都是两难的选择。你是对的，不要自责。如果当年不是你那么理智，就没有项昊、小白现在的平安了。"

病房里，项昊坐在顾小白床前剥橘子，他把剥好的一瓣橘子递给顾小白："萧晗都知道了！"

顾小白疑惑："啊？沈文涛说的？"

"我们俩一起说的！"

顾小白瞪大眼睛："你也说了？你被萧晗气糊涂了？"

"我比任何时候都清醒！小白，你的病必须治好，如果你因为害怕枪声而离开军校，你就对不起少华。咱们要替少华完成心愿，成为合格的军人。将来战场杀敌，要连同少华那一份一起完成。"

顾小白点点头。

"今天正好是周末，萧晗又想了一个治疗方案，带你去校外，小白，你愿不愿意试一试？"

顾小白受到感染，说："我愿意！"

钱宝宝在宿舍楼下等项昊。听说顾小白同意治疗非常高兴，然后又说："项昊，其实我还有一个问题想问你。"

"你问吧。"

钱宝宝说："我想知道薛少华死后，你是怎么选择离开军校的。"

项昊看着钱宝宝，露出了无奈的表情："你现在是治疗顾小白还是治疗我啊？"

"其实都一样。"

项昊摇摇头："受不了你。那天出事后……"

出事后，沈文涛和项昊站在李继洲面前，项昊整个人失魂落魄。

沈文涛神情沉重："李校长，事情经过就是这样，请您一定要查清楚，为什么排雷区里有真雷！"

"这事我会查，但查之前我要问你们一个问题，今天下午的实战排雷训练只有集英战队的人能参加，为什么你们会出现在那里？"

项昊自责："这件事……怪我，是我拉着薛少华去的。"

"为什么？"

"……因为我想证明我们的实力不比集英战队的队员差。"

李继洲拍着桌子："荒唐！你知不知道就是你的鲁莽害死了薛少华！"

项昊痛苦地抓着自己心口，哽咽不止。

沈文涛解释说："不是的！校长！项昊的确有过错，却不应该承担主要责任！"

"那你觉得谁该承担主要责任？"

沈文涛严肃地说："是军校的失察，才会导致排雷区出现真雷！"

李继洲发怒了："你的意思是由军校负责？"

沈文涛点头："请校长严查埋下真雷的那个人！"

李继洲没有再发火，说："好，我知道了，我会好好处理这件事的。"

薛少琪哭喊着要冲进校长室里，却被门卫拦在外边，项昊扶起被门卫推倒的薛少琪："少琪，你冷静点！"

薛少琪挣扎着要起来，却因为脚扭了一直起不来，只好坐在原地哭。

项昊安慰她："少琪，你别难过了，我一定会为你哥哥的死讨个公道的！"

薛少琪泪眼蒙眬地抬头："项昊，你告诉我！我哥哥到底怎么死的？！你告诉我！你和他一起出去的，为什么我哥哥死了，你们却安然无恙？"

项昊愣在原地，什么话都说不出来。

"你说啊！你为什么没有把他带回来！你说啊！"

项昊痛苦得一个字都说不出来，他只能跪在薛少琪面前："少琪，对不起……

对不起！对不起……"

薛少琪震惊地看着项昊，露出仇恨的表情："项昊！我恨你！我发誓，我绝对不会放过你！绝对不会放过你们！"

沈文涛戴着帽子，失魂落魄地坐在椅子上。项昊怒气冲冲地冲过来，一把拎住沈文涛的领子，逼他站起来："沈文涛，到底是怎么回事儿！为什么你同意不再追查！"

沈文涛的帽檐遮住眼睛，看不出他的表情。他一言不发。

"你聋了还是哑了！我问你话呢！为什么你答应李继洲不再追究此事，你是不是收了李继洲什么好处？你给我说话！"

沈文涛微微抬起头，露出哀痛和愤怒的眼睛，项昊被沈文涛的眼神吓了一跳。

沈文涛筋疲力尽地说："项昊，你放手吧……"

"不！少华是我们的兄弟啊！你怎么可以背叛他！"

沈文涛苦笑了一下："你以为我有选择？"

"沈文涛你个怂货！你就这么怕李继洲吗！我看不起你！我不会闭嘴的，我一定要为少华的死讨个公道，我不能让他就这么白白死了！"

沈文涛终于忍无可忍，反手抓住项昊的领子："你给我闭嘴！你懂什么！"说完，他从口袋里拿出一张协议书丢到项昊身上，项昊打开协议书。

沈文涛说："李继洲承认这次的事是军校出了安全纰漏，但他承诺，只要我们保证不再追究此事，少华就能追封为烈士，薛家每个月也能得到抚恤金。但如果你一定要追究到底，那么他们什么都得不到，而且少华和我们还会因为私自参加演习被开除学籍……"

项昊呆呆地听沈文涛讲完，露出了愤怒的表情："所以你就选择当作什么都没发生过！拿少华的死做筹码和李继洲交易？少华死了啊！你良心安宁吗？"

沈文涛怒吼道："少华是已经死了啊，但他的家人还活着，你难道还想害死他的家人吗？"

沈文涛面无表情地拿着协议书给项昊："协议书上的内容，你签字吧。"

项昊低着头，平静地接过协议书，签上自己的名字，手却抖得厉害。

沈文涛拿过协议书，试图安慰项昊："这是为了少华的家人好。事到如今，能弥补一点是一点。"

项昊冷笑了一下："你别太过分了！"

沈文涛提高声音："你说什么？"

项昊愤怒地抬起头："我说你别太过分！你少拿少华的家人说事，你不就是担心自己被开除吗？反正少华也已经死了，用他的死来换得平安，这笔交易对你来说多划算啊！"

"项昊，能不能别这么幼稚！我是和李继洲交易，但我是为了谁？你想过小白、想过少琪、想过你自己吗？我是为了你们！"

项昊冷冷地说："我谢谢你啊！谢谢你这么为我着想，但是我告诉你，我不需要！我死也不会接受用少华的生命换来的东西！"

沈文涛笑了："你不需要别人需要！好啊，随便你，你这么固执这么幼稚，谁管得了你啊！"

"我固执，我幼稚，也比你的冷酷势利好！我简直受够你了，单是想到要和你们这种能拿别人生命做筹码的人待在同一个地方，我就觉得恶心。我会离开军校，你就好好享受你换来的安定吧！"

项昊转身要走，沈文涛一手搭住他的肩，沉声说道："逃避解决不了问题……"话未说完，项昊已经转身一拳把沈文涛打倒在地。

"伪君子！"说完，项昊转身离开了。

沈文涛望着项昊的背影，大喊着："你走！走了就别回来！"

项昊和钱宝宝边走边说，项昊已经把故事讲完，钱宝宝吃惊地看着他。

"……所以我就离开军校了。"

钱宝宝说："我没想到故事竟有这么悲凉的后续。"

"现在回想起来，还是觉得不甘心。"

"那你为什么要回来呢？"钱宝宝问。

项昊说："有些事即使我不想面对，它也不会消失。我以为离开军校就不会对少华亏欠，其实都是自欺欺人。我逃避了这么久，我不想再逃避了。"

项昊和沈文涛带着顾小白来到当年薛少华出事的山坡。

顾小白看看四周，开始紧张："你们为什么带我来这里？"

项昊说："咱们有言在先，今天谁排雷最少，谁就请吃饭，太和楼！小白，千万别说没带钱啊！"

沈文涛也说："小白，你不要害怕。我们都已经不再是当年那个年少无知的自己了。"

高美仁拖在最后，扮成薛少华当年踩中地雷的样子："不好了，松发雷！项昊，快过来救我。"

项昊转身往回走，顾小白惊恐地喊着："不要过去！"

项昊也定住脚步，假装踩到地雷的样子："我也踩着了一个。"

沈文涛把顾小白架到高美仁身边，然后蹲下开始拆除地雷。顾小白紧张地看着沈文涛拆雷。

沈文涛小心翼翼地把高仁美脚下的地雷取出来。

高仁美若无其事地跺了跺脚："这个破玩意儿，只能吓唬外行！经过这一年的学习，现在咱们可个个都是排雷高手了。"

沈文涛继续给项昊排雷，几下子就拆掉了。

顾小白惊喜地看了看高美仁，又看了看项昊和沈文涛："谢天谢地，你们俩都没事！"

项昊说："小白，我们带你来这里，就是想让你走出那件事的阴影。我们现在都学会了排雷，少华的悲剧再也不会重演。好兄弟，你也要尽快好起来。"

钱宝宝语重心长地说："小白。你不要为当初没有救得了薛少华的事内疚。当时的情况下，大家的选择是正确的。军人不怕死，但是不能去枉死，牺牲要有意义。你明白吗？不是因为你怕死才做不了军人，相反，恰恰因为你怕死，强烈的求生欲望更能促使你成为出色的军人。"

顾小白郑重地点头。

远处，薛少琪冷冷地注视着他们。

薛少琪带着鲜花、果品给薛少华扫墓，远远看见项昊、沈文涛、顾小白在墓前祭奠。薛少琪停下思忖几秒钟，闪身躲到一旁窥视。

项昊三次深鞠躬，深情地说："少华，对不起，一年来，我不敢来看你，也不敢正视自己。现在，我回来了，我们一起看你来了……"

躲在远处的薛少琪冷冷地小声说："装了一年哑巴，终于说实话了！项昊，你心里如果没有鬼，怎么会不安？哥，我不会让你死得不明不白，更不会让害你的人活得自由自在！"

钱宝宝兴冲冲地来到李继洲办公室，喜悦地说："李校长，顾小白的枪声恐惧症已经彻底治愈！"

李继洲放下文件，满脸疑惑地看着钱宝宝。最后他决定带着人亲自检验一下钱宝宝的结论。

射击场上，欧阳飞把一杆步枪扔给顾小白，指着靶位："五号靶位，打五发子弹！"

顾小白自信满满地接过枪，拉了拉枪栓，从容地走到五号靶位，装弹、瞄准、射击一系列动作一气呵成，做得标准、流畅、自然。

报靶员报靶："五号靶位成绩，48环。"

顾小白一听非常激动。旁边的项昊、沈文涛和钱宝宝都为顾小白竖起了大拇指。

李继洲满脸疑惑，内心不爽。

大家三三两两地走出射击场，钱宝宝喊了一声："项昊、沈文涛，谢谢你们一起治好了小白的病。反正今天是周末，要不咱们一起出去庆祝一下？"

项昊与沈文涛同时站住，同时转身，相互看着对方。

项昊说："我看还是算了吧。小白的病刚好，我想多陪陪他。"

沈文涛浅笑一下："我今晚也正好没时间。"

项昊转身要走，略一迟疑，又回过头对沈文涛说："谢谢。"

"谢什么，兄弟啊！"

钱宝宝调节气氛："哎……我已经订好位置了哦！真的不去吗？"

两人朝相反的方向离去。钱宝宝站在原地看了看两人远去的背影，露出一丝欣慰的笑容。

钱宝宝想了想，觉得还有一个人，她必须要找她谈谈。

于是钱宝宝把薛少琪叫到了草地上，钱宝宝声音温和："你哥哥真的死于意外，你执意把这件事归咎到项昊头上，你哥哥在九泉之下都不得安生的。"

薛少琪没有表情："就算你说的是真的，我还是无法原谅他们。当年，如果不是项昊逞能，强行拉我哥哥参加集英战队的实战演习，我哥哥就不会踩雷！更可恨的是，我哥哥命悬一线之际，他最好的兄弟们，却选择了做无动于衷的观众，事后还一再回避，百般推诿！"

钱宝宝握过薛少琪的手："少琪，事实不是这样的。当年你哥出事后，项昊和沈文涛找到校方为你哥讨说法，校方为了掩盖演习的安全纰漏，用你哥的抚恤金作为交换让项昊他们闭嘴。只要他们保证不再追究此事，你哥就可以追封为烈士，你们家也能每月拿到抚恤金，不然就会以违规私自参加演习的理由开除他们的学籍，你们家也得不到任何赔偿。项昊他们两个想帮你哥讨回公道的心不比你的少，但他们为了你哥死后的声誉还有你们一家的温饱，不得已才妥协的。这也是项昊一年前离开的理由之一，他内疚、自责，不是因为他害死了你哥，而是他恨自己没办法陪他一起死。"

薛少琪不敢相信："这不可能，为什么我什么都不知道？"

"项昊、沈文涛都是那么骄傲的人，所以他们不会说。而且瞒着你也是不希望你难过，想你活得更有尊严。恩怨只在一念之间，仇恨会蒙蔽你的心智，诱导你在错误的方向上越走越远。"

薛少琪打量钱宝宝："你这话……什么意思？"

钱宝宝说："树林、靶场、男生宿舍凭空显像的事，都是你做的，对吧？顾小白的耳塞，也是你做的手脚，没错吧？"

薛少琪惊讶地看着钱宝宝。

"想问我怎么知道这些，对吧？我见过魔术道具店里的老师傅，你让他栽赃嫁祸我，被我识破了。虽然他不肯说出买道具的人到底是谁，但是最后还是被我猜到了是你。少琪，我劝你一句，要想人不知，除非己莫为。"

薛少琪紧张地说："无凭无据，你想怎么样？"

"军校闹鬼的事件之后，校长命我揪出背后作祟之人，在得知真相之后，项昊和沈文涛不惜脸面，再三求我别再深究。凭他们的身份、他们的性格，为什么会这么做？"

薛少琪冷冷地说："就算我哥不是因为他们关键时刻没施以援手害死的，那也是

130

因为他们硬拉他去参加演习送的命！他们对不起我哥哥！"

"少琪，我劝你一句，你太偏执了。你这样把学校搞得鸡犬不宁，绝对不是你哥哥的在天之灵希望看到的。现在我已经把真相都告诉你了，但如果你再一意孤行，我不会袖手旁观的！"

钱宝宝说完，叹了一口气走了。

薛少琪站在原地，回味着钱宝宝的话。

第十章　校园窃案

还有三天，钱宝宝就可以度过试用期了，她焦急而又耐心地等待着，远远地看见校长的时候，她都立刻绕开，生怕校长叫她的名字，再丢给她一个烫手的山芋。

课间，钱宝宝回到教员室，看到刘天宇正在和欧阳飞扔飞镖。

刘天宇看到钱宝宝，停下手中动作，向钱宝宝走来："萧教官，你来得正好，我们正好在谈论你呢。"

"谈论我什么？"

刘天宇说："听说你治好了顾小白的事，看不出来心理学这么有用，我也正好有些问题想问问你。"他偷瞥一眼欧阳飞，"你看，有的人平时总是摆着一张臭脸，一副拒人于千里之外的样子，要怎么样才能让这种人更有人情味呢？"

欧阳飞冷着脸，装作没听到刘天宇的话，专心扔飞镖。

钱宝宝看了一脸欧阳飞，会心一笑："哦，我明白了。一般对付这种人呢，千万不能太顺着他，最好时不时地和他唱唱反调，刺激刺激他。"

欧阳飞扔飞镖的手停顿了一下，显然是在听钱宝宝和刘天宇的对话。

钱宝宝继续说："等你把他逼急了，再给他一个台阶，向他低头，让他觉得是他征服了你，那他自然就会喜欢上和你相处的感觉，把你当作亲近的人。"

欧阳飞一镖扔出去，歪得离谱。

钱宝宝接过刘天宇手中的飞镖，瞄准靶心，一镖射出去，正中红心。钱宝宝拍拍手："就像马戏团里训狮子一样，一下鞭子一颗枣，保管服服帖帖。"

刘天宇回头看，鼓掌："厉害！心理学博士就是不一样！"

欧阳飞冷着脸，说："无聊！"转身出了门。

刘天宇给钱宝宝竖了个大拇指。

男生宿舍里，杜枫和几个学员正在打牌，打输的人脸上还贴着几张白条。

高美仁说："自从项昊和沈文涛挂上免战牌了，我们哥儿几个也能在一块儿玩玩牌了。"

杜枫说："本来就该这样嘛，说到底从来也不关我们什么事，我们都是替他们瞎操心。"

韩旭也笑呵呵地说："这样的生活多么和谐啊！"韩旭瞄到了杜枫床前码着一摞厚厚的练习本，问："杜枫，又上哪儿眯了那么多本儿啊？"

"没办法，谁叫本人好学呢？"

顾小白走进来："别瞎扯了，你眯归眯，眯完了我也没见你用过几回！"

顾小白掀开窗帘，露出墙后贴着的一张被丑化了的欧阳飞的画像，上面还扎着几个飞镖。欧阳飞边上贴着一张钱宝宝的画像，画得比较美，胸大臀圆。

顾小白正对着画像，指着欧阳飞："我说你，没事你也学学人家萧教官啊，别动不动就对我们大吼大叫、乱打乱骂，人家萧教官温柔和善，课上得有意思，人还长得好看。"

杜枫接茬道："话说，这个新来的萧教官还真有几把刷子，上能截军火，下能治小白，平时的训练也搞得那么有声有色。"

顾小白说："是啊，算算她还有三天就度过危险期正式转正了，到时候就能放心地天天和她在一起了。"

高美仁嘲笑顾小白："少犯花痴了，就算留下来也不是你的。"

李天翰站在门口，听到屋内几个人的对话，脸上露出阴险的表情。

顾小白陶醉地说："哎，萧教官已经俘获了我这颗少男的芳心……"

韩旭也嗤笑他："只要不是谢天娇，都能俘获你的芳心……"

高美仁催韩旭："到你了，快出牌！"

几个人正打得高兴，有人大喊一声："谢天娇来检查内务了！"几个人如触电般从座位上弹起来，手忙脚乱开始收拾：把扑克牌硬塞到一边书架里，欧阳飞和钱宝宝的画像用窗帘遮起来。然后大家一人拿一本书装模作样地在床前念了起来。

杜枫拿着《孙子兵法》领读："孙子曰：昔之善战者，先为不可胜，以待敌之可胜……"

大家跟着读："孙子曰：昔之善战者，先为不可胜，以待敌之可胜……"

谢天娇走进来检查。

杜枫继续装模作样："不可胜在己，可胜在敌……"

谢天娇大声说："拿着《水浒传》、《七侠五义》，还有西洋画报，却都能念成《孙子兵法》，行啊，你们！"

谢天娇上前一把揭掉了高美仁脸上忘记撕掉的白条。

"在场的所有人，操场集合，引体向上200次！"谢天娇刚欲转身出门，书架上，被硬塞进去的扑克牌乱七八糟地掉了一地。

谢天娇继续说："内务不整，加罚你们五个清理教学楼全楼卫生！"

李继洲父子站在校门口等人，他们也谈论起萧晗。

"爹，您知道现在军校的大红人是谁么？"

"谁啊？"

"就是那个萧晗！我今天亲眼看见高美仁、韩旭、顾小白还有杜枫几个在一起打牌，沈文涛和项昊的恶劣关系似乎跟顾小白的病一起被那萧晗治好了。现在萧晗可是众男生眼中的女神啊。"

李继洲看着儿子："怎么，莫非你也被她迷倒了？"

李天翰不屑地笑笑："爹，您还不了解我吗？她的这点迷魂汤还灌不倒我！"

"可这个萧晗再这样下去，她还不知道要坏我们多少事儿！龙城军校这座小庙，留不得这尊大神，这个萧晗，迟早是个祸患！"

李天翰也担心："要是等她过了试用期，真留下来了，还跟学员们都打成了一片，那可真是豆腐掉进了灰堆里，我们吹不得也打不得了！"

李继洲说："她的试用期还有三天，绝不能让她留在军校。一定要想办法把她赶出去。"

两人正说着，这时一辆汽车开到了军校门口，王财主从车里下来。

李继洲父子迎了上去。李继洲热情地打着招呼："王先生！哎呀，您可来了……"

李继洲簇拥着王财主往军校里面走。

顾小白他们正在走廊打扫卫生，看到李继洲、谢天娇陪同王财主向办公室走来。

顾小白停下手中的活，竖起耳朵听。

李继洲说："王先生，这次又劳您破费了，我代表全校学员感谢您的慷慨啊。"

顾小白招呼同伴靠近："听到没，听到没！根据我的可靠消息，龙城头号大财主王富贵来给我们军校送钱了，整整一千大洋哪！"

韩旭惊讶："一千大洋？一下子捐了那么多？"

高美仁表达赞叹："真是大善人哪，这下好了，今年冬天不愁没肉吃了。"

顾小白不屑地撇撇嘴："大善人？他可是吃人不吐骨头的主。王财主的钱全是卖大烟得来的，都是逼人卖儿卖女家破人亡的缺德钱啊！"

"大帅不是明令禁止贩卖大烟吗？"韩旭问。

顾小白小声说："禁令是禁令，可都禁了那么多年了，龙城满大街的烟馆妓院还不都是成天吞云吐雾的，这大烟从哪儿来啊，还不是要靠我们王财主运进来。"

杜枫不解："王财主这么嚣张，警察局难道就不管管吗？"

顾小白竖起大拇指："你可说到关键了。为什么王财主会给龙城军校送钱啊，他难道真想帮大帅培养国家人才吗？据我所知，他不仅给军校捐钱美其名曰帮助国家培养人才，还每年都捐一大笔钱帮大帅购置武器和各种军需。大帅拿了人家的钱自然手短，贩卖大烟的事情也只能睁一只眼闭一只眼了。"

杜枫叹口气，点点头："所以，这不是什么做善事，是赤裸裸的利益交换！"

高美仁说："小白你知道得还挺多！"

"哼，这世上哪有不透风的墙，哪有不能上吊的梁，再说我是谁，包打听啊！不过高美仁，你也别高兴得太早了，钱是有了，肉我看还未必吃得上，就李继洲那人品，估计这钱全都得装他兜里，咱们能吃上点渣就不错了。"顾小白说着直摇头。

杜枫装作故意想起来的样子："哎呀，我突然想起来，我昨天的衣服还没洗。我回去一趟啊！"

"去吧！"

杜枫把扫把一扔，跑开了。

校长室里，李继洲坐在校长办公椅上，王财主坐在对面。桌子上摆着一盒大洋。李继洲一边把钱放进抽屉锁好，一边对着王财主赔笑。

"王先生放心，您为了支持我们龙城军校培养军事人才，如此慷慨解囊，我自然会在大帅面前多提及王先生的义举。"

谢天娇将茶放在王财主的面前。

王财主笑着说："钱送到了，我就不耽误李校长的工夫了。"

"这么急啊，连杯茶都不喝！"

"实在事办了就好，咱们就不整那些虚头巴脑的玩意儿了。"

李继洲和王财主同时笑了起来。

李继洲起身送王财主出门，谢天娇跟在后面。几个人离开办公室的时候，一个蒙面黑影身手矫捷，从窗户蹿了进来。黑影撬开抽屉，拿走了抽屉里的钱。

一阵尖厉的警报声响彻整个军校。项昊正在训练室里进行器械训练，听到警报皱了皱眉；在图书馆看书的沈文涛听到警报抬起头看；李天翰在宿舍玩枪，听到警报放下枪出了门；教员室，钱宝宝和沈文雨不知道发生了什么，还没有什么反应。

谢天娇走过来通知："这是全体学员和教职员工的紧急集合令，一定是遇到什么突发的重大事件了。走，去操场！"

教员、学员纷纷奔向操场。全体学员和教职员工都在操场上一排站好。

李继洲满脸愤怒地看着众人："到底是谁？胆大包天，偷偷潜入校长室！军校让你们钻研战略战术、练习格斗擒拿是让你们扛枪保家卫国，不是让你们溜门撬锁到校长室里来偷钱的！"

顾小白幸灾乐祸差点想笑出声来，被一旁的项昊狠狠踩了一脚，顾小白把笑意强憋回去。

众学员低头沉默，自然没人承认。

李继洲继续说道："军校守卫森严，外人很难进来，这事就是家贼干的！到底是谁！要是敢主动站出来承认，我可以考虑从轻发落！"

底下还是一片沉默。

"敢做不敢当，要当缩头乌龟是不是？好哇，我自己查，一旦找到真凶，我绝不会手下留情，第一时间送交军队保卫部，依法重判！欧阳飞、谢天娇你们俩分头去搜查教员和学员宿舍；刘天宇、萧晗，你们俩给全校学员搜身！今天要不揪出真凶，我李字倒过来写！"

学员宿舍经历着粗暴的搜查。

欧阳飞一脚踢开学生宿舍的门，掀开床单，被褥掉了一地，项昊宿舍里的欧阳飞画像也被欧阳飞愤怒地一把撕烂。

谢天娇抽出学员的抽屉，直接倒过来把抽屉里的东西倒在地上，用脚踢着分拣物品。

所有学员都把衣服脱掉，折好捧在胸前，跨立接受检查。

刘天宇和钱宝宝从两头向中间检查。

刘天宇拍拍学员的衣服，摸了摸学员的裤子。

钱宝宝学刘天宇的样子，拍了拍项昊的衣服，正想去摸项昊的裤子，顿时犹豫了。

项昊挑衅地看了眼钱宝宝。

钱宝宝只好横下心去摸了摸项昊的裤子。

项昊戏谑，偷偷在钱宝宝耳边说："怎么样，身材如何？

钱宝宝瞪了项昊一眼。

欧阳飞对李继洲汇报情况："报告，教员宿舍、学员宿舍全部搜查完毕，没有找到任何线索。"

刘天宇也说："报告，全体教员、学员已经全部搜查过了，没有发现目标。"

李继洲恼怒异常："不可能！军校守卫森严，外人不可能进来犯案，贼一定就在你们中间！龙城军校历来最强调的就是'法纪'二字，可竟然有人在这青天白日之下，公然挑战校长的权威，公然挑战法纪！到底是谁？"

底下众教职员工依旧以沉默回应。

李继洲咬牙切齿地说："好啊，嘴真硬啊！我倒要看看等真相大白了之后，你的骨头是不是跟你的嘴一样硬！解散！"

钱宝宝担心的事情终于发生了，谢天娇告诉钱宝宝，校长找她。钱宝宝一颗心一下子就提到嗓子眼了。

李继洲沉着一张脸："萧教官，我想了一下，抓贼一事不如就交给你来查吧。"

钱宝宝完全呆住了："校长，又是我？我连贼都捉了，那要龙城警局干吗用？"

李天翰在旁边说："萧教官聪明能干可是大家一致公认的，才来军校就办了许多了不起的大事，相信捉个贼这种小事自然也不在话下。"

李继洲也说："我们堂堂龙城军校连个内鬼都抓不出来，还要劳烦警察局出面搜查，传扬出去岂不丢人！在军事上，侦查本领也是一项很重要的技能，一个好的心理学老师应该可以通过蛛丝马迹运用心理学知识找到凶手。而且，我也曾听过，西洋就有用心理学破案的成功例子，很是厉害。所以，萧教官，这事儿就交给你了，三天之内你必须找出贼来，这就作为你考察期里的最后一项任务。"

钱宝宝一脸的崩溃。

花园里，顾小白他们正议论刚才发生的事。

顾小白一副幸灾乐祸的表情，压低了声音："要我说，那偷钱的人可是我们军校的大英雄啊！反正这钱也不是正道上来的，落在李继洲手里，难道他真会把这么大笔钱全都用到培养国家人才上去？鬼才信呢！"

高美仁点头，嘀咕道："就是买了肉也轮不到我们吃！"

顾小白说："摸了老虎的屁股，还恶心了老虎一把，干得漂亮啊！"

李天翰带着周杰、赵虎恰好路过听见，气得一把揪住小白的衣领："你说谁呢？"

顾小白说："爱谁谁！"

李天翰恶狠狠地警告："你信不信我撕烂你的嘴！"

高美仁和杜枫站起来，拉开李天翰，像两扇门板一样挡在顾小白面前。

顾小白理直气壮地对李天翰说："我还真就不信！"

周杰、赵虎不甘示弱，也挡在李天翰身前。

其他众学员也都站起来，站到了顾小白身后。

李天翰一看这种架势，只得憋住气，指着顾小白说："走着瞧！"

往回走的时候，周杰嘀咕："沈文涛和项昊两拨人向来是汉贼不两立，什么时候黏糊到一块儿去了？"

钱宝宝独自一人心情郁闷地走在教学楼前的草坪上。她看看四周的建筑，瞅瞅来往的学员，真不明白这个学校怎么这么多事呢！七十二拜都拜完了，就差一哆嗦了，还偏整出这么个么蛾子。

她站在草坪边抬头看校长办公室的窗户，思索着：楼上就是校长办公室了，教学大楼里来来去去的人很多，竟然没有人发现异常，门锁没有撬过的痕迹，窗台上有脚印，贼一定是从窗口爬进去的。

此时，项昊带着顾小白突然出现在钱宝宝身后，开始说风凉话。

"干吗，想学福尔摩斯，帮忙破案啊？别白费力气了，李继洲带人搜了一遍都没找到证据，你在这儿傻看能看出线索？"

钱宝宝本来就愁得一脑袋包，一听项昊这么说，气得瞪他一眼："你要不想帮忙，就别在这说风凉话。"

"其实呢，你要是求求我，或许我能动动我聪明的脑瓜给你出出主意。"

钱宝宝撇嘴道："不稀罕！就你！左脑是水，右脑是面粉，不动也罢，一动一脑子糨糊！我啊，已经想到了好办法！"

钱宝宝说罢走开。

项昊问顾小白："她难道没看出来我是想帮她吗？"

顾小白使劲摇头，冲项昊直翻白眼："连我都没看出来！"

校园公告牌前，学员们正围着看新贴出来的公告。

顾小白和杜枫站在人堆里也在看。

顾小白念着公告内容："敬告全体师生：校长室失窃案日前已经告破。犯案人系龙城第一大盗刘飞手。今日早晨，警察局已经成功捕获刘飞手，犯人对盗窃军校校长室一案供认不讳，赃款所剩无几。鉴于此次损失重大，王先生已再次捐出同等金额赠款，以支持培养高级军事人才。特此通报。"

一个学员说："这么快就破案了！刘飞手？"

杜枫站在人群中微微皱眉。

顾小白小声嘟囔："这王财主还真是人傻钱多啊。"

校长室里，李继洲问钱宝宝："你想的这个古怪办法，我倒也配合了，但你这么胡闹，到底有没有十足把握？"

"这一招叫作请君入瓮。那个贼知道有人替他背了黑锅，就一定会放松警惕。一旦找到新的机会就会再次犯案。我已经在您书桌的抽屉里安装了机关，接下来只要多点耐心守株待兔就行了。"

李继洲厉声说："我可提醒你，距离十五天的试用期满只剩下两天了，两天之后，要是你查不出个子丑寅卯，那我只能请你离开了。"

钱宝宝心虚地说："我尽量试试吧！"

项昊和沈文涛跟着钱宝宝来到后山，藏到了一个隐蔽处。钱宝宝把自己引蛇出洞的计划告诉了他们。

"这就是我的机会，但我一个人恐怕难以捉住真正的贼，所以我想请你们帮忙。"

沈文涛迟疑了一下："不过，我们也有嫌疑啊！"

"你们是我在军校最信任的人。"

项昊受用地说："那是，不过信任我就行了，他就算了。"

沈文涛不理项昊，对钱宝宝说："不过，你的计划也有漏洞。虽然基本可以认定是出了家贼，但你怎么就能断定他会铤而走险，偷了一次之后还会第二次上钩呢？这对他来说风险太大了。"

"你也说了，在军事重地公然偷校长室的财物是铤而走险，所以我相信这个贼不是惯犯，而是实在有急需用钱之处，迫不得已才出此下策。如果是急需用钱，那就很有可能会不顾风险，再次犯案。不过，我这也是赌赌运气。今晚等大家都睡后，你们偷偷溜出来，埋伏在教学楼前的草坪里……"

入夜，军校内一片寂静。

一个黑影再度从窗外蹿入，蹑手蹑脚地悄悄拉开放钱的抽屉。岂料刚一打开抽屉，就触动了机关，一时间警铃大作。慌忙之中，杜枫顾不得拿钱，连忙从窗户又翻了出去。

蒙面的杜枫刚翻到草坪上，就撞见了事先埋伏在此的钱宝宝："就是你了！束手就擒吧，我费了那么大心思抓你，不会让你跑掉的。"

警铃继续大作。眼见原本漆黑一片的军校里，灯一盏一盏地亮了起来。

杜枫不语，心里却十分焦急。

钱宝宝上前想抓住杜枫，杜枫反手推开钱宝宝，飞快朝校门口跑去。

军校大门紧闭，杜枫一个翻身，竟跃出了军校的高墙。

此时，沈文涛、项昊也飞奔过来帮忙。

钱宝宝高喊道："偷钱的贼，他往外面跑了！快追！"

三个人一起追了出去。

街道上，杜枫在前面狂跑。项昊、沈文涛、钱宝宝在后面追。

项昊对钱宝宝邀功地说："果然上钩了，看来你这个欲擒故纵的捉贼点子倒还不算笨，不过多亏我们反应快动作快，否则光凭你这花拳绣腿，肯定让他给跑了！"

钱宝宝边跑边斥责项昊："闭嘴！有你吹牛的工夫早就追上他了！"

三人追至一处贫民窟，却不见了黑衣人的身影。

项昊站在原地，四处查看："哪儿去了？"

沈文涛说："一定就在这一带，他脚力跟我们差不多，不可能跑远！"

钱宝宝低头看了看，地上有一摊水，沾着水的脚印一直向前延伸。钱宝宝拍拍项昊和沈文涛，指了指地上的湿脚印。

三人跟随脚印一路追至一处民宅。

钱宝宝敲门，一个老婆婆开门。

老婆婆瘦骨嶙峋，有气无力地问："你们找谁啊？"

项昊不管三七二十一直接闯入。钱宝宝向老人点了下头："打搅了，我们在找一个人，他好像进您家院子了，我们必须得进去看看。"

老婆婆往外撵他们："我这里没有你们要找的人，你们不能乱闯！"

院子里，脚印消失在一处紧闭的房门前，项昊刚要推门，被钱宝宝拦住。

"里面的人，外面的出口都被我们守住了，你无路可逃了。出来吧！"

门内没有任何动静。

"校长室里有银票的消息，只有学校里的人知道。相信你一定是军校的学生或者教工吧。我知道你肯定是有不得已的苦衷才出此下策。但也请你理解我的难处，校长把查案的事交给了我，这件事关系到我能不能通过教员的正式考核，能不能留在军校。只要你肯归还所有的钱财，我会试着在校长面前替你求情，帮你减轻刑罚。"

沈文涛也说："男子汉大丈夫，敢做就得敢当，都是自家兄弟，动起手来就太难看了。"

项昊也冲里面喊："在我的耐心还没磨光之前，抓紧时间出来吧！"

屋内沉默片刻，突然门开了。黑衣蒙面人走了出来，揭下面纱，钱宝宝、项昊、沈文涛惊讶地发现贼竟然是杜枫。

项昊惊呆了："杜枫？"

沈文涛也震惊："怎么是你？"

杜枫皱眉，攥紧拳头，低头不语，好半天才说："军校的钱的确是我偷的。"

项昊难以置信："不可能！这么多年的兄弟，你的人品我清楚得很，你决不会做出这样的事！"

杜枫低头说："对不起，项昊，我让你失望了。"

此时，一边屋子里走出来大大小小七个衣着破烂的孩子，孩子们纷纷跪下为杜枫求情。

"你们放了杜枫哥哥吧。"

"杜枫哥哥是好人。"

"求求你们不要抓走杜枫哥哥……"

钱宝宝指着这些孩子说："这是……"

杜枫搂住身边的孩子："这些孩子全都是李阿婆收养的战争孤儿，包括我在内。前些年，一家老小都靠阿婆出去替人洗衣赚钱养活，如今阿婆老了，自然再无力承担孩子们的日常吃穿，这些年来，都是靠我在业余时间做工赚钱，阿婆再带着大孩子们做些手艺活，全家老小才能勉强度日……"

项昊打断他："这些事，你怎么没早告诉我们？"

杜枫咬着嘴唇："我是穷人没错，但我想穷得有骨气，不想叫你们看不起……"

钱宝宝有些动容："所以，你拿了校长室的钱，是为了接济这些孩子？"

杜枫自责地说："前些天，有个孩子突然得了肺炎，病情危急，为了筹药费我只好铤而走险。第一次得手之后，我不是没想过这第二次机会很有可能是个陷阱。但为了这些孩子，我就又抱着侥幸的心理铤而走险了一次。我是想，反正那钱也不是正道上来的，也花不到正道上去，与其这样，还不如劫富济贫。这屋里还住着几个伤残的孩子，战乱让他们这辈子都要躺在床上度过，这笔钱就能成为他们一辈子生活的保障，这样就算真的东窗事发，我也值了。事已至此，解释的话我就不多说了。对不起，萧教官，我不知道查案的事关系到你能不能通过试用期。事情是我做的，我一人做事一人当，但求你不要把李阿婆和这些孩子们也供出去。他们已经够惨了，让他们安安静静地生活吧。"

钱宝宝他们三个呆呆地看着一屋子孩子，不知该如何是好。

一个孩子抹起眼泪来："杜枫哥哥是为了救我们才去偷钱的，是我们连累了他……"

杜枫帮他擦眼泪："什么连累不连累的，我是你们大哥，大哥不照顾你们，谁照顾你们？要怪就怪大哥没用！"

老婆婆也走过来，鞠躬作揖地哀求："你们别怪杜枫，要怪就怪我吧，你们把我抓走吧。"

孩子们也纷纷哀求："别抓杜枫哥哥，把我们抓走吧，我们愿意为杜枫哥哥顶罪。"

场面一时让人悲伤，钱宝宝他们面面相觑，都不知道该说什么。钱宝宝抬手，擦了擦眼角的泪痕，感动之余也感到纠结和为难。

在学校的花园里，顾小白又在和学员们八卦："昨晚上都听见了吧，根据我的可靠消息，这是萧教官的计策，刘飞手什么的是事先抛出的烟幕弹，目的是为了引蛇出洞！"

韩旭凑过来："那蛇到底是谁啊？"

顾小白说："这个嘛，还真是无可奉告。"

高美仁"切"了一声："我还以为有什么重磅新闻呢。"

杜枫匆匆经过，顾小白叫住他："哎，哎，杜枫，听昊哥说昨晚你和他们一起守株待兔捉贼去了，发现什么情况没有啊？"

杜枫心事重重，根本没听见小白叫自己。

顾小白嘟囔："搞什么名堂，魂不守舍的。"

李继洲把钱宝宝叫到校长室的时候，李天翰躲在屏风后面偷听。

"怎么样，查到了吗？昨晚你的警铃响得天翻地覆的，总该有些线索了吧？"

李继洲问。

钱宝宝吞吞吐吐地说："线索嘛，找是找到了一些，但……但还要根据那些线索，继续顺藤摸瓜往下查……"

"明天可就是你试用期的最后一天了，不管你查到还是没查到，明天一早全校开例会时，你都要给个说法。不论情况如何，都得有一个离开军校。要么是贼，要么是你！"

钱宝宝点点头，转身离开。

钱宝宝走后，李天翰从屏风后出来："昨晚警铃大作了，我就不信萧晗什么都没查到，她一定是查到了什么，但隐瞒不报。"

李继洲说："反正不管查没查到，都有一个人要离开，结果都是我们想看到的。"

军校花园，钱宝宝独自一人坐着，神情纠结，她手中拿着一朵多瓣的花，一边撕掉花瓣一边嘴里念叨："说……不说……说……不说……"

一阵风吹来，把钱宝宝手上残缺的花瓣吹落一地。

钱宝宝懊恼地说："'屋漏偏逢连夜雨，船迟又遇打头风。'估计瘟神看见我都要绕道走了。都说天不绝人，可我这漫漫人生路，什么时候才能平坦起来啊……"

沈文涛默默地坐在钱宝宝身边："还在想杜枫的事？"

钱宝宝叹气："这件事，明眼人都能分得清是非曲直，但对我来说为什么就那么难以选择呢？杜枫做的是劫富济贫的义举，他救了那么多孤儿的命。如果把杜枫供出去，不仅对不起杜枫，说不定也会牵连到那些可怜的孩子们；但如果不供出杜枫，我就会被赶出军校。我为了能留在军校，付出了那么多的努力，到头来却还是要走，连我娘……我奶娘……"

钱宝宝说到这儿赶紧闭上嘴，不再说下去。

此时，看门人急匆匆来找钱宝宝，压低声音说："萧教官……萧教官，王记客栈的小二刚刚来送信，说你奶娘的病又加重了！让你赶快回去看看！

钱宝宝一惊。

沈文涛问："怎么了？出什么事了？"

"没事，没事，我出去一趟，回来再聊吧。"

钱宝宝匆匆离去。沈文涛奇怪地看着钱宝宝。

客房内，钱母躺在床上难受地不停呻吟，还一直起身干呕。钱宝宝轻拍着钱母的后背帮助钱母顺气。

"娘，你再忍忍，我找大夫来了！"

钱母努力想对钱宝宝笑，但嘴里却一句话都说不出来，笑的样子十分痛苦。

郎中匆忙进门放下药箱，搭了一下钱母的脉，简单观察了一下钱母的面色。

"大夫，怎么样？"钱宝宝焦急地问。

"怎么样？病情又加重了！她现在已经连说话都困难了，上次我就告诉过你，她的病很重，你为什么一直拖着不把她送进大医院治疗？"

钱宝宝无比内疚："我一定会尽快带她去大医院的。"

郎中摇摇头："我可不是吓唬你，再不去医院，这位大娘就保不住命了！到时候，神仙都救不了她！"

钱母一边咳嗽还一边拍了拍钱宝宝的手，让她宽心。

钱宝宝满脸愁容回到军校。沈文涛在原地等她，看到钱宝宝回来便走了上去。

"你的面色看起来很不好，事情都解决了？"

钱宝宝点点头又摇摇头。

"虽然我不知道发生了什么事，但是你有什么困难一定要来找我，我会帮你的。其实我一直想问你，对你来说，留在军校真的这么重要吗？"

钱宝宝表情痛苦："很重要，是我人生中最重要的事。"

空荡荡的图书馆里，钱宝宝正对着书本发呆。项昊看到钱宝宝，走过来坐到她对面。

项昊问钱宝宝："萧晗，你到底打算怎么办？"

"你能告诉我应该怎么办吗？"

项昊叹气："这个问题，我好像没法告诉你。"

"那如果换成是你，你会怎么办？"

项昊说："如果换成是我，我不会供出杜枫。杜枫是我兄弟，更何况，我兄弟是做错事不是做坏事，所以，如果可以的话，我会替他扛！"

钱宝宝表情纠结，低下头，摇了摇头。

钱宝宝小声地说："可是，我实在不能丢了这份差事啊。"

项昊也是纠结的表情，喃喃地说："如果杜枫去坐牢，他很可能就此耽误一辈子，李阿婆家的十几个孩子又要由谁来照顾？"

两个人转入了沉默。

项昊回到宿舍，见杜枫在收拾东西，有些激动："你收拾东西干吗？"

杜枫挤出一丝笑容："趁现在收拾好了，免得明天走的时候，丢三落四。你别怪萧教官。钱是我偷的，萧教官负责查案，把我供出来天经地义。男子汉大丈夫，一人做事一人当，之前我不是不敢当，是怕我走了，家里这一屋子老的老，小的小，不知道将来如何生活……"

项昊猛地一拍杜枫的肩膀："放心，有我在呢！我不会让你被赶出军校的。"

杜枫看着项昊，用力点点头，接着又把一个箱子拿出来交给项昊："这里面，是我去码头背货时攒的一些零钱，还有学校发的肥皂、毛巾、铅笔、练习本，还有人家不要的旧衣服……"

项昊故作轻松的口气："这里面一定有我的好多东西吧。"

"谁不知道你家境好，你不稀罕要的东西，我就都收着了，下次你回家时，记得帮我带给李阿婆。"

项昊心里发酸："我终于知道你为什么总爱揩别人油，借人家毛巾、肥皂用了。还有我们周末聚会的时候，你为什么每次总说有事……"

杜枫自嘲地笑笑："还有，请你告诉孩子们，我入伍上前线了，我不希望在他们的心中留下污点。"

项昊强忍着泪："放心！"

杜枫拍了项昊的肩膀："项昊，能跟你做兄弟，是我杜枫这辈子最幸运的事。"

项昊也动容："杜枫，咱们是一辈子的兄弟。小白说的，有架一起打，有书一起读，以后还要一起扛枪上战场。"

两人双手握拳顶在了一起。

项昊宿舍的门关着，杜枫低着头站在宿舍里，他已经把自己偷走校长室钱的事告诉了其他三人。

顾小白压着声音说："想不到你竟然潜伏得那么深，你就睡在我上铺，我竟然不知道你干了那么惊天动地的大事！"

韩旭竖着大拇指说："什么也不说了，杜枫，你是好样的，你是英雄！"

"我高美仁生平不服人，但这次的事，我服你！"

杜枫自嘲地笑了："兄弟们以后混得人模狗样了，记得给我在你们部队上安排个烧火、看门的差事，也让我沾沾你们的光。小白，我走了之后，帮我好好看住项昊。"

"放心吧，我会的。"

杜枫叹气："我怎么能放心呢，他要胡闹起来，你根本看不住，你不跟着他胡闹就不错了。"

顾小白声音略带哽咽："你知道还说！"

杜枫拍拍顾小白："想哭就哭，想笑就笑，别硬撑着了，小心憋出内伤！"

杜枫话音刚落，却见人高马大的高美仁头一个伸手开始抹泪。

四人静静坐着，一轮月亮挂在窗外。

同样的月光下，钱宝宝也静静地坐着，愁容满面。

全校教职工和学员们正聚集在操场上开例会。

钱宝宝走到台上，表情纠结："我……"

台下，杜枫闭上了眼睛，低下了头，等待着钱宝宝对他的最终判决。

钱宝宝说："对不起，我没能查清军校的盗窃案，没能完成校长交给我的任务。"

杜枫听到钱宝宝的话，惊得猛地抬起头。

知情的几个人都惊讶地看着钱宝宝。

李继洲难掩得意神情，李天翰也是一副幸灾乐祸的表情。

李继洲走上前来："教员萧晗，未能完成既定考核，不能通过试用期，按照龙城军校的制度，不予录用。萧教官，请你立刻收拾东西，赶快离校吧。"

钱宝宝站在台上，绝望地垂下了头。

杜枫握紧拳头，浑身颤抖。

钱宝宝提着箱子走出教员宿舍楼，看到李继洲带着教员们在外面站成一排。

李继洲一副监视钱宝宝离开的样子，欧阳飞、刘天宇面露惋惜之色，谢天娇也不似平常那么严肃，有些不舍。

钱宝宝用目光与几个人一一道别，继续往前走。

走出一段，发现学员们在路两边夹道列队，制服笔挺。

钱宝宝眼眶一热，脚步沉重地走在人行路上，每经过一个学员，学员都会敬礼致意，钱宝宝不禁感动地流下泪来，秋叶飘落，满目萧瑟，离开的每一步，钱宝宝都走得沉重而绝望。

钱宝宝走到队尾的时候，杜枫实在憋不住了，大喊一声："萧教官！"站在杜枫身边的项昊立即领会到了杜枫的意思，他伸手拉住杜枫，高声喊道："萧教官！你不用走，钱是我偷的！"

全场哗然。

钱宝宝停下脚步，转身愣愣地看着项昊。

杜枫刚要急着澄清，另一边的顾小白拉住他的胳膊，摇摇头，示意他不要开口。

李继洲走到项昊面前："真的是你做的？"

项昊提高嗓门，不容辩驳地说："是我干的。"

李继洲阴笑道："好！既然你承认是贼，那么萧教官可以留下。欧阳老师，麻烦你立即把偷窃案的真凶押送到警察局，接受进一步调查！"

欧阳飞虽然也感到奇怪，却不得不从命："是！"

欧阳飞上前把项昊押走。

钱宝宝看着项昊，耳边响起他曾经对自己说过的话："杜枫是我兄弟，更何况，我兄弟是做错事不是做坏事，所以，如果可以的话，我会替他扛！"

校长室里，钱宝宝跟李继洲据理力争，一再强调项昊不是窃贼，却始终不肯说出窃贼是谁，最后无奈地被李继洲赶走。

钱宝宝走后，李天翰从屏风后出来。他有点不解："真有意思，这萧晗和项昊不是向来不对付吗，今天这唱的到底是哪一出？"

李继洲十分高兴："不管唱的是哪一出，对我们来说都是一场好戏。"

李天翰点头："没赶走萧晗，倒是扳倒了项昊，这还真是'风刮帽子扣麻雀——意外收获啊'。"

李继洲安排下去："你去盯住了，警察局那边也要咬死，不能给项家留下任何翻盘的机会。"

杜枫、沈文涛、钱宝宝三人不知所措地站在花园里。

杜枫内疚地说："不行，我得去找李继洲说清楚，不能让项昊平白无故替我背那么大个黑锅。"

钱宝宝拉住杜枫："你不能去，你没看出来，项昊之所以主动去顶罪，就是为了要保护你、保护那些可怜的孩子吗？我看，还是我再去向校长求求情。"

沈文涛摇头："别指望能在李继洲这只老狐狸面前打人情牌了，他不会良心发现的。"

杜枫着急地说："如果我不去自首，李继洲一定会把项昊往死里整！"

钱宝宝表示："找不了李继洲，我就去找警察！我告诉他们，这案子根本就没有破，项昊不是凶手，我也没能找出凶手，责任在我……"

沈文涛突然大声打断："你们俩都别乱动，这事交给我来办！"

第十一章　化险为夷

警察局局长室，项邵达大发雷霆。

"我项邵达的儿子怎么可能去偷李继洲的钱，简直是天方夜谭！"

警察局长假惺惺地安抚："谁说不是呢，项参谋长您可息怒啊。这罪不是我们往项昊身上扣的，是他自己揽的啊。我们也想不通啊，可不管怎么问，项昊就是一口咬定是他偷了李继洲办公室里的钱。"

"不可能！他要钱，要多少老子给多少，犯得上去李继洲那儿偷吗？这要不是误会就是阴谋！有人想把脏水往我项家泼！"

"是是是，参谋长，您放心，我这儿呢，就是走个过场，我好吃好喝地伺候着项公子。过几天，等李继洲气消了，咱们再看看怎么想想办法把项少爷放了。毕竟也要给李继洲几分薄面，要是把他逼急了，他会去大帅面前告我们俩的状的！"

那一边，钱宝宝来看项昊，她与项昊之间只隔着一道铁栏杆。

钱宝宝很难过，说："明明不是你做的，为什么要承认？"

项昊不以为然地抱着胳膊："做男人呢，最重要就是要讲义气。喂，现在你欠了我一个人情，打算怎么还我？"

钱宝宝低声咒骂道："厚脸皮！你想我怎么还？"

"肉偿喽。"

往常，钱宝宝早挥拳头过去了，可是此时看到铁栏杆里面的项昊，钱宝宝只好跟着他开玩笑："你还是先出来吧，蹲在里面怎么偿？"

项昊颇为得意："我一定会出去的。"

钱宝宝切了一声："早知道我就该阻止沈文涛去想办法救你。"

项昊带着一丝戏谑的表情说："他？想办法救我？李继洲见我进了局子，都能把下巴笑脱臼了，他可不是吃素的，哪会那么轻易就放过我。估计就连我爹，也得费上一番苦心才能把我救出去，他沈文涛凭什么能把我救出去？瞎吹牛也不怕风大闪了他的舌头。"

"你还真是'狗嘴里吐不出象牙'，好心都能被你当成驴肝肺。"

项昊斜眼瞄着钱宝宝："说我说得挺起劲的，你呢？我项昊一个人进局子，成全的是杜枫和你两个人。虽然你搭的是杜枫的顺风车，但再怎么说，你也算是受了我的恩惠。你也是书香门第、知书达理吧，可你对我提过半个'谢'字吗？"

钱宝宝看着项昊半天憋出一句："谢谢……"

"嗯，这句话还算是动听，大点声，再说几遍来听听。"项昊抱着胳膊说。

"行啦，别得寸进尺了。要听好听的，让路边算命的瞎子陪你聊去。蹲了大狱还那么缺心眼儿的，普天之下也就你项昊一个了。"

警察进来催促，说时间到了。钱宝宝连忙说："总之，你放心，我们一定会想办法把你救出去的。"

"行了，我心宽着呢，我一定吃得白白胖胖的。不送慢走！"项昊跟着警察走了，走了两步对警察说："欸，一会给我来两个红烧肘子！"

草坪上，沈文雨只知道抹眼泪，沈文涛也低垂着头说："我去求过我爹了，他不愿意蹚这趟浑水。"

钱宝宝焦急地问："那可怎么办？项昊这个傻家伙还在监狱里没心没肺地傻乐呢。"

沈文雨哭着说："我会继续求我爹的！我绝不会看着项昊平白无故蹲大牢的。"

"就你那一哭二闹三上吊的招，还是省省吧。"沈文涛说。

见钱宝宝满脸丧气，沈文涛安慰她："放心吧，答应你的事，我一定做到。我一定把项昊救出来。"

钱宝宝点头："嗯，谢谢你了。"

"这句谢谢还是等救出他以后再说吧。看不出来，你还挺关心他的。"

沈文涛最后的办法，用顾小白的说法就是"简单粗暴但是非常有效"。

沈文涛和顾小白他们抓来一个胖乎乎的学员，逼着他把自己老爹买通李继洲的情况一五一十都写了出来，并且签字画押。

胖乎乎的学员还不服气，说："你，你们怎么知道的？"

沈文涛学着钱宝宝的样子说:"萧教官的课可不是白学的,来,我跟你分析分析,你每次考核都垫底,我们大家都不是睁眼瞎,就凭你的体能根本不可能通过报名时的限时挑战!只能解释为有人故意放水配合你。我不是想揭穿你,就是想让你帮我一个无伤大雅的忙。好了,写吧,把你们家给过他多少钱,什么时候给的,全都写下来。"

见他不肯动笔,沈文涛说:"放心,我就是拿给李继洲自己看看而已,不会宣扬出去。你要是还不肯写,那我就叫上几个说书的,再叫上几个唱戏的,把你跟你爹和李继洲的那些个勾当闹得满城风雨,一直闹到大帅那里……"

沈文涛身后,高美仁拿着两个哑铃轮番举着,眼神凶恶;顾小白耍了一通飞镖;韩旭拿着一把匕首正一块一块地削着苹果,手起刀落,苹果被削成无数个小丁。胖学员看得直冒冷汗,于是拿起笔,奋笔疾书。写完了,他把一纸罪状交到了沈文涛手上,又擦了擦冷汗说:"沈文涛,你可向来都是好学生,没想到,你也学会这么干!"

沈文涛笑嘻嘻地说:"非常时期,非常手段。"

薛少琪这天下班回到家,家里灯火通明。她一进门就喊:"爹,娘,我回来了。"一抬头,她看到李天翰坐在自己爹的床边,吓了一跳:"李天翰!你为什么会在这里?"

李天翰站起来说:"我听说你爹病了,特意来看看他。少琪,你为什么不送你爹去医院治病?"

薛少琪心里难过:"你以为我不想治吗?你走吧,我们家的事不用你管。"

薛母责备薛少琪道:"小琪,天翰特意来看我们,还给我们带了这么多东西,你别这么对人家。"

薛少琪看到桌上的东西,一把提起,塞进李天翰怀里,把李天翰往门外赶:"你走,以后别来了。"

李天翰表情很真诚道:"少琪,我是真心想帮你,你给我一个机会。"薛少琪把李天翰推出门,随手把门锁上。李天翰在门外敲门:"少琪,你为你爹你娘考虑考虑,我能帮你给你爹治病,我什么回报都不要,请你相信我!"

李继洲看到那几张纸的时候,神情慌乱,双手都有些颤抖,但他仍努力地保持镇定:"什么意思,沈文涛?"

"没什么意思,想让您放了项昊,让萧晗通过考核,也别再追究这件事。"

"就凭你这几张破纸?"

沈文涛说得很严肃:"这几张破纸足以让校长您身败名裂,不是吗?校长是大帅器重的爱将,自然也是树大招风、树敌无数。这些东西,如果落到旁人手里,肯定能成为攻击您的利器。人不可能把钱带进棺材里,但钱却能把人带进棺材里,这个道理您不会不懂吧?"

"你敢威胁我?"

沈文涛继续严肃地说:"您如果怕了,我说的话,才叫威胁!"

李继洲面如土色,犹豫片刻:"我答应你的条件。但你得向我保证,立刻让这些东西人间蒸发。"

沈文涛说:"您放心,我沈文涛向来守信。"

学校很快召开大会,李继洲站在前面,正对着全校师生宣布:"同学们,在萧教官和龙城警局探员的共同努力下,校长室的盗窃案有了最新的也是最终的调查结果,罪犯确实是龙城第一大盗刘飞手。项昊的事情也查清楚了,之前是为了帮助萧教官顺利通过考核,项昊才故意顶罪的。现在真相大白,龙城警局那边也会马上放人的。"

顾小白、韩旭、高美仁全都把手背在了身后,一齐冲着沈文涛伸出大拇指。沈文涛冲着三人笑笑。

"既然盗窃案已经真相大白,萧晗教官就算顺利通过了试用期,正式成为了我们龙城军校的心理学教员。同时,鉴于萧教官在校期间的出色表现,我特别任命她为集英战队预备队的班主任。"

全体教员和学员给钱宝宝鼓掌,其中,顾小白的鼓掌格外卖力。

钱宝宝露出开心的笑容。

几个人去接项昊出狱,项昊装作特别酷的样子,扫了大家一眼。杜枫走上来,眼泛泪光,刚要说话,项昊让他打住:"什么都别说,一辈子,好兄弟!"两人把拳头碰在一起。

顾小白趴在项昊耳边一番耳语，项昊斜着眼睛瞥了眼沈文涛。

钱宝宝上前对项昊说："谢谢你！帮了我们大家。"

项昊翻翻白眼："别自作多情了，我才不是帮你，我是为了帮兄弟，你就是搭了趟顺风车。喂，沈文涛，你的丰功伟绩我刚听小白说了，我项昊向来恩怨分明，这次的事，谢了。"

沈文涛说："不必谢我，是萧教官让我一定要帮你的，要谢就谢萧教官吧。"

项昊扭头，凑近盯着钱宝宝说："既然是萧教官，那我就不必言谢了。你让沈文涛救我，和你不必被赶出军校这两件事相比，显然是后者难度更大。我可是记得某人哭着跟我说过要肉偿的哦。"

钱宝宝大方地说："好啊！肉偿就肉偿！"

几个人吃惊地看着钱宝宝。

项昊倒吸一口凉气："这么爽快？"

钱宝宝调皮地笑了："本教官向来言出必行！就今晚吧！"

项昊惊得咽了一口唾沫。

男生宿舍里，项昊烦躁地走来走去："怎么办怎么办……"

杜枫颇为不解："项昊，你都已经从监狱里出来了，怎么还那么坐立难安啊？"

项昊紧张地搓手："杜枫啊，要是有个姑娘赤裸裸地要对你投怀送抱，你怎么办？"

"要是长得不太难看，就收着呗。"

项昊一拍桌子："不行，那也太龌龊了！"

"那你到底是想收还是不想收啊？"

项昊犹豫了一下："我要是接受，绝非我大丈夫所为；要是直接拒绝，会不会有点伤她的自尊？我就是随便开个玩笑，没想到她为人那么不拐弯，竟然当真了！"

杜枫纳闷："项昊，你上龙城大街上扔一块砖头，砸到十个姑娘，有九个是想对你投怀送抱的，剩下那个多半就是谢天娇。可从前我也没见你那么骑虎难下过啊……"

杜枫说着停下来，闻了闻周围的味道："你们闻到什么味道了没？"

项昊吸了两下鼻子："好香啊！"

顾小白推门进来,手里捧着一个大碗,把碗递到项昊前面,掀开碗盖,满满一碗油汪汪的红烧肉,晶亮的肉皮上还带着彪悍的猪毛。

项昊有点激动:"大碗红烧肉!小白,看不出来你还有这本事!"

"这是萧教官特地给你的,说是她还你的肉!"

项昊呆呆地看着红烧肉愣了半晌:"好吧,是我想多了。"

没等项昊反应过来,高美仁和韩旭已经拿着筷子冲了进来。

顾小白和杜枫也加入抢肉吃的行列。

项昊高喊:"喂,这是我的肉!"

钱母已经换上了病号服,躺在了病床上。钱宝宝把医疗证明交给了苏锐。

"苏医生,这是我在军校开具的医疗证明。"

苏锐看着医疗证明点了点头:"刚才我已给你的奶娘做了一个初步的检查,大娘的确病得很重。"

"苏医生,我奶娘的病拖了很久,我们也是好不容易一路辗转才到了这儿,麻烦你一定想想办法救救我奶娘啊。"

"你放心,我们身为医生,一定会尽力救助病患的。萧教官你也别太担心了,龙城军校医院的治疗条件是全龙城最好的。我会马上打报告上去,申请引进新的手术仪器。大娘的病,通过手术治疗,痊愈的希望很大。"苏锐说。

"太客气了,这都是我们分内的事。我先出去了,你们先聊。"

钱宝宝看着苏锐走出去后,跑到钱母病床前,充满了喜悦,叫了一声:"娘!"

钱母飞速看了一眼门口,赶紧压低声音:"小点声小点声!"

钱宝宝压抑不住笑意说:"娘,我说吧,我一定会把娘的病治好的!现在您什么都不用担心了,就乖乖躺在医院里安心养病吧!"

钱母怜惜地抚摸着钱宝宝的脸颊说:"孩子,你受苦了。"

"只要娘的病能好,宝宝做什么都愿意!"

另一个病房里,李天翰找到薛少琪:"我已经联系好主治医生,只要你同意,立刻就能给你爹治疗,医药费的事你不用担心,我……"

薛少琪直接问："你对我这么好，你图什么？"

"我如果说我什么都不图，你不会相信，你就当给我一个替少华照顾你的机会吧。我知道少华去世后你有多痛苦，我愿意帮你分担。"

"谢谢你，我的痛苦没人能分担，你走吧，我要工作了。"

钱宝宝走出病房，沈文涛等在走廊里："都办好了？"

钱宝宝感激地说："嗯，就等做手术了。沈文涛，真是不好意思，还麻烦你来帮我送一趟我奶娘。"

"萧教官，见外了，举手之劳而已，谁让我是你在龙城的第一个朋友呢！"

钱宝宝笑了："哎呀，以后只要不在课堂上，你就对我直呼其名吧，什么教官学生的，让我听着别扭。"

沈文涛笑笑："好，萧晗。"

"嗯！文涛！"

听到钱宝宝叫着自己的名字，看着钱宝宝灿烂的笑容，沈文涛眼神中充满了柔情。

薛少琪换下衣服走出门外的时候，看到李天翰还在。

"你怎么还没走？"

李天翰说："我决定以后每天晚上都送你回家。"

薛少琪断然拒绝："我不需要。"

薛少琪继续向前走，李天翰在薛少琪身后默默跟着。薛少琪越走越快，李天翰也加快脚步。薛少琪一不小心崴了脚，摔倒在地上。李天翰赶忙跑上来。

"没事儿吧？摔到哪里了？"

薛少琪想挣扎着站起来，站不起来。李天翰看不下去，一把把薛少琪抱起来。

薛少琪挣扎着喊："放我下来！"

"别动！你还能走吗？"

薛少琪渐渐不再挣扎。

"别以为这样，我就会感激你。"

李天翰笑了："别以为这样，我就会放开你。"

薛少琪别扭地表示："我是不会帮你对付沈文涛和项昊的。"

"我李天翰还没有卑鄙到这个地步，要一个女人帮我竞争集英战队的队长名额。你要怎么样才会明白我对你的心意？"

薛少琪没有回答，心里已经被李天翰的话动摇了。

李天翰说："今晚我们就把你爹送去医院吧。我已经安排好一切了。"

这天下课，钱宝宝从教室里走出来，杜枫叫住了她："萧教官，今天正好是周末，我代表李阿婆和孩子们邀请你今晚去吃个便饭，就算表达我们一家对您的感谢之情。"

钱宝宝爽快地答应了："好啊，正好我今天晚上没什么事。"

项昊突然上前勾住杜枫的脖子，沈文涛也站在一边。

项昊说："不够意思啊，就请萧教官一个人吃饭。"

沈文涛也跟着说："救你我们也都有份，怎么轮到吃饭，我们就没份儿了？"

顾小白也突然冒了出来："应该是我们集体聚餐才对。"

高美仁、韩旭也齐声道："就是！"

杜枫笑得格外开心："都有份都有份，见者有份啊！今天晚上，大家一起热闹热闹！"

龙城军校的六个新生，在经历了风风雨雨之后，今天，他们终于把心连在一起，告慰薛少华的在天之灵。

杜枫在民宅小院设了朴素的宴席招待大家。一张大圆桌上，放着一些家常菜肴，众人围坐在圆桌边。

李阿婆和众孩子也加入了宴席之中，大家热热闹闹、吵吵嚷嚷地坐在一起吃饭。

李阿婆沧桑的脸上堆满笑容说："不好意思啊，我们寒门陋舍的，拿不出什么像样的菜，大家就将就将就吧。"

钱宝宝马上说："阿婆，你们太客气了，我们那么多人上您这儿来蹭饭，不好意思的该是我们才对。"

项昊搭着杜枫的肩膀说："阿婆，杜枫是我们兄弟。从今往后，杜枫的阿婆和弟弟妹妹，就是我们的阿婆和弟弟妹妹！"

沈文涛也点头："以后，我们就是一家子，是一个大家庭！您有什么难处，我们一起来分担。"

杜枫非常感动："谢谢大家……谢谢大家……"

孩子们高兴地对着大家一通乱叫："哥哥姐姐……哥哥姐姐……"

顾小白十分得意："一下子有了这么多弟弟妹妹，我也瞬间找到了做大哥的感觉！"

韩旭夹了一口菜，边嚼边说："这都怪杜枫，为什么不早把这些弟弟妹妹带给我们认识。"

高美仁也帮腔："还说什么看得起看不起的，我们像是那么势利的人吗？"

杜枫举起酒杯："是是是，我错了，一会儿我一定自罚三杯。"

大家喝得高兴，不知不觉，夜已经深了，一轮明月挂在天际。孩子们和李阿婆都回去睡了。

韩旭、高美仁已经醉得趴在一边呼呼大睡，高美仁把一只手搭在韩旭身上。

顾小白已经烂醉，杜枫也醉意明显。

顾小白歪歪斜斜地举起之前的半杯酒："东风吹，战鼓擂，今天喝酒谁怕谁！杜枫，来，干了！"

杜枫连忙劝："行了，这半杯酒喝到现在了，不能喝就别继续丢人现眼了。"杜枫扶起小白，歪歪斜斜地走到院外。顾小白一阵狂呕。

小院里只剩下钱宝宝和沈文涛、项昊，三人也都已经颇有醉意。

钱宝宝露出了江湖儿女本色，给项昊、沈文涛两人劝酒。"男人不喝酒，妄在世上走！女人不喝酒，啥意思也没有！喝！"

项昊已经酒力不支，看着钱宝宝递来的酒直摆手："你一个姑娘家，酒量怎么那么好！"

钱宝宝晕晕乎乎地说："我酒量不好，怎么出去行走江湖啊？这可是我的看家本事！"

"你一个大家闺秀，走什么江湖？"项昊还是摆手示意不喝了。

沈文涛眯着眼睛，劝道："萧晗，喝酒伤身，你别喝那么多。"说完上前硬抢过钱宝宝的酒杯，往自己肚子里灌了下去。

项昊借着酒劲对沈文涛："沈文涛！你个大尾巴狼！你别以为我没看出来，你对萧晗有意思。我还没撒口呢，你不许对她有意思！"

沈文涛迷迷糊糊地说："什么乱七八糟的，你才对她有意思！"

项昊迷迷糊糊地拉着钱宝宝："喂，你到底对谁有意思？"

钱宝宝醉醺醺地笑着说："你俩谁先干了这一坛子酒，我就对谁有意思！"

沈文涛抱着酒坛子猛喝几口，实在坚持不了，倒地醉倒。

项昊笑骂："傻帽！不能喝还打肿脸充胖子！"

钱宝宝一边胡乱转圈一边醉醺醺地唱起在洋马戏团里学的最流行的美国歌曲《红河谷》。月光洒在钱宝宝身上，勾勒出她美妙的身姿和秀美的脸庞。钱宝宝嗓音动听，更为这美人美景增添了一份浪漫情致。

项昊呆呆地看着钱宝宝，一副陶醉的表情。

钱宝宝轻轻地哼唱着：

"人们说，你就要离开村庄，我们将怀念你的微笑。你的眼睛比太阳更明亮，照耀在我们的心上。走过来坐在我的身旁，不要离别地这样匆忙。要记住红河谷你的故乡，还有那热爱你的姑娘……"

钱宝宝唱着唱着，一个没站稳，一下子倒在了项昊怀里，项昊出神地看着钱宝宝。两人距离很近，都能感受到彼此的呼吸。

项昊坏笑道："原来你还是对我有意思！"

钱宝宝挣扎。项昊却使坏牢牢抱住钱宝宝。挣扎之中，钱宝宝的项链露了出来，项昊抓到了项链上的耳环。

钱宝宝很羞涩地说："你松手……"

项昊不肯松手，笑嘻嘻地说："你主动投怀送抱，我也得给你几分薄面嘛！"

第十二章　凤凰山遇袭

军校教学楼前的草坪上，钱宝宝抱着一沓书低头朝前走着，表情紧张。嘴里一直碎碎念着："昨晚怎么喝了那么多酒！醉得跟烂泥一样，不知道有没有酒后失言，瞎说八道……"

项昊正好迎面走来，两人恰好撞上。项昊一把把钱宝宝拉到一棵树下，逼近钱宝宝，两人的鼻尖几乎就要碰上。

钱宝宝紧张地说："你要干吗？"

项昊绷着一张脸说："这话应该是我问你，昨晚是谁勾引我？"

钱宝宝一下子想起昨晚自己倒在项昊怀里的画面，她囧得不行，恨不得挖个地洞钻下去。心里骂自己：苍天啊，酒后失言也就罢了，竟然还耍了酒疯，简直丢人丢到姥姥家了。但是她故作镇定，向项昊解释："昨晚你喝高了，肯定记错了！倒在你怀里那个，明明就是沈文涛！"

项昊终于绷不住了，坏笑道："是吗？我可有证据！"项昊说罢掏出钱宝宝的铜耳环，在钱宝宝面前扬了扬。钱宝宝掏出项链，发现项链上的耳环少了一只。

钱宝宝紧张地伸手去抢："喂，还给我！"

项昊一把收起耳环："这怎么能还呢，这是你勾引我的证据，我要好好收起来，时不时地拿出来笑话笑话你。再说了，上次你欠我那么大个情，想用一碗红烧肉就把我打发了，未免也太便宜你了，我看，你就用这铜耳环顶你的人情债好了。"

项昊拿着耳环，扬长而去。钱宝宝气得狠狠跺脚。

浴室内，项昊正在悠闲地冲凉。

浴室外，钱宝宝在原地转悠。她想潜入男浴室，偷项昊衣服，但又觉得实在不好意思。顾小白从钱宝宝身后走来，看到这一幕，感到很纳闷，凑到钱宝宝身后，探着头朝里面看了看。

"看不到啊。"

钱宝宝没反应过来，接了一句："是啊。"说完突然回过神来，吓了一跳，转身见是顾小白，连忙冲顾小白伸手做了一个"嘘"的手势。钱宝宝心生一计，把顾小白拉到身边，冲顾小白耳语几句。

顾小白点点头，蹑手蹑脚进浴室。不一会儿，拿出一件衣服递给钱宝宝。钱宝宝惊喜地抢过来，低头一顿翻找，却什么都没有找到。

钱宝宝低头看到地上有一滩水，顺着向上看去。看到光脚、腿毛、浴巾、赤裸的上身和项昊的脸！

钱宝宝大叫一声："啊！"

项昊一只手拎着顾小白，一手抢过衣服。他瞪着钱宝宝和顾小白："哼，女流氓！小白你还敢当帮凶！"

顾小白尴尬地说："我以为你俩闹着玩呢！"

钱宝宝恳求道："项昊，别胡闹了，这耳环虽然不值钱，对我却很重要，求你还给我。"

"既然对你真的很重要，我就更不能给你了！我裹着浴巾都让你看见了，就拿你一个铜耳环，你还占便宜了呢！"

项昊转身要走，钱宝宝又气又恼，急得伸手拉住了项昊的毛巾，毛巾滑落，钱宝宝盯着项昊，瞪大了眼睛。

项昊一把抢回毛巾围住自己。

钱宝宝满脸通红，吓得赶忙转身。

项昊在她身后喊了一声"女流氓"，也满脸通红地钻进了浴室。

不远处，沈文雨恰好路过，见到这一幕，嫉妒得直跺脚。她几步走过来，抓住顾小白，没好气地说："你说实话，萧晗和项昊到底是什么关系？"

顾小白边躲边说："师生关系啊。"

"不对，我总是觉得项昊对这个萧晗和对其他姑娘不一样，他就从来没这么对过我……他似乎对萧晗有意思……"

顾小白嘿嘿笑："项昊他没这么对你过，可他经常这么对我啊！捉弄我的事他一样没少干！实话告诉你吧，项昊喜欢的人其实是……是我！"

沈文雨瞪了顾小白一眼，伸出一拳打在顾小白脸上。

钱宝宝害羞地捂着绯红的双颊，还没从刚才扯掉项昊浴巾的事里回过神来。沈文涛走到钱宝宝身边，满怀歉意地说："萧晗，真是不好意思，昨晚我喝多了，可能说了一些冒犯你的醉话。"

"没事没事，昨晚我也醉得不轻，喝高之后发生了些什么，我都不记得了。"

听到钱宝宝说不记得昨晚说的话了，沈文涛却又有了几分失落，他自嘲地笑笑："什么都不记得了……也好。不过，你一个大家闺秀，酒量可比一般男人都好。"

钱宝宝有点紧张，慌忙解释说："我这酒量，都是在德国跟德国朋友们在一起聚会时练出来的，德国人都爱喝酒。"

沈文涛笑着说："以后，我得负责看住你，再有这种场合，就不许你喝那么多了。"

钱宝宝尴尬地"嘿嘿"两声。

项昊抱着脸盆，走在回宿舍的路上，显然他也还没从钱宝宝扯浴巾事件中恢复过来，一路上自言自语："这个萧晗，怎么这么色！失策啊失策……"

一抬头，何副官站在他面前，递给他一个大红纸包。

项昊接过纸包："谢啦，都是我爹给我送来的？这些吃的我得藏好，否则那群饿狼会给我吃得骨头都不剩。不过你怎么这么闲啊，何副官，都不用待在我爹身边吗？"

何副官说："有刘副官嘛。这段时间我也在和他交接工作，我要去西部剿匪，龙城西北又遭了洪灾，这年头到处都是灾，各处都需要人手，我也希望自己能尽一点力。"

项昊哦了一声，嘱咐说："那，你要多保重！"

何副官满意地在项昊肩上拍了拍："嗯，你也是。"

项昊没想到第二天他们就接到了去接抗灾物资的任务。萧晗接受这个任务的时候已经完全没有抵触心理了。娘已经住院了，现在的她完全把自己当成了军校不可或缺的人物，比欧阳飞和李天宇更招校长稀罕。她当然不知道李继洲的算计是让她和项昊、沈文涛集体出局。

卡车停在军校门口。项昊、沈文涛等十个队员整齐站好。

李继洲做着动员讲话："诸位都是集英战队预选班里的优秀学员，这次的物资押运任务就由诸位负责执行，班主任萧晗全程陪同。这虽然是一次小任务，却是大帅特地留给我们集英战队预选班队员的一次锻炼机会，大家不可掉以轻心，务必漂亮地完成任务。我预祝大家一路顺风，凯旋而归。好，全体出发！"

大家齐声回答："是！"

卡车满载着学员朝城外驶去。李继洲的身边突然出现一个生面孔，小声对李继洲说："都安排好了，号称独眼霸王的马一眼，这几天正好在龙城附近活动。他们的人已经盯上这批货了。听说他以前就是个屠夫，生活所迫逼上了梁山，生平最恨当兵的。此人江湖上有一号，是个狠角色。那些个学员落到他手里，怕是凶多吉少。"

李继洲点头："很好。"

装载物资的地方在一个深山里，周围人迹罕至，一只乌鸦在枝头叫得让人心烦。

学员们从马车上将物资卸下来，地上密密麻麻地码着几十个大箱子。看着全卸完了，钱宝宝对马车夫说："行了，师傅们，这儿就交给我们吧，你们可以先走了。"

马车夫们赶着马车走了，钱宝宝发号施令："大家加把劲，争取在天黑前把所有的物资装完，启程回军校。"

学员们七手八脚地把物资搬上车。

钱宝宝站在车尾看，不时四处张望，显得有点担心。

沈文涛把一个箱子交给车上的人，看出钱宝宝的担心，过来安慰她："别担心，只是一个小任务而已，我们有那么多人，没事的。"

钱宝宝故作轻松："自打我进了军校，多少大风大浪都挺过来了，还怕这点毛毛雨吗？"

项昊把箱子递给车上的人："是吗，可我还就告诉你们，这个任务绝不简单。几个灾民好对付，随便轰一轰就行。问题是，这生逢乱世，那么多紧俏物资，能没有人眼红吗，什么土匪、流寇、外系军阀的，到时候免不了真刀真枪地上。或许，这就是我们最后一次任务呢！"

钱宝宝一听，心里更慌了，大家也纷纷停下手里的工作。

顾小白说："我还以为是大帅故意派了清闲的差事让咱们练手呢，没想到，是个没人要捡的烫手山芋！"

韩旭也说："我还当是来城外郊游一趟呢，难不成真会有去无回吗？"

沈文涛试图稳定大家的情绪："大家别慌，就算遇上土匪流寇，咱们也都是训练有素的战士，照样收拾得他们服服帖帖的。"

项昊继续说风凉话："你当土匪都是吃干饭的？这些人杀人不眨眼，枪法好，会骑马，最重要的是熟悉地形，他们要跟你玩起游击战，真比正规军还难对付。萧教官，反正你不怕，到时候我就躲你后头。"

钱宝宝使劲瞪他："你能闭上你的乌鸦嘴，少说几句丧气话吗？没人当你是哑巴。"

项昊想故意吓唬吓唬钱宝宝，低头偷偷学了一声狼叫。

钱宝宝冷笑了一下："就你这样，不用学狼叫也挺像狼的了，你一叫一定能把狼招来。"

项昊的叫声没有招来狼，却招来了一帮土匪。马一眼冲着卡车一挥手，土匪们一拥而上，将众学员包围。一阵枪战过后，土匪人多势众，学员们很快就被生擒活捉了。

马一眼得意地说："给我留下活口！连人带货，一起带回山寨！"

一旁的土坡后，李天翰把一切看得清清楚楚，满意地点点头。李天翰很快把消息告知给父亲李继洲。李继洲坐在沙发上，笑眯眯地等着马一眼的捷报。

马家寨，钱宝宝和学员们被众土匪拿绳子绑着押进寨子。所有的物资都被马匹运到了马家寨里。

马一眼高兴地宣布："兄弟们，今日得风，大家都劳苦功高，回头杀鸡宰羊，我们好生庆祝一番！"

众土匪一齐举枪欢呼高喊："马家寨威武！当家的威武！"

顾小白垂头丧气地说："真叫昊哥给说中了，什么好事都叫我们给赶上了。"钱宝宝听完狠狠地瞪了项昊一眼，骂一句："乌鸦嘴！"

项昊被捆着手脚，没理钱宝宝，而是分析说："不是赶上了，而是我们叫人给算计了。我们押运物资的事情按说应该是秘密行动。可路线、人员配置、交接地点人家都知道。这不是巧合，人家是有备而来，打定主意要伏击我们！我们内部肯定有人提前走漏了消息！"

沈文涛也同意："如果我没猜错，这个瞎了一只眼的土匪，应该就是闻名江南的土匪头子马一眼，只是这个马一眼之前一直在江南活动，不知怎么的竟跑到龙城来犯案了。"

钱宝宝正问这个马一眼到底是个什么来头，此时，门外传来一阵开锁的声音，马一眼走了进来。

马一眼嚣张地说："要是说我马一眼的来头，那可大了。诸位，我知道你们都是军校的学生，我马一眼没读过书，但是我不是浑人，也明白事理。生逢乱世，大家都得求个快活。我马一眼虽落草为寇，但我劫富济贫，替天行道，真是威风八面，好不快活。古有宋江、晁盖，当今就属我马一眼了！"

学员们满脸不屑。

项昊讽刺他："你真是厚颜无耻，连救灾的物资你都抢。'就是根歪黄瓜，还非冒充满汉全席'。就你这熊样儿还敢自比宋江！你就是个臭山贼！"

马一眼大笑："我是臭山贼，你们就是英雄汉啦？你们的大帅，打着为国为民的旗号，私底下，贩卖烟土，走私军火，什么恶心勾当没干过。告诉你们，咱们就是身上这层皮不一样。我马一眼讲理，自然也给大家一条出路，这破世道，在哪里不是吃粮拿饷，扛枪骂娘？各位都是热血男儿，还都一身好功夫，我看，不如你们就留下来，跟着大哥我一起干！留在我的寨中，我保证你们吃香喝辣。不愿意的嘛，我也不强求。挖了眼珠子、割了舌头，保证不泄露我们的行踪，我就派弟兄们送你们回去。怎么样？"

沈文涛坚决地说："男子汉大丈夫，只有站着死的，没有跪着活的！"

钱宝宝呸了一声："想让我们跟你同流合污，下辈子吧！"

马一眼一听，怒目圆睁，回头一看是钱宝宝，凑近了仔细看看，笑了："哟，你们军校里还藏着个美人呢！"

项昊马上扭动着身子，骂马一眼："喂！不许你碰我们教官！"

马一眼伸手拾了拾钱宝宝的下巴，钱宝宝一甩头，一口唾沫吐在马一眼脚下。

马一眼笑了："油泼辣子鸡，我喜欢！这么漂亮的教官，我要定了！美人，你愿不愿意留下来给我当个压寨夫人？"

钱宝宝又呸了一口。

项昊那边也说:"癞蛤蟆想吃天鹅肉!别做梦了!"

马一眼虚伪地劝着:"好好想想吧,别不识抬举,敬酒不吃吃罚酒!给你们一晚上,明天一早要么留下喝酒吃肉。要么挖眼割舌,你们自己挑!"说完大步流星地带着人走了出去。

沈文涛此刻非常震惊:"马一眼为人狠辣、江湖闻名,既然他都把话撂下了,肯定会言出必行。"

学员们面面相觑。

钱宝宝问:"现在怎么办?"

项昊好像不是开玩笑地说:"你嫁给他。"

钱宝宝被两个土匪押着站在马一眼面前,马一眼斜靠在虎皮椅上,傲慢地说:"说吧!"

钱宝宝说:"我就三句话。第一,我愿意给你当压寨夫人。第二,我愿意跟你合作,帮你劝降那些学生,加入你的队伍。第三,事不宜迟,今晚我俩就举行婚礼。"

马一眼一愣,随即笑笑:"那么爽快,不会是想耍什么花样吧?"

"你都看见了,那些学生个个都是硬骨头,你那些挖眼珠子、割舌头的手段在他们那里根本不好使。我就算是他们的教官,去劝降也不一定能成,但我说的话肯定多少比你的匕首、枪把子管用。况且,要是他们看见自己的教官都当了压寨夫人,死鸭子再嘴硬也该松口了!"

马一眼故作恍然大悟的样子:"有道理啊!这军校的教官说话就是跟我们这些没念过书的不一样啊。我这媳妇顶个师爷,娶得值啊!"

钱宝宝说:"既然你答应了,我这就回去帮你在学生们面前说说好话。"

马一眼对身边的两个土匪说:"你们两个,跟着萧教官,萧教官可马上就是我们马家寨的夫人了,你们俩可得寸步不离地给我小心伺候着,有什么闪失,我要了你们的小命!"

看着钱宝宝远去的背影,马一眼坏笑:"跟我玩儿花样,呸,老子一开法眼就知道你是个妖孽了。老幺,你现在就安排兄弟们杀猪宰羊,准备好酒,老子今晚要洞房。"

老幺纳闷:"当家的,你不是不信她吗?"

"那叫将计就计！你懂个屁，快去！"

马家寨四处张灯结彩。大厅里也布置一新，挂满了红色绸缎。大厅里已经码上了几张大圆桌，好酒好菜也已经上桌子。众土匪齐聚一堂。

学员们也都被放了出来，不过马一眼为了防止学员们逃跑，大家脚上还是绑着绳子。

马一眼扎着大红绸花，牵着新娘打扮的钱宝宝出场。

马一眼很得意："人配衣服马配鞍，人不打扮不好看。我们这位压寨夫人，换上新娘子的衣服打扮起来，可也不输给北平城里的大明星。我马一眼今天是人财聚手，又发财，又招兵，又娶媳妇，快哉快哉啊。"

土匪们欢呼起哄。

一个土匪喊了一声："吉时已到，仪式开始！一拜天地！"

项昊和沈文涛看着钱宝宝跟别人拜堂成亲，非常闹心。沈文涛干脆低头不看，项昊一直攥着拳头，瞪着马一眼。

"二拜高堂！当家的父母双亡，没有高堂可拜，这一拜省了。夫妻对拜！"

拜完，马一眼冲土匪们挥手："兄弟们，春宵一刻值千金，今天是我的大好日子，就不陪大家喝了，我得回去专陪我的美人儿。今天高兴，大家开禁，哥儿几个必须给我一醉方休，一醉方休啊。"马一眼说罢，一把拉上钱宝宝往后走。

学员们拿着酒杯站起来，纷纷给土匪们敬酒，自己则设法把喝进去的酒吐出来。

高美仁和一个土匪拼酒："感情深，一口闷；感情浅，舔一舔！"土匪也接招，"感情厚，喝不够；感情薄，喝不着！"顾小白再接一句："感情铁，喝出血！"然后酒坛子就碰到了一起。

杜枫和一个矮胖的土匪醉醺醺地划拳。

两人一起喊着："宝一对啊，一心敬啊，哥俩好啊，三三元啊，四季财啊，五魁首啊，六六连啊……喝！"

韩旭一边打着嗝一边拉着一个土匪结拜兄弟。

"我韩旭……"

"我马大炮……"

"今日结拜异姓兄弟，从此有福同享，有难同当……"

马大炮继续道："有关帝爷作证！"

然后两人把手中的酒一饮而尽，把酒碗一起摔碎。

顾小白拉着另一个土匪的手一起乱扭。

土匪扭着唱着："花样小酒天天有，喝完这酒喝那酒，强中自有强中手，不全撂倒誓不走。"

顾小白也跟着唱："酒过三巡情飞扬，谁要不服就扶墙，酣然一梦睡得爽，醒来一看是茅房！"

喝得开心了，土匪们把几个学员腿上的绳子也都解开了。

一边，沈文涛和项昊拿着酒坛子小声议论。

"这帮家伙不好对付啊，都这么久了，一点反应都没有！"沈文涛说。

项昊指着自己袖管里厚厚的吸水毛巾："再这么下去，我装都装不像了。"

沈文涛担忧："不知道萧晗那边怎么样了，这马一眼可是个难缠的主儿。"

项昊说："我去试试他们。"

项昊故意往外走，两个警觉的土匪拦住他，一个把酒碗往地上一摔，厉声问："兄弟，哪儿去？"

洞房里，马一眼粗俗地拉着钱宝宝就要亲。

钱宝宝一把推开马一眼："急什么，交杯酒还没喝呢，礼还没成，这可不吉利！"说着为马一眼准备交杯酒，自己面前是一小杯，马一眼面前却是满满一坛子。

马一眼看着一坛子酒，倒吸一口凉气："娘子，这也太不公平了吧。"

钱宝宝笑呵呵地说："听说相公为人豪爽，酒量惊人，这一杯两杯在你这儿就是漱漱口，今天大喜的日子，这交杯酒，自然要喝到位嘛！"

马一眼坏笑起来："好，喝就喝！"然后一仰脖，一坛子酒咕咚咕咚飞快下肚，喝完之后气定神闲，一点事儿没有。伸手把钱宝宝拉到床边，伸嘴要亲。

钱宝宝阻止他："相公，洞房之前，要不，我们玩点刺激的助助兴？"

马一眼大喜道："还有刺激的？"

钱宝宝妩媚地看着马一眼："西洋玩法，包你满意！"

钱宝宝卖力地跳马戏团洋人姑娘的大腿舞给马一眼看。马一眼借着酒意拿着两个杯子敲起来给钱宝宝打拍子。

终于，马一眼所有的耐心都被消磨光了，拉着钱宝宝准备霸王硬上弓。

钱宝宝笑呵呵地试图拖延："相公，你再等等……"

马一眼笑了："别耍花样了，小娘子，酒也喝了，舞也跳了，再等下去黄花菜都凉了！"说着上手开始扒钱宝宝的衣服。

钱宝宝再也装不下去了，大声叫喊："啊！流氓！救命啊！来人哪……"

马一眼淫笑着："你喊吧，喊破嗓子都不会有人来救你的！你还真以为我比驴还蠢，真相信你会心甘情愿嫁给我啊，我只不过是看你傻，所以陪你玩玩罢了。既然你那么愿意给我当压寨夫人，我何必跟你客气呢！"说着一把扯下钱宝宝的外衣。

大厅里，所有的土匪瞬间把学员们全都包围起来，气氛立刻变得剑拔弩张。

马大炮坏笑道："你们这群傻学生哪是我们大哥的对手，大哥早就看出你们没安好心，我们喝的酒里早都兑水了，按我们的酒量，再喝两缸也没事，你们就别费劲了。大哥真是神机妙算，你们这群雏鸟儿啊，嫩着呢，不过你们那个美女教官更嫩，现在不知道是不是已经让我们大哥给吃了。"

土匪们大笑，学员们也跟着笑了起来。

马大炮警觉地问："喂，你们笑什么？"

项昊说："笑你们是猪脑子啊！你怎么知道我们没留一手？我们念了半天军校，还不如你们这些土匪会算计，那还真是白混了！"

韩旭从兜里找出一粒巴豆，在手里抛了一下把玩："我们就是刚才在你们往酒里兑水的时候，也给你们的酒里加了一点料，喏，就是这巴豆粉。"

高美仁说："怎么样，凉水就巴豆，够不够劲儿，看你们不蹿稀？"

顾小白也拿出一把巴豆："好汉难敌三泡稀，我叫你们狂！"

听他们这么一说，土匪们果然觉得肚子隐约作痛，一时间全都捂住肚子往茅厕跑。

项昊和沈文涛同时踢开婚房的门，从马一眼手中救走钱宝宝。

众学员们一直逃到离马家寨很远的地方，终于松了一口气。顾小白提议回军校。项昊不同意："不行，我们的任务还没完成，送去给灾民的物资还在马一眼的山寨里。"

钱宝宝赞同："没有这些物资，有多少灾民会活活饿死，绝不能让马一眼糟蹋它们。"

杜枫也赞同："找回物资才是我们真正要做的事。"

沈文涛想了想："我们只有十几个人，硬碰硬地又要保命又要夺回物资肯定不可能，所以我们逃出马家寨是第一步。接下来我们兵分两路。王勇，你赶快回去搬救兵！剩下的人，一方面尽量争取时间，一方面，想想夺回物资的办法。"

王勇把消息传给李继洲的时候，李继洲表现得非常重视。在王勇面前，李天翰主动请缨："爹，我熟悉那边的地形，我去最合适！"

李继洲心领神会地点点头："好，我多派些人手跟你一起去，务必把人和物资都不伤丝毫地带回来！"

李天翰朝李继洲敬礼："是！"

项邵达得知消息后，心急如焚，他立刻安排救人："竟有如此胆大包天的土匪！"

刘副官说："我已经联系过军校那边了，李继洲说是已经派人去凤凰山营救了。"

项邵达皱眉思索片刻："何副官，你现在立即带人火速前往凤凰山，务必要把项昊给我平安带回来。我信不过李继洲那小子！"

刘副官敬礼："是！"

凤凰山上，钱宝宝正指挥项昊等人，在马一眼的必经之路上，设下绊马索。

项昊一边弄绳子，一边不爽地说："堂堂龙城军校军官生，被一帮土匪给抢了，真丢人。"

钱宝宝开解说："他们那么多人，还有备而来，我们一时吃亏也是情有可原，但是那批物资说什么也要拿回来，那是灾民救命的东西。"

项昊瞅了钱宝宝一眼："没想到你还挺侠义的。"

顾小白这时候大声问："萧教官，这个结这么打行吗？"

钱宝宝走到顾小白身边蹲下来检查："再绑结实点吧。各位，一会儿，你们听我的暗号行事，注意隐蔽，注意时机。"

顾小白还是有点不放心："萧教官，你这招行吗？光靠几根绳子就能抓住马一眼？"

钱宝宝脸上强装镇定："绳子是普通绳子，到我手里就不普通了。怎么？忘了上次被我吊起来的事儿了？再说现在敌强我弱，真刀真枪把物资抢回来根本没戏。以弱搏强，只能智取，先给他来个擒贼擒王，只要逮到马一眼，我们就有条件跟他们谈判了。"

项昊撇了撇嘴道："说得跟评书一样。我算是看出来了，你不仅是心理学博士，邪门歪道和鸡鸣狗盗你也是博士！看相、装鬼、玩儿绳子，外加说书讲故事，样样精通。"

顾小白侧着耳朵听项昊和钱宝宝的对话，一时没有留意，被自己设的绊马索绊倒，摔个四仰八叉。

钱宝宝装作理直气壮的样子，指着顾小白说："看见没，实践证明我的绊马索管用得很！"韩旭走过来，看见顾小白被绊倒的可笑样子，大笑道："顾小白，我见过笨的，没见过你这么笨的。"就在韩旭幸灾乐祸的时候，一不留神也被脚下的绳索绊倒，摔在了顾小白身上。顾小白使劲推开他："韩旭，伸手打了自己嘴了吧？嘴上功夫没我厉害，看来身手也比我差一大截。"两个人在地上推推搡搡，挣扎着起来，把大家逗得哈哈大笑。

钱宝宝于是乐观地鼓励大家："同学们，只有上不去的天，没有上不去的山。这绊马索既然能绊到咱们自己人，肯定也能绊到敌人。我们就等着活捉马一眼吧！"

钱宝宝又来到沈文涛这边，看他们把背包塞满沙子改装成的沙包："不错，再找点石头，用绳子固定在那边、那边的树上，听到我的暗号，就砍断绳子，这些东西准保砸得他们'满天星'。韩旭，你再去弄点竹子来，一头削尖，绑成竹排。"

沈文涛十分佩服地说："我以为博士都是整天泡图书馆的书呆子，没想到你懂这么多江湖东西。"

钱宝宝十分尴尬："嘿嘿，我学贯东西，博古通今嘛，这些是小意思。嘿嘿。"

高美仁担心地问："萧教官，这埋伏是做好了，马一眼不出来怎么办？"

"昨天跟他打过交道我就看出来他是个死要面子的人，用点激将法，他肯定沉不住气！"

沈文涛也担心："我看未必，他刚吃了个大亏，只怕没那么容易再上钩！"

钱宝宝拍拍沈文涛说："放心！煽风点火、火上浇油，这是我的专长！你带人好好挖坑，我现在就去引马一眼来跳。"

钱宝宝说完，潇洒地走了。沈文涛摸了一下刚才被钱宝宝拍过的肩膀，有一股电流闪过。

钱宝宝带着几个学员接近马家寨。有学员劝钱宝宝："萧教官，要不咱们就在这儿吧，再往前就出了这片林子了，怕是有危险啊。"

"不入虎穴，焉得虎子。咱们靠得越近，他马一眼待会儿就会越沉不住气。成败就在此一举了！"

项昊带着顾小白和杜枫来到靠近马家寨的另一片树林里。

项昊说："待会儿挑他们寨子显眼的东西打，弄出响来刺激刺激他们，放了枪就迅速爬到树上去隐蔽起来，小心别反被他们给放倒了。"

项昊做了一个手势，然后几个人稍微分散开来，借着树木的掩护，向马家寨的方向开枪。项昊在寨旗上打了几个窟窿，杜枫打在寨门上面，顾小白打漏了一个装水的瓦罐。

枪声由远及近，马一眼带着手下出来，站在高处观察山寨外边的情况。

"奶奶的，哪个不要命的敢来老子山上放枪？"

马大炮过来汇报："禀寨主，放枪的是那群逃走的军校学生，他们好像根本没下山，现在正向咱们山寨开枪挑衅呢。"

马一眼发起怒来："几个毛都没长齐的臭小子，当我这山寨是窑子吗？想走就走，想来就来！他们以为玩儿个花花肠子，侥幸从老子手下逃出去，我马一眼就是软蛋了吗？今天不弄死他们，我把'马'字倒过来写！"

钱宝宝又带着学员前进了些，和马一眼隔空喊话。

"马一眼，姑奶奶我又回来了！我给你个机会，咱俩单挑！你若胜了，我还给你当媳妇如何？"

马家寨方向没有反应。

钱宝宝继续大喊："马一眼，你算什么好汉，就只敢蹲寨子里龟缩学王八。姑奶奶我今天送你一个新名字——马一龟！"

学员们一起放声大笑。齐声大喊："马一龟！龟家寨！"

钱宝宝继续挑衅："马一龟，我听江湖上的人说，你根本就不是男人，今天我算是信了。难怪你没媳妇儿，莫不是嫌你窝囊跟野汉子跑了吧？"

学员笑得特别夸张。

项昊听到钱宝宝挑衅的喊话，一口气呛道："咳！这萧晗真能见官说官话，见匪说匪话。"

顾小白贼笑着举起大拇指："牛，我要是马一眼，绝对受不了一个黄毛丫头这么骂自己。"

杜枫说："学心理学的就是不一样啊，咱们也配合配合萧教官！"说着朝着马一眼站的位置开了一枪。

子弹打在马一眼脚边，燃起一阵青烟。马一眼一动不动，怒气飙升，他一把拔出枪，迈步往寨子外走。有人拦他："寨主，莫要上当啊。她就是胡说故意激你呢……"

马一眼怒火冲天："老子从来没被个小娘们儿骂成这样，她就是在外面摆了八卦阵，老子也要出去教训她，让她知道马王爷有几只眼！"

钱宝宝这边继续挑衅道："马一龟，你姑奶奶我等得不耐烦了，这样吧，我送你一份大礼，这大冬天的，你窝在个山沟里挨饿受冻的也不容易，我烧点火给你暖暖炕！"

距离钱宝宝一段距离的空地上，几个学员点燃了绳子，在地上拖着走，开始烧干树叶，烟雾冲得老高。

马一眼终于有了动静："小妞，我马一眼就来会会你！"

龙城城郊，刘副官载着一卡车士兵飞速奔向凤凰山。

而另一边的凤凰山脚下，李天翰正带着一群土匪打扮的手下，在上山的路口撒钉子。

钱宝宝听见远处传来的马蹄声，知道马一眼他们上当了，吩咐学员："撤。"

钱宝宝带着学员们回来。项昊也带着顾小白和杜枫回来跟沈文涛会合。钱宝宝继续安排："大家听我说，马一眼已经带人追过来了，大家好好隐蔽，一会儿听我的口哨行事，成败在此一举了。"

众人点头。钱宝宝说完，自己爬上了一棵树隐蔽好，观察敌人动向。

项昊和沈文涛昂头，看着钱宝宝爬树的矫健身影，都有点出神。

项昊抬头敬佩地说："身手这么好，练过？"

沈文涛招呼他："项昊，快点隐蔽！"

两人分别按照事先指定的地点藏好。

钱宝宝坐在树杈上，借着树木的掩饰，张望马一眼的行踪。看到马一眼一行人马在林中穿行的方位，适时地吹响了第一声口哨。

听见长长的一声口哨声响起，顾小白和杜枫拉起了绊马索。马一眼看见了绊马索，知道中计，但是他功夫不错，马也受过训练，非常通人性。马一眼双腿用力一夹马的肚子，马竟然嘶鸣一声，跳过了绊马索。

马一眼哈哈大笑："就凭这几根破绳子，就凭你们几个毛头小子，还想绊住老子，白日做梦，净想美事儿呢！"

顾小白和杜枫早已经按照钱宝宝的指示，在失手之后第一时间躲藏起来。

钱宝宝看见了马一眼躲过了第一关，一点没灰心："还好我设计了连环计。让你躲得过初一，躲不过十五。"

钱宝宝没想到的是，第二道防线陷马坑也被马一眼轻松躲过，她不得不赞叹了一句："好俊的功夫，好厉害的马。还好我有第三手准备。"钱宝宝又吹出一声口哨。

马一眼听见了钱宝宝的口哨，判断出方位，抬手就是一只飞刀，正好打中了钱宝宝的右手。钱宝宝惨叫一声从树上跌下来。沈文涛扑过去，将钱宝宝抱住，两人在地上打了一个几滚儿后停住。

沈文涛将钱宝宝扶起，查看钱宝宝的伤势。

马一眼勒住马，大喊道："你们给我出来，躲在暗处跟我玩阴的算什么英雄好汉，不是要跟老子单挑吗？有本事给我出来，咱们一对一。"

马一眼的话音未落，韩旭、高美仁等学员听见钱宝宝发出的信号，从周围四面八方的树上，纷纷拉起事先埋伏好的绳子。项昊抓着树藤，像人猿泰山一般从空中荡过去，一脚把马一眼从马上踹下来。众人一拉绳子，几根树藤编织的网落下来，把马一眼捆住。

钱宝宝的右手源源不断地有血涌出来，沈文涛赶紧拿出手帕包住钱宝宝的伤口，帮钱宝宝止血："很疼吧，你忍一下。"

钱宝宝明明疼得脸色惨白，却开着玩笑："小伤，死不了人。"

项昊看见钱宝宝疼得脸色惨白，拔枪就冲到马一眼面前："你敢伤她，我毙了你。"

马一眼可不怕这个："来呀，有种你就打死我。"

钱宝宝命令道："项昊，别冲动！"

马一眼高昂着头："阴沟里翻船，要杀要剐随便。"

钱宝宝走过来说："我们并不想为难你，只想拿回我们那批物资。"

"想让我把吃到嘴里的肉吐出来，天底下可没有这么美的事儿！从当土匪那天起，我的脑袋就拴在裤腰带上了。这批货能让我兄弟这个冬天吃饱穿暖，我死了也值！少废话，杀了我吧。"

"马寨主说的这番话真是感天动地。可是你兄弟的命是命，难民的命就不是命吗？你劫了难民的救济品去养活你的寨子，不觉得太不顾道义，卑鄙无耻吗？"

"老子听不懂你说什么，那批物资明明就是你们大帅的军资。"

沈文涛马上问："你从哪里得到的消息？"

马一眼不肯说："关你们屁事！"

沈文涛说："你抢的真的是大帅给灾民的救济物资，我们这些人就是负责把物资运送到发放点去的。"

"你们上下嘴皮碰一碰，我就要相信吗？少给我摆一副假仁假义的嘴脸，你们大帅怎么起家的谁都知道。匪抢匪，黑吃黑，天经地义！"

项昊举起枪托要打马一眼："死到临头还胡搅蛮缠，不让你吃点苦头我看你是长不了记性！"还没动手，土匪们已经赶到，将钱宝宝他们团团围住，学员们也不甘示弱，拔枪与土匪对峙。

马大炮说："小兔崽子，你们敢碰我们当家的一下试试看。他今天要是少一根寒毛，我就把你们都碎尸万段！快点放了他！"

钱宝宝说："你们还物资，我们放人。"

马一眼大声对手下下命令："不许换！谁敢把货交出去，就是死罪。传我命令，二当家接班，为我报仇。再过二十年，老子照样又是一条好汉。"

马一眼的宁死不屈让军校学员有点措手不及，钱宝宝的枪死死顶着马一眼的头，两方对峙。

沈文涛在钱宝宝耳边低语："咱们的人没有实战经验，武器弹药也不足，对方人多，得想个办法。"

项昊和沈文涛挺身护在钱宝宝面前，准备鱼死网破。双方僵持不下。

山脚下。

刘副官的卡车冲过钉子区，车胎被扎得漏气。车被迫停下。

司机士兵跑过来报告："报告刘副官，地上都是钉子，四个车胎全扎坏了，我们只有两个备胎。车开不了了！"

刘副官厉声命令："你传令下去，全体士兵立即下车，跑步上山。"

卡车上的士兵纷纷下车，整队，跑步出发。

这一边，马一眼的人和军校学员对峙着，气氛剑拔弩张。

钱宝宝突然收起枪，大声地说："放了他！"

众人不解。

钱宝宝动手解开捆在马一眼手上的绳子，她边解绳子边说："马寨主，第一次你抓到我们是偷袭，这一次我们抓到你是使诈，大家扯平。我既然提了要单挑，就会光明正大一对一的来。我放你回去，随时等你来应战。你走吧！"说完，扯下马一眼手上的绳子。

马一眼深深看了一眼钱宝宝："你可别后悔。"说罢，大步流星走向众土匪，有土匪马上迎上来查看马一眼是否受伤。马一眼不耐烦地拨开他，站在众土匪前面看着钱宝宝。

项昊和沈文涛都明白了钱宝宝这是要赌一把，看着她的眼神满溢着欣赏。

钱宝宝也招呼学员："我们走！"

钱宝宝转身，学员们也跟着走了。项昊、沈文涛两人用身体挡在钱宝宝背后，倒退着走，以防马一眼突然发难。

一行人没走几步，背后传来马一眼的喊话："丫头！你就不怕我现在动手把你们全杀了？"

钱宝宝转身看着马一眼娇俏一笑，举起手快速地转动着一把飞刀。马一眼看着飞刀眼熟，突然意识到什么，低头看自己身上的飞刀，发现少了一只。他难以置信地抬头。刚要开口说话，钱宝宝突然甩出飞刀，飞刀直插马一眼的帽子，将帽子带飞，钉在了后面不远处的树干上。

钱宝宝笑着说："我既然能放了你，就有本事随时再抓回你。"

马一眼狠辣的目光死死盯着钱宝宝的脸，钱宝宝也直直地迎着马一眼的目光看回去，毫无惧意。突然，马一眼抬起双手。项昊以为马一眼要下令开枪，作势挡在钱宝宝前面，没想到马一眼开始鼓掌。

"好气魄！好胆色！我服气了！萧教官，你这个朋友我马一眼交定了！萧教官，你稍等一下，我亲自去把物资给你带过来！"

钱宝宝高傲地抬着下巴，脸上硬撑住的笑容慢慢消失，偷偷地吐出一口长气。

第十三章　三角关系

　　学员们在原地休息。沈文涛关切地走过来要查看钱宝宝的伤情，却看到项昊拿起钱宝宝的手给她上药，尴尬地走开了。

　　项昊边给钱宝宝上金创药边问："你的飞刀跟谁学的，我怎么不知道你还有这么一手？"

　　"这个……在德国的时候，我有个朋友是马戏团的，我跟她学了些皮毛。"

　　"你这可不是皮毛啊，就刚才的两下子，都能上街支个摊儿收钱了。"

　　钱宝宝笑了一下："多谢夸奖，就你刚才站我前面杀气腾腾的劲儿，也能租出去做门神收钱了。"

　　顾小白阴阴地凑过来，提醒道："老大，他说你是鬼见愁！"

　　项昊没领情："顾小白，就你话多！"

　　钱宝宝低声说："我知道你那是保护我，谢谢。"

　　项昊深深看了一眼钱宝宝，一时出神，抓着钱宝宝的手用了一下力。

　　钱宝宝叫了一声："疼！"

　　项昊连忙放轻动作。看着钱宝宝的伤口，项昊有一些心痛，抓着钱宝宝的手，动作轻柔中时有一些停顿。

　　钱宝宝也发觉项昊有一点与往日不同，她慢慢脸红了，心跳加快，于是把手往回缩。项昊抬眼看了看钱宝宝，故意调侃："喂，我就给你擦擦药，你脸红什么？"

　　钱宝宝生气地缩回手："谁脸红了？我那是风大吹的！"

　　"狡辩！"项昊又把钱宝宝的手拉回来，"别乱动，小心手下落疤嫁不出去！回头你再因为这事赖上我，我可倒了大霉了！"

　　"别总把自己当葱花，谁拿你炝锅啊！全天下就你一个男人，我也不想嫁你。"

　　两个虽然是在斗嘴，但在沈文涛看来，那是打情骂俏。沈文涛慢慢走近他们，说："萧教官，马一眼回来了。"

马一眼带着物资过来，对钱宝宝说："物资在此，如数奉还。"

钱宝宝非常感激地说："我替难民谢谢马寨主的心意。"

沈文涛问："对了马寨主，现在是否方便告诉我们物资的消息您是怎么知道的吗？"

马一眼说："有天晚上，有人用飞镖送过来一封信，里面说有批军资。正好我们刚到这里不久，过冬的储备也不是很足，想着去碰碰运气，没想到居然是真的。"

沈文涛又问："能查到消息来源吗？"

马一眼摇头："难，除了信什么线索都没有——萧教官，我马某这辈子没服过女人，你是第一个，我是真心佩服，也是真心……喜欢你。"

项昊打断马一眼的话，把身体挡在马一眼和钱宝宝之间，用手指指自己，说："她已经有主了，别再打她主意了！"

钱宝宝尴尬地笑了笑，把项昊推到一边。

马一眼有些失落："马某自知配不上萧小姐，不敢妄想。好！青山不改，绿水长流。以后有用得着我的地方，我马一眼万死不辞。"

钱宝宝拱手道："马寨主豪情，就此谢过！后会有期。"

马一眼也抱拳："后会有期。"

钱宝宝一行人推着装载物资的马车走在下山路上。沈文涛突然说了句："大家都警惕点，以防路上还有埋伏。

顾小白生气道："咱们这才刚九死一生回来，有那么背吗？沈文涛你别乌鸦嘴行不行。"话没说完，项昊已经看到前面路边树林里有枪管的反光。他拔出枪，拉着身边的钱宝宝弯腰，大喊："前面有埋伏！大家快趴下！"

大家迅速拔枪寻找掩体。

李天翰看到项昊等人发现了自己的埋伏，直接打手势示意开枪。

学员们都躲在马车后面，不时还击。

钱宝宝大喊："你们是什么人？你们是马寨主的人吗？马寨主已经对我们放行，还请你们行个方便。"

对方没有回答。

李天翰对手下吩咐："一个不留，全部打死！"

对方火力依旧。学员们弹药不足，渐渐不支，被对方压着打。

李天翰命令道："他们没子弹了，冲过去全部干掉。"

李天翰带着手下冲出山路向学员们靠近。

火力很猛，千钧一发。

危急时刻，刘副官带人赶到，加入战局，从李天翰一伙侧面攻击，用人数压制，李天翰很快被打得节节败退。

刘副官下令："保护少爷，保护物资。"

项昊大喊："刘副官，别让他们跑了，给我抓一个活口！"

刘副官答应一声，带着人追着李天翰等人打。刘副官终于抓住一个活口，已经跑远的李天翰回头发现了，举枪要杀人灭口，沈文涛眼疾手快，一下子推开活口，救下他一命。

"土匪"们死的死，逃的逃。学员和物资终于都安全了。

项昊问："刘副官，你怎么来了？"

"参谋长知道你们被土匪劫了，派我带人来救你们。"

钱宝宝连声感激："谢谢您。多亏您带人来了。"

沈文涛走到被抓的活口面前："说，你们都是些什么人？"

活口一声不吭，死死盯着众人，一副视死如归的样子。

项昊上前抓住活口衣领逼问："说，是谁派你们来的？"

钱宝宝明确地说："他应该不是马一眼的人。如果他们是马一眼的人，根本无须蒙面。"

活口眼神闪烁，索性低下头，不看众人。

刘副官说："这样吧，我负责把这人押回去审讯，你们赶快回去把物资送了，回军校复命吧。军校和大帅那边一定都等急了。"

学员们点头，回身查看物资。

李天翰略带慌乱地跑进校长办公室。

李继洲焦急地问："事情办得怎么样了？"

李天翰大口喘息，努力沉住气："不妙，项昊、钱宝宝他们回来了！"

李继洲一下子也慌了："怎么能让他们回来呢？"

"本来是胜券在握的，不知道怎么半路杀出了个刘副官！这下麻烦了，'没吃着羊肉倒弄了一身膻'！"

李继洲更加慌了："你跟他们一起去押运物资，可只有你一个人全身而退了，这事儿恐怕很难解释清楚。"

李天翰定神想了想，下定决心般地掏出一把匕首。突然抬起匕首，就往自己的手臂上刺去。李天翰额上冒出豆大的冷汗，他却一声没吭，强忍着把刀抽了出来。

李继洲心疼地大叫："天翰！"

李天翰摆摆手："没事儿！爹，想成多大的事，就得付出多大的代价！这一刀，换回萧晗他们对我的信任，也算值了。这也是儿子对自己办事不周的惩罚。"

李继洲缓缓点头，拍拍儿子的肩膀道："儿子，你果然长大了！"

刚刚包扎完的钱宝宝来看她娘。苏锐正在给钱大娘做例行检查。钱宝宝蹑手蹑脚地躲在病床后，突然从病床前探出脑袋，冲钱母做了个鬼脸。

钱母笑了："宝宝？"

钱宝宝叫了一声："奶娘！"

苏锐边拿用具边说："萧教官，听说这次你可是居功至伟啊！"

"行了，苏医生，我这尾巴已经翘得半天高了，你再捧我，我就要飞上天了！"

"你们在前面冲锋陷阵，我们呢就帮你们做好后勤保障工作。你奶娘的病情现在基本上用药物控制住了，我们已经申请从德国进口了一批手术设备，一旦机器运到，就可以动手术了。"

钱宝宝很高兴："太好了，苏医生，谢谢你。"

钱宝宝轻手轻脚地走到钱大娘的床边，帮钱大娘掖了掖被角。钱大娘看见了钱宝宝手上的伤口，心疼地问："宝宝，你手怎么受伤了？"

"没事，刚才已经仔细包扎过了。"

"执行任务的时候落下的？一定很疼吧？"

"不疼不疼，最多就是将来留个疤而已，那些地痞流氓什么的，不都得在身上纹个龙画个虎的唬人吗，我看我这疤比他们的龙啊、虎啊的都管用，以后我出去就用这个镇住他们，看他们还敢不敢欺负我！"

钱宝宝的话把钱母和苏锐都逗乐了。

苏锐冲钱宝宝点点头，起身离开了。

钱母这才说："孩子，娘让你受苦了。"

"娘，其实今天我特别高兴，一是你马上就能动上手术了，二是因为大批的难民终于可以不再挨饿受冻了……"

钱宝宝俯在钱母床头，钱母笑着轻轻拍着钱宝宝。

钱宝宝刚走出母亲的病房，就看到谢天娇从走廊上走来。她立刻变得略带紧张，连忙打招呼："谢主任？"

谢天娇冷冷地说："哦，你也在啊……"

钱宝宝尴尬地笑，慌不择言地说："您这么忙，也亲自来看病啊！"

谢天娇停下脚步看着钱宝宝："难道我应该找个人来替我看病吗？"

"我……我不是这个意思。我是说您一向看起来身强体健的，没想到也会生病。"

谢天娇故作强悍地说："小毛病，我就来拿点药，麻烦你回去通知下午受罚的学员，我会准时出现在操场等他们，别以为我病了他们就可以逃过一劫！"说完走开了，钱宝宝对着谢天娇的背影吐舌头："怪不得人人都怕你呢，这下苏医生惨了。"

谢天娇走进苏锐办公室，扫视了一下，没有看见医生，大声喊道："人呢？我要看病。"

苏锐从里间屋走出来，淡淡地扫了谢天娇一眼："谢主任，我看你说话这么大声，话又这么多，应该没什么大病。"

谢天娇拿出平时训学生的口气："苏教官，你年纪轻轻的，怎么动作这么慢吞吞的，拖拖拉拉，医生要都是你这种工作态度，病人都死光了。"

苏锐没好气地说："脱鞋、上床！"

谢天娇被苏锐的强硬口气吓了一跳，赶紧用双手抓住领口："上床？"

"对，我让你躺床上。"

谢天娇还在尴尬犹豫，苏锐强势地一把抓住谢天娇，把她推到诊床上："刚才还嫌我动作慢，到底是谁慢吞吞的？少废话，上床。"

谢天娇被苏锐推到病床上，第一次碰到对她强势的男人，又跟苏锐离得很近，她突然开始面红心跳。

苏锐撇了谢天娇一眼："面色潮红，气息紊乱，看来是肝火太旺，以后少发点脾气……"

谢天娇看着苏锐帅气的面孔发愣。

苏锐训斥道："你一个姑娘家，成天那么大的脾气。少发点火，病就好了。你看看你，说话跟吃枪药似的，每句话都夹枪带棒，你这病呀，都是自己作出来的。"

苏锐把听诊器塞到谢天娇的衣襟里。谢天娇身子一颤，脸色更红，呼吸更加急促。

"心跳得这么快，确实病得不轻。"

谢天娇声音突然变得温柔起来："那该怎么办？"

"我一会儿给你开点药，降降火，顺顺气。"

谢天娇略带希望地问："那我明天再来找你复诊吗？"

苏锐十分不解："你这人真怪，别人都躲着医院走，你还上赶子。回去按时吃药就行，没什么大事儿，不用老往医院跑。在校园里我们是同事，见你是无法避免的，但是在医院里，像你脾气这么大的病人，我还是少见为妙。"

谢天娇有一丝失落。

刘副官将活口押送到了警察局，又向项邵达汇报了相关情况："参谋长，您可以放心了，物资已经安全送到了灾民手中，少爷和军校学员也都平安无事地回来了。少爷在这次押运任务中，有勇有谋，表现非常出色。只是有一件事，我始终觉得有点奇怪，我们赶到山下的时候，路上被人铺了钉子，上山途中还受到了不明匪徒的袭击，大家都觉得这帮匪徒应该不是马家寨的人。"

项邵达指示道："你立即通知警局，务必对此人严刑拷问，逼出其幕后主使！"

龙城警局审讯室里，逼问幕后主使的倒是钱宝宝和项昊、沈文涛三人。

钱宝宝翻着资料："你叫赵四？"

活口说："嗯哪。"

"谁指使你来的？"项昊问。

"没人指使，我辽西那边赵家店的，就是听说这旮旯有肉，过来捞一把，结果让你们给抓了。"

项昊拍桌子："胡扯，你当我们都是傻子？你说什么我们就信什么？"

活口装出一副害怕的样子。

钱宝宝问："你刚才说听说？从哪里听说？谁给你的消息？"

"道上有道上的消息通路，说了你们这些学生娃也不懂。反正我们就是得到消息，马一眼的地盘上有货，我们就来了。"

"你知道这是马一眼的地盘？"

"是啊。"

钱宝宝说："既然知道是马一眼的地盘，就应该清楚你们那十几个人跟马家寨比起来有几斤几两重。马一眼出了名的心黑手辣，你们敢打他的主意，摆明了就是送死。"

活口答得很流利："饭都吃不上了，还要命？反正不是被打死就是饿死，当然是能搞就搞，能捞就捞。"

沈文涛问："就算你们不要命，怎么连时间也算得那么好，偏偏就在我们已经拿回物资下山的路上伏击我们？"

活口说："这个，就是赶上了，谁知道这么寸呢。"

项昊站起来指着活口怒斥："胡说八道！我警告你别给我玩儿花样！"

对方摆出一副你奈我何的表情。

逼问一时遇到瓶颈。

钱宝宝拉项昊坐下，盯着杀手上下打量，不说话。活口杀手开始不安。

钱宝宝歪着头，说："你刚做了爹。你很疼他。我猜你是打算把这次的事全扛自己身上做替死鬼吧？你死了一了百了，你的家人呢？没有你，他们孤儿寡母怎么生活？如果你觉得你的主子会替你照顾他们，我只能说你太天真了。他能谋划出假扮土匪杀人的局，肯定是个心狠手辣的人。别说替你养家，也许为了怕泄露秘密会杀你全家灭口。"

活口情绪激动起来："够了！不要说了。反正怎么样都是死，老子不怕。"

沈文涛劝他说："其实你还有别的选择，不但不用死，还能跟家人团聚。"

活口盯着沈文涛用眼神疑惑探问。

沈文涛继续说:"跟我们合作,把你知道的都说出来,戴罪立功,我们不但会放了你,还会派人保护你的家人,给你一笔酬劳,让你带着老婆孩子去别的地方生活,怎么样?"

活口开始迟疑,动摇。他问:"你们真的有这个本事?"

项昊又站起立说:"废话!项邵达和沈国舜的儿子给你的保证你不信?"

活口深思了一下,深呼吸,做了决定:"好!"他张开嘴巴刚要继续说下去,有人敲门,警察局长站在门口拿着一份资料。

"三位,这是你们校长李继洲叫人送来的,里面是犯人家里的详细情况,有名字有地址,说也许对你们有用。"

钱宝宝接过资料,点头示意。

活口听到了对话内容,突然恐惧起来,喃喃自语:"他们知道了,他们知道了。"活口突然站了起来,撞向后面带枪的护卫,从他腰间拔出枪发疯一般对着审讯室里的人乱开枪,一枪打死了另一个护卫。

活口边开枪边大叫:"你们都要死!都要死!"

项昊把钱宝宝拦在身后,三个人慌忙退出审讯室。活口见审讯室外越来越多的警察,绝望地用枪对着自己的头扣动扳机。

钱宝宝大喊:"不要!"

为时已晚。

三个人垂头丧气地走出龙城警局。

项昊生气:"刚才明明都要松口了,怎么突然就自杀了?"

沈文涛琢磨:"一定是什么东西突然刺激到他了。"

钱宝宝马上说:"对,他是听到局长送资料的话之后开始发狂的。"

沈文涛想了想,说:"我猜他应该是看到军校查到了他的住址,觉得他背后的人肯定也早已经控制了他的家人。想用自己的死赌一赌,换全家一条生路。"

项昊反对:"你说的这些全都是推测,人死了也没办法证明了。"项昊问钱宝宝:"你怎么知道他家里有个小孩的?"

钱宝宝说:"你没看到他脖子上那个长命锁吗?这么大一个人不会无缘无故带着这个的,一看就知道是过百日的婴儿才会戴的吉祥物。"

沈文涛点头："果然观察力一流。线索断了，现在我们能做的只有加倍小心了。"

李天翰走进校长室，带上门。

"爹，事情都办妥了，没有后患了。"

李继洲疑惑："妥了？被抓走的人呢？"

"还算懂事，都按我们之前约定的那一套说了，后来吞枪自杀了。看来他自己很清楚，万一自己胡乱说话，那可就不是他自己没命那么简单了。"

李继洲放心了，接着说："既然人死了，他家人那边就派人去打点一下吧。"

"没必要了，他们一家三口应该已经在黄泉路上相会了。"

李继洲愣了一下："都死了？"

李天翰说："谁知道他跟她老婆都说过些什么，安全起见，还是让他们都闭嘴的好。"

李继洲惊讶地看着儿子，仿佛眼前的人变得自己不认识了。

李天翰继续说："一将功成万骨枯，这点牺牲又算得了什么。"

薛少琪坐在薛父病床前，薛父正在安详地睡觉。薛少琪脸上终于有了笑容。

李天翰走过来轻轻拍了拍薛少琪的肩："你累了吧？去吃点东西吧。"

薛少琪起身，和李天翰一起走出病房。

薛少琪小声地说："谢谢你。"

李天翰笑着说："是我谢你才对，能够帮少华照顾你，是我莫大的荣幸。"

薛少琪抬头，看李天翰的眼神亮了。

草坪上，沈文涛拿着一本书问钱宝宝钱母的情况："你奶娘的病怎么样了？"

"苏教官做了检查，说只要做了手术就没事儿了。一切还算顺利，就是医院老不放我进去探视。"

沈文涛安慰她："顺利就好。"

钱宝宝感激地看着沈文涛："文涛，真的谢谢你。自从我来了军校，好像一直在对你说这句话。欠了你太多人情，我都不知道怎么还了。"

"都是举手之劳，还谢什么。我们不是朋友吗？"

钱宝宝伸出拳头与沈文涛的拳头对撞："嗯！你是我在龙城最好的朋友，好哥们儿！"沈文涛略带尴尬地笑笑。

远处，项昊路过，看到沈文涛、钱宝宝两人双手碰在一起，亲昵地笑着，醋意大发。他拿着书凑上前去，挤开沈文涛。

"萧教官，你昨天讲的东西，能再给我讲一遍吗？"

沈文涛被生生挤开，很是不爽说："项昊，你到底要干吗？"

"欸？你说这话我就不爱听了，我请教教官问题怎么了？我也是萧教官的学生，就许你跟她讨论功课，不许我也求求上进？"

沈文涛反击："以前怎么没见你这么好学？"

"学习这事儿，什么时候都不晚。正所谓先发而后至，后发而先至。你说对吧，萧教官？"

钱宝宝一愣："啊？哦！"

项昊得意地瞟了沈文涛一眼，又转向钱宝宝："萧教官，我请求你单独辅导我。"说完拉着钱宝宝走了，沈文涛看着两人离开，失落地苦笑一下。

钱宝宝被项昊拉着，很是不满："项昊，你又耍什么花样？放开我！"

项昊不仅不放，还更加用力握着钱宝宝的手。

钱宝宝吃痛叫道："我的手！这么用力干吗？"

项昊略带威胁道："这是我的手，咱们俩一天没解除婚约，你就还是我项昊的未婚妻，所以你从头到脚都是我的，没经过我的同意，你不许别的男人碰你！"

"你有病！"

项昊更紧地拉住钱宝宝："除了不准别的男人碰你，也不许你单独跟别的男人说话，更不许你看一个男人超过三秒钟！"

钱宝宝抬头质问："你凭什么？我卖给你了？就算是卖给你了，地主看长工也没看得那么紧的！"

项昊换了一个方式，威胁说："还敢跟我顶嘴？你表现那么差，到底还想不想要你的耳环了？"

钱宝宝一下子想起自己的耳环来，叫道："你还我耳环！"

项昊坏笑着："急什么，哪天你表现好了，把我哄高兴了，我就还给你！"

钱宝宝说："做梦！"说完甩开项昊的手，气呼呼地扭头就走。

项昊得意地对着钱宝宝的背影喊："记住我刚才说的话！"

顾小白远远地看见这一幕，不禁对杜枫说："杜枫，你觉不觉得老大跟沈文涛最近对萧教官都有点怪怪的。"

"很明显啊！都喜欢萧教官呗！是人都能看出来。"

顾小白感慨了一句："他俩兴趣还真一致，什么事情都要钻到一块儿去，不仅要争集英战队队长，还要争同一个妞！虽然我对萧教官也有些小心思，不过既然是老大喜欢的姑娘，那我就忍痛不去惦记了！我忠心地祝他们幸福！"

杜枫笑了："你目标那么多，少一个萧晗怕什么。少了萧晗，你的目标还更清晰了呢！"

顾小白又担心起来："说得也是哦。不过，老大从来也没喜欢过什么女生，估计要吃亏。"

杜枫举起拳头："兄弟干吗用的，帮忙啊！"

护士站里，钱宝宝一直在恳求薛少琪："麻烦你了，薛护士，就不能破例这一次，让我进去看看奶娘吗？"

薛少琪板着脸，说："现在是午休时间，不允许探视。"

钱宝宝拱手作揖："你就帮帮忙吧，今天我只有中午才能溜出来看她。今天，对我和我奶娘来说是个很重要的日子。"

薛少琪头都不抬，只顾着整理手中的文件："对不起，医院的规章制度不能因为任何的私人原因就随便更改。"

钱宝宝还要恳求，一张带有苏锐签名的探视证明放在了薛少琪面前。

薛少琪仔细看了看，果然是苏锐的亲笔签名："好吧，你进去吧，但不要逗留太久，病人都在休息。"

钱宝宝连声感激："谢谢薛护士，谢谢苏医生。"转头又对送证明的沈文涛说："谢谢。"

沈文涛见薛少琪走了，小声说："不用谢我，谢谢我的一手好字吧，这探视证明上的签名是我临摹苏医生笔迹签的。"

钱宝宝惊讶，压低声音说："没想到，你一个品学兼优的好学生也会做这样的事情。"

沈文涛咳嗽了一下，温柔地看着钱宝宝："为了实现善良美好的愿望，偶尔破坏下原则，我认为是值得的。"

看完了钱母，钱宝宝孤身一人逛到后山看望之前救的小狗。

小狗看见钱宝宝，高兴地迎了上去，呜呜地冲着钱宝宝撒娇。钱宝宝抱起小狗，亲昵地抚摸它的脑袋。

"怎么了，我最近忙得没来看你，你不高兴了？今天你可不许跟我耍脾气啊，因为今天是我的生日。不过，这是个秘密，我只告诉你。现在，你说一遍，祝我生日快乐！"

小狗呜呜地又叫了一声。

一个小小的生日蛋糕递到钱宝宝面前，沈文涛笑着说："生日快乐！"

生日蛋糕上的蜡烛闪动着温柔的烛光。烛光里，钱宝宝看看蛋糕，看看沈文涛，眼眶里闪动着感动的泪光。

"你怎么知道今天是我生日？"

"我猜的。在医院时，听你说今天是你和你奶娘的一个很重要的日子。没想到给我猜中了。"

钱宝宝非常感动："虽然我知道这句话说了太多次了，可是还要再说一遍——谢谢你。"

"我也要谢谢你。你的出现，就像是在我的世界里打开了另一扇窗，让我看到了与众不同的别致风景。"

钱宝宝正在回味沈文涛的话的时候，一阵欢呼声，项昊领着小白、杜枫，还有韩旭、高美仁一起出现，彩色小碎纸片在空中抛洒。项昊手里端着脸盆大小的炸酱面出现在钱宝宝面前。

钱宝宝、沈文涛都十分惊讶。

项昊对萧晗说："喂，过生日都不叫我们，太不够意思了！"

沈文涛脸色很不好看。

韩旭纳闷，对沈文涛说："老大，小白说是你叫我们来一起给萧教官过生日的？"

沈文涛苦笑了一下道："就算是吧。"

项昊说："萧教官，中国人过生日就要吃面。我让食堂下了点挂面，就着炸酱，就给你当长寿面了啊！"

钱宝宝看着一大盆的面，调侃道："挂面？你这是祝我早点挂掉？"

项昊踢了顾小白一脚："顾小白，你到底有没有脑子啊，萧教官生日，你让我送挂面！你这是要咒谁挂了啊？还长寿面，你可真有创意啊！"

"我什么时候……"

项昊警告地看了顾小白一眼。

顾小白立刻领会："哦！对对！你看，都怪我，我也不知道……"

项昊打圆场："既然面下错了，那咱们就换个庆生的方式，不如大家给萧教官表演节目吧。"

大家高呼同意。

然后一曲《大帅练兵曲》在夜空中飘荡起来。

"中华民族五族共和好，方知今日练兵最为高，大帅练兵人人都知晓，若不当兵国家不能保……"伴随着怒吼的军歌，项昊带头做着夸张的练兵动作，滑稽异常。沈文涛掩面无语。好端端的烛光生日约会，变成了一群男人和一个女人吵吵嚷嚷地坐在后山上吃炸酱面。

钱宝宝捧着一碗炸酱挂面，笑得格外开心，项昊看到钱宝宝笑了，唱得更起劲了。

钱宝宝看着项昊兴奋、笨拙地想讨自己欢心的蠢样子，不禁笑得越发甜蜜。

第十四章　表白失败

那晚回到宿舍，项昊在床上翻来覆去睡不着，末了，他坐起来。

"我问你们一个问题。如果一个男人老盯着一个女人看，眼神直勾勾的，有时候还流口水；没事儿就偷偷跟着那女人，不怀好意地凑过去亲近。那这个男人是什么心态？"

顾小白迟疑，不敢开口的样子。

"说啊！"项昊大声地说。

顾小白只好说出两个词："猥琐、变态。"

项昊一拍大腿："对！沈文涛就是猥琐、变态。"

杜枫瞪大了眼睛："啊？关沈文涛什么事儿？你说得不是你自己吗？"

顾小白也说："老大，你这副神神经经的样子我们实在看不下去了。你有没有发现，其实你已经爱上萧晗了？"

项昊先是一惊，随即立刻否认："我？爱上萧晗？这怎么可能！顾小白，你今天讲的笑话一点也不好笑。我只是看不惯钱宝宝和沈文涛在一起罢了。"

顾小白摸摸项昊的头："孩子，这种情感呢，叫吃醋！"

项昊推开顾小白的手，又辩解："我跟萧晗可是冤家对头，互相看不顺眼！"

杜枫说："这只能说明你在感情的认知上，非常的幼稚。"

项昊还要解释："不对啊，我根本不可能爱上萧晗，没道理啊……"

顾小白打断他："解释就是掩饰，掩饰就是编故事……"

项昊嘴硬，还是死活不承认，在宿舍里不停地来回踱步，喃喃自语："我怎么会爱上萧晗？我就是爱上一头猪，我也不可能爱上她！"

顾小白和杜枫对视一眼，摇摇头，异口同声地说："没救了！

走廊里，沈文涛跟钱宝宝并排走着，一边还说着话，动作很亲昵。

项昊远远看到，企图走上前去，想了想又退了回来，再想想，实在憋不住心里酸酸的醋意，又要上前，可想了想又停下脚步。

顾小白、杜枫跟在项昊身后，看着项昊的反常举动直摇头。

沈文雨路过，见项昊始终停停走走，顺着他的眼神看去，发现哥哥与钱宝宝走在一处，瞬间明白了，嫉妒地咬紧了嘴唇。

宿舍里，项昊假作看书，杜枫、小白凑过来，发现书里夹着他从钱宝宝处抢来的铜耳环。两人又是对视一眼，无奈摇头。

杜枫叹息："项昊的相思病，已经病入膏肓了。"

顾小白也说："是啊，再憋就憋出内伤了。"

项昊放下书，站起来在宿舍里来回踱步。突然停下，严肃地说："各位，我宣布一件事儿，我，我，我好像喜欢上了萧晗。"

两个人异口同声："这还是新闻吗？"

项昊紧张地问："现在怎么办？"

杜枫说："表白啊！男子汉大丈夫，喜欢个姑娘有什么不好意思的！"

顾小白贱兮兮地凑到项昊身边，揽着项昊的脖子："老大，你看见沈文涛对萧教官贼眉鼠眼的样子了吧，在这种关键时刻，千万不能让沈文涛抢得先机。"

杜枫赞同："延误战机，就会陷于被动局面，这你不会不懂吧！"

项昊支吾着："那，怎么表白？"

顾小白连连摆手："别看我啊，我又没表白过……不过，没吃过猪肉还没见过猪跑吗！那些个戏文里不老演什么才子佳人的事，什么花前月下、郎情妾意、你侬我侬……有了，明天就是每月一次的军校舞会了，就趁着这个机会跟萧教官表白！"

项昊还是不明白。

顾小白拉过项昊，两个大男人穿着裤衩跳起了交谊舞，边跳顾小白边指导："首先，用眼神杀死她。"然后顾小白抛出各种媚眼，项昊恶心得差点昏过去。"接下来，用你的双手去征服她！"顾小白把一只手慢慢挪到项昊屁股的位置，项昊实在受不了了，一把掐住顾小白的脖子。顾小白被捏住喉咙，但仍艰难地说："最后，深情说出你爱的告白：萧晗，为你痴，为你狂，为你把心伤；为你疯，为你癫，为你愁断肠……"

杜枫在一边看着，干呕连连，赶紧拍胸口顺气。

项昊看着顾小白："为什么我好想抽你呢？"

学校的走廊里果然贴出了通知："今天下午放假，晚上七点在礼堂准时举行每月例行活动。"

项昊不知道什么时候凑到钱宝宝身边："萧晗，今晚是改变你人生命运的重要时刻！你一定要来！"说罢装酷地离去，钱宝宝十分纳闷。沈文雨走过来，钱宝宝问："每月例行的活动，到底是什么啊？"

沈文雨眼珠一转，说："这你都不知道啊，是……就是军校每月一次的实战演习。学员们进行实战演练，教员们会功夫的就扮演敌人，像咱们这样不会功夫的，就演老百姓、难民、人质。这次谢主任那边给咱们俩安排的任务好像是演难民。"

钱宝宝略带不解地问："难民？"

"嗯，是啊。谢主任还跟我说，实战演习力求逼真。让咱们一定要穿最破的衣服，脸上也要画得灰头土脸的。"说完，拿起镜子继续故作姿态，"唉，要让我把脸画得那么脏，我还真是下不去手。"

钱宝宝点了下头："哦，多谢提醒，我知道了。"

军校舞场外已经亮起彩灯，音乐从舞厅里传出，每月一次的舞会即将开始。项昊身穿燕尾服站在门口，不时朝远处张望，等待着钱宝宝的出现。沈文雨打扮得花枝招展，笑着朝项昊走了过去。

"昊哥哥！走吧，我们进去吧！"项昊却一把抹开沈文雨的手："找杜枫去，我已经有舞伴了。"

沈文雨不屑地说："有舞伴了？你的舞伴是谁？我倒要看看你的舞伴到底是哪儿的名媛佳丽。"远远地看见难民造型的钱宝宝出现，沈文雨讥讽道："不会是她吧？"

钱宝宝打扮得确实非常成功，全身破烂，满脸黝黑。但是她很快就发现了问题，周围的人全都衣着华丽，只有她一个另类。

有漂亮的女孩小声嘀咕："这叫花子谁啊？"

有人认出萧晗："萧晗教官？你怎么这副打扮？"

大家掩面而笑。

项昊有点不高兴，走到钱宝宝身边："我不是告诉你今晚很重要吗？你故意这么打扮的？"

钱宝宝有点手足无措："今晚不是实战演习吗？"

周围爆发出哄堂大笑。

这时候沈文涛突然出现，上前一把拉住钱宝宝就朝外面走去。

项昊在后面喊："萧晗！"

沈文雨拦住项昊："你叫她也没用，她穿成这个样子也进不去舞会的。"

项昊挫败。

舞池里，还有人在议论着刚才钱宝宝难民出场的情景。沈文雨一副幸灾乐祸的表情。顾小白担心地问杜枫："哎呀，你说萧教官到底是怎么回事，参加舞会她竟然打扮成这样出场，项昊的告白八成是没戏了。"杜枫看着沈文雨："我估计就是有人故意捣蛋。"

舞池里突然一片慌乱，顾小白连忙拉起杜枫。杜枫不太高兴："干吗？两个男人一起跳了！"顾小白给杜枫使眼色，杜枫回头瞅了一眼，连忙搂住顾小白，对他的救命之恩表示感谢。

原来，谢天娇来到了舞池边。所有落单的男生自动且焦急地拉过另一个落单的男生，组成陌生又和谐的组合，表达着就算和男生共舞也绝对不牵谢天娇的坚强意志。谢天娇也意识到了问题的严重性，她用冰冷的目光扫遍全场，最后风一样地来到苏锐身边，主动抓起苏锐的手，命令般地说："苏医生，我们跳个舞！"

苏锐更正她："应该是我请你跳舞才对吧，西式礼仪里，好像没有女士邀请男士跳舞的习惯。"

谢天娇不分青红皂白地一把把苏锐拉住："可是我有这个习惯。"

"这可不是好习惯。是坏习惯，就得改改。"说完，他快步走到谢天娇面前，改被动为主动，牵着谢天娇朝舞池走去。

舞池里，苏锐和谢天娇都跳男步，舞步非常怪异。苏锐以强势引得谢天娇慢慢跳回女步，谢天娇只觉得自己的心跳又一次因为苏锐加速了。

顾小白呆呆地看着一起跳舞的苏锐、谢天娇，由衷地感叹："英雄哪！他就不怕吓出心脏病，再来点什么精神分裂吗？"

杜枫回答说："他是大夫！"

顾小白再次感慨："绝配！"

场下的学员看到苏锐与谢天娇跳得越来越和谐，也纷纷受到感染，走向舞池。角落里的薛少琪看场内跳得热闹，一个人站起来，走出舞会现场。李天翰注意到，放下手中的酒杯，跟了出去。

李天翰挡在薛少琪面前，做出一个邀舞的动作："我能请你跳支舞吗？"

薛少琪看到李天翰帅气地对自己邀舞，脸一下子红了，娇着地将手放进李天翰的手中。

李天翰拥着薛少琪，借着远处舞会大厅里传来的优美舞曲，慢慢摇晃。

李天翰说："少琪，你哥不在了，以后你就把我当成你哥哥，我会像你哥哥一样，好好照顾你的。"

薛少琪轻轻地点点头。

薛少琪在李天翰怀里，嗅着李天翰的气息，少女芳心驿动，仿佛能听到自己的心跳。

项昊落寞地找了一个人少的地方坐下，呆呆地看着舞池里的男男女女。此时，舞场的大门打开，沈文涛带着一个绝世美女出场。

众人定睛一看，却是众人的笑柄钱宝宝。

钱宝宝的亮相艳惊四座，项昊惊讶地看着她。

男学员们看见钱宝宝，嘴巴都张得老大。

沈文雨看见钱宝宝吸引了全场的目光，气愤不已。

沈文涛牵着钱宝宝入场，绅士地做了一个邀舞的动作。

钱宝宝低声靠近沈文涛："我不会跳这种舞，上去准出丑。"

沈文涛用开玩笑的口吻说："在德国待了那么久，也没学会他们的西洋舞？没关系，我教你。"

沈文涛维持着伸出手的动作。钱宝宝看他真诚的样子，犹豫了一下，慢慢伸出手，沈文涛温柔地看着钱宝宝微笑。

与此同时，项昊看到这一幕，醋意大发，扒开前面挡路的人大步走过去。

就在钱宝宝的手刚要放进沈文涛手中时，项昊一把拉走了钱宝宝。

他用命令般的口吻说："萧晗，我等你很久了，我们跳舞吧。"

"嗯？"

钱宝宝看看沈文涛，又看看项昊，僵持在那里，不知怎么办才好。

项昊很不爽："我请你跳舞，你看他干吗？难道你跟谁跳舞还要经过他的同意？"

沈文涛保持着风度："项昊，她今晚是我的舞伴。"

项昊伸出手，霸道地说："我不管你是谁的舞伴，我现在就要请你跳舞。"项昊弯腰伸出手做邀舞的动作，有一种钱宝宝不答应不起来的架势。

钱宝宝为难地看着项昊，再看看沈文涛。周围人开始起哄："跳舞，跳舞，跳舞。"

终于，沈文涛松开钱宝宝，搭上项昊的手，把他往舞池拉。

"我来跟你跳。"

舞池内，《西班牙斗牛曲》响起，项昊与沈文涛开始斗舞，两人舞步有力，魅力四射。

两人眼神较劲，舞步充满对抗，仿佛在用舞蹈角逐一场胜负。

项昊抱住沈文涛，凑近沈文涛的耳朵："跟我斗舞？你行吗？"

沈文涛转身解开项昊的钳制，反抱住项昊："试试看喽！"

"想赢我，没那么容易。"

热舞正酣，几番较劲，两人你压倒我，我压倒你，跳得难分难解，火药味十足。

项昊故意走错舞步，绊了沈文涛。沈文涛重心不稳，踉跄了一下。钱宝宝及时扶住了他，自己站到项昊面前补位。

项昊很开心，说："你终于肯下场了？"

钱宝宝高声对周围众人喊："要跳，大家一起跳！"

现场音乐被换成欢快热闹的节奏。钱宝宝学着马戏团里金发舞女的样子，跳起热情奔放的大腿舞。

围观众人全都是惊讶的表情。

杜枫感叹说："留洋回来的还真是不一样啊！"

顾小白说："萧教官舞姿那么奔放，我觉得老大驾驭不了她。"

站在一边准备配舞的项昊震惊尴尬之余，只得胡乱跟着一起蹦了几下。顾小白领头配合音乐鼓掌打拍子，全场其他人觉得有趣，纷纷开始围着两人跳起欢快的群舞。

沈文雨气呼呼地对身边的沈文涛说："哼，大家闺秀不都应该跳些优雅的舞吗，你看她跳的都是什么玩意儿？"

沈文涛批评她："别瞎说。萧晗只是想活跃活跃气氛。别以为我不知道你今晚恶作剧的事儿。"

沈文雨嫉妒地噘嘴："死项昊，臭项昊，我为你费尽心思，还打扮了一下午，你竟然看都不看我一眼。"

这时，杜枫对沈文雨伸出一只手："文雨小姐，能请你跳一支舞吗？"

沈文雨赌气地看一眼台上的项昊，起身把自己的手放在杜枫的手上，接受了杜枫的邀请，一起加入了舞群。

在钱宝宝的带动下，全场氛围达到最高潮。

舞会散场，众人纷纷朝外走去。

钱宝宝也朝外走去，沈文涛朝钱宝宝追去。

身后，项昊看着沈文涛，冲着身边的顾小白、杜枫使了个眼色。

顾小白、杜枫一拥而上，缠住沈文涛。

顾小白说："沈文涛，你有东西落在里面了！"

沈文涛不耐烦地说："我没落东西。"

杜枫说得特别认真："可是看门的说那就是你的啊，你先进去认认看看……"

项昊趁机追上钱宝宝，没话找话地说："回宿舍？太巧了，我俩正好同路。"

月色静美，盛装打扮的钱宝宝更美。项昊有点紧张，不知道说点什么才好，只好说："哦！今晚的月亮真圆啊！"

钱宝宝抬眼看了一眼天空，白了一眼项昊："明明是初一，哪儿来的圆月？"

项昊咳嗽一声，努力掩饰自己的尴尬："喂，萧晗，最近看你表现不错。要不婚约就暂时不解除好了。"

钱宝宝大惊："啊？不解除婚约了？咱们俩之前不是都说好的吗，你怎么能出尔反尔不讲信用呢！"

项昊微怒："你这是什么反应？你就那么想跟我划清界限？"

钱宝宝点头："是的！确定、一定以及肯定。我看你脑子一定是糊涂了，赶紧回去睡一觉。"

钱宝宝说罢欲走，却被项昊拉住："萧晗！我项昊哪里不好，你知不知道龙城多少姑娘都想嫁给我？"

"那跟我有关系吗？"

项昊说："当然有关系了！跟我有婚约的是你！"

钱宝宝反击道："你当初不是说，就算全龙城的姑娘只剩我一个也不会娶我吗？你现在又玩哪出？有意思吗？"

项昊被逼急了："你这个脑子缺根弦的女人，非得要我说得那么赤裸裸吗？好吧，我喜欢上你了！"项昊最后一句话说得像蚊子打喷嚏一样小。

"你说什么？"钱宝宝问。

项昊尴尬至极，大声喊道："我知道这听上去很不可思议，但是，我喜欢上你了！"

一瞬间，两人都呆住，四目相对。

钱宝宝愣了一下，反应过来："又想要我？"

项昊顿觉被羞辱了："喂，难道你没听清我刚才说的话吗，还是我看上去很不严肃？"

钱宝宝说："自打我见到你的第一面起，你就变着花样地戏弄我，你以为你看上去有多认真！"钱宝宝说罢扭头大步流星走向宿舍。

项昊气鼓鼓地站在原地，摸着自己的脸做思索状。他喃喃自语："我刚才真的很不严肃吗？"

钱宝宝回到宿舍，慌忙关上门，她呼吸急促，好半天才冷静下来。

钱宝宝走到镜子前面。看了看自己身穿华服的样子，跟以前的自己判若两人，一时失神。

她对着自己自嘲地笑笑，心里说："西洋有这么一个故事：会变魔法的仙子让穷人家的女儿灰姑娘变成了公主的样子，去参加王子的舞会。舞会上，王子爱上了灰姑娘，灰姑娘也对王子动了心，但是她却无法接受王子的心意，因为时间一到，仙子的魔法就会失效，她就会重新变成那个又穷又脏的灰姑娘，王子根本就不可能爱上这样的她，灰姑娘也永远不可能是个公主……"

钱宝宝拍了拍自己的脸，小声说："别多想了，你根本不是萧晗，你只是钱宝宝而已，现在的这一切都不属于你，赶快把娘治好就彻底离开这里吧！别做什么灰姑娘的梦了，你就是一根默默无闻、随遇而安的狗尾巴草！"

李天翰送薛少琪回家。薛少琪到了门口，与李天翰道别。

"谢谢你，天翰哥，我今天很开心。"

"我希望今后的每一天，都能让你开心。当然首先是要把害死你哥哥的那几个混蛋彻底铲除。抚平你内心的伤痛。"

薛少琪不太自在："其实……这些天我一直在想，我可能过于纠结于往事了，我不想总是生活在仇恨中，我想把这段往事放下……"

李天翰一听此话，内心敲起了警钟，笑容冻在了脸上。

薛少琪立即说："但是天翰哥，还是谢谢你，为我做了这么多……"

李天翰重新换上热情而虚伪的笑容："天色不早了，你早些回去休息吧，这些烦心的事情就不要多想了。"

薛少琪看着李天翰的笑容，内心感到一阵甜蜜。

第二天钱宝宝穿过草坪要去教员室，看到项昊迎面走来，掉头想要绕开。项昊不由分说地拉过钱宝宝，压在树干上。

"项昊你想干吗？"

项昊喘着粗气："昨晚的事儿不是我耍你，你别想躲着我当什么都没发生。我现在很严肃很认真地再跟你说一遍：我项昊喜欢上你萧晗了。"

钱宝宝不得不继续假装："还没去过医院吧？记得今天一定要去！那么重的病，药千万不能停！"

项昊盯着钱宝宝："我身强体健，神清气爽得很！我说的每一个字都是经过深思熟虑的！"

"你这脑瓜里有过深思熟虑这四个字吗！"

项昊顿了一下，说："以前没有，现在有了。从今天起，我正式开始追你，有胆就别逃跑。"

"无聊透顶！我没空陪你疯。"钱宝宝说完，推开项昊。

后方不远处，高美仁和韩旭正走来，恰巧看见了这一幕。他们赶紧跑过来告诉沈文涛。

韩旭很心急："老大，其实我们都看得出来，你对萧教官有意思。可你看，项昊现在整天跟块狗皮膏药似的黏在萧晗身边，你难道都无动于衷吗？"

高美仁也着急："老大，是男人，该出手时就要出手，尤其是在项昊面前，绝不能认怂！"

韩旭一副恨铁不成钢的架势道："现在是残酷的淘汰赛，不是要面子讲风度的时候。"

高美仁也说："在这场爱情的战役中，老大你必须顶着滚滚硝烟，在枪林弹雨中夺下萧晗这块阵地！胜利一定是属于你的！"

韩旭最后放话说："至于项昊，就让他在半路阵亡好了！"

沈文涛略带尴尬地笑了笑："行了，你们说的我都明白。"

晚上，沈文涛鼓起勇气在宿舍楼下等钱宝宝。

钱宝宝走出来："沈文涛，你找我？"

"我有东西要送给你。"

沈文涛拿出一枚勋章给钱宝宝。

"这是什么？"钱宝宝问。

"这是我过去格斗考核第一名的勋章，它对于我非常重要，所以我想请你替我保管。"

钱宝宝连忙摇头："这么重要，我不能要。"

"拿着吧，这是对我的证明，我希望你看到它，能够想起我。"

"好吧！我拿着。"项昊说着，从钱宝宝背后出现，伸出手，一把夺过勋章，"我还以为是什么了不起的东西，原来是格斗考核的勋章。萧晗，这种东西我家有一大把，你要是喜欢可以和我回家慢慢挑，我可不像某人，废铁当宝贝。"

沈文涛往回抢，项昊不给。几个假动作后，项昊说："沈文涛，我怎么记得格斗考核你好像也就得过一次第一吧，那次还是因为我不在龙城。"

"是，你说得没错。物以稀为贵的道理，不知道你听没听说过，哦，不好意思，我忘了某人连平时考核都是勉强才通过的。"

"学霸了不起，学霸就所有人喜欢你？萧晗，你说，你喜欢他还是喜欢我？"

钱宝宝生气地说："项昊，你无不无聊，我懒得理你。"

"不回答就是喜欢我。"

钱宝宝说："反正我就是不喜欢胡搅蛮缠的。"

项昊对沈文涛说："听到没，她就是不喜欢你这种胡搅蛮缠的。"

沈文涛也不示弱："你认清现实吧，明明说的是你，项昊。"

项昊得意地摇头："我不听，我不听，事到如今，我也不瞒你了，其实我和萧晗的关系……"

钱宝宝一把抓住项昊的胳膊："等等，项昊，我想起一件事要跟你谈，你跟我来。"

沈文涛看着钱宝宝带走项昊。

两个人来到花园一角，看看周围没人，钱宝宝才停下来。

项昊不太高兴："你拉我干吗？为什么不让我跟沈文涛说出你是我未婚妻的事？"

"是谁当初说娶头猪也不娶我，男子汉大丈夫言出必行，你怎么可以这样出尔反尔？我告诉你，我不喜欢你，也不会嫁给你！"

项昊耍赖皮："反正婚约在，你赖也赖不掉。你再敢跟沈文涛单独在一起腻腻歪歪，我就拿着大喇叭让全世界都知道你是我未婚妻！"

"你敢！"

"走着瞧！"

闹心的钱宝宝拿着吃的去后山找小狗小雨，却发现狗窝里的小雨不见了。她四处寻找，找不到，焦急地跑到沈文涛的宿舍。

宿舍里，韩旭和高美仁还在劝沈文涛主动出击，沈文涛低着头不说话。就在这时候，钱宝宝推门进来："文涛！"

三人扭头看到钱宝宝衣服湿着神情焦急地站在门口。高美仁和韩旭意识到自己几乎赤裸，吓得立刻用手挡住身体。

钱宝宝也同时发现了高美仁和韩旭半裸着身体，吓得"啊"的一声背过身去。

沈文涛快步走到门口。

钱宝宝又窘又急："文涛！小雨不见了！"

沈文涛边穿好衣服边说："别着急，我们现在就去找。"

沈文涛带着钱宝宝离开宿舍。

高美仁、韩旭看到二人离开后，才松口气放下手。

高美仁说："不知道萧教官看到多少，这下子我吃大亏了。"

韩旭放下手里的书："得了吧，都不知道被谢天娇看多少次了。"

钱宝宝把沈文涛带到后山找小雨。两个人找遍了后山，哪里都没有找到，雨丝纷乱，落在钱宝宝焦急的脸上。沈文涛搭住钱宝宝的肩膀："别担心，小雨聪明又听话，应该不会走远，我们很快就会找到它的。"

这时候钱宝宝听到了小雨呜呜的叫声，赶忙做了一个手势："嘘，你听。"

钱宝宝循声而去，扒开一堆树叶，发现小雨正躲在树叶下面瑟瑟发抖。钱宝宝开心地抱起小雨："小家伙，终于找到你了！你怎么跑到这里来了？"

沈文涛看着钱宝宝抱着小雨的样子，眼神温柔："走，我们把它送到窝里去吧！"

钱宝宝和沈文涛来到小雨的窝前，看到窝顶漏了一个大洞。

钱宝宝笑道："怪不得不肯在窝里好好待着，原来是嫌小窝漏了个大洞啊。"

沈文涛建议："不如今天就给你重新修一座豪宅。"

两人忙忙碌碌给小雨搭窝。

雨越下越大，沈文涛把外套脱下来给钱宝宝披上，钱宝宝却把外套拿下来，顶在两人的头顶，小雨挤在两人中间。两人呼吸相闻，沈文涛看着雨中钱宝宝的脸，一时失神。而钱宝宝却并没有留意沈文涛的眼神。

钱宝宝把小雨放在新搭好的窝里，说："这下好了，你可乖乖的，别再逃走啦。"

沈文涛看着钱宝宝，温柔地说："有了这么温暖的家，它怎么舍得逃。"

"谢谢你帮我照顾小雨。"钱宝宝笑着说。

沈文涛沉默了一下，说："你知道的，我想照顾的不仅仅是小雨，还有……萧晗。"

钱宝宝答应一声，转过脸来，和沈文涛面对面，鼻尖几乎要碰上，两人对视几秒，钱宝宝赶紧转过头去。

钱宝宝企图干笑几声挥去刚刚的暧昧气氛："哈哈，小雨安顿好了，我们走吧。"

钱宝宝起身要走，沈文涛拉住钱宝宝的手："别走！有些话，我想现在告诉你。"

雨越下越大，钱宝宝呆立在雨中，看着沈文涛真挚的眼神，开始有些心慌意乱，甚至有些害怕听到接下来的话。

沈文涛慢慢地说："其实我……"

这时候项昊找到后山来，看到沈文涛拉着钱宝宝的手，还有两人身边的小狗，气不打一处来。他大喊一声："萧晗！"

钱宝宝条件反射一般甩开沈文涛的手。

项昊气冲冲跑上来，一拳打在沈文涛脸上。钱宝宝连忙去扶沈文涛，沈文涛站起来，和项昊扭打在一起，两人如同两只争夺配偶的羚羊，打得难解难分。

钱宝宝慌张地劝项昊："别打了！都别打了！小雨走丢了，沈文涛是一起来帮我找小雨的！"

顾小白和杜枫，高美仁和韩旭等人也都找到这里，上前拉架。

项昊却不肯停手："沈文涛你混蛋，什么找小雨，你根本就是为了制造和萧晗单独见面的机会是不是？"

钱宝宝解释说："项昊你误会了！"

沈文涛无比镇定："是，我就是要单独和她在一起。"

项昊怒冲冲地说："那我今天要告诉你一个不幸的消息——"

钱宝宝连忙制止："项昊！"

项昊恶狠狠地对钱宝宝说："我早说过，你要敢再和沈文涛单独在一起，我就把你是我未婚妻的事说出来。沈文涛，你听清楚了吗？如果没有听清，我再说一遍，萧晗，是我项昊的未婚妻！"

在场的所有人都震惊了。

钱宝宝连忙说："项昊，你别胡说！"

"我没胡说！你告诉他们，我们萧、项两家是不是二十年前就订了娃娃亲？"

钱宝宝低着头无言以对："我……"

项昊对着沈文涛说："你看清楚了，这是我项昊的女人！你别再打歪主意了！"说罢拉着钱宝宝走开。

沈文涛呆若木鸡地在原地站着。

雨越下越大。

第二天，在军校的花园里。钱宝宝使劲挣脱项昊的手，生气地说："项昊，你到底要干吗？"

"宣誓主权而已，让沈文涛趁早死了心。"

"你怎么能不经过我的允许，就随便把我们之间的秘密说出去？"

"你是我项昊的未婚妻，这么光明正大的事干吗搞得偷偷摸摸的？"

"我不想跟你这个自大狂扯上任何关系。"

项昊坏笑："放心，已经晚了！有顾小白这个大喇叭在，到不了明天，全龙城的人都会知道，你是我项昊的女人了！"

钱宝宝看着项昊，气得说不出话来，心中也暗暗闪过一丝对于自己身份危机的隐忧。

沈文涛的宿舍里，韩旭、高美仁坐在沈文涛对面，一边观察着沈文涛，一边面面相觑。

高美仁说："老大，都民国了，什么婚约不婚约的，现在流行自由恋爱。只要你喜欢，就真刀真枪地跟项昊去抢，我支持你！"

韩旭拿胳膊肘顶高美仁："去，我们文涛哥是这样的人吗？老大，俗话说得好，'天涯何处无芳草，何必单恋一枝花？'其实，这萧晗我看也没那么好。"

韩旭冲着高美仁使眼色，高美仁会意，连忙说："是啊！没那么好啊！不就是皮肤白点，眼睛大点，笑起来可爱点，为人亲切热情点嘛，性格聪明活泼点……"

韩旭一听不对，赶紧捂住高美仁的嘴："行了行了！"

沈文涛挤出一丝笑容："你们不用安慰我，我真的没事。我真傻，难怪她那时候说当我是哥们儿。"

"什么？萧晗是项昊的未婚妻？"来托杜枫给项昊送糕点的沈文雨惊讶地大叫。

"是啊。"杜枫一边说一边拿起一块糕点。

沈文雨企图夺回来："这是我送给项昊的！"

杜枫把手一闪："你觉得还送得出去吗？"

"那之前他们为什么一直瞒着不说？"

"你哥整天盯着萧晗，项昊才着急了。"说完杜枫吃起糕点来。

"我不管，我就是喜欢项昊！"沈文雨一把把点心袋扔到杜枫怀里，随即抹泪离去。

杜枫看着沈文雨的背影摇头，糕点吃完，拍拍手，淡淡道："嗯，味道还不错。"

沈文涛心情失落地走在军校的小路上。

门房拿着很多包裹和信件迎面走来，因为东西太多，一不小心撒了一地。

沈文涛上前一步帮门卫捡东西。

门卫很感谢："谢谢啊！"

突然，一张照片从信封里掉了出来。沈文涛捡起照片：照片上是一个陌生的年轻姑娘和一个老妇人的合影，沈文涛并没仔细看照片。翻完手中的一沓信件，终于找出了漏出照片的那封信，原来是信件被水浸湿了，信封破了，里面的照片滑了出来。信封上写着"萧晗亲启"。沈文涛把照片塞回信封里，这个时候他注意到照片的背后有行小字：萧晗与萧夫人合影，摄于 1916 年元月。

沈文涛震惊，他看着照片上陌生的年轻女子。瞬间将此前对钱宝宝的怀疑一幕幕闪现在脑海中。

在与托马斯谈判的时候，钱宝宝雇了一个翻译。那时候沈文涛问过："你不是懂德语的吗？"那时候，钱宝宝心虚地回答说："装装气势嘛。别让那个德国佬觉得我们好糊弄。"

在学校后山，沈文涛曾经赞赏地说："其实我对你挺好奇的，你这人时常给我带来惊喜，这次略施小计就把龙城的两大军阀骗得团团转，看起来真不像一般的大家闺秀！"那时候，钱宝宝曾经略显尴尬地说："是我运气好。"

在调查闹鬼事件的时候，沈文涛曾经好奇地问："可是你怎么会懂魔术？"那时候，钱宝宝说："因为变魔术很多时候都是在用观众的心理做文章，所以我自己略微研究过一点魔术原理。"

在对付马一眼的时候，沈文涛曾经佩服地说："萧教官，没想到你这个整日坐在图书馆里的高级人才，能把这些军事防御技巧用得这么娴熟。"那时候，钱宝宝尴尬地笑着说："嘿嘿，博士嘛，我学贯东西，博古通今，自然是比你们懂得多些。"

沈文涛越想越震惊，他拿着信对门卫说："这封信是萧教官的，我正好要去教员室，顺便帮你送过去吧。"

门卫高兴地说："那太谢谢了，省得我再跑一趟了。"

沈文涛笑笑，拿着信向教员室跑去。

第十五章　身份泄露

教员室没人，钱宝宝赶去医院了。沈文涛急忙跑向医院。

走廊上不见钱宝宝的身影，沈文涛抓过一个护士就问："你有没有看见军校的萧教官？"

护士回答："哦，她在抽血。"

医院病房里，钱宝宝面白如纸，正在哀求薛少琪。

薛少琪坚定地说："不行，你早就到了献血额度的上限，再抽下去，你就会没命的。"

"我没关系，你再多抽一点。我多抽一点血，我奶娘活下去的希望就会多一分。求求你了，薛护士，我奶娘好不容易一直坚持到今天，眼看马上就能动上手术了，她不能在这个节骨眼上出事！"

薛少琪有些不忍心："那我可提醒你，要是继续抽血，你出现了任何意外，医院都不会负责！"

"好，谢谢你，薛护士。"

薛少琪拗不过钱宝宝，只得继续抽血。

沈文涛站在病房门口，把一切都看在眼里。

沈文涛想起与钱宝宝相处的一幕幕，心中五味杂陈。

那一次，沈文涛背着钱母的时候，钱宝宝掏出手绢，仔细给沈文涛擦了擦汗。

那一次，沈文涛凝视钱宝宝，说："每个人都有很多面，萧教官有没有兴趣来挖掘一下我身上更多的面？"钱宝宝有些害羞，忙别开脸。

那一次，钱宝宝认真地问："你相信我吗？"沈文涛认真地回答："我一直都信你。"钱宝宝说："谢谢你，一直相信我，一直帮我。"

那一次，受罚的钱宝宝脸上喜悦的笑容渐渐消失，身体软软倒下。项昊和沈文涛同时伸手去扶。沈文涛离钱宝宝更近，一个公主抱，将钱宝宝抱起。

那一次，杜枫家的院子里，项昊迷迷糊糊地拉着钱宝宝："喂，你到底对谁有意思？"钱宝宝醉醺醺地笑着说："你俩谁先干了这一坛子酒，我就对谁有意思！"沈文涛抱着酒坛子猛喝几口，实在坚持不了醉倒在地。

那一次，沈文涛说："你的出现，就像是在我的世界里打开了另一扇窗，让我看到了与众不同的别致风景。"

那一次，钱宝宝说："嗯！你是我在龙城最好的朋友，好哥们儿！"

沈文涛没有再回忆下去，他看着鲜红的血缓缓流出钱宝宝的身体，钱宝宝的脸色越来越难看，然后钱宝宝脑袋朝一边一歪，就要晕过去。沈文涛见状连忙上前一把扶住钱宝宝。

薛少琪急忙跑到门口大叫："苏医生！"

沈文涛失魂落魄地坐在自己宿舍的书桌前，信放在桌上，照片扣着放在信封上。韩旭回宿舍，跟沈文涛打招呼，眼睛就瞟到桌子上的照片，看到"萧晗与萧夫人合影，摄于1916年元月"的字样，好奇地拿起来，翻过来。沈文涛反应过来伸手一把抢过去，韩旭却已经一眼看到了照片上的年轻女人并不是军校里的这个萧教官。

韩旭很惊讶："这……"

沈文涛说："我今天无意拿到的。照片里的萧晗不是我们认识的这个。"

"什么？这么说，咱们的萧教官是假的？"

沈文涛连忙做了个"嘘"的手势，示意韩旭小点声："我现在也不是完全确定，只是怀疑。之前就好几次觉得很奇怪，也没深想过。现在想来，如果她真是冒充，那一切就有了合理的解释了。"

"如果这个是假的，那真的萧晗又在哪里？"

沈文涛摇头："我也不知道。韩旭，你爹是军需处处长，黑白两道都有关系，我想让你帮忙查查这件事儿。事关萧教官的生死，别人我也信不过。记住，这件事事关重大，一定要保密，对任何人都不能提起！"

韩旭点头："嗯，你放心。"

沈文涛不知不觉地走到钱宝宝宿舍楼下，抬头仰望钱宝宝宿舍里的灯光。突然看见钱宝宝提着一个包走了出来，赶紧躲了起来，等钱宝宝向远处走去，沈文涛不自觉地跟了上去。

沈文涛跟着钱宝宝来到学校后山。

钱宝宝看了看前后无人，从包里拿出很多祭拜用的纸钱，开始烧。边烧边难过地说："萧晗，今天是你的五七，你在那边一切都还好吗？天冷了，记得出门多穿衣服，缺点什么就托个梦来告诉我。对不起，我没跟你打声招呼就冒用了你的身份，可为了治好我娘的病，我必须厚着脸皮，昧着良心这么做。我不敢求你的在天之灵原谅我，我钱宝宝只求下辈子给你当牛做马，来报答你……"

沈文涛躲在暗处，将钱宝宝的心声，一字一句都听进了心里。

韩旭也打听到了消息，他急切地拉着沈文涛走到校园僻静之处站下，环顾左右，然后低声说："老大，你让我查的事，有一些眉目了。那个萧晗确实是假的，她的身份大有问题。"

沈文涛神色紧张起来，他努力平抚了一下心情："韩旭，你说吧，该面对的总要面对。"

韩旭无奈地叹气："简单地说，你猜得没错，咱们这个萧教官是假的。我顺着她奶娘的线索一直查，发现她的真名叫钱宝宝，是个洋马戏团的演员，之前在阳城借过高利贷，因为躲债，逃到龙城。她所说的奶娘，其实是她的亲娘，之前母女俩一直跟着马戏团辗转流浪全国各地，但从来没去过什么德国。"

沈文涛脑海中闪过钱宝宝祭奠萧晗时说过的话。

"为了治好我娘的病，我必须厚着脸皮，昧着良心这么做。我不敢求你的在天之灵原谅我，我钱宝宝只求下辈子给你当牛做马来报答你……"

沈文涛突然像明白了什么似的点了点头。

韩旭继续说："至于真萧晗到底是谁，我也调查过了，是江南的大家闺秀，留德的博士，在十几年前，由家里做主跟项昊订了娃娃亲，两人只小时候见过面，之后再没见过。我拿着这张照片，找钱宝宝来龙城的那趟火车上的乘务人员辨认过，他们说萧晗那天也在那列火车上，但是下火车的时候就没有再见过。"

沈文涛面色凝重："你的意思是说，萧晗在那列火车上失踪了？"

韩旭点了点头："我问过乘务人员，那列火车上发生过暗杀事件，曾经激烈地打斗过。后来他们在清理车厢的时候，在车厢连接处发现了血迹，不知道当时是不是有人坠车。我个人判断，萧晗应该就是那个时候受连累而坠车，生死不明。"

沈文涛想了想，说："阳城来龙城的路上，一路盘山，全是悬崖绝壁，萧晗在那个时候坠车，的确没有什么生还的希望。"

"所以，钱宝宝目睹了萧晗之死，就选择了隐而不发，悄悄代替了萧晗的身份，来龙城军校当了教官。"

沈文涛说："我想，钱宝宝应该是为了给她娘治病，才会这么做。"

韩旭担心地看着沈文涛："现在这件李代桃僵的事被我们知道了，我们该怎么办？"

"你先暂时不要对任何人说起。我还要好好想一想。"

韩旭略带担心地说："我知道你为什么犹豫。但我也想提醒你，在咱们这龙城军校，冒名顶替一定是死罪，倘若东窗事发，我们这知情不报的包庇罪也不轻啊。"

沈文涛说："我知道。韩旭，你放心，在这件事上我不会连累你。"

韩旭焦急地说："老大，我不是这个意思。这个钱宝宝也与我们朝夕相处了那么多天，要是她真的被送往刑场，不只是你，我们大家都会舍不得她。但这情理归情理，最终决断一切的还得是法。这事也许能瞒一时，但绝对瞒不了一世啊。"

沈文涛沉默不说话。

这时，钱宝宝远远地走过来，看见沈文涛和韩旭好像在说些什么，两人表情都十分纠结。

钱宝宝老远就喊："沈文涛，韩旭……"

沈文涛和韩旭一起看向钱宝宝，沈文涛表情复杂，韩旭似乎是不敢跟钱宝宝对视，神色慌张地转身跑了。

钱宝宝感觉奇怪，看了看沈文涛疲惫的脸色，问："你们怎么了？"

沈文涛摇头，说没什么事儿，然后和钱宝宝并行，他尽量平静地开口："如果我发现我的朋友违反了校规，还对我说了谎，我该怎么办？"

"你是说韩旭吗？发生了什么？"

沈文涛答非所问："我一直以为自己是一个很讲原则、黑白分明的人，可是我发现最近我变得拖泥带水起来了。"

钱宝宝想了想："嗯……虽然我不知道是什么事，但能让你沈文涛拖泥带水的事，背后一定有很大的苦衷。"

沈文涛点点头："如果换成是你，你会怎么做？"

"我会跟随我的内心！每个人心里都有一杆秤，孰重孰轻只有自己才掂量得明白。你还记得杜枫偷了校长室的钱，照顾李阿婆和孩子们的事吗？在我心里这是劫富济贫的侠义之事，但是我知道，依你沈文涛的原则，只要是偷盗就是大错特错。"

沈文涛自嘲地笑笑："也许是我太不近人情了吧。"

"其实你并没有你自己想得那么不近人情，否则你最后就不会在关键时刻帮他了。"钱宝宝说。

沈文涛脱口而出："那是因为我不想你被冤枉。"

钱宝宝真诚地说："谢谢你。"

沈文涛问："其实我一直想问你，你那么想留在军校，当时李继洲以你能否通过试用期要挟你查出真相，可你为什么还是没有揭发杜枫？"

钱宝宝感慨说："这就是我心里的那杆秤吧，很多事情，看起来有很多种解决办法。可对于走投无路的人来说，却只有铤而走险一条路而已。就像行走在钢丝之上，明知道步步艰险，掉下去就会被摔死，可也还是要硬着头皮朝前走。"

沈文涛深深地看向钱宝宝的眼睛，这时，响起了上课铃。

钱宝宝催促沈文涛："好了，快去上课吧。你跟韩旭可是铁哥们儿，哪天出去喝顿酒，把话说开了就好。"说完转身走了，沈文涛站在原地看着钱宝宝的背影，良久未动。

校长室里，李继洲不无担心地说："天翰，最近你和薛少琪走得有点近啊，可千万不要因为她误了集英战队的正事。"

李天翰说："爹，你误会了，最近我发现有点控制不住薛少琪，也不知道萧晗给她灌了什么迷魂汤，上次她还和我说不想总是生活在仇恨中，想把往事放下。"

"这枚棋子可以让很多事事半功倍，可不能丢了。"

李天翰点头："我明白，所以我决定给她加点猛料，让她对我死心塌地。"

"小心点，别露出马脚。"

李天翰笑了一下："你放心吧，我已经把一切都安排妥当了。"

这一天，薛少琪穿着一袭素衣，准备了鲜花和果品，装在篮子里，走在去上坟的路上。一个流氓埋伏在草堆里，看到薛少琪走近，突然跳出来拦住她。

薛少琪紧张地问："你要做什么？"

流氓淫笑着："听说你是薛少华的妹妹？"

"是，你是谁？"

流氓不怀好意地走近薛少琪。

薛少琪害怕地不停地退："你要干吗？"

流氓突然拉住薛少琪，把她按在地上，扒她的衣服，薛少琪不停地挣扎："不要！……救命！"

空谷中，只有薛少琪凄惨的求救声。

薛少琪满脸泪痕，衣衫不整地躺在草堆里，满眼的绝望。流氓已经穿好衣服站在薛少琪身边："小妹妹，当年你哥哥为了项昊，打折了我们老大一条腿，我们是没法找项昊报仇了，只能找到你了。谁叫你哥死了，项昊他还活着呢，哈哈哈……"

薛少琪痛苦地流泪，捡起一块石头，拼命地去砸流氓。流氓闪开，得意扬扬地走了。薛少琪瘫在地上大哭。

薛少琪失魂落魄地来到墓前，看到李天翰在坟前祭拜。

"少华！你在下面还好吗？会不会觉得孤单寂寞？可是当年害死你的人至今还逍遥法外。少华，你走得轻松，可是你把痛苦都留给了活着的人。我每天都在想念你，可是你再也不会回来了。少华，你是我今生唯一的朋友，可是我却什么都做不了。"

薛少琪走到李天翰背后，李天翰转过头来。

李天翰震惊："少琪，你……你怎么了？！"

薛少琪绝望地跪坐到李天翰身边，放声大笑，又放声大哭："哥，你看看我！你怎么忍心走！你怎么忍心留我一个人活着！"

李天翰脱下自己的衣服，披在薛少琪身上，发现她浑身发抖。

"少琪？是谁？告诉我！我帮你报仇。"

"天翰哥……"薛少琪忍不住大哭，扑进李天翰怀里。

"没事了，没事了，我帮你报仇！一切伤害你和你哥哥的人，我都不会让他们好过！"

薛少琪离开李天翰的怀抱，看着墓碑："哥，你知不知道我们现在过得有多艰难，自从你死后，什么人都来欺负我。现在，我连活下去的勇气都没有了，哥，你等等我，我这就来找你！"

薛少琪想向墓碑撞去，被李天翰一把拦下，抱住。

"你放开我！让我死吧。"

"少琪！你不能死！害死你哥哥的人还活着，凭什么他们每天生活得逍遥自在，而你却要遭受这么多的苦！凭什么！这一切的错都不在你！是项昊！是沈文涛！他们枉为你哥哥的兄弟！他们替你哥做过什么吗？替你做过什么吗？"

薛少琪脑中闪过流氓的话："小妹妹，当年你哥哥为了项昊，打折了我们老大一条腿，我们是没法找项昊报仇了，只能找到你了。谁叫你哥死了，项昊他还活着呢，哈哈哈……"

李天翰拍着薛少琪的肩膀："少琪，你必须活下去，必须给你哥哥报仇，必须让伤害过你们的人付出代价。别怕，从今以后我就是你的依靠，我会保护你，让你不再受到任何伤害。"

项昊和顾小白有说有笑地从校园里走过，勾肩搭背。薛少琪躲在一处角落，看到项昊和顾小白，露出愤怒的表情，捏紧拳头。

李天翰出现在薛少琪身后："少琪？你在看什么？"

"当年我哥哥也和他们这么形影不离吧？天翰哥，我要让他们付出代价！"

李天翰脸上难掩的喜色一抹而过："好，我帮你。"

食堂里，学员们排队打饭。李天翰正好排在项昊前面，两人前面还有几人。薛少琪和两个同事走进食堂。李天翰和薛少琪不动声色地对了个眼神。

轮到李天翰取餐，李天翰悄悄瞥了一眼盘子里的粥。

这时钱宝宝抱着一叠厚厚的教材走进食堂，吃力地把教材放在椅子上，才去排队。项昊看到钱宝宝，对着钱宝宝吹了声口哨，钱宝宝给了项昊一个白眼。

李天翰趁项昊给钱宝宝抛媚眼的时候，偷偷往项昊那份粥里放了点药。

项昊被钱宝宝丢了一个白眼，回头把火发到李天翰身上："你好了没啊，磨磨蹭蹭的。"李天翰迅速端起自己那份饭离开，项昊按顺序拿食物，正好拿起李天翰下了药的那份粥。

沈文涛正埋头吃饭，项昊拿着餐盘站到了他身边。

项昊对沈文涛喊了一句："喂，让让！"沈文涛不情愿地端着盘子往里错了错。

薛少琪和同事在另一处桌子边坐下，看着项昊顺势坐在了沈文涛腾出来的位置上。

项昊和沈文涛边吃边吵起来。

"项昊，你又有什么事儿？"

项昊咬了一口包子："就是提醒你，我项昊的东西，你沈文涛别想抢走！"

沈文涛看了钱宝宝一眼："你说的是萧晗？"

"你明白就好了。这不是奉劝，这是警告！"

沈文涛点头吃饭，慢慢地说："你最好离萧晗远一点，你根本不了解她，你的靠近，只会给她带来伤害。这也不是奉劝，是警告！"

项昊气得把筷子"啪"一下往桌子上一拍："沈文涛，你什么意思？我的女人，轮得到你来对我指手画脚？亏你还是个男人，兄弟妻不可欺啊！你读那么多书全读到屁股里去了吧？"

听到动静，大家都抬眼看项昊，又去看钱宝宝。

钱宝宝正在吃早饭，听到项昊和沈文涛的对话，抬头发现大家都在看她。钱宝宝尴尬地用手挡住脸。

沈文涛说："我不是欺她，我是帮她，也是帮你！"

"鬼才信你！"

项昊吃了一口粥，皱眉道："这味道怎么怪怪的？"

薛少琪一直盯着项昊看，看到项昊喝了粥，才把眼神移开。

沈文涛已经吃完："我再好心提醒你一句，吃饭时间还有 5 秒。"

项昊不想再喝那粥，把剩下的半碗倒进沈文涛碗里。

"你！"

项昊得意地看着沈文涛。这时，刘天宇吹哨。沈文涛立刻把碗里的粥全喝掉。

所有人放下碗筷。

项昊和沈文涛放下碗，两人各自看对方不顺眼。

刘天宇高声对学员说："今天由我代替欧阳教官给你们上野外生存训练课，训练

213

重点是攀岩技术。十分钟后，训练场集合。"

项昊起身离开，沈文涛也站起来，两人继续眼神较劲。钱宝宝也站起来走了，因为着急，离开时把自己的教材留在了座位旁。

薛少琪一直磨蹭着等大家都走了，才放下筷子。见同事在等她，连忙对同事说："你们先走吧，我还有点事。"

食堂内，学员已经走光了，只剩下了一桌子的餐盘碗筷。

出了大门没走多远，钱宝宝发现自己没带材料，一拍脑袋赶紧往回走。钱宝宝一进食堂，就发现薛少琪鬼鬼祟祟地拿起项昊和沈文涛的碗。钱宝宝赶紧躲到门后面，皱着眉头看着薛少琪。只见薛少琪焦急地朝水池走去，把两个碗都洗得干干净净，才松了一口气，露出一丝冷笑。

钱宝宝心里说：这是项昊和沈文涛的碗，难道……想到这里，钱宝宝拔腿就跑。

学员们站在悬崖边，刘天宇正在授课："攀岩是野外生存训练中的必修课，它不仅考验胆识和体能，更考验技巧，关于其中'抓、扣、拉、推、张、蹬、跨、挂、踏'的基本要领，刚才我已经讲过了，下面大家就分组实践一下。顾小白，韩旭，你们两个平时身体素质比较弱，尤其是上肢力量，你们两个先来，我跟着你们。"

刘天宇、顾小白和韩旭系好安全绳，开始往下滑降。刘天宇滑到一半，抬头一看，发现顾小白的腿绷得过直，导致脚底下不稳。他开始训话："顾小白，不记得我刚才讲的动作要领了？重心降低，双腿适当弯曲，接触岩壁的时候保持腿部的灵活和弹性，两脚同时接触岩壁，不要增加手部负担。"

顾小白本来就稍有紧张，刘天宇一说，他更是脚下一滑，死死抱住石壁。

刘天宇生气地说："胆子大点儿，别像个娘们儿一样，有什么好紧张的，我在下面保护你，你体会一下动作要领，慢慢来，一步一步下来。"在刘天宇的帮助下顾小白继续往下。

坡顶，项昊和沈文涛还在斗嘴。

项昊挑衅地说："沈文涛，攀岩你绝对不是我的对手！我五岁就徒手爬到你家房顶撒尿了，你五岁的时候还在背唐诗三百首吧？"

项昊走到沈文涛面前把上衣一脱，露出了紧身训练服。

沈文涛也毫不犹豫，在项昊面前把衣服一脱，甩在一边。

"项昊，那你一定不记得，那次你尿完我家房顶，我就把你给狠狠地揍了一顿吧！"

杜枫和高美仁把安全绳递给项昊和沈文涛。

杜枫提醒他们："两位请系好安全绳。"

项昊拿起安全绳："沈文涛，要不咱们玩点刺激的，今天不系绳子如何？"

"随你便。"

杜枫吃了一惊："项昊，这可不是开玩笑的，万一有什么事怎么办。"

高美仁也对沈文涛说："老大，你别听项昊的。这太危险了。"

"沈文涛，你要是害怕可以把绳子系上，我不介意。怂就怂点，总比丢了命好。"

沈文涛一言不发，返身就站到了岩壁下："话这么多，还不开始！"

项昊看着大家说："喂，兄弟们，今天我就跟沈文涛一较高下，待会儿不管出现什么情况，谁都不许打扰我们两个！"

杜枫看着秒表，喊："开始，计时！"

悬壁上，项昊和沈文涛全都感到眼前一阵发黑。头晕、恶心、四肢无力的症状已经越来越严重。两人已经无力再往上爬了，只能死死抓住岩壁。

沈文涛看了一眼项昊，发现项昊的症状完全跟自己一样。沈文涛说："项昊！别动！"

项昊强撑着："别动？那是要等着你超过我吗？"

"你有没有觉得突然头晕眼花、四肢无力？"

"是有点，那又怎么样？"

"我们两个都中毒了。"

项昊冷笑："你是故意要让我输才这么说的吧？"

项昊集中全部力量向下艰难地走了一步，却脚下一滑，没有踩稳，幸好他死死抓住了一块突出的石头。

山坡上，杜枫、高美仁正纳闷地看着崖壁上的两人。

杜枫说："这不是他们平时的水准，两个人这是怎么了？"

"是不是太累了，停下来先歇会儿？"

钱宝宝箭一般冲到队伍前面。杜枫和高美仁好奇地看着钱宝宝的突然出现。

高美仁问："萧教官，你怎么来了？"

钱宝宝没有回答高美仁，紧张地看着岩壁上的项昊和沈文涛。她着急地对杜枫说："为什么明明有安全绳却不系？"

杜枫不方便透露："这……这个……"

钱宝宝一把抓过安全绳绑在自己身上："你拉着点，我下去救他们！"

高美仁阻拦："萧教官，你这太危险了。"

钱宝宝命令道："杜枫，你跟我一起下。"

没等杜枫和高美仁反应过来，钱宝宝已经灵巧地顺着岩壁爬下去。杜枫也连忙系上安全绳爬了下去。

项昊扒住最近的一块岩石，艰难地稳住身形。

沈文涛、项昊上方，钱宝宝和杜枫一前一后地快速接近两人。

此时，沈文涛已经逐渐快要丧失意识，他脚下一不小心蹬空了，脚上被严重擦伤，只剩下一只手死死趴住一块石头。项昊想要去伸手拉沈文涛，却已经使不出丝毫气力。

刘天宇也发现项昊和沈文涛出了问题，已经向两人爬来，但无奈离两人太远。

钱宝宝爬到离项昊和沈文涛差不多近的位置，却发现一边沈文涛的情况更糟糕，而杜枫已经离项昊很近，于是她连忙向沈文涛靠近。

沈文涛的身体一点点地下滑，此时他只有用手指抠住岩石了，他的眼中露出了绝望的神色，渐渐闭上眼睛。

钱宝宝大喊："沈文涛，千万别松手！"

沈文涛实在坚持不住，突然掉了下去。千钧一发之时，钱宝宝干脆放手，向着沈文涛的方向用力往下跳去。沈文涛在下落，坠地前，钱宝宝在空中拉住了沈文涛的手。

项昊也最终体力不支，放开了手，杜枫一把抓住项昊的手。

坡顶，高美仁用了巨大的力气，猛拉绳子，终于拉住。

项昊身后，赶来支援的欧阳飞一把将项昊托住，杜枫给项昊系上绳子。

钱宝宝和沈文涛悬浮在空中。沈文涛抬头看钱宝宝，钱宝宝的发丝随风摆动，逆着光线看起来像个仙女。沈文涛看呆了。钱宝宝松了一大口气，露出一丝微笑："还好，我抓住你了。"沈文涛也露出微笑，他拼尽最后一丝力气说："谢谢……"

虚弱的项昊嫉妒地看着空中钱宝宝拉着沈文涛不放手的情景。终于，钱宝宝转过头来，也担心地看了项昊一眼。

项昊和沈文涛分别躺在一间病房的两张病床上，此刻都累得睡着了。苏锐分别给他们两人做了检查。

钱宝宝非常担心："苏医生，他们到底怎么了？"

"他们应该是服用了大剂量的氯仿，这种药物气味微甜，混入食物中往往很难被发现。其作用主要是控制人的中枢神经，使人头痛、头晕、恶心、呕吐，甚至神经紊乱、陷入昏迷。虽然氯仿一般不会直接导致人死亡，但如果在服用氯仿之后，去做高强度的体能训练，那就真的是九死一生了。这次他们能幸运脱险，全都归功于你能及时发现情况，及时送医。"

"那他们现在情况怎样？"

"我已经替他们采取了急救措施，也洗过胃了，现在没事了，他们应该很快就能醒来。"

"谢谢苏医生。"钱宝宝突然想起什么，问："哦，我还想问问，你说的这种氯仿，在哪里可以买到。"

苏锐皱眉："这种麻醉剂都是经过严格控制的，一般的药店没有售卖，即使是在我们这种规模的医院里，也不是每一个医生护士都能接触得到。"

钱宝宝保证说："苏医生，这件事情就交给我，我会负责跟军校反映的。"

苏锐答应着："需要我配合做什么，只管告诉我。"

钱宝宝走出病房，顾小白、韩旭、高美仁、杜枫围了上来。杜枫问："萧教官，到底出什么事了？你怎么知道项昊和沈文涛中了毒？"

钱宝宝神色严肃地告诫他们："这事别再声张了，回头再跟你们解释，我现在还有更重要的事要办。你们留在这里好好照顾他俩。"

沈文涛从床上醒来，看到项昊在一边沉睡，起身爬下床，走出病房。

沈文涛坐在长椅上，沈文雨泪眼朦胧地跑过来，冲到沈文涛怀里。

沈文涛安慰她："你看我不是好好的嘛，你就别多愁善感了，你哥我命可大着呢。"

"你好端端的怎么会从山崖上掉下来的，我问韩旭和高美仁，他们都支支吾吾说不清楚。"

"嗨，都怪我们太自信，为了逞一时威风没系安全绳，结果脚下没踩稳，就掉下来了。"

"以后可不许你这样了！"

"放心吧，我的好妹妹。"

抹了一把眼泪，沈文雨不哭了："不过我也听说了，今天可是上演了一出美女救英雄的好戏啊。你和项昊同时坠崖，萧晗选择了先救你，而没有先救项昊？"

"你想说什么？"

"哥，两个人同时遇到危险，到底救谁，这是一个古老而无解的选择题。既然萧晗用行动给出了答案，就说明她喜欢的是你！哥，而你也早就喜欢上她了，不是吗？"

沈文涛沉默。

沈文雨笑了："默认了吧！"

沈文涛像是说给沈文雨，又像是说给自己听："其实我已经纠结很久，到底要不要靠近她，但是现在，我已经做出了决定。所以未来不管遇到什么困难，我都决定和她一起面对，以后的日子，我会一直保护她。"

沈文雨很高兴："其实我早就看出你喜欢萧晗。你只是不敢承认。看来今天这场美女救英雄，来得还真及时，这下你可下定决心了吧。"

"我下定决心了，你又高兴什么？"

"我当然高兴。知道你们两情相悦，那就没项昊什么事了，那纸婚约我看也可以当废纸烧了。这样我跟项昊之间就没有阻碍了！"

沈文涛坚定地说："你和项昊不可能在一起，项昊就是个定时炸弹，我不能让你有任何危险。"

沈文雨不高兴了："哥，我不许你这样说项昊，他迟早是你妹夫，你干吗把他说得跟洪水猛兽似的。不过嘛，看住萧晗的重任我可就交给你了！我们兄妹联手就可笑傲情场了！"

"既然如此，那你以后也好歹得给老哥几分薄面，不要再找萧晗的麻烦了。"

沈文雨笑了："只要她不再是我爱情路上的绊脚石，我自然不会跟她过不去。你放心吧。"

钱宝宝不耐烦地在手术室门口等薛少琪。

手术结束，护士们陆陆续续出来，薛少琪走在最后出来。钱宝宝一脸愤怒地把薛少琪拉走。

薛少琪问："你干吗？！放开我。"

"少废话，跟我来。"

钱宝宝把薛少琪带到一个隐蔽的角落，低声问："薛少琪，你知不知道，你今天差点要了项昊和沈文涛两个人的命？"

"我听不懂你在说什么。"

沈文涛散步路过，正好偷听到两人对话。

钱宝宝说："别以为我不知道，你在项昊和沈文涛的棒糁粥里下了毒。"

薛少琪冷冰冰地说："你有什么证据这样污蔑我？"

"薛少琪，我不去告发你，不是因为没有证据。若要人不知，除非己莫为。我没去告发你，是因为沈文涛和项昊，看在你哥哥的情分上，不想伤害你。"

薛少琪哼了一声："看在我哥的情分上？说得好听，他们对我哥哥有什么情分？我哥哥死了，他们还开开心心地活着，你和我谈情分？"

"他们心怀愧疚了这么久，为你做了这么多，不就说明他们心中有你哥吗，你还要他们怎么样？"

薛少琪冷冷地说："心怀愧疚？我怎么没看出来？萧晗，我告诉你，我一定要让害死我哥哥的人，付出代价，血债血偿！"

钱宝宝耐心地说："可是项昊和沈文涛并不是害死你哥哥的人，你哥哥的死是个意外！"

薛少琪非常痛苦地说："我只知道，我哥哥死了，可他们两个却还好端端地活着，生死一线的时候，号称是他朋友的人，面对他的死亡却选择了袖手旁观。那次演习，我哥本来是不想去的，是项昊硬拉着他去的，要不是项昊，他就不会去参加演习，也根本不会死！你知道吗？我哥哥走后，我和我的家人都过着什么样的日子，你以为我还想活吗？现在我活下去的唯一念头，就是让伤害过我们的人付出代价！"

钱宝宝看出些许不对劲："你怎么了？你是不是有什么苦衷？"

"你不会明白的。随着时间的过去，他们会渐渐忘掉过去的伤痛，但这些苦，却会在我身上越来越深刻。"

钱宝宝非常安静："薛少琪，我明白你的痛苦，但你不能把你的痛苦，迁怒到无辜的人身上。我好心提醒你一句，你内心的仇恨之火早晚会烧毁你自己。"

薛少琪发怒："少来假惺惺的一套！你只在乎项昊和沈文涛。"

钱宝宝说："我承认项昊和沈文涛是我在军校里最在乎的两个人。但我也希望你能放下仇恨，能够解脱。如果你屡教不改，那我也不会再手下留情！"

不远处，沈文涛心里非常感动。听到钱宝宝说自己和项昊都是她最在乎的人时，又神情复杂。

第十六章　爱意浮现

钱宝宝和薛少琪分开，转身看见沈文涛站在自己的身后："你醒了？怎么不在病房休息？"

沈文涛说："我已经没事了。谢谢你救了我。"

钱宝宝迟疑地说："刚才我和薛少琪说的话你都听见了？"

沈文涛点点头，然后他慢慢地说："有一件事我求你必须答应我，不要把薛少琪下毒的事说出去。"

钱宝宝不太同意："薛少华的死是意外，人死不能复生，你和项昊也该走出那段阴影了。你们的沉默，对薛少琪就是纵容，再这么放任不管，下次她会做出更过分的事情。"

沈文涛点点头："我以后一定会小心的。其实，我想问你，刚才我和项昊同时身处险境，你为什么选择救我，而不是项昊？"

钱宝宝并没十分在意："因为那一刻，你的情况更加危急，更需要救援，所以我选择了你。"

沈文涛看了看钱宝宝，神情坚定中带着温柔。

钱宝宝突然想起来："欸，你的腿伤怎么样了？快坐下，让我看看。"

钱宝宝把沈文涛按在一边的椅子上，自己蹲在一边俯身看沈文涛脚上的伤口。

阳光给了钱宝宝一个温柔美好的光晕。

沈文涛情不自禁，趁着钱宝宝低头的工夫，轻轻俯身，把头凑到钱宝宝的头上。沈文涛在这样一个谁都没有察觉到的时机，悄悄地展露了自己对钱宝宝的感情。

沈文涛在心里说：今天的事，也许是天意，既然你在最后一刻没有放弃我，那我也永远不会放弃你。我发誓，从你选择救我的那一刻起，我也决定选择了你，我会一辈子保护你，永远不放手。

项昊从病床上醒来，坐了起来。沈文涛正好回到病房。

项昊没好气地说："你来干吗？"

沈文涛爱理不理："我回我自己的床。"

项昊气愤地说："学校是穷疯了吗？就不能给我们安排两间病房？"

沈文涛在自己的床上背对着项昊躺下："你搬出去住更好，方便我和萧晗说话。"

项昊转身看沈文涛："她要来也是来看我，你这个第三者。"

"萧晗喜欢的是我。"

"你要不要脸？你哪来的自信？"

沈文涛说："你没看到她今天救我没救你？"

项昊大声说："那是因为你离得近！"

沈文涛得意地说："刚才她来看过我了，对我关怀备至，刚刚才走。"

"我不信！"

沈文涛盖上被子准备睡觉："不信拉倒。"

项昊跳下床，扑到沈文涛面前，用被子罩住沈文涛的头，劈头盖脸就是一顿打。

沈文涛恼怒地挣开被子，抓住项昊的手："你疯啦？"

项昊说："你敢抢我的女人，今晚别想睡觉！"

沈文涛一甩手："你自己疯去吧！我今晚就出院！"

得知沈文涛和项昊都无大碍，李继洲觉得十分惋惜："可惜啊，又差一步，煮熟的鸭子又飞了。"

李天翰也很气愤："都怪那个萧晗，每次总能在关键时候出来搅局。"

李继洲气愤地说："他项邵达也真是懂得如何挑选儿媳。"

李天翰眼里充满杀气："我看项昊和沈文涛也没几天好快活了，总有一天我会把他们都除掉。"

李继洲很担心："那个下药的薛少琪，她会不会把你给供出来？"

李天翰很有自信地露出一丝阴笑："放心，她绝对不会！我现在是她最信赖、最亲近的人。"

项昊躺在病床上呼呼大睡。钱宝宝站在门口，看见项昊睡得正沉，没有打扰，一个小护士经过，跟钱宝宝打招呼。钱宝宝把小护士拉到一边低声说话。

"项昊的情况不好吗？怎么沈文涛都要出院了，他还住在医院里。"

小护士说："苏医生说他也没事了，可以出院。我也不知道为什么，他一直赖着不肯出院。估计是为了逃避训练，多偷点懒吧。"

钱宝宝放心地点点头："哦。谢谢你。"

不远处沈文雨提着保温瓶来看项昊，看见钱宝宝在打听项昊的情况，一脸的关心表情，心中不爽。她怒气冲冲地跑来拦住钱宝宝："萧晗，我问你，你一边勾搭我哥哥，一边又来项昊这儿惺惺作态，到底什么意思？"

"沈文雨，你怎么说话这么难听？项昊和沈文涛都是我的学生，学生病了，我关心一下，有错吗？"

"虚伪。你这分明是脚踏两只船，这山望着那山高，一边把我哥哥迷得晕乎乎的，一边背着我哥哥勾搭项昊，你就是水性杨花，不检点。"

钱宝宝沉下脸来："沈文雨，你太过分了。我再说一遍，我和项昊、沈文涛都只是好朋友，虽然我没必要向你解释，但是我希望你不要无理取闹。"

"我无理取闹？我哥哥对你那么好，你好意思辜负他吗？我还要警告你，项昊是我沈文雨的，你不要吃着碗里的还惦记着锅里的。"说完气呼呼地推开钱宝宝跑掉了。

钱宝宝愣愣地站在原地，自言自语道："这丫头，花痴病说犯就犯，改天也得让苏医生好好瞧瞧你这疑难杂症！"

项昊叫嚷着换到了单人房，把被子盖上掀起，掀起又盖上："我住院这么大个事儿，萧晗怎么还没来看我？"

顾小白刚刚和项昊说了下毒的事，也说了钱宝宝的要求。没想到项昊根本没理那个茬儿，反倒耍起了小孩子脾气。

见顾小白没说话，项昊继续愤愤地说："你说，有她这样当未婚妻的吗？我和沈文涛一起出事，她竟然理都没理我，跑去救沈文涛。现在我都在医院住了那么久了，她又跟我玩躲猫猫。小白，你去告诉萧晗，她要是不来探望我这个未婚夫，我就把医院住穿了！"

这时，沈文雨拎着一保温瓶鸡汤推门进来。放下保温瓶，沈文雨故意说："昊哥哥，我来探病了。同样是坠崖受伤，我哥那边有萧晗嘘寒问暖，你这里却冷冷清清，不过，还好有我。瞧，我给你带了鸡汤。"

项昊立刻躺下，蒙头盖上被子："我身体不舒服，谢谢，不送。"

沈文雨站着不走，继续煽风点火："我看你是心里不舒服吧。我哥已经亲口对我承认，他跟萧晗两情相悦。你啊，哪儿凉快哪儿待会儿去，别打扰人家。"

项昊立刻弹着坐起来："沈文雨，带着你的鸡汤，现在就给我出去！"

沈文雨看见项昊大发脾气，满脸委屈地看着顾小白，眼中含泪。顾小白拎起保温壶，拉着沈文雨走出病房。

沈文雨哭着走出医院大门，碰巧被想去医院的杜枫撞见。杜枫望着伤心的沈文雨，愣了一下，转身跟过去。

沈文雨跑到花坛边，打开保温瓶盖子，就要用鸡汤浇花。杜枫冲过来，一把抢过保温瓶。

"干吗，想用热汤把花都浇死啊！"

"我看到这鸡汤就一肚子气！"

杜枫说着仰起脖子就把鸡汤一饮而尽。喝完，还称赞了一句："味道真不错。好了，我喝完了，这回你不用生气了。"

沈文雨还是气呼呼地说："杜枫你说，那个萧晗到底有什么好？凭什么项昊和我哥都对她情有独钟？"

"萝卜白菜各有所爱，项昊和沈文涛都喜欢萝卜，但这世上也有人喜欢白菜啊！"

沈文雨倔强地说："我不管什么萝卜、白菜、土豆的，我就只喜欢项昊！"

听完沈文雨的话，项昊一个人生闷气，顾小白又推门进来。嬉笑着走到项昊跟前，把刚才自己看到的爆炸性新闻告诉项昊："昊哥，最新消息！谢天娇恋爱了，她爱上了苏大夫！"

项昊瞪着顾小白："你说这些花边新闻的时候，能注意一下时宜吗？"

顾小白连忙收起笑容："哦，那刚才周护士告诉我，说萧教官今天来看过你了，还很是关切地询问了你的病情。"

项昊有点不相信："那她为什么不进来看我？"

"这不是很好理解嘛，你是个病人，她不忍心打搅你休息，所以在默默地关心完了你之后，又默默地离去了。"

项昊稍微放松后又突然紧张起来："那刚才沈文雨那话，又算什么意思？"

"沈文雨的话能作数吗？你又不是不知道，她和萧晗现在是情敌关系，这女人之间的关系可微妙了，旧时候那些嫔妃钩心斗角、诬陷、下毒、扎小人啊……"

项昊说："打住，扯远了啊！"

"我的意思是，基于沈文雨和萧晗的关系，她说的话你就左耳朵进右耳朵出就行了，你能指望你的敌人对你手下留情吗？"

项昊点头："有道理。小白，收拾东西，出院回军校！"

钱宝宝一个人坐在寝室里，忽然想起薛少琪对她说的话："你知道吗？我哥哥走后，我和我的家人都过着什么样的日子，你以为我还想活吗？"

钱宝宝满脸愁容，轻声叹气。

沈文涛在宿舍里看着韩旭递给他的鸡汤，没有丝毫反应。

韩旭叹了口气："老大，你想清楚了？你这是给自己选择了一条布满荆棘的险路。"

沈文涛点头："我明白。我这一步踏出去，就打算从此与她共进退。只要还有时间，就还有想出办法的机会。我已经决定了，从今往后，就由我来守护她。"

韩旭为难地说："你难道看不出来钱宝宝和项昊郎有情，妾有意吗？而且，萧晗是项昊的未婚妻，虽然咱们眼前的萧晗是个假的，但在外人眼里，你这么做，也算是不仁不义。"

沈文涛说："谢谢你的提醒，但我一定要阻止他们。钱宝宝不能跟项昊在一起，她越接近项昊，只会让她的身份曝露得越快。项昊的爱，会让钱宝宝受伤，甚至是死无葬身之地。"

"那你就不怕自己会受伤？"韩旭问。

见沈文涛沉默，韩旭说："老大，你去吧，做兄弟的支持你。大家都说你冷静稳重，处事谨慎，可这次，你真的是遇上了让你阵脚大乱的人。"

沈文涛穿好衣服，把鸡汤给钱宝宝送去。钱宝宝下楼来接鸡汤的时候，换了便装。

沈文涛问："你这是要出门吗？"

钱宝宝点头："鸡汤回来再喝。我想去薛少琪的家里看一看，不过我好像不太认得路，要不你跟我一起去吧。"

沈文涛点头，笑着说："有当护花使者的机会，我当然乐于从命。不过，你怎么突然想起要去看薛少琪呢？"

钱宝宝说："其实，我是有点担心她。我总是一味指责她不该对你们进行报复，却没看见她全家承受痛苦的一面。"

沈文涛感动地说："谢谢你。为我们、为少琪想得这么周到。"

薛家门口冷冷清清，薛母面前摆着个零钱盒，呆呆地坐在店铺门口，双眼接近失明，眼中无神。小混混趁不注意，拿起钱便走，薛母没发现。沈文涛带着钱宝宝来到薛少琪家门口，正好看到小混混拿钱的一幕。

钱宝宝喊了一句："哎，那个人怎么偷钱啊？"

沈文涛和钱宝宝焦急地来到薛母面前，发现薛母竟然是半盲的，震惊地说不出话来。薛母仔细打量他们，发现沈文涛穿着军服，突然激动起："儿子？儿子！"说罢一下子扑到沈文涛怀里，大哭起来："儿子！我的儿子！你可回来了！"

沈文涛扶起薛母，慢慢地说："薛大娘，我是文涛。"

薛母震惊地抬头仔细看沈文涛的脸："文涛啊……我的儿子死了，我的儿子死了！"

钱宝宝连忙劝她："大娘，你别哭，我是军校的教官，也是少琪的朋友，我们来看看你。"

薛母尴尬地抹眼泪："哦，你们快进来坐坐，少琪她还没回来。"

薛母把钱宝宝和沈文涛拉进屋，看到薛家家徒四壁，十分心酸。

薛母歉意地说："我这里什么都没有，没法招待你们，对不住啊。"

钱宝宝和沈文涛把薛母扶着坐下。薛母不肯放开沈文涛的手，又怔怔地盯着沈文涛的袖口看，摸着沈文涛的袖口，边流泪边微笑。

"军校又发新制服啦，真好，我的儿子好帅啊。"

沈文涛不忍心戳穿，和钱宝宝对视了一眼。沈文涛蹲下来抱住薛母，薛母心满意足地微笑着，享受哪怕片刻母子团聚的幸福。

沈文涛想到往事，轻轻地说："对不起。"

薛母的思绪回到现实，温柔地放开沈文涛："你们都是好孩子，不是你们的错。"

钱宝宝心酸地哽咽："大娘，这一年你们就这么过日子吗？"

薛母叹着气说："是啊，自从少华走了，我家老头子就瘫痪在床上。虽说有个水果摊，可都是少琪在照料，你们也看见了，我眼睛不中用，看不了秤的，也算不了钱，少琪总是不让我忙活，说怕被占便宜，其实她是怕我累着……不说这些了，你们先坐会儿吧，一会儿少琪就回来了。"

钱宝宝含着泪说："大娘，我们不坐了，我们走了，下次再来看你。"钱宝宝夺门而出，眼泪再也忍不住地掉下来。

沈文涛也沉默，默默地掏出手绢帮钱宝宝擦眼泪。

钱宝宝哽咽了一下，说："我没想到，他们家的日子竟然这么苦。"

沈文涛难过道："是我的错，薛少华死了，我因为内疚，一直不敢面对他的家人，一年多了，没想到他们全家过得这么惨。不过，你怎么知道薛家会有麻烦呢？要不是你提议来薛家看看，我还蒙在鼓里呢。"

钱宝宝说："可能是因为我经历过苦难，体验过绝境吧，所以对别人的困难也比较敏感。"

项昊等在军校职员宿舍楼下，却见沈文涛和钱宝宝一边说着话一边走来。项昊连忙一闪，躲到了一边的树丛里。

钱宝宝跟沈文涛告别，走进军校职员宿舍。沈文涛正欲往回走时，却被项昊拦住。

项昊怒瞪着沈文涛："我在这儿等了我未婚妻一晚上，结果却看见她跟你在一起。沈文涛，你到底想怎么样？"

沈文涛说："我想光明正大地跟你争。"

"好，你的挑衅我全部收到，既然你要自取其辱，那我只好奉陪到底！"

沈文涛也说："好啊，集英战队的选拔马上就要开始了，我会在情场和战场上都打败你！"

虽然嘴上很硬，但是一听说有军事理论考试，项昊就十分不安，何况钱宝宝还在学员大会上宣布明天摸底考试。

提心吊胆的项昊第一次到图书馆里埋头念书。顾小白在杜枫的指挥下把桌下一大堆资料搬起来放在桌子上。

杜枫说："项昊，喏，这是你离开一年落下的课程。我和小白都替你攒着呢。"

项昊震惊地看看顾小白和杜枫："我一年 364 天都没有复习，要考试了，就学一个晚上能管用吗？"

杜枫、小白面面相觑，真诚地摇头。

项昊想起什么："听说沈文涛每次军事理论考试都是第一名？怪不得昨天这小子还给我下战书呢，原来早就知道了要比的是军事理论，阴险哪！可我要是输给他，面子上也实在是太挂不住了。"

顾小白摇头摇得更厉害了："老大，你没事吧？考军事理论，你还想跟沈文涛争高下？"

杜枫也摇头："要是你们比的是军事理论，你还不只是输给沈文涛那么简单，应该会兵败如山倒。"

顾小白掰着手指头，补充道："溃不成军、落花流水、一塌糊涂……既然如此，看来我们只能铤而走险了。"

项昊惊喜："有险路捷径？"

"没路也要劈出一条啊。明天看我和老杜的。"

项昊问："多少把握？"

杜枫伸出一只手指向上指指。

项昊问："一成？"

杜枫摇摇手指，说："看天意。"

项昊一挥手："算了，不靠谱，我还是自己背书吧。"

第二天一早，口水流了一桌子的项昊被叫醒，镇静了一会儿，他沮丧地拍了一下脑袋："唉，一晚上没睡好，好不容易看了两本书，现在又什么都想不起来了。临时抱佛脚，结果连脚趾头都没抱住。"

杜枫丢了一支笔给顾小白，自己翻开书蹲着给小白举着，小白快速地誊抄在手掌上。

项昊一惊："我当你们有什么捷径呢，原来是作弊啊！这也太不像英雄所为了！"

顾小白啧啧一声："谁让你这英雄提笔就气短呢？我猜萧教官肯定重点盯着你，把小抄写我手上安全点。"

杜枫说："待会儿考场上看我们暗号！"

项昊妥协地趴在书桌上叹气："也只能这样了。"

小考进行中，钱宝宝在教室里来回走动着监考，大多数同学都在埋头奋笔疾书。项昊将试卷前后翻了几遍，发现基本上不会，开始左顾右盼。沈文涛气定神闲，拿起笔，抬头看了一眼项昊。项昊注意到沈文涛的目光，挑衅地朝他抬抬眉毛，沈文涛微微一笑，低头开始答题。

项昊被沈文涛激得着了急，趁着钱宝宝没看这边，偷偷踢了顾小白椅子几下，弄出了动静。钱宝宝听到声音蹑步过来，站在顾小白身边看他答题。顾小白紧张地坐立不安，没有机会给项昊看答案。

不远处的杜枫看到此情此景，突然故意咳嗽几声，吸引钱宝宝的注意，钱宝宝朝杜枫的方向走去。

顾小白把手伸到背后，摊开手给项昊看写在手上的答案。

项昊刚抄两个字就被斜后方的赵虎看到，赵虎举手报告。

"报告！顾小白作弊！"

全班同学"唰"的一下看向顾小白。

顾小白迅速抽回手，撑着脸，无辜地看着钱宝宝。

钱宝宝走到顾小白面前："拿出来！"

"什么？"

赵虎又报告："在他左手上。"

顾小白伸出双手，左手手心一片乌黑，哪里还有什么答案，手心上抄的答案因为刚蹭在脸上变成一团黑乎乎的墨汁痕迹，脸上也有一片墨迹。

钱宝宝指着墨迹："这是什么？"

顾小白辩解："钢笔水漏的。"

钱宝宝说："我警告你们别跟我耍花样。继续考试！"

项昊悄悄冲着杜枫使眼色，杜枫心领神会。

趁着钱宝宝转身的工夫，杜枫的纸飞机出手，钱宝宝回头，很帅地接着了杜枫的纸飞机。项昊气得咬牙切齿。

钱宝宝低头拆开纸飞机，发现是一张白纸。杜枫微笑，趁着钱宝宝低头拆开纸飞机的空当，将第二只飞机飞向项昊。

周杰大声咳嗽了一声。

钱宝宝没有抬头，直接一伸手，又接住了杜枫的第二只纸飞机。

钱宝宝打开第二只纸飞机，这次上面是杜枫写给项昊的答案。钱宝宝将答案揉成一团。

走廊上，杜枫、顾小白、项昊三人扎着马步站成一排，一人举着一大盆花，正在接受钱宝宝的惩罚。

顾小白不服："萧教官，你这是对我们用私刑！"

"好啊，那我就把你们考试作弊的事情告诉谢天娇，让谢主任好好查查，按照龙城军校的条例，像你们这样的行为应该如何处置！到时候就不是头上顶盆花了，你们每人头上都应该顶几个雷！"

顾小白马上服软："别别，我们认罚，认罚。"

钱宝宝背着手："你们三个可真有本事，居然敢公然违反考场纪律，你们以为我和你们开玩笑呢？"

顾小白露出一副可怜的样子："我们知道错了，但错归错，这军事理论嘛，一直是老大的死穴，何况这次事关集英战队选拔，他在沈文涛面前，怎么也得不蒸馒头争口气啊。"

杜枫也帮忙解释："落下了一年的课，一个晚上怎么可能补得全，所以我们只好抄抄近路了。"

钱宝宝看项昊，故意大声说："比不过可以退出，弃权！总之不能作弊，那和偷有什么区别，算什么英雄？"

项昊被激怒道："萧教官说得对，大丈夫宁可站着死，不可跪着生，这就是偷，丢人！咱们不必解释了，不过一人做事一人当，小白和杜枫他们是为了我才犯错的，所有的责任我一人背！"

钱宝宝瞥了项昊一眼："你们可真是蠢到家了，以为这样能混得过去吗？这次只是摸底小考，过几天的正式考试，三个教官一起监考，就你们这点小伎俩，不摆明了是往枪口上撞吗？还说要在沈文涛面前争气，沈文涛不笑掉大牙就不错了！"

项昊低头不敢直视钱宝宝。

此时，顾小白坚持不住，举花盆的手一直颤抖："报告，我要阵亡了！"话音刚落，一盆花就掉了下来，花盆在顾小白脚边碎掉，顾小白被弄得一身土，头上还插着两根草。

钱宝宝忍住没笑，说："让你们抄近道作弊！现在该清醒了吧！"

顾小白狼狈地点点头。

钱宝宝对项昊说："上军校是为了扛枪卫国、保家为民，进集英战队更是为了当英雄中的英雄，如果为了当英雄好汉就先当小偷、当懦夫，那不是本末倒置吗？你们啊，别再给我耍这些孩子气的把戏了，得赶快像个男人一样去面对挑战，否则，现在就趁早给我卷铺盖回家！"

李继洲父子在一个隐蔽的地方说话。李继洲四处张望，确认没人后，说："本来的集英战队预选赛里，是没有军事理论考核这一项的。在我强烈要求下，教育督导终于同意。将这个考核项目纳入选拔范畴，而且就作为集英战队预选赛的第一关，正合我意啊。"

李天翰很赞叹："文武之道，本就该一张一弛，您的提议谁也没有理由反对。项昊这小子枪杆子够硬，但这笔杆子嘛，实在臭到家了。爹，您这招实在是高明。这第一关，我倒要看看项昊怎么过。要是他在这一轮出了局，就只剩下一个沈文涛了，事情就简单多了。"

"可我总还有些担心，距离文化考试还有几天时间，你要密切关注萧晗的一举一动，别让她到时候再出来坏事。"

李天翰说："之前我也有点担心这个。可是今天摸底考试的时候，萧晗居然当场揭穿了顾小白他们帮项昊作弊的事。不过那么多眼睛盯着她，就算她有那个心，我谅她也不敢干出当众包庇的事儿。这次的军事理论考核，八成就会是项昊在集英战队之路上的坟墓。"

教员室里，钱宝宝急切地翻开考卷，沈文雨也伸着脖子等着看项昊的成绩。一下子翻到沈文涛的试卷，沈文雨自豪地说："我哥95分！肯定又是第一。项昊呢？"

欧阳飞很诚实地回答："项昊还是垫底。"

钱宝宝继续翻，终于翻到项昊的试卷，一看，30分！沈文雨连忙说："已经进步很大了，听说以前都是直接交白卷的。这次虽然只有三十分，至少证明他还有答题的欲望。"

钱宝宝看着试卷发愁。

图书馆里十分安静，在轻轻的书页翻动声中，一个鼾声由弱至强，终于震惊四座。大家纷纷看向这边，杜枫尴尬地用书挡住了脸。

图书管理员走到项昊身边，敲了几下桌面。项昊猛然惊醒，一下子站起来，惹得全场哄堂大笑。

图书管理员批评说："这里是图书馆，别在这儿制造噪音影响其他同学！"

项昊揉揉眼睛，小声对顾小白说："怪了，我本来一点都不困的，可眼睛一沾书本，就哈欠连连。这书简直就是我项昊的迷魂药啊！"

杜枫低声说："项昊，你困了就回去睡会儿，别在这儿丢人现眼啊。"

项昊看看低头翻书的沈文涛，猛晃了几下脑袋把自己弄清醒："我不睡！我可以的！绝对不能输给沈文涛那小子。"

项昊这一天学得昏天黑地的，实在学不进去了，就从图书馆里出来，想透透气再回去。走了几步就看见钱宝宝和沈文涛坐在空地上说着什么，钱宝宝笑得格外开心，沈文涛看向钱宝宝的目光也格外炙热。

项昊气得几步冲过去。

见项昊过来，两人立刻噤声了。

项昊生气地问："刚才你们不是聊得挺热闹的吗？怎么我一来就不说话了？"

钱宝宝和沈文涛对视一眼："对，我在和沈文涛讨论教学计划，这属于学校机密，请你离开。"

"我和沈文涛都是学员，为什么他可以？我不可以？"

钱宝宝冷淡地说："原因很简单，因为沈文涛成绩优异，尤其是在军事理论这方面，他绝对是当之无愧的第一名，我不跟第一名的学生讨论，难道要跟倒数第一的讨论吗？"

"你！"项昊一时气结，"萧晗！你明明是我的未婚妻，但是却背着我和别的男人勾勾搭搭，还这么理直气壮。"

"这里是学校，我在和沈文涛讨论公事，请你公私分明，别总是无理取闹！"

沈文涛也平静地对项昊说："如果你不服气，你可以想办法在成绩上超过我。如果你愿意，我可以帮你补习。"

"不需要！谁比谁强还不一定呢，走着瞧！"项昊气愤地走开了。

钱宝宝感激地对沈文涛说："谢谢你肯帮我刺激项昊，否则我真想不出别的办法来。"

沈文涛笑了一下，说："没什么。我说过，什么都愿意帮你。"

钱宝宝和沈文涛合演了一出戏后，往宿舍走，项昊突然跳出来，拦住钱宝宝。

钱宝宝冷淡地问："你找我有事吗？我们之间除了教学上的事，好像不需要有别的交集，不过你好像恰好对学习不感兴趣。"

项昊郑重地说："我来是想问你一个问题。"

"噢？什么问题？"

项昊问："你坦白地告诉我，你是不是只喜欢学习好的学生？"

"我是教官！而且我相信，每个教官都会喜欢沈文涛那种好学生的。"

项昊面露惊喜，说："这么说，你喜欢沈文涛，仅仅是教官喜欢学生的那种喜欢？没别的心思？"

"这是我的私事，跟教学内容无关的，我的答案只有四个字：'无可奉告'！"

项昊将钱宝宝压到树干上，逼近她："喂，如果我通过集英战队的军事理论考试，你会不会喜欢我？"

钱宝宝上下打量项昊，故意鄙视地说："你？通过考试？不是又想到什么作弊的招儿了吧？"

"谁要作弊？我说的是靠我自己的真本事。"

钱宝宝笑了一下："别以为我不知道，你一沾着书就睡着。头顶生目，脚下生手——眼高手低的主儿，我看你就只会吹牛说大话。"

项昊喊了一声："你少门缝里瞧人！"

"那等你通过军事理论考核，再跟我讨论这个话题吧！"钱宝宝推开项昊，走了。

项昊在钱宝宝身后喊："我一定会考过给你看！"钱宝宝脸上露出一丝微笑。

男生宿舍楼下，项昊站在路灯下，捧着书，天气很冷，他一边读一边小跑着暖身。

杜枫和顾小白寻找项昊，一路找到这里。

顾小白不解地问："老大，大半夜的，你站在这里干什么呢？"

"复习。"项昊边说边小声重复刚才背的题。

顾小白说："复习为什么不去图书馆？回宿舍也行啊。"

项昊捧着书，翻到下一页："外边冷，脑子清楚，效果好。省得我一会儿又睡过去了！我决不能输给沈文涛，更不能让萧晗看不起我。从今天开始我要用功。世上无难事，只怕有心人！我就不相信还有我项昊做不到的事。"

顾小白转向杜枫说："他这是受刺激了！"

杜枫苦笑："应该算是冲冠一怒为红颜吧。不过，不管怎么样，看这结果应该是好的。"

顾小白琢磨着："也不一定吧，就凭他这么点功底，自个儿看来看去的，效果不见得多好，也不是是个人都能自学成才啊！"

顾小白和杜枫来找钱宝宝了。

杜枫很认真地说："萧教官，我们想请你帮个忙。项昊现在学习劲头是有了，可就还差点儿学习方法，你能不能帮忙辅导他一下？"

钱宝宝推辞说："可是我不擅长军事理论啊。"

顾小白撒着娇说："你可是留德回来的，像你这样博学多才、聪明机智的教官，不找你找谁！而且现在只有你能帮他啦，好不好嘛！"

钱宝宝答应得十分勉强："这……好吧！"

答应是答应了，但是真正要辅导项昊，钱宝宝愁得直抓头发。她一边认真地看书，一边记笔记，看到看不懂的段落直想抓狂，嘴里咒骂着："死项昊，要我帮他辅导军事理论，还不是我自己先辅导自己一遍？唉，真是自作自受。"

自己拼了命准备了一个晚上，哈欠连连的钱宝宝被顾小白推着，来到了趴在石凳上用功的项昊身边。

　　项昊抬头斜眼看了看钱宝宝。钱宝宝从项昊手里夺过书："怎么，不欢迎我来给你辅导？"

　　项昊老实交代："不是不欢迎，是我怕我用功的时候看见你，会分心！"

　　钱宝宝厉声地说："你就放心吧，我不会给你分心的机会！现在回答我，《战争论》的作者是谁？"

　　项昊又卡住了："什么……什么微词！"

　　"刚看过都记不住？"

　　项昊着急道："你说你叫个张三、李四、王五什么的多好，偏叫一个我看了好几遍都记不住的拗口名字！"

　　钱宝宝看着课本："那就让我给你解释一遍吧。记住，这位大爷姓克，全名克劳赛维茨。克大爷名字取得好啊，姓了个战无不胜攻无不克的'克'，名字里还有个竞赛的'赛'，这名字跟他写的《战争论》的气质多般配啊，这么好的名字，就你记不住！"

　　项昊乐了："行了，记住了，克劳赛维茨。哎，我怎么看你像街边说书的呢？"

　　"严肃点，下一题：战争的四个特性是什么？"

　　项昊得意地说："这题我知道！首先，战争是充满危险的领域，所以要具备巨大的、百折不挠的、天生的勇气，强烈的荣誉心或久经危险的习惯。其次，战争是充满劳累的领域。为此，指挥官应要求军队和部下，在战争中自觉锻炼吃苦耐劳的精神。其三，战争是充满不确实的领域。其四，战争还是充满偶然性的领域。"

　　钱宝宝满意地点点头："怪了，这题这么长，你怎么就能记得那么清楚啊？"

　　"因为我想过啊，凑了巧了，这个克大爷说的还跟我想的一模一样，嗯，这只能说明他的悟性已经基本达到了我的高度。"

　　钱宝宝伸手给了项昊脑袋一拳："人家是西方军事学大师，你小子有几分歪才，就拿水桶当喇叭大吹特吹吧！你刚才说……这题你能答出来，是因为跟你想的一模一样？"

　　"是啊，我就烦死记硬背的。"

钱宝宝高兴了:"我倒是有个办法,专治你!"

钱宝宝拉着项昊来到一门 75 毫米山炮前。

钱宝宝指着大炮:"学员项昊,请你简述 75 毫米山炮的使用特点。"

项昊一边摸着炮一边说:"75 毫米山炮这东西很轻,便于马拉,打得挺远,在山里用最好使,一米半长,200 来斤,能用高爆弹、榴弹、燃烧弹什么的,炮弹 13 斤不到,我一手能拎俩。"

钱宝宝看着书,略感惊讶:"都对!看来你还真是实战派,让你憋在教室里就什么都答不上来,一见真家伙,你倒滔滔不绝起来了。"

项昊对着山炮比画:"我爹从小就把我放在军营里,我就是玩这些东西长大的。你普天下去问,我项昊除了考笔杆子不行,其他的动手活儿哪样不是名列前茅!"

钱宝宝说:"其实你只要稍微变变脑子,把你手上的这把好活儿转换成文字,那不就是军事理论要考的东西了吗?"

项昊恍然大悟:"有道理啊!"接着摇摇头,"还是不会!"

"我的意思是,把你已经理解的东西转换成文字就是答案了!听着啊,下面请你简述一下炮兵射击诸元的构成。"

项昊有点烦了:"射击诸元,什么鬼玩意儿?一听就秀才打炮,都是虚的。能打准才是真本事。"

"那你就告诉我,想要打得准,得注意哪些问题?"

项昊说:"开炮之前,先得瞧好了敌人在哪儿,再拿大拇指这么一比画,测测风向,看看太阳,剩下就是开炮了。"

钱宝宝看看书道:"八九不离十,就是被你一说听着特别别扭。你就不能给它概括概括总结总结吗?听着啊,准确的答案应该是这样的:射击诸元,一类是直接瞄准,也就是火炮瞄准手用瞄准镜直接瞄准目标,然后对目标实施射击。这类情况大都是目标距离较近,火炮射程短。第二种情况是火炮射程远,需要派出炮兵、侦察兵通过前沿观察所利用观测仪器标定目标……"

项昊打断她:"真啰唆,一炮轰掉不就得了!"

钱宝宝拿书拍项昊:"项昊!你的问题不是你不懂,而是你不耐烦用文绉绉的字来表达。可是你想通过考试,就必须按照考试要求的那种路数来。这就好比你去赌场赌色子猜大小，每次你都猜中，可是你的本钱从来不放在画着大小的框里，赢了也不算数了！所以，想通过就给我老老实实地背！”

项昊笑嘻嘻地说："你的例子举得还真是生动！"

"闭嘴！赶紧背书！"

项昊敬了个礼："是！教官！"

练习室里，钱宝宝一边监督项昊做仰卧起坐，一边监督项昊复习文化课。

钱宝宝亲自给项昊压脚。项昊边做仰卧起坐边背："各种地形要素对作战行动影响程度的大小，取决于它的性质和特点。如地貌，主要是地面起伏程度和山脉走向、斜面坡度、制高点位置和作用；水系，主要是江河宽度、水深、流速、底质、通航能力及障碍程度；道路，主要是铁路、公路的质量、数量、方向和通行能力……"

钱宝宝看着书，点点头："差不多吧！"

"什么差不多，倒背如流好不好！"

钱宝宝掐了项昊的小腿一下："嘚瑟什么，继续背！下一题……"

项昊装模作样惨叫一声，钱宝宝主动的"亲密接触"让他傻乐不已。项昊继续做着仰卧起坐，身体一上一下，视线落在钱宝宝的脸上，着迷地看着她美丽专注的样子。

正在问问题的钱宝宝见项昊这样，有些尴尬。项昊却趁机凑到钱宝宝面前，飞快地亲了一下。

钱宝宝先是一愣，接着给了项昊一记响亮耳光："流氓！"说完起身跑了。

项昊摸着脸颊笑得傻呵呵的。

第十七章　患难之情

军校职员办公室内，钱宝宝正在看书，谢天娇突然跟钱宝宝搭话。

"萧教官，听说，军校里有好多男生都喜欢你？"

钱宝宝吓了一跳："啊？没，没有吧……你别听学员瞎说……"

"而且，你教学生很有一套？"

钱宝宝很是惊讶："哦，谢主任过奖了，其实……"

谢天娇祈求地看着钱宝宝："那你能不能也教教我？"

钱宝宝愣了愣："教你？教你什么？"

谢天娇红着脸，尴尬无比，还是鼓起勇气："教我，如何让男人喜欢我？"

钱宝宝看着谢天娇瞬间石化。

谢天娇坐在钱宝宝面前，如饥似渴地听着钱宝宝说的话。

钱宝宝清清喉咙："男人啊，男人喜欢什么样的女人？这个……这个说书的……我的意思是古书里都写了。你知道西施被送给吴王夫差之前，受训三年，练的是什么？"

谢天娇摇摇头。

钱宝宝见她不懂，说得理直气壮起来："练的是容姿、体态和礼仪。这说明什么？说明男人喜欢的是漂亮温柔的女人，除了外表，言谈举止也非常重要。就算你平时在工作上再强势，一旦在你喜欢的男人面前，也要低头示弱。你要小鸟依人，要弱柳扶风，这样才能激起男人的保护欲。"

谢天娇盯着钱宝宝直直地看，似懂非懂地点了点头。

这时，沈文雨闯进了办公室："谢主任，我的考勤表你看见了吗？"

谢天娇立刻严厉起来："进屋怎么不敲门！"说完她突然意识到什么，立刻降下两个音，温柔地说："哦，在我柜子里，我来帮你拿吧。"

沈文雨听见谢天娇的说话声音一下愣住，受宠若惊地跑过去打开柜子，她一边开柜子，一边纳闷地问："谢、谢主任，我今天好像也没犯什么错吧？"

谢天娇声音异常温柔："没有啊。"

"那，军校今天没出什么大事儿吧？"

谢天娇依旧温柔地说："没有啊。"

沈文雨直觉得浑身发麻，这个样子的谢天娇实在让她不舒服。

夜晚，医院门口，一位穿着女装的教官扭着步子，风情万种地走进来，苗条的背影让路过的人都惊艳不已。

女教官轻轻转过头，露出迷人的微笑。

所有人都惊呆了：是谢天娇！

谢天娇坐在医院走廊的长椅上等苏锐。

苏锐开门从病房里出来，喊了一句："来看急诊的进来！"

长椅上，谢天娇抬头，眼中含泪，楚楚可怜地看着苏锐。

苏锐一下子没认出来："你是……谢主任？"

谢天娇捂着胸口："苏大夫，我都疼了一整天了。"

苏锐回过神来，往日清冷的表情上多了一份温柔："这次又是哪儿疼？进来吧！"

苏锐转身进办公室。谢天娇紧随其后，露出一丝笑容。

清晨的操场上，项昊一边跑步一边背着《战争论》。

"克大爷说了，战争不是短促的一击。整个战争是由一系列边疆的军事行动组成的，由于交战双方都可以把对方前一行动及其一切现象，作为衡量下一行动的尺度，因而军事行动向极端发展的趋势又会得到大大的缓和。克大爷还说了战争的结局也不是绝对的……"

沈文涛从项昊身后追上来，流利地接茬儿："战败国往往把失败看成是在将来的政治关系中还可以得到补救的暂时不幸。"

项昊怒视沈文涛："谁需要你的提醒，多事。操场这么大，要跑步，你能不能离我远一点。"

"不是想提醒你，而是实在看不下去了。《战争论》我三年前就可以倒背如流了。"沈文涛说完超过项昊。

项昊恨恨地说："你等着！我不会让你得意太久。"

沈文涛说："牛皮不是吹的，我拭目以待。"

理论考试如期而至。教室里静极了，学员们都在奋笔疾书，安静地答卷。钱宝宝和其余全体教员一起监考。钱宝宝远远地看见项昊奋笔疾书，不自觉地露出微笑。

沈文涛抬头，看见钱宝宝的表情，愣了几秒，赶紧收回心思答题。

考试结束，学员们陆续走出教学大楼。项昊和沈文涛一起走出来，项昊挡住沈文涛的路，对沈文涛挑衅。

"怎么样，沈文涛，能赢过我吗？"

"成竹在胸！你呢？"

项昊说："当然有信心。其实这笔试也没什么大不了，以我项昊的聪明才智，小菜一碟。"

沈文涛淡淡地说："希望等考试的结果出来，你的成绩能和你现在的口气成正比。"

钱宝宝也从教室里走出来。顾小白迎上来："萧教官，我们老大这次好像考得很不错，以后你能不能也单独给我辅导一下。"

项昊拦住顾小白："没门儿，你最好想都别想。"

此时，谢天娇身着女装制服，还化着比较女性化的妆容向众学员走来，众学员看见谢天娇，全都呆若木鸡。

谢天娇走到项昊等人面前停下，语气温和地说："项昊、顾小白、杜枫，有人举报你们，说你们昨晚在寝室熄灯之后还违规使用手电筒，而且半夜还鬼哭狼嚎，影响其他学员的正常休息，是吗？"

顾小白装傻："啊？你听谁说的？"

杜枫也一起打掩护："是啊，有这么回事吗？"

没想到谢天娇说："念在你们用功学习的份儿上，这次，我就原谅你们，下次注意！"说罢谢天娇迈着女性的步伐走了。

顾小白惊呼："本年度最重磅的两大新闻：第一，项昊能通过军事理论考试；第二，谢天娇变成了女人。"

高美仁叫道："难道，这苏医生真把她不男不女的病给治好了？"

杜枫也感叹∟："神医哪！"

顾小白摇摇头："错！这是爱情的力量！"

钱宝宝满意地说："看来我的两个重点辅导学员，学习成绩都不错嘛，孺子统统可教也！"

宣布成绩那天，项昊确实有点紧张，听到淘汰的三人中没有自己的名字，项昊一跳三尺高。

项昊通过了军事理论考试，却变得特别失落。他甚至问身边的杜枫："咱们下次考核是什么时候呢？"

杜枫了然地回答："这回考笔杆子，下回肯定是考枪杆子啦，估计萧教官就是想帮你也帮不上吧？"

顾小白也说："老大，既然你那么想见萧教官，干吗非要等到考试之前一起复习呢？你这是隔靴搔痒，一点都不直接。你那么喜欢她，就应该直接去约她。"

杜枫说："就是，就说谢谢她这次考试帮了你大忙，要感谢她。然后来个浪漫约会。这次告白一定要浪漫、深情，要多肉麻有多肉麻。姑娘都喜欢这套。"

项昊摩拳擦掌，蠢蠢欲动。这一番话却被正好路过的沈文涛听到了。

学校后山的秋千架见证了学员们的起起伏伏，更见证了项昊浪漫表白的一幕。

钱宝宝来到后山的秋千架前，看见项昊已经等在那里："你找我？考试已经结束了，我们好像没有什么事需要单独见面吧？"

项昊深情地走到钱宝宝面前，远处天空燃起烟花。

钱宝宝被眼前的浪漫气氛打动，低声说："今天是什么日子，这么隆重？"

项昊很深情地看着钱宝宝，说："萧晗，你还记得吗，一个多月前，我们在火车上第一次相逢，虽然我一直不肯承认，但是从那一刻开始你就已经走进了我心里，你的乐观、坚强、善良、正义都深深地打动了我，你的笑、你的泪、你的美好一点一滴都印在了我心里。今天我约你来，是想郑重地跟你说，我收回我之前说的取消婚约的话，让我们以未婚夫妻的身份重新开始好不好？"

英俊的男人站在面前，神情专注，表白郑重。没有一个女人会无动于衷。当然也包括钱宝宝。她内心感动，就要沦陷在项昊的柔情里。她与项昊四目相对。项昊慢慢，慢慢地俯身过来，就要亲吻到钱宝宝的时候，沈文涛突然出现，大喊了一声："萧教官。"

钱宝宝被沈文涛的喊声惊醒，回过神来。项昊没好气地瞪着沈文涛。沈文涛几步就走到项昊和钱宝宝中间，转头对钱宝宝说："萧教官，考试结束了，我想约你一起去庆祝一下，可没找到你。听同学说你往后山这边来了，所以我就找到这里来了。"

"沈文涛，你是故意来砸场子的是不是？我的未婚妻，你凭什么想约就约？"

沈文涛坚定地看着钱宝宝，像是要看进钱宝宝心里，说："请恕我直言，烟花虽然浪漫、美丽，但是烟花都是转瞬即逝的，是美好的幻象。"

沈文涛的话，击中钱宝宝的心事，让她打了一个激灵。钱宝宝心里说：沈文涛说得对，我不是萧晗，不该沉迷在项昊的情感里，这样下去，只会害人害己。

"沈文涛，你到底在胡言乱语什么？"

钱宝宝轻轻地从项昊的手中抽出自己的手："项昊，对不起。无论你今天说的是真的还是假的，我都没办法答应你。"

项昊眼神渐渐暗淡，指着沈文涛说："你拒绝我，是因为他吗？"

钱宝宝看项昊的眼神，心刺痛了一下："我拒绝你，跟任何人无关，是因为我不能和你在一起。对不起。"

钱宝宝随着沈文涛离开。项昊看着他们的背影，不停地在后面喊着："萧晗！萧晗……"钱宝宝决绝地没有回头。

沈文涛看着钱宝宝拒绝项昊之后一脸的伤心，也非常心痛。

沈文涛慢慢地说："这世界上有一种爱情，就像是飞蛾扑火，被一瞬间的明亮和温暖诱惑，但最终却会让人遍体鳞伤。"

钱宝宝真诚地说："沈文涛，你的心意我不是不明白，但在这个军校里，我是一个没有资格谈论爱情的人，我不会跟项昊在一起，但也不会接受其他人的好意。"

沈文涛淡淡地一笑："我明白。"

集英战队第二轮考核内容是野战。李继洲在动员大会上说："这一次，你们要面对的，不光是凶残的敌人，还有严酷的自然环境。考核将会采取达标制，未达标者立即会被淘汰出局。教官欧阳飞、班主任钱宝宝、教学秘书沈文雨将会全权负责监督考试，任何作弊行为均被视作弃权！"

项昊根本没有把李继洲的话放在心里。他一直瞄着门口，终于有人给他送苹果来了。

解散后，项昊拎着一大袋子的苹果，发给来往的同学，即使对方不要，都要硬塞进人家手里。

"来来，送给大家吃的，特别好吃，在东大街的薛家水果店买的，新鲜刚上市，又大又甜又便宜，好吃的话大家记得下次去买啊！"

沈文雨开心地接过项昊给的苹果，胡乱擦了一下，使劲咬了一口："项昊哥，是不是薛少琪家开的那家水果店？那下回我也去看看！"

不远处的角落，薛少琪神情复杂地看着项昊，而另一边的李天翰则眼神不善地盯着眼前的一切。看到薛少琪的神色时，李天翰转了一圈眼珠。

李天翰跟着薛少琪进了医院，给薛少琪送补品，嘘寒问暖，终于把话题引了出来："少琪，你不会被项昊和沈文涛这点小动作迷惑了吧？想想你哥，他在九泉之下还没瞑目，还不心安呢！少琪你要记住，对敌人的仁慈就是对自己的无情。斩草不除根，到头来吃亏的一定是自己！"

薛少琪咬紧嘴唇："我知道，我是不会原谅他们的。"

李天翰看着薛少琪犹豫的神情，觉得自己应该再做点什么。中午，薛少琪休息的时候，李天翰拉着她来到小山上的一间小木屋里。

小木屋内一个麻袋在地上扭动。李天翰走上前，把麻袋一打开，露出五花大绑、神色惊慌、不停挣扎的流氓。

薛少琪倒吸一口冷气，眼神中有悲伤，有愤恨。

"少琪，别怕！我打听了好几天，终于抓到这小子了。我带他来给你报仇。"

李天翰把掏出一把匕首，交给薛少琪。薛少琪拿着匕首，手抖个不停。

"少琪，既然你已经下定决心要报仇，就再也不能心慈手软。别怕，有我！"

薛少琪拿着匕首，慢慢向流氓走近，越走表情越坚定。流氓害怕得不停地"呜呜"叫。薛少琪一刀捅进流氓身体，流氓终于安静下来。

匕首"哐当"落地。

薛少琪一下子软在李天翰怀里。李天翰紧紧抱着薛少琪："少琪，从今以后，我们就是一家人了。"

泥泞崎岖的泥地，队员们身着迷彩服，脸上也涂了迷彩色油彩，进行负重武装奔袭。学员身后不时响起枪炮声，不时有反应不够迅速的学员被枪击中后被淘汰。剩下的学员个个都是汗流浃背，狼狈不堪，身上沾满了泥水。有些学员手脚磨破了，血水、泥水、汗水在身上混杂在一起。

刘天宇骑在马上，高喊："后面的跟上，磨磨蹭蹭的逛街呢？"

欧阳飞、刘天宇和钱宝宝站在距离学员有一段距离的山坡上，用望远镜观察学员的动态。身后地上坐着五个被淘汰的学员。沈文雨拿着一张纸在记录被淘汰者的名字。

一个学员扭伤了腰，被一个集英战队现役队员搀扶过来。

欧阳飞说："你被淘汰了！"

学员恳求地说："欧阳教官，我是被人连累才中枪的，我还想比赛，留下我吧！"

欧阳飞面无表情地说："对不起，敌人不会原谅你！"

受伤的学员失望地走到被淘汰者中间。

钱宝宝也不解："欧阳教官，这枪林弹雨的，被打中的可能是运气不好，为什么规则要定中枪就遭淘汰呢？"

欧阳飞放下望远镜，看了钱宝宝一眼，又拿起望远镜继续监测。几秒后才缓缓开口："我们安排的射击人员，在打中学员前会先在他所在的位置附近打几发子弹，为他定位躲避子弹制造一个反应空间，如果这样还来不及躲，那他的判断力和反应能力就不足以继续留在集英战队了。"

钱宝宝恍然大悟："原来不是乱打的。懂了懂了。"

刘天宇疑问道："听闻萧教官在德国是军队的专业顾问，此类训练你不知道吗？"

钱宝宝干笑了一下："呵呵，我是专门研究心理学的，实战确实不太涉猎。"

刘天宇继续观察学员，欧阳飞深深看了钱宝宝一眼，转头继续观测学员。

黄昏时分，山林边的空地上搭起一个个帐篷。

学员们站在一旁，虽都是筋疲力尽，可依旧保持着良好的精神面貌，有不少学员还负了伤。

欧阳飞站在众学员面前宣布：

"同学们，今天的野战考核已经全部完成。恭喜在场的各位，你们都通过了集英战队第二轮的考核。目前剩余人数，三十九人。大家今晚就在原地休整，明天一早启程返回军校。另外，今晚不提供晚饭，所有人在这林子里自行解决。薛护士，你帮受伤的学员处理一下伤口。"

欧阳飞说完，坐到钱宝宝、沈文雨旁边休息。薛少琪背着药箱走到学员中间，一一上药。薛少琪来到项昊身边，项昊的手臂有一点擦伤，薛少琪打开医药箱，拿出一瓶透明的液体，涂在项昊的手臂上。

薛少琪对项昊冷冷地说："好了。"

项昊累得直喘气，还是挤出笑容："少琪，谢谢。"

薛少琪来到沈文涛身边。看到他脸上有点擦伤。拿出刚才的药瓶要给他抹药，沈文涛摆手："不用了，这点小伤不碍事，不用弄了，你去给伤重点的同学处理吧。"

薛少琪坚持："还是消消毒吧。"

"真的不用，不用小题大做了。周杰腿刚破了，你去给他看看。"

薛少琪只得拿着药箱，来到周杰旁边，为他处理伤口。

李天翰眼神向薛少琪询问，薛少琪看一眼项昊，然后低头继续给周杰上药。

处理完伤口，学员们又饿又累，起身收拾工具，准备去打猎。钱宝宝在学员间穿行，查看学员们的伤势。沈文雨、刘天宇和欧阳飞拿出教官统一发放的饭盒，准备开饭。

钱宝宝看到不远处，项昊正在把玩自己的耳环，于是向项昊走去。

项昊看到钱宝宝走过来，故意收起耳环也准备去打猎。钱宝宝跟着项昊，追出了一段距离。钱宝宝气呼呼地拦住项昊，伸手向项昊讨还耳环。

"喂，还给我！"

项昊掏出耳环："我拿耳环出来，可不是想还给你的。今天摸爬滚打了一天，我就是拿出来看看有没有磕坏。"

"你就是存心的！"

项昊挑衅地说："是啊，我就是存心的。"

钱宝宝生气地说："项昊，你是不是觉得我很好欺负？"

"你当然不好欺负，可是我就是忍不住想要欺负你。"

钱宝宝气得说不出话来，委屈地看着项昊。

"你知不知道，这耳环，是我一个很重要的人留给我的遗物，它虽然看起来很破，很不值钱，但却是我身上最珍贵的一样东西，也是支持我一直坚持下去的希望。不过，跟你说这些好像没有用，你是纨绔子弟、铁石心肠嘛……"

顾小白在远处喊项昊，项昊冲他挥手，转头对钱宝宝说："你想拿耳环的话，今天晚上到后面的断崖来找我。"

"希望你说话算数。"

李天翰站在一棵树后，听见了两人的对话。李天翰的眼神中，闪过一丝寒光，随即转身离开。

今夜星光璀璨。项昊望着月亮，在等待他的心上人。远远地看见钱宝宝赶来，项昊转身，调皮地冲钱宝宝挥挥手。

"项昊，我没空大半夜陪你吹风，开门见山，还我耳环。"

"急什么？其实我根本不想还你耳环，就是找个借口单独跟你待一会儿罢了，哪怕是拌拌嘴也好。"

"流氓！无赖！"

项昊说："我这么美好的愿望都被你说成是流氓无赖。那在文化课考核里，你跟沈文涛逢场作戏故意刺激我，认准了我喜欢你，然后利用我的感情，达到你的目的。相比之下，我觉得你更无赖，更流氓。"

"我的目的是什么？不是为了能达成你的理想，让你顺利入选集英战队吗？我做的一切都是为了你好！"

项昊笑了："咦，你都承认了，你做的一切都是为了我！"

钱宝宝竭力掩饰："少浮想联翩了，我跟你之间，是纯洁的师生情谊。"

"虚伪！纯洁的师生情谊你脸红什么！"

"乌漆抹黑的，你能看得见我脸红？"

项昊突然一把把钱宝宝抱在怀里，钱宝宝瞬间呆住了。项昊一脸得意："现在脸红了吧！"

钱宝宝反应过来，挣脱项昊，斥了一句："臭流氓！"

项昊呼出一口气："你这个人真是奇怪，心里明明那么在乎我，嘴上却一直否认。"

夜色掩映之中，钱宝宝被说中心事，她竭力掩饰着自己内心的不安。

此时，李天翰鬼鬼祟祟地躲在高处一块大岩石上，偷偷打开竹筒的盖子，一条泛着黑光的细小五步蛇蹿出来，直接朝着项昊的位置移去。

钱宝宝推开项昊："你要是没什么事的话，我要回去休息了，累了一整天，我可没空陪你斗嘴数星星！"

"被我戳穿心事，就想逃是吧……"

钱宝宝听到动静一抬头，突然看到蛇从高处蹿下来咬项昊，一把推开项昊："闪开！"毒蛇跳起咬在钱宝宝的左边肩膀上。钱宝宝吃痛，嘴上轻轻嚷了一声，但借机把蛇抓住了。却不料躲闪之间，脚下一滑，坠下悬崖。

项昊神速抓住钱宝宝的胳膊，两人双双跌落悬崖。

李天翰走到悬崖边缘，向下看着万丈深渊，嘴角勾起一抹阴笑。

钱宝宝和项昊一起手拉着手坠崖途中，钱宝宝看到项昊抱住自己转了一个身，使自己在下，女方在上。

两人被层层叠叠的花树树冠拦住，得到了一些缓冲后又继续跌落。到达谷底的时候，项昊用身体接住钱宝宝，两人跌在一团干草里。项昊的后背磕在一颗石头上，闷哼一声，钱宝宝毫发无伤。

花树因为受到两人撞击，树上的花朵纷纷飘落，下了一场花雨，宛如仙境一般。

钱宝宝与项昊凑得很近，四目相对。项昊问："怎么样，我这人肉靠垫还舒服吗？"

钱宝宝发现自己趴在项昊身上，不好意思地要自己爬起来。项昊按住她："你别乱动，你刚被蛇咬，越动毒发得越快。"项昊说着，扶钱宝宝坐起来，撕开她肩膀的衣服。

钱宝宝抓住衣领："你想干吗？"

"放心，我就算占你便宜也不会挑这个时间。松手！再晚你小命就没了。"钱宝宝不再挣扎。项昊把嘴贴到了钱宝宝的肩膀上为她吸去毒血。

花雨还在持续，气氛氤氲浪漫。

钱宝宝羞涩不已，把脸扭到一边，却又忍不住看项昊为自己去毒的认真和焦急。

钱宝宝被项昊的救命之情感动，也深深地沉溺在与项昊如此亲近的接触中。钱宝宝觉得身子有些软，顺势把头靠在了项昊身上。

项昊见吐出的鲜血变成鲜红，才放心地停下动作，温柔地帮钱宝宝拢上衣服。

"毒已经基本清理干净了，及时回去打一针血清应该就没问题了。你的小命保住了。"

钱宝宝已经不想动弹，虚弱又温顺地点点头。

"没见过你这么蠢的女人，见到蛇不躲开，还扑上去。"

钱宝宝已经撑不起精神，闭上眼睛："我还不是为了救你？狗咬吕洞宾。"

"可是我宁愿被咬的人是我。"

钱宝宝终于闭上眼睛，说："我好困，让我靠一下……"

"你是想占我便宜吧……"

两人渐渐撑不住，都晕了过去。

李天翰走回营地，薛少琪焦急地等在半路上。看到李天翰走过来，薛少琪立刻迎了上去。李天翰做了禁音的手势，四处看了看，把薛少琪拉到僻静处。

"事情都办妥了。项昊和萧晗，一起掉下悬崖了。"

薛少琪愧疚地说："萧晗也……这次我们连累无辜的人了。"

李天翰安慰她："为了达到目的，有些时候是不得不做一些牺牲的。现在，少华在天之灵，终于可以安慰一些了。"

薛少琪抬头看了看漫天的繁星，流下眼泪："哥，妹妹替你报仇了，你的仇人已经死了一个，你看见了吗……"

漫天繁星下，李天翰伸手去搂薛少琪，薛少琪并没有抗拒，顺势倒在了李天翰怀里。

"少琪，从今往后，你的事就是我李天翰的事，我会一直在你身边，一直保护你，帮你达成愿望……"

天已经亮了，钱宝宝缓缓睁开眼睛，看起来有些疲惫。她恢复了一些体力，去推身边的项昊："项昊，醒醒，咱们得想办法回去。"

"我的头好晕，让我再睡一会儿。"

"别睡了！我们俩失踪了一夜，估计大家都该着急了！我们得快点和他们会合。"

项昊支撑着站起来，脚步有些踉跄，但总算支撑住了。

钱宝宝很担心："你没事吧？你的脸色看起来不是很好。"

项昊勉强一笑，装作没事："没事，我们走。"

项昊拉着钱宝宝在陡坡下四处寻找着能回到山林的路，却怎么找都找不到。

"项昊，这条路我们刚才走过。"

"怎么会呢？"

"你看这棵树，树上挂个大马蜂窝，刚才我们也是从这棵树边上过的。我们是不是迷路了？"

树林里，教员和学门分开三路，寻找项昊和钱宝宝。搜索半径一加再加，始终没有找到他们两个。

天已经大亮，钱宝宝和项昊还在继续找路。

项昊明显体力不支，脚步沉重，落在了钱宝宝的后面。

钱宝宝催促道："项昊，你快点嘛！"

项昊突然嬉皮笑脸地说："喂，昨晚我帮你吸蛇毒了，算是帮了你一把，现在我走不动了，你能不能也帮帮我，背我一程？"

钱宝宝怒道："项昊！我再次警告你，你犯花痴也挑个合适的时候！"不想，项昊却突然一下子歪倒在了地上。

钱宝宝吓了一跳，上前一看，原来项昊已经脸色惨白，额头上直冒虚汗。

钱宝宝紧张地询问："你怎么了？帮我吸蛇毒的时候，自己吸进去了是不是？你怎么这么不小心！"

项昊虚弱地说："当时我一心只想救你，哪里顾得上这么多。"

钱宝宝一脸心疼，责怪道："你这个大傻瓜！"说完，钱宝宝一咬牙，把项昊背到了自己身上。

小小的身躯背着高大的项昊一点点向前挪。项昊虽然身体虚弱，却是一脸幸福地靠在钱宝宝肩头，嘴里喃喃地说："好希望时间能就此停住，咱们能一直这样待下去。"

"你别说话，保存体力，撑住！"

"喂，你知道，我为什么总是欺负你吗？因为这样，我才能引起你的注意……还有，为什么要拿走你的耳环，还一直不肯还你？因为这样，你才会一次又一次地找我说话。"

钱宝宝带着哭腔说："项昊，你这个全世界最傻最傻的大傻瓜！"

项昊的意识越来越模糊，却一直喃喃地在跟钱宝宝说话。

"萧晗，我喜欢你跟我拌嘴斗气时的可爱；喜欢你笑必露齿的豪迈；喜欢你为朋友两肋插刀的真诚；喜欢你受委屈时的楚楚可怜；我喜欢你的一切一切，喜欢跟你在一起的每一个瞬间……"

钱宝宝切切实实地感受到了项昊对自己的感情，她的心弦被项昊拨动了，眼泪从钱宝宝的脸颊上落下，落到项昊的手上。

项昊迷迷糊糊地说："大晴天的，怎么下雨了啊？"

钱宝宝抽了一下鼻子："项昊，你一定要坚持住！你不会有事的！"

"没关系啊，牡丹花下死、做鬼也风流……"

钱宝宝哭中带笑："死到临头了还这么没脸没皮。我才不会让你死，我要你给我要好好活着，继续天天跟我作对，跟我拌嘴！"

项昊强撑着："我知道，我这个人看起来不怎么严肃，可是，我对你是认真的……"

沈文涛一行终于发现了项昊和钱宝宝的身影，他们飞奔迎上前去。见到了救星，钱宝宝再也坚持不住了，连同项昊一起倒在了地上。钱宝宝对迎上来的沈文涛说："项昊中了蛇毒。他是为了救我才受伤的，快救他！"

项昊已经失去意识，沈文涛二话不说背起项昊，朝营地方向跑去。

项昊丧失意识，误把沈文涛当成了钱宝宝，幸福地靠在沈文涛的肩膀上，用手紧紧地勾着沈文涛的脖子，还情意绵绵地说着肉麻的话。

"萧晗，你的肩膀好宽阔，你的发丝好温柔，你身上的味道好醉人……"

沈文涛又心疼又生气地说："项昊！你再恶心我信不信我把你从山坡上扔下去？"

项昊幸福地笑笑说:"你不会的,因为你舍不得……"

赶到医院的时候,项昊还抱着沈文涛的脖子说着情话:"要是我真的死了,你会记得我一辈子,想我一辈子吗?"

沈文涛欲把项昊放在病床上,项昊却死活不肯放手:"你还没答应我!"

沈文涛无奈地敷衍:"好好好,我,想你一辈子!"

项昊心满意足地躺在了病床上,并露出微笑。

窗外,天色渐渐由明转暗。所有人在医院外一直等到天黑。终于,苏锐从病房里走出来。

钱宝宝一步抢过去,急切地问:"苏教官,项昊怎么样了?"

"项昊的舌头上有个伤口,蛇毒通过这个伤口进入他的体内,但幸好他吸入的蛇毒量不是很大,经过抢救已经脱离危险了。"

钱宝宝舒出一口大气。

苏锐嘱咐说:"这几天一定要监督他静养,清淡饮食、控制情绪。"

大家点点头。

钱宝宝坚持守在项昊的病房内,沈文涛没有办法,只好也陪着他。听到隔壁钱母的咳嗽声,钱宝宝赶紧赶到钱母病房,轻轻拍着钱母的后背,帮助她顺气。

"娘,感觉好些了吗?"

钱母点点头:"你今天怎么有空过来?"

钱宝宝答:"昨天军校野战训练,有个学员受伤了,我们把他送到医院,这就顺便过来看看您。"

钱母仔细地端详了一下钱宝宝:"孩子,你看起来心事重重的,脸色那么差,好像还瘦了些。最近,是遇上什么难事了吗?"

"是遇上点难事……不过娘你放心吧,没什么大事儿!"

钱母心疼地看着自己的孩子,说:"宝宝,是因为在军校当教员太难了吗?要不,咱们还是走吧!"

钱宝宝抓住钱母的手:"娘,跟您的病相比,什么样的难事都不值得一提。我们娘儿俩这一路过来,遇上的牛鬼蛇神还少吗,女儿不照样把他们全都收了吗?放心,你女儿是天下无敌女金刚，四海皆服的雌罗汉，管他是刀山火海、龙潭虎穴，我统统都能闯过来！"

清醒后的项昊从床上坐了起来。想起昨晚发生的事，项昊坐在床上开心地傻笑起来。吓得顾小白直愣："老大，你没事吧？"

项昊笑得更开心了："当然没事了！你不知道，昨天萧晗背我来医院的路上，我把我的心里话都告诉她了，她都被我感动哭了……她还说，会记得我一辈子，想我一辈子。"

此时，沈文涛推门进来："那是我说的！"

项昊惊得差点没从床上滚下来："沈文涛！怎么会是你？"

"我救了你，还一路背你来医院，你小子却一路摸我的脸还说了一路恶心人的话。"

项昊的面部肌肉不由自主地抽动了一下，向着顾小白用眼神问询。

顾小白没心没肺地点头："是没少说也没少摸。"

项昊急了："萧晗呢？我要去找她！"

沈文涛和顾小白强行把他按住，沈文涛厉声说："刚脱离危险就胡闹，不要命啦！我告诉你，我可是好不容易才把你的小命救回来，你别给我瞎作践。"

顾小白也压低声音说："老大，你养病要紧，泡妞的事，可以先缓一缓。"

杜枫拿着一个饭盒，正走在军校走廊上，沈文雨迎面拦住杜枫问："喂，项昊怎么样了？"

杜枫有意向旁边躲了一下："没事了，已经脱离危险醒来了，我正要去给他送饭呢。"

沈文雨舒出一口气，随即又略带紧张地问杜枫："听说，昨天晚上失踪的时候，他一直都跟萧晗待在一起？"

"你怎么那么爱管闲事啊？"

沈文雨很不高兴："这怎么是闲事？项昊的事就是我的事！"

杜枫摇头："傻丫头，凡事别钻牛角尖，累了自己苦了心，不值当！"

"你说什么乱七八糟的？"

"给你提个醒：看风景也别老待在一个地方，外头别有洞天呢！总是盯着一个地方看，会变成斗鸡眼的。"说罢，杜枫大摇大摆地离去。

钱宝宝一脸惆怅地逛到后山，小狗扑上来跟钱宝宝撒娇，钱宝宝抱住小狗，却又自顾自出神，又想起了在悬崖下项昊跟她说的话。"小雨，你说项昊这个家伙，究竟对我施了什么法术，为什么我满脑子都是他跟我说的话，只要一闭上眼睛就会看见他那副吊儿郎当的样子。我钱宝宝行走江湖，向来天不怕地不怕，难道今天真的要着了姓项的这小子的道？哎呀，简直要被江湖同道耻笑死了。我混进军校是为了要治好娘的病。如今，娘的病还没好，我怎么又得上了心病？不行，一定不行！这样下去，迟早要露馅！那娘的病又该怎么办？钱宝宝，你清醒清醒！你不喜欢他！不喜欢，就是不喜欢，明白吗？……好像不明白啊，不行！不明白也得明白！这事儿没得商量！"

项昊一心要找钱宝宝问清楚，顾小白他们实在没办法，只好来转达项昊的意思。顾小白在草坪前叫住钱宝宝："萧教官！我们老大托我给你带个话，今晚戌时，他想约你在军校后花园见面。"

"那麻烦你转告他，我今天晚上没有空。"

顾小白很为难："萧教官，你就别为难我了。你知道的，我们老大想做的事，拦是绝对拦不住的。你要是拒绝了他，指不定他还会给我们整出什么幺蛾子来呢。再说了，他现在大病未愈，你就依他一次呗。"

钱宝宝露出犹豫神色，不再说话。

顾小白欣喜地说："那，我就当你答应啦，我这就回去告诉老大。"说完，顾小白转身就跑。

钱宝宝犹豫不决，想去见项昊，又觉得自己不能再陷进去。她踌躇地走在操场上，就听到有人一边热身运动一边闲聊。

周杰说："野战考核的那天晚上，萧晗和项昊失踪了整整一个晚上，你说，这俩人到底干吗去了？"

赵虎撇嘴："好像说是从悬崖上掉下去了。这我就奇怪了，为什么我们不掉下去，偏偏就他俩掉下去。你说这月黑风高的，孤男寡女，在悬崖边还能干吗？"

有人窃笑了一声。

钱宝宝听见众学员议论自己，委屈地咬紧了嘴唇。

周杰接着说："顾小白不是说了吗，萧晗和项昊其实原本就是订了娃娃亲的，人家原本就该是一对儿，还马上准备要成亲了呢！"

"再怎么样也不能在公开场合卿卿我我啊，咱们这可是军校，这叫军校的法纪何存？这两个人玩得也太过火了！天翰，你应该让你爹收拾他们！"

李天翰说："军校事务那么繁忙，我爹哪有那么多闲工夫。"

"欸？说起来，这个沈文涛也挺奇怪的，明明知道萧晗和项昊是娃娃亲，偏要横插一竿子。"

周杰说："民国了，现在流行这个，这叫自由恋爱！"

沈文涛找钱宝宝寻到这边来，听到周杰、赵虎的话，警告般地咳嗽了几声。几个学员回头看见钱宝宝，都十分尴尬，快步溜开了。

沈文涛安慰钱宝宝说："大家平时训练太紧张了，业余时间就爱瞎聊几句释放释放压力，你别太介意。"

"没关系，这些不好听的话，我左耳朵进右耳朵就出了，什么都不记得了。项昊他，今天都还好吧？"

"项昊已经生龙活虎了，不必替他担心。"沈文涛说。

钱宝宝很感激地看着沈文涛，说："文涛，谢谢你。"

"不用谢我，在那个当口换成任何一个人都会那么做。要是你真想表达谢意的话，今天晚上军校舞厅放电影，能不能请你赏光陪我一起去看？"

钱宝宝迟疑片刻，想到项昊的邀约，想到自己做出的绝不能跟项昊继续发展下去的决定，便答应下来："好，今晚舞厅门口见。"

满心欢喜的项昊打算赴约，路过舞厅时，却无意中看到钱宝宝和沈文涛一起并肩走进舞厅。项昊简直不敢相信自己的眼睛，沈文涛和钱宝宝的一颦一笑都像尖刀一样插向了他的心窝。项昊愤怒地握紧了拳头："萧晗，你这个女骗子！"

见项昊失魂落魄的样子。顾小白和杜枫站在项昊病房外直嘀咕。

顾小白疑惑："老大不是跟萧教官约会去了吗？怎么这么快就回来了。"

杜枫说:"我看他这是出师未捷身先死啊!"

顾小白直纳闷道:"我就弄不明白了,明眼人都看得出来,老大对萧教官有情,萧教官对老大有意,他们还从小就订了娃娃亲,这就是顺风吹火,根本不用使劲的事儿嘛。"

回头看见谢天娇一脸笑意地缠着苏锐一直说话,顾小白感慨道:"再下去,连谢天娇和苏锐都快成了,他们俩怎么还那么磨叽呢!"

两个人一起叹了口气。

顾小白琢磨了一会儿,说:"喂,老杜,咱们推推波、助助澜、和和稀泥,把这事儿促成了。是不是也算救人一命胜造七级浮屠?"

杜枫也点头:"绝对算!咱行动吧!"

教室里,钱宝宝正在上课,看见项昊的座位是空的,然后看向顾小白和杜枫的位置,发现也是空的,眼中有一些失落。沈文涛将钱宝宝的反应都看在眼里。

钱宝宝翻开书:"大家都知道,指挥官的心态事关战略战术的选择,有的时候,指挥官的情绪也能影响一场战斗的胜负……呃……呃……"

因为走神,钱宝宝已经忘了自己接下来要讲什么。沈文涛连忙举手替钱宝宝解围:"报告,我想谈一点感想。"

钱宝宝很感激他的救场,连忙说:"沈文涛同学,请讲!"

"我认为,人的一生,无时无刻不在各种情绪中,但是,心理学就是教我们如何控制情绪,而非被情绪控制。比如我会情不自禁地想一件事,想一个人,但是我的空想既不能影响对方,也不能改变结局。所以与其空想,不如不想。萧教官,你说我说得对吗?"

钱宝宝回过神来道:"对……对……沈文涛同学说得很有道理。我们继续……"

下课时间,同学们来来往往。钱宝宝坐在回廊里发呆,沈文涛看着钱宝宝若有所思的神情,刚想过去,就看见杜枫眼圈红红的跑过来找钱宝宝:"萧教官,不好了。"

钱宝宝着急地站起来:"怎么了?今天你和小白怎么都没来上课?有什么事你慢慢说。"

杜枫夸张地大喘着气，有气无力地说："项昊蛇毒复发，快不行了，你快去看他一眼吧，他好像有什么话要对你说。你快点去看看吧，再晚就来不及了。"

钱宝宝拔腿就跑。

韩旭有点愣愣地看着钱宝宝从身边跑过去，耸了一下肩膀，兴奋地对沈文涛说："老大，好消息。钱大娘做手术的设备已经从上海运出了，应该过几天就会到龙城了。之前因为海上天气原因，所以耽误了好些日子。你快去把这个好消息告诉她吧。她跑那么快，不会是知道了吧？"

沈文涛拍拍韩旭肩膀，转身去追钱宝宝。

钱宝宝跟着杜枫跑去看项昊，看见顾小白站在项昊的病房门口哭，钱宝宝的心一沉："顾小白，项昊怎么样了？"

顾小白难过地抽泣，说不出话。

钱宝宝一把推开小白，推门进了病房。顾小白轻轻地拿开一直假装擦眼泪的手，和杜枫交换了一下眼色。击掌庆祝。

杜枫拍了拍小白的肩膀："演技不错，还挺卖力的！"

顾小白笑着摊开一直握着的手，露出半个洋葱。

钱宝宝看见项昊在床上躺得笔直，一动不动，被单盖到头上。钱宝宝的眼泪一下子流了下来，扑上去扯开被单，大哭起来。

"项昊，你不能死……你快点给我起来，我还有好多话，没来得及跟你说……苏大夫你快点来救救项昊啊！"

项昊听见钱宝宝的哭声，感觉到有人扑到自己身上，然后就是钱宝宝的眼泪落在自己脸上，奇怪地睁开眼睛，问："谁死了？"

项昊突然说话，钱宝宝先是吓了一跳，转而以为项昊骗她，生气地一把推开项昊："项昊，你骗我？还跟我玩诈死！你无聊，你不要脸！"

项昊一脸茫然："我什么时候骗你了？我睡得好好的，就被你扑醒了，你占了我的便宜还说我不要脸？"

钱宝宝不相信地问："你没有联合顾小白和杜枫演戏骗我？"

第十八章　两心相印

项昊一本正经地说："当然没有。"

钱宝宝半信半疑："可是杜枫说你不行了，小白哭得一把鼻涕一把泪的。"

项昊一愣，随即明白过来，看着钱宝宝满脸泪痕，心里高兴。

"喂，你哭得梨花带雨的，这是为什么啊？"

钱宝宝怕被看穿，赶紧掩饰："我哭，是因为……你要死了！我的耳环你还没有还给我呢！"

项昊一把抓住钱宝宝，把她拉近到自己身上。钱宝宝想逃，项昊反扑过来，将钱宝宝压住。

项昊坏坏地笑着："你就别嘴硬了，刚才我都听见了，你说项昊你不能死，我还有好多话要对你说。说吧，想对我说什么，我听着呢！"

杜枫和小白探头进来，看见项昊正压在钱宝宝身上。顾小白赶紧用手捂上眼睛，然后顺着手缝往里看，嘴里说着："你们继续，继续，我什么都没看见，没看见。"

钱宝宝推开项昊，坐在床边。项昊不甘心地伸手搂住钱宝宝，生怕她飞了一般。

钱宝宝尴尬地大喊："顾小白、杜枫，你们竟然敢骗我，回头这笔账我一定跟你们好好算！"

顾小白贱兮兮地说："萧教官，如果我们不那么说，你会来看我们老大吗？"

杜枫也附和着："兵不厌诈，你教的！"

项昊向杜枫和顾小白使了个眼色："多谢二位大媒，回头给你们各记一大功，现在还不识相点赶快从我们面前消失！"

顾小白敬了个礼："立刻消失！"说完拉起杜枫飞快地关上门出去。

项昊嬉皮笑脸地对着钱宝宝说："那咱们继续？"

钱宝宝嗔怒地推项昊："流氓！"

"我只对你一个人耍流氓！"

钱宝宝挣扎着让项昊放开她，但是动作很轻柔："你少跟我油嘴滑舌，你说的话我一个字都不信。"

项昊假装疼痛，抚着胸口："哎呀，好痛。"

钱宝宝赶紧扶住项昊，担心地问："怎么了？是不是哪儿被我撞疼了？"

项昊抓住钱宝宝的手，夸张地说："你无视我的真心，所以我心痛呀。"

钱宝宝娇嗔道："你演上瘾了是不是？"

项昊趁机揽过钱宝宝，两人四目凝望。

项昊喃喃地说："你说，这世上的人千千万万，为什么我就偏偏喜欢你呢？"

就在这时，一阵急促的敲门声响起。

项昊怒道："顾小白！你又什么事！"

沈文涛的声音传来："萧教官，我有些重要的事要告诉你！"

钱宝宝回过神来，慌忙走出病房。

项昊气得捶了一下病床："沈文涛，你个阴魂不散的家伙，怎么哪儿都有你啊！"

沈文涛来告诉钱宝宝钱母手术的事，两个人走进病房，钱母正在睡熟。

苏锐轻声示意："老人家吃过药刚睡着，我们外边说。"

苏锐说："萧教官，你奶娘的病，现在用药物控制得很好。而且，我刚刚得到消息，手术用的设备已经从上海运出了，相信再有几天工夫，就能抵达龙城了。"

沈文涛说："苏医生，你的消息可真灵通。"

钱宝宝非常高兴地连声道谢："谢谢你，苏大夫，这真是个天大的好消息。"

苏锐微笑着说："我可不敢居功，这批设备可以这么快就申请下来，多亏了项昊帮忙，他上上下下跑了很多地方，出了很多力，你要谢就谢项昊吧。"

沈文涛脸上的笑容凝结，他本来以为苏锐会把设备海关出关的功劳归给韩旭，不曾想项昊也在背后使了这么大力。

钱宝宝脸上的娇羞，没有逃过沈文涛的眼睛。沈文涛的眼神有些失落。

钱宝宝激动地说："太好了，太好了！等了这么久，终于看到胜利的曙光了。对了，刚才你也说有好消息告诉我，到底是什么消息呀，好事成双，你就别卖关子了。"

沈文涛有一点失落："噢，其实我就是想告诉你，你奶娘马上就可以做手术这件事。"

苏锐微笑着说:"刚才还说我消息灵通,你消息也挺灵通的嘛。"

医院的院子里,谢天娇身着女装,一边焦躁地踱步一边等苏锐。苏锐和钱宝宝、沈文涛一起走出来,远远看见谢天娇的身影,赶忙躲在沈文涛身后,想蒙混过关,却被眼尖的谢天娇看见。

谢天娇大喊:"苏医生!"

苏锐连忙说:"不好!我肚子疼!我,我去方便一下!"说罢一溜烟地消失了。

没想到谢天娇风口无遮拦:"苏医生,你要上厕所吗,我陪你去啊?"

苏锐连连摆手:"不用!不用!我自己可以的!"

沈文涛听见这话,忍不住扭头憋住笑意。钱宝宝拍拍沈文涛,使眼色,示意沈文涛要控制住情绪。

谢天娇委屈地过来,对钱宝宝说:"苏医生这几天一看见我就拉肚子,这是为什么呀?"

钱宝宝憋着笑:"谢主任,我教你点战略战术!"

长椅上,两个女人促膝长谈。

"追求别人啊,跟带兵打仗可不一样,你不能穷追不舍,死缠烂打。"

谢天娇脸上飞起两朵红云:"那要怎么办?"

"以你现在的姿色,就应该跟他玩诸葛亮收孟获:收收放放!"

谢天娇思索着,接着不解地摇摇头。

钱宝宝说:"再说得明白一点儿呢,就是对待男人,得偶尔主动、偶尔被动、不要冲动、尽量伺机而动。就算你芳心驿动,也要假装按兵不动,那样才会让男人怦然心动。明白了吗?"

谢天娇似懂非懂地点了点头。

李天翰在水果铺子里卖力地帮薛少琪搬运刚刚送到的水果。

薛少琪劝他:"天翰,集英战队选拔正是关键的时候,你那么忙,不用特地请假赶来我家帮忙。"

"以后记得上货的时候都要叫我,这是男人干的粗活,你一个姑娘家哪能吃这样的苦？听说最近一段时间，项昊和沈文涛也常来你这儿，这两个家伙就知道惺惺作态，真让人恶心。"

"我最近常常在想，我对项昊、沈文涛他们做的也够多了，可他们偏偏一次次都躲过来了，难道这是天意？"

李天翰突然抓住了薛少琪的手，打断了她的话："少琪，有的时候我真不明白，你是善良呢，还是有点傻得让人着急呢？不过我一定要提醒你，善良的办法对善良的人才有用，对大奸大恶之人，唯有以牙还牙、血债血偿。"

薛少琪害羞，试图从李天翰手里抽走自己的手。

李天翰把薛少琪的手抓得更紧了："少琪，我的心意，你应该明白，我想代替少华，做那个一辈子为你遮风挡雨的人……"

薛少琪低着头："天翰哥，我配不上你……"

钱宝宝来看薛少琪，走到门口，正看见李天翰和薛少琪拉拉扯扯，李天翰摸着薛少琪的脸，薛少琪轻轻别过脸去。

钱宝宝冲过来质问："李天翰，你在干什么？"

李天翰瞪着钱宝宝："萧教官，你又跑这里管闲事来了？这次又想帮谁啊？"

"我来帮少琪，你别想欺负她！"

薛少琪冷冷地对钱宝宝说："你误会他了，我没有什么事需要你帮忙。"

李天翰深情地握了握薛少琪的手说："少琪，货都装完了，我先走了。你要好好跟萧教官解释解释，我可不想被人误会。"

李天翰离开后。钱宝宝皱眉看了看李天翰的背影，真诚地说："少琪，你跟李天翰到底是怎么回事？他不是什么好人，你少和他打交道。"

薛少琪冷淡地打断她："我不许你这么说天翰，我的事不需要你管，我自己可以处理。"

钱宝宝语重心长地说："我不是想管你的事，我们都是女孩子，我怕你吃亏……"

"萧教官，记得你跟我说过，沈文涛和项昊是你在乎的人，对吧。现在我郑重地告诉你，天翰也是我心里在乎的那个人。我绝不允许你说他的坏话。你走！"

薛少琪不耐烦地进门。

钱宝宝看了看薛少琪，叹了一口气。

钱宝宝抱着讲义走在走廊上。沈文涛和韩旭、高美仁跟在钱宝宝身后。就在刚才，韩旭和高美仁已经给沈文涛做了半天的思想工作，摆事实、讲道理、苦口婆心、意味深长，最后的结论只有一个：表白！立刻、马上并且勇敢地表白！他们甚至已经陪着沈文涛给钱宝宝买了一对耳环。

韩旭、高美仁拼命地给沈文涛使眼色，沈文涛鼓起勇气，将手伸向自己的裤兜，摸了摸露出了一半的耳环盒子。

沈文涛鼓起勇气，走到钱宝宝跟前，刚想开口。顾小白和杜枫以箭一样的速度冲到钱宝宝面前，将沈文涛挤在一边，两人一左一右将钱宝宝拉走。

"萧教官，我们老大等着你给他补课呢，都望穿秋水了，咱们快走吧。"顾小白说。

钱宝宝又好气又好笑："项昊什么时候变得爱学习了？"

沈文涛坚持开口："萧教官，我找你有事……"

顾小白打断沈文涛："病人最大，对不起了，你有什么事改天再跟萧教官说吧。"

钱宝宝被顾小白和杜枫拖走，回头说："沈文涛，你没什么急事吧？"

沈文涛点点头。

韩旭直叹气："老大，你可真愁人，用不用我和高美仁也把萧教官抓到你面前，你心里的话才肯说出来呀？"

项昊病房，钱宝宝坐在床头给项昊念课本。项昊却一点都没听进去，只是傻呆呆地看着钱宝宝。

钱宝宝停下来，看了看项昊："你到底在没在听课啊！"

项昊还是痴痴地看着钱宝宝："哦，我以看为主，你继续！"

钱宝宝合起书本猛敲了一下项昊的脑袋："就知道你又耍我！"

项昊又开始装："哎呀，痛啊，好像毒又发作了！"

"还又发？你少来这套，听过狼来了的故事吗，总装可就不像了啊！"

项昊突然抓住钱宝宝的手。钱宝宝一愣。

项昊很认真地说："如果以后的每一天都能像此时此刻这样，我就死而无憾了。"

钱宝宝的心被项昊触动，但她故作轻松地说："什么死不死的，你就不能说点吉利话吗？对了，我奶娘手术设备的事，谢谢你。"

项昊温柔地说："我愿意为你做任何事。"

钱宝宝俏皮地笑了笑："好啊，那你学小狗叫几声我听听。"

项昊故意吓唬钱宝宝地："嗷呜～嗷呜～我可不是小狗，我是狼，色狼的狼。"项昊假装要咬钱宝宝，钱宝宝哈哈大笑地躲来躲去。

满脸笑容的钱宝宝从项昊病房走出来，看到欧阳飞。她热情地打招呼："欧阳教官，你怎么在这儿？"

欧阳飞很平静地说："我来探望个病人。"

钱宝宝一定不会知道，在她身后不到20米的地方，欧阳飞拐进了一个病房，而那个病床上躺着的，竟然是昏迷不醒的萧晗。

护士见欧阳飞进来，打了招呼："欧阳教官，您来了？"

欧阳飞冲护士点点头，轻声问："这几天，她情况怎么样？"

护士叹气："老样子，虽然生命体征早就稳定了，但就是昏迷不醒，连苏医生也说不准她到底什么时候会醒来。"

欧阳飞无奈地点头："麻烦你了。"

护士略带好奇地问："欧阳教官，我多嘴问一句，你跟这位姑娘，到底是什么关系？除了你每隔两三天来看她一次之外，我都没见过其他人来探望她。"

"其实，我也不知道她是谁，我只是偶然救了她的路人而已。

护士点点头："那她还真是运气好呢。"

病床上的萧晗紧闭双目，没有反应。欧阳飞站在一边，静静地凝视着她。

学校的后山上，钱宝宝带着食物来看小狗，小狗很开心，跟钱宝宝玩了一会儿，然后乖乖地吃东西。钱宝宝一边喂小狗，一边讲着自己的心事："小雨，我脑子好乱，我知道不该靠近项昊。但是我还是忍不住在向他靠近，我控制不住自己，我该怎么办啊……"

钱宝宝的内心挣扎项昊丝毫没有察觉，他继续着他爱的表达，这晚又把钱宝宝约到后山的秋千架那里。

钱宝宝有点紧张："黑灯瞎火的，你带我来这儿干吗？"

项昊指着一颗星星说："你看到那颗星星了吗？"

钱宝宝抬头，顺着项昊的手看星空："看到了，怎么了？"

"那是'萧晗星'，在她旁边有一颗小星，一直围绕她，那是'项昊星'。"

"别乱说，我听说人死了才会变成星星。"

"那我就帮你把它们摘下来！看我的。"项昊说。

钱宝宝不可思议地看着项昊。项昊手舞足蹈地虚张声势了一番，突然张开手，手上两枚冷焰火爆发出炫目的光，看起来又明亮又美好。

钱宝宝惊喜地欢呼："哇！焰火！"

项昊把两枚烟花合二为一，焰火变出了新的颜色。突然项昊和钱宝宝周围事先布置的烟花全部绽放开来，构成绚烂的世界。

钱宝宝眼花缭乱，笑得合不拢嘴。

项昊拉住钱宝宝的手："原本我们是夜幕下两颗孤孤单单的星，直到有一天我们相遇，从此，你就是我眼中最美的星光。"

烟花冲天而起，化成流星。

项昊说："许个愿吧。"

钱宝宝虔诚地许愿："我希望我奶娘的病快点好起来，我想做真正的自己。"

项昊也虔诚地许愿："我的愿望是，可以永远这样和你在一起。"

"可是在我奶娘的病没有好之前，我不会和任何人在一起。"

"我知道你心里有我，已经很开心，我愿意等你。"

钱宝宝看着项昊，心情复杂地说："萧晗对于我来说只是一个名字，也许我根本就不是你想象中的那个样子……"

项昊好像明白钱宝宝的话一样，说："我明白。我爱上的不是你的姓名，是你这个人。我爱上的不是我想象中的你，而是我真实看到的你，活生生站在我面前的你。我也相信，你心里有我，也不是因为我姓项，是项邵达的儿子，而是我项昊这个人。你的感觉不用说出来，我都懂。我们有一生一世的时间，可以互相慢慢倾诉……"

钱宝宝被项昊的肺腑之言感动，美好的氛围萦绕在两人之间。

项昊温柔地俯在钱宝宝耳边："现在，请你闭上眼睛。"钱宝宝轻轻闭上眼睛，项昊把一对漂亮的新耳环戴到了钱宝宝的耳朵上。钱宝宝被项昊扎痛，吃痛叫了一声。

项昊露出孩子般的尴尬表情："对不起，我还是第一次做这种事！"

项昊替钱宝宝戴好耳环，又把钱宝宝的那只铜耳环放在她手心里。钱宝宝缓缓睁开眼睛。

"这对新耳环是我送给你的第一份礼物。至于你的旧耳环，你说过是很重要的人送给你的，我还给你。不过，它代表着你的过去，我才是你的未来。这个画面我幻想过几百次了。"

钱宝宝问："是不是很失望？"

"不，比幻想中的好千万倍。"

项昊慢慢地吻住钱宝宝。

月光柔和，烟花绚烂地不停闪动，钱宝宝和项昊拥吻在一片浪漫中。

项昊和钱宝宝回来的时候，在宿舍门口遇到了沈文涛。

沈文涛手里拿着一个精致的装耳环的小盒子，看见钱宝宝和项昊远远走过来，他迎上去。

"这么晚了，你去哪儿了？"

钱宝宝正要回答。项昊抢先开口："这不明摆着吗？她一直和我在一起。"

沈文涛对钱宝宝说："萧晗，我有几句很重要的话要和你说。"

项昊一把搂住钱宝宝："不行。我现在就向你宣布主权。以后你不可以单独约见她，因为她是我项昊的人。"

钱宝宝露出尴尬的表情。

沈文涛失落地看着钱宝宝，也看到钱宝宝的耳朵上已经戴上了新耳环，他将自己手上的小盒子藏了起来。沈文涛眼里充满担忧，他在心里对钱宝宝说：萧晗，你想过吗，你现在享受的快乐有可能成为日后痛苦的原因，你想清楚了吗？

见沈文涛不说话，项昊说："沈文涛，你半夜没事干来找削的是吧！"

项昊说着就想对沈文涛动手，钱宝宝赶忙拦住项昊。

沈文涛看着钱宝宝，轻轻地说："我说过我会保护你，我不会让令你痛苦的事情发生的。"

沈文涛说罢离去，钱宝宝看着沈文涛离去的背影，轻轻地咬了一下嘴唇。

一个情场得意，一个一往情深。

　　两个男人用自己不同的情怀深深地关爱着钱宝宝。

　　项昊像打了鸡血一样在任何时刻与沈文涛抗争着，当然沈文涛也丝毫没有退却。在最近一次的训练中。项昊和沈文涛带领的队伍竟然同时夺得胜利。不分上下。这甚至让李天翰在李继洲面前都表示出真心佩服。

　　"爹，我在想今天的战术策略课，沈文涛和项昊的表现真是无坚不摧。爹，我不得不承认自己是败了。"

　　李继洲安慰他："你的努力爹都看在眼里，你放心，爹一定不会让他们太得意的。"

　　李天翰故意说："您不明白他们现在势头有多猛。最近不是有流寇作乱吗，我看他们两个要是能联手，恐怕连流寇都能给收拾了。"

　　李继洲愣了一下，又有了对策："对！打流寇，我有主意了！"

　　李天翰计谋得逞，露出深沉的奸笑。

第十九章　对抗流寇

　　沈国舜、项邵达应李继洲之邀参观校园，心里都知道这绝对不是纯粹的参观。两个人各怀心事，都憋着不肯提问，跟着李继洲到处逛了逛。

　　李继洲终于笑呵呵地说："不瞒两位大哥说，小弟我有一事相求。我接到情报，目前有一小股流寇正在龙城东南滋扰百姓，现在是群情激愤啊。"

　　沈国舜说："李校长的情报能力挺强嘛，大帅已经让我带队去剿灭他们了。"

　　"我也是听说沈军长已经重拳出击，所以我有个不情之请，不知能不能让我们龙城军校的学生们也参与这次的作战行动，既是给学生们增加一个实战锻炼的机会，也是作为集英战队下一轮的考题。"

　　项邵达和沈国舜有些吃惊地面面相觑。

　　想到自己的儿子，项邵达连忙反对："这恐怕不妥吧，他们毕竟还都是学生，从来也没上过战场，实战对他们来说太危险了。"

　　李继洲立刻表示："项参谋长多虑了，沈军长这不是已经派大军在外围基本控制了局势嘛，这几个流寇已经是瓮中之鳖，咱们胜券在握。学生们只不过是拿这些流寇练练手，抓住个实习的机会罢了。"

　　沈国舜也担心自己的儿子，跟着反对："话可不能这么说，这打起仗来，刀枪无眼，这些学生兵万一有个闪失……"

　　李继洲打断他们："两位老哥，我知道你们担心学生们的安危，但今天小弟我可要说句不该说的。他们是学生，但毕竟也是军人，如果贪生怕死，那还当什么军人？谁都有第一次上战场的时候，如果这种小难度战斗他们都畏首畏尾，那就根本没资格在军校待下去，更别提什么集英战队了。"

　　沈国舜、项邵达沉默片刻。

　　项邵达提议说："李校长说的也在理，你看这样如何？学生们可以参加作战，但我和沈军长必须全程参加指挥。"

沈国舜难得附和项邵达："正好，我们两个在，方便随时指导，也好及时纠正错误，减少不必要的伤亡。"

李继洲只好满脸堆笑地同意："如此甚好，如此甚好！还是两位老哥想得周全，那这事就这么定了。"

李继洲马上组织了动员大会，一本正经地发言。

"诸位同学，今天我们有幸请到项参谋长、沈军长莅临参观，并亲自为大家宣布集英战队第三轮考核的内容。让我们掌声有请项参谋长！"

项邵达一边向学生们挥手示意，一边站到发言台上。

"诸位同学，你们三十九人在前两轮考核中过关斩将、顺利胜出，已经实属不易。但接下来这一轮考核的内容将更加艰巨、特殊，它是龙城军校的历史上前所未有的，相信也是诸君所热盼的。我宣布，集英战队第三轮的考核内容：实战！"

一听到"实战"两个字，学员们立刻双眼放光，兴奋之情溢于言表。

"当前，一小股流寇正在龙城东南蠢蠢欲动。沈军长的部队已经对其形成了合围之势。各位学员将要亲赴前线，配合大军将其剿灭。此战中，表现优秀，杀敌有功者，将会晋级。但是，遇战退缩，全无斗志，尽皆失败者将一律淘汰，甚至，不排除全部淘汰的可能性。这次考核的评审官将由本人和沈国舜军长担任，大家都听明白了吗？"

场上传来斗志昂扬的高呼："明白！"

李继洲补充道："大家先不要激动，毕竟这次是实战，各位同学务必要精诚团结，力求全胜。另外，这次带队教官是班主任萧晗。"

钱宝宝立刻反对道："报告校长，实战派我去不合适吧？"

李继洲很严肃地说："欧阳飞和刘天宇马上要去出差，别无其他人选，你必须服从命令。"

钱宝宝带着无奈敬了个礼："是！"

钱宝宝在宿舍里收拾包袱，脸上都是不快。要说贪生怕死，那绝对不是她钱宝宝的性格，可是娘的手术还没做，一切还没个定论，钱宝宝真的不愿意去参加什么实战。一想到这个李校长对自己无数次的"器重"，钱宝宝其实也开始犯嘀咕：这似乎不单单是考验她能力的问题了，似乎是……

这时候沈文涛敲门进来，递给她一个小包裹。钱宝宝接过来，打开一看，是一把小手枪。

沈文涛介绍说："这是一把勃朗宁 M1906 手枪，隐藏性好，后坐力小，适合女孩子防身。"

"谢谢你，文涛，你想得真周到。"钱宝宝很感激。

"你是一个女孩子，应该从来没有经历过实战。上了战场，肯定会担心害怕，不过你放心，只要我在你身边，就一定会保护好你，让你平安回来。"

两人正说着话，项昊没有敲门就闯了进来，一看到沈文涛，脸上的笑容一下子就消失了。看到钱宝宝手中的枪，项昊挺不满意。

"沈文涛，你别有事没事献殷勤。送手枪？萧晗她会开枪吗？万一擦枪走火打到自己怎么办？"说完，他掏出一条项链递给钱宝宝。

"喏，这是我从小就佩戴的护身符，有这个护身符，不管走到哪里它都会保护你的。还有，上战场的时候别瞎跑，就待在我身边。"

沈文涛很不屑："项昊，你真是幼稚得令人心碎。"

"你！"项昊挺直了腰，就要和沈文涛动手。

钱宝宝把两个人推出去："行了行了，你们两个的东西我都收下了，现在你们都赶紧回去训练吧！"

其他学员也在认真地准备着东西，韩旭抱起窗台上的一盆花说："这一走，还不知哪天才能回来呢，别给干死了……美仁，都准备好了吗？"

高美仁看看地上码得整整齐齐的五个硕大的麻袋包，支吾着说："准备是都准备好了，就是扛不走。要不，你再雇个拉车的？"

顾小白东西都没收拾，而是趴在石凳上奋笔疾书。杜枫走过来问："一个人躲在这儿，给哪个姑娘写情书呢？"

顾小白瞥一眼杜枫："不是情书，是遗书！我们这可是去打仗！你以为是过家家呢？这万一我一去不返了，这轰轰烈烈的一生还没给这世上留下个只言片语的，就是上了黄泉路也不心安哪。"

杜枫倒吸一口凉气,拿过顾小白的遗书,大声念起来:"'裁缝店的美兰姑娘人长得漂亮手脚也勤快;东街何家的丫头茉莉总是偷偷瞄我,估计对我有点意思;杜枫欠我十二个大洋没还;高美仁欠我三十张饭票外加一坛子烧酒……'顾小白,你这一生果然轰轰烈烈啊!"

校长室里,李继洲小声嘱咐着儿子:"这次实战是对付项昊和沈文涛的绝佳机会。"

"我会好好把握的。"李天翰说。

"不过项邵达和沈国舜这两个老家伙偏要亲自指挥,参与评审,估计也是有所防备,恐怕不是那么容易得手。"

李天翰似乎很有信心:"我看未必,战场上,子弹可不长眼睛,对付他们反倒容易。"

"好,一切小心。别偷鸡不成反蚀把米,到头来反而打草惊蛇。"

到了营地,大家简单休整后,就聚拢在沙盘前研究战术。

项邵达、沈国舜已经给几位学员大概介绍了一下作战的形式。

沈国舜说:"目前的形式就是这样子,我军对敌人已经形成了东西合围、南北钳击之势。"

项邵达鼓励说:"诸位都是军校学员中的佼佼者,对于接下来的作战计划如何安排,我和沈军长倒想听听你们的高见,谁先来说说?"

项昊抢先发言:"这帮流寇主要是被打散的散兵游勇和地方上的土匪流氓,虽然人数有一百来人,但都不愿意拼命,欺负老百姓和打劫乡绅富户还有一些本事,一旦遇到战斗意志坚定,有组织的正规部队,流寇就会一触即溃,化整为零,因为都是些有血债的亡命徒,即使打散还会继续骚扰祸害老百姓,所以最好聚而歼之,才能根除祸害。"

项邵达赞许地看着儿子:"分析得精准!那具体战略战术呢?"

沈文涛说:"报告,我有个计划。"

项邵达点头:"说。"

沈文涛走到地图前,拿起教鞭指着地图开始分析形势:"我认为,既然目前敌我态势分明,我军就应该把握时机、主动出击,争取一战歼灭流寇主力,之后再肃清余党。因此，我建议明天一早就发起决战，毕其功于一役。"

项昊很不屑："说的都是废话。"

沈文涛瞪项昊一眼："另外，决战的地点也非常重要，我建议放在卧牛岭，卧牛岭形如青牛俯卧，两个突出的制高点好似牛角，可以设置机枪阵地，对牛腹的空地形成交叉火力，牛背一线可以埋伏大部队，形成对牛腹地带的纵列密集火力，总攻击时三面夹击，形成俯角冲锋队形，对敌人给以毁灭性的打击。"

沈国舜难掩心中得意，点头说："文涛的建议，倒是与我的想法不谋而合。大家觉得呢？"

李天翰立刻敬礼："报告长官，我赞同。"

项邵达也违心地称赞："文涛果然青出于蓝胜于蓝，长江后浪推前浪啊。"

项昊撇撇嘴："纸上谈兵！在战役开始前，要好好勘察地形，不能只用地图作业，要看看实际战场的情况，同时我请求带领先锋组打头阵，直插敌人心脏。"

项邵达觉得扳回一局，连忙说："好，这个态度值得赞赏，战前一定要详细勘察，才能避免不恰当的决策，知己知彼，百战不殆。"

沈国舜说："既然战略方案是文涛提出的，那参谋长你看，不如就让文涛当这个学生军特别分队的队长，具体负责此次袭取流寇的任务如何？"

"好，我没有意见。"

散会后，沈文涛以特别分队队长的名义下达命令，由项昊去侦查一下实际战场。项昊虽心有不甘，也只好从命。他化装成平民走在野外，平民打扮的钱宝宝也从后面追上来。

项昊略感惊讶："你怎么也来了？"

"这是实战，非同小可，我担心你到时候搞出什么幺蛾子来，延误战事，还是我辛苦一趟，监督你一起完成任务的好。"

项昊凑近钱宝宝，笑了："又找借口！别以为我不知道，你一定是想找机会单独跟我在一起！"说着一只手就搭在了钱宝宝的肩膀上。

钱宝宝甩开项昊的手："喂，你严肃点，这是执行任务！"

项昊重新把手搭在钱宝宝肩膀上："我很严肃地在跟你扮演夫妻啊，这样更利于掩护身份，方便更好地开展侦查工作嘛！"说完继续搭着钱宝宝肩膀向前走。

钱宝宝和项昊走到卧牛岭勘察地形。

"果然如同沈文涛所说，牛背一线可以埋伏大部队，形成对牛腹地带的纵列密集火力。"钱宝宝说。

项昊一听钱宝宝提到沈文涛，心情很不爽："什么叫沈文涛说的啊，那不是有地图吗，上面明明白白画着呢！"

钱宝宝瞥一眼项昊："你就不能虚心一点吗？"

"好，我一会儿好好测量一下等高线，标一下伏击区的射击范围，光看地图哪行，我得让姓沈的仔细看看，虚心向我多学着点！"

就在这时，两人背后传来一个孩子的声音。

"宝宝姐姐！"

钱宝宝一惊，回过头去，却发现背后站着一个衣着破烂的小孩，钱宝宝一时没想起来。

"宝宝姐姐……你在火车上给我变过戏法，你不记得了吗？"

钱宝宝终于想了起来，这是在来龙城的火车上，观看自己变戏法的小孩之一："我想起你来了，你是小鱼儿！"

小鱼儿笑着点点头。

项昊纳闷地看着钱宝宝："宝宝姐姐？"

钱宝宝心虚地说："那个，那个是我小名。"

"原来你还有这样肉麻的小名。那好，以后我就叫你宝宝好了！"

"别没大没小的，我可是你教官！"钱宝宝说完，转头问小鱼儿，"小鱼儿，你怎么一个人在这儿啊，你爹娘呢？"

小鱼儿说："我家就住在这儿啊！"

项昊有点纳闷："这儿前不着村后不着店，哪儿有住家？"

小鱼儿指着不远处："我们全村都住在这儿！喏，就是那儿！宝宝姐姐和哥哥，去我家坐坐吧。"

项昊纳闷："我仔细看过地图，卧牛岭一带，分明就没有村子啊。"

钱宝宝说："走，去看看！小鱼儿，你来给哥哥姐姐领路好不好？"

小孩点点头，朝前走去。带着项昊和钱宝宝一同前往村子。

确实有一个村庄，萧条破败，仅有零零星星的几间茅草和木板搭起来的破屋。

路边，有几个村民，有的在择野菜，有的在晾晒满是补丁的衣服。村民们看见外来者，眼神中都有着几分恐惧和敌意。项昊皱眉唏嘘不已："看来，他们应该是刚刚逃到这里的流民。"

小鱼儿带着钱宝宝、项昊坐在自家简陋的窝棚下。小鱼儿爹一边抽着烟杆一边跟钱宝宝、项昊聊天。

小鱼儿爹沉重地说："你们说得对，我们全村人，两个多月前才逃难到这儿。这卧牛岭虽然是穷乡僻壤又人烟稀少，可我们看着都觉得是个逃避兵匪的好地方。"

小鱼儿娘端着两个破碗走了出来，把两碗谷糠饭放在了项昊和钱宝宝面前。

小鱼儿娘很抱歉地说："两位贵客，既然来了，就一起吃些便饭吧。我们家里穷，拿不出什么像样的东西招待你们，实在不好意思。"

项昊连忙接过一碗："我们赶了一天的路，早都饿得前胸贴后背了，正好在大娘这儿祭祭五脏庙。"说着往嘴里送了一大口饭，刚嚼了两下就脸色大变，为了不让小鱼儿一家尴尬，项昊很努力地想把嘴里的饭咽下去，却是咳嗽连连。

钱宝宝帮忙圆场："他啊，就是矫情，不用理他！"

项昊刚想还嘴，钱宝宝在桌子底下踩了项昊一脚，用眼神示意项昊看一边的小鱼儿。

项昊吃不下去，只好慢慢放下碗，问："说起来，大帅的军队不是时常派兵剿灭匪寇吗？怎么你们还总是东躲西藏的？"

小鱼儿爹叹气："唉，自古兵匪一家，我看这大帅的部队无非是多了几只枪杆子，有个正规番号，跟土匪其实也没多大区别。他们成天打来打去的，说是救国救民，其实就是抢地盘，最倒霉的还是我们老百姓！"

小鱼儿娘也说："是啊，谁打还不都要找我们要粮要丁？不打，我们也不至于逃难到此啊。"

钱宝宝、项昊对视一眼，羞愧自责。

回营地的路上，钱宝宝和项昊心情沉重。

"这些百姓实在太惨了，要吃没吃，要穿没穿，连活命都成了奢望。"钱宝宝说。

项昊说："沈文涛的计划是在卧牛岭牛腹一带和流寇决战，如果真按他的计划执行，这个村子所有的村民全部都会成为战争的牺牲品！"

"沈文涛布置这个计划的时候，也不知道这里还有一个村子。我们一定得想办法，无论如何也要救救这些百姓！"

项昊拉着钱宝宝："赶紧回去，立刻让沈文涛修改作战计划，晚了就来不及了。"

回到营地，沙盘地图边，沈文涛在给项昊和钱宝宝分析。

"你们看，卧牛岭前面是青石铺，都是开阔地带，没法埋伏；后面是望君山，坡多林密，山比较陡峭，还有两条小溪，大部队上山埋伏有难度，重兵器也很难上山。从地图上看，真是没有比卧牛岭更适合开战的地方了。"

钱宝宝不同意："天大地大，人命最大。我们不能为了一个剿匪任务，牺牲那么多条人命！"

项昊也说："好好想想，一定有办法的！"

这时，项邵达和沈国舜阴沉着脸，突然闯进来。

项邵达厉声问："是谁说要修改作战计划的？"

沈国舜也说："文涛，军令如山，军人服从命令是天职，大敌当前，你怎么能三心二意，动摇军心？"

项邵达也下了命令："我命令你，明天一早必须带着学生军在卧牛岭一带与流寇开战，不牺牲这批百姓，战斗的难度会增加很多，我军的伤亡也会直线上升。"

"如果我们提前转移百姓呢？"钱宝宝问。

项邵达不同意："临时转移百姓，势必会打草惊蛇，反而得不偿失。"

项昊愤怒地问项邵达："难道我们为了打一场胜仗，就可以完全不顾这么多条人命吗？"

项邵达盯着项昊："士兵的命也是命！"

"可士兵的天职就是保护百姓！爹，你知道吗？百姓们宁可自己喝草根汤也把仅有的谷糠饭留给了只有一面之缘的我们，这样善良无辜的百姓你们下得去手吗？那和刽子手有什么分别！"

项邵达愤怒地抬手给了项昊一巴掌。

项邵达咆哮着："来人啊，把这个浑小子给我关起来，不许他参加这次战斗，谁要敢救他，军法处置！"

两个士兵进来，押着项昊出去。

项邵达命令道："沈文涛，还是按原计划行事。"

"是！"

入夜，项昊警觉地发现有人潜入帐篷。

"谁？"

钱宝宝连忙捂住项昊的嘴巴。钱宝宝压低声音："是我！别出声，跟我走！"钱宝宝解开捆着项昊的绳索。两人悄悄走出帐篷。

两人趁着夜色快步走向卧牛岭村，项昊边走边问："喂，你就不怕把我救出来，回头他们找你算账？"

"我不是救你，是救百姓，你别自作多情了。"

"我不用自作多情，你本来就对我多情嘛。"

"少得意！你公然违抗你爹违抗军纪，也不怕回头给你军法处置了？"

"这就叫将在外军令有所不受！再说了，有你在，我怕什么，大不了，一块儿手牵手死，黄泉路上也有个伴了。"

流寇们聚在一起，争吵不停，说着一定会被围剿的丧气话，流寇头子大骂一声："都给我闭嘴！吵什么吵！"

暗处草丛后，有人一只手拿着一把弩，放出一支箭。飞箭"嗖"的一声蹿出，穿过火堆，直接钉在流寇头子背后的树上。

流寇们突然安静下来，几个流寇赶紧冲过去，草丛外已经没了人影。

流寇头子拔下箭，发现上面有一张纸条，打开一看，皱起了眉头："项昊？"

卧牛岭村，钱宝宝拿出哨子吹起来。尖厉的哨音划破了深夜的寂静。

项昊、钱宝宝挨家挨户地一边拍门，一边高喊。

"快起来，起来啊！出大事了！"

"明天一早流寇和大帅的军队要在卧牛岭开战，大家快跑！"

"再不跑就来不及了！"

村民们集合在村口，睡眼惺忪地看着面前的项昊、钱宝宝。

钱宝宝大声说："大家听我说，明天这里要打大仗，军队要和流寇开战了，战场就在这里，所以大家赶紧走，再晚就来不及了。"

老族长很怀疑："我们凭什么相信你们？你们又是怎么知道这些事的？"

小鱼儿大声喊道："是宝宝姐姐，宝宝姐姐不会骗我们的！"

有人疑惑地问："喂，你们到底是什么人？"

项昊只好据实相告："我是龙城军校的学生，这位是军校的萧教官。这次奉命执行作战任务的，就是我们龙城军校。"

村民打量了一下项昊："这家伙的确穿着军装！"

钱宝宝说："请你们相信我们，卧牛岭一带已经被选定为明天的主战场，再不走，大家都要死在这里！"

小鱼儿爹发怒："亏我们一直以为你是我们的朋友，原来你们也是吃我们肉、喝我们血的臭兵痞！"

老族长说："我们不走，你们这些当兵的没一个好东西，谁知道你们这又耍什么鬼花招！"

项昊焦急地说："大家一定要相信我们，这真不是闹着玩的，我们是冒着生命危险跑出来通知大家的！"

"再不走真的来不及了，我求求你们了！"钱宝宝突然跪在了地上，"求大家相信我们，赶快逃命去吧！"

老族长见钱宝宝跪着，也有些心软："可是，我们全村整整一百三十口人哪，一路吃苦遭罪来到这儿，路上饥荒瘟疫，一百三十口人就剩下这二十来口了！这全是拜你们这些土匪、兵痞所赐，你叫我们怎么敢信你们！"

钱宝宝流下眼泪，回头绝望地看着项昊。项昊看着钱宝宝，心里有了一个主意，他冲着钱宝宝使了个眼色，然后突然冲过去背起了村民中年纪最大的老族长撒腿就跑。钱宝宝反应过来，也慌忙站起来背起小鱼儿跟着项昊跑了。见大家还是不动，钱宝宝站住了："快跟上，再不走，我就开枪了！"

也不知跑了多久，项昊气喘吁吁地放下老族长。老族长气得直哆嗦："我老命一条，要杀要剐，随你的便！"

项昊好言好语地劝："老爹，我要杀要剐在村里就动手了，干吗背着你跑了那么远，哎，现在我杀不动也剐不动了。我实在是没办法！我是为了救大家呀！"

村里的人陆续地赶过来了，为了追赶项昊他们，也都累得气喘吁吁。

钱宝宝把小鱼儿放下，气喘吁吁地问："大家，都到齐了吗？"

小鱼儿娘生气地问："我说你们到底安的什么坏心眼儿？"

钱宝宝指着远处的村庄："我们安的什么心，你们自己看！"大家往回看过去，远处的村庄已经被星星点点的火把包围。

老族长惊得说不出话来："这，这不是我们住的村子吗？"

项昊平复了一下气息说："我们真没骗你们，看到了吧？幸好我机灵，要不然，你们现在已经全成炮灰了！还想把我们扔去喂狼？"

村民们惊慌地面面相觑，终于相信了项昊和钱宝宝的话，连声感谢，七嘴八舌地说："谢谢，你们真是活菩萨……"

项昊镇定地说："现在说谢谢还太早，根据我对作战地图的研究，一旦开战，这里也不是安全区域。"

老族长问："啊？那……那我们怎么办？"

项昊突然站起来，如军人般发号施令："全体注意，都跟我走，去土地庙，那里应该是附近最安全的地方。全体出发！"说完，又背上族长开始朝前快步走。大家也跟着他继续朝前快步走。

流寇们来到村子的时候，村里已经空无一人。

"老大，这附近都没人。"

流寇头子转了转眼珠："想必这姓项的小子是带着他们一块儿躲起来了，看来箭上的消息是真的。所有人听着，项邵达的儿子也在这支学生军里，而且，现在就跟这卧牛岭的百姓们在一块儿。"

"只要抓到了项邵达的儿子，作为交换筹码，老大，我们就能从这包围圈内突围，起死回生！"

流寇头子说："没错，大家给我听好了，这次不要抓小老百姓，重点目标是项邵达的儿子！"

流寇头子拿着望远镜朝四处张望一番，随即放下望远镜，很确定地说："这里要是一开战，只有土地庙是安全的，出发！"

沈文涛带着众学员背着武器弹药正在赶路。

沈文涛和学员们边走边商量。

高美仁说："老大，你说项昊和萧教官会去哪儿啊？"

"他们两个一定是见我不同意修改作战计划，自己偷偷去转移村民了。"

杜枫说："刚才只听到零散的几枪，不像是发生了枪战。"

"而且那枪声也不是项昊的，恐怕他们已经藏起来了。"

韩旭问："那我们现在去哪儿找他们啊？"

沈文涛分析："他们要藏，应该就只有一个地方，望君山的土地庙！全体急行军，目标——望君山土地庙！"

钱宝宝和项昊安顿好村民后，走到土地庙外，两人悄悄商量。

"我觉得沈文涛现在应该知道我们这边的情况了，他一定会派兵包围敌军，增援我们。"

"你这么肯定？"

"我相信他。"

项昊嘲讽地说："相信他害老百姓的本事？"

"沈文涛也是身不由己，这次他一定会来的。只不过，他们赶来肯定还需要一点时间。在这期间，我们要保证大家的安全。"

"敌人既然包围了村庄，那就一定是冲着村民来的，说不定是想劫持村民作为突围的筹码。"

"如果真是这样，这个土地庙也不是安全之地，敌人在卧牛岭一带找不到人，应该知道人就藏在附近，他们熟悉地形，很快就能找来这里。"

"对，敌人的到来只是时间问题。天马上就要亮了，我们还要再另想办法，至少也要撑到沈文涛来救我们的时候。"

"项昊，如果我们和流寇相遇，你有几分胜算？"

项昊摇了摇头，没有说出事实："大不了把命交代在这儿，你怕不怕？"

"不怕，能和你一起战死，我不后悔。"

这时，一个放哨的村民前来报告。

"土匪来了！土匪往我们这儿来了！"

钱宝宝非常焦急："不好！他们肯定已经发现村里的人被转移了，很快就会找到这里，我们要保护的全都是没有任何作战能力的百姓，到底要怎么样才能挡住敌人呢？"

钱宝宝转了几个圈，终于想到了办法。

几个村民一边跑一边把火把插在树枝上。钱宝宝在后面指挥："你们几个熟悉地形，负责把火把插到山林间，让他们觉得自己被大部队包围了。"

有人拎着铁桶，在铁桶里放上鞭炮，营造出机关枪的效果，钱宝宝在后面指挥："光是火把还不够，再给他们来点枪炮加加码。"

流寇跑到山路上，突然发现漫山遍野全是星星点灯的火把，顿时躁动起来。

"老大，我们叫人包围了！一定是他们的援军赶到了！"

流寇头子举起枪："都他娘的给我闭嘴！先听听什么情况！"

火把闪动，炮声震耳。流寇们被钱宝宝和项昊的障眼法这么一弄，彻底乱了手脚。

"当家的，他们有机关枪！咱们快跑吧，逃命要紧！"

流寇头子一把抓住他的衣领，掏出手枪把他给枪毙了，其他流寇都吓呆在原地。

"他娘的，哪有什么机关枪，机关枪30发一换弹夹，这都一百多声了，这是什么鸟枪？兄弟们，天马上就亮了，天亮后冲上去！活捉项邵达的儿子！咱们才能活命，否则，全得死在这儿！"

流寇们面面相觑，似乎也发现了其中的不妥，逐渐镇定下来，一齐高呼："活捉项邵达儿子！活捉项邵达儿子！"

土地庙里，项昊带人把庙里的香油舀出来，灌进瓦罐里，再把油罐埋在土地庙外的高层平台上，用草盖住。

钱宝宝问："这些香油罐子有用吗？"

项昊说："威力虽不大，但应该能支撑一会儿。"

太阳出来了。

土匪冲上来了！

钱宝宝安慰紧张的村民："救援的人应该快到了，咱们再坚持一会儿！"

项昊也发现情况紧急，于是说："我去拖住他们，能拖一会儿算一会儿。"见钱宝宝站起来也要跟着，马上说："你留下，你带着所有妇女儿童都躲进屋里去。记住，不管发生什么事，都不能出来。"

钱宝宝担忧地看着项昊："好吧，你……小心点！"

项昊带着几个村民走出破庙。利用铁锹、石头、弹弓这些能用的武器和流寇对抗。

项昊一声令下，村民们纷纷对着流寇丢石头，打弹弓。几个流寇中招。

流寇头子带着人赶快躲避到高层平台的山壁下方。

流寇头子指着一个流寇："我好像没听见一声枪响。你出去试探一下。"流寇颤颤巍巍地往外走出去几步，又有石头砸来，他赶忙躲回来。

流寇头子脸上露出得意的神色，大声喊："看到没，他们没有枪！兄弟们，我们冲上去，活捉项邵达的儿子！"

流寇们疯了一般冲了出去，一边跑一边叫嚣，朝着村民们放枪。

"抓住项邵达的儿子！"

"项邵达的儿子给我出来！"

"谁是项邵达的儿子！"

项昊躲在平台后面，听到有人要抓他，有些惊讶。

钱宝宝带着众妇女儿童躲在庙内，听着外面的喊话。眼中闪过一丝怀疑，心里说："他们怎么知道项昊在这里？"

第二十章　思想转变

　　村民们手里的临时武器慢慢耗尽，香油罐确实发挥了巨大作用，无奈数量有限，流寇手里的子弹却好像永远打不完一样，一个打弹弓的村民再也找不到可以弹射出去的东西，绝望地看着项昊。

　　回头看看土地庙，想想那里可怜的村民和自己心爱的女人，项昊突然站起来大喊："我是项邵达儿子！有本事过来抓我啊！来抓我呀！"

　　流寇头子一听，大声命令："快！抓住他！"

　　项昊往山门撤退，流寇往这边追过来。土地庙里的村民暂时安全了。

　　项昊边撤边骂："这个死沈文涛怎么还没到？再不来老子就牺牲在这儿了！"终于在项昊一不小心跌倒之后，手榴弹和枪炮声从另一侧响起来。项昊知道沈文涛来了。

　　在项昊庆幸沈文涛及时赶到的时候，杀红了眼的流寇头子已经冲了上来。"姓项的！你杀了我这么多兄弟！老子今天和你拼了！"说完，抬枪瞄准项昊的后背。

　　就在这千钧一发之际，钱宝宝飞身扑向流寇头子，用手推开他手中的枪，自己挡在流寇头子身前。流寇头子一击不中，反而掉准枪口，对着钱宝宝。

　　项昊惊恐地回头，正好看到流寇头子一枪打中钱宝宝。

　　钱宝宝倒地。

　　沈文涛大喊一声，不要命一般和流寇头子打了起来。项昊赶忙冲过来抱着钱宝宝，一声接一声地呼喊："萧晗，萧晗！"突然摸到钱宝宝口袋里沈文涛送给她的勃朗宁手枪的手柄，项昊抽出手枪举枪射击，枪打在流寇头子腹部，沈文涛一脚把流寇头子踢到山坡下。

　　流寇们一看老大被打倒了，都乱成一锅粥。一边逃跑一边喊："老大死了！快跑啊！饶命啊！"

　　学员们追赶着流寇。

项昊抱着钱宝宝涕泪横流："为什么！为什么你要替我挡那一枪！"

沈文涛一把揪起项昊的衣领："都是你！你把她带出来却没有保护好她！"

钱宝宝皱皱眉头，听到争吵声，睁开眼睛虚弱地咳嗽了一声，感觉胸口一阵疼。"你们吵什么吵……我没死……"

项昊一下子停止了哭泣："萧晗！你明明胸口中了一枪。"

钱宝宝掏出脖子上项昊送给她的护身符，不幸中的万幸，原来那颗子弹打中了护身符。

项昊一下抱住钱宝宝，越抱越紧，钱宝宝害羞地推他却怎么也推不开。

沈文涛在一边看着，心中五味杂陈，责怪他们说："下次别再单独行动了，你们知不知道大家有多担心你们两个？"

"没有我们两个，就没有今天那么漂亮的大胜仗！"项昊不高兴地说。

钱宝宝从项昊怀里挣脱出来，一只手搭着沈文涛，一只手搭着项昊："谢谢你沈文涛！也谢谢你项昊！"

学员们欢呼着胜利，一边树下隐蔽处，流寇头子浑身是血，捂着腹部，艰难地移动着。

卧牛岭村正在上演着一场军民鱼水情深的告别。

村民们纷纷说："你们都是大好人，都是活菩萨啊！"

老族长拱手作揖："谢谢你们，你们真的跟那些兵痞不一样，你们是真正的为国为民的好兵啊！要是所有当兵的，都能像你们这样就好了！"

学员们听着老族长的话，沉默不语。

项昊点点头说："老族长，您放心！会好的，将来都会好的，等我们将来都毕业了去带兵，一定让所有的兵都成为我们这个样子，不再被老百姓们骂兵痞！"

沈文涛也跟着点点头："大叔，放心吧！"

小鱼儿拉着钱宝宝的手，不肯让她走。

钱宝宝蹲下来，眼里泛着泪花，说："姐姐也想留下来，不过姐姐还有许多没完成的任务啊！"

"任务？是要去别的地方打仗吗？那，我们是不是又要搬家啦？"小鱼儿担忧地问。

钱宝宝说不出话，一把把小鱼儿拉进怀里。

学员们把这一幕看在眼里，都感到十分心酸。

沈国舜得知项昊和钱宝宝擅自行动的消息，坚决要求严惩。

"妇人之仁，导致作战计划临时变更，损害大局。置大家生死于不顾的害群之马，怎么有资格留在集英战队、留在军校？我建议取消项昊的集英战队选拔资格，立即开除教员萧晗！"

项邵达怎么肯："沈军长这话也不能这么说吧，在我看来，军纪的确重要，但是民心也不可伤。大帅派我们剿灭流寇，目的也是守土卫民。萧晗、项昊虽然的确违反了军纪，但却是舍身为民，目的和动机都是好的，而且在作战过程中还随机应变打乱了敌人的部署，使我军减小损失，全歼敌人，我认为可以算是功过相抵。"

"项参谋长之前可不是那么说的啊。此次战役在项昊和萧晗的严重失误之后依然取得胜利，只能说是侥幸。不能因为他们有点小功就不追究违反军纪这样的大罪。项参谋长，你该不是有意偏袒吧？"

"当然不是！沈军长你这是什么话！"

沈国舜不依不饶："项参谋长，咱们都是军人，军人就要按军令办事，您这么说，会不会让旁人误会您是包庇自己的儿子啊？"

此时，沈文涛却挺身而出。

"是我放走了萧晗和项昊。这次的计划全部是由我设计的，要罚就连我一起罚吧。萧晗和项昊从军营出逃，是我授意放行的。因为，我也觉得在卧牛岭开战牺牲无辜百姓的计划不甚妥当。"

项邵达一听，难掩脸上的得意："沈文涛，好男儿就是要实话实说，勇于承担，你是好样的，有胆色！沈军长，刚才你是不是说到，军人应该按军令办事……"

沈国舜阴沉着脸不说话。

项邵达故意说："我嘛，还是那个意思，考虑到大胜于前，他们又都是初犯，既然目的和动机都是好的，我看是不是给大家一个改过的机会？"

沈国舜铁青着脸："既然项参谋长亲自求情，那就这么办吧。"

项邵达高兴地宣布："各位同学，此次战役大获全胜，大家表现得忠勇有加，非常出色，因此，我决定，全体学员通过考核。"

学生们一起欢呼。李天翰不服气，给了周杰一个眼神示意。

周杰出列敬礼："报告！两位长官，军校应该是军法为尊、令行禁止的地方，对于擅离职守、不听将令者，请问该如何处置。"

沈国舜咳嗽了一下，说："萧晗、项昊和沈文涛已经向我们承认了错误，但念在他们建立了功勋，慎重考虑后，我们决定给予他们三人一次处分：罚负重长跑十公里，留校察看一个月。在场队员依旧全体通过考核，全部晋级。"

周杰又敬了一个礼："报告！暴露行动计划的重罪怎么能就罚个负重长跑？这样的轻罚恐怕将来难以服众啊，这不是鼓励大家都抗令不遵吗？请长官三思。"

项邵达正色道："周杰，你也说了，军校是军法为尊、令行禁止的地方，你现在质疑上级的命令，难道就不是违抗军令吗？"

李天翰无奈地看着项昊，只得憋住心中怨气。

在收拾行装准备回校的时候，两个父亲分别找到自己的儿子谈话。

父亲们的观点大同小异。

一边，项邵达说："昊儿，这次幸亏是我来做这个评审官，否则的话，你恐怕难逃一劫！为了几个贱民，根本不值得！爹也年轻过，知道你们年轻人不愿向现实低头，可是作为过来人，我不希望你到处碰壁，最后撞得头破血流。"

另一边，沈国舜说："年轻人难免有些可笑的理想主义，但如今是乱世，凡事无非一个'利'字，你的理想主义迟早要向现实低头。"

两个儿子的回答也大同小异。

项昊说："我不是肆意胡来，我没有做错！他们不是贱民！他们是我们的亲人，是我们的衣食父母，是我们要用生命去捍卫的人！不去尝试就轻言放弃，和懦夫的行为有什么两样？因为我们年轻，才更应该怀揣无私的理想，肩负起救国救民的使命。因为我们不仅是国家的卫士，更是国家的未来，少年弱则中国弱，少年强则中国强。"

沈文涛说："爹，或许您说的都没错，可是你看当今世道，军阀混战，民不聊生，若没有理想主义，这偌大的中国就会永远这样乱下去，永无出头之日。我们接受最好的教育，拥有最好的条件，不是为了个人享受，而是为了让天底下千千万万的同胞们也都能过上好日子。"

两个年轻人最后用不同的言辞表达了同一个意思。

"爹，我知道您并不认同我的说法。但我之所以告诉您我的想法，不是为了说服您、改变您，而是为了让您看到，我愿意为国家、为百姓献出一切的决心。"

两个儿子走出帐篷，迎面遇上，两人相视一笑。

"之前忘了在营帐里谢谢你，帮我和萧晗担下责任。"项昊感激地说。

沈文涛摆摆手："不用客气，那些话本来就是我的真心话。只不过守护一方百姓容易，要守护这全天下的百姓却很难啊。"

"别气馁！我们有的是时间，我相信，总有一天我会找到救国救民的道路，到时候你就来投奔我吧。"

钱宝宝远远地喊他们："喂！你们还磨磨蹭蹭地干吗啊？车要开啦！"

校园里，钱宝宝、项昊、沈文涛三人接受惩罚，在操场负重跑步。

钱宝宝体力不支，不断摔倒。

项昊和沈文涛一左一右地扶起钱宝宝朝前跑。三人深一脚浅一脚地艰难前行。

操场一边，高美仁、韩旭、顾小白、杜枫等人正担忧地看着三人接受惩罚。

高美仁纳闷地说："真想不明白，明明不是老大做的，他干吗要主动承认，跟项昊他们一起受罚？"

韩旭说："说明他认同项昊的做法，所以甘愿自己受罚，也要保下项昊和萧晗。"

杜枫点点头："这就是项昊和沈文涛，一个豪爽感性，一个稳重多虑，但有一点是相同的，他们都用自己的方式保护了老百姓，实践了自己守土卫民的理想。"

顾小白补充道："还有，惹毛了他们两个的爹。"

野外，一处隐蔽的茅草棚下，一个流寇拿着一柄刀正在给流寇头子挖去腹部的子弹。子弹被挖了出来。流寇头子发出了杀猪般的惨叫。

流寇头子咬牙切齿地叫嚣着："姓项的小子！你夺我地盘、杀我弟兄，还害我差点命丧黄泉，你等着，我要叫你血债血偿！"

项昊和钱宝宝正坐在后山的秋千上，看着远方。

"你知道吗？现在我嘴里还常常会泛起小鱼儿给我的谷糠饭的味道，那种难咽的感觉，我恐怕一辈子也忘不了。也就是那碗谷糠饭，让我想明白了一件很重要的事。"

钱宝宝问："想明白什么？"

"我终于知道了自己为什么要来军校念书，又为什么一定要去当集英战队的队长了。"

钱宝宝有些诧异地看着项昊："为什么？"

"第一我不是为了稳固家业，第二我也不是为了赢沈文涛，夺什么个人的面子。我是想要改变这军阀混战、暗无天日的恶世道；我是想拥有一种可以建立新制度的力量，救百姓于水火；我是想做一个跟我爹完全不一样的人。"

钱宝宝对项昊投以钦佩的目光："这话说来容易，做起来可太难了，希望你不只是说说而已。"

"我项昊向来都是言出必行。何况，现在我有一个志同道合的伙伴，就算在这漫漫黑夜里，我也不会感到孤独。"

项昊把手搭在钱宝宝的肩膀上。

夜空里，繁星点点。

项昊看着夜空，慢慢地说："黑夜总会过去，总有一天，我们会革了这乱世的命，迎来新的黎明……"

钱母手术的日子终于到了。

手术前，苏锐把手术可能出现的危险——向钱宝宝陈述了一遍，钱宝宝十分担心。

项昊、沈文涛陪伴着钱宝宝目送着钱母进手术室。钱宝宝紧张得全身发抖，双手紧握，几乎有些站不住。项昊温柔地掰开钱宝宝的手指，把她的手握在自己手里。

"别紧张，苏医生医术高明，又有那么先进的德国进口设备，你奶娘一定会没事的。"

沈文涛也说："你的孝心,老天爷都看在眼里了,他一定会保佑你们的。"

　

三人在手术室门口焦急等待。突然,护士从手术室里略带慌张地走了出来:"不好了,血肿距离脑动脉太近,现在病人大出血,需要紧急输血,你们谁能献血?"

钱宝宝马上伸出胳膊:"我!快,需要多少就抽多少,我有的是血!"

项昊阻止她:"不,抽我的,我身体好!"

沈文涛也卷起袖子:"抽我的,多抽点!我经常锻炼,身体吃得消。"

钱宝宝和项昊都已经被抽了400cc的血。

项昊却还是再坚持:"再多抽点吧。"

护士不同意:"你们每人已经抽了太多的血,都不能再抽了。"

沈文涛挽起袖子:"该轮到我了。"

护士问:"你是什么血型?"

"B型!"

护士有点生气:"病人是A型,你的血病人不能用!唉,这些血怕是还不够,病人还有别的亲属吗?"

钱宝宝连忙举着胳膊迎上前去:"那还是抽我的,放心,我没事,上次抽的比这次还多呢!"

项昊说:"抽我的,我比她壮,肉多,血也多。"

"项昊,你别抢了,你回去还要训练呢!"

"你别闹,我是男人。"

钱宝宝和项昊两人正争抢,一只只粗壮的胳膊突然伸了过来。

高美仁说:"都别抢了,抽我的!"

好多学员挽起袖子,露出健硕的胳膊:"抽我们的!"

钱宝宝抬头一看,十几个学员排成一排,全都卷起了袖管等着给钱母献血。

钱宝宝又是惊讶又是感动:"你们是怎么知道的?"

谢天娇从学员背后走出来:"是我通知他们的。"

钱宝宝眼泛泪光:"谢谢大家,真的谢谢!"

顾小白说:"客气什么,俗话说得好,'一日为师终身为父',萧教官的奶娘就是我们大家的祖师奶奶。"

杜枫拿胳膊肘顶顾小白："哎，差辈儿了啊！总之萧教官的奶娘就是我们全体学员的亲人！"

韩旭也说："亲人病了，我们不救谁救！"

钱宝宝抹着眼泪："谢谢，我对不起你们。"

沈文涛听出钱宝宝的弦外之音，感到一丝淡淡的伤感。

项昊悄悄地对钱宝宝说："什么对不起呀，你高兴糊涂了吧！"

手术结束了，苏锐说："病人情况比较平稳，手术应该是成功了。"钱宝宝长舒一口气，"太谢谢你了，苏医生，你不知道我等这一天，等得多辛苦。"

"如果病人的刀口愈合正常，没有出现血液排异现象，组织功能也都恢复正常的话，我估计，也许只要再住院观察一周，伤口拆线之后就可以出院了。"

钱宝宝喜悦地点点头："苏医生，您简直是华佗再世、扁鹊重生……"

"行了行了，别给我戴高帽了，我受不起。今天的手术的确很凶险，不过我想是你们的诚心感动了上天，才让一切最终顺利圆满的。"苏锐笑着说。

一边，沈文涛虽然脸上也带着笑意，却用不舍的眼神看着钱宝宝。

清晨，钱母渐渐苏醒，看到钱宝宝趴在自己的身旁睡着了，钱母禁不住抚摸着女儿的头发，眼角湿润了。钱宝宝醒来了，看到母亲苏醒了，禁不住也留下了眼泪。

"娘，你可醒了，一天一夜了。"

"闺女，这段日子，你可替娘受累了，你瞧你，都瘦成什么样了？"

"哪有，军校吃得好，我还天天锻炼，我就差没练成女金刚了，你看，我这浑身上下，一身的好肉。"

钱母笑，笑着笑着，却又流出眼泪来："都是为了我，你一个姑娘家，胆儿比小子还大，你还真当你是女金刚？娘知道，你这都是叫苦日子给逼出来的，都是叫娘的病给逼出来的。娘过几天就出院，出院咱们就马上回家，回了家，娘给你烙韭菜盒子、包大馅儿饺子、摊绿豆面煎饼，再蒸上一屉一咬就满口流油的豆沙包……"

"嗯……嗯……娘，我好想吃……"

钱母带着泪笑了起来，她轻轻拍着钱宝宝："等回到阳城老家，咱们娘儿俩就好好过日子。这世上，什么都比不上安安稳稳、平平淡淡的日子……"

钱宝宝眼里带着泪对钱母笑着点点头，但脸上却闪过一丝忧伤。

钱宝宝走到军校后山山脚下，小狗一看钱宝宝来了，立刻撒娇地迎了上来。

钱宝宝怜爱地抱起小狗，轻声地说："喂，告诉你个秘密，我要走了。"

小狗一听钱宝宝说要走了，竟像听懂了一般发出"呜呜"的低吟。

"我知道你舍不得我，我也舍不得你，但我必须得离开。我从来都不属于这里，现在的一切都是我借来的，借了就总有一天要还。老天爷救了我娘一条命，我已经很知足很感恩了，绝不能再贪求更多。"

小狗可怜巴巴地看着钱宝宝，还使劲往钱宝宝身上靠，钱宝宝也抱紧小狗。

"让我们珍惜最后在一起的时光吧，把我们的笑容当作永别的礼物。"

钱宝宝坐在秋千上，项昊从后面蒙住了钱宝宝的眼睛，他故意装腔作势地问："猜猜我是谁？"

钱宝宝有些无精打采的："除了你还能是谁啊，你是龙城军校排名第一的大魔头，全校教官看着都头大的项昊同学啊。"

项昊笑嘻嘻地松开手，却看见钱宝宝一脸倦容："干吗一副苦瓜脸，治好了你奶娘，你还能有什么烦心事？"

"哦，可能是昨天晚上一直看着我奶娘，太累了。"

"萧教官，看你这么辛苦，今天就不劳你给我补课了，改成我给你上课怎么样？"

钱宝宝笑了："你还会上课吗？是教怎么逃课还是怎么写小抄啊？"

项昊装模作样地咳嗽一声掏出一本杂志，封面上赫然写着"新青年"几个大字："喏，这就是我的教案。你可别小看这本小册子，它可是我们热血青年对旧思想、旧秩序宣战的阵地！新青年是什么？生理上是身体强壮；心理上是'斩尽涤绝做官发财思想'，而'内图个性之发展，外图贡献于其群'，以自力创造幸福，而'不以个人幸福损害国家社会'。你看这篇李大钊先生写的《青春》：它揭露了封建制度给中国带来的危害，并强调要寄希望于'青春中国之再生'，号召我们青年要'冲决过去历史之网罗，破坏陈腐学说之图圄'，'本其理性，加以努力，进前而勿顾后，背黑暗而向光明，为世界文明，为人类造幸福'。"

钱宝宝笑了："这不跟你的想法不谋而合吗？"

项昊兴奋地点点头："看来，跟我有一样想法的人不是一个两个，而是一大群。路，不是靠一个人可以踩出来的，而是需要一群人向同一个方向一起前进。青年之文明，奋斗之文明也。与境遇奋斗、与时代奋斗、与经验奋斗。故青年者，人生之王、人生之春、人生之华也。萧晗，你愿意跟我一起燃烧我们的青春、实现我们的理想，改变我们的这个时代吗？"

钱宝宝看着项昊欣慰地笑着，却没有说话。

昏暗的屋子内，只有几缕光从屋顶的破洞中漏进来。流寇头子站在屋子里，一个杀手走进来。

"怎么只来了你一个？"

杀手说："杀项昊，那是卖命的勾当，不是谁都愿意的。钱带够了吗？"

流寇头子把一个装满钱币的袋子扔到杀手面前。

杀手捡起钱币笑了笑："这钱恐怕还不够吧，要知道全龙城，敢接你这活儿的，只有我一个了。"

刀疤强这时候走进来："我不要钱。我只要项昊的命。"

杀手吼了一声："刀疤强！你也来分钱，你们斧头帮不是被项昊一个人挑散了吗？啧啧啧，你这小身板，也有能耐杀项昊？"

刀疤强突然一个帅气的动作，掏出枪一把顶住杀手，杀手很害怕。

"我是瘦，我是矮，但我拿枪的时候不乱说话。我已经不是以前的刀疤强了，自从帮主被项昊弄疯后，我就苦练枪法，现在，就是我给帮主报仇的时候了！"

流寇头子舒畅地笑了，拍了拍刀疤强的肩，又看向杀手："你还做不做？"

杀手捂住手中的钱袋："做，有钱干吗不赚？！"

"好！别让我失望！"

刀疤强和杀手离开后，李天翰从门口走出来。

流寇头子点头哈腰地说："老板，你就等着好消息吧。"

李天翰露出一丝冷笑。

今天是个休息日，教员和学员都穿着便服出门，享受难得的假日。项昊骑着单车等在军校门口。看见钱宝宝出来，项昊按响了车铃，笑着朝钱宝宝招手："上车！

我带你出去放松放松！"

想想自己即将离开，钱宝宝这一次大方地走过去，坐在项昊车的车前杠上，这让项昊感到颇有些意外，又十分享受地环抱着钱宝宝，把住车把手。

迎着夕阳，项昊骑车远去，沈文雨拿了一个精致的盒子从校门出来，高喊着："项昊，项昊？喂，我还特地给你买了礼物呢！"

项昊拉着钱宝宝的手来到河边。

钱宝宝故意说："喂，你大老远的拉我来，就是来看条河吗？"

"传说在公元三世纪，有一位叫瓦伦丁的教徒含冤入狱，在狱中，他与典狱长的女儿相爱。但好景不长，瓦伦丁被处以死刑，在临刑那天，他留下了一封长信表达了自己的冤屈，也表达了对情人至死不渝的爱，后来他死的那天就被当成了全世界相爱之人的节日。"

项昊突然掏出一块巧克力给钱宝宝看。钱宝宝刚要接，项昊却把巧克力放在自己嘴里。钱宝宝还没回过神来，项昊突然搂住钱宝宝就吻，并把巧克力喂给钱宝宝。

看着钱宝宝惊讶的样子，项昊捂嘴偷笑："情人节要送女孩子巧克力，喏，我送过你了！"

钱宝宝又好气又好笑："你们这些当兵打仗的，真是只懂枪炮不懂女人。你这个样子像个大狗熊，看见你啊，我一点都浪漫不起来！"

"喂，这还不浪漫，我特地订的西洋巧克力！"项昊说完又掏出一颗，"刚才都没吃出是什么味道呢，让我尝尝。"

钱宝宝调皮地抢过来："喂，不是说是给我的吗？"

项昊见状不甘示弱，想要抢回来："让我尝尝嘛！"

钱宝宝拔腿就跑。两人在水边追逐嬉闹，一番后，肩靠着肩坐在夕阳中。钱宝宝折下一根带着两个花蕾的花枝拿在手中："你知道吗？情人节还有一个典故，就是要折一根带着双蕾的花枝，几天后，如果双蕾怒放，交相辉映，便预示这对情人白头偕老。如果双蕾各分东西，相背吐蕊，这对情人就会劳燕分飞。"

项昊一把抢过花枝："那我要好好保存起来。宝宝，遇到你之前我都不信什么天意、缘分。现在跟你这样坐在一起，我信了。我们能在这茫茫人海中相遇、相知、相爱，而你又恰好是我的未婚妻。像我们这样圆满的缘分，不知道我上辈子做了多少好事才能有运气换来。"

钱宝宝不说话，只是深情地看着项昊。项昊情不自禁地又吻上了钱宝宝。钱宝宝睁着眼睛看着项昊亲吻自己。

"干吗睁着眼睛？"项昊问。

"我怕我一闭上眼睛，你就不在了……"

"傻瓜……"项昊继续亲吻钱宝宝，两人沉浸在浪漫和甜蜜之中。

项昊步行回家，万万没想到会在家门口遭到伏击。突然飞来的一颗子弹擦着项昊的头皮飞了过去。项昊顿时一惊，立即倒下，匍匐前进，躲进了墙角。

项昊用手把围巾露出一角，引诱射手开枪，果然又是一枪打穿了围巾，项昊惊出了一身冷汗，不过他发现了杀手的位置。

项昊手无寸铁，四处查看，想找一个可以利用的武器，就在这时，一阵枪声响起。欧阳飞举枪跑了过来。

项昊高喊："他藏在墙后面！"

欧阳飞冲着墙后开枪，墙后冒出一层烟雾。此时，几个荷枪实弹的军人从项家冲出来增援。狙击手见自己暴露，落荒而逃。

项家大厅里，项邵达、欧阳飞、项昊三人正在谈论方才的枪击事件。

欧阳飞说："刚才偷袭你的人是卧牛岭战役中逃出来的流寇头子吴天霸雇来的。我也是刚刚得到消息，说他在卧牛岭一战中侥幸留了一命。他恨透了你，这几天在龙城埋伏下不少杀手，誓要取你性命。没想到，我赶来报信的路上，他就等不及下手了。"

项邵达叹气："昊儿，幸好你这次遇上了欧阳教官，否则很有可能已经遭了毒手。"

"哼，明刀明枪打不过我，就给我暗地里打黑枪，卑鄙小人！"项昊很气愤。

欧阳飞说："亡命之徒，你还指望他跟你讲什么江湖道义。他现在满心都是仇恨，你必须十二万分的当心才是。"

项邵达点头："俗话说，明枪易躲，暗箭难防，我已经命人去搜捕吴天霸及其余党了，明天一早，我派几个人送你回军校。"

欧阳飞说："对你来说，龙城军校目前应该是最安全的地方。记住，在吴天霸落网之前，你千万别再出军校了。"

项昊点点头。

沈文涛拿着书包走向大厅，问下人："小姐呢？ 再不出发可就要迟到了。"

"哦，小姐一早已经自己走了。"

沈文涛纳闷地说："自己走了？ 她什么时候变得那么积极了？ 不是说好了今天一起去军校的吗？"

"好像是有什么急事吧，我看她一副着急忙慌的样子。"

下人的话引起了沈文涛的警惕，他快步走进房间，径直走向书架，抽出了那本夹有萧晗和母亲合影的书。翻开书，里面空空如也，照片已经不翼而飞了。沈文涛顿时什么都明白了，他焦急地飞奔出房间。

校长室的办公桌上，摆着萧晗和萧母的合影。

李继洲面色阴沉地盯着相片。

钱宝宝脸色惨白地站着。

沈文雨说："关于萧晗教官，我想军校的所有人肯定跟我一样，都一直带着很多疑问：为什么一个大家闺秀，会变戏法，会在大庭广众之下跳大腿舞，会带着一个不知道从哪儿冒出来的奶娘千里迢迢地来龙城军校医院治病？ 现在这一切终于都有答案了。校长，正如您所见，照片上的那个人才是真正的萧晗，站在我们眼前的这个，是个冒牌货！"

李继洲狠狠地把照片拍在了钱宝宝面前，厉声对钱宝宝说："你有什么话要说吗？"

此时，沈文涛破门而入，气喘吁吁地说："这是个误会！"

沈文涛把另一张钱宝宝与萧母的合影放了李继洲面前："文雨，下次没搞清楚事实真相之前，不许你再瞎胡闹！"

李继洲疑惑地看着钱宝宝与萧母合影的照片，问："这到底是怎么回事？"

沈文涛说："我就知道文雨看了我书房里的照片之后会误解。其实上次萧夫人信件里附带的照片是寄错了的，萧教官拜托我帮忙寄回德国，我收着照片也一直没顾上去邮局，结果才让文雨闹了误会。校长现在看到的是萧夫人特地寄来的新照片。"

沈文雨不相信地问："那为什么萧夫人新寄来的照片又会在你手里？"

沈文涛的一套说辞，让钱宝宝迅速会意。钱宝宝说："因为沈家住得离邮局近些，所以我的海外信件都是托沈文涛帮我收发的。"

沈文涛还说："这次事出突然，我就擅自拆了萧夫人新寄来的信件，还望萧教官不要介意才好。"

钱宝宝说："怎么会……"

沈文涛、钱宝宝故作轻松地寒暄。

李继洲问钱宝宝："那照片上这姑娘是谁？"

"哦，她是我的发小，我娘的干女儿。"钱宝宝胡诌了一句。

李继洲看着钱宝宝和沈文涛，突然笑了笑："原来都是误会。"

沈文涛假装求情："还望校长不要责怪文雨才好。"

"哪里，沈文雨也是本着对学校负责的态度嘛。"

沈文雨撇嘴探头看了看钱宝宝与萧母的合影，将信将疑。

钱宝宝悄悄地喘了一口大气。

后山秋千架边，钱宝宝面色沉重地看着沈文涛："照片的事，你究竟是怎么做到的？"

"我发现文雨拿走了照片之后，就先潜入你房间拿到了萧夫人先前寄来的信件中夹带的全家福照片，然后在你的私人物品里找到了你的相片，再请我龙城影楼的朋友帮忙，把你和萧母拼在了一张照片上。"

钱宝宝沉默片刻，问沈文涛："你早知道我的底细对吗？"

沈文涛点点头。

"那你为什么不揭穿我？"

"因为我知道你为什么要留在这里。虽然你是做了一件错事，但你做的一切都是为了治愈你娘的病。换成是我，我未必会有那么大的勇气，甘愿冒这么大的风险去救我娘。是你的孝心、你的真诚、你的善良打动了我，所以我决定替你继续保守这个秘密，并且一直在你身边守护你的秘密、守护你。"

钱宝宝感激地看着沈文涛："沈文涛，谢谢你。谢谢你的体谅，谢谢你肯守护我的秘密，谢谢你总是在我遇到困难的时候出手相助。我真傻，亏我还一直都以为自己做得天衣无缝，没想到早就破绽百出了，要是没有你帮我，后果不堪设想……"

沈文涛说:"萧晗,我不想看到你白白送命,等伯母的病养好,你最好尽快离开,走得越远越好。"

谢天娇留下的星星被放在桌上,苏锐托着头坐在桌前看着星星,想起和谢天娇的多次接触,发觉自己原来从未看清过谢天娇,却不由自主地想她。左思右想,最后他想起点什么,走出门。

医院病房,钱宝宝正帮钱母收拾东西。
"娘,我今天去火车站买票了,最早一趟去阳城的票是后天一早,我们后天一早就动身离开。"
钱母有些诧异:"这么急?我以为还得等上几天呢。"
"我是个冒牌货,我在军校多待一天,就会多生出一分怀疑,多增加一分危险。夜长梦多,还是尽早离开吧。"
钱母点点头:"是的,赶紧离开才是正理。"
"后天清晨咱们就离开,不要惊动大家。"

钱宝宝走出病房,苏锐略带尴尬地上前叫住她:"萧教官!"苏锐有些尴尬,"哦,那个,萧教官,我没什么事,我就是想问问你……这些天,谢主任是不是很忙?我来上课几次,都没见到她……"
钱宝宝露出一丝浅笑:"苏医生,你找谢主任有事儿?"
"那个,她前阵子总来看病,最近没来……所以我……"
钱宝宝装得特别认真:"我听谢主任说病都好了,以后都不用来医院了呢。"
苏锐很失望:"哦?是吗?"
"苏医生,病人病好了你做大夫的不是应该高兴吗?怎么看你很失落啊。"
苏锐连忙说:"没有没有,好了就好。"
钱宝宝故意说:"苏医生,你知道吗?前阵子谢主任突然转性,穿上裙子化了妆,人也温柔。大家都说也许是她喜欢上了什么人,可是这几天我看她又情绪低落得很,我看啊,八成是那个男的不喜欢她,嫌她是男人婆。"
"谁传的这些乱七八糟的?谢主任她虽然外表很中性,但是内心是个很可爱的姑娘，比那些花枝招展、空无一物的年轻女孩好得多！"

钱宝宝终于憋不住，笑了："苏医生，你喜欢谢主任，别不承认了。男子汉大丈夫，感情的事没什么好扭扭捏捏的，既然认定了，就要鼓起勇气一往无前！"

苏锐看着钱宝宝，点点头："你说得有道理。"

校长室，李天翰和李继洲正在聊天。

李天翰说："沈文涛的说辞虽然无懈可击，但您不觉得一切都过于巧合了吗？"

"当然，沈文涛固然聪明，但在我面前，他毕竟只是个学生，他的这点小聪明还骗不过我。越是完美的东西才越容易引起别人的怀疑，沈文涛跟萧晗的话虽然没露破绽，但他们紧张的样子我可是一览无余。"

"那个萧晗十有八九就是个假货，虽然现在还没有直接证据，不过料想要找证据也不是什么难事。只不过，我倒不太关心这个萧晗是真是假、是死是活……她是不是真萧晗不重要，重要的是，她能不能为我所用！"

这时，响起敲门声。钱宝宝走了进来，把一张请假条交给李继洲。

"校长，军校医院医术高明，治好了我奶娘的病，如今她即将痊愈出院，所以我想请几天假，送她回老家。"

李继洲与李天翰对视一眼。

李继洲显得有些为难："萧教官，眼下正是集英战队选拔赛的节骨眼上，你这个时候请假，怕是不太妥当吧。"

"我知道不太妥当，但我奶娘大病初愈，还望校长能念在我一片孝心的分上，准我的假。"

李天翰给李继洲使了一个眼色，说："萧教官孝顺在我们龙城军校那是出了名的，就算是个下人，萧教官待她也像亲娘一般好。今天我也替萧教官求个情，爹，您就准了萧教官的假吧。"

李继洲终于点头："既然是这样，那你就快去快回吧。"

钱宝宝走后，李继洲问："天翰，你这葫芦里又卖什么药呢？"

"我在想，如果这个萧晗真是个假货，她这一走，会不会一去不回？她若是一去不回，她的相好项昊，一定就会去找她。爹，您一定知道，项昊这几天被流寇吴天霸追杀的事吧，这吴天霸就跟饿昏头的豺狼一样天天守在龙城军校门口候着我们项公子，如果项公子为了追萧晗跑出了军校，你说，会发生什么有意思的事呢？"

李继洲阴笑起来："螳螂捕蝉，黄雀在后，借刀杀人，一石二鸟，高明！现在项邵达为保项昊安全把他关在军校里，看得那么紧，可要是项昊自己逃出军校，可就怪不得谁了！"

李天翰跟着阴笑："冲冠一怒为红颜，项昊这么贪恋儿女之情，这个萧晗，就会是他最大的软肋。"

请好了假，纠结不堪的钱宝宝主动约项昊。

项昊得意得不知所以："说吧，那么主动约我，想必是有好多甜言蜜语要跟我倾诉吧。"

两个人坐在秋千架上，钱宝宝说："是有好多话要跟你说。你啊，不能再跟以前一样吊儿郎当的，上课要用心听讲，课后要认真温习，不要总仗着自己有些小聪明就不把别人放在眼里。做什么事情都要三思，不要任性，更不能冲动。还有，一定要好好照顾自己……"

项昊皱眉："喂，你什么时候变得比我爹还烦人了？知道啦，你再在我身边念来念去，小心我不要你！"

钱宝宝嗔怒地说："你少威胁我，该念我还要继续念！你既然选定了目标，就要说话算数，我最讨厌说了不算出尔反尔的人。就算是没有我的监督，你也要一直一直向着你的目标继续走下去，成为那个燃烧青春、实践理想、改变时代的人！"

"答应你的事，我一定做到！不过，你今天怎么弄得好像在布置临终遗言一样？"

钱宝宝突然上前抱住项昊，主动吻住了项昊。项昊偷偷睁眼看钱宝宝，钱宝宝闭着眼睛，沉醉在这个吻中。

"今天怎么没睁眼？"项昊问。

"因为怕将来你不在的时候，想起这个吻会难过。"

"你真是越来越傻了。不过，热恋中的男女都是大傻瓜，你越傻，只能证明你越爱我。"

"我要走了……"

"去哪儿？"

钱宝宝说："我晚上还有点别的事儿。"

钱宝宝拉起项昊的手，摊开她的手掌，轻轻在项昊手掌上吻了一下："下次你想我的时候，只要把这个吻贴在脸上，就好像我真的吻了你一样。好了，我真的要走了。再见……"

　　钱宝宝转身离去。项昊突然伸手，抓过钱宝宝的手也吻了一下，然后小心地把那个吻过的手掌握成拳："喏，这就叫礼尚往来。我的吻也留给你了。现在你不会想起我的吻就难过了，因为我也会永远都在你身边。"

　　钱宝宝看着被项昊吻过的手，点点头。

　　钱宝宝跑回宿舍，关上门，用项昊吻过的手贴着脸，想起自己在龙城与项昊相处的点点滴滴，再也憋不住内心的悲伤，泪如泉涌。

　　钱宝宝找了一个小小的西餐厅和沈文涛做最后的告别。钱宝宝替沈文涛斟红酒，自己也斟上满满一杯。

　　"我来龙城军校那么久，一直想请你吃饭，都没找到合适的机会。你为我做了那么多，没想到请你吃的第一顿饭，既是答谢宴又是告别宴。"

　　钱宝宝说罢一饮而尽，又续上酒。

　　沈文涛眼中是难舍的神色，却还是说："你离开龙城，是保证你安全的最好办法。"

　　钱宝宝点点头："只要我在龙城多留一天，我假冒身份的事情迟早会被发现。我原本就不该出现在这里，离开就是对一切最好的终结。"

　　"你告诉项昊了吗？"

　　"我要走的事，只有你一个人知道。我没有勇气跟项昊说出真相，也不想让他为我难过、为我悲伤。"

　　沈文涛自嘲地笑："你怎么知道我不会难过、不会悲伤？"

　　钱宝宝很认真地看着沈文涛："我一直把你当作我在军校唯一可以依靠的人，对不起……"

　　沈文涛看着钱宝宝一杯又一杯地灌自己，无比心疼，沈文涛劝都劝不住。沈文涛也跟着喝了一些。借着几分酒劲，沈文涛情不自禁地向钱宝宝袒露心声："有些话我一直藏在心里，你不知道。我去火车站接你的时候，你从火车上走下来，就像一个精灵坠落凡间。你就这样慢慢地向我走来，一直走到了我的心里。在那一刻，我突然就确定了你是我要找的人，是我想守护一辈子的人。我一直在遗憾，为什么你先遇到的是项昊，如果你先遇到的人是我，你会不会喜欢我？会不会给我一次机会？"

对面毫无反应。沈文涛抬眼一看，钱宝宝不知什么时候已经醉倒，趴在了桌子上。沈文涛自嘲地笑笑，索性把所有的话一股脑倒出来："有时候，我觉得自己很幸运，能够认识你、陪伴你，能够在这样的夜晚，和你坐在这样的地方，喝着同一瓶酒。可是我又埋怨，为什么我们的缘分这么浅？为什么我只能远远地看着你对别人笑、为别人哭，就连我心中的爱意，也只能在你醉了以后，才敢对你说？我多想在你清醒的时候，对你说一句，钱宝宝，我喜欢你。如果我们还有机会再相见，请你多看我几眼，因为我看你的每一个眼神，都是在告诉你，我爱你。"

清晨，项昊起床，惊讶地发现花竟然朝两个不同方向开了。

项昊紧张地问："谁碰过我的花？"

杜枫说："没人碰过啊，这花你跟宝贝一样看着，我们想碰也没机会下手啊！"

"那它怎么会朝两个不同的方向开？"

"这……这很常见啊！"

"不对，萧晗说这花要是双蕾朝着不同方向开，就预示着两个恋人会劳燕分飞！"

顾小白打了个哈欠："老大，你没睡醒吧？"

杜枫说："项昊，没想到你多愁善感到了这个地步。"

顾小白说："老大，你就别发愁了，回头我俩上后山给你摘一打面对面开花的，让你抱着好好看。"

项昊不高兴："去去去，谁稀罕你摘的花！"

第二十一章 天大误会

　　钱宝宝拿着行李站在龙城军校门口，眼看着军校大门在自己眼前徐徐关上，眼中充满了不舍。

　　军校食堂里，大家都在吃早餐。

　　项昊问："萧晗呢？今天怎么没见她来吃饭？"

　　顾小白说："我听说萧教官请假了！"

　　项昊觉得不太对劲："没听她说起要请假的事啊。"

　　沈文涛在一旁听见，故意低头不回答项昊。项昊注意到了沈文涛的反常举动："沈文涛，你是不是知道些什么？"

　　沈文涛眼神闪烁："没有……"

　　李天翰故意凑过来："今天一早，我看见萧教官大包小包的，好像要出远门的样子。"

　　听了李天翰的话，回想着昨晚钱宝宝的奇怪举动，项昊飞奔出食堂。

　　他一脚踢开钱宝宝宿舍的门。宿舍里人去楼空，钱宝宝的私人物品也被收拾得干干净净，整个宿舍就好像从来没有人住过一样。只有桌子上整整齐齐地放着项昊送钱宝宝的耳环。项昊拿起耳环，顿时明白了一切，他疯了一般冲了出去。

　　在军校门口，项昊被顾小白死死拉住："你不能出去，吴天霸的人就等着你出军校好找机会对你下手呢！"

　　"让开！我不去会生不如死！"

　　"不行，怎么也得等杜枫回来再说吧。"

　　"我今天如果不出去，会后悔一辈子。对不住了！"项昊出手给了顾小白一拳，打倒了他。

军校门口的士兵试图阻拦，项昊上前与士兵交手，只用一招就掏出了士兵的配枪，将枪上膛对准了士兵。士兵见项昊拿枪威胁，不敢再阻拦。

沈文涛、沈文雨也赶来阻止。

沈文涛说："项昊，你千万别冲动！你现在出去，正中吴天霸下怀。"

"我冷静得很，我知道我要付出什么样的代价，但这些代价跟萧晗比起来，全都不值一提。"项昊说完拿着枪转身冲了出去。

沈文雨冲着项昊的背影哭着大喊："项昊，你给我回来，你个大傻瓜！"

项昊在龙城街道上狂奔，四处寻找。他茫然地站在十字路口，看着四面八方的来往行人，却不见钱宝宝的踪影，他焦急又绝望，到处喊着："萧晗——萧晗——"

钱宝宝和钱母刚要走进车站，钱宝宝突然似乎听到了项昊的声音，她想继续走，但还是停下了脚步。

钱宝宝叫住钱母说："娘，你先进去吧！"

刀疤强、杀手和吴天霸躲在人群中，三人一路跟踪项昊，贴着墙根慢慢往项昊身旁靠近。

钱宝宝走到售票处附近寻找项昊，项昊终于看到了钱宝宝。两人目光相遇。项昊冲到了钱宝宝面前："萧晗！你为什么要偷偷逃跑？"

钱宝宝尴尬地掩饰："我没有逃跑，我只是要把奶娘送回乡下而已。"

项昊不由分说把钱宝宝抱得紧紧的，略带埋怨地责备她："那你走之前干吗不跟我解释清楚？我还以为你走了再也不回来了！"

刀疤强走到离项昊几米远的地方，突然举枪。钱宝宝看到刀疤强，瞬间推开项昊，子弹擦着项昊的脖子飞过。周围群众惊叫一片。项昊连忙抱着钱宝宝扑倒在地。

刀疤强、杀手和吴天霸都掏枪射击。项昊抱着钱宝宝翻滚着躲避子弹，无数子弹落在两人身边。项昊带着钱宝宝躲到了一个掩体后面，子弹接连打在掩体上。钱宝宝才发现项昊胳膊中弹，鲜血已经染红一大片衣袖。

"你受伤了？"

"擦伤而已，没关系。"

"你真傻，你明知道吴天霸雇了杀手要杀你，还敢出来找我。"

"我一想到你要离开我，我的心就疼得不行。"

欧阳飞带着几个士兵从大街一边冲过来，杀手、刀疤强和吴天霸一看到欧阳飞，转身往街的另一边跑。欧阳飞拔枪射击，一枪击毙了杀手。

李天翰一直躲在火车站对面建筑的二楼，看到吴天霸从街上向自己跑来，不动声色地开枪，吴天霸倒地，李天翰隐进建筑内。

不远处，刀疤强也被抓住，嗷嗷叫唤："别杀我！我认罪！别杀我！"

项昊把钱宝宝扶起来，钱宝宝用手捂住他正在往外涌血的伤口，脸颊上满是眼泪："项昊，跟你相比，我太懦弱、太自私了……我不走了，留下来陪你！"

几个士兵押着刀疤强，又有士兵把呆呆傻傻的帮主押过来。刀疤强一看到帮主，立刻挣扎大叫："你们放开他，不关他的事！"

项昊已经包扎完毕，听见刀疤强的声音，走了过去："是你？"

"项昊！要杀你的人是我，你要杀我我没话说，但我求你放了帮主。自从你在阳城用斧头威胁过我们帮主之后，不知道为什么他就傻了。斧头帮也散了！是我要找你报仇的，和我们帮主无关！"

项昊看了一眼帮主，对士兵说："把他们都放了！"士兵犹豫了一下，松开刀疤强和帮主。

项昊对刀疤强说："我放了你们，不是因为心软，而是看在你对帮主忠心的分儿上。这些钱你拿着，以后别再干伤害人的事了，好好照顾他，给他一个好的晚年，回家吧！"

刀疤强怔怔地看着项昊，拿过钱，扶着帮主离开，临别前回过头，给了项昊一个感激的目光。

钱宝宝在月台上送钱母。钱母问："宝宝，你想好了，真的不走了？"

"娘，项昊为了我，肯付出一切代价，我不能这么一走了之。"

"刚才的事娘都看见了，项昊是个值得托付的人。但娘要提醒你，你的这份感情，前路艰险、危机四伏，你每走一步都可能会要了你的命！"

"我知道很难，可是我现在真的没办法离开他。"

钱母担忧地说："项昊不知道你的身份是假的，他这么爱你，你怎么能欺骗他呢？你用假身份跟他在一起，是不可能有结果的。"

"既然选择留下来，我就会鼓起勇气，找一个合适的机会，把真相告诉他。他生气也好，恼怒也罢，我都愿意承担。"

钱母略带沉重地点点头："既然选择了，那就要好好走下去。"

"谢谢娘。"

"记住，娘永远是你的依靠，哪天想家了就回来看看我，还有，记得多穿点衣服，吃好一点，别太累了！"

"知道了，娘！"

火车鸣笛，母女二人依依不舍地告别。

钱宝宝跟着项昊往回走，沈文涛他们跟在后面。

韩旭走到沈文涛身边："之前听说钱宝宝走了，我还以为她奶娘的病治好了，她这一走肯定就不会回来了。没想到……"

"她回来了，面对她的就是随时要上军事法庭被判死刑的风险。"

韩旭叹气："是啊，她也真傻，既然都走了，又何必再回来？"

"她是为了项昊回来的，宁可牺牲自己的生命，也要守护他们的爱情。"沈文涛看着两人的背影露出一丝惨淡的笑容。

后山上，项昊正与钱宝宝荡秋千。

项昊问："你还记得情人节的那天晚上，你摘了一枝梅花给我，告诉我说花枝会预示爱情吗？"

"民间传说而已，你还当真啦？"

"我当然当真了！今天早上，它开了两朵方向完全相反的花，我还以为是凶兆，然后你还偏偏不辞而别了，我就更担心了。还好，你现在原封不动地回来了，而且我还发现，那束花枝上竟然一天之间生出了许多小骨朵。"

项昊掏出花枝给钱宝宝看，两朵对着开放的梅花之中，果然藏着几个小小的花骨朵。

"我想用不了一两天，它就会绽放满枝的花朵。所以，这根本不是凶兆，而是大吉兆！这就是天意，说我们俩生生世世都会在一起。"

"项昊，谢谢你，今天你教会了我一样东西。"

"什么？"

钱宝宝用花枝在地上写下一个"爱"字。

"爱？"

"对。爱，一个'心'加上一个'受'，就是用心去感受对方的心。爱是责任，是无条件的付出和牺牲，是放下自我和狭隘。这就是你教会我的——什么是爱。"

夕阳下，钱宝宝投入项昊的怀抱："项昊，无论发生什么事，我都不会离开你，不会放弃我们的爱。"

"真的，你没骗我？"

钱宝宝故意装作开玩笑的口吻："那要是我真的骗了你怎么办？"

项昊也开玩笑地说："那我就……一口吃了你！"

男生宿舍楼下，项邵达带着两个兵和欧阳飞正在等项昊。项昊一看见父亲那张严肃的脸，就知道自己今天免不了要挨顿骂，他没想到的是项邵达会提起结婚。

"你还是老样子，冲动、任性、鲁莽！今天要不是欧阳飞出手相救，后果不堪设想！男子汉大丈夫，为了一点儿女之情就不管不顾，肆意妄为！也好，今天你挨的这个枪子，就当是给你个教训。我想尽快让你和萧晗完婚，早些把萧晗娶进门，也好让你安心治学。先成家后立业嘛，省得你总是为了一点儿女之情成天的心神不宁。"

项昊兴奋异常："你说的是真的？爹，你总算是替我做了件大好事啊！"项昊一下子扑到项邵达身上。

项邵达推开他："你回头跟萧晗商量一下，择个合适的日子，把萧家父母从德国请回来，就把这事办了吧，也好了却我的一桩心事。"

项昊接受逃出学校的惩罚，在谢天娇的监督下，正在操场上做蛙跳。远远的地方，李继洲、李天翰死死地盯着项昊。

李天翰说："虽然叫项昊又逃过去了，不过这次不算白张罗，至少我们摸清了一件事，项昊这小子跟吴三桂一个德行，吃美人计这一套。而且，就连沈文涛也很在乎这个萧晗。"

"不过有件事情，我却越来越看不透了，你说那个萧晗是假货，一旦找准了机会就要走，这次那么好的机会，她为什么又回来了？"

李天翰冷笑了一下："放心，真的假不了，假的也自然真不了。真相迟早会水落石出，我不相信一个假货还能一直装下去。不过我还是那句话，我不关心萧晗的真假，我只关心我们该怎么用好萧晗这张牌对付项昊和沈文涛。"

职员办公室，苏锐敲门进来，谢天娇看见苏锐来了，又惊讶又紧张，把手中的杯子掉在地上摔了个粉碎。

苏锐假装说："哦，欧阳教官，我是想来告诉你下，今天清晨，你一直看护的那个女病人，已经苏醒了。"

"真的？那可太好了，谢谢你，苏医生。"欧阳飞快步出门去。

刘天宇奇怪地问："女病人？什么女病人？欧阳飞没和我说过啊。"

谢天娇看见苏锐来只是为了找欧阳飞说事儿，心中有些失落。没想到，苏锐看着谢天娇鼓起勇气说："谢主任，其实我今天是特地来找你的。"谢天娇猛地抬头看着苏锐，难掩心中喜悦。

病房内，萧晗果然已经苏醒，她正坐在病床上，脑子里始终都是自己在火车上被杀手推下去的一幕。欧阳飞悄悄走到萧晗身边，却把萧晗吓了一跳。

"我吓到你了吗？"

萧晗说："哦，没事……"

"你睡了一个多月，终于醒过来了。"

萧晗问："是你救了我？"

欧阳飞点点头："我在龙城郊外的河边发现的你，那时候你伤得很重。"

萧晗说："谢谢你。"

"我叫欧阳飞，我还不知道你叫什么名字呢。"

"我，叫刘璐。我是来龙城走亲戚的，没想到半路上遇到了歹人……"

欧阳飞看出了萧晗眼神中的惊恐，打断她："我知道，你一定经历了很多的事情。你才刚醒过来，先不要说太多话，好好休息。"

钱宝宝在书架前找书，沈文涛走过来，轻轻地问："你回来是为了项昊，是不是？"

钱宝宝抿了抿嘴，坚定地说："是。"

"他有那么好，值得你用性命来赌？"

"所有人之中他不是最好，他自大、任性、冲动，但是他的心是火热的，是真诚的，我没有办法继续骗自己。我很爱他，不能离开他。"

沈文涛愣住了，尽管他心里清楚钱宝宝对项昊的心，但此时此刻听到这句话，还是觉得五脏俱裂，心痛不已："项昊真是个幸运的家伙，我真的很妒忌他。"

钱宝宝没有接下沈文涛的话，而是问他："项昊平常最讨厌别人欺骗他，如果我告诉他我不是真的萧晗，他会原谅我吗？"

"他原谅不原谅你我不知道，但是你是在拿你的命做赌注，我只好赌你赢。"

钱宝宝说："我也很幸运，有你这么好的朋友。"

沈文涛苦涩地笑笑。

宿舍里，项昊心情很好，他站在镜子前，把自己身上的制服拉得笔挺，仔细地检查了一下自己的仪表："怎么样，还行吧？"

顾小白竖起大拇指："老大，你就一个字——帅！"

杜枫说："放心吧，弟兄们都已经准备好了。现在是万事俱备，只缺萧晗点头了！"

杜枫由衷地说："兄弟预祝你旗开得胜、马到成功！"

顾小白点点头："全歼敌人，得胜归来！"

顾小白捧着花束走在路上，边走边说："求婚竟然把这么重要的东西给忘了。"

顾小白看到沈文涛在前面，故意贴上去："哎呀，沈文涛，真巧啊，有件事我本来应该保密的，不过我想了想，告诉你，让你受点儿刺激，脑子清醒清醒也挺好的。一会儿项昊要向萧教官正式求婚了。我说，某些人哪，就别不自量力了，明知道不是自己的东西，就别总惦记着，自取其辱了。"

沈文涛不敢相信："什么？你是说项昊要向萧晗求婚？"

"嗯哪，听我一句劝，缘分这东西是天注定的，感情的事不能强求，你要看开一些。萧教官和项昊的亲事，是从小就定下的，现在项老爷子发话了，让项昊尽快娶萧晗进门。"

沈文涛着急地说："是项邵达发话让他们完婚？"

"你也是豪门大户出身，这种政治联姻其中的利害轻重，你也应该明白。不过，所幸他们俩彼此深爱，没成为政治联姻的牺牲品。我有事先走了，别太难过了。"

沈文涛愣愣地站在原地，思索片刻，他坚定地摇了摇头，往顾小白的方向跑去。

军校操场内，项昊拉着钱宝宝过来，让钱宝宝站在一个位置上，然后对旁边的学员说："全体都有！齐步走！……立定！"

项昊微笑，立定，给钱宝宝敬了一个礼。

"请萧教官指导！一！"

学员们交错着分成前后排，前排人下蹲，"唰"一下，大家展开手中的纸卷，每人手中的纸卷上都写着一个字，连起来看是"明明白白我的心"。

项昊又喊："二！"

"唰"的一下，每个人又把纸卷反过来，连起来是"生生世世我爱你"。

"口号！"

全体队员声音洪亮，充满令人震撼的阳刚之气："萧晗萧晗！项昊爱你！海枯石烂！永远忠诚！"

钱宝宝愣愣地看着学员们组成的心形列阵，回头看着项昊。

项昊走到钱宝宝面前，说："昨晚我做了个梦，梦到老天爷对我说，像我这样英俊不凡的人，他可以实现我一个愿望。于是我就问他，怎么才能和我喜欢的姑娘一辈子在一起？他说，只要明天你把她逗笑了，她就会答应你的一切要求。"

钱宝宝没笑，顾小白笑了。

项昊很认真地转头对顾小白说："对不起，小白，我只喜欢女的。"

钱宝宝一下子笑了。

项昊很激动："你笑了？"

钱宝宝害羞地说："你少贫嘴。"

"原来老天爷真的没骗我，"项昊无比认真地说，"萧晗，我曾经有多反感我们的婚约，现在就有多庆幸，庆幸老天爷让我能够遇到你、爱上你，让我们一起经历这么多事，让我知道你就是我此生最爱。我想和你一辈子在一起，让我守护、宠爱你，再不分离。"

项昊从背后拿起花束，单膝下跪："我爱你，嫁给我好吗？"

钱宝宝随着项昊的话语，流下了感动的泪水，激动地用手捂住嘴。她沦陷在项昊的深情里，想要吐露真相的话却说不出口。

钱宝宝的眼神中，闪现着惊喜、彷徨、犹豫："项昊……我……我们先离开这里，我有别的事要对你说。"

"你先答应了再说。"

"你先跟我走，我有话跟你说，我们先把话说完。"

"不行，你要先答应我。"

钱宝宝刚想开口，沈文涛出现在钱宝宝身后，声音坚定："她不能答应你！"

项昊"霍"地站起来，愤怒地说："沈文涛，你什么意思？"

沈文涛拉住钱宝宝的胳膊："她不能答应你的求婚！萧教官，你想清楚了吗？你真的要嫁进项家吗？"

"我……"

沈文涛拉起钱宝宝的手："你先跟我走，我有话对你说。"

项昊狠狠地说："沈文涛！萧晗是我的未婚妻，你有什么话就当着我的面说。"

"我跟你没什么好说的，萧晗你跟我走！"

项昊非常愤怒，拦住沈文涛："你放手，让她自己选！萧晗，你是要答应我，还是要和沈文涛走？"

项昊期待地看着钱宝宝。钱宝宝看着周围的学员，忍住哽咽："项昊，对不起，我不能答应你。"

项昊眼中充满痛苦："萧晗，你真的要跟他走吗？"

钱宝宝停顿了一下，还是跟着沈文涛走了。项昊呆在那里，心像是被掏空了一样。热闹的学校操场一下子恢复了宁静。

钱宝宝内心悲伤："你为什么一定要在这个时候出现？"她问沈文涛。

"我要不出现，你真的要在众目睽睽之下答应嫁给项昊吗？你能嫁进项家吗？你嫁进项家就是死路一条！你爱项昊和你要嫁给他是两回事。"

这时何副官见钱宝宝过来，上前给钱宝宝敬礼："萧小姐，您好。参谋长派我来，有几句话跟萧小姐说。参谋长想将小姐和我家少爷的婚事提上日程，想必少爷已经跟小姐提起过了。为了表示诚意，参谋长特意让我带这些礼物来送给萧小姐。适逢乱世，萧小姐的父母又远在国外，不合礼数的地方，还请小姐海涵。另外，参谋长的意思是，让小姐对您的父母转达参谋长的意思，希望您的父母可以来龙城一趟，商量小姐和我家少爷的婚事。"

钱宝宝低着头："我……我会尽快通知家中父母的。"

何副官说："消息可能有点突然。但是参谋长的意思是，反正都是迟早的事，男子汉大丈夫，先成家后立业嘛。礼物请小姐务必收下。至于婚事，小姐这边有什么要求，可以等您父母来龙城时再跟参谋长仔细商量。"

何副官吩咐士兵："把礼物给萧小姐送到宿舍。那，萧小姐，我先告辞了。"

沈文涛看着满屋子的聘礼："你现在还觉得，这只是你和项昊两个人两情相悦这么简单吗？"

"我没想到会这样。"

"龙城的军事力量，本来是三足鼎立的，我沈家、项家和李家。现在李继洲得到大帅器重，地位蒸蒸日上，而项家的地位不稳。项邵达急需和萧家联姻来巩固项家的地位。就是说这桩婚姻对项家很重要。"

"可是项昊和他父亲不一样，他不是靠联姻、靠女人来巩固家族地位的人。他说过，他爱的是我这个活生生的人，而不是我的姓氏。"

沈文涛说："项昊和他爹是不一样。但是你要结婚，萧晗的父母就得过来，你的身份就会穿帮，项邵达不会认可一个江湖姑娘做自己的儿媳。我对项邵达也算有几分了解，他跟我爹一样，枪杆子下讨生活，都是踩着别人尸体往上爬的狠角色。你想想，到时候他会用什么样的手段来对付你？"

钱宝宝紧咬着嘴唇："该来的总会来，这些都是我该承担和面对的。"

"就算你不为自己考虑，你能不能为身边的人考虑一下。你要有什么事，你娘要怎么办？你想让你娘孤独终老吗？你让我怎么办？我这样放纵你回到学校，眼睁睁看着你陷入危险，我一辈子都不会原谅我自己。"

钱宝宝看着沈文涛，她当然知道沈文涛对自己的一片深情。

校长办公室里，李天翰正与李继洲谈话："爹，刚才咱们军校发生了一件特别有意思的事。项昊向萧晗求婚了，沈文涛中途跑去捣乱，结果萧晗最后拒绝了项昊的求婚。”

"萧晗拒绝了？"

李天翰说："听说项昊求婚，还是项邵达的意思。"

李继洲冷笑："这项邵达最近的一连串举动接连让大帅不快，大帅明显已经不把他纳为近臣，几个高级秘密会议都不叫他参加，连接见贵宾也不让他出席，听说大帅把他的近卫团也从项邵达手下拿走了，还给了他个高级军事顾问的虚职，这顾问顾问往往是顾而不问，大权旁落啊。倒是他的老冤家沈国舜越来越受大帅重视了。"

"看来他的确是日渐式微，走下坡路了。怪不得他这么迫不及待地要抓住萧家这根救命稻草呢。"

李继洲琢磨道："如果她的身份有问题，自然不敢应下这桩婚事了。对了，我让你派人去调查她的底细，查得怎么样了？"

"暂时还没消息，再等等，真相马上就要水落石出了。"

自从钱宝宝拒绝了求婚，项昊像变了一个人一样，闷闷不乐。杜枫和顾小白想着法儿地劝慰他，收效甚微；沈文雨柔情蜜意地接近，也让项昊直接赶走；钱宝宝给项昊送来擦伤药，项昊也拒而不见。

这一切倒是乐坏了李继洲父子。李继洲一边逗着鱼缸里的小鱼，一边对李天翰说："这叫斗鱼，是我一个故交特地从南方买来送给我的。这鱼有意思，独自待着就老老实实的，一旦把它们放在同一个鱼缸里，它们就会为了获取配偶的欢心而厮杀搏斗，一直战斗直到一方死亡。普天之下，竟还有这样奇妙的物种，有意思吧？"

李天翰若有所思："鱼尚且如此，更何况人呢。一年前，薛少华死了，项昊和沈文涛反目成仇，项昊就离开了学校，差点就永远都回不来了。可自从萧晗出现了，沈文涛和项昊的关系就缓和了。"

李天翰说："对，最近我倒是察觉到，他们三人的关系好像又剑拔弩张起来。这个时候，该我们出手，帮帮他们的忙了。"李天翰说罢，把两条斗鱼倒进了一个鱼缸里。两条斗鱼发现对方，立即竖起所有的鳍，调整情绪，很快进入战斗状态。

李天翰从校长楼门前出来，周杰躲在门边，看见李天翰，一下子朝他扑过来，想吓唬他一下。李天翰以为有人要偷袭他，转身用一招制服周杰，一拳几乎要打在周杰的咽喉处，看清是周杰后，拳头停住，凝力不发。

周杰有点恐慌："老大，我就是想和你玩玩。"

李天翰放开了周杰："别开这种玩笑！"

周杰揉着自己的咽喉："哎呀，吓死我了，刚才差点以为就要死了。老大你身手这么好，完全在杜枫和顾小白之上啊，之前你是在隐藏自己的实力吗？"

李天翰瞄了一眼周杰："我有我的战略。迷惑敌人，攻其不备。过来，我有任务要交给你。"李天翰在周杰耳边耳语了好一会儿。

酒店餐厅里，灯光昏黄，李天翰隔着桌子抓住薛少琪的手："这几天训练紧张，一直没抽空来看你，想我了吗？"

薛少琪点点头："想你了。"

"这两天学校里发生了几件有意思的事，你知道吗？"

"什么事？"

"项昊向萧晗求婚，萧晗竟然拒绝了，据说还是沈文涛搞的鬼，恐怕项昊跟沈文涛之间有好戏看了。"

薛少琪有点不高兴："我们两个约会的时候，能别提这两个人吗？"

李天翰掏出一只装戒指的小盒子："好好好，听你的。项昊没能抱得美人归，不知今天我有没有这福气？少琪，你愿意嫁给我吗？"

薛少琪眼中有泪："天翰……我配不上你……"

李天翰"嘘"了一声："我会一辈子爱你、保护你，再也不让你受任何委屈。"

李天翰走过来，单膝跪地，把戒指给薛少琪戴上，然后吻住薛少琪。薛少琪沉浸在李天翰的亲吻中，李天翰一把抱起她走向酒店房间。

酒店的床上，李天翰抱着薛少琪："现在沈文涛和项昊重新势不两立，我又有机会……"

薛少琪嗔怪："不是说好了，我们两个人在一起的时候就不要提他们的事吗？"

"好好好，我赔罪，只是集英战队的竞争越来越白热化。你知道，我一直想当集英战队的队长，但如果硬碰硬比拳头，我很有可能不敌项昊和沈文涛，只有让他们俩鹬蚌相争、两败俱伤，我才能有机会啊，少琪！"

薛少琪深情地说："我帮你！"

李天翰故意很惊喜地说："真的吗？太好了！"

医院里，苏锐在给萧晗检查身体，欧阳飞陪在萧晗身边。

"刘小姐，你恢复得不错。"

萧晗问："苏医生，我想知道，我什么时候才能出院呢？"

"你昏迷时间太长，最好再观察一段时间，就怕还有什么后遗症。你有什么不舒服的地方要及时告诉我。"

"谢谢苏医生。这几天我一直想下床走动，但是却没有力气，是不是我的腿……"

"别担心，这很正常，你昏迷了太长的时间，肌肉长时间没有活动，产生了轻微的萎缩情况。建议你先从按摩肌肉和床上运动开始，慢慢再练习下地。千万不要操之过急，所有恢复功能的训练，都是循序渐进的。"

"谢谢苏医生。"

苏锐走后，欧阳飞安慰萧晗："待会儿我去叫个护士来帮你按摩按摩腿部肌肉，咱们一步一步慢慢来。"

萧晗很感激地说："谢谢你，欧……欧阳先生。这段日子我已经给你添了太多麻烦了。"

欧阳飞笑笑："你叫我欧阳飞就好。对了，你说你是来龙城找亲戚的，需要我帮你联系一下吗？"

萧晗掩饰着不安："……抱歉，我……我突然忘记亲戚家在哪里了。真奇怪，一点也想不起来了。"

欧阳飞很理解："你遇到那么可怕的事情，受到了惊吓，又昏迷了这么久，一时想不起来也正常，没关系，龙城军校医院是这里最好的医院，你一定会慢慢好起来的。"

萧晗听到这里是龙城军校医院，有点失态："你说这里是龙城军校医院？"

军校走廊里，薛少琪迎面朝钱宝宝走来，她略带尴尬地问："萧教官，你今天晚上有空吗？"

"应该没什么事：怎么了？"

薛少琪支吾着："我想请你和沈文涛吃个便饭……我们家的水果铺子……多亏了沈文涛他们帮忙，李三也再没来欺负过我们……所以，我想谢谢你们……"

钱宝宝一听很高兴："好啊，正好一会儿就可以放假离校了，一会儿我去问问沈文涛，我想他肯定很馋你请的这顿饭！不过，你为什么没邀请项昊？项昊和沈文涛一样，也一直诚心地想祈求你的原谅！"

薛少琪咬着嘴唇："当年是项昊硬拉着我哥去参加演习的。萧晗，我想试着对当年的事释然，但是，我才刚刚开始学习在放下仇恨的路上要怎么朝前走，我还做不到一步就迈得那么大。"

"好，我明白，你能迈出这第一步就已经很不容易了。我这就去找沈文涛。"

薛少琪浅笑着冲钱宝宝点头，等钱宝宝转身离开，薛少琪一下子收起了笑容。

听说薛少琪要感谢他们，沈文涛很高兴："没想到薛少琪真能放下仇恨，还主动邀请我们吃饭。"

"应该是你的一片真心打动了她吧。虽然我也有点受宠若惊，不过，这不正是大家一直期盼着的结果吗？走吧，我跟她约了在华福客栈见面，别迟到了。"

赵虎、周杰守在一边，看见钱宝宝、沈文涛出门，掏出怀表看了眼时间。赵虎、周杰来到教员室，打着帮校长拿这个月的考勤记录表的旗号，周杰故意说："沈助教，你哥刚还跟萧教官一起约会去了，留下你这个亲妹妹独自在军校加班，真不够意思。"

沈文雨顿时来了兴致："你说我哥和萧晗约会去了？"

赵虎说："是啊，我还听着他们说是去什么华福客栈。"

周杰继续说："哎，这约会地点也真不一般，不是花前月下，也不是茶楼酒肆，偏偏是客栈。"

见沈文雨还不上钩，赵虎感慨地说："怪不得项昊这小子去跟萧教官求婚吃了闭门羹呢。原来，沈文涛和萧晗才是一对儿！他们今天去客栈……沈助教应该想想办法帮帮自己呢，沈助教对项昊的一片痴心真是日月可鉴、全校皆知哪。"

沈文雨又羞又怒地瞪了眼赵虎："要你多嘴！"

沈文雨找到正在靶场练习打靶的项昊，有意假装吃醋，说："萧教官刚刚已经收拾了一下走了，说晚上在华福客栈等你。她有话要跟你说。真讨厌，非让我来告诉你！"

项昊微微有些颤抖，却嘴硬说："我不去！"

杜枫笑了："行了，你明明很想去。她不是有话要说吗？去听听她说什么，说不定她是有苦衷的。"

客栈里，薛少琪点了一桌子菜，不停地给钱宝宝和沈文涛倒酒。

沈文涛随口问了一句："吃饭为什么不到饭店，跑到这家客栈的房间里来？"

薛少琪故意解释说："这家客栈的老板是我的一个远亲，他家的菜做得不错，所以我特地要了一间客房请你们吃饭，这样也好，省得外头人多喧闹。文涛哥，这第一杯酒，我敬。少琪做过很多对不起你的事，今天少琪在这里，向你赔罪了。"

"你不用道歉，你的心情，我们都很理解。少华的死我是有责任的，这一年来，我一直沉浸在深深的痛苦和自责当中，现在你可以原谅我，对我来说就是莫大的宽慰。"

"文涛哥，别说了，都过去了……"薛少琪、沈文涛干杯，将杯中的酒一饮而尽。

薛少琪又给自己倒满："第二杯，敬萧教官。我这次能打开心结，重新面对生活，还多亏了萧教官的开导。"

钱宝宝倒有点不好意思："其实我也没为你做什么，你能打开心结，靠的还是你自己。"薛少琪、钱宝宝干杯，一饮而尽。

"这第三杯，我还敬文涛哥，谢谢你，没有你的帮忙，我和我娘还不知会被李三欺负成什么样子。"

薛少琪、沈文涛碰杯，两人再次一饮而尽。

薛少琪还要倒酒："来，我们接着喝。"

沈文涛使劲甩了甩头："等等，这酒好像不太对劲。"

钱宝宝艰难地说："别喝了，这酒被下了迷药！"

薛少琪坐在桌边微笑地看着两人。沈文涛看一眼薛少琪，站起来，晃晃悠悠地一直摸到门边，使出力气想要开门，薛少琪却走过去，把门反锁。

钱宝宝挣扎着想站起来，没走几步就倒在地上："少琪，你……"

沈文涛终于也坚持不住，倒在了地上。

项昊四人来到华福客栈门口。沈文雨问店小二："今晚军校里来的那些客人在哪个房间？"

小二会意："哦，我带你们去。"

顾小白、杜枫和项昊面面相觑。

顾小白很诧异："什么情况啊？不是说请吃饭吗？"

小二带四人来到门口就离开了。项昊推门而入，一进门就看见沈文涛和钱宝宝不穿衣服躺在床上，沈文涛的一只手还搂着钱宝宝的肩膀。项昊瞪着眼睛，喘着粗气，胸脯剧烈地起伏着，双手握紧拳头，浑身颤抖。项昊气得转身就走。顾小白赶忙跟上，沈文雨和杜枫也随之离开。杜枫离开前，看了桌面一眼，发现桌子上放着三个酒杯。

项昊回到宿舍，用被子蒙住自己。开始是压抑地哭，继而是彻底痛哭。顾小白在门口听着项昊的哭声，愤怒地握紧了拳头。

沈文涛迷迷糊糊地醒来，发现自己竟跟钱宝宝一丝不挂地躺在一张床上。钱宝宝也醒来，看见一边的沈文涛也吓了一跳，赶忙用被子捂住自己。

沈文涛赶忙背过身去："你别怕！我们应该什么都没发生，我猜是薛少琪给我们下了迷药。"

"她这么做到底是为了什么？"

"当务之急，还是赶紧回军校，去找她问个明白吧。"

钱宝宝点点头。

沈文涛和钱宝宝回到军校，却看见顾小白气鼓鼓地迎面而来。顾小白二话不说，伸手就给了沈文涛一拳："沈文涛！你连兄弟的女人都敢碰！你是不是人！"

"顾小白，你误会了！"

顾小白又给了沈文涛一拳："昨晚我们亲眼看见你和萧晗在一起，你还说是误会？"

"事情不是你想的那样……"

"我今天就替项昊好好修理你！"

沈文涛一步步后退，躲开顾小白，不想和他动手。顾小白寸步不让，步步紧逼。

钱宝宝还没有恢复过来，看着两个人打架，想劝，却没有力气，刚要出声，又晕倒在地上。沈文涛看到钱宝宝倒地，立刻拦下顾小白挥来的拳头，愤怒地还给顾小白一拳。

"顾小白，你给我清醒清醒！"

顾小白被沈文涛打倒在地，还要站起来还手，刚要出拳，手臂就被另一只手抓住。顾小白回头一看，项昊冷冷地站在旁边。他眼睛红肿，却没有丝毫神色，只是拉起顾小白转身离开，就像没有看见旁边的钱宝宝一样。钱宝宝吃力地站起来，想去追项昊，沈文涛拦住她。

钱宝宝虚弱地说："你放开我，我要和项昊解释清楚。项昊现在一定很心痛、很难受。我一定要去跟他说清楚。"

"他现在正在气头上，什么话都听不进去。"沈文涛扶着钱宝宝站着。钱宝宝挣脱沈文涛，摇摇晃晃地向项昊追去。

第二十二章　表明身份

项昊是真的伤心了。他眼前挥之不去的，都是钱宝宝和沈文涛裸露相拥的一幕。钱宝宝身体还很虚弱，她坚持着去找项昊解释。项昊却避之不见。

天气转冷，天空中飘着雪花。钱宝宝站在项昊的宿舍楼下，大声喊着："项昊！我可以和你解释清楚！你下来！项昊！我在这里等你。你不出来，我就一直在这里等。"

钱宝宝整整站了一下午，她身上满是雪花，冻得瑟瑟发抖。项昊站在窗口，皱着眉头看着窗外的钱宝宝。就在一瞬间，钱宝宝体力不支倒了下去，项昊刚要抬腿跑下去，眼前已经有人抱住了钱宝宝，项昊停下脚步，紧紧握住了拳头。

沈文涛将钱宝宝送去医院，迷迷糊糊的钱宝宝一路都在说："项昊，你听我解释……你听我解释……"

苏锐安慰着急的沈文涛："她没事，就是受凉高烧，打了针，烧已经退了。哦，对了，文涛，你上午的验血报告已经出来了。你的血液里，的确检测出七氟烷，也就是我们通常做手术时使用的麻醉剂成分。你怎么会接触到这种东西？"

沈文涛随口撒了个谎："哦，我昨天去拔牙了，打了麻药。"

护士室，沈文涛没有敲门推门而入，薛少琪一看沈文涛进来，努力想使自己保持平静。

"少琪，你为什么要这样做？"

薛少琪不语，冷冷地看着沈文涛手里的化验单。

沈文涛抖着化验单："你害我也就罢了，但这次，为什么要把萧晗一起牵连进去？你也是个姑娘家，你知道对于一个姑娘家来说，名誉是多么重要。你一个年纪轻轻的女孩子，怎么能想出这样毁人清白的阴损招数？这次的事，只是你一个人做

316

的吗？"

薛少琪态度强硬："对于害我哥哥的凶手，我还要手下留情吗？"

"少琪，萧教官一次次地宽容你、帮助你，你怎么能一而再、再而三地伤害她呢？"

"别说了，谁要你们的宽容！谁要你们的帮助！是你们强加给我的，我从来都不需要！"

沈文涛眼神失落："少琪，你变成这样我真的很难过。"

沈文涛说罢离开，薛少琪有些失落地跌倒在了椅子上，伸手悄悄抹去眼角的泪珠。

看着沈文涛的背影，李天翰推开护士室的门进去。李天翰上前摸着薛少琪的手："少琪，沈文涛和你说什么了？"

"他说他对我很失望……"

"少琪，看着我，你这次做得很好，项昊和沈文涛因为萧晗更加反目了，我们离我们的目标又近了一步。"

薛少琪点点头，但还是愁眉不展。李天翰突然低头吻住薛少琪："少琪，你会一直陪着我，帮助我的，对吗？"

薛少琪点点头："我愿意为你做任何事。"

沈文涛找到项昊，把医院的化验单递到项昊面前："这是医院的血液化验单，在我的血液里找到了迷药成分。所以，请你冷静，前天晚上，我和萧晗之间什么都没有发生，这一切都是事先安排好的阴谋。"

项昊瞄了一眼化验单："这是你和她之间的事，跟我没关系。"

"随便你信不信，反正我把事情说清楚了，我没有对萧晗乱来，她也不是水性杨花的女人。项昊，我看不起你，你不相信萧晗，你不配得到她的爱。而且我告诉你，我就是爱她，我一定会和你争！"

沈文涛说完便转身离开。杜枫慢慢走到项昊身边，劝他说："我相信沈文涛的话，前天晚上他们应该是被人下药了，当时饭桌上有三个酒杯，但第三个人却不见了。"

"就算前天晚上的事是阴谋，求婚的事又要怎么解释呢？萧晗拒绝了我，如果不是为了沈文涛，又是为了什么？"

"也许萧晗真的有难言之隐，感情的事你一定要考虑清楚了。"

心情郁闷的项昊走在大街上，不停地叹气。他在一个马戏团的海报前停了下来。海报上模样酷似钱宝宝的蝴蝶仙子吸引了他的目光。项昊吃了一惊，走向马戏团门口的售票人员："问一下，海报上的这个人是谁？"

"她是我们团的台柱子。不过她已经不在这里表演了，几个月前就走了。"

"她是不是有个重病的奶娘？"

"奶娘？她的确有个重病的娘，总是咳嗽，也不见好，但不是奶娘。"

"告诉我她叫什么名字！"

"她叫钱宝宝。"

项昊喃喃地念着："宝宝……宝宝……她还说，这是她的小名……我明白了！我知道了！"

项昊急切地跑回医院，钱宝宝的病床上空无一人，去宿舍也没人。有人说看见她出校门了。项昊又跑回到街上，一边跑着一边搜寻着钱宝宝。项昊这时候才想起钱宝宝说过的那些奇怪的话。

"萧晗对我来说只是一个名字，也许我根本就不是你想象中的那个样子，其实我有许多话想告诉你。但是要以后我才能告诉你……"

项昊漫无目的地找了好半天，终于停下来，大口喘着气，闭上眼睛思考。等他睁开眼睛的时候，脸上已经有了些笑容。

项昊骑着一匹白马疾驰到河边，像童话故事里的王子一样。他曾在这条河边和钱宝宝共度情人节，此望钱宝宝一个人坐着，深情而哀伤。项昊平复了一下心情，一步步向钱宝宝走去，从背后抱住了钱宝宝。钱宝宝吓了一跳，回过神来，项昊的声音在钱宝宝耳边响起："很久很久以前，在大海里有一条小美人鱼，又漂亮，又善良，而她却爱上了一个人类王子。"

钱宝宝不说话，眼泪一直往下流："小美人鱼生活在水里，王子生活在岸上，他们根本不属于一个世界，他们要怎么才能生活在一起呢？小美人鱼每天都在苦恼，终于她去找了海底的巫婆。巫婆告诉小美人鱼，我可以把你变成人类的样子，但是你要忍受巨大的痛苦。如果是你，你愿不愿意？"

钱宝宝任眼泪流着："……我愿意。"

"小美人鱼也是这么回答的。然后，在小美人鱼就要变成人类的瞬间，王子突然跳进了海里，对她说：我不要你为我忍受痛苦，我希望你能做自己。"

"可是这样他们就不能在一起了。"

"别急。只听王子继续说道：我听说只要你吻我一下，我就能永远在水里生活，就能永远和你在一起。我们一定会永远在一起。我爱的是那个治好了小白的病，带着我们学员一起打败马一眼，和我一起打流寇的女孩，而不是萧晗这个名字。钱宝宝，我不要你为了我忍受痛苦，我希望你做自己。"

钱宝宝愣愣地看着项昊，眼泪掉了下来。

"可是钱宝宝不能和项昊在一起，只有萧晗才可以。"钱宝宝声音颤抖地说。

"我都知道了。你这个傻瓜，为什么不早点告诉我，害得我那么难过，你自己也那么难过。"

"我……我害怕。你确定你不怪我？你不怪我骗了你，你愿意原谅我？"

项昊假装板起脸："我本来很生气，生气你竟然那么不信任我，连沈文涛都知道的事，你竟然不让我知道。我项昊在你心里就那么没担当吗？可是我又很心痛，心痛你一个人承担了那么多的压力和委屈。最后心痛就战胜生气了。不过呢，仅此一次，下不为例。以后无论什么事，你都要跟我说，记得在你的身边，在你的生命里，还有一个我，愿意和你分担分享所有的苦与乐。"

钱宝宝点头。

项昊对着水面大喊："钱宝宝……我爱你！"

钱宝宝也大声喊："项昊……我爱你！"

两个人在河边，用野花编成花环，用几块小石头搭了一个墓，一起祭奠萧晗。

钱宝宝掉着眼泪："萧晗，我带着项昊一起祭拜你。我有太多太多的对不起要跟你说。我顶替了你的身份，进入军校，为我娘治好了病，还得到了本应该属于你的爱情。"

项昊说："萧晗，虽然我对你没有什么印象，我们的婚事也是父辈定下的，但是你遇到不幸，我真的很难过。我向你保证，等集英战队的事一结束，我一定处理好你的身后事。以后你的父母，就是我项昊的亲人，我会代替你，好好照顾他们。愿你的在天之灵得到安息。"

钱宝宝继续说："萧晗，对不起。如果有来生，一定让我们相遇，我一定会好好报答你。"

项昊搂过钱宝宝的肩："从现在开始，我要把你当成钱宝宝来爱，我要做的第一件事，就是走进你的生活，了解你的过去。"

"了解我的生活？可没那么容易，它对你来说，可能是陌生而遥远的。"

项昊笑了："走，我带你去个地方。"

钱宝宝没想到自己的马戏团竟然来到了龙城，她非常激动，直接冲进了帐篷里。马戏团的同事看见钱宝宝来了，纷纷停下手上的活，围了过来。

"宝宝，你怎么来了？你怎么跟变戏法似的突然不见又突然出现了！我们都想死你了。"

"宝宝，你怎么说走就走了，也不跟大家说一声，你知道我们有多担心你吗？"

"宝宝，那是你男朋友吗？好帅！"

钱宝宝和团里的女孩们拥抱，转了一个圈给大家看："你们看，我不是好好的吗？没有多一块肉，也没有少一块肉。"

有人对着项昊说："看他气宇不凡的，难道是个富家子？你这个灰姑娘，遇到白马王子啦？怎么好上的，快点从实招来。"

钱宝宝被说得不好意思，项昊倒是落落大方："大家好，我叫项昊，我是钱宝宝的恋人。"

几个女同事围着项昊打趣："我们可都是宝宝的娘家人，你这个男朋友得通过我们的考验才算数，不然可不算数。"

项昊说："行啊，我项昊刀、枪、剑、戟，十八般武艺样样精通，你们说考什么吧，为了我们家宝宝，今天什么挑战我都应下……"

项昊被绑在转轮上，手脚附近都插着飞刀。一把飞刀扎到项昊裤裆附近，项昊紧张地嗷嗷叫。

项昊被绑在一条红绳上，在空中荡来荡去，惨叫声不绝于耳。

一只小熊在背后追项昊，拳击手套对着项昊一顿砸，项昊又不敢还手，只好到处躲闪。

最后，项昊全身酸软地被抬到钱宝宝面前。

"虽然不是一百分，也算有胆有识，是条汉子。以后你要好好对我们钱宝宝，否则，刚才的飞刀可能就会偏离了方向啊！"一个同事假装威胁。大家哈哈大笑。

钱宝宝接过同事手里的彩色气球，当着大家的面，对项昊说："项昊，现在我邀请你走进我的世界，请你不要心疼我的过去，我的过去有危险、有艰难、有痛苦、有贫穷，但是也有快乐，此刻我跟你分享我过去的快乐。还有，我相信我未来的每一天，都是最幸福的，因为有你在我身边。项昊，前几次都是你向我表白，因为我身份的原因，我拒绝了你，让你那么伤心，我现在郑重地向你道歉。这一次轮到我向你表白，在我的同事和朋友面前。项昊，请问我可以爱你吗？"

项昊很感动，却有点不好意思："哪有女孩子这么主动的？不过，我一百个接受，因为我也像你爱我那样，很爱很爱你！"

空中飘下彩色的气球和炫目的丝带，两个人忘情地拥抱在一起。

项昊和钱宝宝从学校外边回来，沈文涛迎面走过来，一天一夜不见，沈文涛看起来憔悴又疲惫。他跑过来扶住钱宝宝的肩，从上到下好好看了一遍，伸手又去摸钱宝宝的额头："你昨天一天都去哪里了？我一直在找你，你没事吧？烧退了吗？"

项昊一手拍开沈文涛的手："哎，干什么呢，别动手动脚的。"

钱宝宝表情甜蜜："我一直和项昊在一起。"

三个人找到一个没有旁人的地方，项昊跟沈文涛抱怨："你早知道她的秘密却不告诉我！你到底安的什么心？"

"多一个人知道她的身份，她就又更多了一分危险！"

"沈文涛，你什么意思？什么叫我知道了她的身份，她就又多了一分危险。"

沈文涛有点生气："我能告诉你吗？你那么冲动任性，再说你知道了又能怎么样？你能保证她的安全吗？你能保证你父亲不会伤害她吗？你父亲会让你跟一个没有家世没有背景的江湖女子成亲吗？"

"那是我的事，你凭什么替我做决定？你凭什么害得我这么伤心，你凭什么让她那么难过？"

钱宝宝劝他们："你们别吵了！我知道你们是为我好，你们都是我最重要的人。"

项昊反对："不行！沈文涛凭什么是你最重要的人？"说完，死死地牵住钱宝宝的手。

"你是我最爱的人，沈文涛……是我最好的朋友。"

项昊顿时变得很高兴："这还差不多。"

沈文涛强忍着心痛，对项昊说："你好好对她，如果你对她不好，我一定会把她抢过去。而且我比你更了解她的过去，我也会一直守护她的未来。"

项昊还是不服气："我明确地告诉你，钱宝宝的未来只有我和她，没有你的容身之地。"说完拉着钱宝宝走了，将沈文涛留在原地。

黄昏，军校的操场上，谢天娇正在监督项昊受罚做俯卧撑。

"834、835、836、837……"

项昊做着高强度的运动，已经累得满头大汗，还不忘偷偷给钱宝宝一个甜蜜的笑脸。谢天娇看到两人眉目传情，轻咳了一下。

顾小白和杜枫站在操场边上看着项昊受罚。

顾小白问杜枫："什么情况，这两个人怎么又和好如初了呢？"

杜枫颇为神秘地说："这就是爱情啊！"

这时，苏锐走到了操场边，看着谢天娇，笑着挥了挥手。

顾小白小声感慨："可以啊，看来谢主任把苏医生成功搞定了！真想不通啊，还真有人喜欢谢天娇这款的！"

杜枫又来了一句："这就是爱情啊！"

这时，沈文雨抱着文件从一边经过。杜枫连忙站起来冲沈文雨跑过去："沈助教，我刚好要找你呢！"

顾小白仰天感慨："这就是爱情啊！"

谢天娇掏出表来看了看："行了，今天就到这儿吧，剩下的明天继续。"

项昊看看站在一边的苏锐，笑了："谢主任，这可太不像你的风格了！是不是因为急着要去跟苏医生约会，所以今天就饶了我啊？"

"不想起来是吧，再做 1000 个！"

项昊立刻挥手，边说边跑："别别别，谢主任再见！祝谢主任约会成功！"

清晨，萧晗穿戴整齐偷偷溜出病房，来到了龙城军校门外。隔着军校的铁栏杆，看着校内的一切。这时，钱宝宝一身老师制服打扮从不远处走过。

萧晗一下子认出钱宝宝就是火车上被自己搭救的女子。萧晗不明白，这个江湖姑娘怎么会在龙城军校，在自己昏迷和休养的两个多月里到底发生了什么？萧晗还没反应过来是怎么回事，就听见有人喊钱宝宝："萧教官早！"

萧晗震惊，心生疑虑。这是怎么回事？她怎么会姓萧？还是教官？

萧晗急忙跑向军校大门门卫处："我要见校长。"

门卫没好气地说："站住！军校重地，闲杂人不许入内。"

"我，我是军校聘来的老师，来报道的。"

"这都开学这么久了，没听说还有新老师要来报道啊！"

"我真的是军校聘来的老师。"

"姑娘，这儿是龙城军校，军事重地，不是你瞎胡闹的地方！冒充老师可是要被枪毙的！你说你是老师，有什么证据？走走走，快走。"

萧晗本想说些什么，张了张口，却犹豫了。她知道自己手上没有任何证据，于是难过地转身离去。

不远处，李天翰看到萧晗慌慌张张离开，觉得奇怪，上前询问门卫。

"什么事儿？"

门卫说："那女人自称是军校聘来的教官，说是来报道的。"

李天翰赶到校长室，把刚才校门口的事汇报给了李继洲。李继洲喝了一口茶，心存疑虑："你说，刚才有人在校门口自称是军校聘来的老师？"

"嗯，我还没来得及上前询问，她就已经慌慌张张地跑走了，有点古怪。"

李继洲没放在心上："也不一定，这些年来想混进军校的人不是一个两个，又是一个活得不耐烦的吧！"

萧晗独自一人坐在医院花园里，神情纠结，脑中思绪万千。欧阳飞不知什么时候坐到了萧晗身边，给她披了件衣服。

"听护士说，你今天早上自己偷偷溜出去了一趟？是有什么事儿吗？下次你需

323

要什么跟我说就可以了，不要再自己偷跑出去了。"

萧晗愁眉不展："欧阳飞，你说，这世上，到底是人性本恶还是人性本善？"

"看你一筹莫展的，原来在思考这么深刻的问题啊！不过这个问题，就连孟子和荀子都没弄明白，你我又怎么能辨得清楚。我个人倒是愿意相信人性本善。一个小婴儿呱呱坠地，一切都是纯洁美好的。好坏是非、黑白善恶都是后来才有的。"

"既然人性本善，那为什么会有人恩将仇报？"

"世人对好坏的判断标准有时候是很狭隘的，对我们有利的就是好的，不利的就是坏的，如果不完全站在自己的立场，也许有不一样的答案。"

萧晗问："你的意思是，或许她有难言之隐？"

欧阳飞点点头："我相信人性本善，没有人会无缘无故做坏事。"

萧晗缓缓点点头。

欧阳飞说："如果你不介意，或许可以说出你的烦恼，我可以尝试着帮你分担……"

萧晗却突然调转话题："哦，苏医生刚刚告诉我，说我已经恢复得差不多，可以出院去了。我想自食其力在龙城找份工作。"

"好啊，有什么我能帮上忙的吗？"

"我正想开口请你帮忙呢，我以前也是做教员的，正好你也是龙城军校的老师。能不能，麻烦你在龙城军校帮我谋个职位？"

"好，我找个合适的时间，帮你约见校长。"

萧晗很感激："谢谢你。"

军校操场边，杜枫远远看到沈文雨走来，高喊了一声："沈文雨，我在这儿！你找我有事儿？"

沈文雨尚未反应过来，就被杜枫强行带走了："我是来找项昊的！你拉我干吗！"

"项昊没空我有空。"

杜枫边说边耍了一把小魔术，变出了一个纸飞机送给沈文雨。

"当我三岁小孩呢！"

杜枫又变出一朵玫瑰。

"谁稀罕你的玫瑰。"

杜枫再接再厉，接连变了好几个魔术，沈文雨都没兴趣，最后变出一颗糖塞进了沈文雨的口中。沈文雨愣住，脸迅速飞红。

双杠上，沈文雨晃着双脚，开心地吃着糖。

"哎，明天谢天娇派我外出办事！"

杜枫压抑着激动，故意冷静地问："你外出办事，干吗非得告诉我啊？"

沈文雨一时语塞："我，我哪里是特意来告诉你的！你有天不来烦我，我才高兴。"

沈文雨说罢跳下双杠，小跑离开。

杜枫憋不住笑了，在沈文雨身后大声喊："早点回来啊，我等你——"

欧阳飞把萧晗带到李继洲面前的时候，李天翰也在场。

"校长，这就是我跟您提过的，想来学校应聘教员的刘璐。"

李继洲抬头看了看萧晗，突然一愣，因为眼前的这个人居然是沈文雨之前给自己看的相片里的姑娘。但是他很快平静下来："来，刘璐，欧阳老师向我大力推荐你，你就介绍下你自己吧。"

"我是姑苏人士，毕业于江南师专心理学系，久闻贵校秉承新式办学思路，人才济济，成绩斐然。我听闻西方军校对学生的心理培养非常重视，尤其是在临战前动员和战后平复阶段，都有很多的研究。小女不才，也非常希望能利用自己所学，为军校人才的培养贡献绵薄之力，希望校长能给我个机会。"

欧阳飞补充说："我跟刘璐认识也有一段时间了，她勤奋踏实、质朴善良，我认为是个很好的教员人选。"

"江南姑苏人士？我们学校的萧老师也是那儿的人。我越看越觉得你有点儿眼熟……你认识我们学校的其他老师吗？"

"不，不认识。"

李继洲似笑非笑地看着萧晗，萧晗在他的注视下低下头。

李继洲忽然笑了笑，爽快地说："龙城军校正是用人之际，我李继洲也是求贤若渴，既然刘璐自己有意投身军校，报效家国，又有欧阳老师引荐，那我自然热烈欢迎。既然你跟欧阳老师相熟，不如就先做欧阳老师的教学秘书，你看如何？"

萧晗惊喜异常："谢谢校长。"

"好了，欧阳老师，那你先带刘教秘熟悉熟悉军校各项事务吧。"

欧阳飞带着萧晗离开后，李天翰眼珠直转："爹，这个刘璐就是我那天在军校门口碰见的女人。"

"她也是当时沈文雨拿过来的照片上那姑娘，萧晗当时说那是她娘的干女儿。看样子，这两个姑娘之间必有蹊跷。"

"爹，我觉得这事儿咱们得好好查查，肯定能为我们所用。"李天翰说。

欧阳飞带着萧晗参观校区，萧晗却心不在焉地一直在偷瞄远处的钱宝宝，她指指钱宝宝问："那个也是老师吗？"

欧阳飞点头："对，她是心理学老师萧晗，从德国留学回来的博士。别看年纪轻轻，她很受学员们的欢迎。"

"她是萧晗？"

"是啊。萧老师上课自成一派，很有特点，很多学生都很喜欢她。"

萧晗勾了勾嘴角："哦？是吗，那我倒是很想听听。"

萧晗朝教室的方向走去，欧阳飞觉得奇怪，忙紧跟上。

钱宝宝这节课上得很不顺利。"同学们，你们知道吗？现在日本人和德国人在我们山东青岛打得热火朝天，可杀的都是我们中国人，烧的都是我们中国人的房子，抢走的都是我们中国人的煤矿、码头，不管谁输谁赢，都是我们中国人遭殃。"

李天翰故意举手为难钱宝宝："那依您看，德国和日本到底谁会取得胜利呢？"

钱宝宝答不上来："这个……"

沈文涛站起来回答说："在我看来，目前日本相对于德国有地利之优势，德国对日本有军事设备上的长处，两国应该势均力敌。谁胜谁负还很难说。"

李天翰继续问："萧老师，您同意沈文涛的意见吗，能否请您分析一下德日战争？"

"这个……你问的问题很有意思，这个问题值得研究……同学们，你们觉得是什么原因呢？"

项昊站起来帮忙："我觉得……"

李天翰打断地项昊，说："同学之间的探讨我认为可以课后进行，现在应该抓紧难得的课上讲解时间，请萧老师讲讲您在德国多年的感受，分析一下德国人的战略战术，对战争趋势进行一下分析。"

钱宝宝被李天翰逼问得额上渗出汗珠："德国嘛，我是住过一段时间，这个德国人啊，你知道的啊，他们有时候吧……嗯，比如他们在军事上的想法吧……有点那个……"

李天翰故意追问："有点什么？您能不能说得清楚一点？"

一个声音从教室后面传过来："德国人的军事思想有点不够灵活，过于严谨。"

钱宝宝如遇救兵，连忙说："对！就是这个意思。"她循声过去寻找恩人，发现是萧晗，顿时呆若木鸡。沈文涛转头看见萧晗，也是一脸震惊的表情。

项昊看到钱宝宝的表情，疑惑地转头也看着萧晗。

萧晗继续说："德国人做事讲究严谨，力求精益求精，战术制定也非常严格，决策机制遵循体系，基层战术单位绝对不会违背战役要求，会非常好地执行各项命令，这是他们的优势所在。不过，说到日德战争嘛，其实更应该看好的是日本才对。德国的主战场在欧洲，而且是东西两线作战，远东的战事很难投入全力。大家知道，战争一旦打起来，后勤补给至关重要，在这点上，日本有很大的优势。而德国，补给线太长，长期消耗会令他们难以坚持。"

萧晗的一番话令在场学生全都瞠目结舌。欧阳飞露出欣赏的表情。李天翰一直在捕捉着萧晗、钱宝宝、沈文涛、项昊的面部表情变化。

萧晗说完了，对着讲台上的钱宝宝："萧老师，你说，我说得对吗？"

钱宝宝慌忙回过神来，点点头。

萧晗话语柔中带刚："萧老师，不好意思打断你讲课，我自我介绍一下，我是刘璐，是新来的教学秘书。"

钱宝宝早已被吓傻，呆站在那儿。

沈文涛站起身，带头鼓掌："大家欢迎刘教秘！"

项昊看着沈文涛的奇怪反应，下意识地看了萧晗一眼。萧晗的视线却已经落在了项昊身上。在学生们的掌声中，钱宝宝竭力控制着自己紧张慌乱的情绪。

下课后，钱宝宝带着萧晗离开了教室。李天翰一直尾随其后。钱宝宝带着萧晗来到军校后山，羞愧又急切地说："萧晗，对不起。我知道你现在一定很生气，你救了我娘，我却冒用了你的身份，顶替了你老师的位置。"

萧晗发怒："你为什么要这样做？"

"那晚你跌下火车，我以为你死了，我娘的病很危急，我走投无路，才想了这个办法……"

"不管你有多大的苦衷，你都不可以像个小偷一样偷走我的身份！你可以达到目的之后一走了之，但你有没有想过你走了之后，这剩下的烂摊子该如何收场；军校的师生会作何反应；大帅那边如何交代；我，又该怎么办？"

钱宝宝抹着眼泪："对不起……"

"对不起又有什么用，你现在能把身份还给我吗？"

李天翰躲在一旁，远远地看到她们拉拉扯扯，听到钱宝宝在哭，却听不清她们到底在说些什么。

"什么？刘璐是萧晗？"听到沈文涛的话，项昊震惊了。

沈文涛解释说："萧夫人曾给萧晗寄来信件，恰好我去收信时信件破损，让我看到了里面夹带的萧家母女合影。所以她就是萧晗没错。"

项昊没有意识到问题的严重性，反而高兴地说："她还活着真是太好了！"他停顿了一下，终于发现了问题。项昊刚要跑，却被沈文涛拉住。

"别拦着我，萧晗这会儿一定是在对宝宝兴师问罪，我不能让她伤害宝宝！"

"你不能去！你现在贸然跑去只会激化矛盾，把事情越弄越糟！"

项昊停住了脚步，担心地问："萧晗会不会揭穿钱宝宝？"

沈文涛摇头，分析说："照今天看来应该不会，她今天没有直接说出真相，而是选择了化名进入军校。说明她另有谋划。这也说明事情还有回转的余地。"

"除了你，还有人看到萧家母女的合影吗？"项昊非常着急。

"文雨当时拿着照片去找过李继洲，他们都看过照片，文雨还好说，李继洲这个老狐狸肯定会抓住这个把柄不放的。现在当务之急，是先打消他们的疑心，再稳住萧晗……"

钱宝宝被叫到校长室的时候，发现萧晗正站在李继洲办公桌前，脸色顿时一变，心中紧张起来。

萧晗一脸冷漠。

李继洲站起身，踱步走到她们面前。

"你们来到我们龙城军校，就应该知道这儿是个什么样的地方！在这里，没有任何人敢撒谎，也没有任何人敢心存侥幸，你们知道为什么吗？因为那些人最终都死了。我现在给你们最后一次机会。说吧，你们谁在撒谎？"

钱宝宝紧张地看着李继洲，又看看萧晗。萧晗似笑非笑地看着她。

钱宝宝于是小声地说："是我在说谎……"

萧晗生气地说："没错，这个人不但说谎，还抢了我的东西，她不是好人。"钱宝宝震惊又害怕。

李继洲眼中灵光一闪，问钱宝宝："她说的是真的？"

钱宝宝知道瞒不住了，视死如归地承认："是真的，其实我不是……"

萧晗打断她："她不是我的干姐姐，她是我的亲姐姐。"

李继洲怀疑："那你为什么当时说不认识她？"

萧晗说："因为我讨厌她！"

钱宝宝震惊中又面带愧色，低下了头。

"你一开始说不认识她，现在又说她是你亲姐姐，你是在戏弄我吗？你最好给我一个合理的解释！"

萧晗说："这件事一直是萧家的秘密，其实我和她是同父异母的姐妹。本来该去留洋的人是我，该成为老师的人也是我，只是因为我爹私下疼她，她就顶替了我的位置，抢走了我该有的一切，害我只能生活在她的阴影之下。现在我来这里，就是来问她要回我应得的一切。"

李继洲似笑非笑，手按到电话上准备打电话："此事事关重大，我得给萧家打个电话！"

钱宝宝的心顿时提到了心口上。

萧晗倒很平静："李校长，这个电话我劝您不要打，我爹有两个女儿的事，是他这辈子最大的心结。您这样贸然打电话去问，十分不讨好。万一他在大帅面前说上个几句，对您恐怕不太好吧！"

李继洲暗怒在心："此事就到此为止吧！你们都回去吧！"

钱宝宝一颗七上八下的心顿时安了回去。她对萧晗说："对不起！你受委屈了，我不是故意的，都是我不好。"

"别以为说声对不起我就会原谅你，在我拿回我的东西前，我是不会认你这个姐姐的。"

"我发誓，我一定会把属于你的东西都还给你！"

两个人用隐晦的话语表达着内心的真心话。李继洲却因为没有达到自己的目的而生气："行了！这里是军校，不是你们家后院，既然你们都没有说谎，这次就算了！不过，我要再提醒你们一次，别因为私人恩怨影响到学校的秩序，我会让人一直盯着你们的！现在，都给我出去！"

两人走后，李天翰走进校长办公室，李继洲正阴沉着脸。

"爹，问出她们的关系了？"

"没有，她们抵死不认。"

"难道是提前串通好了？不可能啊，我亲眼看见她们在后山吵架。"

"她们之间一定有古怪，已经派人好好盯着她们了。目前看来，她们的警惕性很强，你可得小心些，让手下别露出马脚了。"

"爹你就放心吧，我会处理好的。"

萧晗和钱宝宝从校长室出来。钱宝宝惊魂未定："谢谢你，没有在校长面前戳穿我。"

"我是没有戳穿你，但并不代表我已经原谅你了。只是有一个明事理的人让我不要冲动。"

钱宝宝并不知道，沈文涛早就找到萧晗，恳求她不要戳穿钱宝宝了。沈文涛当时说："这不仅仅是在帮她，也是在帮你。军校绝不容许谎言，现在的情势下，你贸然行事只会给自己带来危险。"

军校走廊里，学校后勤人员正在维修走廊上的灯，扳手不小心掉落，眼看就要砸中路过的萧晗。千钧一发之际，项昊抱住萧晗，转了一个美丽的圈，避开了扳手。萧晗的眼神里充满了爱意以及劫后余生的感慨。

项昊浅浅叹息："我都知道了……"

萧晗爱意奔涌："我有很多很多话要对你说……"

"我也同样有很多话要对你说。你的遭遇，我都听说了。你受苦了，这真是老天爷跟我们大家玩的一出恶作剧。这次的事，真的很谢谢你。谢谢你体谅她的难处，她确实不是故意冒用你的身份的。"

萧晗苦笑："我知道，她不是个坏人。但是我不知道，这出恶作剧要怎么收场。"

"虽然这是老天爷的恶作剧，但有很多事情因为这个恶作剧都改变了。"

萧晗有些警觉地问："改变了什么？"

项昊说："我没有在开往龙城的列车上遇到你，我遇到的是钱宝宝。你也没有成为我的老师，是钱宝宝成了我的老师。她鼓励我、帮助我、陪伴我……其实，我和钱宝宝……"

我和钱宝宝已经深深相爱——项昊想要说出这样的真相。钱宝宝却突然出现，喊了他一声。然后她试图掩饰："哦，项昊想要说的是，我是项昊的班主任，我帮他通过了集英战队的前三轮预选赛。"

萧晗疑惑地看着钱宝宝和项昊。

这时候欧阳飞过来找萧晗："刘璐，我正要找你呢！你的办公室安排好了，我带你去看看。"

"哦，我这就去。"

欧阳飞注意到身边的萧晗眼睛红红的，问："你，没事吧？"

萧晗摇摇头，对欧阳飞灿烂一笑。

沈文雨回到办公室，看到欧阳飞和萧晗正在办公室内。沈文雨的视线落在萧晗脸上，大惊地愣在原地。萧晗的相貌，让沈文雨立即想起了沈文涛书柜里的照片。

欧阳飞给萧晗介绍："这是沈文雨，是萧晗老师的助教。文雨，这是新来的刘璐刘教秘，主要协助我的工作。"

萧晗对沈文雨伸出一只手："幸会。"

沈文雨也伸出一只手与萧晗握手："你，叫刘璐？"

萧晗浅笑点头。

沈文雨把沈文涛叫到图书馆一个隐蔽的角落里："哥，那个刘璐是怎么回事？"

沈文涛假装听不懂："什么刘璐？"

"别装了，你书房里的那张照片上，跟萧夫人合影的姑娘，分明就是这个刘璐！这到底是怎么回事？"

"你说刘教秘啊？她是萧家的干女儿，萧老师的干妹妹。"

沈文雨将信将疑："真的是干姐妹？"

"真的。你刚出差回来，舟车劳顿的先去好好休息一下吧，别总是疑神疑鬼的。"

夜晚的军校花园，空气中弥漫着清新、浪漫的气息。

萧晗与项昊在军校花园相会。萧晗讲诉了自己的经历，然后说："就是这样，我在军校医院躺了两个多月，幸好老天保佑，我总算是醒了过来，捡回了一条命。"

项昊感慨地说："多亏了欧阳老师，救了你的命，还一直默默照顾着你。"

"救了我的人是欧阳飞，但其实真正救活了我的人，是你。在我昏迷的时候，是强烈的想要见到你的意愿支持着我跟死神一次又一次地博弈。我不能死，我等了十几年，好不容易来到了龙城，好不容易可以见到你。还记得吗？我五岁那年，失足掉进了河里，那一次，死神也几乎要把我带走，还是你，救了我。从那天起，我就立志发誓：我长大以后要嫁给你。"

项昊有些木然地看着萧晗："对不起……我，我想不起来了……"

萧晗很认真地看着项昊："这十几年来，我心里一直有你，我每长大一岁，在我心里的那个你也跟着长大了一岁，这么多年来，我总是用自己的想象一点一点地去编织你的样子，现在好了，你就站在我的面前，又真切，又温暖……"

项昊不解地看着萧晗，他一点也不知道萧晗竟然对他存在着有些奇怪却又十分强烈的感情。

萧晗说着，怔怔地看着项昊的脸庞，项昊尴尬地别开脸。萧晗有些尴尬，却没有多想，只当是多年后初次重逢，项昊比较拘谨。

另一边，沈文涛在安慰钱宝宝："今天一天很难过吧？"

钱宝宝很难过："在我决定面对和项昊的感情之前，我就试想过我们在一起可能会遇到的各种问题，我觉得我什么都不怕，什么困难都能扛过去，可是我没想到，萧晗还活着，她那么好，我欠她那么多，我不可以再爱项昊了……"

"你的理智告诉你不可以再爱他，可是你的感情却由不得你自己做主。"

"沈文涛，我该怎么办？"

沈文涛叹息一声，将钱宝宝搂进怀里，无声安慰。见项昊走过来，沈文涛放开钱宝宝，说："你们聊吧，我先走了。"

项昊难得没有吃醋，只是过来搂着钱宝宝："宝宝，我知道你今天很难过，我来这里就是想告诉你，我绝对不会放开你的手！再困难的事情，我们都一起面对，好吗？"

钱宝宝点点头。

项昊最后说："我想过了，我们俩一起离开这里吧！"

"你不想做集英战队的队长了吗？"

项昊态度坚决："为了你，我可以什么都不要。"

钱宝宝眼眶含泪，说不出话来。

钱宝宝回宿舍，萧晗拿着织了一些的毛衣在宿舍门口等她。萧晗展开毛衣给钱宝宝看："尽管我们现在还没有和解，但是你是我在这个学校里唯一能请教这个问题的人。我这里是不是织错了？"

钱宝宝带着萧晗走进宿舍。钱宝宝认真地看了看毛衣，指出几处错误的地方。

萧晗边织毛衣边说："这是我送给项昊的第一件礼物，我真希望他能喜欢。不知道合不合他身，不知道这个款式合不合他的意。"

钱宝宝苦涩地说："我觉得这件衣服肯定合身。"

萧晗走后，钱宝宝内心特别愧疚。她满脑子都在回忆跟萧晗相处的一幕幕。萧晗给她拿衣服，萧晗说起未婚夫时的满脸甜蜜。萧晗说可以帮忙治疗钱母。

钱宝宝又想起项昊当时的坚定信念。

那时项昊的眼里闪着光："我终于知道了自己为什么要来军校念书，又为什么一定要去当集英战队的队长了。第一我不是为了稳固家业，第二我也不是为了赢沈文涛，夺什么个人的面子。我是想要改变这军阀混战、暗无天日的恶世道；我是想拥有一种可以建立新制度的力量，救百姓于水火；我是想做一个跟我爹完全不一样的人。"

钱宝宝摇了摇头，眼泪掉了下来。她站起身来："项昊，对不起，我不能这么自私。"

第二天中午，沈文涛给钱宝宝送来一张阳城的火车票。钱宝宝摇头，没有接：

"我是要走，但不是现在。"

沈文涛着急："萧晗已经来了，她随时都有可能说出你的身份。你再放不下项昊也应该回去了。"

"如果我这样一走了之，按照项昊的性格，他肯定不会放手，无论天涯海角，他都会把我找出来。"

沈文涛顿了一下，说："也许你们两个一起离开，也是一个不错的选择。"

钱宝宝咬了一下嘴唇："我知道项昊可以为我放弃一切，但我却不能那样做。他最大的愿望就是能够当上集英战队队长，他能走到这一步非常不容易，我怎么能在这时候害他理想破灭，前程尽毁？萧晗这辈子最大的梦想就是项昊，如果我把项昊带走，她这辈子都不会快乐的。我不能既毁了项昊的前程，又毁了萧晗所有的梦想，我不能这么自私！我要留下来，留下来让项昊彻底死心，让萧晗达成所愿，只有这样，我才能够了无遗憾地离开这个地方。"

"你是我这辈子遇到过的最傻的姑娘，一心在为别人着想，却从来不为自己考虑。我了解你的性格，你做了决定的事情，谁都无法改变。谁叫我是你这辈子最好的朋友呢，不管你做什么，我都会支持你、保护你的！"

钱宝宝笑了一下："你也是我这辈子遇到过的最傻的男人。"

图书馆里，钱宝宝一个人抱着一摞书走进来。项昊连忙跑过去帮忙。顾小白带头起哄。

钱宝宝小声拒绝："我自己可以的。让别人看见不好。"

项昊觉得有点奇怪："什么让人家看见不好？我们可是有婚约的……"项昊说到这儿不自觉地顿住了。

钱宝宝低声黯然道："你明明知道跟你有婚约的人不是我。"

项昊微愠。

沈文涛主动上前，接过钱宝宝手里的书，拍拍项昊的肩膀，和钱宝宝一起离开。

项昊有些失落地站在原地。

项昊在职员宿舍楼下等钱宝宝。

钱宝宝走来，看见项昊在楼下等自己，脸上的神情变得凝重，脚步也变得沉重起来。项昊看见钱宝宝迎了上去,立刻从背后拿出一束玫瑰,捧到了钱宝宝面前:"十一朵玫瑰,知道这代表着什么吗?一心一意!"

钱宝宝平静地说:"项昊,有些话我想和你说清楚。"

项昊不听,拉着钱宝宝的手将花塞进她手里。钱宝宝竭力控制自己的情绪,没有握紧花束,任由玫瑰花落在地上,花瓣掉落:"这些花不属于我。"

项昊很坚定地说:"这些花,包括我这个人,这辈子都是属于你的。"

钱宝宝打断他:"我欠萧晗的这辈子都无法偿还,我怎么还能再偷走她深爱的人呢?"

项昊无奈地说:"爱情不是物品,不可能被偷,这是我自己的选择,我爱的人是你!"

"可我过不了良心这一关!我只要一看见你,就会想起萧晗,想起她在谈论起你的时候脸上洋溢着的幸福光芒;想起她从火车上掉下去那无助的样子;想起她被我偷走身份的委屈愤怒。她那么善良,那么真诚,她救了我娘的命,是我的恩人,可我却恩将仇报,偷走了她的身份。她已经遍体鳞伤,我怎么能够这么狠心,一次又一次地伤害她呢?"

"宝宝,我们两个到底做错了什么?"

钱宝宝看着玫瑰,略带哽咽地说:"我们的感情从一开始就是错的,越努力,越错。项昊,对不起,我只是一根狗尾巴草,萧晗才能配得上这玫瑰。"

钱宝宝说罢,转身欲走。项昊在她身后,问:"钱宝宝,你真的要离开我吗?"

钱宝宝没有答话,转身离去,泪如雨下。一阵寒风吹来,把如血的玫瑰花瓣吹得漫天飘舞。

这以后,钱宝宝到处躲着项昊。尤其是萧晗在旁边的时候,钱宝宝甚至装作不认识项昊一样。项昊几次想冲过去抓住她,却因为萧晗在旁边,也都作罢了。

聪明的萧晗目睹一切,心里生疑。

项昊把内心的郁闷都化成力量,一拳拳击打在沙包上。

萧晗慢慢走到项昊身边。

项昊抬眼看了一下,没有停下来,冷冷地问:"有事吗?"

"项昊,我们好久没见了。"

项昊绕到沙包的另一边,萧晗跟着绕过来,两人继续绕圈。

"是吗，我没在意。"

萧晗说："我五岁跟爹娘一起离开龙城，一晃十几年了，这还是第一次回来，龙城好多地方我都不认得了，不过，好在你还在。"

项昊耐心地说："萧晗，我们都已经长大了，人不可能永远活在过去的回忆中，我已经不是当年的那个项昊了。"

萧晗听出项昊的弦外之音，却还是努力地挂着微笑："没关系，我们还有好多时间去重新认识彼此，这个周末，你有空吗？我想请你当我的向导，带我去一点一点找回当年的记忆。"

项昊冷冷地说："对不起，萧晗，集英战队的决选马上就要开始了，我得留在军校训练。"

萧晗很失望，却故意掩饰着："哦，没关系，等你闲下来再说吧。"

项昊终于回头，看了眼萧晗离开的背影，狠狠地击打沙包，直到筋疲力尽，暴吼一声，躺在地上。

第二十三章　生死考验

沈文雨的妒火依然燃烧，她并不知道萧晗的真实身份。所以当萧晗问及项昊和钱宝宝关系的时候，她脱口而出："他们俩，当然不一般！他们……"

沈文雨的话被走进来的沈文涛打断，沈文涛接着回答萧晗的问题说："萧老师是我们的班主任，项昊是班里最不守规矩的学员，多亏了萧老师的督促他才能顺利通过了集英战队前三轮的入选考试。"

萧晗问："除此之外，就没有些别的关系？"

沈文雨想说话，却被沈文涛拉住："这姑娘倒是跟我有不一般的关系，她是我妹妹。走，我的亲妹妹，爹让我跟你一起回家吃饭。"

萧晗当然不会轻信沈文涛的话。她心不在焉弄错了欧阳飞的资料的时候，就曾失魂落魄地问过欧阳飞："欧阳飞，你说，到底怎么样才能知道一个人的心里是不是爱着另一个人？"欧阳飞那时看她的眼神就如同她看向项昊的眼神，但是她却浑然不知。

"爱一个人，会情不自禁地对她好，默默注视她的一颦一笑，欢喜她的欢喜，悲伤她的悲伤……"

听到这里，萧晗知道自己担心的事情恐怕是真的。她想再试探一次，于是她来到钱宝宝的宿舍，看到钱宝宝慌忙藏起一对贵重耳环的时候，她就知道那耳环一定来自项昊。

萧晗脸上挂着微笑："对了，你知道吗？最近我在学校里听到了一些有趣的笑话。说你和项昊好像有些不清不楚的关系。你说好笑不好笑？"

钱宝宝搪塞地说："萧晗和项昊是未婚夫妻的关系，学校里很多人都知道。学生们课后无聊，就爱编些花边新闻消遣。"

萧晗用开玩笑的口吻说："你是个好姑娘，冒用我的身份也是出于一片孝心，又哪里会连我的未婚夫都一起偷走呢？呀，这对耳环不错，样式和材质都彰显贵重。

能不能借我戴几天？"

钱宝宝犹豫不语。

"怎么，我把身份都借你用了，就借你个耳环戴戴，你还不肯啊？"

钱宝宝只好不舍地把耳环递给了萧晗。

第二天晚上，项昊借着酒劲猛敲钱宝宝宿舍的门。钱宝宝开门，看到项昊，吓了一跳："你怎么来了？这里是教工宿舍！"

项昊突然不顾一切地抱住了钱宝宝。

钱宝宝惊慌地推开项昊："项昊，你干吗！你这样别人会看见的！"

"我不怕她看见，我再也忍不下去了。"

钱宝宝忙把项昊拉进房间，关上门。项昊看着钱宝宝，痛苦地喘着粗气。

钱宝宝闻到了项昊身上浓重的酒味，劝他离开："你喝醉了！快回去吧！"

"宝宝，我不想再忍下去了。她送我毛衣，她还戴着我给你的耳环，你处处躲着我。我不要再这样下去了！我现在就带你走！"

钱宝宝推开项昊："项昊！你冷静一点！我们现在走了，萧晗怎么办？你的良心会安宁吗？"

"我管不了这么多，我一刻都等不了了，我一想到要失去你，就心痛得不能呼吸！"

项昊说着，再次抱紧了钱宝宝："宝宝，我们一起走吧，一起离开这儿，走得远远的，再也不要回来了！"

钱宝宝挣脱他的怀抱："你知道萧晗为什么会从火车上突然坠车吗？你还记不记得，在杀手被击毙之后，你跑到我包厢里来向我道歉，说连累了我……其实，你连累的那个人不是我，是萧晗！她是被杀手刺了一刀，推下火车的。"

项昊震惊，随即渐渐冷静，眼神中，满是内疚和痛苦，紧抱着钱宝宝的手也慢慢松了开来。

钱宝宝说："我们都欠萧晗太多，项昊，放手吧……"

项昊失落地打开门，走出去。

那天，沈文雨一边照镜子一边和萧晗聊天："刘助教，听说你和萧老师是干姐妹，可我觉得你们俩关系一点也都不好。那天我哥来打岔我话没说完，其实项昊和萧晗如胶似漆，是郎有情妾有意的关系。而且还有件奇怪的事，自从你来了之后，萧晗和项昊关系就疏远了。"

萧晗内心煎熬，她早已猜到了这样的结果，只是一直还心存侥幸。

谢天娇迈着女人的小步走进来："沈助教，萧教官呢？"

沈文雨还在描眉毛，很不客气地说："她是教官，我是助教，她怎么会跟我汇报行程。"

"那行，这是集英班的出勤表，不合格的都标注出来了。我有任务要出校一趟，你告诉萧老师，这些不合格的学员必须按校规受惩处，这个任务就交给她了，今天必须完成。"

沈文雨拿着考勤表找到钱宝宝，萧晗跟在沈文雨身后。

"萧老师！这是谢主任让我转交给你的，这些考勤不合格的学员必须受罚，由你负责监督。"

钱宝宝拿过考勤表看。目光扫到项昊的名字，皱了一下眉头。

萧晗故意提示："在这份考勤表中，项昊的缺席是整个集英战队预备班中最多的。按照军校的规章制度……"

钱宝宝看着萧晗，为了打消萧晗的怀疑，马上说："按照军校的规章制度，缺席最多的人，要加罚匍匐前行两公里。我知道了，我会马上监督执行对项昊的惩戒。"

萧晗有些不敢相信，钱宝宝竟然如此爽快地答应惩罚项昊，追问了一句："可是，这，这惩戒是不是太残忍了？"

钱宝宝说："是有点残忍，但这是军校的规章制度，也只有这样他才能吸取教训，下次不敢再犯。"

钱宝宝宣布要重罚，不准佩戴护具匍匐行进两公里的时候，项昊知道这是钱宝宝故意做给自己看的，为了断了自己的念想。他赌气地说："像我这样屡教不改的学生，萧老师罚两公里哪够，应该罚双倍。"项昊端详钱宝宝的表情，想从她脸上看到情绪的变化。

钱宝宝故作平静："既然项昊同学希望通过这种方式反省，我没有理由拒绝，就双倍，四公里。"

项昊生气地看着钱宝宝，不信她对自己真的如此无情。于是他瞪着钱宝宝，一言不发地开始执行惩罚任务。

烈日炎炎，项昊匍匐前进，没过多久，膝盖和胳膊肘便一片血肉模糊。

萧晗不忍看项昊受罪，上前阻止："项昊，已经两公里了，按照规定，已经够数了。"

项昊一把推开萧晗："我说了要罚四公里就罚四公里！"

钱宝宝硬撑着把眼睛里的眼泪忍回去。萧晗看着钱宝宝的反应，更加怀疑两人之间的关系。

沈文雨掉着眼泪跑开，却被杜枫一把揪住。

杜枫质问道："沈文雨，你这样有意思吗？"

沈文雨故意装傻："我听不懂你在说什么。"

"你这样一次又一次地针对萧晗和项昊，做这种损人不利己的事情，有意思吗？你看见项昊伤成这样，你心里很痛快吗？你认为你这样折磨他们，你就能得到项昊的心吗？你醒醒吧！你只不过把项昊当成了一件值得炫耀的玩具，你根本就不爱他。"

沈文雨愣愣地看着杜枫，咬着嘴唇不说话。

"沈文雨，别再耍小孩子脾气了！你再这么任性下去，我都怀疑自己是不是爱错了人！"

沈文雨惊讶地看着杜枫。

项昊终于完成惩罚任务，被萧晗和顾小白一左一右架着，艰难地离开。

钱宝宝跑到后山，抱着小狗独自哭泣。沈文涛默默地来到了钱宝宝身后，心疼地说："你这是何苦？"

"什么样的苦都是我自己选的，也是我应该付出的代价，这是我欠萧晗的。"

沈文涛将钱宝宝搂进怀中，无声安慰。

萧晗坐在梳妆镜前，看着镜子，摘下耳朵上的耳环，放进首饰盒里收好，露出落寞的表情，觉得很没有意思。

学校最终宣布按照最近两个月各科成绩总排名，前三十人成为最新一届的集英战队队员。学员们掌声雷动。

入夜，校园里出现了一群蒙面彪形大汉，分为几组，向宿舍、图书馆、教学楼等各个方向分散开来，从门和窗口里一拥而入。没有防备的学员们被五花大绑，十人一间关进了牢房。

牢房里，学员们被绑在椅子上。挣扎无果，异常愤怒。

蒙面大汉在各个牢房里企图有所突破，威逼利诱。

"现在我给你们一个机会，二十分钟内，只要投降，就能免死。"

"你们的校长已经被我们击毙，你们的大帅也马上就将沦为我们的阶下囚，你们好好想想！"

"二十分钟后，就算想投降都没有机会了。因为你们的大帅还等着我们去收拾他呢。"

"你们不要敬酒不吃吃罚酒。"

学员们宁死不屈，于是大汉叫进来两个带着口罩的女子。

"我知道你们都是硬骨头，所以特地给你们准备了我国花费了三年时间才研制出来的最新生化药剂'噬骨水'，这种药剂会让你们生不如死，到时候你们还是会屈服的，与其这样，倒不如现在就投降，省得活受罪。"

沈文涛冷笑道："一个破药水，就想让我们投降，你们也太看不起我们了！"

"好，那我倒要看看，是你们的嘴硬，还是我的手段硬！给他们注射！"

沈文涛被注射后，十分痛苦，却咬着嘴唇一声不吭，汗珠在他脸上流淌。

有学员告饶："我，我不行了，我投降！"另一个也放弃挣扎："我也投降。"

监狱门打开，两个归顺投降的学员被带了出来。

李继洲带着王副官、欧阳飞、谢天娇、刘天宇等教员正等在门口。两个学员看见李继洲等人好端端地站在门口，一脸疑惑。两个护士围上来查看两人的身体状况。

欧阳飞叹气，正色道："赵先勇、李国华，鉴于你们在集英战队决选考核中未能达标，你们已经被集英战队正式淘汰了。"

两个学员顿时目瞪口呆："这，这是集英战队的考核？"

李继洲点头："没错，这是集英战队的最终决选：反审讯考核，考验你们的意志力与忠诚度。二十分钟内，成功逃脱审讯室的即为通关。可惜，你们都没能合格。"

项昊的牢房里，军校工作人员们哭哭啼啼缩在一角。钱宝宝抬头惊恐地看着项昊。

大汉说："本来这些不听话的职员我们是要全部枪毙的。但我们一向仁慈宽厚，所以，我决定给你们一个可以决定别人命运的机会。你们中，只要有一个人投降，我们就会相应地放掉一个人质，否则的话，我就一个个地送你们上路。"

项昊喊道："你们还是不是男人，有胆子把我们放开，咱们一对一，对弱者施暴，只能证明你们是群畜牲。"

屋内众学员情绪激烈，每个人的眼睛中都在冒火。项昊看着钱宝宝，眼神中满是关切和心疼。钱宝宝看着学员，冲他们坚定地摇头。

大汉"砰"地一枪，"打死"了一个军校工作人员，其余军校工作人员一片惊叫、痛哭。

韩旭不能控制情绪，大骂："你们不是人，杀手无寸铁的人，你们禽兽不如！"

大汉得意地接着拿枪走向下一个女工作人员。

"下一个……"

沈文涛眼见人质要被杀，脑子转得飞快。他冲着一边的韩旭、高美仁使眼色，韩旭、高美仁会意。

大汉拿枪刚要射击，沈文涛大喊："住手，我投降！"

大汉把枪指向沈文涛的脑袋。

沈文涛说："但你要说话算话，放了这个女人！"

韩旭和高美仁会意地对视一眼。

韩旭："我投降！"

高美仁："我也投降！"

陆续有投降的学生走过项昊牢房的门口。

大汉继续劝降项昊："看见了吗，你的同学们都投降了，你还逞英雄给谁看？"

项昊冷笑一声："你这种人也配做人！"

大汉一脚踹倒项昊的椅子："来人，继续给这小子注射！看他嘴有多硬！"

蒙面的萧晗从牢门外走进来，略带犹豫地看看大汉，大汉狠狠对萧晗使眼色，逼迫萧晗必须执行命令。萧晗为难地打开医药箱，用略带颤抖的手拿出针筒。项昊忍着痛倒在地上，手里露出之前藏在手中的一块玻璃碎片。他忍着被注射的痛苦，眼睛却一直看着钱宝宝。

萧晗注射完准备离开，被大汉叫住："等等！我差点错过了一个大筹码，你跟这个姑娘的关系一定不一般吧。"

项昊连忙否认："你胡说八道什么！我不认识她！"

"骗我你还嫩了点，看来这'噬骨水'对你没用，留给那个女人倒是有用！"

项昊一听这话，突然像头狮子一样爆发："不许你碰她！"

大汉狞笑着对萧晗说："去，给那个女人打一针！大剂量的。"

项昊咆哮着："浑蛋！住手！"

萧晗被项昊的表现吓呆，走到钱宝宝身边。

大汉蹲下来，用手拍拍项昊的脸："你挺关心她的嘛，那我可要好好招待她呀。把她带下去，好好伺候！"

两个大汉搀起钱宝宝离开。

项昊狂叫着，身下的椅子撞着地面，"咣咣"响："我杀了你！"

沈文涛三人被三个大汉押解在通向出口的路上。沈文涛冲韩旭使眼色。韩旭会意，突然痛苦地倒地。高美仁惊呼："不好了，他没呼吸了！"

三个大汉有一丝慌乱："刚才还好好的……"

趁着大汉们注意力分散的机会，三人用身体撞击，直击要害，三两下就把三个蒙面大汉制伏。就在这时，牢房里传来项昊愤怒的叫声。

"啊！"

项昊怒吼一声，挣脱了绳索，纵身扑向一个大汉，利用手里的玻璃碎片，几下制伏了对方。沈文涛他们也及时赶到。

牢房出口处，李继洲带着人静静地等着，听到里面的怒吼声和打斗声。谢天娇拿着表说："里面有情况！时间还有五分钟！"

牢房里，大汉们纷纷被制伏，项昊指挥着学员冲出牢房。学员们已经全部逃出，沈文涛叫项昊："我们快走！"

项昊说："沈文涛，你带他们先出去，我去救萧晗！"

沈文涛犹豫，看着顾小白虚弱地靠在杜枫身上，只好点头。

"你一定要成功！"

项昊点头。

监狱门口，护工们把受伤的学员都抬上担架送走。沈文涛带着最后几人冲了出来，却见李继洲等人站在门口。沈文涛非常疑惑。

欧阳飞笑着说："恭喜你们，成功通过考核，正式成为集英战队的一员！"

谢天娇说："这些'日本人'都是大帅亲派的考官。"

高美仁恍然大悟："这才是集英战队的最终决选！"

顾小白奄奄一息地说："你们太狠了啊，我不行了……"

刘天宇笑了："行了，小白，你没事，又不是真的子弹。"

苏锐蹲下来给顾小白治疗。

沈文涛突然想起大汉之前说过二十分钟的时限，忙问："你们之前设定二十分钟内投降，是不是也是考核的要求？"

李继洲说："没错，反审讯考核，不但考察你们承受痛苦、保持忠诚的能力，还要考察你们在困境中是否能保存甚至发挥自己的价值。所以二十分钟后还没出来，也会被集英战队淘汰。"

"还有多少时间？"沈文涛问。

李继洲冷冷地说："两分钟。"

沈文涛听后神情一紧。

项昊一间间牢房找过去，地上横躺着一些大汉。他焦急地大喊："萧晗！你在哪儿！"项昊终于在一间牢房里看到了钱宝宝。

钱宝宝异常虚弱："项昊……"

项昊赶忙冲上去抱住她："你没事吧？"

"我走不动了，恐怕今天要死在这儿了。"

"你胡说什么！我不许你死！你要敢死我就陪你一起死！"

项昊扶着钱宝宝："你坚持住！来，抓紧我。我们慢慢走。"钱宝宝咬牙努力地站起来。两人相互依偎着一步一步向外挪。

走廊尽头，萧晗站在栅栏后，看清了钱宝宝与项昊发生的一切，满眼泪水。

牢房门口，谢天娇还在看表："校长，还有一分钟。"

欧阳飞着急地问："你们怎么出来的？项昊呢？"

杜枫回答说："我们已经把敌人扫清了，项昊去救萧晗了。"

"急死我了！老大你快出来啊！"顾小白伸长脖子往牢房里张望。

谢天娇不停地在看手表。大家都屏着呼吸，每个人脸上都写着焦虑。终于，门推开，项昊扶着钱宝宝走出了监狱。沈文涛松了一口气，但又皱起眉头。李继洲和李天翰面无表情地站在原地，他们已经提前知道了这次考核，并且安排人故意给项昊注射了超乎常规的剂量，并提前告知了项昊和钱宝宝的关系，一切周密计划只待成功，却没想到项昊和钱宝宝竟然及时赶了出来。

大家热烈鼓掌。

项昊和钱宝宝看到众人，十分惊讶。项昊因为体力严重透支又失血过多，眼睛一花，晕了过去。众人一拥而上，抬起项昊。

苏锐催促道："快，把他送去医院。"

一旁，谢天娇看了看表，眉头紧锁："校长，项昊超时……半分钟。"

李继洲突然高兴起来，他脸上闪过一丝阴笑，却故作平静地说："哦，我知道了。"

病房里，学员们有抱怨也有自豪。

"这谁出的考题，太损了！"

"幸亏我意志坚定，否则真当了卖国贼了。"

"这些护士扮起日本特务来还真都有模有样的，下回个个都能演电影去了。"

护士们笑起来。

一边，杜枫看见沈文雨从门外路过，叫住沈文雨："喂，门口的那个假护士！折磨我们的事儿你干完了，现在轮到救人了可别想溜。喏，我后背上有块伤，我自己擦药够不到，你帮帮忙呗。"

沈文雨略带不情愿地留下帮杜枫擦药。

一边，薛少琪也心痛地帮李天翰擦药。

高美仁正替韩旭擦药。

谢天娇和苏锐在窗台边亲昵地说着话。

顾小白看看眼前的情景，直叹气："太过分了，我都身负重伤了，你们还都成双成对地故意在我面前晃来晃去。这不是存心气我、雪上加霜吗！"

杜枫正享受沈文雨的关怀呢，说了一句："没事儿就去看看项昊！别老在这里煞风景。"

顾小白走进项昊的病房，看到钱宝宝守在项昊病床边，问："老大怎么样？"

钱宝宝摇摇头。

项昊仍在昏迷中。

苏锐对钱宝宝和顾小白说："项昊的生命体征已经平稳了，应该马上就会醒过来。"

钱宝宝挂着眼泪："苏教官，请您一定要治好他。"

"你放心，我会的。不过这爱情的力量真是奇妙，它竟然可以让人完全突破生理极限。"

"您在说什么……"

"那个什么'噬骨水'的药剂是我配置的，常人注射一两瓶没什么问题，但是他们竟然给他注射了五瓶，五瓶的剂量很可能当时就会导致人休克昏迷，一般人早就崩溃了。可项昊竟然能发动大家起来造反，还背着你，以一敌众搏斗了那么长时间。这是个奇迹，在医学上是无法解释的，只能解释为项昊超人的意志力和强烈的意愿让他克服了生理上的阻碍。那么这些强大的动力来源又是什么呢？"

苏锐笑着看着钱宝宝。

病床上，昏迷中的项昊不断喊着："你别碰她……让她先走……"

顾小白感叹道："老大啊，你的心思都让苏医生给看透了。"

苏锐笑了一下："看来，我这个外科医生还挺懂心理学的嘛。"

钱宝宝悄悄抹眼泪。

萧晗来看项昊，在病房门口听到了苏锐说的一番话，更加愤怒，她努力地克制着自己的情绪。钱宝宝恰好从病房中走出来。萧晗愤怒地瞪着钱宝宝："原来，你一直都在骗我！"

钱宝宝知道不对劲，连忙拉走萧晗。

医院花园隐蔽处，萧晗质问钱宝宝："你不仅偷走了我的身份，你还想偷走我爱的人，你是想彻底偷走我的人生吗？"

钱宝宝诚恳地道歉："对不起，我和项昊是爱上彼此了，但在你出现之后，我们就分开了。"

"你终于承认了！"

"之前之所以一直瞒着你，是不想让你再受到伤害。"钱宝宝说。

"你觉得你龌龊地偷走了我的身份、我的爱情之后，又把我当成傻瓜一样戏弄，这样我就不会受伤了吗？我曾经天真地以为，我用真心对你，你也一定会以真心回报，但我选错了对象，'善有善报'这句话，只对善良的人生效，而你，根本就是一条毒蛇！我的真诚、善良非但没有感化你，反而成了你咬伤我的毒牙。"

钱宝宝泪流满面："对不起对不起……之前犯过的错我不会再犯。请相信我，我会把属于你的东西还给你，我一定会离开项昊的。"

"你一定会离开项昊？这句话你说过多少遍了，我不想再听你道歉，既然你想离开，那请你现在、马上、立刻离开军校、离开项昊。"

钱宝宝坚定地摇摇头："我一定会走，但是我现在走肯定会适得其反。"

"你娘已经病愈，你的目的已经达到了，你口口声声说要把我的东西还给我，但为什么还一直占着我的身份、抓着我的爱人不肯放手？你不是不能走，是根本不想走！我曾经站在你的位置去理解你，宽恕你，没想到换来的是你一再地欺骗。我的好修养对你看来是没有用的，对你这样的江湖骗子，我只能以其人之道还治其人之身。你必须为你做过的事情付出代价！"萧晗说罢愤而离去。

此时，刚刚包扎完的沈文涛从花园路过，看见萧晗愤而离去，钱宝宝站在原地哭泣，沈文涛意识到事态不对。沈文涛急忙转身去追萧晗。他一把拉住萧晗。萧晗使劲甩开他："怎么，你又想来替她做说客吗？"

"我之所以愿意替钱宝宝一直保守秘密，是因为她是个善良的姑娘。她用她的善良真诚打动了我。"

"善良的姑娘？我也曾经这样以为，可惜，我的宽容终究抵不过现实的丑恶。就是这个善良的姑娘，霸占着我的身份不放，还不顾廉耻地偷走了我未婚夫的心。"

"如果心真的可以偷，就不会有那么多无可奈何了，不是吗？"

"请你仔细地看清楚，站在你面前的人，才是真正的受害者。你们只知道替她说话，可我的委屈、我的苦、我的痛，又有谁能懂呢？我要让钱宝宝在项昊面前消失，这一切必须马上终结。"

"一旦钱宝宝的身份被揭穿，她会立即被送上军事法庭，执行枪决。"

萧晗愣了一下。她不知道钱宝宝的身份曝光会连累钱宝宝丧命。

沈文涛又说："还有，我提醒你想一想，既然项昊爱钱宝宝，你戳穿了钱宝宝的身份，项昊就会爱上你吗？恐怕他只会更恨你罢了！"

从医院出来的沈文雨偷听到萧晗和沈文涛的对话，吓得心惊肉跳。她在原地站了一分钟，抬腿就往校长室跑，却被杜枫一把拉住。

"放开我，现在的这个萧晗是个冒牌货，我要去揭穿她！"

杜枫不肯松手："揭穿她对你有什么好处？"

"我……凭什么一个骗子可以得到项昊的心？她不配！"

"配不配只有当事人才有权力下断言。"

"我不管，如果不是她冒充在先，项昊又怎么会爱上她？"

"唉，我怎么才能让你明白，爱情从来都是没对错道理可讲的。"杜枫说完，二话不说，一把拉住沈文雨，用一个吻堵住了沈文雨的嘴。

杜枫放开沈文雨。看着沈文雨羞红的脸，杜枫说："总之呢，要是你把萧教官的事说出去，我就把……"杜枫指了指自己的嘴唇，"我就把这个说出去！"

沈文雨又羞又恼："什么萧教官！她是冒牌货！"

杜枫嘟起嘴唇："反正你要是敢把她的事说出去，就别怪我不停对你……"

"你讨厌！"沈文雨羞得推开杜枫，捂着脸逃跑了。

杜枫看着沈文雨的背影，会心地笑了笑。

萧晗独自一人惆怅地走着，她不停地思索沈文涛的话，犹豫不决。

欧阳飞走过来，关心地说："你怎么在这里，昨天一晚上没睡，怎么不去休息休息。什么事情让你这么烦心？"

萧晗抬头看着一阵风吹落了树上的黄叶，蹲下身轻轻捡起一片："欧阳飞，如果你发现，你爱的人，心里装着的却是别人，你该怎么办？"

欧阳飞愣了一下，随即以浅笑回应："我会默默陪在她身边，理解她、保护她、在她能接受的范围对她好。也许，在不经意间，她会看到我的真心。"

"如果一辈子也看不到呢？"

欧阳飞笑了："我会祝她幸福。"

萧晗忧伤地问："就这样？你甘心吗？"

欧阳飞也捡起一片树叶，说："爱不一定是占有。真正的爱也不是一瞬间的轰轰烈烈，而是一辈子的细水长流、润物无声。"

萧晗听着欧阳飞说的话，若有所思地看着远方："欧阳飞，你说得对，我还是愿意相信，一切事情终究都有一个好的解决方法。"

项昊终于苏醒了，他睁开眼看见萧晗，有些内疚，张开嘴，最后却只吐出三个字："对不起。"

萧晗笑了一下："我都看见了，也都知道了。我知道，让你离开钱宝宝，这个过程对你来说会很痛苦，会很煎熬，因为你是个通晓事理而又重情重义的人，也正是因为这样，你才是值得我付出终身的好男人。你需要的只是一点时间，放心，我一直都在，我会一直等着你……"

项昊想要辩解些什么："萧晗，我……"

萧晗温柔地再次打断他："嘘……别说了，现在你需要好好休息，有什么话，以后再慢慢说给我听。"

萧晗来到钱宝宝宿舍门口，敲门。

钱宝宝开门看到萧晗，一愣："你……"

萧晗问："不请我进去吗？"

钱宝宝慌忙说："快进来！"

钱宝宝把萧晗让进宿舍。萧晗坐在床边，很平静地说："今天在医院的时候，是我反应过激了。"

钱宝宝摇头："我理解。换了是我可能反应比你还强烈。"

萧晗自嘲："我学了那么多年的心理学，没想到真的遇上事儿了，也控制不了自己的情绪。"

"你别这么说自己，是我的问题。"

萧晗缓缓地说："事实已经是这样了，多说也无益，还是多关心眼下该怎么办吧。钱宝宝，听我一句劝，你和项昊必须分开！这不仅是我自私的请求，也是为了你们两个好。你知道，项昊是项邵达的儿子，他一出生就承担了家族的使命，项家与萧家的联姻就是这使命中至关重要的一项。如果他要背弃婚约娶一个平民女子，项家、萧家都不会允许。现在龙城三足鼎立，项家虽然势力最大，但是李家、沈家后来者居上，随时有重新洗牌的可能。我们萧家的财力和社会名望对项家意味着什么，你这么聪明，不用我说明了吧。现在多少双眼睛盯着项昊和你，你越靠近他就越是会引火上身，迟早会暴露自己的身份。你跟项昊之间，不可能有结果，唯一的结果，只能是玉石俱焚。你明白吗？"

钱宝宝内疚地点点头："我知道，我一定会让他对我死心，尽快离开军校的。"

"他对你已经情根深种，要分开谈何容易。但为了他的安危和前途，我相信你知道该怎么做。"

"放心吧，我知道该怎么做。"

萧晗看着钱宝宝沉默片刻，突然道："我在想，如果我们两人之间，没有那么多曲折，我和你会不会还像在火车上初遇那样，成为一见如故的好朋友。"

钱宝宝看着萧晗，流下两行眼泪。

校长室内，李继洲面前摆着一份集英战队最终名单，被淘汰的学员名字上用红笔画上了大大的叉。李继洲伸手在项昊的名字上也画上一个大大的叉，又得意地说："虽然这次还是让沈文涛当了漏网之鱼，但好在，项昊能被踢出局，咱们也不算空手而归。"

李天翰阴沉着脸："爹，我觉得现在还没到该庆贺的时候。项昊虽然在决选中超时了，按决选规则理应淘汰。但他的表现实在太扎眼了，学校里又有那么多支持他的人，就怕到时候，您这一纸名单难以服众，再生出些别的事端。"

李继洲点头："嗯，不错。虽然规则有利于我们，但是要想确保项昊无法入选，还得要做好万全之策。"

李天翰举起手，用手指瞄准，阴笑着做了个假装开枪的动作："人才能击中的是他人击不中的目标，而天才则击中他人看不见的目标。项昊，这次，我一定不会打偏！"

操场上，李继洲当着众学员的面宣布集英战队淘汰战之后的结果。大帅的王副官也作为督导站在台上。

"各位同学，昨天凌晨的集英战队决选淘汰过程想必大家还都印象深刻。之前，我还听大家说觉得选拔太简单，现在都知道了吧，我们的选拔绝非儿戏，是实打实、硬碰硬地考真本事。现在，我宣布此次集英战队最终决选的结果。大家都知道，忠诚是一个军人最基本的品质，不忠诚何以能够用赴死的精神完成神圣的使命？所以，那些中途投降敌人的学员不适合继续留在集英战队，你们被淘汰了。"

场下，在监狱中投降的学员们均面有愧色。

"最后一名淘汰的学员，是唯一一名成功逃出监狱却超出预定考核时间的，项昊，你也被淘汰了！"

学员们一听，顿时一片大哗。

项昊愤怒地主动跳出来反对："我的确是超时了，但相信我在考核中的表现，大家有目共睹，教官们也都非常肯定，凭什么淘汰我？"

顾小白也说："校长，我们都是在项昊的帮助下才逃出监狱的。"

众学员七嘴八舌："是啊，淘汰项昊不合理不公平！"

李继洲态度坚决："规则就是规则，不能因为其他因素而改变。项昊在规定时间内没有成功逃出监狱，就没有资格入选集英战队。此事已定，不容你们申辩！"

第二十四章　成功翻盘

　　杜枫非常不服气，大声说："校长，大家都看到了，项昊没能迅速逃脱不是因为他没有机会，而是因为他舍身去救了我们大家还有萧教官。否则的话，他早就逃出来了，非但不会超时，时间还绰绰有余。项昊展现出来的能力，我们大家都自愧不如，难道就是因为他救人而耽误了自己逃生的时间就要否定他的出色能力吗？"

　　欧阳飞也站出来说："校长，我也觉得不应该淘汰项昊。"

　　谢天娇点头赞同："救人误时是真，但这的确不能证明项昊能力不足。"

　　李继洲表现得非常公允："好吧，既然对项昊的去留有这么大的争议，我倒是有个建议。不如让我们龙城军校全体教官公开投票决定此事，督导以为如何啊？"

　　王副官点头："嗯，鉴于本次项昊同学的情况史无前例，公开投票应该是最公平的解决方式了。"

　　操场上，龙城军校全体教师正在就项昊能否入选集英战队的事进行现场投票。参加投票的是苏锐、刘天宇、李继洲、欧阳飞、督导王副官、钱宝宝，共计六人。谢天娇现场唱票。

　　李继洲上台投票。谢天娇念道："反对！"

　　欧阳飞上前投票。谢天娇念道："赞成！"

　　苏锐上前投票。谢天娇念道："赞成！"

　　台下，顾小白、杜枫、项昊交换一下眼色，露出胜券在握的笃定神情。

　　王副官上台投票。谢天娇念道："反对！"

　　钱宝宝格外紧张，刚要投票，李继洲上前阻止："萧教官，你是项昊的未婚妻，你的身份投票恐怕不合适吧。"

　　王副官点点头："为了公平起见，还请你弃权。"

　　看看场上二比二，只剩下刘天宇一人。项昊露出了笑容。全校师生都知道项昊是刘天宇最喜欢的学生，项昊认为就算没有钱宝宝的一票，他也一定会胜出。

刘天宇手里握着票，站在一边，神情纠结。

李继洲话里有话："刘教官，这一票，可是事关大局至关重要啊，你可一定要想好啊！"

刘天宇低着头走上前，所有人的目光都聚焦在他身上。刘天宇终于用颤抖的手把票交到谢天娇手上。

谢天娇展开票，略惊，抬头看了看刘天宇。大声念道："反对！"

全场哗然，项昊惊呆。钱宝宝不可思议地看着刘天宇。

顾小白忍不住冲着刘天宇高喊："刘教官，你是不是写错了？"

刘天宇低着头。

李继洲露出得意的神色："现在，我宣布，军校教师的最终投票结果：赞成两票，反对三票。我宣布，项昊没有资格入选集英战队。我再重申一遍，这是经过全校教师复议后产生的最终结果，不容置疑。"

投票仪式结束，学员们纷纷走出操场，也对刚才发生的事情议论纷纷。

顾小白说："这太反常了！刘教官平时那么喜欢老大，总是说老大是我们中最优秀的，我要去找刘教官，好好问个清楚。"

项昊表现得很坚强："别去了。刘教官有他自己的想法。"

李天翰这时候快步追上项昊，跟项昊并肩走，冷嘲热讽地说："还想着在队长角逐上跟你争个高下，可你现在连集英战队普通队员都不是，做我手下败将都不够资格。不过，天无绝人之路，以后进了普通部队，好好干，慢慢爬，说不定还是会有出头之日的。"

项昊绷着一张脸，紧紧握住拳头，忍着怒火，扭头走开。

顾小白还在纳闷："我就奇怪了，为什么刘教官会给咱们老大投反对票？没道理啊，实在是想不透！"

杜枫也很确定："这里面绝对有蹊跷。"

萧晗走过来，悄声对项昊说："我给我父亲打个电话吧！"

项昊连忙反对："不用了！"

萧晗眼含泪花："你是怕一旦惊动了我父亲，会影响到钱宝宝，是吗？"

项昊没说话，用无声表示默认。

钱宝宝在办公室里，一边看书一边装作不经意地问："刘教官，为什么给项昊投反对票？他不是你最喜欢的学生吗？"

刘天宇一时语塞："我……"

这时沈文雨气鼓鼓地冲进来。一见沈文雨就知道她是来兴师问罪的，刘天宇连忙把头低下装作没看到。

"你为什么没投票给项昊？你总说他是难得一见的好材料，现在又亲手断送他的前程？你什么意思啊？为什么偏偏在这个节骨眼上要跟他对着干？"

刘天宇有些慌乱："欣赏归欣赏，可规矩就是规矩，不能因为人情而破例。"

"少给我打官腔，我看你啊，心里有鬼！"

刘天宇躲避着沈文雨的视线。谢天娇推门进来："刘教官，门口有人找你，说是你哥。"

刘天宇略带慌张地站起立，想了想，又坐下："谢主任，麻烦转告我哥，说我现在不在学校。"

谢天娇疑惑："你们兄弟俩闹矛盾？你哥都到门口了，你怎么不见？"

钱宝宝把他们的对话听了一个清楚，心生疑惑。

刘天宇掩饰地拿起桌子上的几本书出门："我还有课，先走了。"

沈文雨赌气地一屁股坐在椅子上："他根本就没课！是没话说了！反正，项昊的事我管定了，他要是不能入选集英战队，我去找我爹，找大帅！"

钱宝宝一路尾随着刘天宇来到一个酒店门口。走进酒店前，刘天宇警惕地左右张望一番。钱宝宝连忙背过身去，佯装在酒店门口的地摊上买水果。

刘天宇走进大堂咖啡厅，有一个穿着军装制服的男人向他招手。刘天宇表情阴沉，快步走过去坐下。

钱宝宝挑了一个距离刘天宇比较远的地方，假装低头看报。

刘天泽看到弟弟有点生气："天宇！我去你们学校找你几次，你都不在。你是不是故意躲我？"

刘天宇阴着脸不说话，喝着咖啡。

"天宇，哥约你来是想谢谢你的。这次要不是你，我一辈子的前途都完了。"

刘天宇放下咖啡杯："前途前途，你知不知道你所谓的前途是用别人的梦想换来的？"

"哥知道这次让你为难了，可我也是没办法。咱们是亲兄弟，你难道真要看着你哥去死？"

刘天宇看着哥哥，说："我这些天反复地琢磨这件事，我不信他沈军长为了这件事就敢杀你。你说，他是不是为了激我出手，故意用你的命来要挟我？"

刘天泽眼神闪躲："嘘！你小声点。哥能骗你吗？沈军长那可是笑面虎，杀人不眨眼，我区区一个小连长算什么。托你的福，事情办成了，军长给我连升了两级，喏，这是军长的一点心意。"

刘天泽拿出一叠银票推给刘天宇。刘天宇震惊，把银票推回到刘天泽手边，怒火中烧："我出卖良心是为了你的命，不是为了这点臭钱。这件事就此打住，以后不管怎样，你走你的阳关道，我过我的独木桥。咱们井水不犯河水！"

刘天宇站起来甩手走开，刘天泽在后面一直喊他："天宇，天宇……"

尽管听不见刘家兄弟具体在说什么，但钱宝宝看见了他们推搡银票的动作。钱宝宝焦急地跑回学校找到沈文涛，并将疑惑告诉了他。

"你是说有人买通了刘教官，故意给项昊投反对票？"

钱宝宝点头："应该是这样。我没有实际证据，但我的直觉告诉我，刘教官一定有点问题。"

"到底是什么人，竟然如此胆大包天，公然收买军校教员，徇私舞弊。"

钱宝宝说："这事儿隐约跟他哥哥有关。"

"他哥？"

"嗯，先是刘教官的哥哥来找他，他不想见，后来我在酒店看到他们两个人因为银票的事推来推去。"

沈文涛沉吟一会儿，说："刘教官的哥哥刘天泽在部队里是出名的好赌，部队严禁赌博，我猜刘教官为了他哥，才被收买了。"

"部队的事，我不方便查。但是事关项昊的前途，还请你尽量想办法帮帮忙。"

沈文涛说："放心，你不说我也会这样做的。"

钱宝宝又叮嘱了一句："另外，千万别让项昊知道是我让你去查这件事的。"

沈文涛点点头。

沈文涛带着韩旭和高美仁很快打听到，刘天泽不仅最近突然有钱了，还连升两级。他们在赌场门口成功抓到了刘天泽。

刘天泽挣扎："放开我！"

沈文涛站在阴影里，问："说吧，你收了什么好处？"

"不懂你在说什么！"

"你上个月还欠了一屁股债，现在又有了赌博的本钱，还连赌三家。是谁给你这些钱的？"

刘天泽不说。

"像你这种一上赌桌连爹娘都不认的人，不久前却连升两级，是谁这么不长眼？"

刘天泽恼怒："你们放开我！"

"说！项昊落选的事和你有什么关系？"

高美仁也吓唬他："如果你不说，却让我们查出来，恐怕你今后的日子就不好过了。"

刘天泽不以为然："你们以为你们是谁啊？"

沈文涛从阴影里走出来。刘天泽瞪大眼睛看着沈文涛，而后哈哈大笑："你们是跟我闹着玩吗？给我这些钱，又不长眼睛给我连升两级的不就是你爹沈军长吗？"

沈文涛不敢相信："你说什么？"

刘天泽笑得很得意："你们父子俩演的是哪出？我因为赌博挪用公款，差点被沈军长枪毙，没想到沈军长却给了我一个美差，只要给项昊投反对票，不仅饶我小命，还给我连升两级。你说，我是不是捡了个大便宜？你呢，也少了一个强大的对手……哎哟，我说，你们是不是逗我玩呢？"

沈文涛听着刘天泽说的这些话，脸色越来越难看。高美仁和韩旭都不敢相信沈文涛的爹能做出这种事。看着难堪的老大，两人都相对无言。

刘天泽还想说什么，高美仁一拳打过去。刘天泽"哎哟"一声倒在地上。

韩旭安慰沈文涛："老大，没想到事情会变成这样……回去你就对萧教官说，你查了，但是什么都没查出来。"

沈文涛摇头："这跟钱宝宝无关，也和我的面子无关，我不能放任我爹做这样卑鄙的事，不能害了项昊。"

钱宝宝抱着几本书往前走，抬眼看到前面是项昊，钱宝宝假装没看到，匆匆低头经过。经过项昊身边的时候，项昊一下抓住钱宝宝胳膊，钱宝宝怀里的一本书掉在地上。项昊捡起来递给钱宝宝，钱宝宝想抽走那本书，但是项昊死死不松手，钱宝宝怎么抽也抽不走。两人紧盯着对方。

钱宝宝小声说："你放手。"

项昊不说话，只是不放手，钱宝宝眼泪"刷"的一下掉下来。

项昊看到钱宝宝的眼泪，心软松手，钱宝宝差点踉跄倒地。

项昊抓住钱宝宝。

钱宝宝甩开项昊，拿着书离开。

项昊看着钱宝宝的背影直掉眼泪。

这对苦命的小情人，每一个动作，每一滴眼泪，都在抽打着旁边偷看的萧晗的心。

宁静的夜晚，钱宝宝独自一人坐在秋千架上痛哭。有人给她递过一条手帕。

钱宝宝头也不抬："沈文涛？"

"你怎么知道是我？"沈文涛尽量平静地问。

"每次我伤心难过的时候都是你出现在我身边。这次也不例外。"

沈文涛了然地说："但是真正能给你安慰的却不是我。"

钱宝宝赶紧擦擦眼泪："怎么会？你是我最好的朋友啊。"

沈文涛落寞地笑笑："有的时候，我真希望自己不是以朋友的身份来靠近你。对了，项昊的事终于有眉目了。"

钱宝宝露出笑容："真的吗？那太好了。可是你看上去好像不是很高兴。"

沈文涛勉强笑笑："是吗？这么明显吗？大概是因为觉得又要和项昊成为对手了，想想压力有点大呢。"

钱宝宝"扑哧"笑了。

沈文涛也跟着笑了一下："你终于笑了……这件事就交给我吧，虽然真相很残酷。"

"真相很残酷？"

沈文涛点点头："很快你就会知道了。我希望这次项昊能挺过去。如果连表现这么出众的学员都不能进入集英战队，这不仅是学校的耻辱，也是集英战队的损失。"

钱宝宝看着沈文涛："谢谢你，为项昊做了这么多。"

"能看到你的笑容就是值得的。"

钱宝宝不好意思地笑笑，别过头，不再看沈文涛。

沈文涛来练习室找项昊，以一种渴望赎罪的方式和项昊对打，然后屡屡吃亏。项昊终于停手："你干吗？你怎么不出手？"

沈文涛直面项昊，突然一拳打过去。项昊被打歪。

项昊这才扑上来，两人对打，直到最后两个人都筋疲力尽，躺在地上，喘着粗气。

沈文涛歪过头对项昊说："你在我心目中是打不倒的项昊。"

项昊深深地看了一眼沈文涛。

军校花园里，欧阳飞正紧张地等萧晗，不时理一理鬓角。萧晗出现在欧阳飞面前的时候欧阳飞还没有发觉。他一抬头，惊了一下："你来了！"

萧晗说："对不起，我来晚了。"

"不不不，是我来早了。"

欧阳飞陪萧晗散步，欧阳飞有些紧张，不知说什么好。他抬头遥望漫天繁星，找话说："我经常没事就会在这里看星星。特别是心情不好的时候，虽然它们不说话，却能给我很多安慰。只可惜，星星这么美，离我却这么遥远。"说着欧阳飞看了一眼萧晗。

萧晗也抬头仰望天空："是吗？我倒是觉得，有时候，距离也会产生美。因为不能见面，就可以尽情想象对方的美好。"

"这都是你们女孩子的浪漫心思，要是牛郎在跟织女分离的时候，爱上别的仙女，怎么办？"

萧晗神色突然凝重起来，自嘲地笑了笑："原来你们男人都是这样想的吗？"

"玩笑而已。对了，上次你曾经问过我，要是你爱的人爱上了别人该怎么办。你是不是有了喜欢的人？"

萧晗沉吟片刻："我五岁的时候，曾经意外落水，有一个男孩子救了我的命，于是，我就爱上了他，并许诺等我长大一定嫁给他，时光荏苒、时过境迁，可那份爱却一直偏执地延续到现在。"

欧阳飞愣愣地看着萧晗。

萧晗带着一丝幸福的浅笑："很难理解对不对？用心理学来解释，就是我童年的记忆在我的潜意识里留下了深深的痕迹。当我从昏迷中醒来，当他把我扶起来的时候，我感到了前所未有的温暖、安全，在那个时候，我就把他认定成了那个可以一辈子给我安全、给我温暖的人……"

欧阳飞说："说出来你可能不相信，我小时候曾经救过一个落水的小女孩，从那个时候起，我就一直喜欢着她。你说是不是老天爷故意安排我们见面的？"

欧阳飞看着萧晗，萧晗竟然被欧阳飞认真的眼神看得有一丝慌乱。

萧晗"扑哧"笑出来："你这人，故意逗我开心的吧？"

欧阳飞不好意思地说："是啊，就是想逗你开心，因为你笑起来特别好看。"

萧晗看着欧阳飞又笑了，欧阳飞看萧晗笑了，自己也笑了。

欧阳飞回忆起童年的一桩往事，那时候他八岁，幼年的萧晗坠河，在河里拼命挣扎。他恰好路过，连忙跳到水里，奋力把小萧晗救上了岸，可小萧晗却陷入了昏迷。

他赶紧帮小萧晗压肚子排水，小萧晗终于吐出一口水，连着咳嗽几声。少年项昊路过，问他："欧阳飞！出什么事了？"

他说："她刚才落水了。项昊，你在这里看着，我去叫大人来！"然后他就跑开了。

见欧阳飞陷入了沉思，萧晗问："你在想什么呢？"

欧阳飞笑了一下："没什么，一段陈年往事。"

沈家大厅内，沈文涛铁青着脸把派遣令扔在沈国舜面前。沈国舜看见，脸色瞬间就变了。

"爹，不知道是您记性不好还是儿子我记性不好，我记得我提醒过您，我不希望你把对付敌人的手段用在我的兄弟身上。"

沈国舜很不高兴："文涛，你这是跟你爹说话的态度吗？"

"您是不是用刘教官哥哥的命威胁他替你做事，让他投项昊的反对票？"

"胡说八道，你从哪里听来的？"

"您不用掩饰了，因为答案都写在您脸上了。"

"文涛，爹还不是为了你！你何尝体会到我的良苦用心？"

"您的良苦用心都用在了如何陷害别人上，儿子的确一辈子也体会不了。我马上就回军校，亲自把这份文件交给校长和督导。"

"儿啊，人家费尽心思、用尽手段往上爬，你却把这么好的机会拱手相让！我这个做爹的替你着急啊！"

"不是拱手相让，是还原事情真相，把偷来的东西物归原主。我是想赢项昊没错，可我要赢得堂堂正正。"

"那你要是输给项昊了怎么办？"

"男子汉大丈夫，愿赌服输，输了不丢人，背后做这些龌龊的事才丢人！爹，刚才我是冒犯了您，不过，我对您说话的态度好不好不重要。重要的是，您的言行，能不能成为儿子的榜样，让儿子从心里尊敬您、佩服您。"

沈文涛说罢离去。沈国舜气得浑身发抖。

沈文涛手上拿着父亲给刘天泽的派遣令，深吸一口气，下定决心般敲开校长室的门。

王副官和李继洲看着沈文涛拿过来的文件，脸色都很难看。

"正如二位所见，这份派遣令证明了在投票的前几天，刘天宇的哥哥刘天泽连升两级。他之所以能得到这份特殊待遇，是因为我的父亲沈国舜用利益跟他做了交换，目的是为了让刘天宇在集英战队决选的投票过程中，投项昊的反对票。这件事，我已经亲口向我父亲证实过了。"

李继洲颇为尴尬："既然上次投票的结果涉嫌舞弊，那么刘教官的投票就是无效的。所以，这最终投票的结果是二比二平，依然难以决断啊。"

"为什么不给学员们一次投票的机会呢？他们和项昊朝夕相处，是最有发言权的人。"

"这……"

王副官和李继洲对视一眼，点头："既然你这么坚持，那好，我们就给项昊这次机会。为了公平公正嘛。不过，沈文涛，我一直听闻，项昊是你在龙城军校里最有力的竞争对手，我倒是挺好奇，你这次为什么要站出来，替自己的对手说话？"

"因为我相信我的实力，不需要靠耍手段赢他。"

督导笑着拍了拍沈文涛的肩膀："好小子，有志气！"

全体师生集中在操场上。李继洲当着全校师生的面，表情严肃地宣布："相信大家都已经听说了，我们龙城军校的教员中出现了害群之马，利用手中神圣的投票权营私舞弊，导致严肃的集英战队甄选程序遭到了玷污，直接影响了投票结果。我在这里正式宣布，涉事的教员刘天宇，给予开除处分，他所投的票也是无效票。"

场下，刘天宇羞愧地低头。

王副官说："校内的投票变成了二比二平，项昊还是不能进入集英战队，但是鉴于项昊在选拔赛中的优异表现，我和李校长决定再给项昊一次入选的机会，现在我邀请所有集英战队的学员参与投票，决定项昊的去留。"

最终项昊以压倒性的优势获得了进入集英战队的机会。顾小白、杜枫带头鼓掌，全体师生都一起鼓掌。

项昊看了一眼站在身边的沈文涛，轻声说："谢了，兄弟。"

沈文涛微微笑了一下。

刘天宇走过来，羞愧地看着项昊："对不起。也恭喜你，这是你应得的成绩！"

刘天宇转身要走，项昊却搭住了他的肩膀，对所有人大声喊道："我请求把刘教官留下！"

李继洲眯眼看项昊："我们已经做出裁决了，军校决不能容许徇私舞弊的人存在。"

项昊继续说："我相信，这样的错误刘教官不会再犯第二次，谁都有犯错的时候，人非圣贤，孰能无过，我不相信在场的人有从来没犯过错的。再说刘教官的教学成绩有目共睹，希望李校长能给刘教官一次机会！"

欧阳飞也站起来："我愿为刘教官担保！请把刘教官留下！"

沈文涛也站出来："我也请求把刘教官留下！"

钱宝宝看了一眼项昊："我也请求把刘教官留下！"

萧晗也说："我也是！"

所有的学员纷纷为刘天宇求情："请把刘教官留下！"

李继洲和王副官商量了一下，清清嗓子，说："为人师表，犯下这样的错误，就算不给予开除处分，还是应该接受严厉的惩罚，刘天宇继续担任教官一职，但要记一次大过，扣军饷两个月。"

　　刘天宇带着愧疚敬礼："是！"

　　刘天宇充满感激地走到项昊面前："项昊……我……"

　　项昊故意站直了，给刘天宇敬了一个军礼："我听说我是刘教官最喜欢的学生，刘教官也是我最喜欢的教官之一。"

　　李继洲这时候又宣布："恭喜最终入选集英战队的二十名同学，你们的付出得到了回报，从今天起，你们拥有了一个属于你们的骄傲名字：集英战队！不过，希望诸位不要高兴得太早，集英战队是一个战斗的集体，也是一个精英的团队，进入集英战队绝不是进了天堂，对于那些意志薄弱、能力低下的队员，这里可能就是地狱。请大家做好准备，随时接受各种残酷的挑战和艰辛的磨炼，集英战队的淘汰赛永远都在继续！"

　　训练课还没有开始，陆陆续续有学员走进训练室准备上课。

　　这时刘天宇走了进来，喊了一声："上课！"

　　众人看见他有一些惊讶，赶忙排成两排。

　　刘天宇走到众人面前："怎么？不欢迎我？我可是特意和欧阳教官换了课来带你们。别懒懒散散的，都给我打起精神来！"

　　队伍末，顾小白和杜枫在偷偷交流。

　　杜枫说："还以为刘教官要一蹶不振了，没想到他完全没事嘛。"

　　顾小白也说："是啊，还以为能偷偷懒呢，唉！"

　　这时刘天宇正好走到顾小白身边："顾小白，你叹什么气啊，见到我很失望？是不是希望我走啊？"

　　顾小白吓一跳："怎么会呢！您走了，就没人督促我们训练了，我们都盼着您留下来呢！"

　　"好好好，还算你有良心，一会儿我一定额外给你训练。"

　　刘天宇走到项昊面前："之前的事，我要郑重地向你道歉。不过，别以为我向你道歉了，训练时就会对你手下留情啊！"

"是！请刘教官指正。"

刘天宇笑眯眯地说："很好！之前大家对我这么好，我很感动啊，所以我决定要加倍地对大家好。好久没有做你们最爱也最恨的魔鬼训练了，不如我们今天就好好练个痛快吧！"

众人哀号。

韩旭叫得最惨烈："刘教官饶命啊！"

"你们意见很大嘛，沈文涛，你说，有没有问题？"

沈文涛大声回答："报告教官！没问题！"

刘天宇赞许地点头："很好！这才是军人！大家都要像沈文涛学习，开练！"

第二十五章　遭遇埋伏

　　操场的一边。钱宝宝略带内疚地看着沈文涛："真对不起，我不知道教官舞弊的事情会牵连到了你们沈家。"

　　沈文涛装作一副不在乎的样子，笑了笑："该说对不起的应该是我们沈家，你做得没错。就算是我亲爹，我也不会容忍他做出这样龌龊的事。"

　　"还是要谢谢你，沈文涛。"

　　沈文涛笑了："这句谢谢是替项昊说的吗？这小子已经跟我当面说过了。"

　　"不光是替项昊说的，也是替我自己说的。谢谢你不惜触怒你爹也要帮项昊洗清冤屈，谢谢你肯帮自己的竞争对手。"

　　"只要你能开心，我做什么都值得。"

　　在爱情面前没有人是糊涂的，只有人装糊涂。钱宝宝当然明白沈文涛的意思，却无奈只好打岔："你总是在我最需要最无助的时候义无反顾地帮我，我真不知道该如何报答你。"

　　"要不然你以身相许？"沈文涛笑着说。

　　见钱宝宝脸红尴尬，沈文涛连忙解围："开玩笑的。"

　　"我知道……对不起……"

　　操场的另一边。沈文雨很不好意思地看着杜枫，一下一下踢着地面："没想到，背地里害项昊的人，竟然是我爹。不过现在好了，总算是真相大白了，项昊终于能达成所愿，入选集英战队了。"

　　杜枫在沈文雨面前晃来晃去。

　　沈文雨不耐烦地说："干吗？"

　　"就想知道，我一个大活人在你面前，你看到没有。"

　　沈文雨抬头："当然看到了。"

"那你不要总是谈论别人，也看看我。"

"我不是一直在看你吗？"沈文雨凑过来，和杜枫对视，"我们晚上一起去看电影吧？"

杜枫突然指着后面："哎，你看，项昊来了。"

沈文雨昂起头来一看，根本没人："你耍我！"

杜枫笑笑，离开，边走边说："等什么时候你不找项昊了，我再陪你去看电影。"

沈文雨在后面直跺脚："哼！"

操场的又一边。李天翰发着脾气："项昊被集英战队淘汰本来已经是板上钉钉的事情了，没想到，临了却能被沈文涛翻盘，功败垂成、前功尽弃！又是这个萧晗！"

李天翰问周杰："让你去查的事怎么样了？"

周杰说："派去调查的人已经回来了。说萧晗是和另外一个姑娘同乘一趟火车来的龙城，但是下车后，却只有她和她奶娘，另一个姑娘不见了。"

"不见了？另一个姑娘叫什么？"

"下了火车，线索就断了。"

李天翰说："我们得尽早抓住她的把柄，把她赶出军校。否则，集英战队队长就是他项昊的了！"

军校走廊，萧晗笑意盈盈地走向项昊。

"项昊，今天晚上有空吗，我在西餐厅订了位置，庆祝你顺利入选集英战队！"

项昊客气而疏离地拒绝："抱歉，我没胃口。"

"哦，那要不我去换一家江南菜馆，那里的菜清淡一些……"

"对不起，我真的什么都吃不下去。"

萧晗连忙说："就算去陪我坐一会儿也不行吗？"

项昊不说话。

萧晗挤出笑容打圆场："算了，等你什么时候胃口好了我们再去。"

"对不起……"

"没关系，你需要的，只是一点时间。时间是最好的疗伤药。再美好的经历也经不住遗忘，我会陪你的。"萧晗说罢黯然离去。

项昊看着萧晗的背影，心中喃喃："爱上一个人或许只要一瞬间，可忘记一个人却要穷尽一生。"

钱宝宝正在后山喂小狗吃食物，项昊上前，一把拉住钱宝宝，紧紧抱在怀里。

钱宝宝使劲推开项昊："你干吗？"

"要不是顾小白给我通风报信，我真的要被你骗了。"

钱宝宝略带慌乱："你说什么？"

"我知道刘教官的事是你帮我查的。"

钱宝宝慌忙掩饰："我没有！"

"别再骗自己了！你嘴里说着狠话，但又控制不住对我好。你知道吗？你现在脸上就写着三个字：我爱你。"

钱宝宝慌乱想逃。项昊抱住钱宝宝。

钱宝宝眼中有泪光："是，项昊，我是控制不住爱你，想对你好，我不能欺骗我自己。但我不该霸占着不属于我的东西。"

"不是你霸占着不属于你的东西，而是我霸占着你。"项昊说罢，低头牢牢吻住钱宝宝。

萧晗原本拎着水果去看项昊，得知他去了后山，就有一种不好的预感，于是她拎着水果慌忙跑到后山，刚好看到她最不想看到的场景。

水果掉在地上滚了一地。

钱宝宝慌忙推开项昊："萧晗，你听我解释！"

萧晗上前就给了钱宝宝一巴掌。

项昊抓住了萧晗的手："你可以打我，但你不能打她！"

萧晗愤怒地看着项昊。

项昊很坚决："有些话我今天必须要说清楚，再憋下去，大家都会疯的。我爱的是钱宝宝，我没有办法离开她，也没有办法爱上你，是我伤害了你，你要发泄，就冲我来。"

萧晗睁大眼睛不敢相信地看着项昊："我等了你十几年，换来的就是这个答案？"

"对不起……"

钱宝宝劝阻："项昊！你别再说了！"

"萧晗，我知道这个决定一定会伤害你，但这几天，我认清了一件事：如果我勉强跟你在一起，只会让我们三个人都变得不幸。所以……"

项昊正要跟萧晗摊牌，萧晗却死死捂住自己的耳朵："我不想听！我知道你们放不了手，但我也一定不会放手！"

钱宝宝突然跪在萧晗面前，一直说："对不起，对不起……"

萧晗哭了好一会儿，擦了擦眼泪，渐渐平静下来，再开口已经没有愤怒："我五岁那年，项昊救了我一命，从那天起我就爱上了他；我六岁那年，在我的要求下，我爹和项伯父做主，给我们订了亲，我告诉项昊，给我些时间，等我长大，我就做你的新娘；我十岁那年，我爹为了做生意，全家迁居德国，我哭了三天三夜，在梦里被我爹娘抱上了火车。我知道项昊很优秀，这十几年来，我一直努力想变得更优秀，为了配得上项昊。为了能和他早日结婚，我缩短了课程时间，完成了在德国的学业，申请来龙城军校当教官，终于盼来了跟他重逢的那一天。"

钱宝宝在一旁听着，泪流满面。

"你一定会问我，一个几岁的孩子哪懂什么是爱，可我就是这样一直爱项昊爱了十几年。或许这就是一种执念，但我忘不掉、舍不了、放不下。仿佛只要有了他，就有了全世界，没有他我就什么都没有了。求求你，把项昊还给我好吗？"

钱宝宝含泪点头。

一旁树丛后，欧阳飞听到了这一幕，简直不敢相信自己的耳朵。

欧阳飞再次见到萧晗的时候，努力了好半天才让自己变得平静："没想到，你一直在等的人竟然是项昊。"

萧晗稍稍松了一口气，"你一定会好奇，为什么我的心上人会是项昊，为什么我会爱上萧晗的未婚夫？其实是因为……"

欧阳飞很淡定地说："因为你才是真正的萧晗。"

萧晗很惊讶："你都知道了？"

"我不知道你为什么愿意隐瞒这么久，也不知道萧教官是怎么替代了你的身份。如果你感到痛苦，现在我就带你去校长室，把替换身份的事说清楚。让他们得到应有的惩罚。"

萧晗拉住欧阳飞："等等！别去！如果去揭发，钱宝宝会被枪毙，项昊和沈文涛他们都会受到牵连，甚至被逐出集英战队！你还要这么做吗？"

"你为他们考虑得这么周全，那你呢？昨晚你为什么哭得那么伤心？如果把一切复归原位，你还会这么痛苦吗？"

"我不知道，我只知道，现在我们每个人都很痛苦。我不想再伤害任何人。钱宝宝告诉我，她会把身份还给我，只是她需要时间，我相信她。所以现在，求你别去揭发钱宝宝的身份。"

"虽然不知道你都经历过什么，但我知道，一定不同寻常。你放心，我不仅会保守这个秘密，也会保护你。"

"谢谢你，欧阳飞。"

王副官走进李继洲的校长室："李校长啊，我给你带回了大帅指派的最新任务，你们新成立的集英战队这次有大显身手的机会了。"

"王督导，请放心，集英战队一定全力以赴，绝不辜负大帅的殷切期望。"

"这次的任务非常特殊，不需要大动干戈，但要求有勇有谋，坚决果断。大帅的眼线传来消息，日本特高课派出的一名高级间谍很快就会到达龙城，据说他随身携带了一份重要的文件，是日本人在坤河三省潜伏的全体谍报人员名单，大帅对这份名单非常感兴趣。"

"所以这次集英战队的任务，就是盗取这份名单？"

王副官点头："得到了这份名单，就搞清楚了日本人在坤河三省的谍报网，可以将他们几年来苦心经营的谍报成果彻底摧毁殆尽。这集英战队的第一次任务，可谓意义重大啊。"

李继洲说："不过，意义重大，难度也不小啊。我们在明，敌人在暗，更何况，我们的队员都是初出茅庐的新手。"

"大帅既然把这么重要的任务交给你们了，就证明大帅对你们是有信心的。你们赶紧好好准备，这集英战队的第一炮，务必打响。"

李继洲赔笑："是是是，挑战越大机会也就越大，我们一定全力以赴。"

操场上，李继洲和王督导正对着众学员宣布："诸位队员，养兵千日，用兵一时。大家一路过关斩将成为集英战队的一员，如今终于要第一次独立承担任务了，相信各位都很期待。现在，我就代表大帅向大家布置集英战队的第一次任务。日本特高课的一名高级间谍将于近日抵达龙城，他随身携带一份机密文件，是坤河三省的日本特务名单，诸位的任务就是不惜一切代价，获取这份文件。这次的任务，要力求谨慎隐蔽，不可打草惊蛇，我们的目标是文件，不是杀人。大家都听清楚了吗？"

队员们齐声高呼："听清楚了！"

督导补充道："这是各位的第一次任务，希望大家能在任务执行中积极思考，谨慎行动，展现出真正的实力。在这次行动中，表现最为突出的队员，也将直接成为集英战队的队长。"

王副官走后，李继洲对李天翰说："上次选拔赛，我们差点就成功把项昊踢出局，都怪沈文涛，这小子竟然把自己的爹出卖了来帮项昊，还玩了一出兄弟齐心，这很不妙啊。如果他跟项昊和好，对你竞争集英战队队长的位置很不利！"

"不只沈文涛在查，我听说萧晗也在暗中查这件事。"

"又是萧晗！"李继洲压不住怒火。

"看来这个萧晗比我们想象的要能干。每次她都能破坏我们的计划，让项昊侥幸逃过，简直就是我们的眼中钉、肉中刺。不如我们就借着这次任务把这三个人都铲除掉。"

"怎么做？"李继洲问。

"执行任务的时候，极有可能发生枪战，我们安排一个枪法好的人，在角落里狙击，反正刀枪无眼，死无对证。就算找到证据，只说是误伤，也不能把我们怎样。"

李继洲嘱咐说："希望你能抓住这次机会，集英战队的竞争会越来越激烈，别再出什么差错了。"

"放心，我会用心安排的。"

操场上，集英战队十六名队员整齐列队。李继洲、欧阳飞、钱宝宝、刘天宇、谢天娇五人站在队伍前方，为集英战队队员们分析此次任务的具体情况。萧晗、沈文雨也列位旁边。

李继洲宣布："全体队员们，本次任务是截取日本间谍情报，任务难度很大，而且准备时间有限。本次行动的负责人是欧阳飞教官，萧晗教官协助配合。下面由欧阳教官具体来介绍一下这次的行动安排。"

欧阳飞站出来，介绍说："根据我方截获的秘密电文，这次日本黑龙会派出的是一个女间谍，她会在明天下午将秘密档案移交给她的上线，接头暗号是手持红白两色玫瑰，地点就在青鸟咖啡馆。接下来，我想听听你们对本次行动的分析。"

沈文涛若有所思地说："嗯，露天咖啡馆，环境开放，人员流动大，在这个时候进行情报移交，最不容易引人注目，无论是地点还是时机，都是精心挑选过的。"

杜枫说："是的，青鸟咖啡馆生意不错，每天都有很多客人，到时候一旦引发枪战，恐怕会伤及无辜啊。"

欧阳飞点头："不错，这就是他们的老奸巨猾之处，一旦动起手来，他们吃准了我们肯定会顾及无辜百姓，而且，青鸟咖啡馆也方便他们趁乱逃走。所以，这次的行动，我们只能智取，不能强攻。"

项昊建议："我们可以部署秘密绑架，在神不知鬼不觉的情况下，秘密把间谍控制住，拿到情报，并且在他们的接头人员发觉之前，迅速撤退。给他们来一个闪电战！"

沈文涛思索："智者千虑，必有一失，这种火中取栗的行动没人敢打包票，我们是不是也做一个行动失败的预案以防万一？"

欧阳飞说："很好！你们的分析都触及了关键。下面我来分配具体任务。项昊、刘璐负责干扰接头人的视听；沈文涛、萧晗教官负责女间谍情报截取；韩旭、高美仁你们在内圈待命；顾小白、李天翰、杜枫你们在外围接应；谢天娇和刘天宇全场机动应变。剩下学员则做好掩护、安全保障工作。我们力求不动枪，一旦发生混乱，负责安全保障的学员要立刻疏导群众，保护百姓安全，其他人要紧盯目标人物，必要时强行绑架。我已经跟咖啡馆的人打好招呼，今天下午大部分的工作人员都会换成我们的人，余下的学员扮成路人埋伏在周围。"

李继洲最后说："预祝集英战队首次任务旗开得胜！"

项昊对分组不满，与欧阳飞沟通，又去找沈文涛，钱宝宝最终还是拒绝交换。项昊气得直踢地面，无辜的小石子被踢出很远，滚落到一个小水坑里。

萧晗笑意盈盈地走过来："项昊，怎么了？"

项昊控制不住怒火，质问她："到底是我失忆了还是你失忆了，昨晚的事，你都不记得了？"

萧晗还是笑呵呵的："没什么，你一时情绪失控而已，每个人都会有这样情不自禁的时候，事后冷静下来想想，就会后悔之前做的事情……"

"我没有情绪失控！我对我昨晚说的每一个字负责。这不是任性和意气用事，是我经过深思熟虑之后得出的最终答案……"

萧晗打断他："别说了……"

项昊却不肯停止："有些话，你不想听也不行……"

"有什么话，等执行完任务之后再说吧。"萧晗说罢离开了。

宁静的下午，青鸟露天咖啡馆里放着优雅的音乐。

街道一头，杜枫扮成流浪画家在给假扮成路人的沈文雨画像。周杰、赵虎混在人群中看杜枫画画。街道另一头，靠近咖啡馆的地方，顾小白和李天翰装扮成黄包车车夫在等待乘客。街道中间，欧阳飞面对咖啡馆，扮作一个小商贩，坐在地上卖水果，左右观察，不时给杜枫、顾小白等人眼神暗示。

学员们一边做着手上的活，一边注意着进出客人的一举一动。

露天座位上不时有人进出。钱宝宝、萧晗、项昊、沈文涛扮成服务生穿梭在室外座位中为客人服务。谢天娇扮成工作人员一边游走一边在拉小提琴。刘天宇和两个学员化装成普通顾客在喝咖啡。高美仁和韩旭在吧台里制作咖啡。

接头人手持红白玫瑰，坐进露天咖啡馆。

韩旭已经盯住了接头人，冲着来拿咖啡的项昊使了个眼色，项昊看了看接头人，心领神会，拿着一份蛋糕向接头人走去。

接头人坐在座位上左顾右盼。

此时街道上，女间谍戴着帽子和围巾，手持红、白两色玫瑰花，手上还拿着一个手包，靠近咖啡馆。

欧阳飞朝顾小白使了个眼色。顾小白点头，拉着车殷勤地赶过去："小姐，坐车不？"

女间谍不耐烦地摆了摆手，离开了。

在露天咖啡馆的学员看到顾小白的这一举动。

沈文涛悄悄对一边的钱宝宝说："锁定目标了。"

钱宝宝连忙上前为女间谍领位:"小姐,这边请。"

接头人扫视四周,还没来得及发现手持红、白玫瑰的女间谍。此时,项昊端着一份蛋糕走到了接头人面前,刚好挡住了接头人的视线,让他看不见女间谍:"先生,你要的甜点。"

接头人没好气地说:"我没点过甜点。"

项昊赖着不走:"是吗,可璐璐告诉我是你点的啊。璐璐,这怎么回事,这位先生说他没点过甜点……"

萧晗连忙走过来,装模作样拿出点单的纸核对。两个人始终挡在接头人面前。接头人着急,刚要探出身去,谢天娇出现在接头人面前,随着接头人不停晃动,一边演奏一边挡住他的视线。

在三个人干扰接头人视线的时候,钱宝宝已经领着女间谍落座,红白玫瑰放在桌前。沈文涛端着一大杯咖啡走到女间谍身后,假装脚下一滑,咖啡全部泼到了女间谍身上。女间谍厌恶地小声尖叫起来。

"对不起,对不起……"沈文涛连忙道歉。

女间谍发火:"你怎么搞的!"

钱宝宝赶紧走过来:"实在不好意思,他也不是故意的,这样吧,我带你去员工休息室清理一下吧。"

女间谍犹豫片刻,还是拿起手包和桌子上的红白玫瑰,跟着钱宝宝离开。沈文涛跟在后面。钱宝宝带着女间谍走进休息室。沈文涛守在门外。

"这位小姐,你把外衣脱下来,我帮你擦一下吧。"

女间谍把手包放在一边,摘下帽子、围巾,解开外衣扣子。

钱宝宝趁着女间谍脱外衣的工夫,把手包递给门外的沈文涛。沈文涛打开手包,迅速翻找。

女间谍把外衣递给钱宝宝。再转身看时,手包已经放在了原位。

女间谍的衬衣和裙子上也沾上了一些咖啡。钱宝宝边拿湿巾擦拭,边说:"怎么搞的,连衬衣和裙子上都有。"

女间谍警觉地拒绝:"衬衣就不必了。"

"那怎么好意思,要不,我给你找一套干净的衣服,您先把脏衣服换下来,回头我帮您把脏衣服洗干净了,亲自给您送到府上去。"

女间谍没好气地说："我说了，不必了。"

"还是换下来吧，让我们的顾客穿着脏衣服怎么行。"说着钱宝宝伸手去扒女间谍的衣服，女间谍挣扎："你干吗？"

接头人不耐烦地左顾右盼，掏出怀表看看时间，他已经产生了一种不祥的预感。

项昊朝休息室方向略带担心地看了看。钱宝宝和女间谍推搡之间，一块手帕从女间谍身上掉落，两人同时快速弯腰去拿手帕。钱宝宝无意中看到了手帕上的几行字。

女间谍敏锐地发觉钱宝宝的视线一直停留在手帕上，于是飞快地把手绢抢到手，揣到怀里。钱宝宝抬头的时候，一管黑洞洞的枪口正对着自己的脑袋。

女间谍笑了："你们的表演不错。"

钱宝宝一惊之后快速反应过来，伸手夺枪。两人交手，纠缠在一起。门外的沈文涛一看不对，推门而入，立即用枪指着女间谍。女间谍也用枪指着钱宝宝。气氛紧张，空气中只有呼吸的声音。钱宝宝看了沈文涛一眼，趁女间谍不注意，拿高跟鞋狠狠踩了女间谍一脚，女间谍吃痛，随即卧倒，滚到了一边，又冲着沈文涛开枪。沈文涛躲闪开，女间谍夺门而出。

枪声一响，咖啡馆立刻乱了套。

沈文涛和钱宝宝追着女间谍冲到露天咖啡座，女间谍往身后钱宝宝的方向放枪。顾客们尖叫着要冲出咖啡馆。韩旭、高美仁从吧台后冲出来帮忙。潜伏在咖啡座上的众学员迅速拔枪追击女间谍，同时躲闪女间谍的射击。

顾客高喊着"快跑啊，出人命了"纷纷四处逃散。

欧阳飞给了顾小白和李天翰一个眼神，两人会意，用黄包车拦住了女间谍逃跑的方向。

接头人想混在顾客中逃脱，他向着人群开枪。项昊眼疾手快一枪击毙了接头人。所有人开始围堵女间谍。

这时，马路两头突然冲进来十几个乔装打扮的拿着枪支的日本人向学员们开枪。女间谍得到帮助，趁人不备闪进日本人队伍里。

欧阳飞发号施令："刘天宇，你带人去左边！谢天娇，右边！"

刘天宇带着周杰、赵虎和几个学员回击左边的日本人。杜枫把沈文雨藏在一个掩体后，自己也去迎击左边的日本人。谢天娇、顾小白、李天翰和几个学员和右边的日本人火拼。李天翰则装模作样背靠着墙根，以防御为主，打得非常消极。

日本人火力强大，一时占了上风，四五个日本人冲向了咖啡座附近，瞄准附近的学员射击。

咖啡座上，钱宝宝拉着萧晗躲在一个掩体后面。项昊、韩旭站在咖啡座中间，沈文涛、高美仁在稍外围，同时与日本人火拼。

一个日本人瞄准吧台边正在射击的韩旭，高美仁站在不远处，随手扔了一把椅子过去，日本人躲闪，韩旭趁机转移到安全地带。

项昊一个闪身，躲开射来的子弹，开枪打倒了一个日本人。

沈文雨躲在掩体后，手上还握着杜枫给她画的画，突然打来一颗子弹，在画上打了一个大洞。沈文雨十分愤怒，正好一个日本人经过，沈文雨从背后偷袭，绊倒日本人，又抢起手边的椅子，接连几下敲晕了日本人，紧接着后怕地在掩体后躲好。

一个女子还没逃出去，吓得抱头乱跑，眼看着要冲进危险区域内，钱宝宝不顾一切地冲出掩体，冲出去推开了她。

萧晗大喊："危险！"

日本人正举枪瞄准钱宝宝，项昊听见萧晗的喊声，回头一看，想要开枪阻止，却发现枪里已经没有子弹。项昊飞身扑了上去，一脚踢飞日本人手里的枪，和日本人肉搏，日本人用匕首划伤了项昊胳膊后逃脱。

"你的手……"钱宝宝心疼地问。

项昊安慰她："没事！你带着她快躲好！"钱宝宝拉着女子往掩体方向移动。

项昊说完扭身继续去追日本人，半路上被日本人攻击，又和对方纠缠起来。

这时，刚才的日本人躲在暗处想要偷袭项昊，他的枪口已经瞄准了项昊。萧晗站在掩体后看得一清二楚，不假思索地上前一下子扑倒项昊。项昊还没反应过来，只听"砰"的一声，殷红的鲜血顺着萧晗的胸口滴到了地上。

项昊轻轻地叫一声"萧晗！"连忙把萧晗抱住，退到掩体后。萧晗胸口中枪，已经奄奄一息。

萧晗虚弱地躺在项昊怀里："当年，是你救了我一命，今天，我终于也救过你了……"说完晕了过去。

项昊大喊："快来人！"

钱宝宝和沈文雨也围上前去，钱宝宝看到萧晗的样子，泪如泉涌。

街道上，日本人死伤大半，学员也有近一半挂彩受伤，日本人看到女间谍成功逃脱，也仓皇逃走。

欧阳飞立刻冲到咖啡座，一脚飞踹，踢倒了准备逃脱的日本人，日本人反抗，和欧阳飞搏斗。

欧阳飞抓住了日本人，就在这时候，一声枪响，日本人头部中弹，瞪大眼睛倒下，在日本人视线所及之处，李天翰收起了枪。

医院走廊，大家在门口焦急地等待着。手术室的灯灭了，苏锐走了出来。

钱宝宝冲过去："苏教官，怎么样？"

"手术还算成功，子弹已经取出来了，不过，总体情况不容乐观，子弹擦过肺叶，虽然没有损伤心肌及包膜，但她失血过多，能不能挺过来保住性命还不好说。作为医生，我们已经尽力了。接下来就看她自己的了。"

病床上，萧晗昏迷不醒，面白如纸，气若游丝。

钱宝宝焦急地问："那我们能为她做些什么呢？"

"多给她讲讲以前熟悉的事，多刺激刺激她的大脑，也许会有奇迹。"

钱宝宝点头。

项昊走到萧晗床边，看着病床上奄奄一息的萧晗，又心疼地看着掉眼泪的钱宝宝。欧阳飞死死拉住项昊的胳膊，一言不发地把项昊拉了出去。

医院走廊尽头，欧阳飞质问项昊："你爱她吗？如果她醒过来，你会好好爱她吗？"

项昊不说话。欧阳飞一拳打在项昊脸上。

"她因为你躺在床上，生死未卜，昏迷不醒。她那么爱你，甚至肯为你死，而你却根本不爱她，你从来没有好好对过她！你甚至都不曾好好跟她说过一句话！"

项昊只是说："是我对不起她。"

"她是你名正言顺的未婚妻，她爱了你十几年，不远万里跑来找你，甚至为你挡子弹，你却在这里跟我说对不起！"

"欧阳教官，我求你，千万不要把这件事说出去。这一切都是我的错，与钱宝宝无关。”

"你心心念念都是那个冒充的女人,你对得起萧晗吗?！如果她有什么事,我绝不会放过你,还有那个钱宝宝！"

欧阳飞接着狠狠地对项昊打了几拳。项昊站在欧阳飞面前:"你打吧,萧晗是因为我才受伤的,就算你打死我,我也毫无怨言。"

听项昊这么说,欧阳飞倒是稍微冷静下来:"我不会打死你,我要留着你的命,让你带着你的忏悔,对萧晗负一辈子的责！"

项昊愣愣地看着欧阳飞走远,嘴角的血迹都不擦一下。钱宝宝从病房里出来,看着他脸上的伤,想帮他擦一下,可是抬起的手又放下了。她抿了一下嘴唇,指指萧晗的病房:"好好照顾她,她再也不能没有你了……"

钱宝宝说罢离开,沈文涛也追了出去。

项昊看看钱宝宝的背影,又看看昏迷的萧晗,痛苦地闭了闭眼,长长地叹息。

校场上,队员集合。

看着眼前不同程度负伤的学员,李继洲和王副官都沉着一张脸。

李继洲大发雷霆:"看看你们的样子！这就是最精英的队伍?还吹什么堂堂的集英战队,还好意思说自己是精英中的精英,万里挑一的人才！第一次任务就如此失败！队员里有三人重伤,七人不同程度的轻伤,刘璐教秘生死未卜,还连累了几个无辜老百姓。你们对得起大帅吗?对得起养育你们的父母吗?对得起你们保家卫国的使命吗?一群废物！都说说这次任务的执行情况。"

沈文涛分析说:"这个狡猾的间谍警觉性非常高,还安排了强大的火力接应,是我们判断得太简单了。"

李继洲继续生气:"一个个就知道年少气盛,和强敌一过招,知道自己的浅薄了吧?这次任务真是赔了夫人又折兵,丢人丢到家了！"

欧阳飞也说:"这次我们的确要好好总结,尤其是我们的预案准备不充分,一旦情况有变,我们自己就乱了阵脚。以后一定不能如此鲁莽了,任务失败了,我们都很遗憾。"

钱宝宝为大家开脱:"但这次任务也不是一无所获。我和沈文涛在搜查时看到了间谍贴身所藏的特务名单。我凭记忆记下了几个特务代号,请您过目。"

沈文涛递上一张纸条。

李天翰警觉地抬头看了看沈文涛。

李继洲看了眼名单，顺手就把名单递给了王副官。王副官仔细地看起名单来，名单中有几个代号，其中赫然有"鬼阳"的名字。

李继洲依旧愤怒："这东西你们自己看过吗？你们这些学生，太不了解间谍的工作方式了，有经验的间谍都不会用明文撰写秘密资料，一般秘密名单都会分为两个部分，第一部分是秘密名单，用代号记录，第二部分则是他们的联络方式。如果只拿到代号写成的名单，那就必须结合其联络方式，才能对全部名单进行逻辑分析，就是说，拿到全部名单才有可能找到他们中的某一些人。现在你们得到的只是这几个代号，这能算什么收获？"

王副官打圆场："李校长，我看算了吧，都是新人，更何况这是他们的第一次任务，有疏漏也是人之常情，下次吸取教训就好了。"

"新人？哪个敌人会原谅你们是新人？子弹一看你们是第一次正式执行任务就会网开一面，不要你们的命吗？你们太让我失望了，非常失望！"

学员们一脸惭愧。

军校大楼的走廊里，李继洲正要走回校长室，谢天娇追了上来。她神情紧张地问："校长，昨天和今天一早您去过机要室吗？"

李继洲有点惊讶："怎么了？"

"我刚才去查看了机要室，但我发现发报机被动过了，耳机摆放的位置也不对。我昨天不在学校，今天一早就发现了问题。机要室的钥匙只有我跟您有，谨慎起见，我必须来跟您确认一下。"

李继洲愣了片刻，马上反应过来，笑了笑："谢主任，你做得很好，你通过突击检查了，我昨天确实去过机要室，也动过发报机，目的就是看看你对机要室管理是否细心负责。看来你的工作做得很扎实啊。"

谢天娇松了一口气："原来如此，吓了我一跳，我还生怕出什么纰漏呢。谢谢校长的肯定，那没事了，我去忙了。"

李继洲点头，谢天娇离去。李继洲看着谢天娇离去的背影，脸上的笑容不见了，他站在校长室门口，面色沉重，双眉紧锁，半晌才掏出钥匙打开校长室的门。

第二十六章　做出妥协

操场边，大家都愁眉紧锁，议论着青鸟咖啡馆任务的事。

高美仁很难过："直到出发前，我还以为咱们计划的已经是天衣无缝了，真没想到，一出手就落了个一败涂地，实在窝火！"

韩旭说："可我总觉得，这次的失败，除了我们考虑不周之外，肯定还有别的问题。"

杜枫也说："我也隐约有这个感觉。按常理说，这样的特务接头，如此秘密的行动，应该就是单线联系，这才能保证双方的安全，如果要大动干戈地乱打一通，又何必安排这么隐秘的接头环节，这不是多此一举吗？"

顾小白说："嗯，后来增援的那些人，如果是事先安排好的，肯定不会等我们跟间谍引发枪战了才现身，看他们的样子，倒像是匆匆赶来增援。"

杜枫思索着："出现这样的情况，很有可能是日本人提前接到消息，赶来救援。"

"你的意思是，我们中间有内鬼？"顾小白有点不敢相信。

杜枫点头："似乎也没有别的解释。不过，这个叛徒倒不一定在集英战队，大帅府从截获电文到秘密把这件任务布置给集英战队，这期间的任何一个环节、任何一个接触到电文内容的人，都有可能泄密。"

高美仁说："看来，日本人远比我们想象的要狡猾。"

杜枫说："我们的队伍也比我们想象的要复杂，将来我们可得戴上放大镜好好看人，否则必定贻害无穷。"

校长室里，李继洲坐在桌子后面，桌子上放着一把钥匙。他听到敲门声，说了句："进！"

李天翰进门："爹，你找我？"

李继洲神情凝重地看着儿子："天翰，锁好门，过来坐下。我们父子俩很久没有好好谈谈了，爹有些事情要问你。"

李天翰觉得有些奇怪，依旧保持冷静："怎么了？"

李天翰一边说着，一边走到李继洲面前坐下。

李继洲很严肃："我问你，你去机要室做什么？"

李天翰眼里闪过一丝恐惧，马上扯谎："机要室？我没去过啊。"

"咱们父子俩还要兜圈子吗？我明说吧，天翰，你昨天去机要室用发报机做了什么？"

李天翰依旧冷静，不肯承认："爹，你听谁说的？"

李继洲拍了一下桌子，厉声道："我需要听人说吗？机要室的钥匙只有我和谢天娇有，谢天娇昨天一天不在，我平时随身携带钥匙，只有午休的时候才会摘下钥匙躺一会儿。但是昨天恰好你在午休时来我屋里看报纸，我还记得我醒来的时候你还在看报，说明这中间不可能有人进来拿走钥匙，不是你趁机拿了我的钥匙偷进了机要室，还能是谁？"

李天翰沉默不语，双手轻扣在一起，一只手的大拇指轻轻搓着另一只手的手心。

"你就承认吧，天翰，我是你亲爹，我最了解你，你从小一干坏事就搓手心。所以你做了些什么，根本逃不过我的眼睛。说吧，你用发报机都干了些什么？"

李天翰盯着李继洲的眼睛，说："爹，你是了解我，但我已经长大了。是我进了机要室，也是我用了发报机，给日本黑龙会传送了消息。"

"你说什么？"李继洲惊呆了。

"就是我把集英战队的行动透露给了日本人，让他们派兵围攻青鸟咖啡馆，所以，这次任务才会一败涂地。"

李继洲愣了半晌："你，你这是为什么？"

李天翰说："我在履行我的使命，为我们父子俩找一条康庄大道。爹，咱们这坤河三省以前尽是大鼻子的俄国人耀武扬威。1904年一场仗下来，大鼻子俄国人让矮个子日本人打得屁滚尿流，现在日本人已经在坤河三省羽翼丰满了，到处都是他们的人，日本驻军也实力强大。大帅虽然人多势众，但一旦打起来，我看他一定不是日本人的对手。"

李继洲愤怒地看着李天翰："你这是什么意思？"

"爹，你喜欢开门见山，那我也跟你开门见山。我现在名义上是军校的学生，但实际上我是在替日本人做事，我挣的是东洋钱。日本人也很器重我，当然，他们更希望您能和我一起给他们做事，现在几张银票是蝇头小利，将来，一旦坤河三省乃至全中国一变天，咱们父子俩也能一人弄一个大帅当当。我做的，是笔大买卖！"

李继洲气得发抖："为了钱你竟然当了卖国贼？你这么做对得起列祖列宗吗？"

"爹，识时务者为俊杰，现在都什么时候了，日本人要是真打过来，别说什么对得起对不起的，他们一生气，连咱们的祖坟都未必保得住。所以，您还是好好想想吧。"

李继洲态度坚决："大帅对我不薄，投靠日本人，我于情于理都问心有愧啊！"

"量小非君子，无毒不丈夫，大帅是对您还不错，但是伴君如伴虎，万一他哪天看您不顺眼，还不是一脚踢开？您现在一个军校的校长兼师长，文不文，武不武的，手里要兵权也没多少兵权，要财权也没多少财权，根基浅薄，有什么前途？"

"你到了日本人那里，就有好果子吃吗？"李继洲吼道。

"日本人那边可就不一样了，坤河三省，日本人人生地不熟，一旦占领了，还不得找本地人来管着，到时候我们就会成为他们的最佳人选。爹，咱们这只是借了日本人的云梯，一脚把大帅踹下来，取而代之而已。"

李继洲急切地劝说："天翰，日本人也不可信哪。"

"日本人是不可信，不过大帅也未必就可信哪，您看看左边一个项邵达，右边一个沈国舜，什么时候轮到您发号施令？爹，我还是那句话，您得跟我一起干，这才是条正经出路！"

虽然李继洲态度稍微柔和一些，但依然摇头："兹事体大，我得好好想想！"

"恐怕您已经没时间好好想想了。我去给日本人通风报信的事，一旦泄露出去，我就是掉脑袋的死罪，而您，一个堂堂龙城军校校长，儿子跟日本人勾结，您能撇得干净吗？"

李继洲不敢相信儿子竟然威胁自己："天翰，你！"

李天翰语气傲慢："事到如今，您愿意不愿意都没得选了，这事已经是火烧眉毛了，您只怕做也得做，不做也得做了。"

李继洲不敢相信地看着儿子，痛苦地喘着粗气。

李天翰最后露出一点笑容："爹，只要咱们父子联手，坤河三省的天迟早得姓李！"

李继洲痛苦地闭眼："好吧，是福不是祸，是祸躲不过啊……"

当日，李天翰就带着李继洲去见了日本军官山本。

小酒馆包厢内，李家父子正对面坐着一个小个子的日本军官。

李天翰主动介绍："爹，这位是山本荒夫先生，是大日本帝国驻龙城的全权代表，山本先生，这是……"

山本笑着说："不用介绍，李继洲，龙城军校的校长，大帅身边的重臣，德高望重，您能赏光来跟我喝一杯酒，我很是荣幸啊。"

李继洲很冷淡："山本先生的汉语说得真流利啊。"

李天翰解释说："山本先生是个汉学家，尤其喜欢中国书法和绘画。"

山本给李继洲倒酒："山本学识浅薄，哪敢在李先生面前班门弄斧，不过我可从来没当自己是个外国人啊，也许不久的将来大家都是一国人了，今天我们不就已经是一家人了吗？"

李继洲并不去拿酒杯，脸色很难看："天翰今天才告诉我。"

"李先生，天翰是个好苗子，看得远啊，亚洲的未来一定是共荣共治，大日本帝国如日东升，未来坤河三省一定也会照耀在天皇的荣光下，所以李先生，今天咱们能一起喝酒实在是您战略决策的胜利啊。"

李天翰说："山本先生，我们中国人也都很实际，什么共荣共治、升官掌权都是以后的事。今天我只关心，上次您说的银票是不是都准备好了？"

"当然，当然，这次任务进行得很顺利，我们日本人说到做到，只要我们精诚合作，一切都好说。"

山本说着，拿出了一叠银票，摆在了李天翰面前。

李天翰一边收起银票一边说："这次没能让秘密名单落到大帅手上，我可是煞费苦心上了双保险的。这第一道保险，提前把集英战队的任务通报给你们，让你们派出人手增援，防止名单丢失。这第二道保险，我还在教员内部安排了内应，即使他们拿到了完整名单，也会在第一时间交到我的手里，让他们竹篮打水一场空。"

"天翰，你真不愧是少年英雄，智勇双全啊！"

李继洲颇为不满："为了你们日本人，让天翰做出这么大的牺牲，实在太冒险了。"

山本说："李先生，不是为了我们，是为了我们一家人！天翰没告诉您，那名单上排名第一的'鬼阳'就是他自己吗？他可是大日本帝国在东北最重要的开路先锋啊，我们怎么舍得让他冒险呢？"

李继洲愕然，问李天翰："什么？你，你也在名单上？"

李天翰说："爹，座位排第一，银票也排第一，将来的权力也排第一，何乐而不为呢？"

山本举起酒杯："天翰说得对，来来来，喝酒，喝酒。"

李继洲还没回过神来，李天翰已经把李继洲面前的酒杯塞到他手里，用眼神示意他跟山本干杯。

三只酒杯碰在一起。

走出酒馆，李继洲沉着脸，忧心忡忡。

"天翰，你这样玩火，迟早有一天会引火烧身、玩火自焚哪！"

李天翰倒很冷静："爹，您多虑了，只有不会玩火的人，才会玩火自焚。"

李天翰把李继洲送上车："爹，您先回去，我还有话要跟山本先生接着聊聊。"

李天翰重新走回包房。山本已经开始用日语说话了："藤冈君，就咱们两个，还是说日语吧，现在你的中国话是不是快比日语还熟练了。"

李天翰摇头："还是说汉语吧，虽然我永远是个日本人，但至少现在，我还不能放松警惕。要想搞懂中国人征服中国人，就最好先把自己变成中国人。"

"你的敬业精神，实在让人敬佩啊！这次策反李继洲，你可真是为帝国立了一大功啊，我敬你。"

李天翰并不满足："区区小功，不值一提，策反我身边的中国人不正是我潜伏的任务吗，我在中国待了十五年，可时刻不敢忘记帝国交给我的使命啊。"

山本给李天翰倒酒："你不只是个好战士，你还是个好演员，我看得出来，这个李继洲的确是拿你当亲生儿子一样看待，否则的话，这个老顽固不会轻易同意跟我们日本人合作。"

"只可惜，他的亲生儿子八岁就被我亲手杀掉了。十年前，李继洲送李天翰去法国留学，没想到三年后迎回的儿子，却是亲生杀死他儿子的杀人凶手。这真是一个天大的玩笑。"

山本举起酒杯："藤冈君，我们大日本帝国在坤河三省派出的成百上千的间谍里，你藤冈君应该是其中最为成功的了，来，我再敬你。"

李天翰和山本碰杯："身负国恩，为国尽忠，干！"

喝了一杯酒，山本似乎有些担心："我想知道，假如有一天，你这个中国假父亲知道了事情的真相，你会怎么办？"

李天翰面无表情："那一天就是他的死期。"

医院病房，房门敞开着，项昊正一边拿着一块毛巾给萧晗擦脸，一边看着昏迷中的萧晗倾诉着。

"你昏迷前说我曾救过你一命，可是我却记不起是什么时候了。我只知道自己连累了你两次，让你差点送命。萧晗，我不值得你这样付出，求你快点苏醒，我一定会想办法好好补偿你。"

钱宝宝提着一个包，站在门口，听到项昊的话，眼眶盈泪。她深吸一口气，进门。钱宝宝看着憔悴不堪的项昊，叹了口气："苏医生说熟悉的事物可以帮助萧晗苏醒，所以我带了一些她以前的东西来，看看能不能有什么帮助。欠萧晗的不止你一个人，让我也做一些补偿吧。"

钱宝宝从包里掏出萧晗的德文书，低声对萧晗说："你还记得吗，在火车上，你手边一直放着这本书，因为这本书里，有你朝思暮想的心上人……你五岁那年，项昊救了你一命，从那天起你就爱上了他；六岁那年，在你的要求下，你爹和项伯父做主，给你和项昊订了娃娃亲；十岁那年，你爹为了发展生意，全家迁居德国，你哭了三天三夜，在梦里被你爹娘抱上了火车……"

此时，萧晗的眼皮轻轻动了一下。

钱宝宝欣喜地尖叫："她的眼睛动了！"

欧阳飞提着一个保温壶站在病房门口，看着钱宝宝努力照顾萧晗的样子，神情纠结。他拉住沈文涛，示意他到一边说话。

"你是什么时候发现萧教官是冒名顶替的？"医院里僻静的地方，欧阳飞问。

沈文涛叹气："她刚来不久我就知道了。"

"沈文涛，你一直是军校中的优等生，几乎从不触犯校规。你不知道冒充军校教官是死罪，包庇也是重罪？"

"我很清楚后果是什么。"

"那你为什么知而不报？你的冷静、你的正直都去哪儿了？"欧阳飞厉声问。

沈文涛反问欧阳飞："欧阳教官，在你眼里，钱宝宝是个什么样的人？江湖骗子？罪大恶极？穷凶极恶？您不是知道了她的真实身份之后，也没有选择立即去揭穿吗？这个世界上除了法理之外还有一种叫作情理的东西。钱宝宝是个好人，冒用身份只是情急之下的阴差阳错，她不该付出生命作为代价。"

欧阳飞很生气："国有国法，军队更是一个严法之地。错了就是错了，错了就必须付出代价。何况她的错误，害了一个无辜的女孩。沈文涛，别跟我说你包庇她没有私心。"

沈文涛恳求道："是，我承认，我是喜欢她。所以我不能眼睁睁看着她去死。如果她出事，我会跟她一起受罚。"

"你是我最看好的学生，你将来是要建功立业、成就大事的。何苦为了一个江湖女子……"

沈文涛打断欧阳飞："欧阳教官，我知道你喜欢萧晗，所以你应该明白我的感受！"

欧阳飞无奈地叹气，转身欲走。

沈文涛追问道："你会揭发她吗？"

"我还是那句话，错了就必须付出代价。但这个代价是否需要用生命来交换，不是我能决定的。"欧阳飞边走边说。

沈文涛又问了一句："你是不是不会揭发她了？"

欧阳飞转身，说："不过，我不会放过任何伤害萧晗的人，不论是谁。"

欧阳飞说罢离开，沈文涛有些摸不透欧阳飞的心思。

第二天夜里，项邵达带着人来到了医院病房。他狠狠地瞪了一眼钱宝宝，伸手就给了项昊一个巴掌，项昊被打得脚下一个趔趄。

项昊和钱宝宝被带到了项家大厅，双双跪在项邵达面前。

项邵达脸色铁青地审问两人。

"要不是欧阳飞告诉我实情，我这横刀立马的行伍之人，还不知道要被你们两个家伙戏弄到什么时候，你们实在目中无人，胆大包天！"

项昊忙说："爹，一切责任都在我，你要打要骂，尽管冲我来。"

"你个逆子，要不是这个狐狸精勾引你，你会那么糊涂，放弃大好前程，心甘情愿跟着这个贱人一起扯这个弥天大谎吗？"项邵达气得发抖，"现在坤河三省的形势势如累卵，项家已经被置于炭火之上，我们急需萧家势力，你瞧瞧你自己干的好事吧，你把萧晗弄成了这个样子，这要让萧家人知道了，还联个屁的姻，他们恨不得活剥了你！我告诉你，我们项家现在唯一的出路，就是揭穿这个假货，把她送上军事法庭，以此向萧家谢罪，这事也许还有回旋余地！"

项昊态度坚定："不行，我绝不答应这样做！"

"这由不得你。何副官，你现在立即把这个假货押送到监狱，揭穿她的真面目！"

何副官答应一声，起身欲拉钱宝宝。项昊死死地拦在何副官面前。

"爹，你不能去！"

"我没有你这样的儿子，你给我滚开！"

项邵达亲自上前去拉钱宝宝。

项昊吼着："谁敢动她一根手指头！"

"你为了一个江湖骗子，竟连自己的命都不要了！"项邵达愤怒至极，拔枪对准项昊。

父子俩僵持不下。

项昊高抬着下巴："好啊，你打死我。打死我我就不用当你政治联姻的工具了！"

"你以为我不敢吗？"项邵达拉开了枪的保险。

钱宝宝惊恐地看着两人。

"畜生，给我让开！"

项昊拦在钱宝宝面前："想要伤害她，除非你先毙了我！"

项邵达扣动扳机。"砰"的一声枪响，子弹擦过项昊手臂，项昊身体扭到一边。

钱宝宝惊呼："项昊！"

项邵达放下枪，开枪的手也在微微颤动。

钱宝宝泪如泉涌，站起来："我跟你们走！"

项昊拉住钱宝宝，对着周围的人大喊："谁敢动她！"

项邵达气恼得很，对何副官说："何副官，把这个逆子连同那个骗子一起，先给我关到杂物间！"

何副官不忍地说："参谋长，少爷受伤了……"

"执行命令！"

"是！"何副官只好执行命令。

何副官带着两名士兵把钱宝宝和项昊押到柴房，掏出一卷纱布和一瓶药水放在一边地上："子弹只是擦过，参谋长还是手下留情的。帮他处理一下伤口，时间长了，伤口容易感染。"

何副官说罢和士兵离去，并将杂物室锁上。

满身疲惫的项昊看着满脸是泪的钱宝宝，上前牢牢抱住。

钱宝宝用纱布给项昊包扎伤口。

项昊强忍疼痛："轻点，你以前也这样给伤员包扎？"

"我以前在马戏团，团里的狮子狗熊受伤，都是我亲手包扎的。"

项昊愣愣地看着钱宝宝，随即反应过来："好哇，你拿我当狗熊哪！"

钱宝宝也含泪露出一丝笑容。

项昊突然收住笑容："真希望时间能在这一刻停住，天永远也别亮。"

"项昊，如果人真有来生，我想要一辈子跟你在一起，一辈子相依相守，一辈子不离不弃。"

"为什么要来生，为什么今生不可以？"

钱宝宝看着项昊的脸，一直流泪："项昊，我爱你，我爱你超越世间一切感情。如果我们之间没有那么多的阻隔束缚，我会一直牢牢抓住你，就算天塌下来也不会放手。"

"我爹气我罚我，可以给我一枪，萧晗恨我怨我，我也由她处置！但无论如何，他们永远改变不了一点，那就是：我爱你！"

钱宝宝很感动："我的存在对你一点好处都没有，你这又是何苦呢？你知道吗，我宁愿去军事法庭，宁愿被处死，也不想看到你受到任何伤害。"

项昊双手捧起钱宝宝的脸蛋："傻瓜！你不会有事的，相信我。我项昊和你钱宝宝，我们的心早已合二为一，无论发生什么，你都要记得我爱你，只爱你。"

钱宝宝已经哭成泪人："项昊，这辈子有你对我这么好，我还怕死吗？死又算得了什么。就算我成了一堆枯骨，化成一缕烟尘，我也不会停止爱你。"

项昊抱紧钱宝宝："我不会让你死的，一定不会！"

第二天清晨，何副官打开杂物室大门。项邵达面色铁青地站在何副官身后。

"把他们给我押出来！

两个士兵上前押人。

项昊一副下定决心般的表情，挣扎着站起来，拦在钱宝宝身前："慢着，我有话要跟你说！"

项家客厅，项昊正站在项邵达面前。

"我想跟你谈个交易。"

项邵达轻蔑地看着项昊："你有什么资格跟我谈交易？"

"就凭我的终身幸福能帮你渡过难关，稳固地位。"

项邵达眉头紧锁："说说你的条件！"

"我答应你，我会跟萧晗成亲，帮你完成萧家和项家的联姻。但你必须帮我暂时保守钱宝宝的秘密，而且要设法确保她的安全。"

项邵达冷笑："没想到，你竟然被那个女人迷得如此神魂颠倒，竟然为了保护她的安危，做出这样的牺牲。"

"你没有资格跟我谈论感情。现在的这个交易结果，对你来说是最划算的。这买卖对你来说，只有赚没有赔，希望你好好考虑考虑！"

项邵达沉吟片刻："好，我答应你。"

在医院里，得知项昊和钱宝宝被带走后，沈文涛赶到了项昊家里，两父子达成协议的时候，沈文涛进门，有些不解地看着项邵达和项昊剑拔弩张的样子。

项昊命令般地对沈文涛说："沈文涛，把钱宝宝带走，记得，千万要保护好她的安全！"

"什么意思，那你呢？"沈文涛问。

项邵达替项昊回答："项昊要完成他该完成的事，他要跟萧晗成亲，不能再跟那个假货扯上半点关系！"

沈文涛顿时猜到了大概，质问道："你用跟萧晗的婚事换取钱宝宝的平安？"

项昊不忍地说："请你不要告诉她真相，我怕她难过。"

"她迟早会知道！你以为你瞒着她，她就不会难过了吗？"

项昊情绪失控："我顾不得那么多！我别无选择！"

钱宝宝和沈文涛走在回军校的小路上。

沈文涛打着掩护："项昊和他爹还有些话要说，所以叫我先送你回去。"

"项参谋长原本说要把我押去军事监狱，不知道项昊跟他说了些什么，他竟然能同意放我走。"

沈文涛试图安慰："项老爷子虽然狠，但毕竟是项昊的亲爹。项昊那个脾气你知道，他真的一犟起来，估计他爹也拿他没办法。"

"为了我，让他们父子俩的关系闹成这样……"

"别瞎想了，亲父子哪会真有什么深仇大恨，等他们俩气都消了，把话说开了，就没事了。"

钱宝宝点点头："但愿如此。"

医院病房内，欧阳飞正悉心照看萧晗，一勺一勺地喂萧晗吃药，还一边喃喃地对萧晗说："萧晗，别再睡了好吗。该做的事情我已经都替你做完了，只要你醒来，就会有很多美好的事情发生，你一直期待的愿望都会实现……快醒来吧……"

萧晗竟然皱了一下眉头，接着睁开了眼睛。

欧阳飞见状，立刻转身飞奔出去："苏医生！"

片刻之后，欧阳飞带着苏锐和薛少琪进门。

苏锐迅速观察了一下萧晗的状况，并与一边的薛少琪看着这几天的数据记录，小声讨论着。

萧晗环视四周："项昊呢？"

欧阳飞心酸地笑笑："哦，项昊这几天都一直在照顾你，只是昨晚临时有些事被项参谋长叫回家去了。"

苏锐笑着说："欧阳教官，刘助教已经正式脱离危险了。接下来，只需再继续留医院观察几天，等情况稳定一些，就可以出院休养去了。"

得知消息，项邵达来到了医院："我是项邵达，你项伯伯，还记得吗？"

萧晗流下了眼泪："项伯伯……"

"孩子，事情的来龙去脉我都知道了，你受委屈了。"

萧晗不语，默默流泪。

"是我们项家对不起你啊。你为了顾及昊儿和项家的颜面，一直忍辱负重熬到今天，实在太委屈你了，不过，这也恰好证明了我项家没有挑错儿媳！既然现在我已经知道了实情，你放心，这个恶人就由我来当，我会亲自为你讨回公道的。"

萧晗回头看项昊，注意到项昊手上的伤："项昊，你的手？"

项邵达忙说："项昊实在太胡闹，我已经好好教训过他了！而且，他已经亲口答应要跟你马上举办婚礼了。"

萧晗似乎有些不敢相信："真的？"

项昊低头绷着脸，避开萧晗的目光。

"放心，就算豁出这条老命，我也要维护你，维护我们项萧两家那么多年的交情！你现在要做的就是好好养病。等你稍微恢复一点了，我先给你们办一个小型的婚礼。等你们成亲之后，我把婚书和你们结婚的相片寄给你在德国的父母，好让他们也高兴一下。这边礼成之后，我会亲自送你们去德国，按照德国的礼数再为你们大办一次婚礼。那个冒牌货的事，你也别担心，我向你保证，一个月内一定会解决这件事，还你身份。"

萧晗点点头："有项伯伯出面我就放心了，那一切就按项伯伯的意思办。"

项邵达对项昊说："军校那边，何副官已经替你请假去了，从今天开始，除了重大任务，其余的日常训练你一概不用参加，直到你和萧晗完婚为止。另外，何副官每天都会送你来医院看萧晗，你给我打起精神，好好陪陪她，把你之前欠她的，给我全部补上！"

走廊尽头，沈文涛遥看钱宝宝的状态，心疼不已。她对身边的欧阳飞说："欧阳教官，萧晗的事是你告诉项参谋长的吗？"

欧阳飞看了眼沈文涛，不语。

沈文涛有些激动："为什么这么做？"

"为什么？因为项昊，萧晗几乎两次送掉性命，她伤透了心，你还问我为什么？"

沈文涛非常无奈："他们三个人阴差阳错，都是命运弄人，不是钱宝宝的错。"

"那这是萧晗的错吗？她更无辜！她凭什么还要再承受那么多！"

沈文涛也急了："就没有别的办法了吗？现在的这个结果，对她来说，或许比死更痛苦。"

"我只是用我自己的方式，避免萧晗再受伤害。其他的事，请恕我无能为力。"

项邵达的车正行驶在龙城街道上。

何副官坐在车前座，项昊和项邵达坐在车后座。

"参谋长，少爷请假的事，刚才我已经亲自跟李校长说过了，他已经同意了。"

项邵达吩咐何副官："刚刚我已经跟萧晗约定好了成亲的事，你先去做些准备。等过几天，萧晗身体情况稍微好些的时候，就立刻举办婚礼。"

何副官略带迟疑："萧小姐大病初愈，这么着急举办婚礼，是不是太着急了点？"

"是急了点。可我担心夜长梦多，事情又生变数。况且，就算我能等，眼下龙城的大局势却等不得，沈国舜那帮人虎视眈眈的也容不得我们再等。等婚礼举行完毕，你就立刻把婚书寄到德国，萧家人一看到婚书，自然就会调集他们的资金来支持我们。"

坐在一边的项昊一声不吭，嘴角露出了一丝轻蔑的笑容。

项邵达继续说："这年头，光靠权不行，光靠枪也不行，一定得有钱，有了钱，政局财局都能玩得开。萧家有钱，这门亲事，对我们项家来说，就是寻了一棵枝繁叶茂的大树做靠山啊。"

项昊厌烦地把头扭向窗外。

办公室，李继洲、李天翰正在聊天。

"刚才何副官来过了，说项家有些私事耽搁，要让项昊请假几天。"

"当初，项邵达费了老大的劲儿把项昊硬拖回来参加集英战队选拔赛，现如今，到了最重要的队长选拔阶段，他却突然要给项昊请假。到底是什么样的私事，竟比集英战队队长选拔更加重要？"

"还有一个消息：昨天夜里项邵达突然把项昊还有萧教官都叫回自家府上，直到今天两人才陆续回来。"

"这就对上了，他们项、萧两家可是有婚约的。对项邵达这个走下坡路的老军头儿来说，如果眼下真有什么事情比他儿子选拔队长更加重要，恐怕也只有萧、项两家的联姻了吧。"

"没错，今天请假看来就是为了完婚。只要萧家愿意帮助项家，项家又可以在龙城只手遮天了。"

萧晗坐在轮椅上，项昊推着萧晗在花园散步，何副官远远地站在一边监视。

萧晗的气色已经明显好了很多。

项昊淡淡地说："你看上去好多了。"

"多亏了苏医生他们的悉心照顾。当然，治愈我的还有你的承诺。"

项昊心里难过，说不出话，继续推着她往前走。

萧晗似乎很高兴："自从知道你的决定，我眼前的世界，又有了色彩。这就应了我们心理学常说的一句话：是一个人的眼睛，而不是他眼前的景色，决定他生活的色彩。一个人的心情的确是能决定她所看到的世界的样子。"

"我不懂你那些大道理，不过你能高兴起来总是好的。"

萧晗略带撒娇的口吻："可我还有个小小的不满。西方人讲究求婚，要热热闹闹办个仪式询问女方的心意，你倒好，这么重要的决定，却是你爹告诉我的，你这也太省事、太不浪漫了。"

"结果不都一样吗？"

萧晗转头很认真地看着项昊："结果是一样的，但诚意可不一样，我不在乎那些表面上的形式，但我在乎你的真心，我要你看着我的眼睛，清清楚楚地亲口再对我说一次。"

萧晗见项昊避而不答，知道项昊还是放不下钱宝宝，她心痛地双手抓紧了盖在身上的毯子。

军校走廊里，杜枫一下子蹿到沈文雨面前，抓住了她的手。

沈文雨假装要抽回手："干吗啊，吓死我了，把你的爪子拿走。"

"谁吓唬你了，我这不是和你打招呼吗，再说了，这叫爪子吗，这明显是一只指挥千军万马的领袖之手啊。"

沈文雨心情不好："放开啦，我没心情和你闹。"

"怎么了，大小姐，谁又惹你了，跟吃了火药一样。"

"说了你也不懂。"

"你没说怎么就知道我不懂呢？"

沈文雨说："咖啡馆那个任务，萧晗帮项昊挡了子弹。这下子，钱宝宝、萧晗还有项昊三个人的孽债更纠缠不清了。我看钱宝宝是在劫难逃了。"

"这事儿是挺棘手，可是，你以前不是一直把钱宝宝当成你的情敌吗，现在真是太阳打西边出来了，你还学会替她担心了？"

沈文雨支吾着："我……钱宝宝是我同事，她有了大麻烦，我抽空关心她一下不对吗？"

杜枫笑了："我来替你解释吧，省得你越描越黑，你之所以替钱宝宝担心，那是因为你已经不再把她当成情敌了！再说明白点呢，就是因为，你的心啊，早就在我身上了。"

沈文雨羞红了脸："你，你还真是伶牙俐齿、咄咄逼人！"

看着沈文雨娇羞的样子，杜枫格外得意："我不仅伶牙俐齿咄咄逼人，我的实际行动更是绝不给对手以喘息的机会，你投降吗？"

见沈文雨递给自己一条香帕，杜枫问："这什么意思？"

沈文雨嘟起嘴："举白旗啊！这都不懂！"

萧晗的病房里，项昊有一搭没一搭地陪萧晗聊天。钱宝宝跑了进来，见项昊在，把手里的樱桃拿给萧晗："给，听说你喜欢吃这个，我特意出去给你买了点。"

项昊呆呆地看着钱宝宝，多日不见，钱宝宝眼睛红肿，人瘦了一大圈。

钱宝宝把东西放在桌子上，刚要走，项邵达带人进来了。

萧晗忙礼貌地问好："项伯伯。"

项邵达亲切地看着萧晗："好多了吧？看你气色不错——何副官，给萧晗汇报一下吧！"

何副官看着钱宝宝有些为难，项邵达又给了他一个命令的眼神，他不得不开始汇报。

"萧小姐，按照您的意见，我们已经把婚礼事宜都准备妥当了。考虑到萧小姐是天主教教徒，这次婚礼的地点特地选在了龙城城郊的教堂。参谋长特别从北平请来神父主持婚礼。一切都会精益求精，保证让您满意。"

萧晗不好意思地说："谢谢，全听项伯伯的安排。"

钱宝宝一下子就听明白了。她知道项昊的目光都集中在她的身上，她没敢看向他，只是低头说，"你们忙，我先出去了！"

项邵达却叫住她："等一下。"

钱宝宝站住，项昊连忙警觉起来。

"项昊，怎么还不说话？还不快拿出来，难道还让我亲自邀请吗？你别忘了，你答应过我什么！"项邵达声音严厉。

项昊只好走过来，从何副官手里接过一个喜帖，递给钱宝宝，声音很小地说："我和萧晗结婚，请你参加！"

钱宝宝伸出手，喜帖近在眼前，却好像又有万丈的距离，她努力再努力，拼尽了全身力气，才接过来。红色的喜帖闪得她眼睛发痛。

钱宝宝不敢抬头，她知道，只要抬头她的眼泪就会流下来。钱宝宝在心里一遍遍地告诉自己：钱宝宝，坚持住，坚持住！

钱宝宝终于坚持住了，拿着喜帖，慢慢抬一点头，看向萧晗："恭喜，那，祝你们幸福！"幸福两个字刚出口，眼泪决堤一般流下来。

项昊的心都碎了。无数次他害得这个女人流泪，可这一次，他知道，他用了最残忍的方式，他知道，这个女人眼睛在流泪，心也在流泪。

因为，他的心也在哭泣。

第二十七章　代你送死

军校后山，钱宝宝抱着小狗，一言不发。萧晗坐在她旁边，说话的声音很轻缓。

"昨晚一定很难受吧，这样对你，的确太残忍了。"

钱宝宝逞强，眼睛却已经肿成了桃子一样："我还好。你跟项昊有婚约，结婚是早晚的事，我早就想到这一点了。"

"我知道你很不容易，也很辛苦，但我为项昊付出的也很多。"

钱宝宝点头："我知道，萧晗，我祝你和项昊百年好合、永结同心。"

"谢谢你的祝福，也谢谢你的放手。你答应我的事情你做到了，我没看错你，你是个好姑娘。如果有可能的话，我还希望我们俩能成为朋友。"

萧晗说完，慢慢地往回走，迎面遇到沈文涛。沈文涛和萧晗点了点头。这个时候，他真的不知道该和萧晗说些什么。

有人递过一条手帕的时候，钱宝宝知道是沈文涛。像见到亲人一样，钱宝宝再也控制不住了。

"沈文涛，为什么？尽管我已经决定把项昊还给萧晗，尽管我早就知道他们迟早会结婚。但我听到这个消息为什么还是那么难过，我知道我这样的想法很自私、很可笑，也许还有些卑劣，可我就是很难过。他跟我说我们两个人的心早已合二为一，永远不会分开。可现在，我的心痛得就像被撕走了一半一样。"

沈文涛格外心疼，终于忍不住，说："项昊不让我告诉你真相，怕你知道了更难过。可是我觉得你应该知道。"

"真相？"钱宝宝停止流泪。

沈文涛说："项昊答应他爸跟萧晗完婚的条件是让参谋长答应不再追究你的死罪。"

一瞬间钱宝宝愣住了。她就知道，她深爱的男子绝对不会轻易背弃她。但是她并不知道项昊原来是做出了这样的牺牲。

"我知道你很痛，可是项昊做出这个决定应该更痛。他这么做全都是为了你。

他是为了保护你，才违心地选择跟萧晗结婚。也正是因为他深爱着你，才会做出这样的选择……我知道你要走，我不想让你带着遗憾离开，项昊他真的很爱你。"

谢天娇走进校长室，把一封密电交给李继洲。

"校长，机要室刚刚收到的密电！"

"知道了，放在这儿吧。"

谢天娇放下密电，转身出门。李继洲拿起密电来看，密电上赫然出现"鬼阳"字样。李继洲看了一眼密电，点燃一根火柴将密电烧掉，脸上露出一丝担忧的神色。

龙城大酒店包厢内，山本问："这么着急见我，一定出了什么麻烦事吧？"

李继洲说："大帅府又截获了你们的密电，根据电文显示，特高课将派'鬼阳'明天晚上7点于松山码头与下线接头。"

李天翰感叹："大帅手下果然有高人哪，我这个'鬼阳'自己都还没接到通知，大帅却已经拿到了情报。"

李继洲说："大帅的人已经控制住了接头人，他要求集英战队派出最优秀的队员扮成接头人出现，设局诱捕'鬼阳'。"

山本赞许地说："幸好你们及时得到情报，否则我们就功亏一篑了。那现在，你们打算怎么做？"

李天翰想了一下，说："'鬼阳'当然不能出场，还请山本先生这边派出一个替死鬼。我龙城军校也会派人按照大帅说的，执行诱捕工作。到时候，还请您这边埋伏人手干掉那个学员，到时候我爹回去跟大帅复命，说任务失败就可以了。"

山本眨了一下眼睛："我有些好奇，不知道李校长到底会指派谁去执行这个必死的任务？"

李继洲想都没想，说："既然是必死的任务，又要求最优秀的集英战队队员去，那最佳人选只能是项邵达的公子项昊了。"

李天翰补充道："我们让项昊单枪匹马地去抓'鬼阳'，然后处事不周，打草惊蛇，还遭到反抗，身中数枪，最后为大帅捐躯而死，山本君，你觉得如何？"

山本点头："此举不仅能让'鬼阳'继续潜伏，伺机而动，还能拔除你们的眼中钉，实在是一举两得之计啊！"

李继洲对李天翰说："我们就告诉项昊，这次是大帅亲自指派他去的，料想他也有去无回、死无对证。"

李天翰用敬佩的目光看着李继洲："项邵达还想着项、萧联姻壮大势力，明天正好是项昊大喜的日子，这次我们就让他项家的喜酒变丧酒！"

李继洲把一张命令状交给谢天娇："你立刻去通知项昊，明天下午一点必须去执行一项重要任务。这是我亲自签署的命令状。"

"可项昊不是请假了吗？"谢天娇问。

"这次是大帅府亲自指派的任务，还指名道姓地要求项昊去执行。应该是项昊上次在集英战队决选中的杰出表现传到大帅耳朵里去了吧。明天晚上七点，日本特务老鹰会在码头密会接头人，接头人已经被大帅的人秘密控制，项昊的任务是化装为接头人，秘密诱捕老鹰。明天下午五点，会有车准时在军校门口接他。你立即去通知他。"

谢天娇有些迟疑："可是，这么重要的任务，只派项昊一个人去吗？是不是需要提前在周围埋伏一些队员以防不测。"

"不用了，上次他们大张旗鼓的不就已经打草惊蛇了吗，弄得那么难堪地收场，所以这次不能有帮手，就他一个人去执行任务。"

谢天娇继续分析说："既然上次已经打草惊蛇，日本人肯定会提高警惕，这次任务的危险系数非常高，还请李校长慎重考虑！"

李继洲提高了音量："正是因为危险系数非常高，所以要派最出色的学员去！谢主任，什么时候轮到你质疑我了？赶快去通知项昊，别在这儿跟我讨价还价！"

谢天娇无奈地答应："是！"

谢天娇回到教员室，拿着命令状表达不满："大帅竟然让项昊一个人去执行那么凶险的任务！"

钱宝宝一惊："什么任务？"

"还不是为了那些日本特务，上次整个集英战队出去执行任务都落了个大败而归，这次只派项昊一个人去，只怕是凶多吉少！萧教官，你知道项府在哪里吗，我要亲自给他送命令状去。"

钱宝宝表现得非常正常："哦，我正好要去项家看项昊，要不我帮你把命令状带过去？就不劳烦你跑一趟了。"

　　"这个……"

　　钱宝宝笑了："我办事谢主任还不放心吗？"

　　"好吧。我正好还有文件要送到军区去，那就拜托你了。"

　　宿舍里，钱宝宝已经整理好行装。她强压着悲伤，努力地想些别的，比如娘在等她，比如她还可以去马戏团，比如她这些天其实做了很多惊天动地的事情。只要思绪飘向项昊，她总是会想起其他的事情。

　　就这样，钱宝宝把行李都整理好了。

　　沈文涛也来送行了。

　　"军校前后门我都打点过了，我们现在走吧。"

　　"文涛，我今天晚上还有一点事情，明天再走吧。"

　　"什么事情？我帮你去做。"

　　"是私事，必须得我自己去完成。"

　　沈文涛放下行李，看着钱宝宝："听你这么说，我居然心里有一点高兴。我舍不得你走，哪怕是晚一天也好。"

　　"我也一样舍不得你们。想想这几个月，大概是我人生中最美好的时光了，先是机缘巧合来到军校，做了你们的教官，又在军校里交了你这样一个无话不谈的好朋友。还遇到了项昊……"说到项昊，钱宝宝说不下去了，"要是有一天我真走了，麻烦你帮我照顾好项昊，虽然他总是跟你作对，但其实他自己没发觉，他内心很看重你，把你当成兄弟。"

　　"我也一直把他当成我的兄弟，你放心，不管他有什么事，我一定会帮他的。"沈文涛说。

　　钱宝宝故意笑着："那我就放心了，这么晚了，你快回去吧。"

　　"好的，明天我来送你去车站。"沈文涛说。

　　军校门口，钱宝宝穿着男人的便装，还带着一顶帽子，故意压低帽檐。

　　门卫朝钱宝宝看了眼："诶，萧教官？你怎么穿成这样，差点没认出来。"

钱宝宝说:"有任务。"

一辆车停在军校门外,钱宝宝看看手表,正好一点钟。

门卫看到钱宝宝打开车门上了副驾驶的座位。

钱宝宝一上车就把命令状展示给司机看,司机点了一下头,启动车子往目的地开去。

第二天一早,沈文涛来到钱宝宝宿舍门前。沈文涛上前敲门,找钱宝宝。

"是我,沈文涛,开门!"

沈文涛听没有人答应,再次敲门。还是没有人应。

沈文涛有些慌,他不由分说地一脚踢开了宿舍的门,宿舍里空无一人。

沈文涛小声喊:"钱宝宝?"

"要是有一天我真走了"这句话一直回响在沈文涛耳边,沈文涛立即冲了出去。

军校大门口,谢天娇正在和门卫交谈。

谢天娇一脸焦急:"你说萧教官上车了?"

这时顾小白追着沈文涛跑了过来。沈文涛问:"有没有看到萧教官?"

门卫连忙说:"刚才已经和谢主任说了,萧教官说她有任务已经出去了,还上了停在门口的一辆车。"

谢天娇把沈文涛拉到一旁隐蔽地说话,顾小白也跟了过来。

谢天娇说:"那辆车是来接项昊的!"

沈文涛问:"谢主任,这到底是怎么回事?"

"大帅府亲自点名要项昊今天一点去酱园执行诱捕日本特务的任务,所以派了车来接他。"

沈文涛一下子明白了:"萧教官恐怕是替项昊执行任务去了!"

"这任务十分凶险,她到底在想什么!"

沈文涛悲伤地说:"她这是替项昊去送死!小白,我现在立刻赶去码头,你马上去搬救兵!"

顾小白一下子蒙了:"啊?啊!"说完疯一样朝门外跑走。

沈文涛转身嘱咐谢天娇:"谢主任,你就当项昊已经去了,今天这事就当作没看见吧。"

"我为什么要帮你？"

沈文涛眼神凶狠："不为什么，我要求你！"

谢天娇态度放软："你不要这样看着我，我知道了。"

小教堂被鲜花和白纱布置得温馨浪漫。

项昊和萧晗已经双双站在神父面前。项昊目光呆滞，面无表情，萧晗面纱下洋溢着幸福的笑容。

宾客席上，只有项邵达、欧阳飞跟何副官三人。

神父在主持婚礼："项昊、萧晗，婚姻是蒙福的、是神圣的、是极宝贵的；所以不可轻忽草率，理当恭敬、虔诚、感恩地在上帝面前宣誓，成就基督徒婚姻的要求！萧晗，你愿真心诚意与项昊结为夫妇，遵行上帝在《圣经》中的诫命，与他一生一世敬虔度日；无论安乐困苦、富贵贫穷，或顺或逆，或健康或病弱，你都尊重他，帮助他，关怀他，一心爱他，你愿意吗？"

萧晗笑意盈盈地看着项昊，不假思索地说："我愿意。"

台下，欧阳飞看着萧晗满脸幸福的样子，心如刀绞。

神父说："项昊，你愿真心诚意与萧晗结为夫妇，无论安乐困苦、富贵贫穷，或顺或逆，或健康或病弱，你都尊重她，帮助她，关怀她，一心爱她，你愿意吗？"

项昊看着神父，迟疑着没有说出答案。

神父又问："项昊，你愿意吗？"

项邵达急切地握着拳头盯着项昊。

萧晗在面纱下小声催促："项昊？"

项昊迟疑着，迟疑着："我……"

就在这时，顾小白慌慌张张跑进教堂："老大，不好了！不好了！萧教官替你去执行任务了！"

顾小白的话顿时令全场大乱。

项昊震惊地回头："什么任务？"

顾小白看着身着婚纱的萧晗，惊讶不已："这是什么情况啊？"

"改天再跟你解释！萧教官去哪儿了？快说！"项昊拉过顾小白的胳膊。

萧晗看着项昊对钱宝宝一脸关切的样子，心凉了一半。

顾小白喘着气："酱园！萧教官独自一个人替你去诱捕日本特务了！你快带人去救她，晚了肯定没命！"

项昊本能地想要跑出去救人，却被身旁的萧晗拉住。萧晗痛苦地看了看项昊，摇了摇头。

欧阳飞站起来，对项昊说："你留下把婚礼举行完，我带人去救她。"

"不行，我必须现在去！"项昊说罢挣脱开萧晗，疯跑了出去。

项邵达愤怒地拔枪指着项昊："项昊，你不许去！礼成之前，你敢踏出这个教堂的门，我就一枪毙了你！"

项昊脚下略一迟疑，却还是不管不顾地跑了出去。

项邵达毫不犹豫地一枪打了出去，关键时刻，何副官上前夺了一下枪，子弹打偏。

萧晗看着项昊毅然决然离去的身影，哭得撕心裂肺。她向前跑去，却被婚纱绊到，差点倒地。欧阳飞上前搀扶住萧晗，愤恨地看着项昊的背影。

项邵达气得浑身发抖，对着教堂门口，放了一串空枪。

一路上，司机对钱宝宝进行说明："接头暗号我已经告诉你了，你和'鬼阳'接头后，便发出信号，我方埋伏在外面的士兵便会出来擒住他。"钱宝宝从车里下来，四面观望，仿佛察觉到暗处埋伏的大帅士兵。钱宝宝走到约定地点，却空无一人。

钱宝宝一直等待。暗处埋伏着的大帅士兵偷偷观察钱宝宝。

终于假"鬼阳"走了过来。

钱宝宝对着暗号："今天天气不错？"

接头人说："没错，天气不错，这一路又刮风又下雨的。"

钱宝宝和接头人对视一眼，说："跟我走吧！"

钱宝宝往前走，回头却发现假"鬼阳"站在原地，她转身问："为什么不走？"

假"鬼阳"问："为什么要和你走？"

钱宝宝一惊，立刻抬头做出暗号。假'鬼阳'笑了："别白费力气了，没有人会来抓我的。"

钱宝宝看见一个死掉的士兵从高处掉了下来。身后暗杀他的日本死士已经把枪对准了钱宝宝。

钱宝宝一惊，立刻躲闪到掩体后。

日本杀手推开死掉的士兵，钱宝宝刚刚从掩体探出半个脑袋，日本杀手的子弹就打了过来，钱宝宝赶忙缩回头。

接头人掏枪向钱宝宝靠近，却被飞来的一颗子弹击中身亡。

沈文涛乘车及时赶来，他一边跑，一边朝几个方向射击，几个日本杀手应声而倒，日本杀手也向沈文涛射击。沈文涛冲到钱宝宝身边，在掩体后躲好。

钱宝宝问："你怎么会来？"

"这是我要问你的。"

埋伏在周围的枪手们依旧不停地朝两人射击。

钱宝宝和沈文涛向枪手们开枪。

枪手们密集的子弹压得两个人几乎无法还击，两人只能紧紧靠在一起。眼看枪手们越来越逼近。

沈文涛对钱宝宝说："这么耗下去不是办法，驳壳枪每个弹夹 10 发子弹，等你左前方的枪手换弹夹的时候，我冲出去吸引右边几个枪手的注意力，你趁机往左边跑。"

"不行，这样太危险了！"

沈文涛一把抓住了钱宝宝的手："听话，你先走！"

沈文涛瞅准时机，自己冲了出去，回头冲钱宝宝大喊："跑！"

钱宝宝硬着头皮向反方向冲出去。

一个枪手发现钱宝宝，拿枪对准了钱宝宝，子弹冲着她飞出去。危机关头，项昊突然出现，一把抱过钱宝宝躲到一边的墙后。

钱宝宝眼中含泪，愣愣地看着项昊，项昊看着钱宝宝，眼里满是痛心。项昊一只手牢牢抓住钱宝宝，另一只手开枪朝枪手们还击。

顾小白、杜枫、韩旭和高美仁跟着项昊一起出现。学员们一番配合，几个枪手腹背受敌，逐一被打中。

劫后余生，学员们都松了一口气。项昊焦急地上下检查钱宝宝的身体是否受伤。

钱宝宝哽咽着，任凭项昊查看自己的胳膊、头、后背，她只是含着眼泪说："项昊！你……"

项昊确认了钱宝宝安全之后，盛怒地搂住钱宝宝的肩膀。

"你是白痴吗？居然替我来送死！你就这么不在乎你自己的命？你的命是我用一辈子的幸福换回来的，你凭什么就这么轻易地抛弃了！"

钱宝宝看着焦急发狂的项昊，泪如雨下。

项昊看着钱宝宝，一阵心疼，猛地将她拉入怀中，紧紧抱住。

"谢天谢地，还好你没事。"

凌厉的晚风吹起钱宝宝的发丝，气氛凄美。

钱宝宝哭着说："我的世界已经没有你。你不该在这里。"

项昊放开钱宝宝，双手扶着她的肩膀："宝宝，从这一刻开始，我不会再放开你的手，我会一直一直抱紧你，不管前面等着我们的是什么，我们都一起面对。"

钱宝宝哭着用力点头。

两人再次紧紧拥抱。

教堂里人都散了，项邵达尽力安慰萧晗，带着何副官扬言抓项昊去了。教堂里只剩下毫无生气的萧晗和站在她身边一直没走的欧阳飞。

萧晗苦笑了一下："就差一点点，我就可以嫁给项昊，做他的新娘。"

欧阳飞安慰她："今天的事是个意外，回头让项参谋长再选一个好日子，把婚礼办了。"

"这不是意外，其实这个结局早就在我意料之中，只是我不肯承认，不愿面对。我想赌一把，赌我为项昊付出了那么多，赌我为了他连自己的命都可以不要，赌这些能换来他的一点点心疼和感动。你知道吗，当项昊说他愿意娶我的时候，我以为我赌赢了。可是所有这些，跟钱宝宝相比却是那么微不足道。他一听见钱宝宝有危险，连头都没回就不顾一切地离开了。最后，我还是赌输了，彻彻底底地输了。"

欧阳飞怜惜地看着萧晗："傻瓜，这是你的婚姻，一辈子的事，不是赌局！项昊是你的未婚夫，他既然答应了娶你，就必须对你负责！"

"他不爱我，心里没我，无论我做什么，他都看不到。我不恨他无爱，但我恨他无情，恨他为什么把我推上云端又把我狠狠地推下来！为什么！为什么他们要这样对我？"

萧晗说罢嘤嘤地低声啜泣。

欧阳飞叹口气："别想了。天晚了，我先送你回医院，好好休息一下，有什么事明天再说。"

宿舍外，钱宝宝和项昊依依不舍。

钱宝宝很担心："我们该怎么办？你知道你将要面临的是什么吗？"

"我知道。"

钱宝宝惭愧地问："那萧晗怎么办？"

"我不能娶萧晗，我心里只有你，就算我娶她，她也不会幸福。"

"可萧晗对你执念很深，她未必能接受这样的结果。"

项昊说："不管怎样都由我来承担，只要你在我身边就好。"

项昊送完钱宝宝，往军校大门方向走去。欧阳飞怒气冲冲地迎面而来，二话不说，对准项昊就是一拳："你这个浑蛋！"

项昊被打得摔在地上，看清来人是欧阳飞，无言以对。

欧阳飞蹲下拉住项昊的领子："你怎么能这样对萧晗？她处处为你着想，替你考虑，一次又一次宽容你，你却恩将仇报，一次比一次更狠地伤害她，你还是不是人啊！"

"我项昊自始至终爱的人都只有钱宝宝一个，从来都不是她。"

欧阳飞一把甩开项昊的领子，站了起来："你娶她就是为了利用她！你的良心是不是被狗吃了！你给我起来！"

欧阳飞看项昊不动，要去踢项昊，沈文涛冲上来一把拉住他。

"欧阳教官！"

欧阳飞挣脱开："放开我！"

"请你冷静冷静！"

"冷静！你叫我怎么冷静？萧晗已经为了他死了一次，好不容易活下来，这个浑蛋又往她心里捅刀子！你别拦我，我要打死这个浑蛋。"

沈文涛拉住欧阳飞："你打死他有什么用。项昊，还不快走！走啊！"

项昊爬了起来，踉踉跄跄朝门外走去。

欧阳飞推开沈文涛："你刚才干吗拦着我，我今天打死他他都不冤！"

沈文涛说："欧阳教官，感情的事儿，当事人都理不清楚，更何况我们这些旁观者。其实你的心情我特别明白。爱一个人却不能靠近，只能远远地注视，默默地守护，希望她能一直幸福。其实，你为萧晗做的我都知道。你去告诉项参谋长她们之间冒名顶替的事，然后给萧晗换来能和项昊在一起的机会。你肯定觉得那就是萧晗想要的幸福。可是你忘了，人的感情不是能交易的，勉强而为的结果你今天都看到了。爱情岂是说来就来，想走就走。同样是心中有爱的人，我希望你能理解项昊的选择。"

"就算我能理解项昊的选择，可萧晗怎么办？难道要让萧晗一直这样痛苦下去吗？"

沈文涛停顿了一下，慢慢地说："你应该清楚，项昊是给不了萧晗幸福的。这不是他想不想、努力不努力的事。但是我知道有一个人能给她幸福。欧阳教官，你可以。"

第二十八章　暗度陈仓

项家书房内，项昊正在被项邵达训斥。

"你还是我项邵达的儿子吗？你这是伸手往你爹的脸上打啊！你把我们项家的脸面都丢尽了！"

"爹，你听我说……"

"你闭嘴，我不想听你解释，你也别叫我爹，你就告诉我一句话，事到如今，你打算怎么挽回这个局面？"

"我没想解释什么，也没办法挽回现在的局面。我打算正视我自己的真情实感，勇敢地争取自己的爱情，我之所以会回来，就是要承担随之到来的一切责罚。任何代价我都愿意付出。"

"你付出，你有什么代价能付出？你知道你这一走，我们项家要付出什么代价吗？大帅削减了我的兵权，项家的地位现在岌岌可危，如果我们得不到萧家的财力支持，很可能一败涂地！你是痛快了，萧晗怎么办，萧家人怎么办，我们项家苦心经营多年的家业怎么办？"

项昊直接说："您不如直说，您的权势要怎么办，您的大洋银票要怎么办。"

项邵达"啪"地拍了一下桌子："你放肆！你别忘了当初跟我谈条件的人可是你！"

"我是曾经跟您谈过条件，但我突然发现就算我愿意牺牲自己的幸福，也依然换不回我爱的女人的平安，而且，用我们三个的终身幸福换你的虚荣，太不值了。"

"好！既然你没有信守诺言，那也别怪我出尔反尔。"

"随便您，总之，我会跟钱宝宝一起承担一切，她要上军事法庭，我就陪着她一起上军事法庭，她上绞刑架，我就跟她一起上绞刑架。"

"你个不成器的东西，为了个女人你连命都不要了？"

"我已经是成年人了，我有我自己的思想，不要把你那套尔虞我诈、唯利是图的观念强加给我。我走了，从明天开始，我要正式去军校复课。"

训斥完了项昊，项邵达又找到了萧晗。正如项昊所言，儿子的幸福与权势相比，项邵达选择的是后者，所以，他找到萧晗，给了萧晗承诺。

"孩子，昨天下午发生的事，你先暂时不要告诉你爹娘，别让他们无谓地担心。我看得出来，你对昊儿还是有意的，只要你肯原谅他，我这个做长辈的还是希望你们能在一起。"

萧晗保持着礼节说："项伯伯，项昊在婚礼上走得那么决绝，您也都看到了，就算我肯原谅他，他又哪里肯回头。"

"这可由不得他，现在只有一个办法，揭穿钱宝宝，送她上军事法庭！"

"如果送她上军事法庭，她一定会被判死刑。项伯伯，我虽然恨钱宝宝，可我不想让她死。更何况，人命关天，钱宝宝也不是什么罪大恶极之人。"萧晗说。

萧晗终究是不忍心，好容易劝下了项邵达不去揭发钱宝宝。她以为她这样的善举，最终会换来项昊的理解，换回项昊的心。但是，很快她就发现，她是多么的天真多情。

那天项昊看到她，关心地问她身体状况。她内心感激，以为项昊有所开悟，于是就问："项昊，你看我们的婚礼换到哪天合适？"

项昊很坚定地告诉她："对不起，萧晗，我不可能再给你一场婚礼了。经历了昨天的事儿，我更加想清楚了，我没办法给你幸福，也没办法跟你在一起。"

萧晗心里悲伤，她想起自己努力劝住项邵达时的样子，突然觉得自己真是太蠢。这个项昊到最后也还是冷酷无情。

"你还是说出口了。"萧晗冷冷地说。

"萧晗，你为我做的一切我项昊永远都不会忘记，我会一辈子感激你。但是感激不是爱，我可以为你做任何事，但是我不能和你结婚。"

"我那么爱你，几千个日日夜夜都想嫁给你，我多少次地幻想着成为你新娘的那一刻，就在刚刚，我还在想，你是来跟我道歉的，然后我原谅了你。项昊，我爱了你那么久，为什么你就不能爱我？为什么？"

项昊摇头："这对你不公平，萧晗，如果我勉强跟你在一起，会骗你一辈子，伤害你一辈子。我知道这么做会让你很难过；但是，这始终是个错误，是错误我们就应该终止它……"

"我和你之间，对你来说就只是一个错误？我爱了你十几年，在你心中就是一个错误，我是不是太可笑了？"

项昊失去了耐心，说："求求你，别继续活在你一厢情愿的执念里，放了你自己，也放开我……"

萧晗咬着牙，说了两遍："项昊，我不会放手的。我不会放手的，决不！"

薛少琪把这两天听到的消息都偷偷告诉给李天翰。

"天翰，你让我这两天盯着刘璐，我发现项邵达今天又来医院探望她了，我还听到他们似乎在谋划什么事情。"

李天翰也说："真是奇怪。我本来以为项昊和萧晗昨天结婚，可我后来打听到，昨天婚礼时，萧晗竟然顶替项昊执行任务去了，那和项昊结婚的人是谁？"

"会不会……是刘璐？"薛少琪问。

李天翰想了想："你说的很有可能。这三人的关系看起来很不一般，要说萧晗和刘璐是亲姐妹，我怎么看都觉得不像。而且你不知道，项昊昨天可是从教堂赶去救萧晗的。"

"项昊为了救萧晗放弃和刘璐结婚？这事好像很有趣。"薛少琪想不太明白。

李天翰又立刻把得到的消息转告给了李继洲。

"爹，昨晚萧晗确实是在项昊举行婚礼时，代替项昊去执行任务了。从项邵达的反应来看，我怀疑和项昊结婚的人，应该是刘璐。"

"和项昊有婚约的人不是萧晗吗，怎么又让项昊和刘璐结婚？"

李天翰说："我会继续派人去查的。不过现在还有一件更棘手的事情。"

"怎么说？"

李天翰说："大帅府两次给集英战队布置秘密任务，两次却都中了日本人的埋伏，导致计划失败。一次也许是巧合，两次就很难不让人怀疑。"

李继洲皱眉点头："有道理。大帅那边一定会怀疑军校出了内鬼。如果排查下来，难保不会查到我们身上。"

李天翰说："放心，我会马上通知龙城的各个联络站，近期务必谨慎行事，以求自保。"

　　顾小白已经琢磨了很久，终于憋不住了问杜枫。

　　"你们不知道！我昨天去教堂，竟然看到老大和刘璐在举行婚礼，这什么情况啊？"

　　高美仁还不了解情况，嘲笑顾小白说："小白，你不会是没睡醒吧？"

　　"我睡醒了，我亲眼看见的，老大在和刘璐结婚，萧教官又在替老大卖命，他们三人的关系我实在是弄不明白，老大不是和萧教官有婚约吗？这个刘璐到底是怎么回事啊？"

　　项昊走了进来，屋里都是他的兄弟朋友，他也实在不想继续瞒下去，于是说："其实真正和我有婚约的人，是刘璐。其实萧教官的真名叫钱宝宝，刘璐的真名才是'萧晗'。"

　　顾小白张大嘴巴："你是说刘璐和萧教官是调换了身份的？"看看周围几个人的反应，顾小白明白了，"只有我们俩不知道，你们都知道？老杜，连你也瞒我！"

　　韩旭说："你这个大嘴巴，告诉你第二天就全校皆知了。高美仁不是大嘴巴，但是我一直没机会和他说。"

　　杜枫不无担心地说："项昊，昨天下午的事儿闹成那样的局面，接下来你怕是有的苦头吃了。"

　　项昊咬了一下嘴唇："该来的总要来，躲是躲不过去的。我决定和钱宝宝一起面对，不管接下来会发生什么，我都要和她在一起。"

　　杜枫说："项昊，我支持你。"

　　沈文涛也真诚地说："也算上我们几个！我们大家都支持你！"

　　经过了这么久的假装无情、视而不见、彼此相爱又不得不互相折磨，项昊和钱宝宝这对小情侣终于能够坐在后山的草地上，安安静静地表达爱意。

　　项昊说："刚才我去找过萧晗了，她还是不能接受我不能跟她在一起的事实。"

　　钱宝宝很理解："要是换作是我，我一样不能接受这么残酷的事。"

　　项昊有一些担心："看她的那个样子，我担心她会做出对你不利的事情来。还有我爹，他也一定不会放过你。"

"她对我做任何事，都是应该的。"

项昊说："我现在最担心的就是你的安危。我们现在就走吧，找个谁都不认识的地方，好好过日子。"

"现在军校外面都是你爹的人手，我们哪里走得了，就算我们勉强逃出去，那萧晗怎么办？难道我们就这样逃一辈子吗？"

项昊下了决心道："好，我和你一起承担。"

钱宝宝依偎到项昊怀里说："有你在，我什么都不怕。"

项昊的担心是绝对正确的。萧晗说不放手就是不放手。她已经和项邵达商量好了，要在龙城军校，一个公开的场合揭穿钱宝宝的身份。

萧晗说："她让我在婚礼上颜面扫地，我也要在她最熟悉的人面前，亲手揭下她的假面具，让那些她最亲近的人，亲眼看看她的真面目，让她也尝尝我受过的屈辱。"

萧晗打算找到合适的时机就及时告诉项邵达。项邵达答应着："好，那就照你的意思做。"

萧晗第二天回到了军校，一切如常，但是她很快就找到了可以彻底让钱宝宝消失的机会。她让何副官把话带给项邵达，决定在高级将领实战公开课上揭穿钱宝宝的身份。

其实在高级将领实战公开课前，项昊曾经又一次找到钱宝宝，想让钱宝宝出去避一阵子，因为他发现父亲突然变得和蔼可亲，而萧晗也突然变得懂事开明。他担心他们在下一盘更大的棋，他担心钱宝宝的安危，但是钱宝宝拒绝了。钱宝宝说："我们说好了不分开，是刀山，我就陪你一起爬过去；是火海，我就陪你一起跨过去。只要我们在一起，我什么都不怕……"

在高级将领实战公开课前，沈文涛也恳求过欧阳飞，希望他能好好劝劝萧晗，让她真正放开胸怀，放过项昊和钱宝宝。但是欧阳飞的苦口婆心，换来的是萧晗更深的恨意。她说："我绝不能成全他们。感情是没有对错，但是行为有对错。钱宝宝从踏进军校那一步起就错了！错了就要付出代价！我萧晗只是爱错了一个人，就差点搭上一条命，凭什么她钱宝宝犯了死罪还可以逍遥自在，大谈爱情、友情？如果她没有冒名顶替，她就不会遇上项昊，没有遇上项昊，他们俩就不会相爱，更不会有我今天的悲剧！这一切的一切都是她最初的错误造成的！既然是我帮她开启了这个错误，那么就由我自己来亲手结束它吧。"

得知欧阳飞失败而归，沈文涛还给钱宝宝买了船票："走吧，今天下午，在西郊码头，先去上海，再转去香港，我好不容易弄到了一张船票，你现在立即就出发。晚了就来不及了！"钱宝宝却很坚定地说："文涛，谢谢你的好意，我已经决定留下来不走了。文涛，来军校的这三个月我治好了我娘的病，认识了你、小白、杜枫、韩旭、高美仁你们这帮可爱的朋友，还有项昊，我觉得这三个月是我偷来的，到了我该还给别人的时候了。我对不起萧晗，我不能走。"

高级将领实战班终于开课了。项邵达和大帅的王副官亲自参加。

开始之前，谢天娇发现花名册没带，让钱宝宝回去拿了。李继洲也被李天翰叫到一个隐蔽的地方说了些话。

"爹，刚刚得到消息，在东城，我们的人又被抓了，这个人知道我，我怕他把我供出来。我现在就需要把那个活口解决掉。"

李继洲点头说："我来安排。你自己多小心，不要轻举妄动。看来大帅这次下定决心要清查日本人在龙城的谍报网了。"

李天翰继续诱导说："形势严峻，只有我当上集英战队队长才能保证帝国在坤河三省的利益。"

李继洲回到操场道："项参谋长，王副官，真不好意思。大帅的电话，耽误了点时间。准备开始吧。让我们欢迎项参谋长，为我们授课。"

项邵达扫视了一下学员，大声说："在会议开始之前，我有一件很重要的事，不得不借这个场合，向各位公布……"

就在这时，一声尖叫响彻天空。杜枫第一个说："这是萧教官的声音！"

学员们根本不管项邵达要讲话，几个人循着声音跑过去。

项昊来到教学楼下："声音明明是从这里传来的。"

沈文涛指指地上被撕坏的花名册和被打破的花盆："这里有打斗过的痕迹。"

项昊对旁边的人说："快，封锁校区，务必找到萧教官！"

学员们在操场各处搜索，却一直没有发现钱宝宝的身影。

李继洲只好把项邵达和王副官送走，连连道歉："实在抱歉，没想到龙城军校竟然会突然发生这样一起恶性事件，今天的公开课不得不先行暂停。事情查明之后，一定会给二位一个交代的。真的不好意思。"

李继洲负手而立。李天翰偷偷混入搜查学员们的队伍，并没有引起众人的警觉。

搜索结束，大家才发现，失踪的不光是钱宝宝，还有萧晗。

沈文涛认为人一定已经不在校内，应该已经逃出校外，没想到李继洲立刻支持说："欧阳教官，现在由你来负责这件事情，立刻分配人手组织出校搜救。"

欧阳飞皱着眉头，质问项昊："为什么偏偏在这个节骨眼上，萧晗和刘璐会一起失踪？"

顾小白压低声音道："您该不会怀疑是萧晗带走了刘璐吧？"

欧阳飞阴沉着脸："恐怕只有她有这个动机。"

听到这里，李天翰躲在阴暗处，嘴角扬起一丝阴笑。

项昊激动地说："她绝不会这么做！"

沈文涛也说："欧阳教官，你先别冲动，当务之急是先找到她们两个。"

学校里只留下三个学员继续找，其他人分组到校外去搜查。

项昊说："就是把整个龙城翻过来，也要找到她们！"

大家出了校门，李继洲对李天翰说道："人都出去搜城了，现在军校基本是空的。车我也给你备好了，就在楼下，这两个，是可以信得过的亲信。把她们弄到郊外的木屋去。你先佯装跟我去城内继续找几圈，好给你留个人证。"

学员们焦急地在街道上搜索，项昊拿着照片到处去问。

几个小组几次碰头，但都没有发现。

搜寻未果。

山顶小木屋里，钱宝宝和萧晗慢慢醒了。抬眼看见李天翰和几个日本人在一起，萧晗立刻明白了："李天翰，你个汉奸走狗，竟然帮着日本人卖国求荣！"

李天翰一点不介意，大声鼓励她："骂吧，趁现在骂个够，否则以后就没机会了。"

萧晗痛恨地继续骂道："别以为你杀了我们，就能掩盖你的罪行，像你这样的卖国贼，人人得而诛之！"

李天翰笑笑说："天堂有路你们偏不走，地狱无门你们却闯进来。既然你们现在都知道了我的秘密，那就别怪我心狠手辣了。你们两个，谁先上路？"

钱宝宝举起手来。

"怎么，有遗言？好，我让你说。"

钱宝宝说："我不是真的萧晗，我的真名叫钱宝宝，我不想死！别杀我！"

李天翰惊讶："什么？"

"我不是真的萧晗，她才是，之前说的亲姐妹的话是骗你们的，我冒充了萧晗的身份，她来军校找我就是为了夺回一切。"

李天翰终于把很多疑问解决了："怪不得那天婚礼上出现的是她不是你，怪不得总觉得你们两个有古怪，差点被你们给耍了！不过，就算你是假的又怎样？你们俩都知道了我的秘密。你不死，我就会死！你觉得我会怎么选？"

钱宝宝说："我可以帮你杀了她！"

萧晗气愤地大骂："钱宝宝！你这个忘恩负义的骗子！"

"如果我们两个都死了，项昊和沈文涛是不会善罢甘休的，迟早会查到你头上。如果我杀了她，你保我一条命，我也保你一条命。我们手中互有把柄。"

李天翰摇头："你当我是傻子吗？你觉得我的脑袋被门挤了吗？我杀了你一了百了，干吗还留你一条命？"

钱宝宝说："你亲眼看见我杀了她，若是我背叛你，我怎么活得成。而且你别忘了，我是集英战队的教官，还是你们的班主任。如果你杀了我，集英战队队长的选拔会延后，可是我活着却可以帮你成为集英战队的队长。"

萧晗恨得咬牙："我原来还以为你只是个不要脸的江湖骗子，没想到，你还是个当面一套背后一套的卑鄙小人，是个没气节的软骨头！我瞧不起你！"

钱宝宝回头冲萧晗吼了一句："你给我闭嘴！为什么你偏偏死而复生，偏偏要抢走我爱的人，还要戳穿我的身份，置我于死地！你比我更配得上歹毒二字！"钱宝宝又转向李天翰："我不想死，你到底要怎么样才肯相信我？"

李天翰想了想说："好，钱宝宝，我相信你。现在就杀了她！"

钱宝宝一刻都没犹豫，不知道从哪里摸出一把刀，就要刺萧晗。

李天翰见钱宝宝拿着刀，问："你当我傻啊？"

钱宝宝解释说:"我知道你不会相信我,不过,不能用枪。这个时候,军校的人肯定在全城搜寻我们,而且这山下还住着不少农户,枪声会引人注意,搞不好会暴露我们。"

萧晗那边骂得更凶了:"钱宝宝!你这个蛇蝎心肠的女人!我这辈子做的最大一件错事,就是在火车上救了你,我做鬼也不会放过你的!"

见李天翰点头,钱宝宝一刀过去,萧晗应声倒地。钱宝宝过去试了一下萧晗的气息,确定地说:"已经死了……"

李天翰很满意:"做得不错。"

有人大喊:"少爷,少爷,不好了,有人来了。"

李天翰对钱宝宝说:"你现在可是杀人犯了,我不会杀你,你的命对我还有用。别忘了,你的把柄在我手上,要是你敢把我的秘密说出去,第一个死的就是你。"

钱宝宝猛点头:"我明白。"

李天翰带人撤退后,欧阳飞第一个冲进木屋里,见萧晗倒在地上,他扑了过去,抱住萧晗:"对不起,我没有保护好你,对不起。我记得你跟我说过,你小时候有一次掉到河里,是项昊救了你,从那时候起,你就对项昊一片痴心。我一直没有告诉你,其实当年,救起你的人是我。我一直不敢告诉你,是因为我不想让你困扰,我以为一直守在你身边,就可以让你得到你想要的幸福,难道这也有错吗?可是你却在追求幸福的路上,摔得遍体鳞伤,甚至丢掉了性命。是我做错了吗?如果老天爷肯再给我一次机会,我一定会把真相告诉你,给你我能给的幸福……"

撤退的路上,李天翰吩咐钱宝宝道:"回了军校之后,你就说你和萧晗被人迷倒掳走,没看清劫匪的样子,醒来之后你发现萧晗已死,你就独自一人跑到山下求救,正好遇见了我们几个。"

"明白,我不会供出你来的。不过其他人恐怕没那么容易相信我的这套说辞。"

李天翰说:"你只要一口咬定,其他的事不用你管。"

得知钱宝宝回来,李继洲很惊讶,李天翰忙贴在他耳边说了几句。李继洲才放心下来,两人很快来到了钱宝宝宿舍。

钱宝宝在宿舍内哭着。大家围在一边,询问她。

欧阳飞很愤怒："你和刘璐一起失踪，为什么她死了，你却活得好好的？"

钱宝宝看了看四周："我……我也不清楚，这是个意外。"

"意外？一条人命，你想用一个意外轻易过关吗？"

项昊温柔地拉着钱宝宝的手："欧阳教官，你别这么凶。萧教官，这到底是怎么一回事？为什么你回来了，刘璐却……"

钱宝宝假装回忆着说："我们俩被是人迷晕之后带走的。我醒来之后，就发现自己在山中的小木屋里，刘璐已经死了，我独自跑下山求援，正好遇见赶来搜山的李天翰他们……"

欧阳飞问她："是谁绑走了你们？"

钱宝宝摇头："他蒙了面，我没看清他的脸。"

一边，李天翰、李继洲偷偷对视一眼，放下心来。

顾小白不满意钱宝宝的答案："把你们俩一起绑走，结果就杀了刘璐一个，你还不费吹灰之力逃了回来，这也太扯了。"

杜枫拉顾小白道："别乱说话。"

顾小白瞪杜枫道："还不知道是谁乱说呢！"

欧阳飞冷笑道："萧晗，你满口胡言乱语！你觉得我们会相信你这套漏洞百出的说辞吗？"

"不管你相不相信，事实就是这样。"钱宝宝说。

欧阳飞打断她："事实就是，你绑走了刘璐，然后把她带到了城郊山里的小木屋，亲手杀害了她！"

钱宝宝大声辩解："不是这样的！"

李继洲终于发话了："够了！你们俩身为教官，在学员面前大吵大闹，像什么样子！这件事我会彻查到底，没有定论之前，谁也不许妄论！萧教官，你好好休息，我们走吧。"

李继洲和李天翰出门，其他人也只好跟着出门。

欧阳飞狠狠瞪了钱宝宝一眼，跟着离开。

宿舍门外，欧阳飞叫住李继洲。

"校长！我有重要的事情跟你汇报。"

欧阳飞到了校长室，把萧晗和钱宝宝的身份和盘托出。

"刘教秘出事前曾经跟我说过，目前在军校任职的萧晗教官其实是个江湖骗子，她的真名叫钱宝宝，刘璐才是真正的萧晗。刘璐告诉我她打算在公开课上拆穿那个假货的身份，可她却在那个时候出了意外。肯定是那个假货为了身份不被曝光，杀害萧晗灭口！萧晗初到龙城，根本没有任何仇家，只有钱宝宝一个人有杀人动机！"

李继洲假装第一次知道："什么，有这样的事？你的这个线索简直比茶馆里说书讲得还离奇。口说无凭，你可有证据？"

欧阳飞很悲伤："萧晗已经不在人世，现在能站出来证明她身份的，除了我，也许别无他人。"

"单凭一个小教秘的一人之言，你就断定萧教官有问题，是不是太武断了？刘璐的案子，我已经移交军事法庭来彻查，你反映的这个情况我也会如实提交，一并调查。我还是那句话，在调查结果出来之前，请你控制情绪，不要在学校里散布未经证实的小道消息，影响到龙城军校正常的教学工作。"

欧阳飞只好答应："是！"

欧阳飞走后，李天翰走进来，他很满意："果然那个冒牌货说得没错。现在所有人都怀疑是她杀了萧晗，就没有人怀疑我了。这样一来，我更得留着她的命了。"

李继洲担心说："天翰，这可是一招险棋啊。"

李天翰很有信心的样子："放心，我留着她的命，她就得为我所用。集英战队队长选拔赛就要开始了，我还需要她好好帮我一把。"

钱宝宝在晚上被请到了项府。

项邵达拿着手枪，指着钱宝宝道："你这个妖孽，为了迷惑昊儿，阻止萧晗揭穿你的真实身份，你竟然狠心杀了萧晗！"

钱宝宝很镇静地回答："我没有杀萧晗。"

"我项邵达虽戎马一生杀敌无数，却也没见过你这么心狠手辣的女人。知道我为什么没有送你上军事法庭吗？那是因为我要亲手枪毙了你这个妖孽，替萧晗报仇！"

钱宝宝说："萧晗没有死，她还活着！"

项邵达先是一惊，随后又举起枪来说："别再和我演戏了，你的演技还不高明。"

没等项邵达扣响手枪，项昊带着萧晗走进门里，项昊大喊一声："住手！"

项邵达回头一眼看到萧晗，十分震惊地说："这，这到底是怎么回事？"

萧晗笑着走过来，拿下项邵达的手枪说："项伯伯，我没有死。是钱宝宝救了我！"

原来在小木屋里，两个人早就清醒了，钱宝宝小声告诉萧晗："是李天翰把我们绑到这儿来的。"

萧晗并不惊奇："他是日本人的走狗，我听见了他的秘密，他一定不会放过我的！"

钱宝宝想了想说："按照李天翰的脾气，他一定会亲手来杀死你并亲自确认。一会儿李天翰来，我会激他让我动手杀你。我手里这把是我常年随身携带的刀，你放心，是我变魔术用的，不会伤人。我一会儿假装刺死你。到时候，你就把这个夹在腋下，血包会出血，然后这个会阻止脉搏跳动，你憋一会儿气，让他误以为你真的已经死了！"

萧晗很吃惊地看着钱宝宝，钱宝宝以为她在害怕，连忙说："放心，这些都很安全。"

萧晗摇摇头，钱宝宝把血包压板放进萧晗的衣服里，说："这些啊，我从前身上总带着，为了表演。到了军校就不用了。这几天收拾行李要离开，偶尔拿出来就又藏身上了，没想到还真派上了用场。"

萧晗解释完了获救过程，欧阳飞看着钱宝宝很惭愧："抱歉，刚才在军校冒犯了。"

钱宝宝笑了："没关系，为了瞒过李家父子，这都是无奈之举。也不能一一都提前告知大家。欧阳老师，是我冒犯了。"

项邵达的怒气还没消，接着问："好，那我问你，李天翰明明可以杀了你，他为什么就这样放过你？这对他来说不是冒了很大的风险吗？"

钱宝宝说道："因为李天翰是个非常贪心的人，为了拿到集英战队队长的位置，他肯定会冒这个险的。"

"哼，钱宝宝，你虽没有杀害萧晗，但是你冒充军校教官却还是难逃死罪！"

项昊过来劝项邵达："爹！事到如今你还是不肯放过钱宝宝吗？"

萧晗求情说："项伯伯，一命抵一命。钱宝宝救了我的命，我也想求你，饶了她一命。"

　　欧阳飞也说:"参谋长,您看在她救了萧晗,也算立了大功一件的份上,就放过她吧。"

　　项邵达没松口,说:"昊儿,放不放过钱宝宝,决定权在你手上。我还是那句话,你如果肯娶萧晗为妻,我就可以放过她。"

　　这时候,萧晗说话了:"项伯伯,我也不会嫁给项昊的!项昊根本不爱我,我对项昊的感情也只是一段错误的执念。我们两个在一起,不会幸福的。我也知道你在担心什么,只要你肯放过钱宝宝,我愿意说服我爹娘资助您在政界大展拳脚,毕竟,这也是两家互利互惠的事。"

　　项邵达很吃惊:"小晗,你?"

　　大家走出项家大门。为了长久考虑,项邵达也同意把萧晗安置到别处。欧阳飞说了自己有比较安全的地方,萧晗也同意,跟他一起走了。

　　钱宝宝看着两个人的背影,对项昊说:"没想到他们两个站在一起这么般配。"

　　项昊说:"是不错。昨天我们还在担心是不是要一起上军事法庭,今天却可以像这样安静地并肩前行。山穷水尽的时候却迎来了柳暗花明,这一切都像做梦一样。"

　　钱宝宝有点纳闷,说:"不知道昨晚上都发生了什么,萧晗为什么会突然发生了那么大的转变。"

　　项昊抬头看看夜空,说:"应该是老天爷也看到了我们的真心,不忍心再折磨我们。所以你就认了吧,我们的缘分,那是天注定!"

　　"老天爷是受不了你的唠唠叨叨,被你搞得不胜其烦,大手一挥,准了!"

　　项昊伸出手来:"当然了,经过了那么多事,你休想逃出我的五指山!"

　　钱宝宝提醒他:"喂,现在不是瞎闹的时候,小心被李天翰的人看见!"

　　项昊收声,小声地说:"哦,你可提醒我了!这么说我们现在还不能回军校。你杀了刘璐,怎么可能轻易过我爹这一关,做戏就要做全套,我应该找个地方,把你打得鼻青脸肿的,就说是我爹对你用了酷刑!"

　　"你敢!"

　　项家书房里,只剩下项邵达和何副官。

项邵达还在琢磨刚才的事情："你说，这个钱宝宝手段真是高，连萧晗都被她灌了迷魂汤，竟然能主动提出来，不愿意跟我项家结这门亲。"

"只要萧家愿意调集资金帮助项家共谋大业，结亲不结亲的，倒也不重要。"

"也是，本来我在意的也不是这门亲事本身。"

何副官问："对了，参谋长，萧小姐刚才提到的，李继洲父子跟日本人勾结的事情，您打算怎么做？"

项邵达想了半天，说："我现在什么都不能做。我手上一点证据都没有，你以为能用几个毛孩子的一面之词扳倒李继洲？别太幼稚了。你没看出来吗？大帅跟日本人的关系有种说不清道不明的微妙，相互争斗却又相互利用，旁人或许还蒙在鼓里，但我项邵达可不能轻易去碰，这日本人的事，搞不好，就是一颗雷，能把我们自己也炸得粉身碎骨。再说了，你以为这些孩子，知道了李家父子的阴谋就会袖手旁观吗，若能借集英战队之手，把这件事捅破，这才是上策！我们就静观其变吧！"

第二十九章　硝烟渐起

欧阳飞把萧晗安排到郊外一处农家小院里。

"你觉得怎么样？这里是我一个远亲的房子，你可以放心在这里住下。这个地方很安全，只有我和项昊、钱宝宝知道，时间仓促，我还没来得及准备什么，如果你有什么需要就告诉我，我帮你去买。"

萧晗一直看着欧阳飞忙里忙外，又是擦灰又是摆放买好的用品，眼里都是感激。看着桌子上的水仙和点心，萧晗不禁问："这是我最喜欢的水仙，还有特意给我准备的点心，你是怎么知道我的喜好的？"

欧阳飞边把毛巾脸盆放好，边说："在医院照顾你这么久，留心了，自然就知道了。"

萧晗看着欧阳飞，慢慢地说："欧阳飞，谢谢你。在我不顾一切地爱着别人，把自己弄得伤痕累累的时候，原来有一个人一直那么用心地守护我，为我担心，为我难过。那天你在小木屋救我的时候，跟我说的话，能再跟我说一次吗？"

欧阳飞被洞穿了心事，一时不好意思，有些结巴："我……我说了很多话……不知道你想听哪一句？"

萧晗笑了："说你最想说的那一句，你最想说的那一句，就是我最想听的。"

欧阳飞想起那时自己爱的表白，他没想到萧晗全都听到了。他支吾着："昨天吓死我了，我以为你已经……所以唠唠叨叨地说了那么多。"

萧晗拿过一枝水仙，说："当时李天翰就在附近，我哪里敢露馅。可要不是死过了一次，我就差点错过了我生命中最重要的缘分。这些日子以来，我只顾及自身的痛苦，从来没有注意过你的感受。现在我知道了，我小时候落水，是你救了我；我从火车上坠落，也是你救了我；如今，我沉迷于自己一厢情愿的执念里，还是你又一次伸手把我从痛苦的深渊边拉回来，欧阳飞，谢谢你。老天爷真有意思，明明给我们安排了那么美丽的缘分，却差点让我们在兜兜转转中错过彼此。"

欧阳飞眼中充满惊喜。他拉过萧晗的手："好在，我们终究没错过，也不算太晚。"

萧晗看着欧阳飞，眼睛里都是笑意。

欧阳飞事无巨细地帮萧晗安排，钱宝宝和项昊也赶来看望萧晗。

萧晗迎过来，接过钱宝宝手里的水果。

"我们来看看，你们这儿还有没有什么要帮忙的地方。"钱宝宝说。

萧晗柔情地看着欧阳飞，对钱宝宝说："欧阳飞已经把一切都安排得很妥当，不必再麻烦你们了。"

钱宝宝还是有些歉意："萧晗，李家父子的事情解决之前，要委屈你躲一阵子了。"

"我不委屈，正相反，昨晚要不是我假死了一场，我不会从混沌中清醒过来，说起来，我还要谢谢你才对。谢谢你，救了我的命。"

钱宝宝说："不，是我要谢谢你，那么危急的情况下，你还是选择了相信我。"

"那是因为我知道你是个好姑娘。"

钱宝宝有些迟疑，还是问出了口："既然项昊在这里，其实我一直想问你，为什么你突然愿意放下对项昊的感情？"

萧晗说："你还记得吗，我曾经告诉过你，我对项昊的感情，其实是源于儿时的一次救命之恩，但就在昨天晚上，我突然发现，原来救了我的人不是项昊，而是欧阳飞。"

项昊如释重负："萧晗你不带这样玩我的。"

萧晗笑了："欧阳飞为了成全我的执念，一直小心翼翼地守护着这个秘密，宁可委屈自己，也要让我幸福。我们两个，一个在追求执念的路上遍体鳞伤，一个守着心底的秘密却没有说出来的勇气，就这样，在错位的关系下越走越偏。不过所幸的是，现在一切都回归正轨。"

钱宝宝也由衷地高兴："看到你能找到属于你自己的幸福，我和项昊都真心地替你高兴。"

萧晗看着项昊，真心道歉："对不起，以前怪我自己太偏执，给你们带来很多困扰，苦了自己也苦了你们。我为我之前对你们造成的困扰表示抱歉，也祝你们两个能够幸福。"

项昊此刻轻松得意，笑呵呵地说："得到你的祝福我们很开心，非常感谢你还愿意说服你爹调集萧家的资金来资助项家。"

顾小白他们都已经知道了真相，但是沈文涛一再告诫他们，要继续演戏，以防被李天翰发现。要继续演下去，追查出李天翰背后的日本人到底是谁，到底有什么阴谋。

另一边，李天翰也处理好了这件事，向李继洲进行了汇报。

"爹，这萧晗的案子要设法以无头案了结。"

"这案子惊动了军事法庭，要对外说是无头案实在有些牵强，尤其是项邵达那个老家伙，怎么肯那么轻易就善罢甘休。"

李天翰笑了："项邵达那边倒不用担心，萧晗之死的真相一旦揭晓，他项家的洋相出得可不是一点半点，项邵达老谋深算，还掂量不清这点利害关系吗？更何况，他的宝贝儿子现在肯定正在项府给他演苦情戏呢。军事法庭那边，只要您把所有证据都处理掉了，任他们无凭无据能查出个什么子丑寅卯来？"

"不过，钱宝宝的事，始终让我担心。这个女骗子历来诡计多端，现在她知道了你的秘密，只怕是后患无穷啊。"

"这个您放心，我不会让她活很久的，只要我借她之力当上了集英战队的队长，我自然会送她去见阎罗王。集英战队队长之位只能是我李天翰的，一旦旁落，我在日本人面前就会一文不值，绝不能有任何闪失。"

后山僻静的地方，钱宝宝、项昊和沈文涛三人在研究进一步的对策。

钱宝宝说："萧晗说，她只听到李天翰说，只有当上集英战队的队长，才能保全日本人在坤河三省的最大利益，至于具体要做什么事，他们没有明确说。"

项昊说："日本人要利用集英战队队长才能办成的事，一定事关重大。怪不得李天翰这小子一直挖空心思想当集英战队队长呢。"

沈文涛也说："尽管你这次用萧晗假死的事骗过了李天翰，但你知道了他那么重大的秘密，我担心，他随时会对你下毒手。"

项昊赞同："说得对，当务之急，是要尽快查清李家父子的阴谋，将他们尽快绳之以法。"

钱宝宝想起了一件事："说到李天翰，我又开始担心起少琪来。听说她现在跟李天翰好得如胶似漆。"

沈文涛想了想，明白了："现在想来，薛少琪屡次对我们下手，应该都是受李天翰的唆使。否则她怎么会接连想出那么多阴损的招数。"

项昊很气愤："卑鄙，为了达到自己龌龊的目的，竟然利用心思单纯的女孩子。"

钱宝宝说："我怕少琪再这样执迷不悟，迟早会陷入万劫不复的境地。我要去告诉她，让她及时回头。"

沈文涛阻止："不行，薛少琪还在李天翰的控制之下，你现在去告诉她，她未必会听你的，你不能去冒这个险。"

越想越担心的钱宝宝还是找到了薛少琪。

薛少琪态度依然冷淡，说："你来干什么？注射？包扎？我看你都不需要吧。请你出去，不要打扰我的正常工作！"

"少琪，有些话我一定要跟你说清楚。听我的，不要和李天翰在一起了！李天翰他……并不是值得托付终身的好人选，跟他在一起迟早会出事的，别再被他迷惑了！"

"我跟谁在一起是我的自由，跟你有关系吗？你是我什么人，有什么资格干涉我的私生活？天翰他是什么人品，我心里清楚得很，不需要你到我面前来搬弄是非！"

钱宝宝耐着性子道："你听我说，你们的相处只有你自己最清楚，你仔细回想一下，他是在什么时间点上开始接近你的，那个时间点上他是不是总会提起集英战队的事？是不是总在提醒你对付项昊和沈文涛？你跟他在一起之后，他一次都没有让你帮他做过害人的事？我知道你很爱李天翰，你对他的爱，也许只是李天翰为了达到目的，故意控制的手段。而且，据我所知，他甚至还做卖国求荣的勾当。"

"你胡说，我不信！你给我出去！"薛少琪大声吼道。

钱宝宝临走前，继续规劝说："别被情感冲昏头脑，用你自己的理智去看看你身边的这个男人吧。然后远离他，趁着一切还来得及，晚了结局不堪设想。"

因为大家演技精湛，李继洲和李天翰对钱宝宝的戒心小了很多。那天，李继洲把钱宝宝叫到办公室，把集英战队队长选拔的事交给了她。

钱宝宝纳闷："这个选拔不是一直由欧阳教官负责吗？"

李继洲拍拍钱宝宝的肩膀："他怎么能担此重任呢，你才是自己人啊！我和督导王副官商量决定，集英战队队长选拔的考题就定为：搜捕'鬼阳'。你来具体负责。因为由你来负责，让李天翰最终当上集英战队的队长，项昊、沈文涛等人才不会反对。你明白了吗？"

钱宝宝回答得很痛快："明白了！李天翰同学德才兼备、文武双全，是集英战队队长的不二人选。"

钱宝宝很快召集学员，具体部署："经过校长和督导王副官同共商议，集英战队队长之争正式启动。本次考核的题目是——抓捕日本头号间谍'鬼阳'。"

学员们议论纷纷："鬼阳？""又是'鬼阳'。"

钱宝宝说着鼓励的话："相信你们还记得集英战队的首次任务就是败在了搜捕日本特务名单上，校长希望你们在哪里跌倒就从哪里站起来。这次队长的评选标准很简单，谁抓到'鬼阳'，谁就是集英战队的队长。"

沈文涛问："上次校长也说了，'鬼阳'只是一个代号。如果我们能找到一些线索，获得全部的间谍名单就更好了。"

顾小白也说："是啊，但现在只有一个代号，连他是男是女，是老是少，我们都不知道，想要抓捕谈何容易啊。"

钱宝宝说："有线索，最近校长一直在部署日本谍报网的抓捕行动，也陆续抓到了一些关键人物，其中有一个是日本重要的联络员，是'鬼阳'的下线。你们可以用他做突破口，查找关于'鬼阳'的线索。下午犯人就会被移送到军校，届时你们三人为一组分别进行审讯。我在此预祝你们顺利完成任务。"

前两个小组对抓获的黑子严刑拷打，却始终没有一点收获。黑子被打得遍体鳞伤，却一个字都不肯说。

轮到沈文涛这一组进去的时候，沈文涛带着韩旭给黑子包扎伤口。

黑子一把推开韩旭道："滚开！别以为这种假惺惺的好意就能让我屈服。"

韩旭被打了个趔趄，但丝毫没有生气，继续上前为他包扎。

黑子大声喊道："你们想耍什么花招？要杀要剐给个痛快的。老子我不怕死！你们有种给老子一颗枪子儿！"

高美仁开着玩笑："你别着急啊，还没招供呢。要知道枪子儿也挺贵的！"

"反正说了也是死，不说也是死。你们就给我个痛快的吧。"

沈文涛冷静地开口道："你说得没错，你参加特务组织，卖国求荣，死有余辜。确实是说了也是死，不说也是死。所以我不仅要把你的伤包扎好，一会还要给你点钱，还要给你准备一套西装，然后风风光光把你送出军校。"

黑子瞪圆了眼睛："你这是什么意思？"

沈文涛帮着韩旭给黑子包扎伤口："日本人的手段你是知道的，看到你这样安全地走出军校，肯定以为你招了，不用我们杀你，你也死得比现在惨一百倍。"

韩旭补充："到时候别说一颗枪子儿了，得把你打成蜂窝煤！不对不对，这太便宜你了，得千刀万剐才对！或者注射一个什么针剂，浑身长疮化脓，哎呀，想想就觉得难受哇！"

黑子咬牙，犹豫了半天，最终下定决心说："好，我说。我是'鬼阳'的下线，但是我没有见过他的真面目，我每次会把情报送到郊外码头2号仓库。"

"按照你们原来的计划，你下一次和他接头是什么时候？"沈文涛问。

"是今天晚上六点。"

"若是有假，别怪我们不肯手下留情。"

"我是不怕死，我是不怕干净利落地死啊。别让我落到日本人手里！"

在审讯室外，隔着一层玻璃墙，钱宝宝、李天翰一直监控着审讯全过程。

李天翰阴沉着脸，命令钱宝宝："你去分配一下任务，今晚我不能去，让日本人知道我参与抓捕'鬼阳'，我会吃不了兜着走。"

"集英战队队长你不要了？"

"你说队长和命哪个对我重要？"

钱宝宝假装无奈地点点头。

"你告诉他们我突然闹了肚子，所以无法参加晚上的行动。"

后山一个隐蔽的地方，几个男生和钱宝宝围在一起，顾小白和杜枫面朝外面，顺便把风。钱宝宝把李天翰装病的事情告诉给大家，几个人商量了一番，沈文涛认为黑子的话一定是真的，项昊猜测晚上的抓捕行动极有可能会扑个空。

杜枫说："我看不止会扑空，极有可能还会有埋伏。"

顾小白愤怒地说："集英战队里插着这么一个大汉奸，这'鬼阳'能抓到才怪。"

钱宝宝想了想，说："稍安勿躁，别忘了咱们要的是引出他后面那个大阴谋，现在就先让他唱唱戏吧。"

然后大家互相提醒要小心行事，就假装按照钱宝宝的安排，来到了接头地点。

大家躲在仓库外边一个隐蔽的地方，高美仁汇报说："都侦查过了，仓库只有两个干活的苦力，刚才喝得醉醺醺地回家了。其他没有发现异常情况。"

沈文涛说："时间快到了，我们必须在'鬼阳'出现之前控制主联络点。项昊，你带人从左边包围仓库，我带人从右边走。确定里面安全后……"

项昊说："不用，我先进去，你殿后，里面的情况比较复杂。如果我有什么情况，你还能及时跟进，要咱们一起中埋伏就没人后备了。"

项昊刚走没有几步，就大喊了一句："不许动！你们都别过来，有埋伏！我们中计了。我踩中了地雷：松发雷！"

沈文涛命令道："所有人，后退到安全地带，立刻！马上！"说完自己却往项昊的方向移动。

项昊不敢动，大声说："沈文涛，你干什么？"

沈文涛说："我让你别动！"

入夜，李天翰开门进到了黑子的牢房。

"一龙在天入黑水，五爪翻飞浪滔天。"

黑子愣住了："你也是日本黑龙会那边的人？"

李天翰说："组织已经知道你都招了，你应该知道自己是什么下场。"

黑子苦笑："他们答应我，给我一条生路。不要杀我。"

"放心，黄泉路上你不会孤独，你全家都会下去陪你。"

黑子哀求道："求求你啦，不要杀我家人，不要动我家人！"

李天翰说："现在有一个将功赎罪的机会给你，只要你接下来配合我演一场戏，我保证你的家人不会有事。"

黑子略微犹豫一下，随即答应："我答应你。"

这一边，项昊阻止沈文涛，"沈文涛你别过来，这屋子里肯定还有别的机关，他们不可能只布一颗雷在地上。"

沈文涛一步一步走得很慢："我顺着你过去的路径走，不会有事的。项昊，你别激动，保持身体稳定，不要做任何动作。项昊，一年前我没本事救少华，他死在咱们眼前。你跑了，我选择留下，不是我冷血无情，我心里的苦不比你的少。从那时候开始，我发疯一样的练习排雷，我对自己发誓，我不要再看到我的兄弟死在地雷上。"

　　项昊也很动容说："文涛，你现在没有工具，成功排雷的可能性很小！"

　　"从进入军校起，你就是我的战友、兄弟，我们就没得选择，要么一起赴死，要么一起立功！"

　　所有人屏住呼吸，项昊很紧张，却一直在安慰同样紧张的沈文涛："沈文涛，你怎么这么尿，真遇到事儿你就抖成这样，你是来拆雷还是来炸雷的？"

　　沈文涛慢慢蹲下来说："废话可真多，警告你啊，你越说我越抖，不想让我跟你同归于尽，就闭上你的乌鸦嘴。你小子运气真够好的，这个雷的型号我没见过，不过这两个线应该有一根是连着引爆点的。"

　　项昊这一刻突然非常平静："是你来救我的，所以你来选。"

　　沈文涛抬头问："真的让我选？"

　　"怕什么，错了就错了，选！"项昊说。

　　沈文涛也说："十八年后又是一条好汉！"

　　"下辈子还做兄弟！"项昊说完闭上了眼睛，沈文涛拿着一把小刀，稳稳地切断了一条线。

　　安然无恙。

　　项昊咬着下嘴唇，好半天才说："太刺激了！老子的心快蹦出来了！沈文涛你还真有两下子！"

　　沈文涛不以为然："你能不能淡定点？说声谢谢就行了！"

　　项昊倒很听话："谢谢你。"

　　"谢什么？不是说好是兄弟吗？"沈文涛说完，自己的脑袋上被项昊敲了一下："吓死我了，你刚才抖什么抖！"

　　沈文涛瞪着项昊说："你小子，恩将仇报！"

　　项昊突然又得意起来说："大难必死必有后福。"

　　刚说完钱宝宝已经赶来了。项昊生气："你怎么来了！告诉你不要冒险的！"

顾小白撇着嘴道:"钱宝宝跟老大果然是心有灵犀啊,刚才老大差点壮烈牺牲了。"

"什么?"钱宝宝问。

项昊说:"我这不是好好的吗,我还没娶媳妇儿,哪那么容易死啊。"

高美仁向钱宝宝陈述刚才的情景:"这帮日本孙子够狠的,在仓库里埋了地雷,想把我们全部给炸死。不过,在文涛的英明神武之下,终于化险为夷了。这次的任务虽然遭了敌人的暗算,可也算是有个意外收获,两位老大都克服了当年的心理障碍。"

钱宝宝听说排雷成功,特别高兴。她笑着说:"看来,我真错过了一出好戏。"

沈文涛说:"行了,我们还是想想正经事吧,这件事我们回去要怎么说?"

项昊提议:"要我说,我们回去就说是中了黑子的计,李天翰跟我们演戏,我们也把戏给他们演到底,看看他们到底跟我们玩什么花样。"

如果说钱宝宝的话让薛少琪没有一丝怀疑,是绝对错误的。尤其是钱宝宝质问她李天翰有没有叫她做过坏事的时候,薛少琪心里是回答有的。于是薛少琪来到李天翰的病房,一看李天翰桌子上的辣椒和年糕,她再次产生疑惑。

"听说你病了,我来看看你。你怎么样了?"

李天翰说:"是急性肠炎,医生给我打了一针,我好多了。再休息一会就能回学校了。"

薛少琪指着桌子上的东西,说:"辣椒刺激性很强,年糕又不易消化,肠炎怎么还吃这些,会加重病情的。"

"哦,是别人送来的,一时没忍住。"李天翰胡乱搪塞。

"你这毛病好得倒挺快的,一点后遗症都没有。"

"我身体底子好,好得快你还不高兴了?"

"现在是集英战队队长选拔的关键时刻,你要多注意身体才行。"

李天翰说:"放心,我会注意的。你过来找我是不是有什么事儿?最近有没有发现他们什么新的苗头?"

薛少琪摇头:"暂时没有。"

阶梯教室内,沈文涛带人回来向李继洲复命,学员们个个垂头丧气。

沈文涛汇报说："报告校长，任务失败！'鬼阳'没有出现，联络点是假的，本次行动无人伤亡。"

项昊在旁边补充："有两种可能，要么是黑子故意耍了我们，给了一个假的联络点；要么就是有人通风报信，联络点被临时撤掉了。"

"想知道是哪种，问问黑子就知道了。"李天翰走进了教室。

顾小白故意问："李天翰？你不是病了吗？怎么这会儿又好了？"

李天翰回答得很镇定："急症，去医院打了针已经没事了。"

李继洲说："天翰说得有道理，萧教官，你带沈文涛、项昊连夜去提审黑子，其他学员先回去休息。"

几个人一起往外走，李天翰自告奋勇道："萧教官，我倒是有一个套出口供的办法。沈文涛他们的正路走不通，那我就走歪路看看。让我试一试如何？"说完他给了钱宝宝一个眼神，钱宝宝立刻答应了："好的，你试试吧！"

护士办公室里，赵虎来拿药："薛护士，两支冻疮药膏。"

薛少琪转身去药柜里拿药，随口问道："对了，昨晚你们抓捕'鬼阳'的行动怎么样了？"

"昨天行动，天翰哥突然生病去不了，我和周杰都以为他队长没戏了，没想到那联络点是假的。"

薛少琪问："假的？"

赵虎说："嗯。你说那特务也真会演戏，连沈文涛那么精明都被他给骗了。说得跟真的联络点似的，'鬼阳'不见人影儿，小日本的地雷倒是埋了满地。"

"你是说，特务招供的联络点等你们去了就变成埋伏好的圈套了？天翰正好生病没有去？"

"是啊，天翰哥肯定是老天保佑啊！就昨晚那个情况，他去了搞不好就折在里面了。连项昊都踩了雷。小日本的雷可真厉害，那型号连沈文涛都没见过，排雷的时候听说他们俩都快吓尿了。不过那俩小子命大，最终还是化险为夷了。总之啊，昨晚他们算是白折腾一趟，天翰哥还是有机会的。"

薛少琪听了赵虎的话，若有所思。日本人的地雷？连沈文涛都没见过？

下班后，薛少琪来到了仓库门口，这里已经被封锁，有士兵进出清理现场。薛少琪看到仓库附近一堆爆炸后的垃圾堆，走了过去，用手翻看，发现了几块碎的弹片。薛少琪从自己口袋里掏出一块叠好的手绢，打开手绢，里面露出一小块已经有些氧化痕迹的旧弹片。薛少琪把新弹片和旧弹片放在一起对比着看了看。

薛少琪像是一下子想到了什么，拔腿一路小跑。

校园一角的隐蔽处，薛少琪拿着捡到的一个弹片给刘天宇看。

刘天宇拿着弹片仔细查看："大正三年制？这是日本人的地雷。大正是日本的年号，三年也就是1914年。这应该是很新的武器。这块，应该跟这些属于同一型号，弹体材料和容量体积基本都是一致的。"

薛少琪忙问："那这种日本雷，在龙城都有什么人会用？"

"据我所知，坤河三省正规军使用的雷都是大帅统一派人采购的美国地雷或者德国地雷，几乎就没有这种日本雷，大帅觉得日本的东西看上去精巧，实则杀伤力有限。如果要说谁会使用日本雷的话，应该就是日本人自己了，龙城有不少日本人的特务和浪人，这种武器应该只有他们才有。"

薛少琪又从手绢里拿出一枚旧弹片："刘教官，你还记得这枚旧弹片吗？"

"看着有点眼熟，只是没什么印象了。"

薛少琪说："这是从我哥哥意外身亡的事发现场拿回来的，当时您也给看过。"

"我想起来了。是这块，当时你也找我辨认过，不过，仅凭这块没有字迹的残片，我没能认出来。后来校长又竭力主张要把这事压下来，所以后来也就不了了之了。这么看来，你哥哥的事，很有可能是日本人做的。这块标有型号的新弹片，你又是从哪里得到的呢？"

薛少琪把两个弹片都收起来，说："刘教官，这件事事关重大，请你一定要替我保密，千万别对任何人讲！时机成熟的时候，你自然会知道。"

和刘天宇说完话，薛少琪回到护士室，往事一件件浮现出来。薛少琪脸上带着纠结、痛苦的神情，她不敢相信也不愿相信李天翰有可能会跟日本人扯上关系，但这几天来发生的一切却又不得不让她往这层意思上想。

此时，周杰走进护士室，凑近她小声地说："薛护士，天翰哥有点事想找你帮个忙。"

薛少琪回过神来："哦？怎么了？"

"天翰哥想了一出绝妙的苦肉计对付日本间谍，为了能在间谍面前把戏演得更逼真，特地叫我请你过去，给他注射特殊针剂，能让他出现休克假死的症状。"

"天翰用苦肉计对付日本间谍？"

周杰点点头说："是啊，你快准备一下吧，天翰哥在审讯室等着你呢。我正好在医院还有些事儿，就不陪你过去了。"

通往审讯室的路上，钱宝宝拦住了薛少琪。

"少琪，你去给李天翰打针？"

"你怎么知道？"

"李天翰把计划都告诉我了，少琪，他是在演戏。"

"是啊，他的计划就是让我给他打可以休克的针剂，为了在间谍面前把戏做得更加逼真。"

钱宝宝摇头说："我的意思是，他跟里面的间谍，其实是一伙的，李天翰套取口供的过程，其实只是演一场戏给我们看看而已。"

薛少琪厉声说道："你没有证据。"

钱宝宝说："想要证据不难，既然李天翰跟间谍是在演戏给我们看，那他注射针剂假装休克也是演戏给我们看，即使你根本就没给他注射可以休克的药水，他也同样能从间谍口中套取信息。"

薛少琪愣在原地。

审讯室内，李天翰吩咐赵虎："我需要弄点伤痕，你来动手。"

赵虎十分犹豫，拿着鞭子，装模作样地轻轻抽了两下。项昊和沈文涛进来，项昊看到赵虎的动作，一把抢过鞭子。

"你这也太假了，一会儿肯定得穿帮，还是我来吧！"

项昊拿着鞭子狠狠地抽李天翰。沈文涛在一边拼命忍着笑。李天翰内心愤怒，但只能忍着。

项昊狠狠抽完一顿，拍拍手上的土，说："这样才像嘛，不用谢我了。文涛，我们走吧。"

项昊和沈文涛一起出去。

这时，薛少琪走了进来。看到李天翰身上的伤，她问道："天翰，你没事儿吧。"

李天翰摇头："小事，药带来了吗？"

薛少琪点头。

薛少琪走到李天翰身后的桌子上打开医药箱，准备针剂给李天翰注射。薛少琪先拿起了一个针剂瓶，犹豫片刻，又拿起了另一个，将针头插进了针剂瓶里，吸取里面的液体。

薛少琪边给李天翰注射边说："你注射这种针剂之后，两个小时后就会出现休克症状，心跳会暂停。休克的症状只是暂时的，大约半个小时之后，药效就会过去。"

李天翰把卷起的袖口放下，整理好衣服。薛少琪看着李天翰，眼睛里渐渐涌出泪水。

李天翰抬头看到薛少琪有些反常的表现问："少琪，怎么了？不用担心，绝对没事儿的！"薛少琪看着李天翰，说："天翰，你看着我。你告诉我，你真的爱我吗？"

李天翰笑了一下说："傻瓜，怎么突然问这个问题。如果我不爱你，为什么要和你在一起？"

"伤痕累累，奄奄一息"的李天翰被丢进黑子的牢房里，黄昏，李天翰突然猛烈地咳嗽，随即出现休克症状，黑子过来看李天翰。

李天翰附在黑子的耳边说："我，我不行了，一会你把要传递给'鬼阳'的消息，悄悄写在我的内衣上，再写明去哪里才能找到'鬼阳'，等我的尸体抬出去，我们的人自然就会想办法把消息送到'鬼阳'手上。一定要让我死得有价值。"

李天翰说完，咽下最后一口气。

黑子探头看了眼李天翰，犹豫了一下，看看左右无人，咬破手指，将情报写在李天翰的内衣上。

牢房里传来黑子的喊声："来人哪，这个人死啦！"

李天翰被两个士兵抬出牢房，"活了"过来。

钱宝宝急切地问："怎么样？拿到消息了吗？"

李天翰将衣服脱下来，递给钱宝宝说："消息在我的内衣上了。"

钱宝宝接过衣服说："天翰，干得不错！"

项昊假装不甘心说："李天翰，说谎骗取别人信任这种事，的确是你的强项。"

李天翰对钱宝宝说："我想消息不会有问题。人在陷入绝境的时候，总是会愿意相信别人。"

钱宝宝看着内衣上的字，命令道："茗香茶馆，拐腿伙计。快，马上召集大家，立刻展开搜捕行动，李天翰负责带队！"

趁着夜色，李天翰带着集英战队的学员包围了茗香茶馆后屋。李天翰吩咐身边的学员道："我们五个一会儿假扮客人，进入店内探查情况。听到摔杯的信号，剩下的人由杜枫带队冲进来接应。动作要快，屋里的人一个也不能放过，特别是一个拐腿的伙计。"

李天翰带着五人走进茶馆，找了一张空桌子坐下。几人用眼神在全屋范围观察。茶馆中一共五人，掌柜、四个伙计。拐腿的一个在倒茶，有人在扫地，有人上菜。每个人的眼神都古怪阴狠。

李天翰、项昊、沈文涛三人对视点头，李天翰拿起杯子还没摔下，茶馆里的五个人就抄着家伙奔着这一桌杀来。双方交手、缠斗，很明显其余四个伙计都拼命护着拐腿伙计。项昊被两个伙计和拐腿伙计攻击，李天翰掏枪击毙了三人。杜枫等人听到枪声，拔枪冲进来，李天翰趁乱又打死了另外两人。

见人都死了，项昊冲李天翰大喊："为什么不留活口！"

李天翰说："我是这次行动的队长，我有自己的判断，收队！"

第二天，学员们在操场上整齐地列队，李继洲和王副官站在列队前边。

李继洲略带兴奋地宣布："同学们，我要向大家宣布一件喜讯，昨天晚上，在李天翰同学的带领下，集英战队已将龙城的最大间谍头子，代号'鬼阳'的特务抓捕归案，经过特务黑子的指认，已经确定此人是'鬼阳'无疑。这是我们集英战队打的第一个大胜仗，在此，我对各位提出表扬。"

李继洲带头鼓掌，大家也都一起跟着鼓掌。

"下面由请王副官为我们宣布一项重要的决定。"

王副官清了清嗓说："大家都知道，这次抓捕'鬼阳'的行动，既是一次任务，也是选出集英战队队长的一道考题。李天翰同学在这次任务中表现得有勇有谋，成功拿到了至关重要的信息，并带队顺利地完成昨晚抓捕'鬼阳'的行动。所以，经大帅府认可，我和李校长一致决定，李天翰同学是当之无愧的集英战队队长！让我们大家向李天翰同学表示祝贺。"

王副官带头再次鼓掌，大家也跟着鼓掌。

李天翰神色得意。

李继洲满面春风。

校长室里，李天翰倒了一杯酒给李继洲，李继洲接过酒杯，似乎有心事。

李天翰问："爹，我终于如愿以偿当上集英战队的队长了，你不替我高兴吗？"

"爹当然高兴，可是我一想到你当了队长以后就要替日本人做那件事儿，我这心里就惴惴不安。怎么说咱们也是中国人啊。"

李天翰用警告的眼神看着李继洲说："爹，你跟我已经上了日本人的这条船了，现在后悔？您知道日本人的手段，到时候我这个当儿子的也保不住您。还有，大帅一旦知道您曾背叛过他，恐怕他的手段，会比日本人更可怕。爹，咱们爷俩走到这步，已经没回头路了。"

李继洲颓然地坐在椅子上。

"爹，您得往好处想。我现在是队长了，终于可以大展拳脚了。是时候让我为咱们李家光宗耀祖了。迟早有一天，我要叫这坤河三省改朝换代！您也尝尝那坐拥大帅府的滋味。"

李继洲点点头，问："那个黑子怎么处置？"

"他指认完假'鬼阳'之后就没有任何价值了，留下就是祸害，我只相信死人。茶馆里的人都是我事先安排好的，项昊他们绝对想不到，真正的'鬼阳'其实远在天边，近在眼前。"

李继洲点点头，随即叹气："不过天翰，爹还是很担心你……"

"放心，我的目的已经达到了，那些知道我秘密的、碍手碍脚的，我一个一个都会清理掉：钱宝宝、项昊、沈文涛、薛少琪……"

医院里，有学员来上药。薛少琪打探地问："昨晚你们有特别行动？"

"你没听说吗，是搜捕日本间谍'鬼阳'的行动。李天翰成功从监狱内的间谍口中套取了消息，所以昨晚就连夜展开行动了。"

薛少琪听了这话，惊得碰翻了一边的吊瓶。

"你说，李天翰成功套取了监狱内间谍的消息？"

身边的学员有些诧异地说："是啊，听说他还找你注射了可以导致休克的药水，在间谍面前装死，骗间谍把消息写在了自己的内衣上。因为他立了功，刚刚校长已经宣布他正式成为集英战队的队长了呢。"

薛少琪顿时觉得眼前一片漆黑，她跌跌撞撞地跑了出去。

学员在她身后大叫："薛护士，我的手！你还没给我包扎呢！"

薛少琪直接冲进了钱宝宝的宿舍，"砰"地关上门。

"李天翰，他……李天翰他真的跟日本人勾结在一起的。"

钱宝宝问："你是不是发现了什么？"

"昨天在监狱，我给李天翰注射的，是普通的葡萄糖，但最后竟然骗过日本间谍，李天翰和那个日本间谍是一伙的，他们是在一起演了一场戏。"

"是，其实我和项昊、沈文涛也早就意识到这是他跟那个日本人一起演的一场戏，我们只不过是将计就计。日本人想要李天翰当上集英战队队长保全日本人的利益，我们没有拆穿他，是因为这样才能查到他们背后真正的大阴谋。少琪，你别太难过了，你现在认清了李天翰的真面目，赶快离开他吧。"

"不止这些，我还有另外一个发现。"

薛少琪拿出两枚弹片说："你看这两个弹片，我问过刘教官了，这两块弹片都属于一种日本地雷，在龙城，只有日本人才用这种雷。这两块弹片，一块在码头仓库差点要了项昊的命，一块在一年多前，要了我哥的命。我哥的死也是日本人造成的。一年多前，我曾经四处追查我哥的死因，演习区的这些真雷到底是从哪里冒出来的。当时负责演习的教官告诉我，除了龙城军校的学生，外人根本不可能进入演习区域，后来李继洲又百般阻挠我继续调查，所以我哥的死成了桩无头案。现在想来，能做成这件事的，只有一个人……"

钱宝宝问："你是说，你哥的死，也是李天翰做的？"

"我也不想相信是他做的，但是除了他，我想不出别的人……"

钱宝宝慢慢分析道："日本地雷，军校的人，还有李继洲阻挠查案……"

"现在我怎么办……我，我竟然爱上了杀死我哥哥的人，爱上了一个只会利用我的魔鬼！我到底该怎么办？"薛少琪惊慌失措，悔恨落泪。

钱宝宝安慰她道："少琪，你要的是沉住气，千万不能在李天翰面前露出马脚，否则只会招来杀身之祸。"

"可恶，原来真正害死薛少华的就是李天翰，当年他一定是想把我们大家一起炸死，没想到只有少华死了。"从钱宝宝嘴里听到这个消息，项昊一拳打到大树上。

沈文涛也咬牙说："所以，他才要一次又一次置我们于死地，我们死了，他才能如愿以偿地当上集英战队的队长，保全日本人的利益。"

"我们一直没注意到，原来在我们身边，竟然埋伏着这样一头豺狼！他和日本人到底想做什么！"

沈文涛说："别急，队长之位，不是已经被他装入囊中了吗？接下来，他的真面目就会逐渐显山露水了。"

钱宝宝难过地说："只是可怜少琪了，这个打击对她来说，实在太大了。"

薛少琪跪在薛少华墓前，痛哭流涕。

"哥哥，你知道吗，李天翰才是害死你的凶手！他不仅杀害了你，他还跟日本人勾结在了一起，当了卖国贼！哥，对不起，我爱上了害死你的凶手，我竟然把自己交付给了一个魔鬼。我好糊涂，一直把项昊和沈文涛当成仇人，一次又一次地伤害对我好的人。哥，你的在天之灵，一定对我很失望吧。就算他们能原谅我，我自己都不能原谅我自己，我哪还有脸面对他们？哥哥，我已经错得太多，没有脸求得你和大家的原谅。但是我一定要帮你报仇，我也要为我自己讨回公道，更要阻止李天翰，揭穿他的阴谋，不能让他再去祸害国家。这是少琪最后一次为大家做有意义的事情了。"

第三十章　深入虎口

军校职员办公室，谢天娇进来把一张折好的纸递给钱宝宝。

"萧教官，薛护士她叫我把这个转交给你，刚刚我在门口碰见她。"钱宝宝接过纸，问："她人呢？"

"给了我东西，就匆匆走了。现在应该已经离开学校了。"

"我知道了。"钱宝宝说完，展开字条。

上面写着："今天晚上七点，华莱士咖啡馆柜台，务必等我电话。"

龙城大酒店门口，一辆汽车在门口停下。李天翰从车上下来，穿着大衣，戴着帽子。他压低帽檐，遮住自己的脸，大步走进酒店。

酒店的一间客房里，薛少琪穿了一件性感的睡裙，嘴巴上涂了血红的唇膏。一边的桌子上，放着蜡烛、红酒。

薛少琪拿出表来看了看，时钟指向七点，薛少琪拨通华莱士咖啡馆的电话。

"喂……是我，少琪。一会儿我会让你听一些非常重要的事，你可千万听好了，不管出什么事，千万别挂电话……我对不起你们……"

薛少琪说罢，掏出一块布缠在电话的听筒位置，接着她把电话藏进了一边床下。

钱宝宝拿着听筒，站在咖啡馆前台接电话："少琪……喂……喂……你到底搞什么名堂？"

此时，话筒内传来两个人随意的聊天声。

薛少琪的声音："天翰，你当上了集英战队的队长，今晚我们要好好庆祝一下。"

李天翰的声音："少琪，你今天真美。"

酒店房间里，薛少琪媚眼如丝地看着李天翰说："好看吗？你送的法兰西口红，复仇的颜色。"

李天翰看着薛少琪说："你就是我当上集英战队队长的最好奖励。"

李天翰把薛少琪压倒在床上，欲吻上去。

薛少琪用手指按住了李天翰的嘴，故作嗔怒说："天翰，别急嘛，我有事情问你。"

李天翰温柔地抚摸薛少琪的头发说："有什么事儿比我们的庆祝还重要？"

"你是不是在帮日本人做事？"

李天翰一惊，随即迅速镇定说："你说什么，我听不懂。"

"你还要瞒着我吗？那天你让我给你去注射针剂，可我一时失误，竟弄混了那几个针剂瓶，事后我才发现，原来当时给你注射的，只是普通的葡萄糖而已。但你却成功地装死骗过了间谍，拿到了关于'鬼阳'的消息。"

"怪不得那天我是感觉身体没什么反应，我还以为是那种针剂对我不太起作用。"

薛少琪笑了说："其实你大可不必瞒着我，我都是你的人了，你的决定就是我的决定，难道你不信我？"

薛少琪搂住李天翰的脖子，深情地看着他的眼睛。

李天翰说："我怎么会不信你，我是怕你知道了担心。"

"我是你的女人，我也想为你分忧啊。天翰，你到底在帮日本人做什么事？"

李天翰说："傻丫头，你知道的越多，也就越危险，知道吗？"

薛少琪佯装生气，侧过身："你还是不肯信我。"

李天翰从薛少琪背后贴上去，搂着她道："说出来，我怕会吓到你。其实，他们抓到的'鬼阳'是个假货，真正的'鬼阳'，是我。"

薛少琪故意大声："什么？你才是坤河三省的头号间谍'鬼阳'？"

李天翰连忙上前捂了一下薛少琪的嘴。

薛少琪拿开李天翰的手，低声说："你，你怎么会是头号间谍，你到底帮日本人做了什么？"

李天翰很得意："我一直潜伏在龙城军校，秘密帮日本人传输各种军事情报，接下来，我还会帮他们做一件大事，日本人在天龙关修筑了秘密军事工事，一旦秘密工事建成，就会发动大规模的侵华战争。我这个集英战队队长，将会帮助他们完成秘密工事中的最重要一环。"

"你要利用集英战队帮日本人在天龙关修筑秘密工事？"

李天翰说："现在我的秘密都告诉你了，满意了吗？"

薛少琪声音如水道："天翰，我爱你，无论你做什么，我都会在背后默默支持你。"李天翰动容，低头吻住薛少琪。两人缠绵激吻，李天翰伸手解薛少琪的衣服。

钱宝宝捏着话筒，听完这一切，十分震惊。她冲着听筒那边喊："少琪，你怎么样了，少琪！"

电话那头一点反应都没有。

钱宝宝急得扔掉电话冲了出去。

客房里，薛少琪的手慢慢伸向枕头下边。就在薛少琪从枕头下面抽出刀把的时候，一把手枪抵在了薛少琪的额头。

李天翰起身，跨跪在薛少琪身体两侧。

"少琪，你好心急，就算要送我去黄泉，也该等到我们最后一次缠绵之后啊。"

薛少琪问："你早知道我要杀你？"

李天翰爱抚着薛少琪的脸蛋，收起了枪："连你的心思我都猜不到，凭什么叫'鬼阳'？少琪，你知道吗？我是个男人，一个有野心的男人，为了实现我的抱负、理想，我必须要做很多事情。我以为你对我的爱可以理解我的一切，可是你太让我失望了。"

薛少琪情绪崩溃："李天翰，我恨你，恨你杀了我的亲人，恨你当汉奸卖国求荣，恨你骗了我的感情……我那么爱你，你为什么要这样对我？"

李天翰俯身抱住薛少琪说："要怪，就怪你自己太傻，竟然对我动了真情。"

薛少琪看有机可趁，抽出匕首，向李天翰刺了下去，李天翰像是有准备一般，躲开了那一刀，只是被刀锋擦破了一点点皮。薛少琪见一刀不成，又疯狂地向李天翰刺了第二刀。李天翰伸手一把捏住薛少琪的手腕，一个反手，将薛少琪手里的刀刺进了薛少琪腹中，殷红的鲜血顿时从薛少琪腹中喷出。

薛少琪睁着眼睛停下了一切动作。

李天翰扶着薛少琪靠在自己怀里，薛少琪渐渐虚弱，头放在李天翰的肩膀上。她虚弱地问："我想最后问你一句话，你，爱过我吗？"

李天翰眼眶发红，眼睛湿润，温柔地回答："我爱你。"

李天翰一边说一边用力把刀推得更深。

薛少琪身上插着匕首，平躺在床上。李天翰坐在床边，温柔地看着她，时而帮她顺一下头发。突然，他瞥见床单下通出一条电话线。李天翰上前一把掀开床单，床下赫然放着一部电话机，话筒还放在一边。

李天翰拎起话筒听了听，瞬间明白了所有的事情。李天翰顿时觉得五雷轰顶，因为薛少琪泄露秘密，他这局棋马上就要满盘皆输。但是只用了片刻工夫，他就想到了应对的办法，他拿起电话拨通。

"爹，是我。你马上派人去电话局查一下，刚刚从龙城酒店318房间打出的电话是打到哪里去的？"

钱宝宝、项昊、沈文涛三人在龙城大街上疾步小跑着。

钱宝宝焦急地说："少琪帮我们套出了李天翰的真实意图，还企图刺杀李天翰。我们必须马上找到她，我担心李天翰会对她下毒手……"

项昊很绝望地说："以李天翰的为人，少琪的确很有可能已经遭遇不测了！"

沈文涛说："龙城有电话的地方，屈指可数，我们现在就去逐一排查。"

三人在龙城街道上寻找。

客栈内，店小二冲着三人摇头。

西餐厅内，服务生对三人摇头。

舞厅外，项昊出来对等在门口的钱宝宝、沈文涛摇头。

李天翰正在酒店里焦躁地踱步，电话铃响，李天翰接起电话。

"喂？爹，事情怎么样了？"

"已经查证过了，电话是打给华莱士咖啡馆的，经我派去的人用照片核对，接电话的应该是钱宝宝。"

李天翰眼中闪现一股浓重的杀意说："爹，你马上通知大帅，钱宝宝系冒充教官混入军校的日本间谍，项昊、沈文涛与其勾结，不仅包庇间谍，更有通敌嫌疑。薛少琪发现三人罪行想要揭发，在龙城大酒店被三人灭口。另外，项、沈两家恐怕与此事难脱干系，希望大帅暂时将项邵达、沈国舜二人软禁起来配合调查。"

钱宝宝、沈文涛、项昊三人走进龙城大酒店。

服务生查看记录本，点头，伸手指向一边楼梯。

三人通过走廊急步走到了 318 房间门口。

318 房间的门虚掩着。

三人对视一眼，沈文涛、项昊分别拔枪，做好随时应付突发情况的准备。

钱宝宝敲门："少琪？"

屋内无人应门。

钱宝宝推门进去。

钱宝宝走进房间，一眼看见了躺在床上的薛少琪尸体，钱宝宝吓得想要尖叫，项昊眼疾手快立即捂住了钱宝宝的嘴。

沈文涛上前探了一下薛少琪的呼吸，已经没气。沈文涛冲着钱宝宝、项昊摇头。

钱宝宝一把扑倒在薛少琪身边，抓着薛少琪的手，眼泪流下："少琪，你怎么这么傻！"

项昊懊恼道："李天翰，你这个畜生！"

沈文涛思索道："为什么李天翰会把尸体留在案发现场而不是清理掉？为什么我们来了之后，门竟然会虚掩着？"

这时，窗外传来了警铃声，人群喧闹。沈文涛迅速贴到了窗边，朝楼下望去。

楼下，一队警察正在冲进酒店内。

沈文涛大叫道："不好，警察已经来了。中计了！快跑！"

三人迅速跑出客房。

钱宝宝、沈文涛、项昊三人低头欲装扮成普通住客走出酒店大堂，却被迎面而来的警察认出说："就是他们三个！别让他们跑了！"

警察纷纷拔枪对准三人射击，三个人迅速躲闪，回击。客人吓得四处逃散。

酒店门口，恰好有一个贵妇正从一辆车上下来。项昊拿枪对准车内司机，沈文涛拉着钱宝宝上车。贵妇尖叫着抱头蹲在一边。

项昊拿枪对着司机说:"开车!"

司机紧张开车离去。

汽车停在龙城街道一角。

街道上已经贴上了钱宝宝、沈文涛、项昊三人的通缉令。

钱宝宝指着一边的通缉令说:"你们看!"

项昊气得双眼通红说:"王八蛋,动作还挺快!他肯定是猜到我们知道了他的秘密,所以故意把薛少琪的死栽赃到我们身上,不仅揭穿了宝宝的身份,还诬陷我们是日本间谍,现在怎么办?"

沈文涛说:"他是铁了心要置我们于死地,军校现在是不能回去了。"

项家门口,李天翰已经带人把项家团团围住。

项邵达气得发抖说:"李天翰,你不要以为当上一个集英战队队长就可以以下犯上,你知道自己在干什么吗,我是你的长官,你竟敢带兵围我,趁我还没翻脸之前,你赶紧把人给我撤走!"

李天翰抖着一张纸说:"项伯伯,我是看在你一把年纪,才这么尊重你的,要是我真的照章办事,估计就没这么客气了。这是大帅府颁布的特别通缉令,缉拿假冒教官的钱宝宝以及协助她潜逃的项昊、沈文涛。大帅知道此事十分震怒,责令我本人担当此次搜捕工作的具体负责人。沈文涛还有你宝贝儿子项昊包庇假货,还跟那个假货一起畏罪潜逃。我李天翰不才,奉命派人来看着您老人家,就是怕您想不开,跑去瞎捣乱,我这也是用心良苦,项伯伯。"

"算你狠,我告诉你,你别得意得太早,我还没死呢!大帅也不会偏听偏信,咱们走着瞧!"

"项伯伯,我劝您老人家还是好好休息,等我抓到了项大公子,您可以把骂我的这点力气,留着好好教训他,他这次可是没给您少找麻烦啊。时间不早了,我还要去沈军长家呢,就不陪您多聊了!"

李天翰临走前,大声吩咐道:"前门后门给我加暗哨和流动哨,你们给我伺候好老爷子,在项大公子落网前不许他离开这座宅子。"

士兵们大声回答："是！"

三个人在隐蔽的地方亲眼目睹了李天昊气焰的嚣张。

项昊非常气愤地说："李天翰竟然敢带兵围我家，等着啊，回头我一定跟你好好算总账！"

钱宝宝说："如果没有上头的命令，他李天翰区区一个军校学员怎么敢控制项参谋长的府邸？"

沈文涛说："我担心，我家肯定也被控制起来了。"

项昊说："现在满大街都贴满了我们的通缉令，我们又该去哪儿呢？"

钱宝宝说："有一个地方，或许能让我们暂时避下。"

校园里响起了紧集集合的号声，学员们纷纷第一时间跑到操场上集合。

李继洲神情凝重地站在操场上，厉声宣布："让大家紧集集合，是有一件非常紧急、非常严重的事情要向大家宣布。经查实，教官萧晗，是一个名为钱宝宝的日本间谍冒充的。"

台下学员均是震惊表情。

顾小白、杜枫、高美仁、韩旭不解地面面相觑；谢天娇、刘天宇也是震惊表情，欧阳飞在一边眉头紧锁。

"龙城军校乃是军事重地，这个日本间谍冒名顶替，潜伏在我龙城军校长达三个月之久，用心之险恶，昭然若揭，在其身份被军校护士薛少琪发现后，为掩盖罪名将其杀害，现畏罪潜逃。本校学员项昊、沈文涛不仅不揭发其真面目，还助纣为虐，一直帮其掩盖身份，现在又协助其逃跑，同样罪不可赦。现在我颁布大帅府特批通辑令：全城通辑钱宝宝、项昊、沈文涛三人，所有军校教官和学员若看见此三人，都有义务将他们抓捕归案，如遇拒捕可当场击毙。但若你们当中有人暗中给他们通风报信，或者知情不报者，均以包庇罪论处。"

顾小白、杜枫满面愁容地对视一眼。

几个人回到宿舍，韩旭随手锁好门。

顾小白着急地说："怎么会突然弄成这样？昨天还好好的，今天就突然成了全城的通缉犯？"

高美仁也疑惑地问："怎么突然之间，李继洲就弄明白了钱宝宝假冒身份的事？"

杜枫摇头说："又或者，是钱宝宝和项昊、沈文涛他们发现了一些什么？"

韩旭看着杜枫说："有道理，晚上两位老大急匆匆地就被钱宝宝叫出去了，一直到现在都没消息，这肯定跟今天的事情多少有些关联。"

杜枫点头说："能把李家父子逼得狗急跳墙，估计多半是他们掌握了李家父子卖国求荣的确凿证据，所以李家父子才想先下手为强，揭穿钱宝宝的身份，顺便以包庇罪除掉两个老大。"

"那我们现在要怎么办？如果让李继洲父子先找到老大他们，他们肯定就没命了。"

杜枫说："我们现在不能轻举妄动，李继洲父子知道我们跟项昊、沈文涛关系好，肯定会派人监视我们的一举一动。再说我们也不知道他们在哪里，就是想找他们，确实也没办法。"

韩旭说："不过，既然李继洲下令通缉他们，至少证明现在他们是安全的。"

高美仁问："项参谋长和沈军长会坐视自己儿子被诬陷不管吗？"

韩旭答："现在他们三个身上背的是通敌、杀人、冒充军官的罪名，条条都是大罪、死罪，两家老爷子现在已经被软禁了，就算要救人也不是那么容易的。"

龙城郊区的小院子里，钱宝宝他们来到这里暂时躲避。

萧晗给大家倒茶，说："来，喝点茶。我这儿够隐蔽，你们先安心在这里住下。唉，我们四个都不能露面，也不知道现在外面什么情况了。"

欧阳教官很快找到这里。"我一猜就知道你们在这里。我是从军校偷溜出来的。长话短说，现在情况很不好，李继洲已经揭发了钱宝宝冒用身份的事，还说她是日本间谍，杀了薛少琪，你们俩是同伙。大帅震怒，下了特别通缉令正在全城通缉你们三个，连你们的父亲项参谋长和沈军长都以协助调查之名被控制起来了，你们现在的处境很危险，李天翰是铁了心要弄死你们。"

沈文涛喝了一口茶说："穷途末路，丧心病狂哪。"

项昊分析道："李天翰担心我们会戳穿他是日本汉奸的事，所以要先下手为强，反咬我们一口。"

萧晗也问："能让李天翰谋划至此，到底他跟日本人要勾结做的是什么罪大恶极的事情？"

钱宝宝说："昨晚在薛少琪的电话里，我听李天翰自己说，他是要帮助日本人完成天龙关秘密工事中最重要的一环，但不知道具体指的是什么。"

"我们不能一直在这里藏着坐以待毙，我们应该主动去天龙关一带探查一下，说不定能找出些线索。"项昊建议。

欧阳飞提醒他们说："不过，李天翰如果在天龙关藏着猫腻，就一定会加大天龙关一带的兵力部署。你们一定要小心！"

日式酒馆内，山本和李天翰正在喝酒。

山本端起酒杯道："藤岗君，干了这一杯，恭喜你如愿以偿，荣登集英战队队长宝座，将来前途无量啊。"

"区区集英战队队长的宝座算什么，这只我们宏伟蓝图中的第一步而已。"

山本说："集英战队队长宝座是第一步，我以为天龙关的军事秘密工事任务应该是第二步，接下来，我们将会一步一步将你送至坤河三省的权力巅峰，一步一步蚕食掉整个中国。"

李天翰笑着举杯和山本干杯，两人各自喝下酒。

"说起这天龙关，当初帝国选择在这个位置修建秘密工事实在是神来之笔。向东八公里外就是坤河三省三条最重要的铁路交汇点，一旦爆发战争，我们立刻就可以扭断坤河交通咽喉；向西两公里就是天龙涧，配合军事需要，随时可以炸堤放水，制造人祸。近可取坤河三省，远可攻俄国、外蒙。而且这工事隐在山中，蔓延数里，我们的部队掩藏其中，可谓神鬼奇兵，任他们找也找不到，防也防不住啊。"

李天翰说："大帅也算是个乱世奇才，虽没正经学过军事，但对地形学却有着超常的悟性，一眼就看上了我们大日本帝国呕心沥血三年之久才建成的风水宝地，真是英雄所见略同啊。"

"眼下，天龙关工事已经在大帅眼皮子底下顺利地秘密完工了。现在，就差武器弹药到位了。"

李天翰点头道："大帅对区域内的货物运输管得一向很严，而且，似乎对日本和俄国人的货物尤其查得仔细，大宗军火除非是交付给大帅的直系部队，否则根本不可能运送进来。但是我的集英战队却有这个运输的特权，不仅可以随时调配大帅的汽车运输队，还可以优先部署。接下来的事，就交给我吧。"

山本略带担忧说："不过，藤岗君，中国人都是死脑筋，而且集英战队都是训练有素的军官，我担心你怎么能说服他们。"

李天翰说："这种监守自盗的事，与其把力气花在怎么说服他们，不如把力气花在怎么骗住他们上。"

山本笑了说："你这个队长，果然高明。等我们武器全部到位了，这个天龙关秘密工事就如虎添翼了，这相当于在大帅身边放了把尖刀，他一不听话，我们就给他放血，到时候，就怕他失血过多，伤重不治啊……"

山本笑了起来，李天翰也跟着笑了起来。

操场内，全体集英战队成员在操场上集合。

李天翰发号施令道："顾小白、杜枫、高美仁、韩旭出列。"四人不明所以，面面相觑，出列。

"集英战队全体都有，现在我宣布，除了他们四个，其余的十名集英战队队员，现在随我出发，执行驻守天龙关任务。"

高美仁不满道："报告，驻守天龙关是整个集英战队的任务，为什么将我们四个人排除在任务之外？"

顾小白也说："报告，队长你这是差别对待，我们也要参加驻守天龙关的任务。"

李天翰很严肃地说："没错，这就是差别对待！钱宝宝混入龙城军校目的不明，项昊和沈文涛是同犯，现在三人逃亡在外，而你们四个人平时又跟三个逃犯过从甚密，驻守天龙关的任务事关重大，为了保证任务万无一失，我必须将你们四个人排除在任务之外。"

韩旭说："报告，没有真凭实据，仅凭怀疑就将我们排除在任务之外，我们不服。"

李天翰怒了，说："军人以服从命令为天职，项昊和沈文涛叛国杀人，畏罪潜逃，难道你们也想造反吗？"

杜枫给小白等人使眼色说："队长说得有理，他有大局上的考虑，我们应该服从他。"

李天翰看了杜枫一眼说："杜枫，算你识时务。除此四人之外，全体都有，立正，跑步走，目标：军校门口军用卡车。"

杜枫等四个留在了原地。

顾小白埋怨说："杜枫，李天翰这小子今天是故意挤兑我们的，你怎么在他面前认怂呢。"

"我不是认怂，现在项昊、沈文涛他们出了事，这个时候，我们要跟李天翰顶着干，不是正中李天翰下怀，给他借口把我们关起来吗？"

韩旭也说："杜枫说的有道理，我们现在能做的只有养精蓄锐，然后伺机而动，争取和两位老大来个里应外合，一举歼灭李天翰这个大汉奸！"

高美仁点头说："我们现在不是被排除在集英战队的任务之外，正相反，这才是集英战队真正要做的事。"

李天翰把集英战队带到一个秘密仓库里。

"各位队员，今天，我要给大家宣布一个绝密任务，大家只能听，不能记录，也不允许向任何人提起，尤其是，不能把消息传到日本人、俄国人耳朵里，因为我们今天的绝密任务就是针对他们的。这是我们中国人的一件大事，也是我们为几千万父老乡亲做的一件大好事。大帅在天龙关修筑了一个秘密工事，一旦建成就可以控制整个区域里的交通枢纽，也可以扼制日本人和俄国人在这个地区的全部货物人员运输，将来一旦他们再来我们的地盘里挑衅生事，我们就可以一举歼灭之。我们集英战队的绝密任务就是要负责把武器安全地运入关内，布置到工事中，这批武器装备非常先进，绝不能让日本人和俄国人发现，为了保密，甚至不能让集英战队以外任何人知道。"

一个学员问："报告，连军校的教官也不行吗？"

"军校已经出了一个假教官了，在来这儿之前，我也特地剔除了几个有嫌疑的学员。目前的形式非常严峻，龙城之中，日本、俄国间谍众多，鱼龙混杂，任何人都不可信。所以，这次任务不许说，也不许问，但务必做到万无一失，大家明白吗？"

全体队员大声回答："明白！"

运载武器和队员的四辆卡车开到了天龙关关口，关口的卫兵拦住了卡车。

李天翰从卡车里下来。

卫兵给李天翰敬礼。"长官，请您出示证件！"

李天翰递上集英战队的证件。

卫兵翻开一看，露出崇敬之色说："原来是集英战队李队长，冒犯了！"

李天翰说："我们奉大帅命令驻守天龙关，请你放行。"

"天龙关是军事重地，保险起见，还请你们全部下车，接受检查。"

李天翰突然拔出枪，指着卫兵的头："集英战队的任务你无权过问。"

卫兵慌张地说："李队长，我们也是例行公事。"

"再废话，格杀勿论！"

卫兵举起手退后，对旁边的卫兵高喊："放行！"

在天龙关内荒野的一个岔路口，李天翰命令车子停下，几个老百姓打扮的人和李天翰点头致意。

李天翰指挥道："全体下车！你，把钥匙交给他们！"

开车的队员略带疑惑地问："车上载着那么多重要的武器，全交给他们？"

"他们都是大帅亲自挑选的亲信，可以信任。秘密工事的位置十分重要，即使是对我们，大帅也不愿透露。我们的任务，就是带武器入关。他们几个会负责把武器运到秘密工事内。"

开车队员点点头，把钥匙交给了日本人。

在山坡上埋伏的项昊问："李天翰在搞什么鬼？"

钱宝宝说："现在怎么办？"

沈文涛说："跟着那些卡车，看他们去哪儿！"

项昊拿出地图说："我们从这里抄近路过去，在半路拦住他们混上车。"

车子行进到两座山中间，山路难行，车速慢慢降下来。项昊、沈文涛站在山顶，推着一块巨大的滚石，看到卡车出现，将滚石推下山去。第一辆车看到滚石，一个急刹车，车队整个停下来。

一个日本人下车探查路况。巨石挡住去路，无路可走，于是他招呼其他人下车帮忙推石头。他们说着日语，叽哩呱啦一起推石头。

钱宝宝趁机蹿上最后一辆卡车。

石头被推到路边，四辆卡车再次发动。

钱宝宝躲在装满武器的卡车上，扒在门缝上，观察卡车前行的路线。山坡上，项昊和沈文涛紧追卡车行踪。

卡车进入工事门口，停在教堂前。司机下车，一个日本守卫走过来。他们用日语对话，钱宝宝虽然听不懂，也知道大概就是打招呼的意思。

很多着装的日本兵从教堂里出来，准备卸货。

在卡车后面的钱宝宝看到日本兵过来，一惊，看了一眼身边的货箱，打开箱盖，钻进去，关上箱盖。动作如行云流水，没有被发现。

两个日本兵把装有钱宝宝的箱子堆放在教堂里，教堂后面有一个山洞口，停着几辆手推车。日本兵放下箱子，又出去搬运别的东西。钱宝宝听听周围没人，赶忙从箱子里跳出来，观察了一番。发现有人靠近，赶忙钻上一辆装了一半货的手推车，用厚布盖住自己。

日本兵陆陆续续搬了箱子进来，然后推起手推车。钱宝宝被四个日本兵一路推着，进了一个山洞。

装有钱宝宝的手推车停在武器库门口，四个推车的日本兵离开。

等在武器库外的铃木示意两个日本兵去搬武器，钱宝宝一动不动，听着他们叽哩呱啦地说日语。看着眼前的场景，钱宝宝能够猜测出他们在说什么。

铃木声音严厉："小心点！手脚快一些！"

钱宝宝偷偷通过缝隙露出一点眼睛，盯着武器库打量。武器库很大，而且已经摆放着很多武器，除了有成箱的枪支弹药，还有各式榴弹炮、野炮，还有写有 TNT 字样的数量众多的炸药，钱宝宝看了不禁倒吸了几口凉气。铃木的眼睛无意往钱宝宝所在的手推车一瞥，吓得钱宝宝赶忙用布挡住露出眼睛的缝隙。

铃木警惕地朝钱宝宝所在的手推车走来，就要撩开挡住钱宝宝的布，一阵武器落地的巨响传来。原来一个日本兵抱着一个大箱子，箱底破了，箱子里的枪支散了一地。

铃木转身往那边走说："笨蛋！"

士兵弯腰说："对不起，对不起。"

铃木站在一边监督他们。士兵们好一会儿才把地上的枪支都装进了箱子里，都装好了。日本兵把箱子装进了唯一停在轨道上的手推车里，盖上布，离开。

铃木看着士兵离开，才想起先前钱宝宝所在的手推车，走到手推车边，一把掀开布，钱宝宝早已没了踪影。

钱宝宝躲在箱子后，眼睛机灵地四处观察，寻找逃跑路线。她注意到武器库旁工事顶上有一个通风口，摇了摇头觉得自己爬不上。又看到另一边有一个小窗，觉得可行。钱宝宝偷偷往小窗方向移动。

一辆小推车里起火了，烧着了木箱，又烧着了盖着的布，在大家手忙脚乱灭火的时候，钱宝宝看准时机就往小窗冲去。

铃木带着日本兵冲到那辆手推车边，发现手推车着火了。铃木一脚踹翻手推车，东西散了一地，铃木捡起了手推车里的打火机，看到了打火机上的标志。

铃木大喊一声："上当了！跟我回去！"

铃木带人回到基地内，看到钱宝宝在爬窗。"可恶，给我抓住她！"士兵们向钱宝宝跑去。钱宝宝已经爬出窗户。

钱宝宝在山里飞奔，日本兵在后面追。

突然有人一把拉住钱宝宝，把她拉进一个土坡下面，日本兵没看见，继续往前跑。

来人正是是项昊和沈文涛。

铃木焦急地坐在武器库内，一个日本兵来汇报："报告，没……没抓到。"

铃木给了日本兵一个大嘴巴子："没用的东西！给我加强防御！"

天龙关营房内，李天翰和守卫的军官在说话。"集英战队从现在起正式接管这里，带着你的兵立刻撤离。"

军官迟疑道："这里这么大，集英战队才几个人，恐怕……"

李天翰态度坚决地说："我再说一遍，所有人，立刻撤走。"

军官无奈，敬礼走开。

周杰过来报告。"报告队长！这个人说是你朋友。"李天翰一看来人是山木，对周围的人说:"你们都先去忙吧。"

山本见旁人都走了,小声说:"刚刚工事里闯进来一个人。"

李天翰问:"什么人?"

"是个女的,穿着龙城军校的制服!估计是跟着卡车进来的,快要离开工事的时候被发现了,逃跑过程中还有两个人接应她,可惜没抓住他们,让他们跑了。"

李天翰疑惑道:"莫非是钱宝宝他们三个?"

山本焦急地说:"现在事态严重,这三个人留不得,必须尽快杀掉。"

三个人往萧晗的住处走去,与一个打柴的老人擦肩而过。山里难得见到穿着制服的年轻人,打柴的特意留意看了三人一眼。

钱宝宝给大家汇报相关情况,最后说:"就这样,我从秘密工事里逃了出来。"

欧阳飞说:"你这次行动也惊动了日本人和李家父子,接下来,你们的处境会更危险。"

钱宝宝倒不害怕,说:"但是换取了日本人秘密工事的详细信息,也算值了。"

项昊说:"我们和李天翰早就撕破脸了,我们就算什么都不做,他也早就打定主意,要置我们于死地。"

萧晗很不理解,说:"军校那么多不明白真相的人还充当着李天翰的帮凶,亲手把武器运送到敌人手里。"

项昊想了想,说:"我们会找到机会跟他们说明白的。"

沈文涛见钱宝宝满身灰土,说:"你先休息一下,把秘密工事内部的情况详细地跟我们说一说,然后咱们再从长计议。"

打柴的老人不经意就把钱宝宝他们的行踪泄露给了搜查的士兵。消息很快传到李天翰耳朵里。

李天翰对学员们说:"我刚刚接到线报,重犯钱宝宝、项昊和沈文涛三人就藏在不远处的张家村。全体队员听令,立即整装出发!"

顾小白得知李天翰要去围剿钱宝宝他们,跑回宿舍,着急地说:"不好了,老大他们藏在郊外的张家村被发现了,李天翰要带人去杀他们,我们必须马上去给他们通风报信。"

杜枫说:"咱们现在立即出校!"

顾小白他们带上各种枪支弹药,全副武装准备出发,却被李继洲抓了个正着。"你们是想偷偷去给通缉犯通风报信!来人,给我拦住他们!关进禁闭室好好反省!"

沈文雨在教员办公室里直转圈。"怎么办?怎么办?项昊和沈文涛还有钱宝宝被通缉了,我爹和项邵达都被软禁了,顾小白他们被关禁闭了。这龙城就要变天了!"

刘天宇说:"事情怎么会弄到这个地步。"

谢天娇也觉得遗憾。"我们虽然也不想看到这种结果,但眼下所有的事都指向钱宝宝他们三个啊。"

沈文雨连忙说:"真相不是这样的!这一切都是李天翰的阴谋,是他跟日本人勾结在一起,我哥他们三人都是知道了李天翰的阴谋才被诬陷通缉的!"

刘天宇说:"沈助教,我们军人必须服从原则,讲求证据!"

"都这个时候了,你还要什么证据!等他们都死了,找出证据也没用了!"沈文雨大声对刘天宇说。

谢天娇这时候心里有很多疑问:"刘教官,你真的觉得项昊和沈文涛他们会杀薛少琪吗?"

"我不相信项昊他们会杀人,这件事充满了蹊跷……"

"是啊,他们三个的为人,我们清楚得很。怎么可能当了日本间谍,还杀死一个手无寸铁的弱女子?"

刘天宇说:"先是李天翰当上了队长,然后钱宝宝、项昊、沈文涛被通缉了,连沈军长和项参谋长都被软禁避嫌,要求配合调查。"

"还有,集英战队驻守天龙关却独独排除了顾小白他们四个,这会儿又把他们四个给关了起来……"

"我总觉得这一切背后,似乎都有只看不到的手在操纵。你觉得,这幕后黑手会是谁?"

刘天宇和谢天娇互相看了一眼。

钱宝宝在萧晗的民宅里详细地给大家讲解秘密基地内部的构造。她拿着一个小棍子在地上画着。

"这个地下工事，呈东西走向，我一路跟着卡车进去，看到的就有大概十几间房间。有弹药库、电报室、指挥室。里面道路错综复杂，还有一些出入口与地面相接。"

项昊看着地上的图说："估计是打算将来与地面部队的集结地、火炮阵地、观察所等相通。"

沈文涛很惊讶："这俨然就是一座地下城了。"

项昊义愤填膺地说："日本人狼子野心昭然若揭啊，不仅占领我们的铁路、港口、煤矿，还在我们的天龙关修建了如此规模的工事。"

钱宝宝也说："要是真的让日本人把弹药库填满，那就更加有恃无恐了。"

沈文涛点头道："这天龙关地下工事，就是生在坤河三省要害部位的一颗毒瘤，搞不好，会要了坤河三省的命。"

三个人正说着，沈文涛、项昊凭着脚步声判断出有人靠近民宅，两人一对眼色，迅速持枪压到墙角。欧阳飞也警惕地持枪从内屋出来，萧晗紧张地也跟了出来。

项昊对钱宝宝和萧晗使手势，示意两人进屋去。

项昊小声说："外面都是咱们的兄弟，别伤他们。"

外边的李天翰已经开始大声喊话："你们已经被包围了，赶紧缴械投降，不要做无谓的挣扎！"

项昊在里面也大声喊道："兄弟们，我们有话要说！"

李天翰在外边命令："不要听他们的，迅速把这些通缉犯拿下！"

项昊大声骂道："李天翰，你勾结日本人，出卖军校，你才是个十足的卖国贼，我怎么会有你这么个兄弟！"

沈文涛也喊道："兄弟们，天龙关的秘密工事是日本人建的，李天翰带着你们，是在给日本人运送武器！"

"别听通缉犯胡说，赶紧给我打！"李天翰命令。

"兄弟们，我们说的都是实话，李天翰一直跟日本人勾结，他才是个十足的卖国贼。"项昊说。

李天翰看着迟迟不肯动手的队员，说："他们是为了逃脱罪责，故意栽赃陷害我！"

学员们看着李天翰，有些动摇，如果说他们不相信钱宝宝情有可原，但是沈文涛和项昊和他们朝夕相处，说他们是间谍，很多学员还是心存疑虑的。

一个学员突然对着里面大喊："你们有证据吗？"

欧阳飞也在里面喊话："我能证明，沈文涛、项昊他们说的是实话。"欧阳飞已经打开了大门。

李天翰马上说："欧阳教官，原来你和他们是一伙的！"

这时候，萧晗从欧阳飞身后走了出来说："我能证明！沈文涛、项昊他们说的是实话。"

见到萧晗，学员们非常惊讶，小声议论。

"刘助教，她没死？"

"到底怎么回事啊？"

李天翰看到萧晗也大吃一惊。

钱宝宝走出来，站在萧晗身边，说："李天翰，你没想到吧，这是我们设计的一场戏，你想杀她，我们就将计就计让你以为她死了。"

萧晗向端着枪的学员们解释说："我听到了李天翰与日本人勾结的秘密，所以李天翰要杀我灭口，是钱宝宝救了我。"

李天翰命令身后的学员说："你们还愣着干什么？开枪啊！"

学员们没有动作。

顾小白他们呼哧带喘地赶过来，一看眼前的状况，问："我们来得还不算太晚吧？"

韩旭也大喘气说："还好，还没错过高潮。"

钱宝宝指着李天翰说："李天翰，你先是想杀萧晗，后来薛少琪帮我们套取了你勾结日本人的阴谋，你又杀了她！"

"可惜我们没能救成薛少琪，还步入了你事先设好的局里，才被你陷害成了杀人犯。"项昊说。

一个学员相信了，说："原来如此，我也觉得，你们三个无论如何也不会去当杀人犯，更何况杀害的还是手无寸铁的薛护士。"

李天翰回头一看，队员们已经都放下了枪，他大喊："怎么？你们要叛变！"

杜枫站在学员的队伍里："难道他们要跟着你去帮日本人？"

"我以集英战队队长的名义命令你们，马上把这三名通缉犯击毙，否则就一并击毙你们！"李天翰下着命令。

学员们还是没有动作。

项昊大喊道："别反抗了，兄弟们，捉住李天翰！"

没想到李天翰一把拽过身边的周杰，枪直接顶在了周杰的头上："谁也别动，谁敢动我就一枪毙了他！"

学员们都不敢轻举妄动，李天翰以周杰为要挟，慢慢后退，最后一脚踹开周杰，成功逃脱了。

学员们同仇敌忾，听了钱宝宝关于秘密基地的介绍，都想去一举端了秘密基地，把武器抢回来。

欧阳飞说："但是我们枪支弹药不足，不足以对抗小日本的队伍。"

钱宝宝想了想："现在大家都在这儿，我倒是有个好主意。"

当靠近项府秘密仓库的时候，钱宝宝还臭美呢："看吧，我就说我这个是好主意吧！"

项昊假意鼓掌："让儿子来偷老子的枪，你的主意真是好！"

"你爹的就是你的，既然是你的，我们都不会跟你客气的，能拿多少就拿多少。"

项昊宠溺地看着调皮的钱宝宝，走到一处角落，"哗啦"一声拉开一道暗门，里面囤着更多的武器。

顾小白看到这番景象，不禁吹了声口哨。

杜枫"哇"了一声："这么多！"

沈文涛用手肘撞了项昊一下，调侃地说："没想到你们项家私囤了这么多武器，看这架势你爹这是准备造反啊？"

项昊说："少来！我就不信你沈家武器库的硬货会比这里的少。别废话了，快点搬，时间紧急。"

学员们尽可能多地把枪支、手榴弹、子弹背到身上。

李继洲接完电话，面色铁青，一屁股瘫坐在椅子上。

"天翰，一刻钟以前，集英战队全体队员闯进项邵达的武器库，拿走了大量的武器。天翰啊，现在我们该怎么办呢？连集英战队都知道真相了。"

李天翰面部的肌肉不由自主地抽动了一下："慌什么！你马上申请发布新的通缉令：集英战队全体队员竟然听从案犯蛊惑，集体叛变并携带武器潜逃，罪无可赦，现特令全城通缉这批叛变学员，还有协同犯案的教官欧阳飞。"

李继洲愣愣地点点头。

李天翰命令般地说："你立即把咱们手里能调集到的全部兵力调到天龙关一带，我担心沈文涛和项昊他们马上就会对秘密工事采取行动。"

李继洲很担忧："天翰啊，现在事情越搞越大，我担心再这么搞下去，迟早会捅破了天。"

"事已至此，我们没有回头路了，不是他们死就是我们亡！天龙关的秘密工事已经基本建成，这个节骨眼儿上绝不能出任何岔子。爹，这场赌局，你只能陪我赌到底了。"

李继洲被李天翰逼得一屁股坐在了身后的沙发上，用袖口擦了擦额头上的冷汗。

教员办公室里，沈文雨拿着新颁布的通缉令。

"你们这回该相信我了吧，你们看，现在通缉集英战队的全体队员，还有欧阳飞。"

谢天娇不解："连欧阳教官都被通缉了！"

沈文雨说："我倒刚刚从苏锐那里听到一件事，调查薛少琪的警察来军校医院调查过，据他们说，薛少琪的尸体在被发现时，身上穿的是睡衣。"

刘天宇问："薛护士怎么会穿着睡衣见钱宝宝他们？"

"当然只有会情人才会穿着睡衣！这还不能证明是李天翰杀了薛少琪吗？"

谢天娇想了想，说："如果这一切都是李天翰做的，那倒是都说得通了。"

刘天宇也说："我相信欧阳飞！"

谢天娇说："我还是得亲自去求证一下。"

刘天宇说："这样，我们兵分几路。我负责暗中去召集军校的其余学员。谢主任，你负责暗中盯着李家父子，如果李家父子真跟日本人勾结，事情到了这样剑拔弩张的地步，他们就一定会有些特别的举动，很有可能会暴露自己的真实面目。你一旦得到确切线索，就立即赶来告诉我，我就带着军校的学员去天龙关增援集英战队。"

沈文雨追问："那我呢？我负责什么？"

刘天宇说："你就负责老老实实待在军校，守好大后方。"

欧阳飞把萧晗领到另一户人家。

萧晗问："你带我来这里干吗？"

"我已经跟这家猎户说好了，你就躲在这里，不要乱跑，等我回来。"

萧晗变脸："不！我不走！我要待在你身边，同生共死。我们好不容易才能在一起，这么危急的时刻你怎么能抛下我一个人？"

欧阳飞捧着萧晗的脸："听话！就是因为这么危急的情况，才要保你平安，你待在我身边，只能让我分心。"

萧晗开始默默流泪。

欧阳飞给萧晗擦干眼泪："好男儿就要报效国家，我是教官，也是军人，这种时候更得给他们做个表率。"

"这一切我都懂，可是……"萧晗看着欧阳飞，却说不出接下来的话。

欧阳飞说："你放心，等一切结束后，我会来找你的。"

猎户老婆从门里出来，拉着萧晗往里面走，萧晗走了两步，转回来，扑到欧阳飞怀里："欧阳飞！你一定要活着回来！我等你！"

钱宝宝和集英战队众人已经转移到了破庙。

项昊带着感动："兄弟们，患难见真情，我项昊在此感谢各位在危机关头挺身而出，仗义相助。"

高美仁说："走正路，大家永远是好兄弟，有福同享，有难同当。"

韩旭说："走正路，兄弟们在一起，即使为国捐躯，也在所不辞。"

欧阳飞匆匆回来。

项昊对钱宝宝埋怨道："怎么劝你也不听，带兵打仗是我们男人的事，你们女人就应该待在后方。"

"民族大义面前，哪分什么男人女人。我是唯一一个进过秘密工事内部的人，我怎么能不参与行动？"

沈文涛说："咱们还是言归正传，说说李天翰和日本人的阴谋吧。天龙山下的秘密工事，的确是日本人修建的。李天翰就是代号'鬼阳'的坤河三省头号特务，他的首要任务就是借集英战队来完成为秘密工事运送武器的任务。"

项昊接着说："根据我们的初步探查，基本可以锁定这个秘密工事的大概所在。可以说，工事的位置非常特别，左手能扼住交通要道，右手能控制龙城等重要城市的命脉。一旦日本人把武器库的弹药填充完毕，这个工事就能发挥它的全部军事功能，到时候，坤河三省的主动脉就完全在它的威胁之下了。"

队员们全都义愤填膺，惊讶地面面相觑。

高美仁骂道："李天翰这个王八蛋，他是让我们中国人自己往自己的心脏上插刀子啊。"

周杰刚才被李天翰一脚踢开，李天翰跑了，他捡回一条命，他感慨道："幸亏我们悬崖勒马，看清楚他的嘴脸，要不然咱们堂堂的集英战队都成了卖国贼了。"

韩旭说："我们一定得阻止他们，不能让他们在咱中国人的地盘上这样算计咱们中国人！"

顾小白提议："我们去报告大帅！"

项昊摇头："只怕现在李天翰已经恶人先告状，跑到大帅面前颠倒黑白，指鹿为马了。"

欧阳飞说："不错，我们现在估计已经全部成了坤河三省的头号通缉犯了。所以这一次我们没有外援，只能想办法靠我们自己去阻止李天翰的阴谋了。"

沈文涛说："这一仗，咱们以少敌多，要好好谋划，就算牺牲，也要有价值。宝宝，你给大家讲讲你在秘密工事里看到的情况。"

钱宝宝拿着地图，说："根据我昨天混进去探查的结果来判断，秘密工事的入口距离李天翰与日本人交接武器的地点，大约距此两公里左右。他们的交易点就在这里，沿着这个方向，大概位置应该就在这一块范围。真正的入口是掩盖在一处遮蔽物后面的。"

项昊在一边展开地图，按照钱宝宝所说的在地图上搜寻起来。

项昊抬头，眼光扫过几个人，视线落在赵虎身上："赵虎，你带两个人去这片侦查，确认工事入口的具体位置。"

"我？这么重要的任务交给我，我之前是跟李天翰的，你们放心吗？"

项昊拍了拍他的肩膀："你说什么啊！今天你坐在这里，大家就是自己兄弟。怎

457

么样？"

赵虎很感动，郑重地点头："我保证完成任务。"

钱宝宝提示说："还有，我在工事里还注意到武器库附近的洞顶上好像有个通风口。赵虎，如果你能找到那个通风口，也许行动的时候会有用。"赵虎点点头。

沈文涛说："营地那边也需要人监视。"

一个队员站出来："我去吧！"

日式酒馆门口，李继洲步履沉重地走进酒馆。

马路对面的墙后，苏锐和打扮妖娆的谢天娇看见了这一幕。

苏锐小声说："这么重大的事，怎么没让刘教官来？"

谢天娇说："你来不是一样的吗？而且，刘教官来，我怎么跟他扮演情侣骗过敌人耳目啊？"

苏锐笑了："你放心，我会好好扮演，也会保护好你的。"

酒馆内，山本正在训斥李继洲。李继洲一直苦着脸在给山本点头哈腰地道歉。

"李校长，我对你们的表现非常失望，非常的失望。天龙关的秘密工事倾注了我们大日本帝国无数心血，一定不能出任何差错，你们承诺的事情如果做不到，后果将会非常严重！"

"请再给我们一个机会，我一定让你看到我们的价值。天翰已经带兵去天龙关了，一会儿我也就立即出发去天龙关，如果出了意外，我们决不活着回来见你。"

"你活不活着我不管，我只要确保我的利益！为了确保事情万无一失，我要亲自跟你们一起去天龙关督战。"

包房门口，谢天娇将这一切全都听得清清楚楚。谢天娇正欲离开，脚下碰到了地上放的花盆。

山本警觉地冲到门边："谁？"

门外，谢天娇看到山本探出头，立刻一把推倒身边的苏锐，把苏锐按在墙上一阵猛亲。苏锐被亲蒙，看到外人在场，又不好意思又惊讶，一阵慌乱。谢天娇把苏锐的头掰过去背对山本继续亲。

山本松了一口气，把门关上。

谢天娇停止亲吻苏锐，回头悄悄瞥了一眼山本所在的包厢。被亲蒙的苏锐喘了一大口气。谢天娇回过头来，苏锐还在震惊中没有恢复过来。

谢天娇偷笑，然后装作严肃，抛给苏锐一条手绢："喂！把嘴上的口红印擦掉。"

苏锐慌乱接住手绢，回过神："喂！你知不知道这是我的初吻！"

赵虎带着两个集英战队队员很快找到了通风口。他和队员对视一笑，将草盖回去。"走，赶快回去报告！"

军校教员办公室里，苏锐还在有意无意地擦嘴唇。刘天宇问："怎么样？"

谢天娇说："我都听见了，没错，李家父子的确跟日本人勾结在一起。天龙关有日本人的秘密工事。他们已经带兵去了天龙关，应该决定跟集英战队的队员在天龙关一带展开决战。集英战队应该也在天龙关一带。"

"原来如此。军校剩余的学员已经陆续到校，稍后等他们集合完毕，我立刻带着他们赶往天龙关一带增援集英战队。"

苏锐说："我跟你一起去！万一有人受伤，我还能给你们治疗。"

谢天娇说："我也去。"

沈文雨忙问："那我呢？"

刘天宇安排她："你现在立即回家，沈军长那边应该可以得到天龙关战事的最新进展。事情发展到这一步，大帅就算一直蒙在鼓里，也不太可能不采取半点举措，还请沈军长找合适机会出面进言，如果有可能，最好能请项参谋长、沈军长出兵增援我们。"

天龙关营地。

李天翰独自一人背着手站在营地的空地上。一辆卡车开进营地，三十个士兵鱼贯而出，列队站好。李天翰看着眼前区区一个排的兵，面色阴沉，眉头紧皱，不满的表情爬满整张脸。

包房内，山本大发雷霆："只有一个排？你确保你的一个排能守得住天龙关？"

李继洲说："集英战队只有区区十几个人而已。"

"现在已经到了生死存亡的关头了，立刻把你全部的兵力都调过来！"山本命令道。

李天翰也说："爹，我们已经没有后路了，你的人马有多少人就调多少人来吧，和他们拼了！"

李继洲哭丧着脸："全部兵力？天翰，他不知道，难道你还不知道吗？我麾下别的部队都有明确的驻扎地，不通过大帅，私自调集军队，可是天大的罪过啊！天翰，再这样搞下去，我们全都没活路了……"

李天翰说："如果我们不能保住天龙关，我们一样没有活路。我们就以集英战队叛徒骁勇善战难以歼灭为名先调兵，其他的事，以后再说吧。"

山本冷冷地说："李校长，事已至此，你不要再犹豫了。"

李继洲说："你们也太天真了，这么一搞，难道大帅会不知道？我当初就是没有好好考虑，就稀里糊涂跟日本人合作了。可是事到如今，我们的合作不能继续下去了。天翰，你不能和这个日本人一样胡搅蛮缠，他是日本人，将来出事了，他们拍拍屁股就走了。可咱们走不了，事情闹到现在这个地步，咱们再跟日本人干不划算啊。与其等大帅收拾我们，不如我们收拾了日本人，向大帅请罪。"

李天翰冷笑了一下："你要收拾他？那要看我答应不答应。"

"天翰，你疯了？你投敌卖国就罢了，现在连你亲爹也要一起卖了吗？"

李天翰笑得更嚣张："我没有投敌卖国。我一直都忠于我的祖国——大日本帝国。"

"什么意思？"

山本站到李继洲面前，抬头看着他，说："李继洲，你实在太可怜了，我来告诉你吧。他的名字是藤冈三郎，帝国黑龙会精心培养的间谍，当然只尽忠于大日本帝国。"

李天翰补充道："你的亲儿子李天翰，早在 15 年前，就在巴黎被我亲手杀掉了。这 15 年来，我是奉命潜伏在你身边，一直冒充你的儿子，现在你明白了吧。"

李继洲震惊，随即回过神来，调转枪头对准李天翰："我杀了你，你这个魔鬼！"

山本一把掏出枪也对准了李继洲。

李天翰劝住山本："等等，他现在跟我们绑在一起了。先留着他的命，以后还有用。"

"那好，看好他！外面那 30 个人，既然没用，一个活口都别留下。现在就去工

460

事那边调集兵力过来支援。"

李继洲被绑着，老泪纵横，他眼中冒着火，问："告诉我！我儿子是怎么死的？"

李天翰露出了本来面目，背着手说："那天夜里，他为你买了生日礼物，是一把锋利的宝刀。他走在路上，几拳就被我撂倒了，他说：'你要钱吗？我有钱！'我说：'我不要你的钱，我要你的命！'接着我就拿起他给你买的刀，他害怕极了，一直喊'爹……救我……救我……'，那声音，真让人太不忍心啊。他一直喊着你，真是吵死了，我捂住他的嘴，一刀切断了他的喉咙。"

"你这个畜生！你会有报应的！"

"报应？你作为一个军校校长，这些年来以权谋私，巧取豪夺，干的龌龊事还少吗？为了你自己的利益，还不是照样心狠手辣，斩草除根。我们两个都是一路货色，只不过如今，报应在你儿子头上！"

李继洲怒吼："你今天不杀我，我一定会杀你给我儿子报仇！"

李天翰露出了凶相："为你儿子报仇？哈哈，你把杀子仇人当亲儿子养了八年，你还有什么脸面去见你儿子？你跟我是同一条船上的人，你永远绑在日本人的船上，除了乖乖地为我大日本帝国效力，你没有其他活路了。"

赵虎把打探到的情况告诉给大家。所有人都很兴奋，他们在破庙里讨论得很激烈。

欧阳飞说："现在我们已经确认工事的入口在什么位置。下一步我们就要想办法彻底捣毁它。"

沈文涛说："这个秘密地下工事既然是日本人苦心建造多年的重要战略基地，肯定会派重兵把守的。我们若想硬碰硬打进去捣毁那里，几乎是不可能完成的。"

项昊补充："而且，要炸掉这么大一个基地，需要运进去多少炸药？"

顾小白丧气："按你们这么分析，咱们就没得干了啊？"

钱宝宝想了想，说："武器库！你们忘了我提过的工事里面那个武器库了吗？那里面炸弹一箱箱的都摆到房顶上了，咱们只要想办法点了那个武器库，工事铁定就会被炸上天。"

顾小白一下子想明白了："对啊，赵虎不是找到了通风口的位置吗。我们可以从通风口偷溜进工事里，装个雷管，再神不知鬼不觉地出来。只等'砰'的一声，日本人的阴谋就彻底被摧毁了！"

韩旭质疑："说得容易，里面那么多兵，想混进武器库去哪有你说的那么容易。"

监控营地的学员这时候也赶回来："原本驻扎在营地的李继洲的兵全被日本人给杀了，人数看着有一个排。现在里面守着的全都是从工事借调过来的日本人。"

钱宝宝气愤地说："李天翰这个丧心病狂的，残杀了这么多不知真相的中国人。"

沈文涛点点头："我们有机会了。"

钱宝宝不解地看着他。

沈文涛继续说："秘密工事的兵力被调去驻守营地，也就是说工事里的日本人数量大大减少，他们防御越低，我们混进去的机会就越大。"

项昊赞同："咱们不如给他们玩个声东击西。兵分两路，主力小队去营地佯攻，故意暴露，吸引他们的火力，尽可能拖住他们的大部队，使他们没办法分身去支援工事那边；另一路人马趁机混入秘密工事，设法用雷管引燃弹药库内的弹药。"

杜枫担心："十几个人跟那么多日本兵去硬拼，恐怕撑不了太久，时间上……"

欧阳飞无奈地说："眼下这是唯一的办法了。这一次行动我们要做好全部牺牲的心理准备。"

高美仁握拳，说："十几条人命换他小日本一个军事基地，值了！"

众人附和："对！跟他们拼了。"

项昊说："沈文涛，你带一个人跟钱宝宝去工事内炸武器库，我和欧阳教官带人去拖住敌人，为你们争取时间。"

沈文涛："是我出的主意，凭什么由你说了算。我申请去带队拖住敌人！"

项昊反对："谁让你的爆破成绩全校第一！再说，你以为炸掉弹药库就是把雷管一插，轻松一点就行了吗？别傻了，这次就看你的了，你不是一向号称心思缜密、足智多谋吗？打掩护的事情我来，你就负责一箭穿心。"

沈文涛还试图要争辩："项昊，你……"

项昊打断他："别啰嗦了！就这么定了！宝宝，这次行动你的任务只有一个，就是安装雷管。沈文涛他们会保护你的安全。你们就从那个通风口混入工事里面，装好雷管就撤。如果被人发现，就悄悄干掉他，不到万不得已千万别引起里面的骚动。我们在营地那边会尽可能拖住李天翰他们，为你们争取时间。"

沈文涛看着项昊，露出动容神色。

钱宝宝看着项昊，眼中有赞许也有心酸难过，她起身悄悄地走了出去。

破庙外，项昊带着其他学员和欧阳飞正在庙内继续分析战情。

钱宝宝站在破庙外独自抹泪。沈文涛悄悄从后面走上来，站在钱宝宝身边。

"项昊就是这个脾气。"

钱宝宝抹泪，对沈文涛挤出一个笑容："我没事。"

"还说没事，眼睛都肿了。"沈文涛感慨道，"为了守住大爱，我们只能舍弃小爱。"

钱宝宝声音哽咽："我能理解。"

"想哭就哭吧，没必要忍着。"

钱宝宝轻轻地抽泣着。沈文涛坐在钱宝宝身边，默默地看着自己心爱的女人为了别的男人哭泣，心酸不已。

沈文涛好半天才说："有一个问题，憋在我心里很久，一直想问你，也希望你能坦诚地回答我。如果时光可以倒回，如果你先遇到的是我，你会爱上我吗？"

钱宝宝抬头看看沈文涛，沉默不语。

沈文涛自嘲地笑笑、故作轻松地说："我已经知道答案了。"

钱宝宝轻声地说："对不起……"

沈文涛看着钱宝宝，心里说："你一定要过得好，要过得幸福。"

夜深了，庙里，大家都已经睡了。沈文涛坐在破庙门口，正研究一根雷管。项昊从屋内走了出来。

"不休息一会儿？"项昊问。

沈文涛举起雷管："出发前，再确认一遍雷管上的延时爆炸装置。这个雷管后面，我塞了一个装着酸性溶液的小铁管，把雷管插上之后，只要用钳子将铁管挤破，酸性溶液就会开始发挥作用，大约一分钟后，支撑撞针的导线就会被腐蚀掉，整个秘密工事就会发生爆炸。"

项昊赞许地说："这种办法也只有你才能想得出来了。"

沈文涛再次提醒："所以，只有一分钟时间！"

"放心，明天我一定会死死拖住敌人，给你们留足撤退时间。"

沈文涛喘了一口气，看着远方："这也许就是我们俩的最后一次谈话了。"

项昊故作轻松："这肯定不是最后一次谈话，但我希望是你最后一次矫情。"

沈文涛笑了："我还挺佩服你这无所畏惧的劲儿，再大的危险在你眼中都轻如鸿毛，说实话，我以前还幻想自己将来要治国安邦，现在看来，能真正地为家国做点有价值的事情就很难得了。"

"是啊，生逢乱世，奸雄当道，军阀混战，世道艰难。"

沈文涛长呼出一口气："总是不甘心啊，真想把这个世道翻个个儿，让好人幸福，让坏人被严惩。"

"你和我想的一样，我也坚信终有一天能革了这乱世的命。"

沈文涛点点头："先救民生吧，治国还太遥远。你我算是幸运的，生于富人家庭，不愁吃喝，你看看那些黎民百姓，别说幸福，连温饱、生存都难以为继。"

项昊反对："我倒认为，只救民生是治标不治本，其根本还是在于治国之道。国弱民不强，你看看这小日本都敢肆无忌惮地在我们中国人的地盘上修他们的军事工事了，还不是欺负我们的国家太弱。假如一旦真正开战，先遭殃的是百姓，一旦国家亡了，中国的百姓就永无出头之日了。"

沈文涛点点头："有道理，国家羸弱，百姓才会遭殃。"

项昊说："如果明天不死，我就要让我们这个民族复兴，让国家强盛，让老百姓都吃饱穿暖，安居乐业。"

沈文涛拍拍项昊的肩膀："说到底，咱们俩的梦想是一样的，那你就好好干，把我们的梦想实现。"

"我好好干，那你干什么呢？"

"我就把我的梦想交给你，再把钱宝宝也交给你。好好实现我们的梦想，你小子，脸上有气象，我知道！"

项昊撇了一下嘴："总算承认了吧？"

沈文涛说："还有，好好对钱宝宝，让她快乐、幸福。否则我做鬼都不放过你！"

项昊用开玩笑的口吻说："这个就不劳你操心了，别总惦记我的女人啊。"

沈文涛："现在就给你一个机会，好好表现，派你跟钱宝宝去执行侦察任务，让我歇一会儿。提醒你啊，我们的计划是六点半出发，现在已经快五点了，你们俩注意返回的时间。明天 7 点整，两边同时行动。"

"知道啦。你今天晚上怎么这么啰嗦！"

沈文涛看着项昊笑笑。

天已经渐亮，钱宝宝、项昊在山林间走着。

项昊说："这片山林里，马上会掀起硝烟弹雨，会有很多很多的人没有办法再走出这片山林。"

"家国羸弱，这是我们不得不付出的血的代价。"

项昊说："不知道若干年后，还会不会有人记得在这天龙关里发生的事，还会不会有人记得我们？"

"会的，这里的一草一木会记得我们，坤河三省的老百姓都会记得我们。"

远方，一轮红日冉冉升起。

项昊看着远方："宝宝，如果我回不来了，好好照顾自己……"

钱宝宝也看着远方："你说过的，我们不会分开了，不管海角天涯、地老天荒，我们永远都会在一起……"

清晨，韩旭、高美仁、顾小白、杜枫及其余的集英战队队员以及欧阳飞在沈文涛面前集合。

沈文涛对欧阳飞说："欧阳教官，谢谢你同意我临时更改行动计划。"

欧阳飞叹气："我能理解你。"

大家全部到齐。

沈文涛向赵虎说："赵虎，你留在这里等项昊他们，你们三个一起去秘密工事那边。如果项昊回来又犯冲动的老毛病，你一定要拦住他，告诉他以大局为重。"

赵虎点点头："放心吧！"

沈文涛点点头。

欧阳飞命令："全体出发！"

军校操场上，学员们整装待发。

谢天娇宣布："学员们，目前的局势，刚才我已经都跟大家说了。这次增援集英战队的行动，我们的确是冒着巨大的风险的。我们不强求大家，如果有人不想参加这次行动，现在还可以退出。"

看到队员们一张张坚毅的脸，刘天宇说："大家都是好样的。全体都有，此次任务——增援集英战队，对抗日本人和李家父子。立即出发！"

项昊和钱宝宝走进破庙内，却发现庙内只有赵虎一人。

"怎么只有你一个人？他们呢？"项昊问。

赵虎说："沈文涛临时改变了行动计划，换你带我们两个去秘密工事炸武器库，他跟欧阳教官提前带队赶去营地那边了。"

"什么？"

钱宝宝懊悔："我怎么就没想到他是有意支开我们呢？"

"他们走了多久了？"项昊问。

赵虎说："走了一会儿了。"

"我现在就去把他换回来！"

钱宝宝拉住项昊的胳膊，赵虎拦住项昊的去路。

钱宝宝说："项昊你冷静点，我知道你不想让兄弟替你冒险，但是现在最重要的是完成任务！"

赵虎也说："沈文涛留下一句话给你。"

项昊问："什么话？"

"以大局为重！"赵虎低头看看手表，手表显示 6 点 30 分，"时间到了，我们该出发了。"

项昊郁闷地狠狠锤了一下门框，狠狠吸了一口气。他很快收拾心情，坚定地说："我们出发！"

沈文涛和欧阳飞带领集英战队来到天龙关营地外围。

沈文涛说："对表！"

队员们抬手看表。

沈文涛命令："现在是 6 点 57 分，三分钟之后开始行动。"

赵虎引路，带项昊、钱宝宝到达工事山洞顶部外。

赵虎找到通风口所在位置，对项昊点头示意。

项昊看表，显示时间：6 点 58 分。

沈文涛与欧阳飞打手势，行动开始。
两人各带一半人，分左右两个方向悄悄散开。

项昊三人趴在地上，项昊拨开杂草，通过通风口看到工事里面的情况。
等到两个巡逻的日本人走开后，项昊开始拆卸通风口。

沈文涛、欧阳飞两个小分队找到位置。
沈文涛队伍里的韩旭和欧阳飞队伍里的顾小白分别将绳子丢上墙头，快速爬上营地围墙，翻进高炮楼，轻松解决掉两个制高点的守卫。
韩旭、顾小白完成后，向下面打手势，其他人纷纷翻墙潜入。

项昊将风扇移开到旁边，露出通风口。
钱宝宝拿出绳子递给项昊，项昊开始将绳子固定在通风口边缘。
赵虎警惕地观察着周围的动静。

集英战队全部潜入营地内。
两个小分队灵活地躲避巡逻的日本人，从两边向着同一点开始移动，一路上利落地解决掉数个日本人，会合在几堆麻袋后面，隐藏起来。
沈文涛低头看了看时间：7 点 10 分。

项昊三人依次顺着绳子落地，钱宝宝带路，三人向武器库移动，很快来到武器库前。
钱宝宝说："就在那里。"
项昊说："我和赵虎去引开他们，宝宝你装雷管。"说完，他带着赵虎冲了出去。
铃木听到动静，用日文大喊："谁在里面？！"项昊带赵虎冲出去，铃木和十几个日本兵围过去。

在天龙山的营地中，大家听到远处传来枪声。

沈文涛命令："准备！"

集英战队纷纷架好枪。

一个日本人意识到枪声是从工事方向传来的，忙跑向李天翰的营房，一边大喊："不好了！工事里有枪声，有人闯入……"

沈文涛命令："打！"

报信的日本人瞬间被打成了筛子，营地的日本兵听到枪声开始混乱，纷纷向集英战队方向开火。

虽然日本人人数多出几倍，但集英战队有备而来，火力集中，占了上风。

李天翰和山本冲出营房。

李天翰大喊："听我指挥！不要乱。他们只有十几个人，我们现在就反扑回去！给我打！"李天翰组织了一波反击，压制住了集英战队的攻击。集英战队很好地利用掩体保护了自己，并不急于反击。

李天翰看他们不出来，瞄到不远处的两门大炮。

李天翰点了几个人名，"你和你，还有你，去大炮那边，把他们的掩体给我炸平，我就不信炸不出你们来。"

被点名的几个日本人答应："是！"

武器库外，为了给钱宝宝争取时间，项昊和赵虎故意将铃木等人向入口方向引。边躲边打，敌众我寡，应付得相当吃力。赵虎胳膊中枪，项昊腿部中枪。

若干日本人被击毙，只剩铃木和三个日本人。

一个日本兵掏出手榴弹，拉开导火线欲丢到项昊方向。赵虎及时发现，纵身一跃抱住日本兵和他手里的手榴弹，和敌人同归于尽。

项昊眼中冒火，大喊："赵虎！"

项昊悲愤地朝着铃木和另外两个日本兵射击，铃木被击中，倒下。

钱宝宝在武器库四处翻找炸药，终于找到散落在角落标记着 TNT 的炸药，她吃力地将一箱炸药拖到武器库中间的空地上。

两门大炮猛烈轰击集英战队的掩体，麻袋被炸得飞起来，为了安全大家不得不分散开来，各自找地方掩护自己，阵形大乱。

李天翰得意地看着集英战队狼狈的反击。

"既然你们这么想守天龙关，我就成全你们，让你们都葬在这里。继续打！我带几个人去工事那边支援，这里交给你了。"

山本说："千万不能出任何差错！"

李天翰带了十几个日本人向工事方向赶去。

沈文涛注意到李天翰的动静，对欧阳飞说："糟了，李天翰带人往工事那边去了。项昊他们可能有危险，我去支援他们。"

顾小白说："我也去！"

欧阳飞点点头："好！这里交给我，你们俩快赶过去！"

沈文涛和顾小白在枪林弹雨中冲出营地，朝着工事方向进发。

欧阳飞对队员说："那两门炮不灭，我们都得死！高美仁、韩旭，你们拿着手榴弹绕到大炮附近，炸掉它。其他队员掩护他们。听我命令，3、2、1，打！"

所有人一起集中火力，高美仁、韩旭握着手榴弹从侧面绕出去。

战术配合下，两门大炮被成功炸掉，由于撤回时遭到敌人强劲火力攻击，高美仁、韩旭两人身负重伤。

集英战队刚松口气，从天龙关关口赶来的六个日本人突然从后面杀出来，与营地的日本人前后夹击。集英战队被打得措手不及。

欧阳飞带人狼狈应付，不断有人受伤。

高美仁说："日本人居然还有援兵！"

欧阳飞命令："援兵只有不到十人，快！向东移动，寻找新的临时阵地！"

集英战队边打边躲，寻找新的掩体。

欧阳飞满腔热血地说："同学们！再撑一下！等小日本的工事被炸掉，咱们就死而无憾了！跟他们拼了！"

队员们大喊："拼了！"

就在所有人准备就义的关键时刻，刘天宇、谢天娇、苏锐带人冲进来，局势立刻扭转。谢天娇协助苏锐给受伤的队员包扎。

刘天宇找到欧阳飞，说："你命还挺硬的嘛，居然还活着。"

"你都没死，我怎么能一个人先走。对面全是小日本，你知道该怎么办了吧！"

刘天宇高喊："同学们！敌人是小日本，千万别留情，把你们的本事都使出来，报效国家的时候到了！"

队员们群情激奋，战局立刻翻转，集英战队占了上风。

山本被打得直叫："浑蛋！给我顶住！继续打！"

外面两方人马激烈的交火声传进房间。李继洲在椅子上不断挣扎着想要挣脱绳子的捆绑。

几颗子弹打在营房的玻璃上，李继洲为了躲避子弹连人带椅子摔倒在地，玻璃被打碎，落了一地。

李继洲挣扎着拖着椅子靠近碎玻璃，艰难捡起一块把手上的绳子割断，趁无人看守，偷偷溜出营房。

项昊将两个日本人先后干掉，想回武器库看钱宝宝的情况，突然身后有子弹飞过。项昊赶紧躲在遮蔽物后。

李天翰带人赶到，对项昊开火。

"项昊！没想到你本事这么大，居然能混进这里来。不过，你进得来未必出得去。"

项昊边回击边喊："想留下我的命，你得有那个本事！"项昊奋勇还击，打死一个日本人，又瞄准李天翰，扣动扳机却没有子弹飞出，项昊没子弹了。

项昊赶忙蹲下，躲在掩体后，拔出匕首随时准备肉搏。

"怎么？没子弹了？项昊，这就是天意，顺我者昌，逆我者亡。"李天翰与一众日本兵慢慢靠近项昊躲藏的位置。路过赵虎的尸体，狠狠地踢了一脚。"背叛我的果然不得好死！"说完又补上两枪。

看着赵虎的身体被亵渎，项昊恨得紧紧咬住牙关：我要冷静！李天翰现在还不知道宝宝在武器库里，我拖得越久她就越安全。

项昊喘着粗气，受伤的腿在不停地流血。

李天翰一边靠近一边挑衅："项昊，你平时不是很嚣张吗？怎么今天做起王八龟缩起来了啊？真有种站出来！"

李天翰慢慢靠近项昊的掩体。

武器库内，钱宝宝还在费力地搬炸弹，把它们堆成一堆。

李天翰走到项昊躲藏的掩体面前，示意手下包围项昊。
"项昊，你和沈文涛这招声东击西用得虽然好，但可惜以卵击石，注定失败，你的好兄弟估计已经在黄泉路上等着你了，我做个好人，现在就送你下去。"
李天翰刚要开枪，沈文涛、顾小白赶到。
三人会合，跑进门内。

武器库外，铃木睁开眼睛，手指动了动。

项昊、沈文涛和顾小白都躲在掩体后射击。日本人一个个倒地，场上剩下四人和李天翰。项昊、沈文涛和顾小白对视一眼，立刻冲出去。三人一人打死一个日本人。
李天翰一枪打在沈文涛肩上。
"沈文涛！"项昊喊道。
沈文涛咬着牙，忍着痛，说："没事！"
项昊和顾小白向李天翰所在方向射击。
李天翰为了躲子弹，恶狠狠地一把拉过唯一活着的手下，以他的身体做盾牌，子弹都打在这个日本人身上。
"别开枪！我投降！"李天翰喊着。
项昊他们停下射击。
李天翰偷偷将一枚手雷塞进手下的口袋，拉开保险，用力将人推到三人中间。被推过来的日本人撞到小白身上，项昊眼尖，看到日本人口袋里的手雷。
"小白！危险！"项昊一脚踹开日本人，顾小白纵身向前扑倒。
手雷爆炸，硝烟散去，沈文涛赶忙站起来，项昊腿部被手雷余威炸到，开始流血，也艰难地站起来，两人拿枪对着李天翰，却看到顾小白满身是血，跌坐在地上，身后的李天翰蹲着，一手掐着他的脖子，一手用枪顶住他的脑袋。
"不想他死的话，就把枪丢掉！"

顾小白摇头："老大，别听他的！今天我就没想能活着回去！快点干掉他！"

李天翰一枪打在顾小白手臂上。

顾小白惨叫一声："啊！"

"快点！我没那么好的耐心！把枪扔掉。"

项昊、沈文涛把枪踢到远处，举手站好。

"李天翰，你这个卖国贼！你为日本人做事难道不会良心不安吗？！"项昊骂道。

李天翰冷笑着："你们很不错嘛，能把我的手下都消灭光，不过你们也只能到此了。"说着朝项昊举起枪。

"我和你拼了！"李天翰开枪一瞬间，顾小白一把拉住李天翰的枪，子弹打在地上。李天翰又要开枪，沈文涛立刻冲上去，推开顾小白，和李天翰抢夺。项昊拖着伤腿也想冲上去。一声枪响，沈文涛手臂中弹。

顾小白情急之下，一口咬在李天翰手腕上，李天翰吃痛放手，把顾小白踹开，顾小白浑身是血，晕死过去。沈文涛一脚把枪踢远。

项昊掉头朝那把枪跑去，李天翰也向那把枪跑去，枪离项昊比较近，但项昊移动速度慢，两人几乎同时要碰到枪，项昊阻拦李天翰，两人肉搏，谁都不给对方捡枪的机会。

两方各有输赢，但李天翰占上风，他使出一记日本招数，用日语说："去死吧！"

项昊被摔到沈文涛身边，吃痛倒地，项昊和沈文涛彼此皱着眉头交换了一个眼神。

项昊低声问沈文涛，"你怎么样？"

沈文涛说："还能打。"

李天翰捡起枪，邪邪地看着项昊和沈文涛笑。

项昊问："你到底是什么人？"

"项昊，之前你说错了，我可不是什么卖国贼，因为我本来就是日本人，我的真名是藤冈三郎。"

沈文涛震惊："你和李继洲都是日本人？"

李天翰朝他们走去："李继洲？不过是个没用的蠢货罢了，连自己的儿子被掉包都不知道。你们都被我骗了，其实我从小就是黑龙会训练的武士，一直在隐藏实力罢了。"

项昊努力想站起来:"我今天就为百姓、为国家除了你这祸害!"

李天翰拿枪对着项昊的脑袋,继续走:"别乱动。我话还没说完呢,之前在军校里,你们遇到的所有危险,都是我做的。还有你们的好兄弟薛少华,也是我害死的。那些地雷可是我亲手埋下的,就是为了把你们都杀掉。"

李天翰已经走到了两人面前,举枪对着项昊的脑袋。

项昊怒吼:"李天翰!我现在就为少华报仇!"

"不自量力!下地狱吧!"李天翰扣动扳机,却发现枪没子弹了。

三人一愣。

项昊对沈文涛喊道:"就是现在!"项昊和沈文涛一起冲上去,三人搏斗在一起。两人把李天翰打倒,再冲上前时,李天翰捡起地上的枪,向着项昊开了两枪,都没有打中。沈文涛冲上前要抢枪,李天翰开枪对准沈文涛。

沈文涛中枪,却死死抱住李天翰,两人抱在一块,李天翰使劲挣扎,却无法挣脱开。沈文涛握住李天翰的手,用尽全身力气,把李天翰的手扳过来,对着自己的胸膛连开三枪,背后的李天翰终于中枪而死。

项昊扑过来,泪流满面:"文涛!文涛!坚持住!马上就有人来救我们了!坚持住!"

沈文涛虚弱地说:"项昊,对不起,我恐怕要先走一步了……"

"别说了!沈文涛!你答应过我要和我一起去实现梦想的,我们还有许多事没有完成,还有好多人等着我们去救,我不许你死!你听明白了吗?我不许你死!"

沈文涛坚持不住:"我有点累,我想先睡一下。"

"不行!文涛,别睡,醒醒!"项昊一把抓住了沈文涛的手,用他的手捶自己,"你打我!沈文涛,我以前总是损你,找你的茬儿,其实我心里一直把你当兄弟,你快起来打我!骂我!"

沈文涛微微睁开眼睛:"这辈子……有你做兄弟……我死而无憾了……下辈子……我们还做兄弟……你一定要好好的,好好照顾钱宝宝……"

"不,不要下辈子,这辈子我们还没分出胜负,你不可以投降,不可以认输!"

沈文涛努力地露出一个微笑。

"沈文涛!沈文涛!"项昊把沈文涛抱在怀中,泣不成声。

往事如烟，所有发生过的最终都是记忆。

车站口，沈文涛把钱宝宝保护在身后，沈文涛和项昊在前面被挤得撞到了一起。

沈文涛对项昊说："你离我远点，净会惹麻烦。"

项昊很得意："你以为我想啊，人见人爱有什么办法。"

项昊和沈文涛走到草地中央，两个年轻男人对峙。

"沈文涛，你知道你最让人讨厌的是什么吗？就是这副假仁假义、道德标兵的嘴脸。想为她打抱不平是吧？行啊，看看你有没有这个本事！"

项昊抡起拳头就砸过去，沈文涛迎拳而上。

两个人拳来脚往，倒下爬起，一直打到筋疲力尽，双双倒地不起。

沈文涛背着项昊冲进医院走廊，高呼："来人哪！医生，护士！"

项昊还抱着沈文涛的脖子说情话，"要是我真的死了，你会一辈子记得我，一辈子想我吗？"

沈文涛无奈地敷衍："好好好，我想你一辈子！"

项昊心满意足地躺在病床上，露出了微笑。

沈文涛进入战斗状态，项昊"啪"一拳过来。

沈文涛用一种挑衅的方式让项昊发泄："就这点儿本事吗？"

项昊扑过来打，沈文涛没有躲开。两人对打，直到最后两个人都打到筋疲力尽，躺在地上，喘着粗气。

沈文涛歪过头对项昊："你在我心目中是打不倒的项昊。"

项昊深深地看了一眼沈文涛。

沈文涛情绪波动，拆雷的手在不停地颤抖。沈文涛拿起匕首，挑出一根粗的线。

沈文涛说："十八年后又是一条好汉！"

项昊说："下辈子还做兄弟！"

线断了，地雷没有引爆。

沈文涛如释重负，一屁股瘫在了地上，喘着粗气，抬起脚的项昊也一屁股瘫在了他身边，两个人仰面倒下。

项昊伸手拉起沈文涛："谢了，兄弟！"

沈文涛紧紧握住项昊。

往事历历在目，那个稳重鲜活的沈文涛此刻闭上眼睛，手从项昊手中滑落，垂落下去。

项昊抱着沈文涛，痛苦地大喊："沈文涛，你这个浑蛋！你给我醒过来！你听到没有！醒过来！"

钱宝宝努力踹开铃木，两人倒在地上，身上都是伤口。

这时项昊的怒吼传来，钱宝宝转头往通道的方向看去，眼中流露出担心和震惊，赶紧使出力气，向雷管边的钳子爬去，拿起钳子。

铃木也爬起来攻击钱宝宝，一把掐住钱宝宝的脖子，钱宝宝脸憋得紫红，眼睛开始充血。

钱宝宝不管铃木，而是继续伸出手，用钳子剪破了强酸容器，强酸开始一滴一滴地渗漏，腐蚀着导火索。

项昊痛苦地放下沈文涛的尸体，捡起枪，向通道方向爬去。

铃木手腕加大力度，钱宝宝张着嘴，像一条离开水的鱼，用尽全身最后一点力气，用钳子打铃木的手。铃木吃痛放手，钱宝宝趁机挣脱开，不停地咳嗽，大口呼气。

铃木摸了一把，恨意更炽，吼了一声扑向钱宝宝。钱宝宝想往通道口逃跑，铃木却拉住她。铃木抽出身上的匕首，钱宝宝双手托住铃木的手，铃木用力握刀向下刺。

刀尖一点点靠近钱宝宝的脸。

钱宝宝用余光看到导火索马上就要断掉，用口形说出了——去死吧！

铃木一愣，钱宝宝顺势一脚踢开铃木，铃木跌进炸药堆里。

导管爆炸。火光涌出的一瞬间，钱宝宝笑了。

爆炸声起，山洞内地动山摇，所有物体都在坠落坍塌。项昊正好爬到通道口。

项昊撕心裂肺地喊："宝宝！"

巨大的火光和冲击波沿着通道冲了出来。

热浪从通道里冲出来，将项昊掀飞，晕了过去。

大家看到小教堂爆炸，脸上挂满了胜利的表情。

在天龙山营地里，山本跌跌撞撞地跑出来，李继洲拿着枪堵在前面。

"山本，你今天必须得死。"

项昊醒来，向工事内走去。

项昊进入工事内，找不到钱宝宝，只看到一堆绳子。

薛少华的墓地旁，军校教员和集英战队队员肃穆而立。

耳边是王副官做的总结："日本间谍罪犯李天翰罪大恶极，已被当场炸死。从犯李继洲数罪并罚，判处死刑，立即执行，龙城军校校长一职由欧阳飞接任。案犯钱宝宝，虽犯有冒名顶替、违反军规的重罪，但念其此次任务有功，故功过相抵，不再追究其责任。另外，此次摧毁天龙关秘密地下工事一役，事关重大，全校师生均不得对外声张，违者军法处置。"

谢天娇托着托盘站在欧阳飞身边，欧阳飞依次给每人的坟前放上一枚小小的金色奖章。

"兄弟们，这枚奖章虽然不是政府颁发的，但它却代表了我们军校全体师生对你们的赞赏，代表了坤河三省的百姓对你们最好的认可。我没法给你们举办一个风光的颁奖典礼，但我可以把它们亲手送到你们面前。你们都是好样的，请安息吧，我们不会忘记你们，中国人民也不会忘记你们。"

操场外，欧阳飞认真地问萧晗："你真的决定留下来，不回德国了？"

"当初回国只为了一个虚幻的执念，但这次决定留下，我是深思熟虑过的。我想跟我爱的人在一起，更想和他在一起为我自己的国家做一些事情。"

见谢天娇和苏锐拎着行李，欧阳飞眼中都是不舍："谢主任、苏医生，你们俩要走啊？"

苏锐说："骊城一直在打仗，最近还闹了瘟疫，因为缺少医生导致很多人死亡和患病，红十字会希望我能去那边担任战地医生。"

谢天娇说："我跟苏医生决定在一起了。既然他要走，我也打算跟他一起，去给他做助手，也好救更多的人。"

苏锐说："校长，请放心，我们已经和下任交接好一切了。"

欧阳飞说："我尊重你们的决定，其实无论我们做什么样的选择，都是为了坤河三省的百姓。"

萧晗说："两位，生逢乱世，还请多保重。"

谢天娇点头："你们也是！"

薛少华的墓地旁，杜枫边给坟墓培土，边说："原来大帅只是借我们之手铲除日本人罢了。"

项昊给墓碑前放上一杯酒，说："我们流了那么多血，牺牲了自己最好的兄弟，却只是为了保全他的地盘，维护他的颜面而已。"

杜枫对项昊说："对了，清理天龙关残骸的士兵没有找到钱宝宝的尸体，所以遵从你的意思，没有给她立墓。"

项昊把水果在沈文涛的墓前摆好，轻轻地说："我相信她还活着。"

祭祀的东西都摆放好，项昊带着大家一起三鞠躬，最后项昊蹲下来，抚摸着墓碑上沈文涛的名字。

"文涛，这里绿水青山，你可以安静地和兄弟们一起休息了。我要走了，你把你的理想交托给我，我可不敢怠慢，我要去外面的世界寻找我们两个希望的未来，去寻找把这个乱世翻过来的力量。放心，我一定会做出个样子，不负你我共同的理想。"

火车站的月台上，一列火车鸣响汽笛，几个人依依不舍地和项昊道别。

杜枫惋惜地说："一定要走吗？你要是不走，集英战队的队长之位一定是你的。"

项昊笑了一下:"还是留给你吧。我已经厌倦了军阀之间的争权夺利,我要去外面的世界看看,去寻找能让家国富强、民族复兴的力量。而且,我还要去找宝宝,她一定还活着……"

顾小白泪眼朦胧:"老大,你一定要回来!我等你!"

韩旭也说:"是啊,多来看看我们。"

项昊笑笑:"不一定回来,但是我们一定会再见的,也许是你们去找我,或者我们相遇在某一条目的地一致的路上。"

高美仁点点头:"项昊,我们是一辈子的兄弟。"

五个人紧紧相拥。

项昊点头:"一辈子的兄弟!"

欧阳飞走过来:"项昊,虽然我是你的教官,但如果有一天,你真的找到了一条能让家国富强、民族复兴的路,一定要第一个告诉我,因为我一定是最先来投奔你的那个人。"

操场上,刘天宇声音洪亮:"报告校长,所有学员集合完毕,请指示!"

欧阳飞立正站好,大声说道:"今天我要宣布两件事:第一,萧晗教官正式成为了我们龙城军校的心理学教员;第二,经全校教官推荐,大帅府批准,现在我正式任命杜枫为集英战队队长。兄弟们,天龙关是我们最惨烈的一战,也是我们要跨越的第一道雄关,但是我们迈过来了,我们的队旗还在,我们的队魂也因此变得更加不朽。集英,云集天下英才,为天下百姓、为国家尽忠,为人民利益、为正义尽忠!希望大家不辱使命,建功立业!"说完冲着大家敬了一个标准的军礼。

所有学员高声呐喊:"不辱使命,建功立业!"

火车三等车厢里,项昊茫然地看着窗外,有一个小孩子手里拿着糖,高高兴兴地冲着旁边的奶奶说:"奶奶,你看,那边的姐姐会变魔术,她给我变出来的糖,奶奶,你尝尝,可甜啦!"

项昊一下子转过头来,蹲在小女孩面前:"小妹妹,刚才那边有人给你演过魔术?"

"是啊,刚才有个会变魔术的姐姐,简直太厉害了。"

项昊压抑着激动,问:"她去哪里了?"

小孩指向身后："喏，那边！"

项昊慢慢走过去，听到了他日思夜念的声音："经过了那么多磨难之后，灰姑娘和王子终于幸福地生活在了一起……"

一个小孩子拍着手："姐姐，姐姐，你变魔术好看，讲的故事也好听。"

另一个小孩问："姐姐，你叫什么名字？"

钱宝宝摸着两个孩子的头，笑着说："我也不知道我叫什么名字，我也不知道我要到哪里去。"

小孩不信："哪有不知道自己名字的人！"

项昊终于控制不住，走到钱宝宝面前："宝宝，我就知道，你还活着！"

那日，导管爆炸，炸弹一层层炸开来，山洞里地动山摇。

坍塌的石头落下来，正好挡住了钱宝宝，钱宝宝得到了一些缓冲。又一声爆炸响起，石头落了下来，正好在钱宝宝脑袋上方，钱宝宝赶忙抬手去挡。

钱宝宝浑身是血，在晕过去之前，迷迷糊糊地抬头看到通风口透出一丝亮光，还有一根绳子垂下来。

项昊一下子紧紧抱住钱宝宝。

钱宝宝一愣，下巴抵在项昊的肩头，喃喃地问："你认得我？"

项昊松开钱宝宝，站在她的面前，认真地点点头。

钱宝宝很平静地说："医生说我大脑受了重伤，所以不记得以前发生的事情了。"

钱宝宝很认真地看着项昊，"虽然我不知道你是谁，可这个场景好熟悉……"

项昊哽咽着说："我们不会分开了，不管海角天涯、地老天荒……"

钱宝宝似乎想起什么，眼中闪动泪光："……我们永远都会在一起……"

空旷的原野，一列火车驶向远方。

一片狗尾巴草在阳光的照射下，带着美丽的光晕，在风中起舞。